国家社科基金一般项目优秀成果(14BZW038)

风 雅

春秋时期周、鲁、齐世族作家群体与文学创作考论

罗 姝 著

上海财经大学出版社

图书在版编目(CIP)数据

风雅:春秋时期周、鲁、齐世族作家群体与文学创作考论/罗姝著.
—上海:上海财经大学出版社,2024.3
ISBN 978-7-5642-4283-1/F·4283

Ⅰ.①风… Ⅱ.①罗… Ⅲ.①古典文学-文学创作研究-中国
Ⅳ.①I206.2

中国国家版本馆 CIP 数据核字(2023)第 212372 号

本书获得上海财经大学"中央高校建设世界一流大学学科和特色发展引导专项资金资助"和"中央高校基本科研业务费资助"

□ 责任编辑　刘光本
□ 封面设计　贺加贝

风　雅
春秋时期周、鲁、齐世族作家群体与文学创作考论

罗　姝　著

上海财经大学出版社出版发行
(上海市中山北一路 369 号　邮编 200083)
网　　址:http://www.sufep.com
电子邮箱:webmaster@sufep.com
全国新华书店经销
上海叶大印务发展有限公司印刷装订
2024 年 3 月第 1 版　2024 年 3 月第 1 次印刷

710mm×1000mm　1/16　16.75 印张(插页:2)　301 千字
定价:89.00 元

目 录

绪论 /1

第一章 周 /19
  第一节 周王室 /19
    一、族属考 /19
    二、世系考 /21
    三、平王宜臼 /22
    四、僖王胡齐 /24
    五、惠王阆 /24
    六、襄王郑 /25
    七、定王瑜 /26
    八、灵王泄心 /27
    九、景王贵 /27
    十、敬王匄 /28
    十一、元王任 /29
  第二节 王族 /30
    一、周氏与周公黑肩、周公阅 /30
    二、宰氏与周公孔 /33
    三、凡氏与凡伯 /34
    四、单氏与单超、单旗 /36
    五、王叔氏与王子虎 /39
    六、王孙氏与王孙满、王孙说 /41
    七、朝氏与王子朝 /43
    八、王氏与太子晋 /45
    九、刘氏与刘康公、刘夏、刘挚 /48
  第三节 同姓世族 /52

一、家氏与家伯父 /52
二、富氏与富辰 /58
三、苌氏与苌弘 /59

第四节　异姓世族 /61
一、辛氏与辛伯 /61
二、仓氏与仓葛 /63
三、叔氏与叔过、叔兴、叔服 /64

第二章　鲁 /68

第一节　鲁公室 /68
一、族属考 /68
二、世系考 /70
三、公子翚 /74
四、庄公同 /74
五、公子鱼 /75
六、文公兴 /77
七、宣公俀 /77
八、成公黑肱 /78
九、襄公午 /78
十、昭公稠 /79
十一、公子为 /79
十二、哀公蒋 /80
十三、公孙有山 /81

第二节　公族(上)——孝族、庄族、文族 /82
一、臧孙氏与公子彄、臧孙达、臧孙辰、臧孙许、臧孙纥、臧孙赐 /82
二、众氏与众仲 /87
三、展氏与展获、展喜 /89
四、后氏与后同、后脊 /94
五、东门氏与公子遂 /97
六、子家氏与子家羁 /99
七、子叔氏与公孙婴齐 /101
八、荣氏与荣栾 /104

第三节　公族(中)——桓族 /106
一、仲孙氏与仲孙毂、仲孙蔑、仲孙羯、仲孙何忌、仲孙貜 /107

二、子服氏与子服椒、子服回、子服何 /113
三、南宫氏与南宫适 /116
四、公山氏与公山不狃 /119
五、叔孙氏与叔孙侨如、叔孙豹、叔孙婼、叔孙不敢、叔孙州仇、叔孙舒 /121
六、叔仲氏与叔彭生、叔仲带 /126
七、季孙氏与季孙行父、季孙宿、季孙意如、季孙斯、季孙肥 /129
八、公冶氏与季冶 /136

第四节 公族（下）——其他族群 /138
一、御孙氏与御孙庆 /138
二、夏父氏与夏父展、夏父弗忌 /139
三、颜氏与颜回 /141
四、公西氏与公西赤 /144
五、公周氏与公周裘 /146
六、公敛氏与公敛阳 /147
七、礜氏与礜夏 /148

第五节 同姓世族 /149
一、宰氏与宰予 /149
二、冉氏与冉耕、冉求、冉雍 /151
三、阳氏与阳虎 /158
四、宓氏与宓不齐 /160
五、驷氏与驷赤 /162
六、禽氏与禽滑厘 /163
七、孺氏与孺悲 /165

第六节 异姓世族 /167
一、楚氏与楚丘之父、楚丘 /167
二、序氏与序点 /169
三、申氏与申繻、申丰、申须 /170
四、商氏与商瞿 /173
五、樊氏与樊须 /175
六、仲氏与仲由 /177
七、孔氏与孔丘、孔鲤、孔忠、孔伋 /180
八、正氏与正常 /190
九、杜氏与杜泄 /191
十、颛孙氏与颛孙师 /192

十一、曾氏与曾阜、曾参、曾申 /194
　　十二、谢氏与谢息 /199

第三章　齐 /202
  第一节　齐公室 /202
　　一、族属考 /202
　　二、世系考 /204
　　三、桓公小白 /206
　　四、惠公元 /207
　　五、顷公无野 /208
　　六、庄公光 /209
　　七、景公杵臼 /209
　　八、悼公阳生 /210

  第二节　公族 /211
　　一、崔氏与崔杼 /211
　　二、仲孙氏与仲孙湫 /214
　　三、晏氏与晏弱、晏婴 /215
　　四、闾丘氏与闾丘息 /220
　　五、东郭氏与东郭偃 /221
　　六、卢蒲氏与卢蒲癸 /223
　　七、国氏与国佐、国弱 /225
　　八、栾氏与栾施 /227
　　九、高氏与高强 /229

  第三节　异姓世族 /232
　　一、鲍氏与鲍牙、鲍国、鲍焦 /232
　　二、管氏与管夷吾 /237
　　三、逄氏与逄丑父 /241
　　四、苑氏与苑何忌 /242
　　五、莱氏与莱章 /243
　　六、陈氏与公子完、陈须无、陈无宇、陈乞、陈亢、田无择 /245

参考资料 /253

后记 /261

绪　论

所谓"世族"，即以血缘关系为纽带，以嫡长子继承制为前提，拥有雄厚的经济实力，具有较高的政治地位，富有一定的文化传统，能够世代延续的宗法贵族集团。所谓"世族作家群体"，即由同一个氏族的数代文人学士所构成的作家群体①。

一

西周初期实行以宗法血缘关系为前提的分封制，决定了周代政治体制的基本特征是以宗法隶属关系为纽带的世族政治，与之相应的组织保证是世族世卿世官制。同时，由于世族垄断了受教育权，故世族自然成为精神文化的传承者，更是精神文化的主要创造者。

春秋时期，随着宗法分封制的成熟，世族势力逐渐发展起来，无论对政治格局的转变，还是对文学创作的演进，都发挥了举足轻重的作用。就文学创作主体而论，周王室与诸侯国的298个世族，涵盖王族、公族、家族、士族等不同社会阶层出身的537位世族作家（指有姓、氏、名、字、谥、号者，不含佚名者），包括天子、国君、卿士、大夫、士等不同社会阶层，足见世族作家为春秋文学创作的主要群体。

由于人的精神文化生命来源于民族记忆、家族记忆、童年记忆，它们都深刻地内化为人的文化基因。故世族之家，世代延续，相沿成习，自然会形成各自独特的家风学风，文学创作自然会彰显出各自的独特文风。

因此，研究春秋时期的世族作家群体，是春秋文学研究的重要一环，具有十分重要的理论意义。同时，战国以降的世族大家，大多为春秋世族后裔，世世代代传承着祖先独特的家风、学风与文风。故研究春秋时期世族作家，对研究后

---

①　据笔者所见，"世族"一词，最早见于《诗·邶风·桑中》毛《序》，即所谓"至于世族在位"者。[汉]毛亨传，[汉]郑玄笺，[唐]孔颖达等正义：《毛诗正义》，中华书局1980年影印阮刻十三经注疏本，第314页。

世文学世族具有溯源层面的重要学术价值。

应该说,前人对于春秋时期世族的关注,至少可以追溯到春秋中期。如宋乐豫(乐吕)"公族,公室之枝叶也。若去之,则本根无所庇阴矣"(文七年《左传》)①之说,晋羊舌肸(叔向)"公室将卑,其宗族枝叶先落,则公从之"(昭三年《左传》)②之论,等等。战国以降,出现了专门的研究著述,如汉宋衷注《世本》、王符《潜夫论·志氏姓》、晋杜预《春秋释例·世族谱》、前蜀冯继先《春秋名号归一图》、宋程公说《春秋分记·世谱》、清陈厚耀《春秋世族谱》、顾栋高《春秋大事表·春秋卿大夫世系表》等。

20世纪初叶,欧美学者主要从一个家族来展示历史的每个断面,中国学者则大多从一个家族的族谱研究入手;从80年代末期开始,则主要从考察世家大族家族史特别是政治活动史入手,来分析世族形成的历史条件与基本特点,进而探讨世族的社会结构、文化活动及其社会影响。这一时期特别值得注意的是,从大文化视野考察文学,将世族文化与文学创作结合起来进行研究。主要从以下四个方面展开:

(一)世族文学个案研究

即侧重研究某个或若干个氏族的族属、世系、事略及其文学创作活动,属微观实证层面研究。比如:

李真瑜《明清吴江沈氏文学世家略论》(1992),通过对吴江沈氏家族的文学传统及其兴衰始末的阐述与剖析,进而论述了明清时期江南普遍存在的文学世家这一文化现象,分析了这一文化现象的历史根源以及对文学发展的作用③。

秦元《梁代萧氏家族的文学观》(1997),着重论述萧氏家族的文质观、情感生成说和情性说等内容:其文质观强调文采的重要性,情感生成说认为创作中的情感是由外物引发产生的,情性说则重点揭示人内心深处的情感活动④。

丁福林《东晋南朝的谢氏文学集团》(1998),以谢氏家族作为研究对象,力图通过谢氏家族这一个案,反映整个六朝文学创作的一个侧面,以便从家族角

---

① [晋]杜预注,[唐]孔颖达等正义:《春秋左传正义》,中华书局1980年影印阮校十三经注疏本,第1845页。案:周天子曰"王室",诸侯国君曰"公室"。故天子庶子别族,皆曰"王族";诸侯国君庶子别族,则皆曰"公族"。
② [晋]杜预注,[唐]孔颖达等正义:《春秋左传正义》,第2031页。案:"宗族",即同宗之族,亦即同一始封君之族。如晋之始封君为唐叔虞,其后裔子孙皆为"宗族"。
③ 李真瑜:《明清吴江沈氏文学世家略论》,《文学遗产》1992年第2期,第70—79页。
④ 秦元:《梁代萧氏家族的文学观》,《齐鲁学刊》1997年第1期,第13—16页。

度认识六朝文学风貌与政治状况①。

邵炳军《楚公室族属、世系暨作家群体事略考》(2011)认为,楚公室为黄帝氏族部落集团支族帝颛顼高阳氏之裔,祝融八姓氏族部落支族芈姓季连之后,出于鬻熊;其中有传世文学作品的成、庄、共、康、灵、平、昭、惠八王属诸王作家群体,公子婴齐、公子侧、公子鲂、王子胜、公子申、公子启六子属公族作家群体②。

罗姝《史类礼官作家群体事略汇考》(2012)认为,晋史苏、筮史、史赵、史龟、虢史嚚、鲁宗有司六子,皆属史类礼官,可称为礼官类世族作家群体③。

(二) 世族文学断代研究

即对某个历史时代世族作家群体的族属、世系、事略及其文学创作活动进行研究,属纵向中观实证与理论结合层面研究。比如:

杨东临《略论南朝的家族与文学》(1994)认为,家族是中古社会的中坚,唐人李延寿修《南史》便使用家传世系的形式来为人物立传,这不仅反映了当时的社会实际状况,而且也为后世治学提供了可资借鉴的方法和启示④。

程章灿《世族与六朝文学》(1998)以世族大家为透视点,重新考察六朝文学诵咏亲情、追远述先、缅怀传统、训诲诫诰等题材,提出了"精英团体"这一文学批评概念;对侨姓谢氏家族、吴姓张氏这两个文学世族进行个案研究,着重考察世族大家与六朝文学的关系,从而勾勒出世族文学的特征及其由盛入衰的发展轨迹⑤。

张剑、吕肖奂《宋代的文学家族与家族文学》(2006)认为,宋代文学家族往往起于寒族,注重以气节为先、以礼仪为重的道德教育,为文学铺设了厚重的文化底蕴;家族文学作品的相似性特征表现在对先人文风的接受和认同、文学价值判断时常引用家族先人为参照,变异性特征表现在自然禀性和后天经历的差异⑥。

吴桂美《东汉家族文学与文学家族》(2008)着力梳理了东汉文学家族的基本状况,揭示出其文教特征,分析其成因和影响,由此勾勒出家族文学的来龙去

---

① 丁福林:《东晋南朝的谢氏文学集团》,黑龙江出版社1998年版。
② 邵炳军:《楚公室族属、世系暨作家群体事略考》,《中国文化研究》2011年第4期,第51—61页。
③ 罗姝:《史类礼官作家群体事略汇考》,《桂林航天工业高等专科学校学报》2012年第3期,第321—323页。
④ 杨东临:《略论南朝的家族与文学》,《文学评论》1994年第3期,第5—19页。
⑤ 程章灿:《世族与六朝文学》,黑龙江教育出版社1998年版。
⑥ 张剑、吕肖奂:《宋代的文学家族与家族文学》,《文学评论》2006年第4期,第128—136页。

脉和总体风貌①。

罗姝《从春秋贵族诗人群体构成形态看诗歌创作方式的转变》(2017)认为，春秋时期的诗歌创作方式开始由集体创作逐渐转化为个人创作；而正是贵族诗人群体构成形态的多元化，促进了这一时期诗歌创作方式的重要变革②。

屈会涛《春秋时期的金文家训与世族的生存之道》(2019)认为，春秋时代为了维护本家族的生存，在贵族阶层中形成了一种虔敬惕惧的心态；这种心态使当时的贵族在青铜器铭文中加入了类似后世家训中训诫子孙的内容，成为家训文化的重要内容③。

(三)世族文学地域性研究

即对特定地域世族作家群体的族属、世系、事略及其文学创作活动进行研究，属横向中观实证与理论结合层面研究。比如：

严迪昌《明清新兴世族与吴文化的发展》(1992)探讨近五百年来吴文化新变的史迹，认为正是新兴世族的文化投入，进而显现其所构成的文化性格④。

李浩《唐代关中士族与文学》(2003)从人地关系的理论前提出发，运用"地域—家族"相结合的研究方法，对唐代关中地域文学进行了探讨，对与文学发展具有关联性的关中地域文化和关中士族的历史事实进行了整理，重新诠释本地域文学的发生机制，在此基础上为唐代关中文学进行了定位⑤。

徐茂明《明清以来苏州文化世族与社会变迁》(2011)以"文化世族"为核心概念，全面研究了明清以来苏州文化世族与地域社会之互动关系；通过对文氏、王氏、叶氏、彭氏、潘氏等家族的深入挖掘，系统分析了家族迁徙与区域社会之间的文化互动以及家族累积的社会文化资本对社会风尚走向的重要影响⑥。

霍志军《汉晋时期陇右地区傅氏文学家族及其文化品格》(2019)认为，陇右地区傅氏文学家族于西汉中期傅介子开始兴起，由早期武力强宗逐渐演变为文学士族，铸就了傅氏文学家族独特的文化品格⑦。

---

① 吴桂美：《东汉家族文学与文学家族》，《中国文学研究》2008年第3期，第66—69页。
② 罗姝：《从春秋贵族诗人群体构成形态看诗歌创作方式的转变》，《中州学刊》2017年第4期，第144—150页。
③ 屈会涛：《春秋时期的金文家训与世族的生存之道》，《社科纵横》2019年第2期，第111—115页。
④ 严迪昌：《明清新兴世族与吴文化的发展》，《苏州大学学报》1992年第1期，第76—85页。
⑤ 李浩：《唐代关中士族与文学》，中国社会科学出版社2003年版。
⑥ 徐茂明：《明清以来苏州文化世族与社会变迁》，中国社会科学出版社2011年版。
⑦ 霍志军：《汉晋时期陇右地区傅氏文学家族及其文化品格》，《地域文化研究》2019年第2期，第10—19页。

(四)世族文学理论研究

即对世族文学发生、发展、流变规律进行梳理与研究,属宏观理论层面研究。比如:

王兴中《家族精神的文学指向》(1989)认为,中华民族文化传统的核心是家族主义,作为民族精神状态重要载体的古典文学,就是在这样的氛围里形成、产生的;作为民族文学源头之一的《诗经》中的众多作者,表达出了他们在维护以血缘来调节社会使之达到和谐的愿望[①]。

杨晓斌《我国古代文学家族的渊源及形成轨迹》(2005)认为,我国古代文学家族的形成大致经历了西周至春秋、秦汉、魏晋,刘宋四个重要阶段;文学家族形成的时限当为刘宋初期,其判定应当从历时的延续、共时的创作、时限的前后三个方面来确证[②]。

李朝军《家族文学史建构与文学世家研究》(2008)认为,文学世家与家族文学是中国文学史上一种带普遍性的现象,家族文学史的内容应包含历时性、共时性等多向度的考察;文学世家史的建构有利于把握古代家族文学现象形成、演变的全貌和阶段性特点,探究其兴衰起伏的内外成因,揭橥中国文学的民族特色[③]。

梅新林《文学世家的历史还原》(2011)认为,中国通代文学世家发展演变历程,经历了前中后三大时段与三重形态相互衔接与有序推进:两汉至南北朝"经学—文学世家"与"门阀—文学世家"双重形态的衔接与演进,隋唐时期"门阀—文学世家"与"科宦—文学世家"混合形态的交替与演进,两宋至明清"科宦—文学世家"主流形态的承变与演进;文学世家史学术范式的建构,需要通过特定个体、时代、区域以及通代文学世家史四个层级的链接而融合为有机整体[④]。

可见,世族作家群体与文学创作研究,研究对象由世族史研究向世族与文学互动关系研究之转变,研究视域由世族个案研究向断代研究、地域性研究、理论研究之转变。但依然存在许多缺憾:研究空间重南轻北,研究时间重末轻初,研究视域缺乏全面性,研究成果缺乏系统性。尤其是作为世族作家群体形成阶段的春秋时期,仅局限于对晋、楚、郑、宋、卫等少数诸侯国若干世族的个案研

[①] 王兴中:《家族精神的文学指向》,《云南师范大学学报》1989年第2期,第65—74页。
[②] 杨晓斌:《我国古代文学家族的渊源及形成轨迹》,《新疆大学学报》2005年第1期,第124—128页。
[③] 李朝军:《家族文学史建构与文学世家研究》,《学术研究》2008年第1期,第115—120页。
[④] 梅新林:《文学世家的历史还原》,《中国社会科学》2011年第1期,第177—191页。

究,将世族作家群体与文学创作结合起来进行研究,几乎可以说是一片空白。

二

本书主要研究春秋时期周、鲁、齐的98个世族,涵盖王族、公族、家族、士族等不同社会阶层出身的173位世族作家,逐一考证其族属、世系、事略暨文学创作活动,从王室、同姓公室、异姓公室不同侧面展示春秋时期文学创作的整体风貌。王室与鲁、齐公室世族作家群体的族群与地域分布情况大致如下:

(一)周王室18个世族

这18个世族,包括王室(姬姓)之王族与姬姓之周氏、宰氏、单氏、凡氏、家氏、刘氏、朝氏、富氏、苌氏、王叔氏、王孙氏、王氏①,姒姓之辛氏,己姓之叔氏,及瑕氏(姓未详)、泠氏(姓未详)、仓氏(姓未详)等,占春秋时期世族总数298个的6%;包括33位作家,占春秋时期作家总数537人的6%。

比如,王室之王族为帝喾高辛氏元妃姜嫄子后稷弃之裔,其世系为:平王宜臼→太子洩父、王子狐(别为王子氏、狐氏)、王子烈(别为周氏)→桓王林→庄王佗、王子克(无后)→僖王胡齐、王子虎(别为王叔氏)、王子颓(无后)→惠王阆→襄王郑、王子带(别为甘氏)→顷王壬臣→匡王班、定王瑜(无后)、王子札(无后)、王季子(别为刘氏)→简王夷→灵王泄心、王儋季(别为儋氏)→景王贵、王子佞夫(无后)→太子寿(无后)、悼王猛(无后)、敬王匄、王子朝(别为朝氏)→元王任→贞定王介②。其中,有传世作品者为平王宜臼、僖王胡齐、惠王阆、襄王郑、定王瑜、灵王泄心、景王贵、敬王匄、元王任,此九王可称为姬周诸王作家群体③。

再如,刘氏为帝喾高辛氏元妃姜嫄子后稷弃之裔,出于襄王郑之孙、顷王壬臣季子刘康公,其世系为:襄王郑→顷王壬臣→王季子→定公夏→献公挚→文公卷→刘桓公、刘毅、刘佗、刘州鸠。其中,有传世作品者为刘康公、刘夏、刘挚,此三子可称为周王室王族作家群体④。

---

① 笔者所谓"王室之王族""公室之公族",是狭义之"王族""公族",仅包括时王、时君及其嫡子与庶子(即所谓"王子""王孙"与"公子""公孙"之属),以与广义"王族""公族"有别,即与周之文王以下,诸侯国之始封君以下嫡子与庶子及其三代之内的后裔有别。
② 笔者在此以"→"表示前者与后者为父子关系;以"……"表示前者与后者为同一氏族内具有近亲血缘关系者,但非父子关系。
③ 详见:罗姝《王族宗子:文学创作的行为主体与诗礼传家的责任主体——以春秋时期周王室作家群体为中心》,《广东社会科学》2018年第2期,第160—167页。
④ 参见:邵炳军《春秋文学系年辑证》,第703、1001、1093页。

又如，叔氏为帝颛顼高阳氏之裔，出于叔达，其世系为：叔过→叔兴→叔服。此三子皆有传世作品者，可称为周王室异姓世族作家群体①。

(二)鲁公室 63 个世族

这 63 个世族，包括公室(姬姓)之公族与姬姓之东门氏、子家氏、子叔氏、禽氏、公敛氏、臧孙氏、仲孙氏、叔孙氏、季孙氏、孺氏、巏氏、冉氏、叔仲氏、子服氏、公冶氏、夏父氏、颜氏、公西氏、阳氏、宓氏、驷氏、御孙氏、荣氏、南宫氏、宰氏、公山氏、公罔氏、众氏、展氏、后氏，子姓之商氏、孔氏、正氏、樊氏、仲氏，芈姓之楚氏、序氏，偃姓之里氏，妫姓之颛孙氏，祁姓之杜氏，任姓之谢氏，姜姓之申氏，姒姓之曾氏，及原氏(姓未详)、澹台氏(姓未详)、言氏(姓未详)、御氏(姓未详)、闵氏(姓未详)、梓氏(姓未详)、师氏(姓未详)、左氏(姓未详)、漆雕氏(姓未详)、有氏(姓未详)、少正氏(姓未详)、曹氏(姓未详)、冶氏(姓未详)等，占春秋时期世族总数 298 个的 19%；包括 108 位作家，占春秋时期作家总数 537 人的 20%。

比如，公室公族为帝喾高辛氏元妃姜嫄子后稷弃之裔，始封君为季历之孙、文王昌庶子周公旦，其世系为：孝公称→公子彄(别为臧氏)、公子益师(别为众氏)、惠公弗湟、公子展(别为展氏)、公子革(别为后氏)→隐公息姑(无后)、桓公允、公子施父(别为施氏)、公子翚→庄公同、公子庆父(别为仲氏)、公子牙(别为叔氏)、公子友(别为季氏)、公子鱼(后未详)→公子般(无后)、闵公启方、僖公申、公子遂(别为东门氏)→文公兴→公子恶(无后)、公子视(无后)、宣公俀、公子肸(别为子叔氏)→成公黑肱、公子偃(无后)、公子鉏(无后)、公子衡(无后)→襄公午、公子野(无后)、昭公裯(一作"稠")、定公宋，昭公裯→公子衍、公子为、公子果、公子賈……公孙有山，定公宋→哀公将(蒋)→公子荆、悼公宁。其中，有传世作品者为公子翚、庄公同、公子鱼、文公兴、宣公俀、成公黑肱、襄公午、昭公裯、公子为、哀公蒋、公孙有山，庄、文、宣、成、襄、昭、哀七公可称为鲁诸公作家群体，公子翚、公子鱼、公子为、公孙有山四子可称为鲁公室公子公孙作家群体②。

再如，季孙氏为季历之孙、文王昌庶子周公旦后裔，出于惠公弗湟之孙、桓公允季子公子友，其世系为：公子友→公孙无佚→季孙行父→季孙宿→季孙弥(别为公鉏氏)、季孙纥、季公鸟、季公亥(无后)；季孙纥→季孙意如、公甫靖(别为公甫氏)、公之(无后)→季孙斯、季寤(别为子言氏)、季魴侯(无后)→季孙肥、

---

① 参见：邵炳军《春秋文学系年辑证》，第 393、519、610 页。
② 参见：邵炳军《春秋文学系年辑证》，第 326、464、1481 页。

季孙穆叔(别为子扬氏)、季孙灶(别为子雅氏)、南孺子所生男(无后),季公鸟→季甲。其中,有传世文学作品者为季孙行父、季孙宿、季孙意如、季孙斯、季孙肥,此五子可称为鲁公族作家群体①。

又如,曾氏为帝颛顼高阳氏部落支族夏禹后裔,出于后相之孙、少康庶子曲烈,其世系为:世子巫→曾夭(后未详)、曾阜→曾点→曾参→曾元、曾申。其中,有传世作品者为曾阜、曾参,此二子可称为鲁公室异姓作家群体②。

(三)齐公室17个世族

这17个世族,包括公室(姜姓)之公族与姜姓之崔氏、东郭氏、卢蒲氏、逢氏、栾氏、高氏、闾丘氏、仲孙氏、晏氏、国氏,子姓之苑氏、莱氏,姒姓之鲍氏,姬姓之管氏,妫姓之陈氏,及梁丘氏(姓未详)等,占春秋时期世族总数298个的6%;包括32位作家,占春秋时期作家总数537人的6%。

比如,公室公族为尧时方伯姜姓四岳伯夷后裔,始封君为吕尚,其世系为:庄公赎(一作"购")→太子得臣(无后)、僖公禄父,公子年,僖公禄父→襄公诸儿(无后)、公子纠(无后)、桓公小白,公子年→公孙无知(无后),桓公小白→公子无亏(无后)、惠公元、孝公昭(无后)、昭公潘、懿公商人(无后)、公子雍(无后),惠公元→顷公无野、公子栾(别为栾氏)、公子高(别为高氏),昭公潘→公子舍,顷公无野→灵公环、公子固(无后)、公子铸(无后)、公子角(无后)、公子胜,灵公环→庄公光(无后)、景公杵臼、公子牙(无后),公子胜→公孙青,景公杵臼→孺子(无后)、悼公阳生、公子嘉(无后)、公子驹(无后)、公子黔(无后)、公子鉏(无后)→简公壬(无后)、平公敬→宣公积。其中,有传世文学作品者为桓公小白、惠公元、顷公无野、庄公光、景公杵臼、悼公阳生,此六君可称为齐国诸公作家群体③。

再如,鲍氏为褒氏之别,出于鲍敬叔之子鲍牙,其世系为:鲍敬叔→鲍牙……鲍牵、鲍国……鲍焦,鲍国……鲍牧。其中,有传世文学作品者为鲍牙、鲍国、鲍焦,此三子可称为齐公室异姓世族作家群体④。

又如,晏氏出自庄公赎之孙,其世系为:庄公赎……晏子……晏弱→晏婴→晏圉……晏戎……晏氂。其中,有传世文学作品者为晏弱、晏婴,此二子可称为

---

① 详见:罗姝《季孙氏族属、世系暨作家群体事略考》,《现代语文》2017年第4期,第7—9页。
② 参见:邵炳军《春秋文学系年辑证》,第1002、1246页。
③ 详见:罗姝《公室宗子在诗礼文化生成与传播过程中的主体性——以春秋时期齐公室诸君的文学创作为中心》,《郑州大学学报》2018年第6期,第103—107页。
④ 参见:邵炳军《春秋文学系年辑证》,第328、1259、1381页。

齐公族作家群体①。

三

通过研究,我们对春秋时期世族及其文学创作活动具有以下五个方面的基本认识:

一是春秋中期以前(前770—前547)②,周王室与诸侯国卿士寮系统之"卿"依然具有"秉国政"之权力,他们是文学创作最为活跃的群体之一。代表性作家主要有:

齐管夷吾(前? —前645),姓姬,氏管,其后别氏禽,名夷吾,字仲,谥敬,尊称"仲父",管山(庄仲)之子,管鸣(武子)之父,本管(周文王庶子管叔鲜封国,即今郑州市故管城)人,国灭东徙颍上(即今安徽省阜阳市颍上县),后北徙齐(即今山东省淄博市临淄区)。其倡导"招携以礼,怀远以德。德、礼不易,无人不怀"古训,主张"修礼于诸侯,诸侯官受方物"(僖七年《左传》)③;推行"通货积财,富国强兵,与俗同好恶"的基本国策,成就了齐桓公"九合诸侯,一匡天下"(《史记·管晏列传》)④的政治目标,传世有《安国之策论》(见《国语·齐语》)《荐五子书》(见《管子·小匡篇》)《修德礼以怀诸侯之策论》(见僖七年《左传》)诸文⑤。

鲁叔孙豹(前? —前538),姓姬,氏叔孙,名豹,谥穆子,公孙兹(叔孙戴伯)之孙,叔孙得臣(庄叔)季子,叔孙侨如(宣伯)之弟,叔孙牛(竖牛)、叔孙丙(孟丙)、叔孙壬(仲壬)、叔孙婼(昭子)之父,历仕成、襄、昭三君凡三十八年(前575—前538)。其倡导"大上有立德,其次有立功,其次有立言"(襄二十四年《左传》)⑥为"三不朽"古训,提出"怀和为每怀,咨才为诹,咨事为谋,咨义为度,咨亲为询,忠信为周"(《国语·鲁语下》)⑦为"六德"说,传世有《别缵礼以重六德论》(见《国语·鲁语下》)《死而不朽论》(见襄二十四年《左传》)《敬为民之

---

① 参见:邵炳军《春秋文学系年辑证》,第730、903页。
② 笔者将春秋时期分为前期(前770—前682)、中期(前681—前547)、后期(前546—前506)、晚期(前505年—前453)四个历史阶段。参见:邵炳军《春秋文学系年辑证·绪论》,高等教育出版社2013年版,第9—11页。
③ [晋]杜预注,[唐]孔颖达等正义:《春秋左传正义》,第1798页。
④ [汉]司马迁撰,[晋]裴骃集解,[唐]司马贞索隐,[唐]张守节正义,郭逸、郭曼标点:《史记》,上海古籍出版社1997年点校宋黄善夫刊刻三家注本,第1661—1662页。
⑤ 参见:邵炳军《春秋文学系年辑证》,第329页;张杰、张艳丽《论清华简〈管仲〉篇的儒学化倾向》,《阜阳师范学院学报》2018年第4期,第1—6页。
⑥ [晋]杜预注,[唐]孔颖达等正义:《春秋左传正义》,第1979页。
⑦ [三国吴]韦昭注,上海师范大学古籍整理研究所校点:《国语》,上海古籍出版社1998年校点清嘉庆二十三年(1818)黄丕烈刻士礼居仿宋刻明道本,第186页。

主论》(见襄二十八年《左传》)诸文①。

二是从春秋后期(前546—前506)开始,卿士寮系统之"卿"这一创作群体渐次为卿士寮系统之"大夫"创作群体所替代。特别是担任治官、教官、政官、刑官各类大夫,他们一直是创作活动最为活跃的群体,写作旨趣多在"人道"。代表性作家主要有:

鲁孔丘(前551—前479),姓子,氏孔,名丘,字仲尼,尊称"子",伯夏之孙,叔梁纥(郰叔纥、郰人纥)次子,孟皮(伯尼)异母弟,母颜徵在,孔鲤(伯鱼)之父,本宋公族,避难迁居鲁,仕为司寇,后弃官去鲁,返鲁后潜心整理文献,著《春秋》,创办私学,以"六艺"教授门徒。其构建出一套以"仁"为最高道德原则和标准的完整的儒学思想体系,以恢复"郁郁乎文哉"(《论语·八佾篇》)②为特征的西周制度为最高政治理想,为儒家学说之集大成者,言论主要收录于《论语》之中,另传世有《泰山歌》(见《礼记·檀弓上》)《去鲁歌》(俱见《史记·孔子世家》)《陬操》(见《孔丛子·记问篇》)诸诗文③。

三是太史寮系统的"卿大夫",是春秋时期周王室与诸侯国官员中最典型的中上层知识分子。他们依然是文学创作的主要作家群体之一,写作旨趣多在"天道"④。代表性作家主要有:

鲁里克,姓偃,本氏理,改氏里,名克,字革,仕为太史,历仕僖、文、宣、成四君凡四十六年(前627—前573),生卒年未详(前627—前573在世)。其主张史官应"以死奋笔,戛奋其闻之",认为"臣杀其君"为"君之过",提出"夫君也者,民之川泽也"说(《国语·鲁语上》)⑤,传世有《駉》《有駜》(俱见《诗·鲁颂》)《臣杀其君之过论》(见《国语·鲁语上》)诸诗文⑥。

四是春秋时期"士"阶层,包括"武士""国士""学士""侠士""隐士"五种基本类型,皆为出身世族之家而受宗法制支配的低级贵族。他们不仅是文学创作的主要作家群体之一,而且初步形成了中国古代社会第一"文士"类官僚集团。代表性作家主要有:

鲁公山不狃,姓姬,氏公山,名不狃(一作"弗扰"),字子洩,出于仲孙穀(文伯)之孙仲孙蔑(孟献子)之子仲孙佗(懿伯、子服仲叔),季孙氏费邑宰,生卒年

---

① 参见:邵炳军《春秋文学系年辑证》,第995页;赵逵夫《叔孙豹的辞令、诗学活动与美学精神——兼论春秋时代行人在先秦文学发展中的作用》,《文学评论》2007年第4期,第56—64页。
② [魏]何晏等注,[宋]邢昺疏:《论语注疏》,中华书局2009年影印阮刻十三经注疏本,第2467页。
③ 参见:邵炳军《春秋文学系年辑证》,第906页。
④ 详见:罗姝《师类礼官作家群体事略汇考》,《安徽文学》2017年第6期,第3—6页。
⑤ [三国吴]韦昭注,上海师范大学古籍整理研究所校点:《国语》,第176,182页。
⑥ 参见:邵炳军《春秋文学系年辑证》,第612页。

未详(前505—前487在世)。其提出"君子违,不适雠国"(哀八年《左传》)①说,传世有《为宗国死节论》《吴不可伐鲁论》(俱见哀八年《左传》)诸文②。

五是孔门诸子皆出身于世族之家,少数入仕为卿、大夫或家臣,大多为专门化、职业化之"学士""文士"。代表性作家主要有:

鲁颜回(前521—前480),姓姬,氏颜,名回,字子渊,颜无繇(颜路)之子,仲尼母族,孔子前辈弟子,为孔子四友之一,亦为孔门四科十哲之一③。其提出"夫子之道至大也,故天下莫能容"(《史记·孔子世家》)④说,后世形成了"颜氏之儒"学派,传世有《修道以待君子论》(见《史记·孔子世家》)一文⑤。

鲁曾参(前505—前436),姓姒,氏曾,名参,字子舆,尊称"子",曾阜之孙,曾点(子皙)之子,曾元、曾申(子西)之父,本鄫(姒姓国,故城在今山东省枣庄市东七十余里)人,国灭徙居鲁南武城,父子并为孔子弟子。其总结出"吾日三省吾身"修养德性方法,提出"慎终追远,民德归厚"(《论语·学而篇》)⑥说,认为"夫子之道,忠恕而已矣"(见《论语·里仁篇》)⑦,孔子卒后自己设坛收徒讲学,作《孝经》,传世有《夫子之道论》(见《论语·里仁篇》)一文⑧。

总之,春秋时期世族作家群体成分,逐渐由上层贵族"卿大夫",扩展到下层贵族"士"。就同一世族而言,对祖先之文学观念与文风的认同接受形成其作品风格相似性特点,个体自然秉性、后天阅历的差异形成其作品风格变异性特点;就不同世族而论,地域环境的差异性形成其作品风格地域性特质,家门学风的差异性形成其作品风格多样性特征。

---

① [晋]杜预注,[唐]孔颖达等正义:《春秋左传正义》,第2164页。
② 参见:邵炳军《春秋文学系年辑证》,第1387页;谭风雷《"不以所恶废乡"——公山不狃的故土情》,《管子学刊》1997年第4期,第81—83页。
③ 据《孔丛子·论书篇》,孔子谓颜回(子渊)、端木赐(子贡)、颛孙师(子张)、仲由(子路)为其"四友"。又据《论语·先进篇》,孔子将其弟子按照特长,分为"德行""言语""政事""文学"四类。其中,"德行"类有颜回、闵损(子骞)、冉耕(伯牛)、冉雍(仲弓)四子,"言语"类有宰予(子我)、端木赐二子,"政事"类有冉求(子有)、仲由二子,"文学"类有言偃(子游)、卜商(子夏)二子。此十子,在唐开元八年(710年),被正式列为儒家"四科十哲"。
④ [汉]司马迁撰,[晋]裴骃集解,[唐]司马贞索隐,[唐]张守节正义,郭逸、郭曼标点:《史记》,第1511页。
⑤ 参见:邵炳军《春秋文学系年辑证》,第1142页;常昭《颜回、颜氏之儒与琅邪颜氏家族探析》,《齐鲁学刊》2010年第4期,第9—14页。
⑥ [魏]何晏等注,[宋]邢昺疏:《论语注疏》,第2457—2458页。
⑦ [魏]何晏等注,[宋]邢昺疏:《论语注疏》,第2471页。
⑧ 参见:邵炳军《春秋文学系年辑证》,第1246页;任重《论曾参的儒学思想及其成就》,《河南大学学报》2001年第2期,第93—96页。

四

　　本书力求改变世族研究与文学研究脱节现象，以世族与文学研究结合视角，将触角深入到"家→族→宗"这一宗法制社会构成基本元素中，在全面钩稽考察各类世族作家群体之族属、世系暨作家个体事略、文学创作活动的基础上，关注世族文学的历史建构、依存关系、类型特点、生产方式、现场情景、成果样本等问题，力图全面反映文学创作基层写作的具体过程与基本状况，从一个侧面反映春秋文学的基本状况与发展规律；通过对众多家族性文学经验的逐一总结归纳，进而分析世族文学发生、发展、成熟的流变规律，以揭示中国文学创作的族聚性、互动性、基层性文化特征。

　　以经验实证基础上的理性思辨方法论原则为指导，以文献考据为重点，将文献学、地理学、人类学、民族学方法结合；以个案研究为重心，将个案与宏观研究结合；以世族作家群体族属、世系暨作家个体事略、创作活动为重点，将地方文化史、家族文化史与世族文学史研究结合。

　　本书在以下六个方面具有创新与突破：

　　（1）考据严谨的世族族属溯源，即依据周代重视"男女辨姓"而尤其注重"男子别族"与"男子别氏"的实际状况，通过考辨某一世族姓、氏源流以区别氏族之间的血缘关系。因为"以血缘关系为纽带"，是"世族"的基本前提。

　　襄二十五年《左传》载齐东郭偃谓崔杼（武子）曰："男女辨姓。今君出自丁，臣出自桓，不可。"襄二十八年《左传》载齐庆舍（子之）之士谓卢蒲癸曰："男女辨姓。子不辟宗，何也？"昭元年《左传》载郑公孙侨（子产）谓晋羊舌肸（叔向）曰："男女辨姓，礼之大司也。今君内实有四姬焉，其无乃是也乎？"[①]此皆言同姓不婚，故女男婚姻首先需辨别其姓。像棠公之妻"棠姜"，姜姓；晋平公之"四姬"，姬姓，此即所谓"女子辨姓"者。齐东郭偃、崔武子、庆舍、卢蒲癸皆"姜姓"，晋平公与其"四姬"皆"姬姓"，此皆所谓"男女辨姓"者。齐崔氏出自吕尚之孙、丁公吕伋之子叔乙，属"丁族"；卢蒲氏出于庄公购之孙、僖公禄父庶子桓公小白，庆氏出自僖公禄父之孙、桓公小白庶子公子无亏，东郭氏出自桓公小白之孙东郭牙，皆属"桓族"，此即所谓"男子别族"者。齐同为"桓族"者，又别为卢蒲氏、庆氏、东郭氏，此即所谓"男子别氏"者。足见"姓""族""氏"是"血缘关系"的基本表现形态。

　　那么，何为"姓""氏"呢？

[①] ［晋］杜预注，［唐］孔颖达等正义：《春秋左传正义》，第 1982、1994、2019 页。

隐八年《左传》载鲁众仲对隐公曰："天子建德,因生以赐姓,胙之土而命之氏。诸侯以字为谥,因以为族。官有世功,则有官族。邑亦如之。"①《国语·周语下》载周太子晋曰："皇天嘉之,祚以天下,赐姓曰'姒',氏曰'有夏',谓其能以嘉祉殷富生物也。祚四岳国,命以侯伯,赐姓曰'姜',氏曰'有吕',谓其能为禹股肱心膂,以养物丰民人也。"②《晋语四》在晋司空季子(胥臣)曰："昔少典娶于有蟜氏,生黄帝、炎帝。黄帝以姬水成,炎帝以姜水成。成而异德,故黄帝为姬,炎帝为姜,二帝用师以相济也,异德之故也。异姓则异德,异德则异类。异类虽近,男女相及,以生民也。同姓则同德,同德则同心,同心则同志。"③晋杜预《春秋释例》卷二《氏族例》："别而称之,谓之氏;合而言之,谓之族。子孙繁衍,枝布叶分,始称其本,末取其别。故其流至于百姓、万姓。"④

足见所谓"姓"者,即生活在不同地域的不同原始氏族部落最原始的一种称号,实际上具有族群称号含义,如生活在姬水流域的族群曰"姬姓",生活在姜水流域的族群曰"姜姓",生活在妫水流域的族群曰"妫姓"。所谓"氏"者,即同一族群内部别族以后的一种称号,实际上具有亚族群称号含义。比如,帝尧封夏禹于夏,赐姓曰姒,故其为姒姓夏氏;帝尧封四岳于吕,故其为姜姓吕氏;周封帝舜之后于陈,则陈公族出于帝舜,故其为妫姓陈氏;等等。

可见,先秦时期的"姓""氏"概念,实际上是不同族群、亚族群一种符号化表达形态。故郑公孙侨谓晋羊舌肸曰："男女辨姓,礼之大司也。"(昭元年《左传》)⑤足见"姓""氏"属于我们所谓的"族属",其中"姓"最为关键。

比如,鲁仲孙氏(仲氏、孟氏、孟孙氏)、叔孙氏、季孙氏三族,皆为季历(公季)之孙、文王昌(西伯)庶子周公旦后裔。其中,仲孙氏出于惠公弗湟之孙、桓

---

① 杜《注》："立有德以为诸侯。因其所由生以赐姓,谓若舜由妫汭,故陈为妫姓;报之以土,而命氏曰陈。诸侯位卑,不得赐姓,故其臣因氏其王父字;或使即先人之谥号,以为族。谓取其旧官、旧邑之称,以为族,皆禀之时君。诸侯之子称公子,公子之子称公孙,公孙之子以王父字为氏。无骇,公子展之孙,故为展氏。"孔《疏》："姓者,生也。以此为祖,令之相生,虽下及百世,而此姓不改。族者,属也。与其子孙共相连属,其旁支别属,则各自立氏……子孙当共姓也……子孙当别氏也。氏,犹家也。"[晋]杜预注,[唐]孔颖达等正义:《春秋左传正义》,第1733—1734页。
② 韦《注》："尧赐禹姓曰姒,封之于夏……尧以四岳佐禹有功,封之于吕,命为侯伯,使长诸侯也。姜,四岳之先,炎帝之姓也。"[三国吴]韦昭注,上海师范大学古籍整理研究所校点:《国语》,第104—107页。
③ 韦《注》："神农,三皇也,在黄帝前。黄帝灭炎帝,灭其子孙耳,明非神农可知也。言生者,谓二帝本所生出也……姬、姜,水名……相及,嫁娶也。"[三国吴]韦昭注,上海师范大学古籍整理研究所校点:《国语》,第356—357页。
④ [晋]杜预:《春秋释例》,中华书局丛书集成初编1985年排印清嘉庆十二年(1807)孙星衍刊刻岱南阁丛书校本,第32—33页。
⑤ [晋]杜预注,[唐]孔颖达等正义:《春秋左传正义》,第2024页。

公允次子公子庆父(共仲),叔孙氏,出于惠公弗湟(一作"弗皇",又作"弗生")之孙、桓公允第三子公子牙(叔牙、僖叔),季孙氏出于惠公弗湟之孙、桓公允季子公子友(季友、成季、季子、公子季友)。可见,此三族同属鲁公族中的"桓族",血缘关系最近,故史称"三桓"。

(2)钩稽清晰的世族人物谱系,即依据周人恪守宗庙制度中"昭穆制"的状况,通过考辨某一世族内部自始祖以下的人物世系以区分亲疏贵贱。其中,"宗""祖""族"是"血缘关系"的基本内涵。

何为"祖""宗""族"呢?

成十五年《左传》:"秋八月,葬宋共公。于是华元为右师,鱼石为左师,荡泽为司马,华喜为司徒,公孙师为司城,向为人为大司寇,鳞朱为少司寇,向带为大宰,鱼府为少宰……二华,戴族也;司城,庄族也;六官者,皆桓族也。"①襄十二年《左传》:"秋,吴子寿梦卒,临于周庙,礼也。凡诸侯之丧,异姓临于外,同姓于宗庙,同宗于祖庙,同族于祢庙。是故鲁为诸姬,临于周庙;为邢、凡、蒋、茅、胙、祭,临于周公之庙。"②《国语·晋语》在晋胥臣(司空季子)曰:"凡黄帝之子,二十五宗,其得姓者十四人为十二姓,姬、酉、祁、己、滕、箴、任、荀、僖、姞、儇、依是也。"③

由此可见,所谓"祖"者,即同一始封君以下具有血缘关系者。如管、蔡、郕、霍、鲁、卫、毛、聃、郜、雍、曹、滕、毕、原、酆、郇,此诸侯国君同"祖"文王昌者;邢、晋、应、韩,此诸侯国君同"祖"武王发者;凡、蒋、邢、茅、胙、祭,此诸侯国君同"祖"周公旦者④。所谓"宗"者,即周王室同一王以下具有血缘关系者,自然有嫡子"大宗"与庶子"小宗"之别。诸侯公室同样如此。所谓"族"者,即同一高祖以下具有血缘关系者。如成十五年《左传》所谓"戴族"者,谓华氏出于戴公白之孙、公子说之子公孙督;"庄族"者,谓公孙师为庄公冯之孙;"桓族"者,谓向氏出于桓公御说之孙、公子朌之子公孙訾守,鱼氏出于桓公御说子孙、公子目夷(子鱼)之子(名未详),荡氏(子荡氏)出于桓公御说子孙、公子荡之子(名未详),鳞

---

① [晋]杜预注,[唐]孔颖达等正义:《春秋左传正义》,第1914页。
② 杜《注》:"周庙,文王庙也。周公出文王,故鲁立其庙……(宗庙)所出王之庙。(祖庙)始封君之庙。(祢庙)父庙也。族谓高祖以下……(周公之庙)即祖庙也。六国皆周公旦之支子,别封为国,共祖周公。"[晋]杜预注,[唐]孔颖达等正义:《春秋左传正义》,第1951页。
③ 韦《注》:"继别为大宗,别子之庶孙乃为小宗耳。得姓,以德居官而赐之姓。谓十四人而内二人为姬,二人为己,故十二姓。"[三国吴]韦昭注,上海师范大学古籍整理研究所校点:《国语》,第356—357页。
④ 详见:僖二十四年、二十八年、定四年《左传》。

氏出于桓公御说子孙、公子鳞之子(名未详)[①]。则春秋时期所谓"某族"者,即以"三代别族"之祖父言之。因此,像周公旦为文王庶子,封之于鲁,故鲁之"宗庙",即"周庙",亦即周文王之庙;周公旦为鲁之始封君,故鲁之"祖庙",即"周公之庙"。足见"祖""宗""族"是同一族群内部血缘关系亲疏程度的内在表达:"祖"→"宗"→"族"。

故同一"氏族"的血缘关系最为亲近。比如,春秋时期鲁子服氏世系为:仲孙谷→仲孙蔑→仲孙佗→子服椒→子服回→子服何。则子服氏为仲孙氏(仲氏、孟氏、孟孙氏)之别,出于仲孙谷(文伯)之孙、仲孙蔑(孟献子)之子仲孙佗(懿伯、子服仲叔)。

(3)概括简明的世族作家个体事略与文学创作活动,即力求在"世族作家人谱"基础上,形成一个春秋时期"世族作家群谱"。

我们对于这个"群谱",除了考察其地域分布特点之外,还考虑到了两个特点:一是社会阶层分布,即周王、国君、卿士、大夫、士等不同阶层的分布状况;二是血缘关系分布,即王室/公室同姓世族、异姓世族的分布状况。如周王室中的平王宜臼、僖王胡齐、惠王阆、襄王郑、定王瑜、灵王泄心、景王贵、敬王匄、元王仁,此九王可称为姬周诸王作家群体;凡伯、刘康公、刘夏、刘挚、王子朝,此五子可称为王族作家群体;富辰、苌弘、辛伯、仓葛,富辰、苌弘,属同姓世族作家群体;辛伯、仓葛,属异姓世族作家群体。

正是通过上述三个视角特点的分析,进而考察作为不同地域、不同社会阶层、不同血缘关系的创作主体在不同历史阶段文学创作的基本状态。

(4)归纳科学的世族作家群体之间差异性特征,即在逐一考察特定世族作家群体状况的基础上,辨析世族间思想文化与文学创作差异性特征。

比如,鲁"三桓"中有传世作品者,仲孙氏之仲孙穀、仲孙蔑、仲孙羯、仲孙何忌、仲孙貜,叔孙氏之叔孙侨如、叔孙豹、叔孙婼、叔孙不敢、叔孙州仇、叔孙舒,季孙氏之季孙行父、季孙宿、季孙意如、季孙斯、季孙肥,此十六子可称为鲁公族作家群体。

(5)关注世族出生的贵族女性作家,通过对其族属、世系暨生平事迹的考证,钩稽出春秋时期贵族女性作家群谱。本课题涉及的贵族女性作家凡12人,占总数537人的2%。按照国别,具体分布状况如下:

鲁有臧孙母、成风、展获妻、穆姜、敬姜5人。比如,穆姜(前?—前564)为

[①] 参见:《元和姓纂·六止》《九鱼》《四十祃》《四十一漾》《通志·氏族略二》《氏族略三》《氏族略四》。

齐国之女、鲁文公兴之媳、宣公倭夫人、成公黑肱、伯姬之母,认为"元,体之长也;亨,嘉之会也;利,义之和也;贞,事之干也(元,是众善的首领;亨,是众美的荟萃;利,是仁义之聚合;贞,是事业成功的根本)。体仁足以长人,嘉德足以合礼,利物足以和义,贞固足以干事(元,是躯体最高的地方;亨,是嘉礼中的主宾相会;利,是道义的总和;贞,是事情的本体。体现了仁就足以领导别人,美好的德行足以协调礼仪,有利于万物足以总括道义,本体坚强足以办好事情)",提出"元""亨""利""贞"为"四德"(襄九年《左传》)①说,传世有《元、亨、利、贞四德论》(见襄九年《左传》)一文。

齐有桓卫姬、管妾婧、孝孟姬、灵仲子、杞殖妻、晏御妻、伤槐女婧7人。比如,杞殖妻(前?—前550)为大夫杞梁殖之妻,尊崇大夫妇人"不得与郊吊"(襄二十三年《左传》)②礼制,主张"外无所倚,以立吾节"(《列女传·贞顺传》)③,传世有《大夫不受郊吊论》(见襄二十三年《左传》)《以死立节论》(见《列女传·贞顺传》)《杞梁妻歌》(见《琴操》卷下)诸诗文④。

由此可见,"诸侯夫人,大夫内子,并能称文道故,斐然有章。若乃盈满之祥,邓曼详推于天道;利贞之义,穆姜精解于乾元;鲁穆伯之令妻,典言垂训……士师考终牖下,妻有诔文;国殇魂返沙场,嫠辞郊吊。以致泉水届流,委宛赋怀归之什;燕飞上下,凄凉送归媵之诗。凡斯经礼典法,文采风流,与名卿大夫有何殊别?"(清章学诚《文史通义·内篇五·妇学》)⑤当然,尽管《诗经》收录了一些贵族女性诗人的诗歌作品,《国语》《左传》等传世文献收录了一些贵族女性作家的散文作品,但毕竟在文献记载与编撰成书时大多注重男性而忽视女性。故本课题所涉及的贵族女性文学作品数量要比实际情况少得多,仅可窥斑见豹而已。

(6)划分清晰的文学作品体类系统,即以功能为唯一标准,采用文类、文系、文族、文种四个层级,按照系统论原则建构出春秋散文文体的分类体系。

保存在《尚书》《左氏春秋》《国语》《史记》中的许多春秋时期的书面成文,大多为周王、国君、卿大夫、祝史、师保、行人、乐官、家臣、隐士、舆人、国人、贵族女性及孔门诸子等创作的散文作品。就作品归属而言,按照传统的散文分类概念,大多属于"诸子散文",少数属于"历史散文";就创作年代而论,大多比《尚

---

① 杜《注》:"言不诬四德,乃遇'随无咎';明无四德者,则为淫而相随,非吉事。"[晋]杜预注,[唐]孔颖达等正义:《春秋左传正义》,第1942页。
② 杜《注》:"妇人无外事。"[晋]杜预注,[唐]孔颖达等正义:《春秋左传正义》,第1978页。
③ [汉]刘向:《古列女传》,上海书店四部丛刊初编1985年影印明叶氏观古堂藏明万历间(1573—1620)黄嘉育刊本。
④ 详见:罗姝《齐国贵族女性作家群体事略汇考》,《安徽文学》2012年第10期,第49—52页。
⑤ [清]章学诚撰,叶瑛校注《文史通义校注》,中华书局1985年版,第531页。

书》《左氏春秋》《国语》《老子》《孙子兵法》《论语》的结集成书年代要早,唯有它们才能代表老子、孙子、孔子之前"诸子散文"的创作状况。故我们的春秋散文体类研究,必须包括保存在《尚书》《左氏春秋》《国语》《史记》中的许多书面成文。

从分类学角度讲,分类是对分类对象在逻辑意义上的一种划分。它是以客观事物的某一属性作为依据,把一类事物或反映一类事物的属概念分成若干个小类,即分成几个种概念,从而明确地揭示出概念全部外延的一种逻辑方法。文体分类应恪守的四项基本原则是:内容和形式结合的原则,可变性与稳定性结合的原则,规律性与相对性结合的原则,分类标准的统一性与唯一性结合的原则。若按照上述四个原则来进行古今散文文体分类,以建立古今散文可对接的分类体系,有助于散文写作知识的条理化、系统化,有助于加深对散文写作特点和规律的认识,有助于散文文体学从经验科学上升到理论科学。

考虑到春秋时期散文"欣赏型"特质不太明显,加之文体种类毕竟比后代少的实际状况,我们采用文类、文系、文族、文种四个层级,按照系统论原则建构出春秋散文文体的分类体系。具体做法是:以功能为唯一标准,先划分为事务、教化、纪实、认知四大文类,再将四大文类划分出若干文系,再将文系划分为若干个文族。当然,具体文种比较少的,可以适当减少划分层级。

比如,所谓"事务文类",即具有处理实际事务社会价值功能之文体,主要包括四个文系:一是行政事务文系,指在天子行政、诸侯行事、大夫事君过程中为了实现公务与政务管理所撰写的事务类型文体,涵盖行政公务("命""令""议""对")、专用书信("上书""玺书")、专项事务("上簿")三个文族;二是军事事务文系,即在戎事活动中对田猎、军旅、武功、武备诸事实行管理所撰写的事务类型文体,主要包括"誓""檄""令"等;三是法律事务文系,是指王室、公室、司法署衙及其官员所撰写的处理(或涉及)法律事务的一类文体,包括法典("刑书""令")、司法("讼""刺""书")、诉辩("辞")、契据("傅别""质剂""书契")四个文族;四是礼仪事务文系,是指在长期礼仪实践活动中逐步形成的具有约信、致敬、致哀、颂赞、祝愿、慰勉、怀念、交谊等功能的事务型文体,包括交际("书""载书")、祭悼("吊""诔""祝""祷")、庆颂与礼遇四个文族。

总之,就文章体式而论,春秋时期已经基本成熟。其中多数文体在秦汉时期体式逐渐趋于定型,且为后世所沿用。这就为我们进行春秋散文体类研究提供了客观条件。就文章观念而论,春秋时期的作者恐怕还不是那么清晰,一直到秦汉时期日益明确。当然,在魏晋以前士人的心目中,依然尚未产生实用性文体(应用文)与抒情性文体(文学作品)之别,甚至因实用性文体的"应用性"功能特质,在某种程度上实用性文体更加受到时人的重视。这是因为实用性文体在文化上的意蕴要比文学上的意味丰富得多①。这正是"历史散文"所载实用性成文的共性。需要强调指出的是,我们所说的实用性文体(应用文)与抒情性文体之别,仅就其文体功能而言;一个必须引起我们注意的事实是,春秋时期的多数实用性文体与抒情性文体也一样讲求文采。那些把先秦文献典籍所载的实用性文体排除在先秦文学之外的观念与做法,值得我们重新审视与反思②。

---

① 参见:吴承学《先秦盟誓及其文化意蕴》,《文学评论》2001年第1期,第102—111页。
② 参见:邵炳军《关于〈左氏春秋文系年注析〉若干问题的思考》,《〈春秋〉三传与经学文化》,长春出版社2009年版,第442—457页;邵炳军《春秋散文体类概说——以事务文类为例》,《中国古代散文国际学术研讨会论文集》,凤凰出版社2011年版,第71—76页。

第一章

周

周王室除了9位天子有传世作品外,王族作家群体有周氏、宰氏、凡氏、单氏、王叔氏、王孙氏、朝氏、王氏、刘氏9族,有传世作品者14人;同姓世族作家群体有家氏、富氏、苌氏3族,有传世作品者3人;异姓世族作家群体有辛氏、仓氏、叔氏3族,有传世作品者5人;其他作家群体有瑕氏与泠氏2族,有传世作品者2人。

第一节　周王室

一、族属考

《国语·周语下》载周伶州鸠曰:"昔武王伐殷,岁在鹑火,月在天驷,日在析木之津,辰在斗柄,星在天鼋。星与日辰之位,皆在北维,颛顼之所建也,帝喾受之。我姬氏出自天鼋,及析木者,有建星及牵牛焉,则我皇妣大姜之姪伯陵之后——逢公之所凭神也。岁之所在,则我有周之分野也。月之所在,辰马农祥也,我太祖后稷之所经纬也。"①《晋语四》载晋胥臣(司空季子)曰:"凡黄帝之子二十五宗,其得姓者十四人,为十二姓:姬、酉、祁、纪(己)、滕、箴、任、荀(荀)、僖、姞、儇、衣(依)是也。"②《史记·周本纪》:"周后稷,名弃。其母有邰氏女,曰姜原。姜原为帝喾元妃……(帝尧)举弃为农师,天下得其利,有功……(帝舜)

---

① 韦《注》:"姬氏,周姓。天鼋,即玄枵,齐之分野。周之皇妣王季母太姜者,逢伯陵之后,齐女也,故言出于天鼋。"[三国吴]韦昭注,上海师范大学古籍整理研究所校点:《国语》,第138页。
② [三国吴]韦昭注,上海师范大学古籍整理研究所校点:《国语》,第356页。

封弃于邰,号曰后稷,别姓姬氏。"①《潜夫论·志氏姓》:"周氏、邵氏、毕氏、荣氏、单氏、尹氏、镏氏、富氏、巩氏、茇氏,此皆周室之世公卿家也。"②《春秋释例·世族谱上》卷八:"周氏,黄帝之苗裔,姬姓,后稷之后也。后稷封于邰。及夏之衰,后稷之子不窋失其官守,窜于西戎。至太王为狄所逼,去邠至岐。文王受命,武王克殷,而王有天下。幽王见弑,平王迁都王城,今河南县是也。"③《元和姓纂·十八尤》:"周,帝喾生后稷,至太王邑于周,文王以国为氏。"④《新唐书·宰相世系表四下》:"周氏出自姬姓。黄帝裔孙后稷,后稷封于邰,其地扶风斄乡是也。后稷子不窋失其官,窜于西戎,曾孙庆节,立国于豳,其地新平漆县东北有豳亭是也。七世孙古公亶父,为狄所逼,徙居岐下之周原,改国号曰周,其地扶风美阳南是也。武王克商,十一世平王迁都王城,河南县是也。平王少子烈,食采汝坟……秦灭周,并其地,遂为汝南著姓。"⑤《古今姓氏书辩证·十八尤》:"周,出自姬姓,黄帝裔孙后稷封于邰,其地扶风斄乡是也。"⑥《通志·氏族略二》:"周氏,姬姓,黄帝之苗裔,后稷弃之后。有邰氏曰姜嫄,为帝喾元妃,出见巨人迹,践之而孕,期月,生稷。初以为不祥而弃之,故名曰弃。"《氏族略三》:"姬氏,姓也。帝喾生姬水,因以为姓。裔孙周文王三十余代至赧王,子孙号姬氏。"⑦则周王族为帝喾高辛氏元妃姜嫄子后稷弃之裔,姓姬,其后别为周氏、召氏、宰氏、毕氏、荣氏、单氏、刘氏、富氏、巩氏、茇氏、王子氏、狐氏、王叔氏、王孙氏、王氏、甘

---

① [唐]张守节《正义》引李泰《括地志》:"故周城一名美阳城,在雍州武功县西北二十五里,即太王城也……故斄城一名武功城,在雍州县西南二十二里,古邰国,后稷所封也。有后稷及姜嫄祠。"[汉]司马迁撰,[晋]裴骃集解,[唐]司马贞索隐,[唐]张守节正义,郭逸、郭曼标点:《史记》,第75—76页。又,姜原,《诗·大雅·生民》《鲁颂·閟宫》《史记·三代世表》俱作"姜嫄"。

② [汉]王符撰,[清]王继培笺,彭铎校正:《潜夫论笺校正》,中华书局1985年新编诸子集成本,第461页。案:"镏",旧作"镏",与"刘"同,即宣十年《春秋》之"王季子",亦即宣十年、十五年、成元年、十一年、十三年《左传》之"刘康公"后裔,为襄王郑之孙、顷王壬臣季子,其后以邑为氏。则刘氏为姬周王族。又,其余周王室公卿世族,尹氏为少昊金天氏之子后裔,嬴姓;周氏、邵氏、毕氏、荣氏、单氏、富氏、巩氏、茇氏八族,皆为姬周王族。参见:《元和姓纂·十七準》《通志·氏族略三》。又,[清]秦嘉谟辑补《世本》卷七,以尹氏亦为姬周王族,其说失考。故笔者此不取。

③ [晋]杜预:《春秋释例》,第358页。

④ [唐]林宝撰,[清]孙星衍校辑,郁贤皓、陶敏整理点校:《元和姓纂》,中华书局1994年整理点校江宁局本,第642页。

⑤ [宋]欧阳修、[宋]宋祁编修,石淑仪等点校:《新唐书》,中华书局点校1975年百衲本,第3181页。案:"斄乡",或作"邰乡",地即今陕西省宝鸡市武功县西南二十二里之故斄城,一名武功城。说参:《史记·周本纪》裴骃《集解》引徐广《史记音义》及《后汉书·董卓传》李《注》。

⑥ [宋]邓名世撰,王力平点校:《古今姓氏书辩证》,江西人民出版社2006年点校四库全书本,第263页。

⑦ [宋]郑樵撰,王树民点校:《通志二十略》,中华书局1995年点校乾隆间(1735—1799)汪启淑重刻正德间陈宗夔刻本,第39、104页。

氏、儋氏、朝氏。

二、世系考

昭二十六年《左传》孔《疏》《史记·周本纪》司马贞《索隐》并引《世本》："平王生桓王林,林生庄王佗,佗生僖王胡齐,齐生惠王凉,是六代也。惠王生襄王郑,郑生顷王巨,巨生匡王班及定王瑜,瑜生简王夷,夷生灵王泄心,心生景王贵,贵生悼王猛及敬王匄。"①《史记·周本纪》："(幽王十一年申侯与缯、西夷犬戎)遂杀幽王骊山下,虏襃姒,尽取周赂而去。于是诸侯乃即申侯而共立故幽王太子宜臼,是为平王,以奉周祀……(平王)五十一年,平王崩,太子泄父早死,立其子林,是为桓王。桓王,平王孙也……(桓王)二十三年,桓王崩,子庄王佗立……(庄王)十五年,庄王崩,子釐王胡齐立……(釐王)五年,釐王崩,子惠王阆立……(惠王)二十五年,惠王崩,子襄王郑立……(襄王)三十二年,襄王崩,子顷王壬臣立。顷王六年,崩,子匡王班立。匡王六年,崩,弟瑜立,是为定王……(定王)二十一年,定王崩,子简王夷立……(简王)十四年,简王崩,子灵王泄心立……(灵王)二十七年,灵王崩,子景王贵立。景王十八年,后太子圣而早卒。二十年,景王爱子朝,欲立之,会崩,子丐之党与争立,国人立长子猛为王,子朝攻杀猛。猛为悼王。晋人攻子朝而立丐,是为敬王……(敬王)四十二年,敬王崩,子元王仁立。元王八年,崩,子定王介立。"②《春秋释例·世族谱上》卷八："平王,宜臼,幽王之子也;桓王,林,平王之孙也;庄王,他(佗),桓王之子也;僖王,胡齐,庄王之子也;惠王阆,僖王之子也;襄王,郑,惠王之子也;顷王,壬臣,襄王之子也;匡王,班,顷王之子也;定王,瑜,匡王之子也;简王,夷,定王之子也;灵王,泄心,简王之子也;景王,遗,灵王之子也;悼王,猛,景王之子也;敬王,匄,悼王之母弟也。王后……纪季姜,桓王后;王姚,庄王后;陈妫惠后,惠王后;隗氏,狄后,襄王后;逆王后于齐,灵王后;穆后,景王后。王子……王子狐,平王子;王子克,子仪,桓王子;王子颓,庄王子;王子带,惠王之子太叔带,即甘昭公也;儋季,简王子,灵王弟;儋括,王子之子;王子佞夫,灵王子,景王弟;太子寿,景王子;王子朝,景王之长庶子也。"③《春秋分记·世谱六》："平王为一世,

---

① [晋]杜预注,[唐]孔颖达等正义:《春秋左传正义》,第2114页。案:此据昭二十六年《左传》孔《疏》引文。
② [汉]司马迁撰,[晋]裴骃集解,[唐]司马贞索隐,[唐]张守节正义,郭逸、郭曼标点:《史记》,第100—106页。案:"凉",司马贞《索隐》引《世本》作"毋凉";"元王仁",裴骃《集解》引徐广《史记音义》谓《世本》作"贞介";"定王介",《集解》引《音义》谓《世本》作"元王赤"。
③ [晋]杜预:《春秋释例》,第360—365页。

生二子：曰太子洩，曰王子狐，为二世（狐无后）；洩早卒，生子：曰桓王，为三世；桓王生二子：曰庄王，曰王子克，为四世（克无后）；庄王生三子：曰僖王，曰王子虎，曰王子颓，为五世（虎之后别为王叔氏，颓无后）；僖王生一子：曰惠王，为六世；惠王生二子：曰襄王，曰太叔带，为七世（带之后别为甘氏）；襄王生一子：曰顷王，为八世；顷王生四子：曰匡王，曰定王，曰札子，曰季子，为九世（二王及札子无后，季子后别为刘氏）；匡王生一子：曰简王，为十世；简王生二子：曰灵王，曰儋季，为十一世（儋为后别为儋氏）；灵王生二子：曰景王，曰佞夫，为十二世（佞夫无后）；景王生四子：曰王子寿，曰王子猛，曰敬王，曰子朝，为十三世。"①

谨案：《新唐书·宰相世系表四下》谓"平王少子烈，食采汝坟"，②则王子烈亦为平王子。《春秋分记·世谱六》谓平王"生二子：曰太子洩，曰王子狐"者失考。又，《史记·周本纪》以桓王林为平王宜臼之孙、太子洩父之子，昭二十六年《左传》孔《疏》《史记·周本纪》司马贞《索隐》并引《世本》以其为平王之子，疑有脱误。又，据《元和姓纂·十阳》《通志·氏族略四》《氏族略五》，周大夫王子狐之后别为王子氏、狐氏，不可谓王子寿无后；据《史记·周本纪》，简王夷乃定王瑜之子，而程氏《春秋分记》此谓定王瑜无后，又谓简王夷乃匡王班之子，未详何据；王子寿于《左传》《国语》《史记》《汉书》诸书无征，则程氏所谓"王子寿"或即昭十五年《左传》之"王太子寿"，亦即昭二十六年《左传》之"太子寿"。则春秋时期周王室世系为：平王宜臼→太子洩父、王子狐（别为王子氏、狐氏）、王子烈（别为周氏）→桓王林→庄王佗、王子克（无后）→僖王胡齐、王子虎（别为王叔氏）、王子颓（无后）→惠王阆（一作"凉"，又作"毋凉"）→襄王郑、王子带（别为甘氏）→顷王壬臣→匡王班、定王瑜（无后）、王子札（无后）、王季子（别为刘氏）→简王夷→灵王泄心、王儋季（别为儋氏）→景王贵、王子佞夫（无后）→太子寿（无后）、悼王猛（无后）、敬王匄、王子朝（别为朝氏）→元王任（一作"仁"，又作"赤"）→贞定王介③。

三、平王宜臼

《国语·晋语一》："褒姒有宠，生伯服，于是乎与虢石甫比，（周幽王）逐太子

---

① [宋]程公说：《春秋分记》，上海古籍出版社1987年影印文渊阁四库全书本，第128页。
② [宋]欧阳修、[宋]宋祁编修，石淑仪等点校：《新唐书》，第3181页。
③ 可见，春秋时期诸王继立基本上恪守西周时期嫡长子世袭制，当然亦有二特例：一是平王宜臼太子洩早卒，遂立平王之孙、太子洩之子桓王林；二是景王贵太子寿早卒，遂立景王贵庶子、太子寿之弟悼王猛，悼王猛为景王之长庶子王子朝所弑，遂立景王庶子、悼王猛母弟敬王匄。前者依然属父死子继；后者则属兄终弟及，或悼王猛无子之故。

宜臼而立伯服。"①《郑语》:"王欲杀太子以成伯服,必求之申,申人弗畀,必伐之。"②昭二十六年《左传》孔《疏》引《竹书纪年》:"平王奔西申,而立伯盘以为大子,与幽王俱死于戏。先是,申侯、鲁侯及许文公立平王于申,以本大子,故称天王。"③《史记·周本纪》:"(幽王)三年,幽王嬖爱褒姒。褒姒生子伯服,幽王欲废太子。太子母申侯女,而为后。后幽王得褒姒,爱之,欲废申后,并去太子宜臼,以褒姒为后,以伯服为太子。"④《国语·周语中》韦《注》:"平,幽王之子平王宜咎(臼)。桓,平王之孙、太子洩父之子桓王林也。"⑤隐三年《春秋》杜《注》:"(天王)周平王也。"隐三年《左传》杜《注》:"王子狐,平王子。"⑥

谨案:昭二十六年《左传》杜《注》:"携王,幽王少子伯服也。王嗣,宜臼也。幽王后申姜生太子宜臼。"⑦据笔者考证,昭二十六年《左传》杜《注》说不确。事实上,周幽王在世时封少子伯服为"丰王",与周幽王崩后虢石父所拥立之庶子携王余臣为二人⑧。则周平王(前?—前720),即隐元年、三年《春秋》、隐元年《左传》《竹书纪年》之"天王",亦即隐三年、僖二十二年、宣十二年、襄十年《左传》《竹书纪年》《史记·周本纪》之"平王",亦即昭二十六年《左传》之"王嗣",亦即《国语·晋语一》《史记·周本纪》之"太子宜臼",亦即《国语·郑语》之"太子",亦即《汉书·古今人表》之"平王宜臼",姓姬,名宜臼,宣王静之孙,幽王宫涅太子,申后所出,丰王伯服、携王余臣之兄,太子洩父、王子狐之父,幽王八年(前774)出奔西申,九年(前773)僭立为天王,十一年(前771)继立为周王,元年(前771)东迁雒邑,在位凡五十一年(前771—前720)⑨。其封秦襄公为诸侯,去酆镐而东迁洛邑,命晋文侯为侯伯,命郑武公、卫武公为公卿,戍申、甫、许,依靠王室贵族与关东诸侯,竭力中兴王室,更延姬姓,依然主张诸侯要"夹

---

① 韦《注》:"宜臼,申后之子平王名也。申,姜姓之国,平王母家也。"[三国吴]韦昭注,上海师范大学古籍整理研究所校点:《国语》,第255—256页。
② 韦《注》:"申,姜姓,幽王前后太子宜臼之舅也。"[三国吴]韦昭注,上海师范大学古籍整理研究所校点:《国语》,第519—522页。
③ [晋]杜预注,[唐]孔颖达等正义:《春秋左传正义》,第2114页。
④ [汉]司马迁撰,[晋]裴骃集解,[唐]司马贞索隐,[唐]张守节正义,郭逸、郭曼标点:《史记》,第99页。
⑤ [三国吴]韦昭注,上海师范大学古籍整理研究所校点:《国语》,第47页。
⑥ [晋]杜预注,[唐]孔颖达等正义:《春秋左传正义》,第1722、1723页。
⑦ [晋]杜预注,[唐]孔颖达等正义:《春秋左传正义》,第2114页。
⑧ 参见:邵炳军《两周之际三次"二王并立"史实索隐》,《社会科学战线》2001年第2期,第134—140页。
⑨ 参见:邵炳军《周平王奔西申与拥立周平王之申侯》,《贵州文史丛刊》2001年第1期,第11—19页。

辅周室,毋废王命"(宣十二年《左传》)①,诸侯方伯更要"柔远能迩,惠康小民"(《书·周书·文侯之命》)②,传世有《襄公之命》(见《史记·秦本纪》)《文侯之命》(见宣十二年《左传》)《裳裳者华》(见《诗·小雅》)《文侯之命》(见《书·周书》)诸诗文③。

四、僖王胡齐

《史记·周本纪》:"初,庄王嬖姬姚,生子颓,颓有宠。"《晋世家》裴骃《集解》引汉贾逵《左氏传解诂》:"王子虎,周大夫。"④《国语·周语上》韦《注》:"子颓,庄王之少子,王姚之子……王卿士,王子虎也。"《周语中》韦《注》:"子颓,周庄王之子、惠王之叔父也……庄,桓王之子庄王他也。惠,庄王之孙、僖王之子惠王凉也。"⑤则周僖王(前?—前677),姓姬,名胡齐,桓王林之孙,庄王佗之子,王子虎(王叔文公)、王子颓之兄,惠王阆(一作"凉",又作"毋凉")之父,庄王十五年(前682)继立为王,在位凡五年(前681—前677),传世有《武公之命》(事见庄十六年《左传》,文失载)。

五、惠王阆

《国语·周语上》韦《注》:"惠王,周庄王之孙、厘王之子惠王凉也。子颓,庄王之少子王姚之子。"《周语中》韦《注》:"子颓,周庄王之子、惠王之叔父也,篡惠王而立……惠,庄王之孙、僖王之子惠王凉也。"庄十九年《左传》杜《注》:"(惠王)周惠王,庄王孙。"昭二十六年《左传》杜《注》:"惠王,平王六世孙。(王子)颓,惠王庶叔也。"⑦则周惠王(前?—前653),即《史记·周本纪》司马贞《索隐》引《世本》之"毋凉",姓姬,名阆(一作"凉",又作"毋凉"),谥惠,庄王佗之孙,僖王胡齐之子,陈妫(惠后、王后)之夫,襄王郑(王世子、王太子郑)、王子带(叔带、大叔带、甘昭公)之父,僖王五年(前677)继立为王,在位凡二十四年(前676—前653)。其在位期间因庶孽之乱与卿士擅权,王室势力急遽下跌,然依然命楚

---

① [晋]杜预注,[唐]孔颖达等正义:《春秋左传正义》,第1878页;
② [汉]孔安国传,[唐]孔颖达等正义:《尚书正义》,中华书局1980年影印阮刻十三经注疏本,第253页。
③ 宣十二年《左传》所载《文侯之命》,《全上古三代文》卷二题作《命晋文侯》。
④ [汉]司马迁撰,[晋]裴骃集解,[唐]司马贞索隐,[唐]张守节正义,郭逸、郭曼标点:《史记》,第102、1325页。
⑤ [三国吴]韦昭注,上海师范大学古籍整理研究所校点:《国语》,第29、47—52页。
⑥ [三国吴]韦昭注,上海师范大学古籍整理研究所校点:《国语》,第29、47页。
⑦ [晋]杜预注,[唐]孔颖达等正义:《春秋左传正义》,第1773、2114页。

成王熊恽要"镇尔南方夷、越之乱,无侵中国"(《史记·楚世家》)①,其传世有《成王之命》(见《史记·楚世家》)《桓公之命》(事见庄二十七年《左传》,文失载)诸文。

六、襄王郑

文八年《左传》:"宋襄夫人,襄王之姊也,昭公不礼焉。"②《史记·周本纪》:"襄王母早死,后母曰惠后。惠后生叔带,有宠于惠王,襄王畏之。"③《国语·周语上》韦《注》:"襄王,周僖王之孙、惠王之子襄王郑也……惠后,周惠王之后、襄王继母陈妫。陈妫有宠,生子带,将立之,未及而卒。子带奔齐,王复之,又通于襄王之后隗氏。"《齐语》韦《注》:"天子,周襄王也。"《晋语四》韦《注》:"襄王,惠王之子。昭叔,襄王之弟太叔带也,是为甘昭公,故曰昭叔。惠王生襄王,以为太子;又娶于陈,曰惠后,生昭叔,惠后将立之,未及而卒。"④僖五年《春秋》杜《注》:"(王世子)惠王大子郑也。"僖七年《左传》杜《注》:"襄王,惠王大子郑也。大叔带,襄王弟,惠后之子也。"僖十一年《左传》杜《注》:"天王,周襄王。"僖二十四年《春秋》杜《注》同。文十六年《左传》杜《注》:"襄夫人,周襄王姊,故称王姬。"昭二十六年《左传》杜《注》:"惠王,平王六世孙……襄王,惠王子。叔带,襄王弟。"⑤

谨案:庄十八年《左传》:"陈妫归于京师,实惠后。"僖二十四年《左传》:"初,甘昭公有宠于惠后,惠后将立之,未及而卒……天子无出,书曰:'天王出居于郑',辟母弟之难也……冬,(襄)王使来告难曰:'不穀不德,得罪于母弟之宠子带。'"⑥则襄王郑乃大叔带(甘昭公)同母之兄,皆陈妫(惠后)所出,而非异母之兄。则周襄王(前?—前619),即僖二十四年、二十八年、三十年、文元年、八年《春秋》《左传》之"天王",亦即僖五年《春秋》之"王世子",亦即《国语·齐语》之"天子",姓姬,名郑,谥襄,僖王胡齐之孙,惠王阆之子,陈妫(惠后)所出,大叔带

---

① [汉]司马迁撰,[晋]裴骃集解,[唐]司马贞索隐,[唐]张守节正义,郭逸、郭曼标点:《史记》,第1341页。
② [晋]杜预注,[唐]孔颖达等正义:《春秋左传正义》,第1846页。
③ [汉]司马迁撰,[晋]裴骃集解,[唐]司马贞索隐,[唐]张守节正义,郭逸、郭曼标点:《史记》,第102页。
④ [三国吴]韦昭注,上海师范大学古籍整理研究所校点:《国语》,第35、44、245、374页。
⑤ [晋]杜预注,[唐]孔颖达等正义:《春秋左传正义》,第1794、1799、1802、1859、2114页。
⑥ 杜《注》:"叔带,襄王同母弟。"[晋]杜预注,[唐]孔颖达等正义:《春秋左传正义》,第1773、1818页。

（甘昭公、昭叔）同母之兄，宋襄夫人（王姬）之弟，顷王壬臣（一作"巨"）之父，惠王二十四年（前653）继立为王，在位凡三十四年（前652—前619）。其在位期间虽历母弟王子带之乱，依然命齐桓公、晋文公为侯伯，赐晋以南阳之田①，且提出"政自上下者也，上作政而下行之不逆，故上下无怨"说，反对诸侯霸主"作政而不行"（《国语·周语中》）②，恪守周礼，谙习典籍，传世有《桓公之命》（见僖九年《左传》）、《管夷吾之命》（见僖十二年《左传》）、《告难书》（见僖二十四年《左传》）、《隧葬之礼论》（见《国语·周语中》）、《文公之命》（见僖二十八年《左传》）、《上下无怨为政论》（见《国语·周语中》）诸文③。

七、定王瑜

《国语·周语中》韦《注》："定王，襄王之孙、顷王之子定王瑜也……康公，王卿士王季子也……简王，定王之子简王夷也。"《周语下》韦《注》："定王，顷王之子，灵王祖父。"④宣十五年《春秋》杜《注》："王札子，王子札也。"宣十五年《左传》杜《注》："王子捷，即王札子。"昭二十六年《左传》杜《注》："定王，襄王孙。"⑤则周定王（前？—前586），即宣十年、成五年《春秋》之"天王"，姓姬，名瑜（一作"榆"），谥定，襄王郑之孙，顷王壬臣次子，匡王班之弟，王子札（王札子、王子捷）、王季子（刘康公）之兄，简王夷之父，匡王六年（前607）继立为周王，在位凡二十一年（前606—前586）。其提出"善礼"可"则顺而德建"之说，恪守周礼，谙习典籍，强调烝祭之礼有"全烝""房烝（体荐）""肴烝"三种类别，依次具有"禘郊之事""王公立饫""亲戚宴飨"（《国语·周语中》）⑥三大功能；认为献捷之礼的基本前提为"蛮夷戎狄，不式王命，淫湎毁常，王命伐之"，基本功能为"惩不敬、劝有功"（成二年《左传》）⑦，传世有《飨礼论》（见《国语·周语中》）《献捷之礼论》（见成二年《左传》）诸文⑧。

---

① 南阳之田，即周襄王所赐阳樊、温、原、州、陉、絺、组、欑茅等八邑之田，位于太行山以南、黄河以北，在今河南省济源市、焦作市温县、修武县、沁阳市、安阳市滑县一带。
② ［三国吴］韦昭注，上海师范大学古籍整理研究所校点：《国语》，第59页。
③ 《隧葬之礼论》，《文章正宗·辞命一》《文编·论疏》皆作《不许晋文公请隧》，《皇霸文纪》卷十三题作《辞晋文公请隧》；《文公之命》，《皇霸文纪》卷三、《全上古三代文》卷二皆题作《策命晋文公》；《上下无怨为政论》，《文章正宗·辞命一》《文编·论疏》皆题作《襄王止晋杀卫侯》。
④ ［三国吴］韦昭注，上海师范大学古籍整理研究所校点：《国语》，第62—79、113页。
⑤ ［晋］杜预注，［唐］孔颖达等正义：《春秋左传正义》，第1886、1888、2114页。
⑥ ［三国吴］韦昭注，上海师范大学古籍整理研究所校点：《国语》，第62页。
⑦ ［晋］杜预注，［唐］孔颖达等正义：《春秋左传正义》，第1892页。
⑧ 《献捷之礼论》，《文章正宗·辞命一》《文编·论疏》皆题作《辞巩朔献齐捷》。

八、灵王泄心

襄三十年《春秋》:"天王杀其弟佞夫。王子瑕奔晋。"①《国语·周语下》韦《注》:"灵王,周简王之子灵王大心也……晋,灵王太子也,早卒不立。"②襄二十八年《春秋》杜《注》:"(天王)灵王也。"襄三十年《左传》杜《注》:"(王)儋季,周灵王弟……(王子)佞夫,灵王子,景王弟。"昭二十六年《左传》杜《注》:"灵王,定王孙。"③《春秋释例·世族谱上》同。则周灵王(前?—前545),即襄二十八年《春秋》之"天王",姓姬,名泄心,谥灵,定王瑜之孙,简王夷之子,王儋季之兄,太子晋、景王贵、王子佞夫之父,简王十四年(前572)继立为王,在位凡二十七年(前571—前545)。其主张诸侯应该"股肱周室,师保万民"而"无废朕命"(襄十四年《左传》)④,传世有《灵公之命》(见襄十四年《左传》)一文⑤。

九、景王贵

《史记·周本纪》裴骃《集解》引汉贾逵《左氏传解诂》:"(子朝)景王之长庶子。"⑥《国语·周语下》韦《注》:"景王,周灵王之子、太子晋之弟也……景王,周灵王之子景王贵也……王,景王也。"⑦昭元年《左传》杜《注》:"(天)王,周景王。"昭十五年《左传》杜《注》:"(王大子寿)周景王子。"昭二十一年《左传》杜《注》:"(王)周景王也。"昭二十二年《左传》杜《注》:"(王)子朝,景王之长庶子……悼王,子猛也。"昭二十六年《左传》杜《注》:"景王,灵王子。"⑧《汉书·五行志上》颜《注》:"(王子)猛,景王太子……(王)子晁,景王庶子也。晁,古朝字。"《五行志中》颜《注》:"(適子之党)適,读曰嫡。嫡子,王子猛,及后为悼王。"⑨则周景王(前?—前520),即昭元年《左传》之"天王",亦即昭二十一年《左传》《国语·周语中》之"王",姓姬,名贵,谥景,简王夷之孙,灵王泄心之子,

---

① [晋]杜预注,[唐]孔颖达等正义:《春秋左传正义》,第2011页。
② [三国吴]韦昭注,上海师范大学古籍整理研究所校点:《国语》,第102页。
③ [晋]杜预注,[唐]孔颖达等正义:《春秋左传正义》,第1998、2012、2114页。
④ [晋]杜预注,[唐]孔颖达等正义:《春秋左传正义》,第1954页。
⑤ 《文则》卷下题作《命齐灵公》,《皇霸文纪》卷三题作《赐齐侯命》,《全上古三代文》卷二题作《赐齐灵公命》。
⑥ [汉]司马迁撰,[晋]裴骃集解,[唐]司马贞索隐,[唐]张守节正义,郭逸、郭曼标点:《史记》,第105页。
⑦ [三国吴]韦昭注,上海师范大学古籍整理研究所校点:《国语》,第113、119、132页。
⑧ [晋]杜预注,[唐]孔颖达等正义:《春秋左传正义》,第2021、2077、2097、2099、2114页。
⑨ [汉]班固撰,[唐]颜师古注,傅东华等点校:《汉书》,中华书局1962年校点颜注本,第1329、1369页。

王子佞夫之兄,王太子寿(王子寿)、悼王猛(王子猛)、敬王匄(王子匄,一作"丐")、王子朝之父,灵王二十七年(前545)继立为王,在位凡二十五年(前544—前520)。其最早全面概括出周人包括"西土""东土""南土""北土""中土"的"五土"地域文化区观念(昭九年《左传》)①,倡导"有勋而不废,有绩而载,奉之以土田,抚之以彝器,旌之以车服,明之以文章,子孙不忘"以"登福祚"(昭十五年《左传》)②,反对数典忘祖,铸大钱,造编钟,问乐律,传世有《襄公之命》(见昭七年《左传》)、《让晋率戎伐颖书》(见昭九年《左传》)、《福祚论》(见昭十五年《左传》)诸文③。

十、敬王匄

《史记·周本纪》裴骃《集解》引汉贾逵《左氏传解诂》:"敬王,猛母弟。"④《汉书·古今人表》:"敬王丐,景王子,悼王兄。"⑤《国语·周语下》韦《注》:"定王当为贞王,名介,敬王子也……景王无適(嫡)子,既立子猛,又欲立王子朝,故先杀子猛傅下门子也……敬王,景王子、悼王弟敬王滕(丐)也。"《吴语》韦《注》:"周王,周景王子敬王丐。"⑥昭二十二年《左传》杜《注》:"敬王,王子猛母弟王子匄……(天王)敬王。"昭二十三年《左传》杜《注》:"(王)子朝在王城,故谓西王……敬王居狄泉,在王城之东,故曰东王。"⑦则周敬王(前?—前476),即昭二十二年《左传》、二十三年《春秋》之"天王",亦即昭二十三年《左传》之"东王",亦即《国语·吴语》之"周王",亦即《世本》之"敬王匄",亦即《汉书·古今人表》之"敬王丐",姓姬,名匄(一作"丐",又作"滕"),谥敬,灵王泄心之孙,景王贵之子,大子寿(王子寿)之弟,悼王猛(王子猛)母弟,王子朝(王子晁、西王)之兄,元王仁之父,景王二十五年(前520)继立为周王,在位凡四十四年(前519—前476)。其即位于王纲解纽而宗法制度崩坏之际,又历王子朝之乱,却依然主张王室应该"合诸侯"以"崇文德",反对"征怨于百姓"(昭三十二年《左传》)⑧;倡导

---

① [晋]杜预注,[唐]孔颖达等正义:《春秋左传正义》,第2056页。
② [晋]杜预注,[唐]孔颖达等正义:《春秋左传正义》,第2075页。
③ 《让晋率戎伐颖书》,《文章正宗·辞命一》《文编·辞命》皆题作《景王使詹桓伯责晋》;《文则》卷下题作《让》,且以此为詹桓伯之作;《皇霸文纪》卷四十五题作《景王使詹桓伯辞于晋》;《全上古三代文》卷二题作《以阎田辞于晋》。
④ [汉]司马迁撰,[晋]裴骃集解,[唐]司马贞索隐,[唐]张守节正义,郭逸、郭曼标点:《史记》,第105页。
⑤ [汉]班固撰,[唐]颜师古注,傅东华等点校:《汉书》,第926页。
⑥ [三国吴]韦昭注,上海师范大学古籍整理研究所校点:《国语》,第113—144、617页。
⑦ [晋]杜预注,[唐]孔颖达等正义:《春秋左传正义》,第2100、2102页。
⑧ [晋]杜预注,[唐]孔颖达等正义:《春秋左传正义》,第2122页。

当"周室逢天之降祸,遭民之不祥"时,应与诸侯"戮力同德"(《国语·吴语》)①,传世有《城成周之命》(见昭三十二年《左传》)《答夫差书》(见《国语·吴语》)《蒯聩之命》(见哀十六年《左传》)诸文②。

十一、元王任

《史记·周本纪》:"(敬王)四十二年,敬王崩,子元王仁立。元王八年,崩,子定王介立。"③

谨案:《周本纪》晋裴骃《集解》引徐广《史记音义》:"(元王仁)《世本》云贞王介也……(定王介)《世本》云元王赤也。"又引皇甫谧《帝王世纪》:"元王十一年癸未,三晋灭智伯。二十八年崩,三子争立,立应为贞定王。"司马贞《索隐》:"《系本》云元王赤,皇甫谧云贞定王。考据二文,则是元有两名,一名仁,一名赤。如《史记》,则元王为定王父,定王即贞王也;依《系本》,则元王是贞王子。必有一乖误。然此'定'当为'贞',字误耳。岂周家有两定王,代数又非远乎?皇甫谧见此,疑而不决,遂弥缝《史记》《系本》之错谬,因谓为贞定王,未为得也。"④李昉等《太平御览》卷八十五引《史记》作:"元王八年,崩,子定王介立。"⑤可见,《史记》一本"定王介"作"贞定王介"。则周元王,姓姬,名任(一作"仁"),景王贵之孙,敬王匄(一作"丐")之子,贞定王介之父,敬王四十二年(前476)继立为王,在位凡八年(前474—前469)。其在位期间,勾践灭吴后会诸侯于徐州时,依然遣使致贡于元王,元王亦派人赐勾践祭肉,命之为侯伯,作有《句践之命》(事见《史记·越世家》,文失载)一文⑥。

综上所考,姬周王族为帝喾高辛氏元妃姜嫄子后稷弃之裔,其世系为:平王宜臼→太子洩父、王子狐(别为王子氏、狐氏)、王子烈(别为周氏)→桓王林→庄王佗、王子克(无后)→僖王胡齐、王子虎(别为王叔氏)、王子颓(无后)→惠王阆→襄王郑、王子带(别为甘氏)→顷王壬臣→匡王班、定王瑜(无后)、王子札(无后)、王

---

① [三国吴]韦昭注,上海师范大学古籍整理研究所校点:《国语》,第615页。
② 《城成周之命》,《文章正宗·辞命一》并题作《告晋请城成周》,《皇霸文纪》卷十三并题作《使富辛与石张如晋请城成周》,《全上古三代文》卷二题作《请城成周》。
③ [汉]司马迁撰,[晋]裴骃集解,[唐]司马贞索隐,[唐]张守节正义,郭逸、郭曼标点:《史记》,第106页。
④ [汉]司马迁撰,[晋]裴骃集解,[唐]司马贞索隐,[唐]张守节正义,郭逸、郭曼标点:《史记》,第106页。
⑤ [宋]李昉等:《太平御览》,中华书局1960年影印宋刻本,第405页。
⑥ 徐州,《说文·邑部》作"邾",本薛地,春秋时属邾,战国时属邹,在今山东省滕州市南,非江南之徐州(彭城)。说参:《史记·齐世家》司马贞《索隐》、《春秋大事表·列国疆域表》。

季子(别为刘氏)→简王夷→灵王泄心、王儋季(别为儋氏)→景王贵、王子佞夫(无后)→太子寿(无后)、悼王猛(无后)、敬王匄、王子朝(别为朝氏)→元王任→贞定王介。在此十六王中,有传世作品者为平王宜臼、僖王胡齐、惠王阆、襄王郑、定王瑜、灵王泄心、景王贵、敬王匄、元王任九王,可称之为姬周诸王作家群体。

第二节 王 族

春秋时期周氏、宰氏、凡氏、单氏、王叔氏、王孙氏、朝氏、王氏、刘氏九族,皆为帝喾高辛氏元妃姜嫄子后稷弃之裔,属王族;有传世作品者可统称为周王族作家群体。其中:周氏、宰氏、凡氏三族,皆文王昌(约前1099—前1070在世)庶子别族为氏者,属"文族";则周公黑肩、周公阅、周公孔、凡伯四子,可别称之为"文族"作家群体。单氏为成王诵(约前1063—前1027在世)庶子别族为氏者,属"成族";则襄公超、穆公旗二子,可别称之为"成族"作家群体。王叔氏出于庄王佗(前696—前682在世)庶子,属"庄族";则王子虎,可别称之为"庄族"作家群体。王孙氏出于襄王郑(前652—前619在世)庶子,属"襄族";则王孙满、王孙说二子,可别称之为"襄族"作家群体。刘氏为出于顷王壬臣(前618—前613在世)庶子,属"顷族";则刘康公、刘夏、刘挚三子,可别称之为"顷族"作家群体。王氏出于灵王泄心(前571—前545在世)太子晋(早亡未及即位),属"灵族";则太子晋,可别称之为"灵族"作家群体。朝氏出于景王贵(前544—前520)庶子,属"景族";则王子朝,可别称之为"景族"作家群体。

一、周氏与周公黑肩、周公阅

(一)周氏之族属

《史记·周本纪》:"武王即位,太公望为师,周公旦为辅,召公、毕公之徒左右王,师修文王绪业。"《管蔡世家》:"武王同母兄弟十人。母曰太姒,文王正妃也。其长子曰伯邑考,次曰武王发,次曰管叔鲜,次曰周公旦,次曰蔡叔度,次曰曹叔振铎,次曰成叔武,次曰霍叔处,次曰康叔封,次曰冉季载。冉季载最少。"[1]《毛诗谱·周南召南谱》:"周、召者,《禹贡》雍州岐山之阳地名……今属右扶风

---

[1] [汉]司马迁撰,[晋]裴骃集解,[唐]司马贞索隐,[唐]张守节正义,郭逸、郭曼标点:《史记》,第81、1255页。

美阳县……文王受命，作邑于丰，乃分岐邦周、召之地，为周公旦、召公奭之采地……周公封鲁，死谥曰文公。召公封燕，死谥曰康公。元子世之……其次子亦世守采地，在王官，春秋时周公、召公是也。"①《潜夫论·志氏姓》："周、召者，周公、召公之庶子，食二公之采，以为王吏，故世有周公、召公不绝也。"②《急就篇》卷一颜《注》："（周氏）周大夫周桓公、宰周公、周公忌父，继守官邑，故有周氏。"③《通志·氏族略二》："周氏，姬姓，黄帝之苗裔后稷弃之后……又有周公黑肩之后，世为周卿士。"④

  谨案：隐六年《左传》杜《注》："周，采地，扶风雍县东北有周城。"⑤《水经·渭水注》："迳岐山西，又屈迳周城南，城在岐山之阳而近西，所谓居岐之阳也。非直因山致名，亦指水取称矣。又历周原下，北则中水乡成周聚，故曰有周也。"⑥《毛诗谱·周南召南谱》孔《疏》："平王以西都赐秦，则春秋时周公、召公别于东都受采，存本周、召之名也，非复岐周之地。"⑦《陕西通志·建置二》："周，周国在王畿内扶风雍县。周城在岐山县西北十五里。"⑧可见，周公旦初封之采地即今陕西省宝鸡市岐山县西北十五里之故周城，位于凤翔县东北。周东迁以后，平王将西都王畿之地皆赐予秦，周公当别于东都受采地，而存周之本名。周公东都采邑当今何地，则无所闻。又，《书·周书·蔡仲之命》："惟周公位冢宰，正百工，群叔流言。"⑨僖二十六年《左传》："昔周公、大公股肱周室，夹辅成王。"定四年《左传》："武王之母弟八人，周公为太宰，康叔为司寇，聃季为司空，五叔无官，岂尚年哉！"⑩僖三十年《榖梁传》："天子之宰，通于四海。"⑪《风俗通义·十反篇》："春秋尊公曰宰，其吏为士。言于四海，无所不统焉。"⑫可见，自周公旦之

---

① ［汉］毛亨传，［汉］郑玄笺，［唐］孔颖达等正义：《毛诗正义》，第264—265页。
② ［汉］王符撰，［清］王继培笺，彭铎校正：《潜夫论笺校正》，第461页。
③ ［汉］史游撰，［唐］颜师古注：《急就篇》，中华书局丛书集成初编1985年排印清光绪间（1871—1908）福山王懿荣刻天壤阁丛书本，第10页。
④ ［宋］郑樵撰，王树民点校：《通志二十略》，第39—40页。
⑤ ［晋］杜预注，［唐］孔颖达等正义：《春秋左传正义》，第1731页。
⑥ ［北魏］郦道元撰，杨守敬、熊会贞疏，段熙仲点校，陈桥驿复校：《水经注疏》，江苏古籍出版社1989年点校1957年北京科技出版社影印抄本，第1537—1538页。
⑦ ［汉］毛亨传，［汉］郑玄笺，［唐］孔颖达等正义：《毛诗正义》，第265页。
⑧ ［清］刘于义等：《陕西通志》，上海古籍出版社1987年影印文渊阁四库全书本，第112页。
⑨ ［汉］孔安国传，［唐］孔颖达等正义：《尚书正义》，第227页。
⑩ ［晋］杜预注，［唐］孔颖达等正义：《春秋左传正义》，第1821、2135页。
⑪ ［晋］范宁注，［唐］杨士勋疏：《春秋榖梁传注疏》，中华书局1980年影印阮刻十三经注疏本，第2402页。
⑫ ［汉］应劭撰，王利器校注：《风俗通义校注》，中华书局1981年版，第241页。

后,周王室历代周公皆世袭冢宰(太宰),位居三公,以相王室。则周之周氏为帝喾高辛氏元妃姜嫄子后稷弃之裔,出于季历(公季)之孙、文王昌(西伯)庶子周公旦(文公)。

(二)周氏之世系

僖九年《公羊传》:"宰周公者何? 天子之为政者也。"①《国语·晋语二》韦《注》:"宰周公,王卿士宰孔也,为冢宰,食采于周,故曰宰周公。"②庄十六年《左传》杜《注》:"周公忌父,王卿士。"③僖十年《左传》杜《注》同。《春秋释例·世族谱上》卷八:"周氏,周桓公,周公黑肩;宰周公,宰孔;周公阅;周公忌父;周公楚。"④《春秋传·成公二》:"十有二年春,周公出奔晋……此宰周公楚也。"⑤《春秋分记·世谱六》:"周公氏,黑肩生忌父,自忌父而下不详其世。"⑥

谨案:《春秋名号归一图》卷上谓"宰周公""宰孔""周公阅"为同一人。笔者此不取。则春秋时期其世系为:周公黑肩→周公孔……周公阅……周公楚。

(三)周公黑肩

隐六年《左传》杜《注》:"周桓公,周公黑肩也。"⑦桓十八年《左传》杜《注》同。则周公黑肩(前? —前694),即隐六年《左传》之"周桓公",亦即桓十八年、闵二年《左传》之"周公",姓姬,氏周,爵公,名黑肩,谥桓,周公孔(宰孔、宰周公、周公忌父)之父,继祖职为王室冢宰,桓王时为左卿士,桓王十三年(前707)繻葛(郑邑,在今河南省长葛市东北二十余里)之战将左军从王伐郑以维护王权,历仕桓、庄二王凡二十二年(前717—前694),庄王三年(前694)欲弑庄王而立庄王弟王子克(子仪)事发被杀。其主张善郑以亲诸侯,熟知礼仪,敢于直谏,传世有《谏王善郑以劝来者书》(见隐六年《左传》)一文。

---

① [汉]何休注,[唐]徐彦疏:《春秋公羊传注疏》,中华书局1980年影印阮刻十三经注疏本,第2252页。
② [三国吴]韦昭注,上海师范大学古籍整理研究所校点:《国语》,第300页。
③ [晋]杜预注,[唐]孔颖达等正义:《春秋左传正义》,第1772页。
④ [晋]杜预:《春秋释例》,第371—372页。
⑤ [宋]胡安国:《春秋传》,上海古籍出版社1987年影印文渊阁四库全书本,第169页。
⑥ [宋]程公说:《春秋分记》,第129页。
⑦ [晋]杜预注,[唐]孔颖达等正义:《春秋左传正义》,第1731页。

(四)周公阅

僖三十年《春秋》杜《注》:"(宰)周公,天子三公兼冢宰也。"①《春秋通论》卷一:"宰,非冢宰也,宰本为有职之通称,如邑宰亦称宰是也。《经》称宰有二:桓四年'天王使宰渠伯纠来聘',与此宰同;僖三十年'天王使宰周公来聘','周公',称爵不名,则为冢宰可知也。"②则周公阅,即僖三十年《春秋》之"宰周公",姓姬,氏周,名阅,爵公,周公忌父子孙,继祖职为王室冢宰,历仕襄、顷二王凡三十九年(前651—前613),生卒年未详(前651—前613在世)。其倡导"国君,文足昭也,武可畏也"(僖三十年《左传》)③说,恪守周礼,传世有《备物之飨论》(见僖三十年《左传》)一文。

二、宰氏与周公孔

(一)宰氏之族属与世系

《急就篇》卷二颜《注》:"宰氏,周大夫宰孔之后也。"④《元和姓纂·十五海》:"宰,周大夫宰周公孔之后,以官为姓。仲尼弟子宰我,字子我,鲁人也。"⑤《通志·氏族略四》:"宰氏,姬姓,周卿士宰周公之后。又有宰孔者,皆周太宰,以官为氏。仲尼弟子宰予。汉有司空掾宰直。今望出西河。宋登科,宰需,扬州人。"⑥

谨案:据《国语·晋语二》韦《注》、僖九年《春秋》杜《注》与《春秋释例·世族谱上》,宰周公即宰孔。郑氏《通志·氏族略四》以宰周公与宰孔为二人,此说不确。则周宰氏为周氏之别,出于周公黑肩(周桓公)之子周公孔(宰孔、宰周公、周公忌父),其世系为:周公黑肩→周公孔。

(二)周公孔

僖九年《公羊传》:"宰周公者何?天子之为政者也。"⑦僖九年《春秋》杜

---

① [晋]杜预注,[唐]孔颖达等正义:《春秋左传正义》,第1830页。
② [清]姚际恒:《春秋通论》,上海古籍出版社续修四库全书2002年影印清抄本,第303页。
③ [晋]杜预注,[唐]孔颖达等正义:《春秋左传正义》,第1830页。
④ [汉]史游撰,[唐]颜师古注:《急就篇》,第107页。
⑤ [唐]林宝撰,[清]孙星衍校辑,郁贤皓、陶敏整理点校:《元和姓纂》,第986页。
⑥ [宋]郑樵撰,王树民点校:《通志二十略》,第152页。
⑦ [汉]何休注,[唐]徐彦疏:《春秋公羊传注疏》,第2252页。

《注》:"(宰)周公,宰孔也。宰,官;周,采地。天子三公不字。"僖三十年《春秋》杜《注》:"(宰)周公,天子三公兼冢宰也。"①则周公孔(前?—前636),即庄十六年、僖二十四年《左传》之"周公忌父",僖九年《春秋》《国语·晋语二》之"宰周公",亦即僖九年《左传》《国语·齐语》之"宰孔",姓姬,氏周,其后别为宰氏,爵公,名孔,字忌父,周公黑肩(桓公)之子,继祖职为王室冢宰。其倡导"惠难徧也,施难报也。不徧不报,卒于怨仇"古训,主张诸侯霸主应该"怀之以典言,薄其要结而厚德之,以示之信",特别是将"齐德""度势""闭修""行道"(《国语·晋语二》)②四者作为"心"之标准,构建了比较全面、系统的"心"学理论;恪守周礼,熟知典籍,传世有《厚德以示信论》《君子失心论》(俱见《国语·晋语二》)诸文。

三、凡氏与凡伯

(一)凡氏之族属

僖二十四年《左传》:"凡、蒋、邢、茅、胙、祭,周公之胤也。"③《春秋释例·世族谱上》卷八:"凡氏,凡伯,周公之胤也。"④《元和姓纂·二十九凡》:"凡,周公第二子凡伯之后,为周畿内诸侯。见《左传》。"⑤《通志·氏族略二》:"凡氏,周公第二子凡伯之后,为周畿内诸侯……皇甫谧谓,凡氏避秦乱,添'水'为'汎氏'。臣谨按:凡者,周公之后为凡国;汎者,周大夫采邑也,自是两家。因知姓氏家有避地改姓之言,多无足取。"⑥则周凡氏为帝喾高辛氏元妃姜嫄子后稷弃之裔,出于文王昌(西伯)之孙、周公旦(文公)庶子凡伯,其世系未详。

(二)凡伯

先哲时贤主要有二说:一为周厉王、幽王之世(约前879—前771)二凡伯说,《板》毛《序》:"《板》,凡伯刺厉王也。"《瞻卬》毛《序》:"《瞻卬》,凡伯刺幽王大坏也。"《召旻》毛《序》:"《召旻》,凡伯刺幽王大坏也。"⑦二为周厉王、宣王、幽王

---

① [晋]杜预注,[唐]孔颖达等正义:《春秋左传正义》,第1800、1830页。
② [三国吴]韦昭注,上海师范大学古籍整理研究所校点:《国语》,第300—301页。案:"要",通"约"。
③ [晋]杜预注,[唐]孔颖达等正义:《春秋左传正义》,第1817页。
④ [晋]杜预:《春秋释例》,第374页。
⑤ [唐]林宝撰,[清]孙星衍校辑,郁贤皓、陶敏整理点校:《元和姓纂》,第785页。
⑥ [宋]郑樵撰,王树民点校:《通志二十略》,第50页。
⑦ [汉]毛亨传,[汉]郑玄笺,[唐]孔颖达等正义:《毛诗正义》,第548、577、579页。案:[宋]朱熹《诗序辨说》卷下:"'旻,闵也'……以下不成文理。"[宋]朱熹撰,朱杰人等校点:《朱子全书》,上海古籍出版社、安徽教育出版社2002年点校四部丛刊三编影印日本东京岩崎氏静嘉文库藏宋本,第395页。

之世(约前879—前771)同一凡伯说,《诗经世本古义》卷十八:"《瞻卬》,凡伯刺幽王大坏也……凡伯作《板》诗在厉王末,历共和摄政十二年,宣王在位四十六年,至幽王三年嬖褒姒,八年立伯服,九年王室始骚,中间相距六十余年。此诗之作在幽王时,计凡伯当为八九十岁间人矣。老臣见国事之非日甚一日,不辟祸怨,愤激而言。故《序》于此诗及《召旻》皆以为刺大坏也,合《正月》《小旻》四诗,疑皆为凡伯所作。诗中语意俱互为出入,见幽王之时褒姒擅权于内,皇父石父之辈朋应于外,所用者小人,所信者谗言,所任者刑罚,所事者尅剥,饥馑荐臻,戎狄窥伺,驯致骊山之祸,非大坏而何?"①

谨案:《后汉书·李杜列传》载李固《对策》引《鲁诗序》泛言《板》诗为"刺周王"之作;伪《申培诗说》以《瞻卬》《召旻》皆为尹伯奇所作;②《诗古微·大雅答问下》认为《板》诗作者凡伯即共伯和;《诗经原始》卷十四认为《诗·大雅·民劳》与《板》出自一人手笔。笔者皆不取。又,何氏认为《板》诗作于周厉王时,《召旻》《瞻卬》均作于周幽王时,笔者存疑。据何氏所论,凡伯周厉王末期作《板》诗时,当为二十岁左右,可诗中明言"老夫灌灌""匪我言耄"③,诗人正值青春年少之时而在诗中自称"老夫",显系讹论;何氏以为《瞻卬》和《召旻》两诗均"为刺大坏"之作说可从,然《召旻》写即将亡国之象,《瞻卬》写既已亡国之象,明为异时之作④。然笔者以为,何氏《板》《召旻》《瞻卬》三诗作者为同一凡伯之论可谓破的之语。兹补证有二:

其一,关于周桓王大夫凡伯及其国被灭之年代,隐七年《春秋》:"冬,天王使凡伯来聘。戎伐凡伯于楚丘以归。"《左传》:"初,戎朝于周,发币于公卿,凡伯弗宾。冬,王使凡伯来聘。还,戎伐之于楚丘以归。"⑤则凡伯乃凡国之君仕于王室为卿士者,周桓王四年(前716)戎执凡伯且胁迫他与之同归后,《春秋》及三《传》凡伯均不再见;盖此时凡国始灭,成为卫国之凡邑。此为戎所执之周桓王卿士凡伯乃凡国之君仕于王室为卿士者,当为周幽王、平王卿士凡伯之后。

其二,关于凡伯国之都邑,隐七年《春秋》杜《注》:"汲郡共县东南有凡城。"⑥

---

① [明]何楷:《诗经世本古义》,上海古籍出版社1987年影印文渊阁四库全书本,第563页。
② 《诗经世本古义》卷十八上、《诗传诗说驳义》卷五皆详辩伪《诗说》之谬,可参。
③ [汉]毛亨传,[汉]郑玄笺,[唐]孔颖达等正义:《毛诗正义》,第549页。
④ 参见:邵炳军《周大夫凡伯〈瞻卬〉创作时世考论》,《西北师大学报》2002年第1期,第48—52页。
⑤ 杜《注》:"凡伯,周卿士;凡国,伯爵也。"[晋]杜预注,[唐]孔颖达等正义:《春秋左传正义》,第1731页。
⑥ [晋]杜预注,[唐]孔颖达等正义:《春秋左传正义》,第1731页。

《通志·氏族略二》："袁桉云：'凡在共县西南。'今卫州城西南二十二里有凡城。"①《大清一统志·曹州府》："楚邱故城，在曹县东南，春秋时己氏邑，《左传·哀公十一年》，卫侯入于戎州，己氏，杜预注，戎邑，己氏，戎人姓。汉置己氏县，属梁国，后汉属济阴郡，晋属济阳郡，后魏末改属沛郡，北齐郡县俱废，隋开皇六年改置楚邱城，属梁郡，唐属宋州，宋属应天府，金属归德府，后改隶单州，元属曹州，明洪武初省入。又《春秋》《左传·隐公七年》戎伐凡伯于楚邱，《僖公二年》诸侯城楚邱以封卫，又《诗·卫风·定之方中》作于楚宫，《汉志》成武县有楚邱亭，齐桓公所城，迁卫于此。《元和志》：楚邱故城在楚邱县北三十里。"②《读史方舆纪要·河南四》："凡城，在(辉)县西南二十里，周公子凡伯国……唐初因析共城置凡城县，属共州，寻省。王莽城，在县西北八十五里，三城如鼎足。"③则凡伯之国都邑凡城，乃春秋时己氏邑，即今河南省辉县市西南二十里之故凡城。

据上引文献及其相关补正可知，凡伯，姓姬，氏凡，伯爵，为周公旦次子凡伯之后，历仕周幽王、平王为卿士，生卒年未详。④ 其敢于直面现实，愤世嫉俗，忧国忧民，怨天尤王，为春秋前期周王室著名政治家与贵族诗人，传世有《板》《召旻》《瞻卬》(俱见《诗·大雅》)三诗。

四、单氏与单超、单旗

(一)单氏之族属

《元和姓纂·二十四痕》《广韵·二十八祢》并引《世本》："周成王封少子臻于单邑，为甸内侯，因氏焉。"⑤《元和姓纂·二十五寒》："单，周成王封少子臻于单，为甸内侯，因氏焉。襄公、穆公、靖公，二十余代为周卿士。"⑥则周单氏为帝喾高辛氏元妃姜嫄子后稷弃之裔，出于武王发之孙、成王诵少子王子臻。

---

① [宋]郑樵撰，王树民点校：《通志二十略》，第50页。
② [清]高宗敕撰：《大清一统志》，上海古籍出版社四部丛刊续编2008年影印清史馆藏进呈写本，第554页。案：据此，楚丘城在今山东省菏泽市成武县西南、曹县东南三十里，其当为戎州己氏之邑，地界曹国与宋国之间。又，卫侯入于戎州事，见哀十七年《左传》，《大清一统志》误作哀十一年《左传》。
③ [清]顾祖禹：《读史方舆纪要》，上海书店出版社1998年影印江宁何瑞瀛校刊本，第343页。
④ 隐七年《春秋》聘鲁之凡伯，是作《瞻卬》之凡伯的子孙辈。参见：邵炳军《〈板〉〈召旻〉〈瞻卬〉三诗作者为同一凡伯考论》，《文学遗产》2004年第5期，第115—118页。
⑤ [唐]林宝撰，[清]孙星衍校辑，郁贤皓、陶敏整理点校：《元和姓纂》，第497页。案：诸家引文略异，此据《元和姓纂》引文。
⑥ [唐]林宝撰，[清]孙星衍校辑，郁贤皓、陶敏整理点校：《元和姓纂》，第497页。

(二)单氏之世系

昭七年《左传》:"单献公弃亲用羁。冬十月辛酉,襄、顷之族杀献公而立成公。"①《国语·周语下》韦《注》:"顷公,单襄公之子也……靖公,王卿士、单襄公之孙、顷公之子也。"②庄元年《春秋》杜《注》:"单伯,天子卿也,单,采地;伯,爵也。"庄十四年《春秋》杜《注》:"单伯,周大夫。"文十四年《春秋》杜《注》:"单伯,周卿士。"襄三年《左传》杜《注》:"单顷公,王卿士。"昭十一年《左传》杜《注》:"单子,单成公。"定七年《左传》杜《注》:"(单武公)穆公子。"哀十三年《左传》杜《注》:"(单)平公,周卿士也。"③《春秋释例·世族谱上》卷八:"单氏,单伯,食采于单;襄公,单伯之子;顷公,襄公之子;靖公,顷公之子;献公,靖公之子;成公,献公之弟也;穆公,旗,即公子愆,单伯之子;武公,穆公之子;平公。"④《春秋分记·世谱六》:"单氏,单伯生二子:长曰穆公,穆公生武公,武公生平公;次曰襄公,襄公生顷公,顷公生靖公,靖公生二子:曰献公,曰成公。"⑤

谨案:程氏《春秋分记》所叙单氏世系与《国语·周语下》韦《注》、定七年《左传》杜《注》《春秋释例·世族谱上》说异。今考:《春秋》《左传》所见"单伯"有二:一见庄元年、十四年《春秋》《左传》,周卿士,周庄王四年至僖王二年(前693—前680)在世;一见文十四年、十五年《春秋》《左传》,亦周卿士,周顷王六年至匡王元年(前613—前612)在世。此二"单伯"相距八十余年,显然为二人。此后一"单伯"之年世正与《左传》《国语》所载之"单朝"年世(前601—前574在世)相当,即成元年、二年、十一年、十六年、十七年《左传》《国语·周语中》《周语下》之"单襄公",亦即《国语·周语中》之"单子"。故此后一"单伯"当为"单朝",为庄元年、十四年《春秋》《左传》"单伯"之子。二人皆为王室卿士,故皆尊称"伯"。而昭二十二年《左传》《国语·周语下》之"单穆公",即昭二十一年、二十二年、二十三年、二十六年《左传》《国语·周语下》之"单子",亦即昭二十二年《左传》之"单旗",周景王二十一年至敬王十年(前524年—前510)在世,与庄元年、十四年《春秋》《左传》"单伯"相距一百七十余年,显然不可能为父子。足见程氏《春

---

① 杜《注》:"(单)献公,周卿士,单靖公之子、顷公之孙……襄公,顷公之父。成公,献公弟。"[晋]杜预注,[唐]孔颖达等正义:《春秋左传正义》,第2051页。
② [三国吴]韦昭注,上海师范大学古籍整理研究所校点:《国语》,第96、114页。
③ [晋]杜预注,[唐]孔颖达等正义:《春秋左传正义》,第1762、1771、1853、1930、2060、2141、2171页。
④ [晋]杜预:《春秋释例》,第368—369页。
⑤ [宋]程公说:《春秋分记》,第128页。

秋分记》说失考。故笔者此不取。则春秋时期周单氏之世系为：单伯→襄公朝→顷公→靖公→献公（无后）、成公→穆公旗→武公……平公。

（三）单超

《国语·周语中》韦《注》："单襄公，王卿士单朝也……单子，襄公也。卿大夫称子，于其私士称公也。"《周语下》韦《注》："襄公，王卿士，单朝之谥也。"①则单超，即成元年、二年、十一年、十六年、十七年《左传》《国语·周语中》《周语下》之"单襄公"，亦即文十四年、十五年《春秋》《左传》之"单伯"，亦即《国语·周语中》之"单子"，姓姬，氏单，名超（一作"朝"），谥襄，爵公，尊称子，单伯次子，单顷公之父，周王室卿士，生卒年未详（前613—前574在世）。其提出"夫人性，陵上者也，不可盖也。求盖人，其抑下滋甚，故圣人贵让"说，故"夫仁、礼、勇，皆民之为也"（《国语·周语中》）②；认为"象天能敬，帅意能忠，思身能信，爱人能仁，利制能义；事建能智，帅义能勇，施辩能教，昭神能孝，慈和能惠，推敌能让"，即"敬""忠""信""仁""义""智""勇""教""孝""惠""让"为"天六地五，数之常也"，倡导以"阴""阳""风""雨""晦""明"所谓"六气论"，与"金""木""水""火""土"所谓"五行论"认识客观世界；构建出以"文德"说为核心之道德规范理论，主张以"敬""忠""信""仁""义""智""勇""教""孝""惠""让""正""端""成""慎"等为"文德"的基本内容（《周语下》）③；熟知古代典籍制度，尤谙习《诗》《书》《易》《礼》，传世有《废教、弃制、蔑官、犯令以违故典论》（见《国语·周语中》）、《争郲田讼辞》（见成十一年《左传》）、《人性陵上论》（见《国语·周语中》）、《乱在人事论》（见《国语·周语下》）、《被文相德论》（见《国语·周语下》）诸文④。

（四）单旗

《国语·周语下》韦《注》："穆公，王卿士，单靖公之曾孙也……单子，单穆公也。"⑤昭二十二年《左传》杜《注》："穆公，单旗。"⑥则单旗，昭二十二年《左传》《国

---

① ［三国吴］韦昭注，上海师范大学古籍整理研究所校点：《国语》，第67—69、90页。
② ［三国吴］韦昭注，上海师范大学古籍整理研究所校点：《国语》，第67—69页。
③ 韦《注》："天有六气，谓阴、阳、风、雨、晦、明也；地有五行，金、木、水、火、土也。"［三国吴］韦昭注，上海师范大学古籍整理研究所校点：《国语》，第98页。
④ 《废教、弃制、蔑官、犯令以违故典论》，《文章正宗·辞命四》《文编·论一》皆题作《言陈必亡》，《文章辨体汇选·论谏七》题作《论陈必亡》；《人性陵上论》，《文章正宗·议论五》《文编·论一》《文章辨体汇选·论谏九》皆题作《论郲氏必亡》；《乱在人事论》，《文章正宗·议论五》《文编·论一》《文章辨体汇选·论谏七》皆题作《论晋君臣》。
⑤ ［三国吴］韦昭注，上海师范大学古籍整理研究所校点：《国语》，第119页。
⑥ ［晋］杜预注，［唐］孔颖达等正义：《春秋左传正义》，第2099页。

语·周语下》之"单穆公",亦即昭二十一年、二十二年、二十三年、二十六年《左传》《国语·周语下》之"单子",姓姬,氏单,名旗,谥穆,爵公,尊称子,靖公之孙,成公(单子、单伯)之子,武公之父,生卒年未详(前524年—前510在世)。其认为"令之不从,上之患也",故主张"圣人树德于民以除之";认为"夫耳目,心之枢机也,故必听和而视正",由此而提出"中和之乐与声味生气"(《国语·周语下》)①说;精通礼乐,熟知典籍,尤谙《诗》《书》《周礼》,传世有《圣人树德于民以除患论》《中和之乐与声味生气论》(俱见《国语·周语下》)诸文②。

五、王叔氏与王子虎

(一)王叔氏之族属

《元和姓纂·十阳》:"王叔,周有王叔陈生,楚恭王时大夫王叔学,郑穆公时王叔明。"③《古今姓氏书辩证·十阳》:"王叔,出自姬姓,周襄王季父王子虎为太宰,谥文,赐族曰王叔氏,谓之王叔文公。其后有王叔桓公、王叔陈生,皆为卿士。陈生奔晋,其后为晋人。"④《通志·氏族略五》说大同。则周王叔氏为帝喾高辛氏元妃姜嫄子后稷弃之裔,出于桓王林之孙、庄王佗之子王子虎(王叔文公)。

(二)王叔氏之世系

昭二十六年《左传》孔《疏》《史记·周本纪》司马贞《索隐》并引《世本》:"林生庄王佗,佗生僖王胡齐。"⑤《史记·周本纪》:"(平王)五十一年,平王崩,太子泄父早死,立其子林,是为桓王。桓王,平王孙也……(桓王)二十三年,桓王崩,子庄王佗立。"⑥文三年《左传》杜《注》:"(王叔)桓公,周卿士王叔文公之子。"宣七年《左传》杜《注》说大同。襄五年《左传》杜《注》:"王叔(陈生),周卿士也。"⑦襄十年《左传》杜《注》说同。《春秋释例·世族谱上》卷八:"王叔氏,王子虎,王

---

① [三国吴]韦昭注,上海师范大学古籍整理研究所校点:《国语》,第119页。
② 《圣人树德于民以除患论》,《文章正宗·议论一》、《文编·谏疏》、《文章辨体汇选·论谏一》皆题作《谏铸大钱》;《中和之乐与声味生气论》,《文章辨体汇选·论谏七》题作《谏铸无射大林》。
③ [唐]林宝撰,[清]孙星衍校辑,郁贤皓、陶敏整理点校:《元和姓纂》,第594页。案:"王叔学""王叔明",皆未详所出。[清]秦嘉谟辑补《世本》卷七上以林氏所引为《世本》文,未详何据。故笔者此不取。
④ [宋]邓名世撰,王力平点校:《古今姓氏书辩证》,第212页。
⑤ [晋]杜预注,[唐]孔颖达等正义:《春秋左传正义》,第2114页。案:诸家引文略异,此据昭二十六年《左传》孔《疏》引文。
⑥ [汉]司马迁撰,[晋]裴骃集解,[唐]司马贞索隐,[唐]张守节正义,郭逸、郭曼标点:《史记》,第101页。
⑦ [晋]杜预注,[唐]孔颖达等正义:《春秋左传正义》,第1840、1936页。

叔文公；王叔桓公；王叔陈生。"①《春秋分记·世谱六》卷十五："桓王生二子：曰庄王，曰王子克，为四世（克无后）；庄王生三子：曰僖王，曰王子虎，曰王子颓，为五世（虎之后别为王叔氏，颓无后）；僖王生一子：曰惠王，为六世……王叔氏别祖王子虎，《王子谱》之五世也。又，桓公、陈生二人，不详其世。"②

谨案：邓氏谓王子虎为周襄王季父，程氏谓王子虎为周惠王季父；据周王室世系，程氏说是。又，王叔陈生确不详其世，然据文三年《左传》杜《注》，王叔桓公为王叔文公（王子虎）之子，程氏谓王叔桓公"不详其世"，说不确。则王叔氏世系为：桓王林→庄王佗→王子虎→王叔桓公……王叔陈生。

（三）王子虎

文三年《公羊传》："王子虎者何？天子之大夫也。"③《史记·晋世家》裴骃《集解》引汉贾逵《左氏传解诂》："王子虎，周大夫。"④《国语·周语上》韦《注》："太宰文公，王卿士王子虎也。"⑤僖二十八年《左传》杜《注》："尹氏、王子虎，皆王卿士也。"⑥

谨案：文三年《穀梁传》谓"王子虎"即"叔服"，但僖二十八年《左传》《国语·周语上》具谓王子虎官太宰，而文元年《左传》谓叔服官内史；况且王子虎卒于文三年（前624），而叔服成元年尚在（前626—前590在世）。足见《穀梁传》之说不可信⑦。则王子虎（前？—前624），即僖二十八年、文三年《左传》之"王叔"，亦即僖二十九年《春秋》之"王人"，亦即文三年《左传》之"王叔文公"，亦即《周语上》之"太宰文公"，桓王林之孙，庄王佗次子，僖王胡齐之弟，王子颓之兄，惠王阆叔父，王叔桓公之父，姓姬，别氏王叔，名虎，谥文，官太宰，襄王执政卿士。其主张诸侯应该"皆奖王室"而"无相害"（僖二十八年《左传》）⑧，传世有《盟诸侯于

---

① ［晋］杜预：《春秋释例》，第372—373页。
② ［宋］程公说：《春秋分记》，第128页。
③ ［汉］何休注、［唐］徐彦疏：《春秋公羊传注疏》，第2267页。
④ ［汉］司马迁撰，［晋］裴骃集解，［唐］司马贞索隐，［唐］张守节正义，郭逸、郭曼标点：《史记》，第1325页。
⑤ ［三国吴］韦昭注，上海师范大学古籍整理研究所校点：《国语》，第41页。
⑥ ［晋］杜预注，［唐］孔颖达等正义：《春秋左传正义》，第1825页。
⑦ 参见：《日知录》卷五。
⑧ ［晋］杜预注，［唐］孔颖达等正义：《春秋左传正义》，第1820页。

王庭要言》(见僖二十八年《左传》)一文①。

六、王孙氏与王孙满、王孙说

(一)王孙氏之族属

《元和姓纂·十阳》:"王孙,周有王孙满,卫有王孙贾,楚有王孙由于。"②《古今姓氏书辩证·十阳下》:"王孙,出自周王之孙,仕诸侯者别为王孙氏。吴有王孙雒,齐有王孙挥,而(王孙)贾之子王孙齐谥昭子,皆以为氏者。又,伍员自吴使齐,讬其子于齐,为王孙氏。"③《通志·氏族略五》:"王孙氏,姬姓,周王孙满之后也。满,顷王孙也。卫有王孙贾,楚有王孙由于。"④

谨案:《名贤氏族言行类稿》卷五十八引《元和姓纂》"周有王孙满"后有"顷王孙也"四字。笔者以为,王孙满于周定王元年(前606)时依然在世,况且《左传》明谓周襄王二十六年(前627)时"王孙满尚幼",则时年在"幼学"之后、"弱冠"之前,即十一岁至十九岁之间;然顷王为襄王之子,显然不可能为周顷王壬臣(前618—前613年在位)之孙。故此谓其为"顷王孙"者显然失考。又,《古今姓氏书辩证·十阳下》《通志·氏族略四》并引梁贾执《姓氏英贤传》:"周共王生围,围曾孙满生简,简生业,业生宰,世传史职,因氏焉。"⑤《左通补释》卷八:"共王,穆王之子。穆王名满,其六世孙何得亦名满不讳?疑'满'字作'蒲',如晋厉公州满为州蒲之属。"⑥

今考:成十年《左传》孔《疏》汉应劭《旧名讳议》:"昔者周穆王名满,晋厉公名州满,又有王孙满,是同名不讳。"⑦《三国志·吴书·张昭传》裴《注》:"何解臣子为君父讳乎?周穆王讳满,至定王时有王孙满者,其为大夫,是臣协君也。"⑧《齐东野语》卷四:"盖殷以前,尚质不讳名,至周始讳,然犹不尽讳。如穆王名

---

① 《皇霸文纪》卷三题作王子虎《盟诸侯》,《文章辨体汇选·盟》题作周襄王《盟诸侯于践土》,《全上古三代文》卷二题作王子虎《盟诸侯于王庭要言》。
② [唐]林宝撰,[清]孙星衍校辑,郁贤皓、陶敏整理点校:《元和姓纂》,第593页。
③ [宋]邓名世撰,王力平点校:《古今姓氏书辩证》,第212页。
④ [宋]郑樵撰,王树民点校:《通志二十略》,第167页。
⑤ [宋]郑樵撰,王树民点校:《通志二十略》,第148页。案:诸家所引略异,此据《通志》引文。
⑥ [清]梁履绳:《左通补释》,凤凰出版社2005年影印王先谦刻皇清经解续编本,第1438页。
⑦ [晋]杜预注,[唐]孔颖达等正义:《春秋左传正义》,第1906页。
⑧ [晋]陈寿撰,[刘宋]裴松之注,陈乃乾校点:《三国志》,中华书局1959年校点百衲本、清武英殿刻本、金陵活字本、江南书院刻本,第1220页。

满,定王时有王孙满之类。"①可见,穆王名满,若如梁贾执《姓氏英贤传》所述其六世孙亦名满,既合乎"名之祖孙相袭"(《世本集览通论》)之制,亦合乎"避私讳当以五世为断"(《陔余丛考》卷三十一)之制,则梁氏所非为无根之论。其实,《姓氏英贤传》所述王孙满世系之失关键在于其并非周穆王六世孙。若为周穆王六世孙,则年辈与周幽王相当,在实行嫡长子继位制的情况下,庶子后裔年辈较嫡子后裔为长;即使如此,王孙满历仕襄、顷、匡、定四王,作为周穆王六世孙,其年辈不可能相差平、桓、庄、僖、惠等五王凡百余年。按照《左传》义例,所谓"王子""王孙""王叔"之"王",皆为时王。那么,王孙满则当为襄王郑之孙。则周王孙氏为帝喾高辛氏元妃姜嫄子后稷弃之裔,出于襄王郑之孙王孙满。

(二)王孙氏之世系

昭二十六年《左传》孔《疏》《史记·周本纪》司马贞《索隐》并引《世本》:"郑生顷王巨,巨生匡王班及定王瑜。"②《史记·周本纪》:"(惠王)二十五年,惠王崩,子襄王郑立……(襄王)三十二年,襄王崩,子顷王壬臣立。"③《国语·周语中》韦《注》:"(王孙)说,周大夫也。"④《春秋释例·世族谱上》卷八:"襄王,郑,惠王之子也;顷王,壬臣,襄王之子也。"⑤《春秋分记·世谱六》:"襄王生一子:曰顷王,为八世。"⑥则春秋时期周王孙氏之世系为:襄王郑→(父名阙)→王孙满……王孙说。

(三)王孙满

《史记·周本纪》裴骃《集解》引汉贾逵《左氏传解诂》:"王孙满,周大夫也。"⑦《吕氏春秋·悔过篇》高《注》同。《国语·周语中》韦《注》:"(王孙)满,周大夫王孙之名也。"⑧则王孙满,姓姬,氏王孙,名满,襄王郑之孙,王孙说之先,周大夫,历仕襄、顷、匡、定四王凡二十二年(前627—前606),生卒年未详(前627—前606在世)。其认为"师轻而骄,轻则寡谋,骄则无礼",提出"无礼则脱,寡谋自陷"

---

① [宋]周密撰,朱菊如等校注:《齐东野语校注》,华东师大出版社唐宋小说笔记丛刊1987年校注上海涵芬楼元刻明补校本,第63页。
② [晋]杜预注,[唐]孔颖达等正义:《春秋左传正义》,第2114页。案:诸家引文略异,此据昭二十六年《左传》孔《疏》引文。
③ [汉]司马迁撰,[晋]裴骃集解,[唐]司马贞索隐,[唐]张守节正义,郭逸、郭曼标点:《史记》,第102、104—105页。
④ [三国吴]韦昭注,上海师范大学古籍整理研究所校点:《国语》,第80页。
⑤ [晋]杜预:《春秋释例》,第361页。
⑥ [宋]程公说:《春秋分记》,第128页。
⑦ [汉]司马迁撰,[晋]裴骃集解,[唐]司马贞索隐,[唐]张守节正义,郭逸、郭曼标点:《史记》,第105页。
⑧ [三国吴]韦昭注,上海师范大学古籍整理研究所校点:《国语》,第61页。

(《国语·周语中》)①说；认为"天祚明德，有所厎止"，故"周德虽衰，天命未改"(宣三年《左传》)②；尊崇天命，恪守周礼，维护王权，谙习典籍，传世有《师轻无礼必败论》(见《国语·周语中》)、《天祚明德论》(见宣三年《左传》)诸文③。

（四）王孙说

《国语·周语中》韦《注》："(王孙)说，周大夫也。"④则王孙说，姓姬，氏王孙，名说，王孙满后裔，生卒年未详（前578在世）。其提出"不主宽惠，亦不主猛毅"而"主德义"说，主张"赏善"(《周语中》)⑤，恪守礼仪，传世有《赏善论》(见《周语中》)一文。

七、朝氏与王子朝

（一）朝氏之族属

《经典释文·春秋左氏音义五》："或云朝错是王子朝之后。"⑥《元和姓纂·四宵》："晁，《左传》周景王子王子朝之后，亦作'晁'字。"⑦《通志·氏族略四》："晁氏，亦作'朝'，亦作'鼂'，姬姓。周景王子王子朝之后，'朝'亦作'晁'。一云，卫大夫史晁(朝)之后。"⑧

谨案：《元和姓纂·六止》《广韵·六止》《古今姓氏书辩证·六止》《通志·氏族略五》并引《世本》之"史晁"，《汉书·古今人表》亦作"史晁"，昭七年《左传》并作"史朝"。今考：《说文·倝部》："朝，旦也，从倝舟声。"⑨《黽部》："鼂，匽鼂也，读若朝。杨雄说，匽鼂，虫名。杜林以外朝旦，非也。"⑩《汉书·五行志上》颜《注》："晁，古'朝'字。"⑪然《说文》无"晁"字。故"朝"当为古"晁"字。盖"朝"

---

① ［三国吴］韦昭注，上海师范大学古籍整理研究所校点：《国语》，第60页。
② ［晋］杜预注，［唐］孔颖达等正义：《春秋左传正义》，第1865页。
③ 《天祚明德论》，《文章正宗·辞命二》《文编·论疏》《御选古文渊鉴》卷二皆题作《对楚子》。
④ ［三国吴］韦昭注，上海师范大学古籍整理研究所校点：《国语》，第80页。
⑤ ［三国吴］韦昭注，上海师范大学古籍整理研究所校点：《国语》，第80页。
⑥ ［唐］陆德明：《经典释文》，上海古籍出版社1985年影印宋刻本。
⑦ ［唐］林宝撰，［清］孙星衍校辑，郁贤皓、陶敏整理点校：《元和姓纂》，第560页。
⑧ ［宋］郑樵撰，王树民点校：《通志二十略》，第128页。
⑨ ［汉］许慎撰，［清］段玉裁注：《说文解字注》，上海古籍出版社1981年影印段氏经韵楼丛书自刻本，第308页。
⑩ ［汉］许慎撰，［清］段玉裁注：《说文解字注》，第680页。
⑪ ［汉］班固撰，［唐］颜师古注，傅东华等点校：《汉书》，第1329页。

"晁"古音同,"朝"与"晁"乃古今字,"晁"乃"鼂"之俗字,"鼂"乃"朝"之假借字。则"史朝"作"史晁",犹昭二十二年《左传》、二十三年《春秋》、二十四年《左传》、二十六年《春秋》、定六年《左传》之"王子朝",《汉书·古今人表》《五行志上》皆作"王子晁",亦犹《史记·鼂错列传》之"鼂错",《儒林列传》及《汉书·吴王濞》《楚元王传》皆作"朝错"。则周朝氏为帝喾高辛氏元妃姜嫄子后稷弃之裔,出于灵王泄心之孙、景王贵长庶子王子朝(西王、王子晁、子晁)。

（二）朝氏之世系

昭二十六年《左传》孔《疏》《史记·周本纪》司马贞《索隐》并引《世本》:"夷生灵王泄心,心生景王贵,贵生悼王猛及敬王匄。"①《史记·周本纪》:"（简王）十四年,简王崩,子灵王泄心立……二十七年,灵王崩,子景王贵立。景王十八年,后太子圣而早卒。二十年,景王爱子朝,欲立之,会崩,子丐之党与争立,国人立长子猛为王,子朝攻杀猛。猛为悼王。晋人攻子朝而立丐,是为敬王。"②《国语·周语下》韦《注》:"景王,周灵王之子、太子晋之弟也……景王,周灵王之子景王贵也。"③昭二十六年《左传》杜《注》:"灵王,定王孙……景王,灵王子。"④《春秋释例·世族谱上》卷八:"灵王,泄心,简王之子也;景王,遗,灵王之子也;悼王,猛,景王之子也;敬王,匄,悼王之母弟也。"⑤《春秋分记·世谱六》:"灵王生二子:曰景王,曰佞夫,为十二世(佞夫无后);景王生四子:曰王子寿,曰王子猛,曰敬王,曰子朝,为十三世。"⑥则春秋时期周朝氏之世系为:灵王泄心→景王贵→王子朝。

（三）王子朝

昭二十二年《左传》杜《注》:"（王）子朝,景王之长庶子。"昭二十三年《左传》杜《注》:"（王）子朝在王城,故谓西王。"⑦《汉书·五行志上》颜《注》:"（王）子晁,景王庶子也。"⑧则王子朝(前？—前505),即昭二十三年《左传》之"西王",亦即

---

① ［晋］杜预注,［唐］孔颖达等正义:《春秋左传正义》,第211页。案:诸家引文略异,此据昭二十六年《左传》孔《疏》引文。
② ［汉］司马迁撰,［晋］裴骃集解,［唐］司马贞索隐,［唐］张守节正义,郭逸、郭曼标点:《史记》,第105页。
③ ［三国吴］韦昭注,上海师范大学古籍整理研究所校点:《国语》,第113、119页。
④ ［晋］杜预注,［唐］孔颖达等正义:《春秋左传正义》,第2114页。
⑤ ［晋］杜预:《春秋释例》,第362页。
⑥ ［宋］程公说:《春秋分记》,第128页。案:"王子寿",即昭十五年《左传》之"王大子寿",亦即昭二十六年《左传》之"大子寿"。
⑦ ［晋］杜预注,［唐］孔颖达等正义:《春秋左传正义》,第2099、2102页。
⑧ ［汉］班固撰,［唐］颜师古注,傅东华等点校:《汉书》,第1329页。

《汉书·古今人表》《五行志上》之"王子晁",亦即《汉书·五行志中》之"子晁",姓姬,其后别氏晁(朝),名朝(一作"晁"),灵王泄心之孙,景王贵长庶子,王子寿(太子寿)、王子猛(悼王)、王子匄(敬王)异母兄弟,景王二十五年(前520)景王崩后与王子猛争位而杀王子猛,敬王元年(前519)入于王城自立为西王而迫敬王(东王)迁都成周,四年(前516)兵败而率召氏、毛氏、尹氏、南宫氏及失官者出奔楚,十五年(前505)为王室刺杀于楚。其倡导"王后无適(嫡),则择立长;年钧以德,德钧以卜"古训,提出"王不立爱,公卿无私"(昭二十六年《左传》)[1]说;熟悉典籍,传世有《告诸侯书》(见昭二十六年《左传》)一文[2]。

八、王氏与太子晋

(一)王氏之族属

《潜夫论·志氏姓》:"王氏、侯氏、王孙、公孙,所谓爵也……故王氏、王孙氏、公孙氏及氏谥官,国自有之,千八百国,谥官万数,故元不可同也……周灵王之太子晋,幼有成德,聪明博达,温恭敦敏……世人以其豫自知去期,故传称王子乔仙。仙之后,其嗣避周难于晋,家于平阳,因氏王氏。其后子孙世喜养性神仙之术。"[3]《元和姓纂·十阳》:"王姓,出太原、琅琊,周灵王太子晋之后;北海、陈留,齐王田和之后;东海,出姬姓毕公高之后;高平、京兆,魏信陵君之后;天水、新平、新蔡、新野、山阳、中山、章武、东莱、河东者,殷王子比干子孙,号王氏。"《唐文粹》卷五十六载唐李宗闵《唐故丞相尚书左仆射赠太尉太原王公神道碑铭》与《资治通鉴·周纪一》胡三省《音注》引《姓谱》说同。《新唐书·宰相世系表二中》:"王氏,出自姬姓。周灵王太子晋以直谏废为庶人,其子守敬为司徒,时人号曰'王家',因以为氏。"[5]《古今姓氏书辩证·十阳下》:"王,周灵王太子晋八世孙错为魏将军,生贲,为中大夫;贲生渝,为上将军;渝生息,为司寇;息生恢,封伊阳君;(恢)生元,元生颐,皆以中大夫召,不就;(颐)生翦,秦大将军;

---

[1] [晋]杜预注,[唐]孔颖达等正义:《春秋左传正义》,第2112页。
[2] 《文章正宗·辞命二》《文编·辞命》《皇霸文纪》卷十三皆题作《告诸侯》,《全上古三代文》卷二题作《使告于诸侯》。
[3] [汉]王符撰,[清]王继培笺,彭铎校正:《潜夫论笺校正》,第401、404、435页。案:"幼有成德",《风俗通义·正失篇》引《周书》作"幼有盛德"。[汉]应劭撰,王利器校注:《风俗通义校注》,第86页。宣二年《左传》:"盛服将朝。"[晋]杜预注,[唐]孔颖达等正义:《春秋左传正义》,第1867页。此"成""盛"古通之证。故[唐]陆德明《经典释文·春秋左氏音义二》曰:"(盛)音成,本或作'成'。"[唐]陆德明:《经典释文》,上海古籍出版社1985年影印宋刻本,第961页。
[4] [唐]林宝撰,[清]孙星衍校辑,郁贤皓、陶敏整理点校:《元和姓纂》,第568页。
[5] [宋]欧阳修、[宋]宋祁编修,石淑仪等点校:《新唐书》,第2601页。

（翦）生贲，字典，武陵侯；贲生离，字明，武城侯；二子：元、威，元避秦乱迁于琅邪，后徙临沂。"①《通志·氏族略四》："王氏，天子之裔也。所出不一，有姬姓之王，有妫姓之王，有子姓之王，有虏姓之王。若琅邪、太原之王，则曰：周灵王太子晋，以直谏废为庶人，其子宗恭为司徒，时人号曰'王家'。"②《资治通鉴·周纪一》胡三省《音注》："《姓谱》：王氏之所出非一。出太原、琅邪者，周灵王太子晋之后……余谓此皆后世以诸郡著姓言之耳。春秋之时自有王姓，莫能审其所自出。"③

谨案：周灵王太子晋，《华阳国志》卷九作"周景王太子晋"，《十六国春秋·蜀录三》、《晋书·李班传》、《通志·载记五》、《册府元龟》卷二百二十五、二百二十八并因之，说与《国语·周语下》及韦《注》异，"景"乃"灵"之讹。又，尽管王氏所出不一，然周、晋之王氏出于太子晋，诸家说皆同。则周王氏为帝喾高辛氏元妃姜嫄子后稷弃之裔，出于简王夷之孙、灵王泄心太子晋（王子晋）。

（二）王氏之世系

《国语·周语下》："灵王二十二年，谷、洛斗，将毁王宫。王欲壅之，太子晋谏曰……"④昭二十六年《左传》孔《疏》《史记·周本纪》司马贞《索隐》并引《世本》："夷生灵王泄心，心生景王贵。"⑤《史记·周本纪》："（定王）二十一年，定王崩，子简王夷立……（简王）十四年，简王崩，子灵王泄心立……（灵王）二十七年，灵王崩，子景王贵立。"⑥《国语·周语下》韦《注》："景王，周灵王之子、太子晋之弟也。"⑦《春秋释例·世族谱上》卷八："简王，夷，定王之子也；灵王，泄心，简王之子也；景王，遗，灵王之子也。"⑧《春秋分记·世谱六》："简王生二子：曰灵王，曰儋季，为十一世（儋季后别为儋氏）；灵王生二子：曰景王，曰佞夫，为十二世（佞夫无后）。"⑨

---

① [宋]邓名世撰，王力平点校：《古今姓氏书辩证》，第199页。
② [宋]郑樵撰，王树民点校：《通志二十略》，第157页。
③ [宋]司马光撰，[宋]胡三省音注，标点《资治通鉴》小组校点：《资治通鉴》，中华书局1956年校点清胡克家翻刻元刊胡注本，第39—40页。
④ 韦《注》："灵王，周简王之子灵王大心也……晋，灵王太子也，早卒不立。"[三国吴]韦昭注，上海师范大学古籍整理研究所校点：《国语》，第101页。
⑤ [晋]杜预注，[唐]孔颖达等正义：《春秋左传正义》，第2114页。案：诸家引文略异，此据昭二十六年《左传》孔《疏》引文。
⑥ [汉]司马迁撰，[晋]裴骃集解，[唐]司马贞索隐，[唐]张守节正义，郭逸、郭曼标点：《史记》，第105页。
⑦ [三国吴]韦昭注，上海师范大学古籍整理研究所校点：《国语》，第113页。
⑧ [晋]杜预：《春秋释例》，第362页。
⑨ [宋]程公说：《春秋分记》，第128页。

谨案：据《逸周书·太子晋解》《国语·周语下》及韦《注》，杜氏《春秋释例·世族谱上》、程氏《春秋分记·世谱六》所谓灵王泄心之子，皆阙太子晋。则周王氏之世系为：简王夷→灵王泄心→太子晋→王孙守敬（宗恭）……王生。

（三）太子晋

《逸周书·太子晋解》："晋平公使叔誉于周，见太子晋而与之言。五称而三穷，逡巡而退，其不遂。归告公曰：'太子晋行年十五，而臣弗能与言。君请归声就、复与田，若不反，及有天下，将以为诛'……师旷归，未及三年，告死者至。"①《后汉书·冯衍传》《班彪传》《张衡传》《王乔传》李《注》、《艺文类聚》卷七、《初学记》卷六并引汉刘向《列仙传》："王子乔，周灵王太子晋也。好吹笙，作凤鸣，游伊、洛之间，道人浮丘公接以上嵩高山，遂仙去也。"②《潜夫论·志氏姓》："晋平公使叔誉聘于周，见太子，与之言，五称而三穷，逡巡而退，归告平公曰：'太子晋行年十五，而誉弗能与言，君请事之。'平公遣师旷见太子晋……其后三年而太子死……世人以其豫自知去期，故传称王子乔仙。仙之后，其嗣避周难于晋，家于平阳，因氏王氏。其后子孙世喜养性神仙之术。"③《风俗通义·正失篇》引《周书》、《艺文类聚》卷十六引刘向《列仙传》说大同。《同姓名录》卷三："《列仙传》王子乔，周灵王太子晋也。要知晋是名，乔是字，固当不同耳。"④

谨案：《古夫于亭杂录》卷六："《列仙传》多诞谩不经，如载范蠡，而云事周师太公望，其可笑如此。后来《真诰》《真灵位业图》诸书之滥觞也。"⑤《逸周书》有《大子晋篇》，为我国最早的志人纪实小说。则虚构历史真实人物大子晋事迹，不自刘向《列仙传》始⑥。又，《太平御览》卷三百四十三引《世说》："王子乔墓在金（一作"景"，又作"京"）陵。战国时，人有盗发之者，睹无所见，惟有一剑停在室中。欲进取之，剑作龙鸣虎吼，遂不敢近，俄而，径飞上天。"⑦《搜神记》卷一："（崔文子）引戈

---

① ［晋］孔晁注，黄怀信、张懋镕、田旭东集注，黄怀信修订：《逸周书汇校集注》（修订本），上海古籍出版社2007年版，第1082—1084、1103页。案：据《逸周书·太子晋解》《潜夫论·志氏姓》，则其年仅十八岁而卒。
② ［南朝宋］范晔撰，［唐］李贤等注，宋云彬等点校：《后汉书》，中华书局1965年点校南宋绍兴本，第988页。案：今本《列仙传》与此文略异。
③ ［汉］王符撰，［清］王继培笺，彭铎校正：《潜夫论笺校正》，第435页。
④ ［明］余寅：《同姓名录》，上海古籍出版社1987年影印文渊阁四库全书本，第64页。
⑤ ［清］王士禛撰，赵伯陶点校：《古夫于亭杂录》，中华书局清代史料笔记丛刊1988年点校清康熙间（1661—1722）六卷原刊本，第125页。
⑥ 说详：胡念贻《〈逸周书〉中的三篇小说》，《文学遗产》1981年第2期，第19—29页。
⑦ ［宋］李昉等：《太平御览》，第1577页。

击蜕，中之，因堕其药。俯而视之，王子乔之尸也。置之室中，覆以敝筐。须臾，化为大鸟。开而视之，翻然飞去。"①皆神奇诡异之说，不足信。则太子晋，即《逸周书·太子晋解》之"太子""王子"，亦即《列仙传》之"王子乔"，亦即《水经·洛水注》之"王子晋"，姓姬，其后别氏王，名晋，字乔，简王夷之孙，灵王泄心太子，景王贵之兄，王孙守敬（宗恭）之父，享年十八岁，具体生卒年未详（前550在世）。其认为"夏、商之季，上不象天，而下不仪地，中不和民，而方不顺时，不共神祇，而蔑弃五则"，必然会"人夷其宗庙，而火焚其彝器，子孙为隶，下夷于民"，故应该倡导遵从前哲"象天""仪地""和民""顺时""共神祇"之五"令德"（《国语·周语下》）②；幼有盛德，聪明博达，温恭敦敏，恪守礼仪，精通音律，熟知典籍，传世有《谏王壅谷水书》（见《国语·周语下》）、《峤歌》（见《逸周书·太子晋解》）诸诗文③。

九、刘氏与刘康公、刘夏、刘挚

（一）刘氏之族属

襄十五年《公羊传》："刘夏者何？天子之大夫也。刘者何？邑也。其称刘何？以邑氏也。"④《潜夫论·志氏姓》："周氏、邵氏、毕氏、荣氏、单氏、尹氏、镏（刘）氏、富氏、巩氏、茇氏，此皆周室之世公卿家也。"⑤《元和姓纂·十八尤》："刘……又周大夫食采于刘，亦为刘氏。康公、献公其后也。"⑥《古今姓氏书辩证·十八尤》："刘……东周时王之卿士食采于刘者，以邑为氏，出于姬姓。王季子刘康公生定公刘夏，夏生献公刘挚，挚生文公刘卷，一名狄，字伯蚠，卷生刘桓公及刘毅、刘佗、刘州鸠。其族仕晋者曰刘难，与定公同时，此别一家也。"⑦《资治通鉴》卷八十八胡三省《音注》："刘康公，周之卿士，食采于刘，其后因以为氏。"⑧

---

① 旧题[晋]干宝撰，汪绍楹校注：《搜神记》，中华书局中国古典文学基本丛书1979年整理清张海鹏编刻学津讨原本，第4页。
② [三国吴]韦昭注，上海师范大学古籍整理研究所校点：《国语》，第101页。
③ 《谏王壅谷水书》《文章正宗·议论一》《文编·谏疏》《文章辨体汇选·论谏一》皆题作《谏壅川》，《御选古文渊鉴》卷五题作《谷洛斗》；《峤歌》，《古诗纪》卷九题作《峤》《先秦汉魏晋南北朝诗·先秦诗》卷六题作《峤诗》。
④ [汉]何休注，[唐]徐彦疏：《春秋公羊传注疏》，第2306页。
⑤ [汉]王符撰，[清]王继培笺，彭铎校正：《潜夫论笺校正》，第461页。案："镏"旧作"锱"，此"镏"与"刘"同。
⑥ [唐]林宝撰，[清]孙星衍校辑，郁贤皓、陶敏整理点校：《元和姓纂》，第662页。
⑦ [宋]邓名世撰，王力平点校：《古今姓氏书辩证》，第253页。
⑧ [宋]司马光撰，[宋]胡三省音注，标点《资治通鉴》小组校点：《资治通鉴》，第2775页。

谨案：《通志·氏族略三》："刘氏……成王封王季之子于刘邑，因以为氏。"①今考：宣十年《春秋》："秋，天王使王季子来聘。"《左传》："秋，刘康公来报聘。"②可见，《春秋》之"王季子"，即《左传》之"刘康公"。则所谓"王季子"之"王"，为时王，即周顷王壬臣。故郑氏说世系失考。则周刘氏为帝喾高辛氏元妃姜嫄子后稷弃之裔，出于襄王郑之孙、顷王壬臣季子刘康公（王季子）。

（二）刘氏之世系

昭二十二年《左传》："刘献公之庶子伯蚠事单穆公。"③昭二十六年《左传》孔《疏》、《史记·周本纪》司马贞《索隐》并引《世本》："（襄王）郑生顷王巨，巨生匡王班及定王瑜。"④《史记·周本纪》："（襄王郑）三十二年，襄王崩，子顷王壬臣立。顷王六年，崩，子匡王班立。匡王六年，崩，弟瑜立，是为定王。"⑤《国语·周语下》韦《注》："刘文公，王卿士，刘挚之子文公卷也。"⑥宣十五年《春秋》杜《注》："王札子，王子札也。"宣十五年《左传》杜《注》："王子捷，即王札子。"襄三十年《左传》杜《注》："（尹言多、刘毅、单蔑、甘过、巩成）五子，周大夫。"昭十二年《左传》杜《注》："（瑕辛、宫嬖绰、王孙没、刘州鸠、阴忌、老阳子）六子，周大夫。"昭二十三年《左传》杜《注》："刘佗，刘蚠族……（刘）文公，刘蚠也。先君，谓蚠之父献公也。"昭二十六年《左传》杜《注》："刘狄，刘蚠也。"定四年《春秋》杜《注》："（刘卷）即刘蚠也。"定七年《左传》杜《注》："（刘桓公）文公子。"⑦《春秋释例·世族谱上》卷八："刘氏，康公，王季子也，食采于刘；定公，即刘夏也，又曰官师；献公，挚，定公之子也；伯蚠，卷，献公之庶子文公也；桓公，文公之子。"⑧《春秋分记·世谱六》："襄王生一子：曰顷王，为八世；顷王生四子：曰匡王，曰定王，曰札子，曰季子，为九世（二王及札子无后，季子后别为刘氏）……刘氏别祖王季子，《王子谱》之九世也；生定公；定公生献公；献公生文公；文公生桓公。"⑨则春秋时期周刘氏世系为：襄王郑→顷王壬臣→王季子

---

① [宋]郑樵撰，王树民点校：《通志二十略》，第81页。
② [晋]杜预注，[唐]孔颖达等正义：《春秋左传正义》，第1874—1875页。
③ 杜《注》："献公，刘挚。伯蚠，刘狄。"[晋]杜预注，[唐]孔颖达等正义：《春秋左传正义》，第2099页。
④ [晋]杜预注，[唐]孔颖达等正义：《春秋左传正义》，第2114页。案：诸家引文略异，此据昭二十六年《左传》孔《疏》引文。
⑤ [汉]司马迁撰，[晋]裴骃集解，[唐]司马贞索隐，[唐]张守节正义，郭逸、郭曼标点：《史记》，第105页。
⑥ [三国吴]韦昭注，上海师范大学古籍整理研究所校点：《国语》，第144页。
⑦ [晋]杜预注，[唐]孔颖达等正义：《春秋左传正义》，第1886、1888、2012、2062、2102、2114、2133、2141页。
⑧ [晋]杜预：《春秋释例》，第370—371页。
⑨ [宋]程公说：《春秋分记》，第128页。

→定公夏→献公挚→文公卷→刘桓公、刘毅、刘佗、刘州鸠。

(三) 刘康公

宣十年《穀梁传》："其曰王季，王子也。其曰子，尊之也。"①《国语·周语中》韦《注》："刘，畿内之国。康公，王卿士王季子也。"②宣十年《左传》杜《注》："(康公)王季子也。其后食采于刘。"③《汉书·五行志中》颜《注》："刘康公、成肃公，皆周大夫也。"④

谨案：宣十年《公羊传》："王季子者何？天子之大夫也。其称王季子何？贵也。其贵奈何？母弟也。"⑤案：宣十年《公羊传》谓王季子为天王之"母弟"，然据昭二十六年《左传》孔《疏》《史记·周本纪》司马贞《索隐》并引《世本》《史记·周本纪》，匡王、定王皆顷王之子，定王为匡王之弟，则王季子为周顷王之子、匡王、定王之弟；宣十年《穀梁传》谓王季子为天王之"王子"，则其为周定王之子。宣十年《春秋》杜《注》："王季子者，《公羊》以为天王之母弟，然则字季子，天子大夫称字。"⑥此用《公羊传》说。然据宣十七年《左传》"凡大子之母弟，公在曰'公子'，不在曰'弟'"⑦之例，若果是天王之母弟，当书"天王使其弟季子来聘"。今不然者，知《公羊传》之说未必合《左传》之例⑧。则刘康公，即宣十年《春秋》之"王季子"，姬姓，别氏刘，谥康，爵公，襄王郑之孙，顷王壬臣季子，匡王班、定王瑜、王札子(王子札、王子捷)之弟，刘夏(定公)之父，王室卿士，历仕定、简二王凡二十二年(前599—前578)，生卒年未详(前599—前578在世)。其倡导"为臣必臣，为君必君"古训，主张"宽""肃""宣""惠"为君之道，"敬""恪""恭""俭"为臣之道(《国语·周语中》)⑨；倡导"民受天地之中以生，所谓命"古训，认为"有动作礼义威仪之则，以定命也"，故"敬在养神，笃在守业。国之大事，在祀与戎"(成十三年《左传》)⑩；尊崇天子，恪守礼仪，传世有《君臣之道论》(见《国语·周

---

① [晋]范宁注，[唐]杨士勋疏：《春秋穀梁传注疏》，第2414页。
② [三国吴]韦昭注，上海师范大学古籍整理研究所校点：《国语》，第76页。
③ [晋]杜预注，[唐]孔颖达等正义：《春秋左传正义》，第1875页。
④ [汉]班固撰，[唐]颜师古注，傅东华等点校：《汉书》，第1357页。
⑤ [汉]何休注，[唐]徐彦疏：《春秋公羊传注疏》，第2284页。
⑥ [晋]杜预注，[唐]孔颖达等正义：《春秋左传正义》，第1874页。
⑦ [晋]杜预注，[唐]孔颖达等正义：《春秋左传正义》，第1889页。
⑧ 说本：[清]刘文淇撰，中国科学院历史研究所第一、二所资料室整理《春秋左氏传旧注疏证·宣公十年》，科学出版社1959年整理原稿本与清抄本，第665页。
⑨ [三国吴]韦昭注，上海师范大学古籍整理研究所校点：《国语》，第76页。
⑩ [晋]杜预注，[唐]孔颖达等正义：《春秋左传正义》，第1909页。

语中》)、《论国之大事在祀与戎》(见成十三年《左传》)诸文①。

(四)刘夏

襄十五年《公羊传》:"刘夏者何? 天子之大夫也。"②襄十四年《左传》杜《注》:"定公,刘夏。"昭元年《左传》杜《注》同。襄十五年《春秋》杜《注》:"刘,采地;夏,名也。天子卿书字,刘夏非卿,故书名。"襄十五年《左传》杜《注》:"官师,刘夏也。天子官师非卿也。"襄十五年《春秋》孔《疏》:"此刘夏当是康公之子,即前年《传》称'刘定公'是也。"③《汉书·五行志中》颜《注》:"刘定公,周卿也,食邑于刘,名夏。"④则刘夏,即襄十四年、昭元年《左传》《汉书·古今人表》《五行志中》之"刘定公",亦即襄十五年《左传》之"官师",亦即昭元年《左传》之"刘子",姓姬,氏刘,名夏,谥定,爵公,尊称子,顷王壬臣之孙,王季子(刘康公)之子,刘挚(刘献公、刘子)之父,初为大夫,后为卿士,生卒年未详(前559—前541在世)。其倡导"弁冕端委,以治民临诸侯"古制,主张"远绩禹功而大庇民",提出"神怒民叛,何以能久"(昭元年《左传》)⑤说,恪守周礼,传世有《远绩禹功而大庇民论》《神怒民叛何以能久论》(俱见昭元年《左传》)诸文。

(五)刘挚

昭十二年《左传》杜《注》:"刘献公,亦周卿士,刘定公子。"昭十三年《左传》杜《注》:"献公,王卿士刘子。"⑥则刘挚(前? 年—前520),即昭十二年、昭十三年《左传》之"刘献公",亦即昭十三年、二十二年《春秋》、昭十七年、二十二年《左传》《汉书·五行志上》之"刘子",姓姬,氏刘,名挚,谥献,爵公,尊称子,王季子(刘康公)之孙,刘夏(定公、官师)之子,刘卷(伯蚠、刘盆、刘狄、文公)之父,周卿士。其提出"盟以底信"说,主张征伐诸侯应该"告之以文辞,董之以武师"(昭十三年《左传》)⑦;熟知典籍,尤谙习《诗》,传世有《盟以致信论》(见昭十三年《左传》)一文。

综上所考,周之周氏、宰氏、凡氏、单氏、王叔氏、王孙氏、朝氏、王氏、刘氏九族,皆为帝喾高辛氏元妃姜嫄子后稷弃之裔,属王族;有传世作品者皆可统称为

---

① 《论国之大事在祀与戎》,《文章正宗·议论四》《文章辨体汇选·论谏八》皆题作《论成子不敬》。
② [汉]何休注,[唐]徐彦疏:《春秋公羊传注疏》,第2306页。
③ [晋]杜预注,[唐]孔颖达等正义:《春秋左传正义》,第1958、1959页。
④ [汉]班固撰,[唐]颜师古注,傅东华等点校:《汉书》,第1381页。
⑤ [晋]杜预注,[唐]孔颖达等正义:《春秋左传正义》,第2019页。
⑥ [晋]杜预注,[唐]孔颖达等正义:《春秋左传正义》,第2062、2071页。
⑦ [晋]杜预注,[唐]孔颖达等正义:《春秋左传正义》,第2068页。

周王族作家群体。其中：

周氏出于季历之孙、文王昌庶子周公旦；宰氏为周氏之别，出于周公黑肩之子周公孔；凡氏出于文王昌之孙、周公旦庶子凡伯，此三族皆属"文族"；周氏世系为：周公黑肩→周公孔……周公阅……周公楚，宰氏世系为：周公黑肩→周公孔，凡氏世系未详；此三族中，有传世作品者为周公黑肩、周公阅、周公孔、凡伯四子，可别称之为"文族"作家群体。

单氏出于武王发之孙、成王诵少子王子臻，属"成族"；其世系为：单伯→襄公超→顷公→靖公→献公（无后）、成公→穆公旗→武公……平公；有传世作品者为襄公超、穆公旗二子，可别称之为"成族"作家群体。

王叔氏出于桓王林之孙、庄王佗庶子王子虎，属"庄族"；其世系为：桓王林→庄王佗→王子虎→王叔桓公→王叔陈生；有传世作品者为王子虎，可别称之为"庄族"作家群体。

王孙氏出于襄王郑之孙王孙满，属"襄族"；其世系为：襄王郑→（父名阙）→王孙满……王孙说；有传世作品者为王孙满、王孙说二子，可别称之为"襄族"作家群体。

刘氏为出于襄王郑之孙、顷王壬臣季子刘康公，属"顷族"；其世系为：襄王郑→顷王壬臣→王季子→定公夏→献公挚→文公卷→刘桓公、刘毅、刘佗、刘州鸠；有传世作品者为刘康公、刘夏、刘挚三子，可别称之为"顷族"作家群体。

王氏出于简王夷之孙、灵王泄心太子晋，属"灵族"；其世系为：简王夷→灵王泄心→太子晋→王孙守敬……王生；有传世作品者为太子晋，可别称之为"灵族"作家群体。

朝氏出于灵王泄心之孙、景王贵长庶子王子朝，属"景族"；其世系为：灵王泄心→景王贵→王子朝；有传世作品者为王子朝，可别称之为"景族"作家群体。

第三节 同姓世族

一、家氏与家伯父

（一）家氏之族属与世系

《古今姓氏书辩证·九麻》："家，周大夫家伯为周幽王太宰。又，家父为大夫。"①《通志·氏族略三》:"家氏,姬姓,周大夫家父之后,以字为氏。"②《姓氏急就篇》卷上:"家氏,出于《周诗》。《春秋》有家父,晋有家仆徒。"③则周家氏为贾氏之别④,出于家父(家伯父),世系未详。

(二)家伯父

《诗·小雅·节南山》之卒章曰:"家父作诵"⑤,盖作者自署其名。其所处的生活年代,先哲时贤主要有七说:一为周幽王之世(前781—前771)说,毛《序》:"《节南山》,家父刺幽王也。"⑥《诗集传名物钞》卷六说大同⑦。二为周平王之世(前770—前720)说,《节南山》孔《疏》:"韦昭以为平王时作。"⑧《诗传通释》卷十一、《诗演义》卷十一、《钦定诗义折中》卷十二、《诗所》卷四说大同⑨。三为周平王、桓王之世(前770—前697)说,《节南山》孔《疏》:"作在平、桓之世,而上刺幽王。"⑩四为周桓王之世(前719—前697)说,《诗本义》卷七:"作《诗序》者见其卒章有'家父作诵'之言,遂以为此诗家父所作,此其失也……按:《春秋·桓十五年》'天王使家父来求车',距幽王卒之年至桓王卒之年七十五岁矣。然则,幽王之时,所谓家父者,不知为何人也。说者遂谓幽王之时有两家父,又曰父子皆字家父,此尤为曲说也。或云乃'求车'之家父尔,至平王时始作诗也,此亦不通。要在失于以家父作此诗,遂至众说之乖缪也。且追思前王之美以刺今诗多矣,若追刺前王之恶则未之有也。"⑪《诗说解颐正释》卷十八、《诗经世本古义》卷二十说大同,伪《子贡诗传》、伪《申培诗说》亦同。⑫ 五为阙疑说,朱氏

---

① [宋]邓名世撰,王力平点校:《古今姓氏书辩证》,第176页。
② [宋]郑樵撰,王树民点校:《通志二十略》,第107页。
③ [宋]王应麟:《姓氏急就篇》,《玉海》,江苏古籍出版社1987年影印清光绪九年浙江书局刊本,第2页。
④ 据《元和姓纂·三十五马》《古今姓氏书辩证·三十五马》《通志·氏族略二》,周康王封唐叔虞少子公明于贾(当即今山西省临汾市南之贾乡),后为晋所灭,子孙以国为氏。参见:邵炳军《周大夫家父〈节南山〉创作时世考论》,《文献》1999年第2期,第23—41、169页。
⑤ [汉]毛亨传,[汉]郑玄笺,[唐]孔颖达等正义:《毛诗正义》,第441页。
⑥ [汉]毛亨传,[汉]郑玄笺,[唐]孔颖达等正义:《毛诗正义》,第440页。案:[宋]朱熹《诗序辨说》无说。
⑦ 《诗集传名物钞》之"家父刺王用尹氏致乱"说,诗旨解说虽与毛《序》异,然其作世则从毛《序》说。
⑧ [汉]毛亨传,[汉]郑玄笺,[唐]孔颖达等正义:《毛诗正义》,第440页。
⑨ 《诗传通释》之"刺尹氏为政不平"说,《诗演义》之"刺尹氏而兼刺平王"说,《钦定诗义折中》之"谏平王"说,《诗所》之"刺平王"说,诗旨解说虽异,然其作世皆同。
⑩ [汉]毛亨传,[汉]郑玄笺,[唐]孔颖达等正义:《毛诗正义》,第440页。
⑪ [宋]欧阳修:《诗本义》,上海书店四部丛刊三编1985年影印清潘祖荫滂喜斋藏宋刊本。
⑫ 《诗说解颐正释》之"家父刺尹氏专权致乱"说,《诗经世本古义》之"家父刺桓王从尹氏助曲沃"说,伪《诗传》、伪《诗说》之"家父谏桓王伐郑"说,诗旨解说虽异,然其作世皆同。

《诗集传》卷十一："此诗家父所作,刺王用尹氏以致乱……《序》以此为幽王之诗。而《春秋·桓十五年》,有家父来聘,于周为桓王之世,上距幽王之终已七十五年。不知其人之同异。大抵《序》之时世皆不足信。今姑阙焉可也。"①六为共和元年(前841)之后说,《续吕氏家塾读诗记》卷二:"《节南山》,家父责难于其君也……昔厉王监谤,以至大乱,国命几绝。上亦何用于此,今不监矣。"②七为周宣王之世(前827—前782)说,《汉书古今人表考》卷四:"家父,始见《诗·节南山篇》。家氏,父字,周大夫。案:'嘉'、'家'古通,《仪礼·士冠礼》注作'嘉甫'。"③

谨案:欧阳氏《诗本义》认为《节南山》非家父所作,但为周桓王时作品;而季氏《诗说解颐正释》、何氏《诗经世本古义》则断定家父为周桓王时人。家父为周桓王时人说的主要根据是桓八年、十五年《春秋》所载家父之事。然《节南山》孔《疏》早已注意到此两家父与《节南山》之家父同名而非一人,并列举大量例证说明:"古人以父为字,或累世同之。"④事实上,除《春秋》之家父外,《左传》中亦有三家父:一为隐公六年(前717)之"翼九宗五正顷父之子嘉父",晋大夫;二为襄公四年(前569)之"无终子嘉父",山戎国君;三为襄公二十一年(前552)之"嘉父",晋栾盈之党。在上古汉语中,"家""嘉"通音假借,盖"家父"亦曰"嘉父",但肯定不会是一人。可见,欧阳修等人以《节南山》一诗作者家父为周桓王时人的说法是难以成立的。故笔者此不取。又,桓八年《春秋》:"天王使家父来聘。"桓十五年《春秋》:"天王使家父来求车。"⑤可见,朱《传》所据乃桓八年《春秋》文,而非桓十五年《春秋》文。此朱氏失考者。又,《校正古今人表》卷四:"嘉父,顷父子,见《左传》隐六年,当在春秋时,或曰即《诗》作诵之家父。家作嘉,同音藉用

---

① [宋]朱熹撰,夏祖尧点校:《诗集传》,岳麓书社点校四部丛刊三编1989年影印日本东京岩崎氏静嘉文库藏宋本,第584、587页。
② [宋]戴溪:《续吕氏家塾读诗记》,中华书局丛书集成初编1985年排印清乾隆三十八年(1773)武英殿聚珍版丛书本,第52页。案:周厉王十四年(前842),国人暴动,流王于彘(晋邑,即今山西省霍县);次年(前841),共伯和(卫武公)摄政称王,史称"共和行政"。事见:《国语·周语上》,昭二十六年《左传》《经典释文·庄子音下》引《竹书纪年》《史记·五帝本纪》司马贞《索隐》引《竹书纪年》《史记·十二诸侯年表》《周本纪》《卫世家》。
③ [清]梁玉绳撰,吴树平等点校:《汉书古今人表考》,《史记汉书诸表订补十种》,中华书局二十四史研究资料丛刊1982年点校清白士集本,第630页。
④ [汉]毛亨传,[汉]郑玄笺,[唐]孔颖达等正义:《毛诗正义》,第440页。
⑤ [晋]杜预注,[唐]孔颖达等正义:《春秋左传正义》,第1754页。

也。"①《汉书·古今人表》有"嘉父",将其次于周宣王时。翟氏据《左传·隐公六年》"翼九宗五正顷父之子嘉父"一语而疑三家诗之说。笔者以为,家父为历仕周幽王、周平王两朝的元老重臣。兹有二证:

其一,家父(嘉甫)时有"优老之称"。《蔡中郎集·朱公叔谥议》卷一:"周有仲山甫、伯阳、嘉父,优老之称也。"②此称三人为"优老"者,当为德高望重、历事数朝之元老重臣。据《诗·大雅·烝民》《国语·周语上》、今本《竹书纪年》,在周宣王初年,仲山甫对外为镇抚东方之伯,对内为补天子过失之臣,除其具有刚柔相兼的性格外,当于其资望有关③。仲山甫为鲁献公次子,鲁献公在位三十二年(前887—前856),鲁献公卒至周宣王即位又二十九年,凡六十一年。据此推测,周宣王继位时仲山甫至少已为知天命之年了。从《崧高》所颂、史籍所载和对其年龄的推算来看,仲山甫在共和元年(前841)"共伯和干王位"④时,已是周王室大臣;周宣王即位(前827)后,又入仕宣王朝为卿士;至周宣王三十二年(前796)举荐鲁武公庶子、懿公戏之弟公子称继立为鲁孝公时,当为八十余岁之老臣了⑤。故蔡邕《朱公叔谥议》称之为"优老",班固《汉书·古今人表》亦列之为"智人"。据《国语·周语上》《史记·周本纪》,伯阳父是一位精通天文星象之学、知识渊博、思想敏锐的周王室史官之长⑥。他通过自然灾异预言周之将亡,虽不免有《国语》编撰者的附会成分,但从其真知灼见中,透露出了一位成熟的史学家对现实生活的观察力和对未来社会的预见性,亦透露出一位正直的政治家对幽王朝昏庸无道统治的不满。据此,我们可以推测,伯阳父极可能是由周宣王朝入仕幽王朝的元老重臣。周宣王朝虽千疮百孔,毕竟是西周末期的中兴之世,而周幽王朝初期即已是日薄西山、气息奄奄了。只有历仕周宣王、幽王两朝并熟悉其重大政治、经济、军事诸方面情况的人,才会对未来社会有如此清醒

---

① [清]翟云升撰,吴树平、王佚之、汪玉可点校:《校正古今人表》,《史记汉书诸表订补十种》,中华书局1982年点校清白士集本,第993页。

② [汉]蔡邕:《蔡中郎集》,中华书局1989年影印四部备要本,第22—23页。

③ 仲山甫,姬姓,名皮,周宣王大臣,封于樊(亦曰阳、阳樊,地即今河南省济源市东南三十八里之古阳城,一名皮子城)故又曰樊侯;因排行第二又封于樊,故亦称樊仲;后因以封邑为氏,曰樊氏。其入为王卿士,为周宣王中兴大臣之一,谥曰穆仲。《国语·晋语四》谓"阳樊"为"樊仲之官守",《通志·氏族略二》"阳氏"条、《氏族略三》"樊氏"条皆当本于此。

④ 《史记·周本纪》司马贞《索隐》引《竹书纪年》语。

⑤ 事见:《国语·周语上》。

⑥ 《国语·周语上》韦《注》:"伯阳父,周大夫也。"[三国吴]韦昭注,上海师范大学古籍整理研究所校点:《国语》,第27页。则伯阳父,嬴姓,周幽王时为太史,战国时有魏邑伯阳(在今河南省安阳市西北)或其封邑。又,《史记·周世家》裴骃《集解》引[吴]唐固《春秋外传国语》:"伯阳父,周柱下史老子也。"[汉]司马迁撰,[晋]裴骃集解,[唐]司马贞索隐,[唐]张守节正义,郭逸、郭曼标点:《史记》,第99页。案:《校正古今人表》卷四非唐固之说,笔者此从之。

的认识。故蔡邕《朱公叔谥议》称之为"优老",班固《古今人表》亦列之为"中上"。《节南山》作者家父亦应具有与仲山甫、伯阳父相似的政治才干和生活阅历,蔡邕《朱公叔谥议》称之为"优老",必有所据。蔡邕《朱公叔谥议》先举由共伯和干王位时期入仕周宣王的仲山甫,次举由周宣王入仕周幽王的伯阳父,那么,后举由周幽王入仕周平王的家父,是合乎情理的。《节南山》毛《序》:"《节南山》,家父刺幽王也。"孔《疏》:"韦昭以为平王时作。"①此两说似互相抵牾,却说明《诗序》作者所看到的史料,家父为周幽王时人;韦昭所看到的史料,家父为周平王时人。这正好可证家父仕于周幽王、周平王两朝。况且,从周幽王在位仅十一年(前781—前771)时间推算,周幽王朝的大夫出仕周平王朝是很有可能的。

其二,《节南山》之宰夫家父就是《诗·小雅·十月之交》之宰夫家伯。《节南山》郑《笺》:"家父,字,周大夫也。"②桓八年《左传》杜《注》:"家父,天子大夫。家,氏;父,字。"③桓八年《公羊传》何《注》:"家,采地;父,字也;天子中大夫氏采,故称字不称伯仲也。"④桓八年《穀梁传》范《注》说大同。何《注》谓家父食采于家邑,以邑为氏,此说得之。宋朱熹《诗集传》卷:"家,氏;父,字;周大夫也。"⑤足见朱《传》说亦当本于此。《诗·小雅·十月之交》有"家伯维宰",郑《笺》以"家伯"为字,清梁玉绳《古今人表考》卷四认为以"字家"而为"家氏"。事实上,称"家伯"者,例同"毛伯""原伯"。文王子毛叔郑封于毛,其后以邑为毛氏,其族世称"毛伯""毛公"。⑥ 宋欧阳修《集古录》卷一著录有西周初期器毛伯簋,清吴大澂《愙斋集古录》第四册著录传陕西省岐山县出土的周宣王时期器毛公鼎,皆可为证⑦。文王子原伯封于原,其后以邑为氏;昭十八年《左传》有"原伯鲁",知其为伯爵,故世称"原伯";庄十八年《左传》有"原庄公",知其世为周卿士,故亦称"原公"⑧。据毛氏、原氏之例,家伯当以采邑为家氏,而非字。周人氏后称伯者凡三:或以官爵称伯,或以国爵称伯,或以行次称伯。家伯之伯当以官爵称伯。我们可以《十月之交》"家伯维宰"之"宰"来分析。郑《笺》释"宰"为"冢宰",清陈奂

---

① [汉]毛亨传,[汉]郑玄笺,[唐]孔颖达等正义:《毛诗正义》,第440页。
② [汉]毛亨传,[汉]郑玄笺,[唐]孔颖达等正义:《毛诗正义》,第440页。
③ [晋]杜预注,[唐]孔颖达等正义:《春秋左传正义》,第1754页。
④ [汉]何休注,[唐]徐彦疏:《春秋公羊传注疏》,第2219页。
⑤ [宋]朱熹撰,夏祖尧点校:《诗集传》,第147页。
⑥ 毛,周文王庶子、康王顾命大臣司空毛公(毛叔郑)初封在今陕西省宝鸡市扶风县,东迁后徙封于今河南省洛阳市附近。春秋时期有毛伯卫、毛伯过、毛伯得(毛得)等。
⑦ 毛公鼎,今藏台北故宫博物院。
⑧ 原,姬姓国,始封君为周文王之子原伯,初封在今山西省晋城市沁水县西北里许,后迁封于河南省济源市西北四里之原乡(原村)。

《诗毛氏传疏》卷十九释"宰"为"宰夫"。陈氏认为:"冢宰是执政之官,皇父为卿士,不当复有家伯为大宰。"①陈说是。据《周礼·天官冢宰·叙官》,宰夫由下大夫四人任之,官位仅次于大宰(卿一人)和小宰(中大夫二人)。其职掌为"掌治朝之法,以正王及三公、六卿、大夫、群吏之位,掌其禁令。叙群吏之治,以待宾客之令,诸臣之复,万民之逆,掌百官府之征令,辨其八职"(《周礼·天官冢宰·宰夫》)②。隐元年《春秋》:"天王使宰咺来归惠公、仲子之赗。"③孔《疏》释"宰"为"宰夫"。宰咺代表周平王来为鲁惠公馈助丧之物,正是行宰夫掌"邦之吊事"之职。又,桓四年《春秋》:"天王使宰渠伯纠来聘。"④渠即周之阳渠,则渠伯纠盖以邑为氏⑤。渠伯纠代表周桓王到鲁国行聘礼,正是行宰夫掌"朝觐、会同、宾客"之职。据此两例可证,家伯为周幽王时宰夫,官爵为下大夫,故其当以宰夫之官爵而称伯⑥。《节南山》之"家父"与桓八年、十五年《春秋》之"家父",均为家氏、父字,必为同氏。那么,周桓王时家父当为周幽王时家父之后。周桓王十六年(前704),家父代表桓王去鲁国行聘礼,其职掌同宰夫渠伯纠;周桓王二十三年(前697),家父代表桓王去鲁国求车,合宰夫掌"财用"之职。可见,周桓王时之家父与周幽王时之家伯一样均任宰夫之职。《节南山》之家父赋诗刺太师尹氏,"以究王讻",希望周幽王的后继者"式讹尔心,以畜万邦"⑦,正与宰夫"正王及三公、六卿、大夫、群吏之位,掌其禁令"职掌相合。据此可证,《节南山》之家父亦应为宰夫之职。西周时代建立在宗法制基础上的贵族宗君制(贵族与君主共政)这一政体,是以世族世卿世官制作为组织保证来实现的。由此可进一步推论:《诗·小雅·十月之交》之宰夫"家伯",与作《节南山》之宰夫"家父"为同一人,则"家伯"亦可称之为"宰夫家伯父",其历仕幽王、平王两朝;《节南山》之"家父",即《十月之交》周幽王之宰夫家伯,则"家父"亦可称之为"宰夫家伯",其以家氏世族而为宰夫世官。则家父,即宰夫家伯父,姓姬,氏家,字父其,行次伯,周王室宰夫,历仕周幽王、平王两朝,生卒年未详。其主张诗歌创作应该关注社会现实,尤其是应该"以究王讻"(《节南山》)⑧;愤世嫉俗,怨天尤王,直言敢谏,为春秋前期周王室著名政治家与贵族诗人,传世有《节南山》(《诗·小雅》)

---

① [清]陈奂:《毛诗传疏》,凤凰出版社2005年影印王先谦刻清经解续编本(第11册),第4069页。
② [汉]郑玄注,[唐]贾公彦疏:《周礼注疏》,中华书局1980年影印阮刻十三经注疏本,第655页。
③ [晋]杜预注,[唐]孔颖达等正义:《春秋左传正义》,第1714页。
④ [晋]杜预注,[唐]孔颖达等正义:《春秋左传正义》,第1747页。
⑤ 阳渠,在今河南省洛阳市故洛阳县城西之阳渠。
⑥ 桓八年《公羊传》何《注》以家父为中大夫,爵同小宰,恐非。
⑦ [汉]毛亨传,[汉]郑玄笺,[唐]孔颖达等正义:《毛诗正义》,第441页。
⑧ [汉]毛亨传,[汉]郑玄笺,[唐]孔颖达等正义:《毛诗正义》,第440页。

一诗。

二、富氏与富辰

(一)富氏之族属

《潜夫论·志氏姓》:"周氏、邵氏、毕氏、荣氏、单氏、尹氏、镏氏、富氏、巩氏、苌氏,此皆周室之世公卿家也。"①《元和姓纂·四十九宥》:"富,《左传》周大夫富辰之后。"②《通志·氏族略五》:"富氏,周大夫富辰之后。又,鲁大夫富父终生,郑有富子。"③《姓氏急就篇》卷上:"富氏,周大夫富辰、富辛、郑大夫富子、卫富术、楚富挚、赵富丁后。"④

谨案:清秦嘉谟辑补《世本》卷七上:"富氏,周王族富辰之后……晋桓庄之族,大夫富槐之后。"⑤秦氏认为富氏有二:一为周富氏,出于富辰;一为晋富氏,出于富槐,并以《潜夫论·志氏姓》、庄二十三年《左传》杜《注》《广韵·十五灰》为据。今考:《潜夫论·志氏姓》晋公族有"富氏",周王族亦有"富氏"。庄二十三年《左传》杜《注》:"富子,二族之富强者。"⑥《广韵·十五灰》"槐"字注:"又姓,晋大夫富槐之后。"⑦然《潜夫论·志氏姓》以庄二十三年《左传》之"富子"为"富"氏,据庄二十三年《左传》杜《注》,其说非。《广韵·十五灰》本说"槐氏",不谓"富"为氏。况且《潜夫论·志氏姓》下文明谓周富氏为"周室之世公卿家",秦氏失检,而又援据失实,其说诬甚。则周富氏为帝喾高辛氏元妃姜嫄子后稷弃之裔,出于富辰。

---

① [汉]王符撰,[清]王继培笺,彭铎校正:《潜夫论笺校正》,第461页。案:"镏",旧作"镏",与"刘"同,即宣十年《春秋》之"王季子",亦即《左传》之"刘康公"后裔。又,此所谓"周室之世公卿家",除尹氏为少昊氏后裔之外,其余诸氏皆为周王室公族。

② [唐]林宝撰,[清]孙星衍校辑,郁贤皓、陶敏整理点校:《元和姓纂》,第1358页。

③ [宋]郑樵撰,王树民点校:《通志二十略》,第199页。案:"富父终生",文十一年《左传》及《春秋释例·世族谱上》并作"富父终甥",哀三年《左传》杜《注》作"富父终生",为哀三年《左传》"富父槐"之先,鲁大夫,事文公。事见:文十一年《左传》。"富子",郑大夫,事定公。事见:昭十六年《左传》。

④ [宋]王应麟:《姓氏急就篇》,《玉海》,江苏古籍出版社1987年影印清光绪九年(1883)浙江书局刊本。案:"富术",卫大夫,事平侯之子嗣君。事见:《战国策·卫策》。"富挚",楚大夫,事怀王。事见:《战国策·楚策四》。"富丁",赵大夫,事武灵王。事见:《战国策·赵策三》《史记·赵世家》。

⑤ [汉]宋衷注,[清]秦嘉谟等辑:《世本八种》,上海商务印书馆1957年排印本,第194、221页。

⑥ [晋]杜预注,[唐]孔颖达等正义:《春秋左传正义》,第1779页。

⑦ [宋]陈彭年等重修:《钜宋广韵》,上海古籍出版社1983年影印宋乾道五年(1169)闽中建宁府黄三八郎书铺刊本,第55页。

(二)富氏之世系

《春秋分记·世谱六》:"富氏,辰生辛。"①清陈厚耀《春秋世族谱》卷上:"富辛,昭三十二年见,或云富辰子。"②

谨案:富辛,周大夫,事敬王。事见:昭三十二年《左传》。则富辛于周敬王十年(前510)与石张如晋请城成周时,下距富臣卒一百二十六年。故此二人不当为父子。故程氏《春秋分记》、陈氏《春秋世族谱》说失考。然富辛年辈在富辰之后,且仕王室为大夫,当为富辰之后。则春秋时期富氏世系为:富辰……富辛。

(三)富辰

《史记·周本纪》裴骃《集解》引汉服虔《春秋左氏传解》:"富辰,周大夫。"③则富辰(前?—前636),姓姬,氏富,名辰,周大夫,襄王十七年(前636)赴死狄难。其推崇周公旦"封建亲戚以蕃屏周"古制,倡导"大上以德抚民,其次亲亲,以相及"古训,认为"庸勋、亲亲、昵近、尊贤,德之大者也;即聋、从昧、与顽、用嚚,奸之大者也"(僖二十四年《左传》)④,从正反两方面全面系统地阐释了"德"之内涵;进而提出了"尊贵、明贤、庸勋、长老、爱亲、礼新、亲旧"为"七德"(《国语·周语中》)⑤说,进一步丰富了"德"之内涵;提倡兄弟协而诸侯睦,反对王室以戎狄伐同姓诸侯,长于谋断,博学多识,谙习《诗》《书》,传世有《兄弟协而诸侯睦论》(见僖二十二年《左传》)、《四德四奸论》(见僖二十四年《左传》)、《婚姻祸福论》(见《国语·周语中》)、《七德利内论》(见《国语·周语中》)、《女德无极论》(见僖二十四年《左传》)诸文⑥。

三、苌氏与苌弘

(一)苌氏之族属与世系

《潜夫论·志氏姓》:"周氏、邵氏、毕氏、荣氏、单氏、尹氏、镏氏、富氏、巩氏、

---

① [宋]程公说:《春秋分记》,第129页。
② [清]陈厚耀:《春秋世族谱》,上海书店丛书集成续编1994年影印清邵武徐氏丛书本。
③ [汉]司马迁撰,[晋]裴骃集解,[唐]司马贞索隐,[唐]张守节正义,郭逸、郭曼标点:《史记》,第104页。
④ [晋]杜预注,[唐]孔颖达等正义:《春秋左传正义》,第1813页。
⑤ [三国吴]韦昭注,上海师范大学古籍整理研究所校点:《国语》,第45页。
⑥ 《四德四奸论》,《文章正宗·辞命四》《文编·谏疏》《文章辨体汇选·论谏一》皆题作《谏以狄伐郑》,《御选古文渊鉴》卷一题作《谏襄王》;《婚姻祸福论》《七德利内论》《女德无极论》,《文章正宗·辞命四》《文编·谏疏》《文章辨体汇选·论谏一》皆题作《谏以狄女为后》。

苌氏,此皆周室之世公卿家也。"①《元和姓纂·十阳》:"苌,《左传》周大夫苌弘之后。"②则周苌氏为帝喾高辛氏元妃姜嫄子后稷弃之裔,出于苌弘,世系未详。

(二)苌弘

《史记·乐书》司马贞《索隐》引《大戴礼记》:"孔子适周,访礼于老聃,学乐于苌弘。"③《淮南子·氾论训》:"昔者苌弘,周室之执数者也,天地之气、日月之行、风雨之变、律历之数,无所不通,然而不能自知,车裂而死。"④《主术训》《缪称训》《说山训》《齐俗训》说大同。《史记·封禅书》:"是时苌弘以方事周灵王,诸侯莫朝周,周力少,苌弘乃明鬼神事,设射《貍首》。《貍首》者,诸侯之不来者。依物怪欲以致诸侯。"《天官书》:"昔之传天数者,高辛之前重、黎,于唐虞羲、和,有夏昆吾,殷商巫咸,周室史佚、苌弘,于宋子韦,郑则裨灶,在齐甘公,楚唐昧,赵尹皋,魏石申。"⑤《汉书·郊祀志上》:"后五十年,周灵王即位。时诸侯莫朝周,苌弘乃明鬼神事,设射不来……后二世,至敬王时,晋人杀苌弘。"⑥《郊祀志下》说大同。《史记·乐书》裴骃《集解》引汉郑玄《注》:"苌弘,周大夫。"⑦《国语·周语下》韦《注》:"苌弘,周大夫苌叔也……苌叔,苌弘字也。"⑧《春秋释例·世族谱上》:"苌宏,苌叔。"⑨定元年《左传》杜《注》说大同。唐柳宗元《吊苌弘文》:"比干之以仁义兮,缅辽绝以不群。伯夷殉洁以莫怨兮,孰克轨其遗尘?苟端诚之内亏兮,虽耆老其谁珍?"⑩

谨案:苌弘于周景王十四年(前531)始见于《左传》,敬王十年(前510)始见于《国语》。然《史记·封禅书》谓"苌弘以方事周灵王",《汉书·郊祀志上》谓

---

① [汉]王符撰,[清]王继培笺,彭铎校正:《潜夫论笺校正》,第461页。
② [唐]林宝撰,[清]孙星衍校辑,郁贤皓、陶敏整理点校:《元和姓纂》,第591页。
③ [汉]司马迁撰,[晋]裴骃集解,[唐]司马贞索隐,[唐]张守节正义,郭逸、郭曼标点:《史记》,第1025页。案:今本《大戴礼记》阙此文。
④ [汉]刘安撰,[汉]高诱注,刘文典集解,冯逸、乔华点校:《淮南鸿烈集解》,中华书局1989年新编诸子集成本,第445页。
⑤ [汉]司马迁撰,[晋]裴骃集解,[唐]司马贞索隐,[唐]张守节正义,郭逸、郭曼标点:《史记》,第1117、1103页。案:《史记·乐书》《蔡世家》俱载苌弘言行,散见于先秦两汉书者亦多,不具引。
⑥ [汉]班固撰,[唐]颜师古注,傅东华等点校:《汉书》,第1199页。
⑦ [汉]司马迁撰,[晋]裴骃集解,[唐]司马贞索隐,[唐]张守节正义,郭逸、郭曼标点:《史记》,第1025页。
⑧ [三国吴]韦昭注,上海师范大学古籍整理研究所校点:《国语》,第144、147页。
⑨ [晋]杜预:《春秋释例》,第378页。案:"苌宏",文渊阁库本作"苌弘",定元年《左传》《国语·周语下》皆作"苌弘",《韩非子·难言篇》《内储说下》《孔丛子·嘉言篇》皆作"苌宏",则库本是。
⑩ [唐]柳宗元撰,吴文治点校:《柳宗元集》,中华书局中国古典文学基本丛书1979年点校宋刻百家注本,第514—515页。

"周灵王即位"之后"苌弘乃明鬼神事",则周灵王元年(前571)顷苌弘已出仕。据此,则苌弘历仕灵、景、敬三王凡八十年(前571—前482),其被杀时已为百岁老人。则苌弘(前?—前492),即定元年《左传》《国语·周语下》之"苌叔",亦即《韩非子·难言篇》《内储说下》《孔丛子·嘉言篇》之"苌宏",姓姬,氏苌,名弘(一作"宏"),字叔,周大夫,历仕灵、景、敬三王凡八十年(前571—前492)。其提出"以济侈于王都,不亡,何待"(昭十一年《左传》)说;倡导"同心同德"古训,主张"君其务德,无患无人"(昭二十四年《左传》)①;尊崇天道,关注人事,通晓天文、历法、星相之学,喜好术数、鬼神、怪异之事,精于音律,熟知典籍,尤谙习《书》,孔子师事之,《汉书·艺文志》著录阴阳十六家有《苌弘》十五篇,传世有《济侈必亡论》(见昭十一年《左传》)、《天弃西王论》(见昭二十三年《左传》)、《同德度义论》(见昭二十四年《左传》)诸文②。

综上所考,周家氏为贾氏之别,出于家父(家伯父),其世系未详。其中,家父(家伯父)乃入仕于周王室之大夫,有诗作传世,属周王室同姓世族作家群体。周富氏为帝喾高辛氏元妃姜嫄子后稷弃之裔,出于富辰,其世系为:富辰……富辛;苌氏为帝喾高辛氏元妃姜嫄子后稷弃之裔,出于苌弘,其世系未详,周富氏、苌氏二族皆姬周同姓贵族,有作品传世者为富辰、苌弘,亦属周王室同姓世族作家群体。

第四节　异姓世族

一、辛氏与辛伯

(一)辛氏之族属

《史记·夏本纪》:"禹为姒姓,其后分封以国为姓。故有夏后氏、有扈氏、有男氏、斟寻氏、彤城氏、褒氏、费氏、杞氏、缯氏、辛氏、冥氏、斟(氏)戈氏。"③《元和姓纂·十七真》:"辛,姒姓。夏后启别封支子于莘,'莘''辛'相近,遂为辛氏。

---

① [晋]杜预注,[唐]孔颖达等正义:《春秋左传正义》,第2056、2105页。
② 《苌弘》十五篇,《隋书·经籍志》未著录,则其在隋唐之前已亡佚。
③ [汉]司马迁撰,[晋]裴骃集解,[唐]司马贞索隐,[唐]张守节正义,郭逸、郭曼标点:《史记》,第59页。

《左传》,周太史辛甲,辛伯、辛俞美为昭王友。"①《新唐书·宰相世系表三上》:"辛氏出自姒姓。夏后启封支子于莘,'莘''辛'声相近,遂为辛氏。周太史辛甲为文王臣,封于长子。"②《广韵·十七真》"辛"字注说大同。《古今姓氏书辩证·十七真》:"辛,周武王太史辛甲封于长子。后有辛伯、辛有,皆为大夫。有二子适晋。史有辛廖,其后或为董史。"③

谨案:《史记·周本纪》裴骃《集解》引汉刘向《别录》:"辛甲,故殷之臣,事纣。盖七十五谏而不听,去至周,召公与语,贤之,告文王,文王亲自迎之,以为公卿,封长子。"④《汉书·地理志上》:"(上党郡)长子,周史辛甲所封。"⑤《水经·浊漳水注》:"(浊漳水)又东,尧水自西山,东北流,迳尧庙北,又东,迳长子县故城南,周史辛甲所封邑也。"⑥则周辛氏封邑在今山西省长治市长子县。又,《史记·夏本纪》:"帝舜荐禹于天,为嗣。十七年而帝舜崩。三年丧毕,禹辞辟舜之子商均于阳城。天下诸侯皆去商均而朝禹。禹于是遂即天子位,南面朝天下,国号曰夏后,姓姒氏。"⑦可见,禹夏立国初期的都城有阳翟(今河南省禹州市)、阳城(今登封市东南)、平阳(在今山西省临汾市西)、安邑(在今运城市夏县西北)、晋阳(当在今盐湖区解州镇西北)五地,位于今河南省西北部与山西省西南部的河汾流域与河洛流域。周文王所封辛氏采邑长子正位于原夏禹统治中心区域。则周辛氏为帝颛顼高阳氏部落支族鲧之子夏禹(文命)之裔,出于周武王太史辛甲。

(二)辛氏之世系

襄四年《左传》:"昔周辛甲之为大史也,命百官,官箴王阙。"⑧《国语·晋语

---

① [唐]林宝撰,[清]孙星衍校辑,郁贤皓、陶敏整理点校:《元和姓纂》,第355页。
② [宋]欧阳修、[宋]宋祁编修,石淑仪等点校:《新唐书》,第2879页。
③ [宋]邓名世撰,王力平点校:《古今姓氏书辩证》,第89页。
④ [汉]司马迁撰,[晋]裴骃集解,[唐]司马贞索隐,[唐]张守节正义,郭逸、郭曼标点:《史记》,第79页。
⑤ [汉]班固撰,[唐]颜师古注,傅东华等点校:《汉书》,第1553页。
⑥ [北魏]郦道元撰,杨守敬、熊会贞疏,段熙仲点校,陈桥驿复校:《水经注疏》,第913页。
⑦ [晋]裴骃《集解》引皇甫谧《帝王世纪》:"禹受封为夏伯,在豫州外方之南,今河南阳翟是也……都平阳,或在安邑,或在晋阳。"[汉]司马迁撰,[晋]裴骃集解,[唐]司马贞索隐,[唐]张守节正义,郭逸、郭曼标点:《史记》,第33、55页。
⑧ 杜《注》:"辛甲,周武王大史。"[晋]杜预注,[唐]孔颖达等正义:《春秋左传正义》,第1933页。

四》:"(周文王)诹于蔡、原,而访于辛、尹。"①《吕氏春秋·音初篇》:"周昭王亲将征荆,辛余靡长且多力,为王右。还反涉汉,梁败,王及蔡公抎于汉中。辛余靡振王北济,又反振蔡公,周公乃侯之于西翟。"②《史记·周本纪》:"伯夷、叔齐在孤竹,闻西伯善养老,盍往归之。太颠、闳夭、散宜生、鬻子、辛甲大夫之徒皆往归之。"③僖二十二年《左传》杜《注》:"辛有,周大夫。"昭十五年《左传》杜《注》:"辛有,周人也。其二子适晋为太史,籍黡与之共董督晋典,因为董氏,董狐其后。"④

谨案:据僖二十二年《左传》,辛有为周平王东迁后之臣。则辛有当在辛伯之前,疑辛伯或为其孙,或为其子。则春秋时期周辛氏之世系为:辛有……辛伯。

(三)辛伯

《史记·周本纪》裴骃《集解》引汉贾逵《左氏传解诂》:"辛伯,周大夫也。"⑤则辛伯,姓姬,氏辛,爵伯,周大夫,名字、生卒年皆不详(前697在世)。⑥其提出"并后、匹嫡、两政、耦国,乱之本也"(桓十八年《左传》)⑦说,认为婚制、宗法制、职官制、都邑制等为国家兴乱的四个根本制度;尊崇王权,维护王室,恪守礼仪,精通典籍,传世有《谏周公书》(见桓十八年《左传》)一文。

二、仓氏与仓葛

(一)仓氏之族属与世系

《通志·氏族略四》、《名贤氏族言行类稿》卷二十七、《古今合璧事类备要续

---

① 韦《注》:"蔡,蔡公;原,原公;辛,辛甲;尹,尹佚;皆周太史。"[三国吴]韦昭注,上海师范大学古籍整理研究所校点:《国语》,第387—389页。
② 旧题[周]吕不韦撰,[汉]高诱注,许维遹集释:《吕氏春秋集释》,中华书局1988年新编诸子集成本,第140页。
③ [汉]司马迁撰,[晋]裴骃集解,[唐]司马贞索隐,[唐]张守节正义,郭逸、郭曼标点:《史记》,第78页。
④ [晋]杜预注,[唐]孔颖达等正义:《春秋左传正义》,第1813、2078页。案:《春秋释例·世族谱上》将"辛甲""辛有""辛伯",皆列入周"杂人"。
⑤ [汉]司马迁撰,[晋]裴骃集解,[唐]司马贞索隐,[唐]张守节正义,郭逸、郭曼标点:《史记》,第105页。
⑥ 闵二年《左传》所记辛伯事,乃为追述笔法,非其在世时事。
⑦ [晋]杜预注,[唐]孔颖达等正义:《春秋左传正义》,第1753页。案:闵二年《左传》:"昔辛伯谂周桓公云:'内宠并后,外宠二政,嬖子配适(通"嫡"),大都耦国,乱之本也。'"[晋]杜预注,[唐]孔颖达等正义:《春秋左传正义》,第1786页。足见晋狐突所引辛伯此文更详。

集》卷二五并引《风俗通义》:"(苍氏),八凯苍舒之后。"①《元和姓纂·十一唐》:"仓,黄帝史官仓颉之后。春秋时周有仓葛。"②《通志·氏族略四》:"仓氏,黄帝史官仓颉之后。或言古有世掌仓庾者,各以为氏。春秋时周有仓葛。"③《姓氏急就篇》卷上说同。

谨案:苍舒,帝颛顼高阳氏苗裔。事见:文十八年《左传》。据元阴劲弦《韵府群玉·七阳》,黄帝时"仓颉",颛顼时"苍舒"春秋时"仓葛",字本不从"草",后世"仓"误作"苍"。又,《史记·平准书》:"居官者以为姓号。"④又,《汉书·王嘉列传》载嘉上疏曰:"孝文时,吏居官者或长子孙,以官为氏,仓氏、库氏则仓库吏之后也。"⑤此皆以仓氏乃以官为氏者。笔者此不取。则周仓氏为黄帝轩辕氏史官仓颉之后,其世系未详。

(二)仓葛

《国语·周语中》韦《注》:"仓葛,阳人也。"《晋语四》韦《注》:"仓葛,阳樊人。"⑥则仓葛,氏仓,名葛,阳樊士人,生卒年未详(前635在世)。其倡导"武不可觌,文不可匿。觌武无烈,匿文不昭"(《国语·周语中》)⑦古训,主张怀柔布德,反对觌武匿文,为春秋中期周王室著名平民文士,传世有《怀柔布德论》(见《国语·周语中》)一文。

三、叔氏与叔过、叔兴、叔服

(一)叔氏之族属

文十八年《左传》载鲁史克(里革)对季文子(季孙行父)曰:"昔高阳氏有才子八人,仓舒、隤敳、梼戭、大临、尨降、庭坚、仲容、叔达。"⑧《元和姓纂·一屋》、《名贤氏族言行类稿》卷四十九并引汉班固等《东观汉记》:"将军叔寿,叔于之

---

① [宋]郑樵撰,王树民点校:《通志二十略》,第127页。
② [唐]林宝撰,[清]孙星衍校辑,郁贤皓、陶敏整理点校:《元和姓纂》,第609页。
③ [宋]郑樵撰,王树民点校:《通志二十略》,第127页。
④ [晋]裴骃《集解》引[三国魏]如淳《汉书注》:"仓氏、庾氏是也。"[汉]司马迁撰,[晋]裴骃集解,[唐]司马贞索隐,[唐]张守节正义,郭逸、郭曼标点:《史记》,第1158页。
⑤ [汉]班固撰,[唐]颜师古注,傅东华等点校:《汉书》,第3490页。
⑥ [三国吴]韦昭注,上海师范大学古籍整理研究所校点:《国语》,第58、376页。
⑦ [三国吴]韦昭注,上海师范大学古籍整理研究所校点:《国语》,第58页。
⑧ [晋]杜预注,[唐]孔颖达等正义:《春秋左传正义》,第1861页。

后;孙叔仲彭生亥,亥生带,带生仲叔、仲职及寅,代为鲁大夫。"①《元和姓纂·一屋》:"叔,八凯叔达之后。或云晋大夫叔向之后。"②《通志·氏族略六》:"叔氏有四:鲁叔牙之后,鲁文公之子叔肸之后,八凯叔达之后,晋叔向之后,并以叔为氏。"③

谨案:先秦文献所谓叔达有二:一为八恺之一,见文十八年《左传》;一为吴太伯曾孙,见《史记·吴世家》。又,《古今姓氏书辩证·一屋》认为春秋叔氏出自姬姓鲁文公少子叔肸之后,宣公初年别族为叔氏。然周叔兴于鲁僖公十六年(前644)已见于《左传》,下距鲁宣公元年(前608)三十六年。则鲁之叔氏虽出于叔肸,而周之叔氏则绝非叔肸之后。况且,所谓"伯氏""叔氏"者,别以长、少,乃依次为氏者,故公族别为叔氏者当非一族④。则周叔氏为帝颛顼高阳氏之裔,出于叔达。

(二)叔氏之世系

《春秋分记·世谱六》:"内史氏,过生叔服,叔服生兴。"⑤

谨案:内史过(前662—前649在世)事周惠王、襄王,内史叔兴(前644—前632在世)事周襄王,内史叔服(前626—前590在世)事周襄王、顷王、匡王、定王,则叔服当为叔兴之子而非其父。故程氏《春秋分记》之说失考。则春秋时期周叔氏之世系为:叔过→叔兴→叔服。

(三)叔过

《周礼·春官宗伯·内史》:"掌王之八枋之法,以诏王治……凡命诸侯及孤、卿、大夫,则策命之。凡四方之事书,内史读之。王制禄,则赞为之。以方出之,赏赐。亦如之。内史掌书王命,遂贰之。"⑥《国语·周语上》韦《注》:"内史,周大夫,过,其名也,掌爵禄废置及策命诸侯、孤、卿、大夫也。"⑦《四友斋丛说》卷

---

① [唐]林宝撰,[清]孙星衍校辑,郁贤皓、陶敏整理点校:《元和姓纂》,第1441页。案:今本《东观汉记》轶此文。
② [唐]林宝撰,[清]孙星衍校辑,郁贤皓、陶敏整理点校:《元和姓纂》,第1441页。案:《名贤氏族言行类稿》卷三十七引有"鲁桓公子叔牙之后",故据此补。
③ [宋]郑樵撰,王树民点校:《通志二十略》,第213—214页。
④ 参见:[宋]郑樵《通志·氏族略一》《氏族略四》。
⑤ [宋]程公说:《春秋分记》,第129页。
⑥ [汉]郑玄注,[唐]贾公彦疏:《周礼注疏》,第820页。
⑦ [三国吴]韦昭注,上海师范大学古籍整理研究所校点:《国语》,第30页。

五:"周天王及各国皆立史官,如周有史佚、太史儋、内史过、内史叔兴、叔服,虢有史嚣,卫有史华,晋有史苏、史狐、史墨,鲁有史克,世掌史事而遂有专史矣。"① 则叔过,即庄三十二年、僖十一年《左传》《国语·周语上》《说苑·辨物篇》《汉书·五行志中》之"内史过",姓己,氏叔,其后别为内史氏,名过,叔兴(内史兴、叔兴父)之父,周王室内史,生卒年未详(前 662—前 649 在世)。② 其倡导"道而得神,是谓逢福;淫而得神,是谓贪祸"古训,认为"国之将兴,其君齐明、衷正、精洁、惠和,其德足以昭其馨香,其惠足以同其民人"(《国语·周语上》)③,提出以"精""忠""礼""信"治国济众之说;主张禋神亲民,神人并重,恪守礼仪,熟知典籍,尤谙习《书》,传世有《神君兴亡论》《丹朱之神论》《虢将亡论》《禋神亲民论》《精、忠、礼、信论》(俱见《国语·周语上》)诸文④。

(四)叔兴

《吕氏春秋·当赏篇》高《注》:"内史兴,周大夫也。"⑤《国语·周语上》韦《注》:"内史兴,周内史叔兴父也。"⑥僖二十八年《左传》杜《注》:"叔兴父,大夫也。"⑦则叔兴,即僖十六年《左传》之"内史叔兴",亦即僖二十八年《左传》之"内史叔兴父",亦即《国语·周语上》《吕氏春秋·当赏篇》之"内史兴",姓己,氏叔,名兴,字父,叔过(内史过)之子,叔服(内史叔服)之父,周王室内史,生卒年未详(前 644—前 632 在世)。其提出"阴阳之事,非吉凶所在也。吉凶由人"(僖十六年《左传》)⑧说,倡导"逆王命敬,奉礼义成"(《国语·周语上》)⑨;精通天文、历法、术数之学,恪守周礼,熟知典籍,传世有《吉凶由人论》(见僖十六年《左传》)、《奉礼义成论》(见《国语·周语上》)诸文。

---

① [明]何良俊撰,中华书局编辑部点校:《四友斋丛说》,中华书局 1997 年点校明万历刻足本(重印本),第 41 页。
② [唐]林宝《元和姓纂·十八队》、[宋]郑樵《通志·氏族略四》并引《风俗通义》:"(内史氏)周内史叔兴之后,因官氏焉。周又有内史过。"[唐]林宝撰,[清]孙星衍校辑,郁贤皓、陶敏整理点校:《元和姓纂》,第 1267 页。案:今本《风俗通义》佚此文。则周内史氏为叔氏之别,乃以官为氏者,出于叔过(内史过)。
③ [三国吴]韦昭注,上海师范大学古籍整理研究所校点:《国语》,第 30 页。
④ 《精、忠、礼、信论》,《文章正宗·辞命四》《文编·论一》《文章辨体汇选·论谏七》皆题作《论晋君臣》。
⑤ 旧题[周]吕不韦撰,[汉]高诱注,许维遹集释:《吕氏春秋集释》,第 650 页。
⑥ [三国吴]韦昭注,上海师范大学古籍整理研究所校点:《国语》,第 41 页。
⑦ [晋]杜预注,[唐]孔颖达等正义:《春秋左传正义》,第 1825 页。
⑧ [晋]杜预注,[唐]孔颖达等正义:《春秋左传正义》,第 1805 页。
⑨ [三国吴]韦昭注,上海师范大学古籍整理研究所校点:《国语》,第 41 页。

（五）叔服

文元年《春秋》杜《注》："叔，氏；服，字。"成元年《左传》杜《注》："叔服，周内史。"①《汉书·五行志下》颜《注》："史服，周内史叔服也。"②

谨案：文三年《春秋》："夏五月，王子虎卒。"③《穀梁传》："叔服也。此不卒者也，何以卒之？以其来会葬，我卒之也。或曰：以其尝执重以守也。"④文元年《公羊传》何《注》："叔服者，王子虎也。服者，字也；叔者，长幼称也。不系王者，不以亲疏录也；不称王子者，时天子诸侯不务求贤而专贵亲亲，故尤其在位子弟，刺其早任以权也。"⑤可见，何氏说本文三年《穀梁传》，实非。故《日知录》卷四驳之曰："文公四年：'夏五月，王子虎卒'。左氏以为王叔文公者，是也。而《谷梁》以为叔服。按：此后文公十四年有星孛入于北斗，周内史叔服曰：'不出七年，宋齐晋之君皆将死乱。'成公元年，刘康公伐戎，叔服曰：'背盟而欺大国，此必败。'明叔服别是一人，非王子虎。"⑥则叔服，即文元年、十四年《左传》之"内史叔服"，姓己，氏叔，字服，名未详，叔过（内史过）之子，叔兴（内史兴、叔兴父）之父，周王室内史，历仕襄、顷、匡、定四王凡三十七年（前626—前590），生卒年未详（前626—前590在世）。其提出"背盟，不祥；欺大国，不义；神、人弗助，将何以胜"之说，神人并重，精通天文、历法、术数、骨相之学，谙习《礼》《易》，传世有《骨相论》（见文元年《左传》）、《彗星异象论》（见文十四年《左传》）、《神人弗助不胜论》（见成元年《左传》）诸文。

综上所考，周辛氏为帝颛顼高阳氏部落支族鲧之子夏禹之裔，出于周武王太史辛甲，其世系为：辛有……辛伯；周仓氏为黄帝轩辕氏史官仓颉后裔，其世系未详；周叔氏为帝颛顼高阳氏之裔，出于叔达，其世系为：叔过→叔兴→叔服。可见，周辛氏、仓氏、叔氏三族为姬周异姓贵族。此三族中，有作品传世者为辛伯、仓葛、叔过、叔兴、叔服，属周王室异姓世族作家群体。

---

① ［晋］杜预注，［唐］孔颖达等正义：《春秋左传正义》，第1836、1892页。
② ［汉］班固撰，［唐］颜师古注，傅东华等点校：《汉书》，第1513页。
③ ［晋］杜预注，［唐］孔颖达等正义：《春秋左传正义》，第1836页。
④ ［晋］范宁注，［唐］杨士勋疏：《春秋穀梁传注疏》，第2405页。
⑤ ［汉］何休注，［唐］徐彦疏：《春秋公羊传注疏》，第2266页。
⑥ ［清］顾炎武撰，［清］黄汝成集释，秦克诚点校：《日知录集释》，岳麓书社1994年点校清道光十四年（1834）嘉定黄氏西溪草庐重刊本，第164—165页。

第二章

鲁

鲁公室除了公子翚、庄公同、公子鱼、文公兴、宣公倭、成公黑肱、襄公午、昭公稠、公子为、哀公蒋、公孙有山 11 人有传世作品之外，公族作家群体有臧孙氏、众氏、展氏、后氏、东门氏、子家氏、子叔氏、荣氏、仲孙氏、子服氏、南宫氏、公山氏、叔孙氏、叔仲氏、季孙氏、公冶氏、御孙氏、夏父氏、颜氏、公西氏、公罔氏、公敛氏、釁氏 23 族，有传世作品者 47 人；同姓世族作家群体宰氏、冉氏、阳氏、宓氏、驷氏、禽氏、孺氏 7 族，有传世作品者 9 人；异姓世族作家群体有楚氏、序氏、申氏、商氏、樊氏、仲氏、孔氏、正氏、杜氏、颛孙氏、曾氏、谢氏 12 族，有传世作品者 20 人；其他世族作家群体有曹氏、里氏、御氏、闵氏、梓氏、冶氏、漆雕氏、有氏、原氏、澹台氏、言氏、少正氏、师氏、左氏 14 族，有传世作品者 15 人。

第一节 鲁公室

一、族属考

襄二十九年《左传》："鲁，周公之后也，而睦于晋。"定四年《左传》："昔武王克商，成王定之，选建明德，以蕃屏周。故周公相王室，以尹天下，于周为睦。分鲁公以大路，大旂，夏后氏之璜，封父之繁弱，殷民氏六族：条氏、徐氏、萧氏、索氏、长勺氏、尾勺氏。使帅其宗氏，辑其分族，将其类丑，以法则周公，用即命于周。是使之职事于鲁，以昭周公之明德。分之土田陪敦，祝、宗、卜、史，备物，典策、官司、彝器。因商奄之民,命以《伯禽》,而封于少皞之虚。"①《史记·鲁世家》:"周公旦者,周武王弟也……封周公旦于少昊之虚曲阜,是为鲁公。"《管蔡世家》:"武王同母兄弟十人。母曰太姒,文王正妃也。其长子曰伯邑考,次曰武王发,次曰管叔鲜,次曰周公旦,次曰蔡叔度,次曰曹叔振铎,次曰成叔武,次曰霍叔处,次曰康叔封,次曰冉季载。"②《潜夫论·志氏姓》:"鲁之公族,有蟜氏、后氏、众氏、臧氏、施氏、孟氏、仲孙氏、服氏、公山氏、南宫氏、叔孙氏、叔仲氏、子我氏、子士氏、季氏、公鉏氏、公巫氏、公之氏、子干氏、华氏、子言氏、子驹氏、子雅氏、子阳氏、东门氏、公析氏、公石氏、叔氏、子家氏、荣氏、展氏、乙氏,皆鲁姬姓也。"③《春秋释例·世族谱上》卷八:"鲁国,姬姓,文王子周公旦之后也。周公股肱周室,成王封其子伯禽于曲阜为鲁侯,今鲁国是也。自哀以下九世二百一十七年,而楚灭鲁矣。"④《急就篇》卷一颜《注》:"伯禽之后有悼公者,为楚所灭,子孙以国为氏。"⑤《元和姓纂·十姥》:"鲁,周公子伯禽封鲁,至顷公三十四代,九百余年,为楚所灭,子孙以国为氏。"⑥《广韵·十姥》"鲁"字注:"又,国名,伯禽之后以国为姓,出扶风。"⑦《古今姓氏书辩证·十姥》:"鲁,出自姬姓,周公子伯禽所封,传国三十四世,至鲁顷公灭于楚,迁于下邑,子孙以国为氏。"⑧《通志·氏族略二》:"鲁氏,武王克商,封其弟周公旦于曲阜,本少昊之墟,又大庭氏居之,鲁于其上做库,故谓大庭氏之库。其地本名鲁,因以命国,乃作都于曲阜。宋祥符中,改曲阜为仙源,今隶兖州。周公留相成王,而使元子伯禽就封于鲁,锡之山川、土田、附庸、官司、典册、四代之乐,郊上帝,与周同制……宣公之后,三家盛,公室微弱,昭公见逐,卒于乾侯。自隐公至哀公,凡十二世,见《春秋》。自悼公至顷公,为楚考烈王所灭。顷公亡,迁于卞邑,为家人,子孙以国为氏。"⑨《姓氏急就篇》卷上说大同。则鲁公室为帝喾高辛氏元妃姜嫄子后稷弃之裔,始封君为季历(公季)之孙、文王昌(西伯)庶子周公旦,姓姬,其后别为鲁氏、蟜氏、后氏、众氏、臧氏、施氏、孟氏、仲孙氏、服氏、公山氏、南宫氏、叔孙氏、叔仲氏、子我氏、子士氏、季氏、公鉏氏、公巫氏、公之氏、子干氏、华氏、子言氏、子驹氏、子雅

---

① [晋]杜预注,[唐]孔颖达等正义:《春秋左传正义》,第2006、2134页。
② [汉]司马迁撰,[晋]裴骃集解,[唐]司马贞索隐,[唐]张守节正义,郭逸、郭曼标点:《史记》,第1222、1255页。
③ [汉]王符撰,[清]王继培笺,彭铎校正:《潜夫论笺校正》,第436页。
④ [晋]杜预:《春秋释例》,第321页。
⑤ [汉]史游撰,[唐]颜师古注:《急就篇》,第61页。
⑥ [唐]林宝撰,[清]孙星衍校辑,郁贤皓、陶敏整理点校:《元和姓纂》,第363页。
⑦ [宋]陈彭年等重修:《钜宋广韵》,第178页。
⑧ [宋]邓名世撰,王力平点校:《古今姓氏书辩证》,第363页。
⑨ [宋]郑樵撰,王树民点校:《通志二十略》,第42—43页。

氏、子阳氏、东门氏、公析氏、公石氏、叔氏、子家氏、荣氏、展氏、乙氏。

二、世系考

《史记·鲁世家》:"(孝公)二十七年,孝公卒,子弗湟立,是为惠公……(惠公)四十六年,惠公卒,长庶子息摄当国,行君事,是为隐公……(隐公十一)挥使人弑隐公于蔿氏,而立子允为君,是为桓公……(桓公十八)立太子同,是为庄公……(庄公三十二)庆父竟立庄公子开,是为湣公……(湣公二)于是季友奉子申入,立之,是为釐公……(釐公)三十三年,釐公卒,子兴立,是为文公……(文公十八)襄仲杀子恶及视而立俀,是为宣公……(宣公)十八年,宣公卒,子成公黑肱立,是为成公……(成公)十八年,成公卒,子午立,是为襄公……(襄公三十一)鲁人立齐归之子裯为君,是为昭公……(昭公三十二)鲁人共立昭公弟宋为君,是为定公……(定公)十五年,定公卒,子将立,是为哀公……(哀公二十七)子宁立,是为悼公。"①庄二十五年《春秋》杜《注》:"公子友,庄之母弟。"庄三十二年《左传》杜《注》:"季友,庄公母弟……成季,季友也……闵公,庄公庶子,于是年八岁。"闵二年《左传》:"闵公,哀姜之娣叔姜之子也。"定元年《左传》杜《注》:"(公子)宋,昭公弟定公。"②《春秋释例·世族谱上》卷八:"孝公,称;惠公,弗皇;隐公,息姑,即位十一年;桓公,太子轨,即位十八年;庄公,子同,即位三十二年;闵公,启方,即位二年;僖公,申,即位三十三年;文公,兴,即位十八年;成公,黑肱,即位十八年;襄公,午,即位三十一年;昭公,稠父,即位三十二年;定公,宋,即位十五年;哀公,蒋,即位二十七年;悼公,宁……夫人:元妃孟子,惠公夫人;声子,君氏,惠公继室,生隐公;夫人子氏,仲子,惠公妃,生桓公;夫人姜氏,文姜,桓公妃,生庄公;夫人姜氏,哀姜,庄公妃;叔姜,庄公妃,生闵公;孟任,庄公妃,生子般;成风,夫人风氏,庄公妃,生僖公;夫人姜氏,声姜,僖公妃;出姜,夫人姜氏,哀姜,文公妃,生恶及视;敬嬴,夫人嬴氏,文公妃;夫人姜氏,穆姜,宣公妃,生宋伯姬;夫人姜氏,齐姜,成公妃;夫人姒氏,定姒,成公妃;胡女敬归,襄公妃,生子野;夫人归,齐归,襄公妃,生昭公;夫人孟子,昭公妃;公衍之母,昭公妃;公为之母,昭公妃;姒氏,定姒,定公妃。公子:子般,庄公子;子恶,

---

① [汉]司马迁撰,[晋]裴骃集解,[唐]司马贞索隐,[唐]张守节正义,郭逸、郭曼标点:《史记》,第1231—1242页。案:"弗湟",《十二诸侯年表》作"弗生",司马贞《索隐》引《世本》亦作"弗湟";"息",《索隐》引《世本》作"息姑";"允",裴骃《集解》引徐广《史记音义》谓一作"轨",《索隐》谓一作"兀";"开",《索隐》引《世本》作"启";"黑肱",《集解》引《音义》谓一作"黑股";"裯",《集解》引《音义》谓一作"袑",《索隐》引《世本》作"稠";"将",《索隐》引《世本》作"蒋"。

② [晋]杜预注,[唐]孔颖达等正义:《春秋左传正义》,第1779、1784、1787、2132页。

文公子;子视,子恶弟;公子偃,宣公子;公子鉏,宣公子;公衡,衡父,成公子;子野,襄公子;公衍,昭公子;公为,公叔务人,昭公子;公果,昭公子;公贲,昭公子;公子荆,哀公子。公女:纪伯姬,纪叔姬,惠公女;杞伯姬,庄公女;宋荡伯姬,鄫季姬,子叔姬,郯伯姬,宋伯姬,共姬,宣公女;杞叔姬,宣公女;叔姬,宣公女。"①《春秋分记·世谱六》:"孝公为一世;生三子:曰公子彄(后为臧氏),曰公子益师(后为众氏),曰惠公,为二世;惠公生三子:曰隐公(无后),曰桓公,曰施父(后为施氏),为三世;桓公生四子:曰庄公,曰庆父(后为仲氏),曰叔牙(后为叔氏),曰季友(后为季氏),为四世;庄公生四子:曰子般(无后),曰僖公,曰闵公(无后),曰公子遂(后为东门氏),为五世;僖公生一子:曰文公,为六世;文公生四子:曰恶(无后),曰视(无后),曰宣公,曰惠伯肸(后为子叔氏),为七世;宣公生三子:曰成公,曰偃(无后),曰鉏(无后),为八世;成公生二子:曰襄公,曰衡(无后),为九世;襄公生三子:曰子野(无后),曰昭公,曰定公,为十世;昭公生四子:曰衍、曰为、曰果、曰贲,定公生一子:曰哀公,为十一世;哀公生二子:曰荆,曰悼公,为十二世。"②

谨案:据《元和姓纂·二十八狝》《古今姓氏书辩证·二十八狝》,展氏别祖公子展(子展)亦孝公称庶子;据《礼记·檀弓上》孔《疏》引《世本》《礼记·檀弓上》郑《注》《吕氏春秋·察微篇》高《注》,后(郈、厚)氏别祖公子革(惠伯)亦孝公称庶子。则程氏《春秋分记》所谓"称生三子"之说不确。故笔者此皆不取。又,《史记·鲁世家》谓僖公申为闵公启方之弟,《汉书·五行志》则谓僖公申为闵公启方庶兄。据庄三十二年,闵元年、二年《左传》所载诸子所立次序,则先公子般,次闵公启方,次僖公申。故《史记·鲁世家》说是。又,《白虎通义·姓名篇》:"诸侯之子称公子,公子之子称公孙,公孙之子各以其王父字为氏。故鲁有仲孙、季,楚有昭、屈原,齐有高、国、崔立氏三,以知其为子孙也。"③隐八年《左传》杜《注》、隐五年《左传》孔《疏》、隐八年《左传》孔《疏》说大同。则公子翚(羽父)、公子鱼(奚斯)必鲁公之子,公孙有山(公孙有山氏、公孙有陉氏)必鲁公子之子。

今考:桓三年《春秋》:"公子翚如齐逆女。"《左传》:"公子翚如齐逆女。修先君之好,故曰'公子'。"④隐四年《穀梁传》:"翚者何也?公子翚也。其不称公子,

---

① [晋]杜预:《春秋释例》,第322—330页。
② [宋]程公说:《春秋分记》,第129页。
③ [汉]班固:《白虎通义》,上海书店四部丛刊初编1985年影印元大德间(1297—1307)覆宋监本。
④ [晋]杜预注,[唐]孔颖达等正义:《春秋左传正义》,第1746页

何也？贬之也。何为贬之也？与于弑公，故贬也。"①隐四年《公羊传》说大同。考之于《春秋》义例，称"公子"者大致有三：一为时君从父称"公子"者，如隐元年《春秋》"公子益师卒"，此"公子益师"，即隐元年《左传》之"众父"，为孝公称次子，惠公弗湟之兄，隐公息姑从父；隐五年《春秋》"公子彄卒"，此"公子彄"，即隐五年《左传》之"臧僖伯"，为孝公称长子，惠公弗湟长兄，隐公息姑从父，故隐五年《左传》载隐公息姑称其为"叔父"。二为时君之弟称"公子"者，如庄二年《春秋》"公子庆父帅师伐于余丘"，此"公子庆父"为桓公允次子，庄公同之弟，公子牙、公子友之兄；庄二十五年《春秋》"公子友如陈"，此"公子友"为桓公允季子，庄公同、公子牙之弟。此类常常以"其弟""之弟"别之。如隐七年《春秋》"齐侯使其弟年来聘"，桓三年《春秋》"齐侯使其弟年来聘"，此"其弟年"，即庄公赎之弟公子年；成十年《春秋》"卫侯之弟黑背帅师侵郑"，此"之弟黑背"，即定公臧之弟公子黑背。三为时君之子称"公子"者，如庄二十二年《春秋》"陈人杀其公子御寇"，此"公子御寇"，即庄二十二年《左传》之"大子御寇"，为时君宣公力太子，故《经》《传》皆以"其"字别之。从公子翚为桓公允弑隐公息姑之事与桓三年《左传》"修先君之好，故曰'公子'"之言观之，公子翚当为惠公弗湟庶子，隐公息姑、桓公允之弟。

又，闵二年《左传》："秋八月辛丑，共仲使卜齮贼公于武闱。成季以僖公适邾。共仲奔莒。乃入，立之。以赂求共仲于莒，莒人归之。及密，使公子鱼请。不许，哭而往。共仲曰：'奚斯之声也。'乃缢。"②此公子鱼，字奚斯，事闵公启方、僖公申（前660—前656在世）。《文选》卷一载班固《两都赋·序》李《注》引《韩诗薛君章句》谓其为"鲁公子"，然未明乃何公之子。闵二年《左传》谓闵公启方为"哀姜之娣，叔姜之子"，而据庄二十四年《春秋》《左传》，哀姜（夫人姜氏）于鲁庄公二十四年（前670）秋八月丁丑（二日）入鲁，若翌年其娣叔姜生闵公启方，则鲁闵公二年（前660）九月时闵公启方大致九岁，公子鱼自然非闵公启方之子，不合上述《春秋》时君之子称"公子"与时君之弟称公子之义例。那么，公子鱼当为时君从父称公子者，亦即公子鱼乃桓公允之子、庄公同之弟、闵公启方从父。庄二十七年《公羊传》谓"公子庆父、公子牙、公子友，皆庄公之母弟也"，③则《史记·鲁世家》所谓"庄公有三弟：长曰庆父，次曰叔牙，次曰季友"者，即庄公同母之弟，并非谓桓公允仅有四子。故笔者以为公子鱼乃惠公弗湟之孙，桓公允庶子，庄公同、公子庆父、公子牙、公子友之弟，闵公启方从父。

---

① ［晋］范宁注，［唐］杨士勋疏：《春秋穀梁传注疏》，第2369页。案：隐四年、十年《春秋》仅书"翚"。
② ［晋］杜预注，［唐］孔颖达等正义：《春秋左传正义》，第1786页。
③ ［汉］何休注，［唐］徐彦疏：《春秋公羊传注疏》，第2239页。

又，考之于《春秋》义例，称"公孙"者大致有二：一为时君从父昆弟称"公孙"者，比如，僖四年《春秋》："冬十有二月，公孙兹帅师会齐人、宋人、卫人、许人、曹人侵陈。"僖五年《春秋》："夏，公孙兹如牟。"僖十六年《春秋》："秋七月甲子，公孙兹卒。"①则《春秋》之"公孙兹"，即僖四年《左传》之"叔孙戴伯"，氏叔孙，名兹，谥戴，尊称伯，桓公允之孙，公子牙之子，僖公申从父昆弟。再如，僖十五年《春秋》："三月，公会齐侯、宋公、陈侯、卫侯、郑伯、许男、曹伯盟于牡丘，遂次于匡。公孙敖帅师及诸侯之大夫救徐。"②则《春秋》之"公孙敖"，即僖十五年《左传》之"孟穆伯"，氏孟，名敖，谥穆，尊称伯，桓公允之孙，公子庆父之子，僖公申从父昆弟。二为时君从父称"公孙"者，比如，文元年《春秋》："秋，公孙敖会晋侯于戚……公孙敖如齐。"《左传》："秋，晋侯疆戚田，故公孙敖会之……穆伯如齐，始聘焉，礼也。"文二年《春秋》："夏六月，公孙敖会宋公、陈侯、郑伯、晋士縠盟于垂陇。"文五年《春秋》："夏。公孙敖如晋。"文七年《春秋》："冬，徐伐莒，公孙敖如莒莅盟。"文八年《春秋》："公孙敖如京师，不至而复。丙戌，奔莒。"文十四年《春秋》："九月甲申，公孙敖卒于齐。"文十五年《春秋》："齐人归公孙敖之丧。"③此"公孙敖"，即文元年、二年、七年、八年、十四年《左传》之"穆伯"，为文公兴从父。再如，宣十年《春秋》："公孙归父如齐，葬齐惠公……公孙归父帅师伐邾，取绎……冬，公孙归父如齐。"宣十一年《春秋》："公孙归父会齐人伐莒。"宣十四年《春秋》："冬，公孙归父会齐侯于毂。"宣十五年《春秋》："春，公孙归父会楚子于宋。"宣十八年《春秋》："公孙归父如晋……归父还自晋，至笙。遂奔齐。"④此"公孙归父"，即宣十年、十四年、十八年《左传》之"子家"，名归父，字子家，为庄公同之孙、公子遂（东门襄仲、仲遂、东门遂）之子，宣公倭从父。则哀十三年、二十七年《左传》之"公孙有山氏"，哀二十四年《左传》之"公孙有山"，哀二十七年《左传》之"公孙有陉氏"，名有山（一作"有陉"），或为襄公午曾孙、哀公蒋从父昆弟，或为襄公午之孙、哀公蒋从父，惜未详其称。

又，成二年《左传》杜《注》："公衡，成公子。"⑤《春秋分记·世谱六》即本此。《春秋左传注疏考证》卷二十五："按：公衡恐是宣公子、成公弟，以成公之年计

---

① ［晋］杜预注，［唐］孔颖达等正义：《春秋左传正义》，第1792、1794、1808页。
② ［晋］杜预注，［唐］孔颖达等正义：《春秋左传正义》，第1805页。
③ ［晋］杜预注，［唐］孔颖达等正义：《春秋左传正义》，第1836—1837、1838、1842、1845、1846、1853、1854页。
④ ［晋］杜预注，［唐］孔颖达等正义：《春秋左传正义》，第1874、1875、1885、1886、1890页。
⑤ ［晋］杜预注，［唐］孔颖达等正义：《春秋左传正义》，第1892页。

之,不应以稚子为质也。"①《春秋左氏传补注》卷六说同。笔者以为齐氏、韩氏说是。则春秋时期鲁公室世系为:孝公称→惠公弗湟(一作"弗生")、公子彄(别为臧氏)、公子益师(别为众氏)、公子展(别为展氏)、公子革(别为后氏)→隐公息姑(一作"息",无后)、桓公允(一作"轨",又作"兀")、公子施父(别为施氏)、公子翚→庄公同、公子庆父(别为仲氏)、公子牙(别为叔氏)、公子友(别为季氏)、公子鱼(后未详)→公子般(无后)、闵公启方(一作"开")、僖公申、公子遂(别为东门氏)→文公兴→公子恶(无后)、公子视(无后)、宣公俀、公子肸(别为子叔氏)→成公黑肱(一作"黑股")、公子偃(无后)、公子鉏(无后)、公子衡(无后)→襄公午→公子野(无后)、昭公稠(一作"裯",又作"䄂")、定公宋,昭公稠→公子衍、公子为、公子果、公子賈……公孙有山,定公宋→哀公蒋(一作"将")→公子荆、悼公宁。

三、公子翚

隐四年《春秋》杜《注》:"公子翚,鲁大夫。"隐四年《左传》杜《注》:"羽父,公子翚。"②《春秋释例·世族谱上》说同。则公子翚,即隐四年、十年《春秋》之"翚",亦即隐四年、八年、十年、十一年《左传》之"羽父",姓姬,名翚,字羽父,孝公称之孙,惠公弗湟庶子,鲁大夫,隐公十一年(前712)使贼杀隐公而立桓公,生卒年皆未详(前719—前712在世)。其推崇"山有木,工则度之;宾有礼,主则择之"(隐十一年《左传》)③古训,主张择所宜而行之,谙习典籍,熟知礼仪,传世有《宗盟之长论》(见隐十一年《左传》)一文。

四、庄公同

庄三十二年《左传》:"初,公筑台临党氏,见孟任,从之。閟,而以夫人言许之。割臂盟公,生子般焉。"④《史记·鲁世家》:"(桓公)三年,使挥迎妇于齐,为夫人。六年,夫人生子,与桓公同日,故名曰同。同长,为太子……庄公有三弟,长曰庆父,次曰叔牙,次曰季友。庄公取齐女为夫人曰哀姜。哀姜无子。哀姜娣曰叔姜,生子开。庄公无适(嫡)嗣,爱孟女,欲立其子斑。"⑤《国

---

① [清]齐召南:《春秋左传注疏考证》,《注疏考证》,凤凰出版社2005影印阮元刻皇清经解本,第2455页。
② [晋]杜预注,[唐]孔颖达等正义:《春秋左传正义》,第1725页。
③ [晋]杜预注,[唐]孔颖达等正义:《春秋左传正义》,第1735页。
④ 杜《注》:"孟任,党氏女。"[晋]杜预注,[唐]孔颖达等正义:《春秋左传正义》,1783页。
⑤ [汉]司马迁撰,[晋]裴骃集解,[唐]司马贞索隐,[唐]张守节正义,郭逸、郭曼标点:《史记》,第1232—1233页。

语·楚语下》韦《注》："子般，鲁庄公太子。"①桓六年《春秋》杜《注》："(子同)桓公子庄公也。十二公唯子同是適(嫡)夫人之长子，备用大子之礼。"庄元年《春秋》杜《注》："夫人(文姜)，庄公母也。"庄二年《春秋》杜《注》："庄公时年十五，则庆父庄公庶兄。"庄二十四年《春秋》杜《注》："(夫人姜氏)哀姜也。"庄二十七年《春秋》杜《注》："(杞)伯姬，庄公女……叔姬，庄公女。"僖二十八年《春秋》杜《注》同。闵二年《左传》杜《注》："成风，庄公之妾、僖公之母也。"②则鲁庄公(前706年－前662)，即桓六年《春秋》《左传》之"子同"，姓姬，其后别为东门氏、襄氏、蟜氏、子家氏③，名同，谥庄，爵公，惠公弗湟之孙，桓公允太子，夫人姜氏(文姜)所生，孟任、夫人姜氏(哀姜)、叔姜、夫人风氏(成风)之夫，公子庆父(仲庆父、共仲)异母弟，公子牙(叔牙、僖叔)异母兄，公子友(成季友、季友)同母兄，杞伯姬、公子般、莒叔姬、闵公启方、僖公申、公子遂(东门襄仲、仲遂、东门遂)之父，桓公十八年(前694)继父为君，在位凡三十二年(前693－前662)。其倡导"皋陶迈种德，德乃降"古训，主张"务修德，以待时"(庄八年《左传》)④，熟知典籍，尤谙习《书》，传世有《修德以待时论》(见庄八年《左传》)一文。

五、公子鱼

《閟宫》毛《传》："有大夫公子奚斯者，作是庙也。"⑤《文选》卷一载《两都赋序》李《注》引《韩诗薛君章句》："奚斯，鲁公子也。言其'新庙奕奕'然盛，是诗公子奚斯所作也。"⑥《后汉书·曹褒传》李《注》引《韩诗薛君传》："是诗(指閟宫)公子奚斯所作也。"⑦《扬子法言》卷一《学行篇》："昔颜尝睎夫子矣，正考甫尝睎尹

---

① [三国吴]韦昭注，上海师范大学古籍整理研究所校点:《国语》，第589页。
② [晋]杜预注，[唐]孔颖达等正义:《春秋左传正义》，第1749、1762、1762、1779、1780、1789页。
③ 《史记·仲尼弟子列传》司马贞《索隐》引《世本》："(矫子庸疵)蟜姓，鲁庄公族也。"[汉]司马迁撰，[晋]裴骃集解，[唐]司马贞索隐，[唐]张守节正义，郭逸、郭曼标点:《史记》，第1712页。则鲁蟜氏出于庄公同。又，《元和姓纂·三十小》《古今姓氏书辩证·三十小》《通志·氏族略四》并谓蟜氏出于颛项(高阳氏)元孙蟜牛之后，《姓氏急就篇》卷上谓蟜氏出于有蟜氏之后，则其所出皆与鲁蟜氏异。又，关于鲁东门氏、襄氏、子家氏之族属，说详:《潜夫论·志氏姓》。
④ [晋]杜预注，[唐]孔颖达等正义:《春秋左传正义》，第1765页。
⑤ [汉]毛亨传，[汉]郑玄笺，[唐]孔颖达等正义:《毛诗正义》，第618页。
⑥ [南朝梁]萧统编，[唐]李善注:《文选》，中华书局1977年影印清胡可家重刻宋尤袤刊本，第22页。
⑦ [南朝宋]范晔撰，[唐]李贤等注，宋云彬等点校:《后汉书》，第1204页。

吉甫矣，公子奚斯尝睎尹吉甫矣。"①闵二年《左传》杜《注》："公子鱼，奚斯也。"②《春秋释例·世族谱上》说同。

谨案：关于《泮水》之作者，先哲时贤主要有四说：一为奚斯（公子鱼）说，《文选》卷一载汉班固《两都赋序》："故皋陶歌虞，奚斯颂鲁，同见采于孔氏，列于诗书，其义一也。"③《文选》卷十一载王延寿《灵光殿赋序》说同。二为太史克（里革）说，《诗谱·鲁颂谱》孔《疏》引魏王肃曰："当文公时，鲁贤臣季孙行父请于周，而令史克作颂四篇以祀。"④三为泛言鲁人说，《诗缵绪》卷十八："今《泮水》既未见于僖公诗，则自伯禽以后，僖公之前，岂其淮夷始终未尝有一日服从中国之迹乎？故愚不能无疑。尝读《史记·鲁世家》载孝公之事，若有与《泮水》合者。窃以为《泮水》一诗鲁人颂孝公之诗欤？周宣王伐鲁，问为鲁后者，樊穆仲曰：'懿公弟称，肃恭明神，顺事耉老；赋政行刑，必问于遗训而咨於固实；不干所问，不犯所知（咨）。'王曰：'然则能训治其民矣。'乃立为鲁侯，是为孝公。今《泮水》言鲁侯至泮而饮酒，是养老乞言也。"⑤四为泛言鲁大夫说，《读诗私记·三〈颂〉考》："又，《泮水》《閟宫》'小序'作'僖公'。按：（原作"僖公及"）僖公无克淮夷事。今考：《皇极经世》：'成王元年丙戌，淮夷畔；戊子，鲁伯禽誓师于费。淮夷平，遂践奄，肃慎来贺。'据经文，'淮夷攸服'、'大赂南金'、'淮夷来同'，疑是伯禽时事。"⑥《诗故》卷十、《诗经世本古义》卷十说大同。笔者此从班氏《两都赋序》之"奚斯（公子鱼）"说。

又，春秋时期有二公子鱼：一即公子目夷，名目夷，字子鱼，襄公庶兄。事见：僖八年《左传》《史记·宋世家》。一即奚斯，名鱼。事见：《诗·鲁颂·閟宫》、闵二年《左传》。春秋时期亦有二奚斯：一为吴王夫差大夫，氏奚，名斯。事

---

① 李《注》："奚斯，鲁僖公之臣也，慕正考甫，作《鲁颂》。"[汉]扬雄撰，[晋]李轨、[唐]柳宗元注，[宋]司马光重添注，汪荣宝义疏，陈仲夫点校：《法言义疏》，中华书局新编诸子集成1987年点校民国二十三年(1934)刊本，第28页。
② [晋]杜预注，[唐]孔颖达等正义：《春秋左传正义》，第1787页。
③ [南朝梁]萧统编，[唐]李善注：《文选》，第22页。
④ [汉]毛亨传，[汉]郑玄笺，[唐]孔颖达等正义：《毛诗正义》，第608页。案：王肃解《诗》有《毛诗注》《毛诗义驳》《毛诗奏事》《毛诗问难》，未详引自何书。
⑤ [元]刘玉汝：《诗缵绪》，上海古籍出版社1987年影印文渊阁四库全书本，第779页。
⑥ [明]李先芳：《读诗私记》，上海书店丛书集成续编1994年影印民国十二年(1923)湖北先正遗书本，第884页。案：《书·周书·费誓》："徂兹淮夷、徐戎并兴。"[汉]孔安国传，[唐]孔颖达等正义：《尚书正义》，第255页。《史记·鲁世家》："伯禽即位之后，有管、蔡等反也，淮夷、徐戎亦并兴反。于是伯禽率师伐之于肸，作《肸誓》……遂平徐戎，定鲁。"[汉]司马迁撰，[晋]裴骃集解，[唐]司马贞索隐，[唐]张守节正义，郭逸、郭曼标点：《史记》，第1228页。

见:《国语·吴语》。一即鲁公子鱼,字奚斯。则公子鱼,即《诗·鲁颂·閟宫》、闵二年《左传》《史记·鲁世家》《汉书·古今人表》《后汉书·曹褒传》之"奚斯",姓姬,名鱼,字奚斯,惠公弗湟之孙,桓公允庶子,庄公同、公子庆父、公子牙、公子友之弟,鲁公族,仕为大夫,生卒年未详(前660—前656在世),传世有《泮水》《閟宫》(俱见《诗·鲁颂》)二诗。

六、文公兴

《史记·鲁世家》:"(釐公)三十三年,釐公卒,子兴立,是为文公……(文公)十八年二月,文公卒。文公有二妃:长妃齐女为哀姜,生子恶及视;次妃敬嬴,嬖爱,生子俀。"①僖十七年《左传》杜《注》:"声姜,僖公夫人,齐女。"文十六年《春秋》杜《注》:"(夫人姜氏)僖公夫人,文公母也。"宣八年《春秋》杜《注》:"(敬嬴)敬谥、嬴姓也。"②《经典释文·春秋左氏音义二》:"文公名兴,僖公子,母声姜。"③则鲁文公,姓姬,名兴,谥文,爵公,庄公同之孙,僖公申庶子,僖公长妃齐女声姜(夫人姜氏)所生,哀姜(妇姜、出姜、夫人姜氏)、敬嬴之夫,公子恶、公子视、宣公俀之父,僖公三十三年(前627)继父为君,在位凡十八年(前626—前609)。其熟知典籍,犹谙习《诗》,曾赋《嘉乐》(即今《诗·大雅·假乐》)《湛露》(今《诗·小雅》)诸诗。

七、宣公俀

文十八年《左传》:"文公二妃敬嬴生宣公。敬嬴嬖而私事襄仲。宣公长而属诸襄仲,襄仲欲立之,叔仲不可……冬十月,仲杀恶及视而立宣公。"④《国语·鲁语上》韦《注》:"宣公,文公之子宣公倭(俀)也。"⑤成九年《左传》杜《注》:"穆姜,伯姬母。"成十一年《左传》杜《注》:"穆姜,宣公夫人;宣公,叔肸同母昆弟。"成十六年《左传》杜《注》:"穆姜,成公母。"襄二年《左传》杜《注》同。襄二十六年《左传》杜《注》:"共姬,宋伯姬也。"⑥

---

① [汉]司马迁撰,[晋]裴骃集解,[唐]司马贞索隐,[唐]张守节正义,郭逸、郭曼标点:《史记》,第1235—1236页。
② [晋]杜预注,[唐]孔颖达等正义:《春秋左传正义》,第1809、1858、1873页。
③ [唐]陆德明:《经典释文》,上海古籍出版社1985年影印宋刻本,第940页。
④ 杜《注》:"(夫人姜氏)恶、视之母出姜也。"[晋]杜预注,[唐]孔颖达等正义:《春秋左传正义》,第1861页。
⑤ [三国吴]韦昭注,上海师范大学古籍整理研究所校点:《国语》,第177页。
⑥ [晋]杜预注,[唐]孔颖达等正义:《春秋左传正义》,第1905、1909、1919、1990页。

谨案：《汉书·翼奉传》颜《注》："(宋)伯姬,鲁成公女,宋恭公之夫人也。"①据成十六年《左传》杜《注》、襄二十六年《左传》杜《注》《春秋释例·世族谱上》,宋共姬即宋伯姬,穆姜之女,为成公姊妹而非其女。故笔者此不取。则鲁宣公(前？—前591),姓姬,名俀,谥宣,爵公,僖公申之孙,文公兴庶子,文公次妃敬嬴所生,公子恶、公子视异母弟,叔肸(惠伯肸)同母兄,成公黑肱、公子偃、公子鉏、公子衡、共姬(宋伯姬)、杞叔姬、叔姬之父,文公十八年(前609)继父为君,在位凡十八年(前608—前591),传世有《季孙行父之命》(见《国语·鲁语上》)一文。②

八、成公黑肱

《吴越春秋·吴王寿梦传》："寿梦元年,朝周,适楚,观诸侯礼乐。鲁成公会于钟离,深问周公礼乐,成公悉为陈前王之礼乐,因为咏歌三代之风。"③《汉书·古今人表》"鲁成公"颜《注》："宣公子。"④《国语·周语下》韦《注》："成公,鲁宣公之子成公黑肱也。"⑤《鲁语上》韦《注》同。成八年《左传》杜《注》："(宋共姬)穆姜之女,成公姊妹,为宋共公夫人。"成十六年《左传》杜《注》："穆姜,成公母。"襄二年《左传》杜《注》："穆姜,成公母。齐姜,成公妇。"⑥则鲁成公(前？—前573),姓姬,名黑肱(一作"黑股"),谥成,爵公,文公兴之孙,宣公俀之子,夫人姜氏(穆姜)所生,公子偃、公子鉏、公子衡、杞叔姬、叔姬之兄,共姬(宋伯姬)同母姊妹,夫人姜氏(齐姜)、夫人姒氏之夫,襄公午之父,宣公十八年(前591)继父为君,在位凡十八年(前590—前573)。其恪守卿士应辅佐诸侯"镇抚其社稷,以辑宁尔民"(昭七年《左传》)⑦古训,谙习周公礼乐,熟知三代之风,传世有《公子婴齐之命》(见昭七年《左传》)一文。

九、襄公午

《史记·鲁世家》："(成公)十八年,成公卒,子午立,是为襄公。是时襄公三岁也……(襄公)三十一年六月,襄公卒。其九月,太子卒。鲁人立齐归之子裯

---

① [汉]班固撰,[唐]颜师古注,傅东华等点校:《汉书》,第3174页。
② 《皇霸文纪》卷五题作《命季孙行父》。
③ [汉]赵晔撰,[元]徐天祜音注,苗麓校点,辛正审定:《吴越春秋》,江苏古籍出版社1999年校点明翻元大德间(1297—1307)刻本,第8页。
④ [汉]班固撰,[唐]颜师古注,傅东华等点校:《汉书》,第917页。
⑤ [三国吴]韦昭注,上海师范大学古籍整理研究所校点:《国语》,第90页。
⑥ [晋]杜预注,[唐]孔颖达等正义:《春秋左传正义》,第1904、1919、1929页。
⑦ [晋]杜预注,[唐]孔颖达等正义:《春秋左传正义》,第2048页。

为君,是为昭公。"①《国语·鲁语下》韦《注》:"襄公,鲁成公之子襄公午也。"②襄二年《左传》杜《注》:"(齐姜)襄公适(嫡)母。"襄四年《春秋》杜《注》:"(夫人姒氏)成公妾,襄公母。姒,杞姓。"③则鲁襄公(前575—前543),姓姬,名午,谥襄,爵公,宣公俀之孙,成公黑肱之子,夫人姒氏(定姒)所生,敬归、齐归之夫,世子野、昭公裯(稠父)、定公宋(宋父)之父,成公十八年(前573)继父为君,在位凡三十一年(前572—前543)。其抨击"有君不吊,有臣不敏"之弊,传世有《吊献公亡齐书》(见襄十四年《左传》)一文④。

十、昭公裯

襄三十一年《左传》:"(襄公卒)立胡女敬归之子子野,次于季氏。秋九月癸巳,卒,毁也……立敬归之娣齐归之子公子裯,穆叔不欲……武子不听,卒立之……于是昭公十九年矣,犹有童心,君子是以知其不能终也。"哀十二年《左传》:"夏五月,昭夫人孟子卒。昭公娶于吴,故不书姓。"⑤襄三十一年《左传》杜《注》:"(齐归)齐,谥;裯,昭公名。"昭十一年《左传》杜《注》:"(夫人归氏)昭公母,胡女,归姓。"昭二十五年《左传》杜《注》:"裯父,昭公……宋父,定公……果、賲,皆公为弟。"⑥则鲁昭公(前559—前510),即襄三十一年《左传》之"公子裯",亦即昭二十五年《左传》之"裯父",姓姬,名裯,谥昭,爵公,成公黑肱之孙,襄公午之子,夫人归氏(齐归)所生,子野异母弟,定公宋(宋父)之兄,夫人孟子、公衍母、公为母之夫,太子衍(公衍)、公子为(公为、务人、公叔务人)、公子果(公果)、公子賲(公賲)之父,襄公三十一年(前542)继立为君,在位凡三十二年(前541—前510)。其抨击季孙意如专权,去鲁不归,传世有《乾侯之誓》(见昭三十一年《左传》)一文。

十一、公子为

昭二十九年《左传》:"公衍、公为之生也,其母偕出。公衍先生,公为之母

---

① [汉]司马迁撰,[晋]裴骃集解,[唐]司马贞索隐,[唐]张守节正义,郭逸、郭曼标点:《史记》,第1237—1238页。
② [三国吴]韦昭注,上海师范大学古籍整理研究所校点:《国语》,第191页。
③ [晋]杜预注,[唐]孔颖达等正义:《春秋左传正义》,第1929、1931页。
④ 从厚成叔"寡君使瘠,闻君不抚社稷,而越在他竟,若之何不吊?以同盟之故,使瘠敢私于执事"诸语观之,则《吊献公亡齐书》为鲁襄公所亲作之而使厚成叔赴卫宣言之。
⑤ 杜《注》:"胡,归姓之国。敬归,庄公妾……齐,谥。裯,昭公名。"[晋]杜预注,[唐]孔颖达等正义:《春秋左传正义》,第2014、2170页。
⑥ [晋]杜预注,[唐]孔颖达等正义:《春秋左传正义》,第2014、2059、2109页。

曰：'相与偕出，请相与偕告。'三日，公为生，其母先以告，公为为兄。公私喜于阳榖而思于鲁，曰：'务人为此祸也。且后生而为兄，其诬也久矣。'乃黜之，而以公衍为大子。"①《礼记·檀弓下》郑《注》："禺人，昭公之子。《春秋传》曰公叔务人。"②昭二十五年《左传》杜《注》："公为，昭公子务人。"昭二十九年《左传》杜《注》："务人，公为也。始与公若谋逐季氏。"哀十一年《左传》杜《注》："务人，公为，昭公子。"③《春秋释例·世族谱上》说同。《左传折诸》卷二十八："公为，昭公之子，后生而为兄。从公出亡。意如立定公，并公衍、公为废之。至此犹能身殉国难，可以为难矣。"④

谨案：《十三经义疑》卷四："'公叔务人'之'叔'，殆亦五十之字耶？"⑤据《白虎通义·姓名篇》、隐八年《左传》杜《注》、隐五年《左传》孔《疏》、隐八年《左传》孔《疏》，诸侯从父当称公叔。务人为哀公蒋从父，故称公叔。则"公叔务人"之"公叔"为称谓而非字，亦非氏。则公子为（前？—前484），即昭二十五年《左传》之"公为"，亦即昭二十九年《左传》之"务人"，亦即哀十一年《左传》《汉书·古今人表》之"公叔务人"，亦即《礼记·檀弓下》之"公叔禺人"，姓姬，名为，字务人（一作"禺人"），襄公午之孙，昭公裯次子，鲁大夫。其抨击"事充政重，上不能谋，士不能死"（哀十一年《左传》）⑥时弊，以身死国，传世有《勉死论》（见哀十一年《左传》）一文。

十二、哀公蒋

《史记·鲁世家》："（定公）十五年，定公卒，子将（蒋）立，是为哀公……（哀公二十七）八月，哀公如陉氏。三桓攻公，公奔于卫，去如邹，遂如越。国人迎哀公复归，卒于有山氏。子宁立，是为悼公。"⑦定十五年《春秋》杜《注》："（姒氏）定公夫人。"哀二十四年《左传》杜《注》："（公子）荆，哀公庶子。"悼四年《左传》杜《注》："悼公，哀公之子宁也。"⑧则鲁哀公（前？—前468），姓姬，名蒋，襄公午之

---

① ［晋］杜预注，［唐］孔颖达等正义：《春秋左传正义》，第2122页。
② ［汉］郑玄注，［唐］孔颖达等正义：《礼记正义》，第1311页。
③ ［晋］杜预注，［唐］孔颖达等正义：《春秋左传正义》，第2109、2122、2166页。
④ ［清］张尚瑗：《左传折诸》，《三传折诸》，上海古籍出版社1987年影印文渊阁四库全书本，第517页。
⑤ ［清］吴浩：《十三经义疑》，上海古籍出版社1987年影印文渊阁四库全书本，第281页。
⑥ ［晋］杜预注，［唐］孔颖达等正义：《春秋左传正义》，第2166页。
⑦ ［汉］司马迁撰，［晋］裴骃集解，［唐］司马贞索隐，［唐］张守节正义，郭逸、郭曼标点：《史记》，第1241页。
⑧ ［晋］杜预注，［唐］孔颖达等正义：《春秋左传正义》，第2152、2187、2183页。

孙,定公宋之子,夫人姒氏(定姒)所生,公子荆、悼公宁之父,定公十五年(前495)继立为君,在位凡二十七年(前494—前468)。其敬重孔丘,熟知典籍,尤谙习《诗》,传世有《尼父之诔》(见哀十六年《左传》)一文。

十三、公孙有山

关于公孙有山其人,哀十三年《左传》杜《注》:"公孙有山(氏),鲁大夫。"哀二十七年《左传》杜《注》:"(公孙)有陉氏,即有山氏。"①《春秋释例·世族谱上》说同。《春秋左传补注》卷三:"王符曰:'有山氏,鲁公族,姬姓。'"②《春秋国都爵姓考》:"有山,鲁大夫采邑,因氏。"③

谨案:《潜夫论·志氏姓》《元和姓纂·一东》《古今姓氏书辩证》《通志·氏族略》等姓氏书皆无"有山氏",未详马氏何所据;《左传》《国语》《史记》诸书未见"有山"为鲁地,亦未详陈氏何所据。则马氏、陈氏以"有山"为氏说不可信。然《左传》称之曰"公孙",又为季孙氏之党(哀二十四年《左传》),哀公逊于其家(哀二十七年《左传》),其当为鲁公族,故马氏公孙有山为姬姓之说可从。则公孙有山,即哀十三年《左传》之"公孙有山氏",亦即哀二十七年《左传》之"公孙有陉氏",姓姬,名有山(一作"有陉"),或襄公午曾孙,或襄公午之孙,鲁大夫,生卒年未详(前482—前468在世),曾与吴申叔仪对歌乞粮,传世有《赓歌》(见哀十三年《左传》)一首④。

综上所考,鲁公室为帝喾高辛氏元妃姜嫄子后稷弃之裔,始封君为季历之孙、文王昌庶子周公旦,其世系为:孝公称→惠公弗湟、公子彄(别为臧氏)、公子益师(别为众氏)、公子展(别为展氏)、公子革(别为后氏)→隐公息姑(无后)、桓公允、公子施父(别为施氏)、公子翚→庄公同、公子庆父(别为仲氏)、公子牙(别为叔氏)、公子友(别为季氏)、公子鱼(后未详)→公子般(无后)、闵公启方、僖公申、公子遂(别为东门氏)→文公兴→公子恶(无后)、公子视(无后)、宣公俀、公子肸(别为子叔氏)→成公黑肱、公子偃(无后)、公子鉏(无后)、公子衡(无后)→襄公午→公子野(无后)、昭公稠(裯)、定公宋,昭公稠(裯)→公子衍、公子为、公子果、公子贾……公孙有山,定公宋→哀公将(蒋)→公子荆、悼公宁。在春秋时

---

① [晋]杜预注,[唐]孔颖达等正义:《春秋左传正义》,第2172、2183页。
② [清]惠栋:《春秋左传补注》,凤凰出版社2005年影印阮元刻皇清经解本,第9994页。
③ [清]陈鹏:《春秋国都爵姓考》,清咸丰三年(1853)伍崇曜编刻粤雅堂丛书续集本。
④ 此据[元]左克明《古乐府》卷一题,[宋]李石《方舟集》卷二十四题作《对语》。

期鲁公室中,有传世作品者为公子翚、庄公同、公子鱼、文公兴、宣公俀、成公黑肱、襄公午、昭公裯、公子为、哀公蒋、公孙有山等。其中,庄、文、宣、成、襄、昭、哀七公,可称之为鲁诸公作家群体;公子翚、公子鱼、公子为、公孙有山四子,可称之为鲁公室公子公孙作家群体。

第二节 公族(上)——孝族、庄族、文族

春秋时期鲁臧孙氏、众氏、展氏、后氏、东门氏、子家氏、子叔氏、荣氏八族,皆为季历之孙、文王昌周公旦庶子之后裔,属公族,有传世作品者皆可统称为鲁公族作家群体。其中:臧孙氏、众氏、展氏、后氏四族,皆鲁孝公(前807—前769在位)庶子别族为氏者,属"孝族";则公子彄、臧孙达、臧孙辰、臧孙许、臧孙纥、臧孙赐、众仲、展获、展喜、后同、后脊十一子,可别称之为"孝族"作家群体。东门氏、子家氏二族,皆鲁庄公(前693—前662在位)庶子别族为氏者,属"庄族";则公子遂、子家羁二子,可别称之为"庄族"作家群体。子叔氏、荣氏二族,皆鲁文公(前626—前609在位)庶子别族为氏,属"文族";则公孙婴齐、荣栾二子,可别称之为"文族"作家群体。

一、臧孙氏与公子彄、臧孙达、臧孙辰、臧孙许、臧孙纥、臧孙赐

(一)臧孙氏之族属

《姓解》卷二引《风俗通义》:"(臧孙氏)鲁卿有臧孙辰。"①《元和姓纂·十一唐》:"臧孙,鲁孝公子彄食采于臧,因氏焉。僖伯彄,彄生哀伯达,达生文仲辰,辰生宣叔达(许),达生武仲纥,为臧孙氏。"②《古今姓氏书辩证·十一唐》:"臧,出自姬姓。鲁孝公子彄,字子臧,其孙以王父字为氏。一曰彄食采臧邑,为臧孙氏,后世单为臧氏。僖伯彄生哀伯臧孙达,达生文仲臧孙辰,辰生宣叔臧孙许,达生武仲臧孙纥及定伯臧为,皆鲁卿。又,昭伯赐、顷伯会、臧宾如、臧畴、臧贾、

---

① [宋]邵思:《姓解》,上海古籍出版社续修四库全书2002年影印黎庶昌编古逸丛书影北宋本,第167页。案:今本《风俗通义》轶此文。
② [唐]林宝撰,[清]孙星衍校辑,郁贤皓、陶敏整理点校:《元和姓纂》,第618页。案:据《礼记·礼器》孔《疏》,庄二十八年《左传》孔《疏》并引《世本》,此"哀伯达"后,缺"伯氏瓶"一世。又,"宣叔达",当为"宣叔许"。

臧石、臧坚,皆鲁大夫。"①《通志·氏族略四》:"孝公之子四人:惠公;公子益师,字众父,其后为众氏;公子彄,食臧邑,其后为臧氏;公子展,名也。古人尚质,有名无字者多矣。益师有字,则以字氏;彄有邑,则以邑氏;展无字、邑,则以名氏。何必专守王父字之说乎?"《氏族略五》:"臧孙氏,姬姓,鲁公子彄食采于臧,其后谓之臧孙。"②则鲁臧孙氏(臧氏)为季历(公季)之孙、文王昌(西伯)庶子周公旦后裔,出于武公敖之孙、孝公称之子公子彄(子臧、僖伯)。

(二)臧孙氏之世系

昭二十五年《左传》:"臧昭伯之从弟会,为逸于臧氏,而逃于季氏,臧氏执旃。"③《礼记·礼器》孔《疏》、庄二十八年《左传》孔《疏》并引《世本》:"孝公(称)生僖伯彄,彄生哀伯达,达生伯氏瓶,瓶生文仲辰。"④《史记·鲁世家》司马贞《索隐》引《世本》:"臧会,臧顷伯也,宣叔许之孙,与昭伯赐为从父昆弟也。"⑤《春秋释例·世族谱上》:"臧氏,臧僖伯,公子彄,字子臧,孝公子;臧哀伯,臧孙达;臧文仲,臧孙辰,哀伯孙;臧宣叔,臧孙许,文仲子;臧武仲,臧孙纥,宣叔子;定伯,为;臧昭伯,赐,定伯子;臧会,顷伯,宣叔孙;臧宾如,臧会子;臧宣叔妻,铸女及其姪;臧畴,臧宣叔子;臧贾,臧宣叔子;臧石,宾如之子;臧仓,宾如从兄。"⑥隐元年《左传》孔《疏》:"惠公,名弗皇,孝公之子也。"⑦《春秋分记·世谱六》:"孝公为一世;生三子:曰公子彄(后为臧氏),曰公子益师(后为众氏),曰惠公,为二世;惠公生三子:曰隐公(无后),曰桓公,曰施父(后为施氏),为三世……臧孙氏别祖公子彄,《公子谱》之二世也。彄生达,达生瓶,瓶生辰,辰生许,许生四子:曰纥,曰贾,曰为,曰畴;纥奔齐,贾无后,为生赐,赐生仓;畴生会,会生宾如,宾如生石。"⑧

谨案:臧孙赐(昭伯),事鲁昭公(前541—前510在位)。事见:昭二十五年

---

① [宋]邓名世撰,王力平点校:《古今姓氏书辩证》,第223—224页。案:据《世本》,此"哀伯达"后,缺伯氏瓶一世。又,"宣伯臧孙许",《世本》作"宣叔许"。
② [宋]郑樵撰,王树民点校:《通志二十略》,第129、168页。
③ [晋]杜预注,[唐]孔颖达等正义:《春秋左传正义》,第2109页。
④ [汉]郑玄注,[唐]孔颖达等正义:《礼记正义》,第1435页。
⑤ [汉]司马迁撰,[晋]裴骃集解,[唐]司马贞索隐,[唐]张守节正义,郭逸、郭曼标点:《史记》,第1239页。
⑥ [晋]杜预:《春秋释例》,第330—332页。
⑦ [晋]杜预注,[唐]孔颖达等正义:《春秋左传正义》,第1712页。
⑧ [宋]程公说:《春秋分记》,第129页。

《左传》。臧仓,事鲁平公(前314—前296在位)。事见:《孟子·梁惠王下》。期间历定、哀、悼、元、穆、共、康、景八君凡一百九十三年,则平公嬖人臧仓必不为臧孙赐之子;或为另一臧仓,未详杜氏何所据。存疑待考。又,据《礼记·檀弓上》孔《疏》引《世本》,厚氏之祖惠伯革亦为孝公称之子;又据《元和姓纂·二十八狝》《通志·氏族略三》,公子展(夷伯)亦为鲁孝公之子。则程氏所谓"称生三子"说不确。则春秋时期鲁臧孙氏(臧氏)世系为:孝公称→公子彄→臧孙达→臧孙瓶→臧孙辰→曾孙许→臧孙纥、臧贾、臧为、臧畴;臧为→臧孙赐;臧畴→臧会→臧宾如→臧石。

(三)公子彄

隐五年《左传》杜《注》:"臧僖伯,公子彄也。僖,谥也。"孔《疏》:"僖伯名彄,字子臧。《世本》云:'孝公之子。'即此……僖伯者,孝公之子,惠公之弟……计僖伯之孙始得以臧为氏,今于僖伯之上已加'臧'者,盖以僖伯是臧氏之祖,传家追言之也。"①《日知录》卷四:"古者人君于其国之卿大夫皆曰'伯父'、'叔父',曰'子大夫',曰'二三子',不独诸侯然也。"②则公子彄(前?—前718),即隐五年《左传》之"臧僖伯""叔父",姬姓,其后以字别氏臧,亦称臧孙氏,名彄,字子臧,谥僖,尊称叔父,懿公戏之孙,孝公称之子,臧孙达(哀伯)之父,世袭鲁司寇。其主张诸侯国君应"数军实,昭文章,明贵贱,辨等列,顺少长,习威仪"(隐五年《左传》)③,遵循古制,熟知礼仪,直言敢谏,传世有《谏公矢鱼于棠书》(见隐五年《左传》)一文④。

(四)臧孙达

桓二年《左传》杜《注》:"臧哀伯,鲁大夫,僖伯之子。"⑤《汉书·贾邹枚路传赞》颜《注》:"臧孙达,鲁大夫臧哀伯也。"⑥则臧哀伯,即桓二年、庄十一年《左传》之"臧孙达",姬姓,名达,氏臧孙,孝公称之孙,公子彄(僖伯)之子,臧孙瓶(伯氏)之父,鲁大夫,生卒年未详(前710—前683在世)。其主张诸侯国君应"昭令德以示子孙"(桓二年《左传》)⑦,并从"俭""度""数""文""物""声""明"七个方面

---

① [晋]杜预注,[唐]孔颖达等正义:《春秋左传正义》,第1726—1728页。
② [清]顾炎武撰,[清]黄汝成集释,秦克诚点校:《日知录集释》,第145页。
③ [晋]杜预注,[唐]孔颖达等正义:《春秋左传正义》,第1727页。
④ 《文章正宗·辞命四》《文编·谏疏》《御选古文渊鉴》卷一皆题作《谏观鱼》。
⑤ [晋]杜预注,[唐]孔颖达等正义:《春秋左传正义》,第1741页。
⑥ [汉]班固撰,[唐]颜师古注,傅东华等点校:《汉书》,第2372页。
⑦ [晋]杜预注,[唐]孔颖达等正义:《春秋左传正义》,第1741页。

来界定"令德"之内涵,倡导昭德恤民,熟知礼仪,直言敢谏,传世有《谏纳郜大鼎于太庙书》(见桓二年《左传》)一文①。

(五)臧孙辰

《礼记·礼器》郑《注》:"文仲,鲁公子彄之曾孙臧孙辰也。"②《国语·鲁语上》韦《注》:"文仲,鲁卿,臧哀伯之孙、伯氏瓶之子臧孙辰也。"③则臧孙辰(前?—前617),即庄十一年、僖二十年、二十一年、二十二年、二十四年、二十六年、三十年、三十三年、文二年、五年、六年、十七年、十八年、襄二十四年、哀二十四年《左传》《国语·鲁语上》《晋语八》《史记·十二诸侯年表》《宋世家》《仲尼弟子列传》《列女传·仁智传》之"臧文仲",姓姬,氏臧孙,其后别为臧文氏,名辰,谥文仲,臧孙达(哀伯)之孙,臧孙瓶(伯氏)之子,臧孙许(臧宣叔)之父,庄十一年(前683)出仕,二十八年(前666)为卿,文公十年(前617)卒,历仕庄、闵、僖、文四君凡六十七年(前683—前617)④。其轻鬼神而重人事,尊崇"服于有礼,社稷之卫"(僖三十三年《左传》)⑤古训,倡导"言惧而名礼"(庄十一年《左传》)⑥,主张臣事君之道应为"贤者急病而让夷,居官者当事不避难,在位者恤民之患"(《国语·鲁语上》)⑦,强调罚恶以"五刑三次"(《鲁语上》)⑧为准而反对滥刑,竭尽国事,熟知典籍,尤谙习《诗》,长于论辩,传世有《言惧而名礼论》(见庄十一年《左传》)、《遗公书》(见《列女传·仁智传》)、《告籴之礼论》《事君之道论》《请告籴书》(俱见《国语·鲁语上》)、《治旱之策论》(见僖二十一年《左传》)、《小不可易论》(见僖二十二年《左传》)、《五刑三次论》《赏善罚恶论》(俱见《国语·鲁语上》)、《服于有礼论》(见僖三十三年《左传》)诸文⑨。

---

① 《文章正宗·辞命四》《文编·谏疏》《文章辨体汇选·论谏二》《御选古文渊鉴》卷一皆题作《谏纳郜鼎》。
② [汉]郑玄注,[唐]孔颖达等正义:《礼记正义》,第1435页。
③ [三国吴]韦昭注,上海师范大学古籍整理研究所校点:《国语》,第157页。
④ 文仲之父伯氏瓶无谥,盖早逝。又,《元和姓纂·十一唐》:"臧文,鲁大夫臧文仲,后氏焉。"[唐]林宝撰,[清]孙星衍校辑,郁贤皓、陶敏整理点校:《元和姓纂》,第619页。《通志·氏族略五》:"臧文氏,姬姓,鲁大夫臧文仲之后。"[宋]郑樵撰,王树民点校:《通志二十略》,第172页。则鲁臧文氏为臧氏(臧孙氏)之别,出于臧孙达(哀伯)之孙、臧孙瓶(伯氏)之子臧孙辰(臧文仲)。
⑤ [晋]杜预注,[唐]孔颖达等正义:《春秋左传正义》,第1833页。
⑥ [晋]杜预注,[唐]孔颖达等正义:《春秋左传正义》,第1770页。
⑦ [三国吴]韦昭注,上海师范大学古籍整理研究所校点:《国语》,第158页。
⑧ [三国吴]韦昭注,上海师范大学古籍整理研究所校点:《国语》,第162页。
⑨ 《遗公书》,《皇霸文纪》卷五题作《遗鲁书》,《全上古三代文》卷三题作《在齐密遗鲁公书》;《治旱之策论》,《文章辨体汇选·论谏二》题作《谏焚巫尫》;《小不可易论》,《文章正宗·辞命四》题作《谏卑邾》,《文章辨体汇选·论谏二》题作《谏不备邾》。

（六）臧孙许

襄二十三年《左传》："初，臧宣叔娶于铸，生贾及为而死。继室以其侄，穆姜之姨子也。生纥，长于公宫。姜氏爱之，故立之。臧贾、臧为出在铸。"①成十五年《公羊传》何《注》："（臧宣叔）臧孙许，宣谥。"②则臧孙许（前？—前587），即宣十八年、成元年、二年、三年、襄二十三年《左传》之"臧宣叔"，姓姬，氏臧孙，名许，谥宣叔，出于武公敖之孙、孝公称之子公子彄（子臧、僖伯），伯氏瓶之孙，臧孙辰（文仲）之子，臧孙畴、臧孙贾、臧孙为（定伯）、臧孙纥（武仲）之父，继父职为鲁司寇。其提出"知难而有备，乃可以逞"（成元年《左传》）③说，长于谋略，忠于公室，恪守礼仪，熟知典籍，传世有《三桓将去东门氏论》（见宣十八年《左传》）《备齐之策论》（见成元年《左传》）、《卿士会盟之制论》（见成三年《左传》）诸文。

（七）臧孙纥

襄二十三年《左传》载仲尼曰："知之难也。有臧武仲之知，而不容于鲁国，抑有由也，作不顺而施不恕也。《夏书》曰：'念兹在兹。'顺事、恕施也。"④《论语·宪问篇》载孔子曰："若臧武仲之知，公绰之不欲，卞庄子之勇，冉求之艺，文之以礼乐，亦可以为成人矣。"⑤《孔子家语·颜回篇》载颜回曰："武仲世称圣人。"⑥成十八年《左传》杜《注》："（臧）武仲，宣叔之子。"襄四年《左传》杜《注》："臧纥，武仲也。"昭七年《左传》杜《注》大同。襄十七年《左传》杜《注》："臧畴，臧贾、臧纥之昆弟也。"⑦则臧武仲，即襄十一年《左传》、二十三年《春秋》《左传》之"臧孙纥"，亦即襄四年、十七年《左传》之"臧纥"，姓姬，氏臧孙，其后别为武仲氏，名纥，谥武，臧孙辰（文仲）之孙，臧孙许（宣叔）庶子，穆姜姨子姜氏所出，臧畴、臧贾、臧为（定伯）异母弟，成公四年（前587）继父职为司寇，历仕成、襄二君凡三十八年（前587—前550），襄二十三年（前550）为季、孟氏所逼而出奔邾，又自邾奔齐，生卒年未详（前587—前

---

① ［晋］杜预注，［唐］孔颖达等正义：《春秋左传正义》，第1978页。
② ［汉］何休注，［唐］徐彦疏：《春秋公羊传注疏》，第2296页。
③ ［晋］杜预注，［唐］孔颖达等正义：《春秋左传正义》，第1892页。
④ ［晋］杜预注，［唐］孔颖达等正义：《春秋左传正义》，第1978页。
⑤ ［三国魏］何晏等注，［宋］邢昺疏：《论语注疏》，第2511页。
⑥ ［三国魏］王肃注，［清］陈士珂疏证：《孔子家语疏证》，上海书店影印中华书局丛书集成初编1987年排印湖北丛书本，第126页。案：《庄子·胠箧篇》："夫妄意室中之藏，圣也。"［周］庄周撰，［清］郭庆藩集释，王孝鱼点校：《庄子集释》，中华书局新编诸子集成2004年点校长沙思贤讲舍刊本（第2版），第346页。《周礼·地官司徒·大司徒》郑《注》："圣，通而先识也。"［汉］郑玄注，［唐］贾公彦：《周礼注疏》，第707页。则所谓"圣人"者，盖武仲多智，料事常中，故时人谓之圣人。参见：［清］余萧客《古经解钩沉》卷十九。
⑦ ［晋］杜预注，［唐］孔颖达等正义：《春秋左传正义》，第1925、1934、1964页。

532在世)①。其主张"事大国,无失班爵而加敬"(成十八年《左传》)②,认为天子、诸侯、大夫作彝器之动机应为"铭其功烈,以示子孙,昭明德而惩无礼"(襄十九年《左传》)③,尊崇"在上位者洒濯其心,壹以待人,轨度其信,可明征也,而后可以治人"(襄二十一年《左传》)④古训,倡导昭德飨义而规范治国,恪守礼仪,熟知典籍,尤谙习《诗》,时人称之为"圣人",传世有《事大国之礼论》(见成十八年《左传》)、《陈必亡论》(见襄四年《左传》)、《答叔肸告于诸侯书》(见襄十一年《左传》)、《铭以昭明德而惩无礼论》(见襄十九年《左传》)、《止盗以轨范论》(见襄二十一年《左传》)、《疢不如恶石论》《告臧贾请立书》《请致防立后书》《君似鼠论》(俱见襄二十三年《左传》)、《飨义论》(见昭十年《左传》)诸文⑤。

(八)臧孙赐

《史记·鲁世家》裴骃《集解》引汉贾逵《左氏传解诂》:"昭伯,臧孙赐也。"⑥昭二十五年《左传》杜《注》:"(臧)昭伯,臧为子。"⑦则臧孙赐,即昭二十五年《左传》《史记·鲁世家》《汉书·古今人表》之"臧昭伯""臧孙",姓姬,氏臧,名赐,谥昭伯,臧孙许(宣叔)之孙,臧为(定伯)之子,臧会(顷伯)从父昆弟,臧仓之父,时继父职为司寇,生卒年未详(前517在世)。其主张诸侯卿大夫应"戮力壹心,好恶同之"而"繾綣从公"(昭二十五年《左传》),恪守礼制,忠于公室,传世有《野井之盟载书》(见昭二十五年《左传》)一文⑧。

二、众氏与众仲

(一)众氏之族属

《白虎通义·姓名篇》:"诸侯之子称公子,公子之子称公孙,公孙之子各以

---

① 《元和姓纂·九麌》:"武仲,臧武仲之后。"[唐]林宝撰,[清]孙星衍校辑,郁贤皓、陶敏整理点校:《元和姓纂》,第908页。则武仲氏为臧氏之别,出于臧孙辰(文仲)之孙、臧孙许(宣叔)庶子臧孙纥(臧武仲、臧纥)。
② [晋]杜预注,[唐]孔颖达等正义:《春秋左传正义》,第1925页。
③ [晋]杜预注,[唐]孔颖达等正义:《春秋左传正义》,第1968页。
④ [晋]杜预注,[唐]孔颖达等正义:《春秋左传正义》,第1970页。
⑤ 《铭以昭明德而惩无礼论》,《文章辨体汇选·论谏三》题作《谏季武子勒功》;《止盗以轨范论》,《文章正宗·议论三》《文编·辞命》《文章辨体汇选·论谏六》《御选古文渊鉴》卷三皆题作《论诘盗》。
⑥ [汉]司马迁撰,[晋]裴骃集解,[唐]司马贞索隐,[唐]张守节正义,郭逸、郭曼标点:《史记》,第1239页。
⑦ [晋]杜预注,[唐]孔颖达等正义:《春秋左传正义》,第2109页。
⑧ 《皇霸文纪》卷五题作《齐盟载书》,《全上古三代文》卷三题作《盟从者载书》。

其王父字为氏。故鲁有仲孙、季,楚有昭、屈原,齐有高、国、崔立氏三,以知其为子孙也。"①隐五年《左传》孔《疏》:"诸侯之子称公子,公子之子称公孙。公孙之子不得祖诸侯,乃以王父之字为氏。"②隐八年《左传》孔《疏》说同。《古今姓氏书辩证·一东》:"众,出自姬姓。鲁孝公生子益师,字众父,其孙仲以王父字为氏。"③《通志·氏族略四》:"孝公之子四人:惠公;公子益师,字众父,其后为众氏;公子彄,食臧邑,其后为臧氏;公子展,名也。古人尚质,有名无字者多矣。益师有字,则以字氏;彄有邑,则以邑氏;展无字、邑,则以名氏。何必专守王父字之说乎?"④

谨案:后氏,即厚氏、亦即郈氏,《礼记·檀弓上》孔《疏》引《世本》惠伯革之后,亦即《檀弓上》惠伯巩之后;众氏,隐元年《左传》公子益师众父之后;臧氏,隐五年《左传》臧僖伯之后;展氏,隐八年《左传》公子展之后;乙氏,僖二十六年《左传》展喜之后,亦即《国语·鲁语上》乙喜之后。则此五氏皆孝公庶子之族。又,《通志·氏族略三》谓益师字众仲,又字众父,则混益师(众父)、众仲为一人。故笔者此不取。则鲁众氏为季历(公季)之孙、文王昌(西伯)庶子周公旦后裔,出于武公敖之孙、孝公称庶子公子益师(众父)。

(二)众氏之世系

隐元年《春秋》:"公子益师卒。"《左传》:"众父卒。"⑤《春秋释例·世族谱上》:"众氏,公子益师,众父,孝公子;众仲,孝公子。"⑥宋苏辙《春秋集解》卷一:"益师,鲁大夫也。"⑦叶梦得《春秋考》卷四:"公子益师,所谓三命之卿也。"⑧《春秋分记·世谱六》:"孝公为一世;生三子:曰公子彄(后为臧氏),曰公子益师(后为众氏),曰惠公,为二世……众氏别祖益师,《公子谱》之二世也。益师生众仲。"⑨

---

① [汉]班固:《白虎通义》,上海书店四部丛刊初编1985年影印元大德间(1297—1307)覆宋监本。
② [晋]杜预注,[唐]孔颖达等正义:《春秋左传正义》,第1726页。
③ [宋]邓名世撰,王力平点校:《古今姓氏书辩证》,第4页。
④ [宋]郑樵撰,王树民点校:《通志二十略》,第129页。
⑤ 杜《注》:"众父,公子益师字。"[晋]杜预注,[唐]孔颖达等正义:《春秋左传正义》,第1715页。
⑥ [晋]杜预:《春秋释例》,第332页。
⑦ [宋]苏辙:《春秋集解》,大通书局1970年影印清道光间(1782—1850)钱仪吉编刻经苑本,第2551页。
⑧ [宋]叶梦得:《春秋考》,上海古籍出版社1987年影印文渊阁四库全书本,第315页。
⑨ [宋]程公说:《春秋分记》,第130页。

谨案:《春秋集传纂例》卷十:"众氏,公子益师,众父(孝公子众,父字也);众仲(孝公子)。"①《春秋名号归一图》卷上:"公子益师,众父;益师,字也。"②今考:据隐元年《左传》杜《注》及杜氏《春秋释例·世族谱上》,众仲为孝公之孙、众父之子,益师字众父。则陆氏、冯氏说皆误。又,据《礼记·檀弓上》孔《疏》引《世本》,厚氏之祖惠伯革亦为孝公称之子,则程氏《春秋分记》所谓"称生三子"之说不确。故笔者此皆不取。则春秋时期鲁众氏世系为:孝公称→公子益师→众仲。

(三)众仲

隐四年《左传》杜《注》:"众仲,鲁大夫。"③则众仲,姓姬,别氏众,名仲,孝公称之孙,公子益师(众父)之子,鲁大夫,生卒年未详(前719—前715在世)。其倡导"以德和民"(隐四年《左传》)④古训,提出"夫舞,所以节八音而行八风"(隐五年《左传》)⑤之说;全面概括了周代天子分封诸侯时"天子建德,因生以赐姓,胙之土而命之氏"这一"赐姓""胙土"和"命氏"之制,亦概括了周代命氏"诸侯以字为谥,因以为族。官有世功,则有官族。邑亦如之"(隐八年《左传》)⑥这一"以字为氏"、"以官为氏"和"以邑为氏"之制;熟知礼仪,精通音律,传世有《以德和民论》(见隐四年《左传》)、《羽数之制论》(见隐五年《左传》)、《赐姓、胙土、命氏之制论》(见隐八年《左传》)诸文。

三、展氏与展获、展喜

(一)展氏之族属

隐八年《左传》:"无骇卒。羽父请谥与族……公命以字为展氏。"⑦僖十五年《左传》:"震夷伯之庙,罪之也,于是展氏有隐慝焉。"⑧《元和姓纂·二十八狝》:

---

① [唐]陆淳:《春秋集传纂例》,大通书局1970年影印清道光间(1782—1850)钱仪吉编刻经苑本,第2485页。
② [五代蜀]冯继先:《春秋名号归一图》,上海古籍出版社1979年影印清人别集丛刊通志堂集本。
③ [晋]杜预注,[唐]孔颖达等正义:《春秋左传正义》,第1725页。
④ [晋]杜预注,[唐]孔颖达等正义:《春秋左传正义》,第1725页。
⑤ [晋]杜预注,[唐]孔颖达等正义:《春秋左传正义》,第1728页。
⑥ [晋]杜预注,[唐]孔颖达等正义:《春秋左传正义》,第1734页。
⑦ 杜《注》:"无骇,公子展之孙,故为展氏。"[晋]杜预注,[唐]孔颖达等正义:《春秋左传正义》,第1733—1734页。
⑧ 杜《注》:"夷伯,鲁大夫,展氏之祖父,夷谥,伯字。"[晋]杜预注,[唐]孔颖达等正义:《春秋左传正义》,第1805—1808页。

"展,鲁孝公子展之后。孙无骇,生展禽。又,展喜、展庄叔,并其后也。"①《古今姓氏书辩证·二十八狝》:"展,出自姬姓。鲁孝公之子,字子展,其后有夷伯,夷伯孙无骇,为鲁司空,隐公命以王父字为展氏。"②则鲁展氏为季历(公季)之孙、文王昌(西伯)庶子周公旦后裔,出于武公敖之孙、孝公称庶子公子展(子展)。

(二)展氏之世系

襄二十九年《左传》:"范献子来聘,拜城杞也。公享之,展庄叔执币。射者三耦。公臣不足,取于家臣。家臣,展瑕、展玉(王)父为一耦;公臣,公巫召伯仲、颜庄叔为一耦,鄫鼓父、党叔为一耦。"③《史记·鲁世家》:"(真公)三十年,真公卒,弟敖立,是为武公……乃立称于夷宫,是为孝公……(孝公)二十七年,孝公卒,子弗湟立,是为惠公。"④隐二年《春秋》杜《注》:"无骇,鲁卿。"隐二年《左传》杜《注》:"(司空无骇)鲁司徒、司马、司空,皆卿也。"⑤《春秋释例·世族谱上》:"展氏,司空无骇,公子展之孙,鲁公族;夷伯,展氏,桓父;展禽,食邑柳下,谥曰惠;展喜……展庄叔;展瑕;展玉父。"⑥《春秋分记·世谱一》:"展氏,公子展(附《公子谱》,不详谁公之子);孙司空无骇(杜预:公子展孙。隐八年十二月卒);夷伯(展氏桓[祖]父);禽(食采柳下,曰下惠);喜;瑕;庄叔;王(玉)父。"⑦清王夫之《读四书大全说》卷七:"柳下惠于鲁为'父母之邦',较孔子所云'父母之国'者又别。柳下惠,展氏之子。展之赐氏,自无骇之卒,而惠之生去无骇不远,应只是无骇之子、夷伯之孙,于鲁公室在五世祖免之中,故义不得去而云然。春秋之法,公子不得去国,自是当时通义。士师官亦不卑,但无骇为上卿,执国政,而其子为士师,则卑矣。胡泳引蚳鼃事为证,'士师在邑宰之下,官小可知'。战国之时,天下分裂,一国乃无数邑,邑宰官固不小。如楚申公、沈尹皆为大臣,而

---

① [唐]林宝撰,[清]孙星衍校辑,郁贤皓、陶敏整理点校:《元和姓纂》,第 992 页。案:"展喜",即"乙喜",展获(展禽)弟。事见,僖二十六年《左传》《国语·鲁语上》。"展庄叔",鲁大夫。事见:襄二十八年、二十九年《左传》。
② [宋]邓名世撰,王力平点校:《古今姓氏书辩证》,第 380 页。
③ 杜《注》:"(展庄叔)鲁大夫。"[晋]杜预注,[唐]孔颖达等正义:《春秋左传正义》,第 2005 页。案:"展瑕""展玉父",为展庄叔家臣,则亦展氏族人。
④ [汉]司马迁撰,[晋]裴骃集解,[唐]司马贞索隐,[唐]张守节正义,郭逸、郭曼标点:《史记》,第 1230—1231 页。
⑤ [晋]杜预注,[唐]孔颖达等正义:《春秋左传正义》,第 1718、1719 页。
⑥ [晋]杜预:《春秋释例》,第 344、351 页。
⑦ [宋]程公说:《春秋分记》,第 93 页。

平陆距心,爵亦大夫,与今日县令不同,不得以邑宰之小证士师也。"①则春秋时期鲁展氏世系为:孝公称→公子展(子展)→夷伯→展无骇→展获、展喜……展庄叔……展瑕……展玉父。

(三)展获

《论语·卫灵公篇》:"臧文仲其窃位者与,知柳下惠之贤而不与立也。"②《微子篇》:"柳下惠为士师,三黜……逸民:伯夷、叔齐、虞仲、夷逸、朱张、柳下惠、少连……柳下惠、少连,降志辱身矣。"③《大戴礼记·卫将军文子》载孔子谓子贡(端木赐)曰:"孝子慈幼,允德禀义,约货去怨,盖柳下惠之行也。"④《孟子·公孙丑上》:"柳下惠,不羞汙君,不卑小官;进不隐贤,必以其道;遗佚而不怨,厄穷而不悯。"《万章下》:"柳下惠,圣之和者也。"《尽心上》:"柳下惠不以三公易其介。"《尽心下》:"圣人,百世之师也,伯夷、柳下惠是也。"⑤汉韩婴《韩诗外传》卷一:"王子比干杀身以成其忠,柳下惠杀身以成其信,伯夷叔齐杀身以成其廉,此三子者,皆天下通士也,岂不爱其身哉!"⑥刘向《说苑·奉使篇》:"柳下惠少好学,长而嘉智。"⑦《论语·宪问篇》皇侃《义疏》引汉郑玄《论语注》:"伯夷、叔齐、虞仲,避世者;荷蓧、长沮、桀溺,避地者;柳下惠、少连,避色者;荷蒉、楚狂接舆,避言者。"⑧《文选》卷五十七载《陶徵士诔》李《注》引汉郑玄《论语注》:"柳下惠,鲁大夫也。展禽,食采柳下,谥曰惠。"⑨《艺文类聚》卷八十九引许慎《淮南子注》:"展禽之家树柳,行惠德,因号柳下惠。一曰邑名。"⑩《国

---

① [清]王夫之撰,胡渐逵等点校:《读四书大全说》,《船山全书》(第6册),岳麓书社1991年点校船山遗书本,第874页。
② [三国魏]何晏等注,[宋]邢昺疏:《论语注疏》,第2517页。
③ [三国魏]何晏等注,[宋]邢昺疏:《论语注疏》,第2528页。
④ [汉]戴德撰,[北周]卢辩注,[清]王聘珍解诂,王文锦点校:《大戴礼记解诂》,中华书局1983年点校十三经清人注疏本,第115页。
⑤ [汉]赵岐注,[宋]孙奭疏:《孟子注疏》,中华书局1980年影印阮刻十三经注疏本,第2692、2741、2769、2774页。
⑥ [汉]韩婴撰,屈守元笺疏:《韩诗外传笺疏》,巴蜀书社1996年版,第30—31页。
⑦ 柳下惠事又见僖二十六年、文二年《左传》《国语·鲁语上》《论语·微子篇》《卫灵公篇》《孟子·公孙丑上》《万章下》《尽心上》《告子下》《庄子·盗跖篇》《列子·杨朱篇》《战国策·鲁策》《战国策·燕策三》《韩诗外传》卷一、卷三,《春秋繁露》卷九,《史记·孔子世家》《列女传·贤明传》《中论·贵验篇》《孔子家语·好生篇》等,不具引。
⑧ [三国魏]何晏集解,[南朝梁]皇侃义疏:《论语集解义疏》,第207页。
⑨ [南朝梁]萧统编,[唐]李善注:《文选》,第793页。
⑩ [唐]欧阳询:《艺文类聚》,清华大学出版社唐代四大类书2003年影印南宋绍兴刻本,第1327页。

语·鲁语上》韦《注》:"展禽,鲁大夫,展无骇之后柳下惠也,字展禽也……获,展禽之名也……柳下,展禽之邑。季,字也。"①僖二十六年《左传》杜《注》:"(展禽)柳下惠。"②文二年《左传》杜《注》同。《战国策·齐策四》鲍《注》:"鲁展禽,字季,食采柳下。亦云,居之垄,其冢埒。"③僖二十六年《左传》孔《疏》:"其人氏展,名获,字禽,柳下是其所食之邑名,谥曰惠……季是五十字,禽是二十字。"④《经典释文》卷二十八《庄子音义下》:"柳下惠,姓展,名获,字季禽,一云字子禽,居柳下而施德惠。一云惠谥也。一云柳下邑名。"⑤《汉书·董仲舒传》颜《注》:"鲁大夫展禽也。柳下,所食(采)邑之名。惠,谥也。"《东方朔传》颜《注》:"惠,鲁大夫展禽也。食采柳下,谥曰惠。以其贞洁,故为大长秋。"⑥《后汉书·崔骃传》李《注》:"展季,柳下惠也。"⑦《文苑传下》李《注》同。《通志·展喜列传》:"禽,喜之兄柳下惠也。"⑧清梁玉绳《瞥记》卷二:"柳下惠,氏展,名获,字禽,又字季,谥惠。而'柳下'之称,未知是邑是号……鲁地无名'柳'者,展季卑为士师,亦未必有食邑,当是因所居号之。如《战国策》称'梧下先生',陶靖节称'五柳先生'之类。"⑨

谨案:《孟子·公孙丑上》赵《注》:"柳下惠,鲁公族大夫也,姓展,名禽,字季,柳下是其号也。"⑩《后汉书·王龚传》李《注》:"柳下惠,姓展,名禽,字获,食邑于柳下,谥曰惠。"⑪宋苏辙《古史·柳下惠列传》:"柳下惠者,鲁公族,展氏也,名禽。"⑫此皆谓展获"名禽",说与《国语·鲁语上》韦《注》、僖二十六年《左传》孔《疏》异。又,据《汉书·百官公卿表》,大长秋为汉景帝六年(前151)始有之官

---

① [三国吴]韦昭注,上海师范大学古籍整理研究所校点:《国语》,第 160 页。案:"字展禽也","展",公序本作"季"。《国语明道本考异》卷二:"案:'展'疑衍。重刻本一作'子',一作'季',皆衍文也。"[清]汪远孙:《国语明道本考异》,台湾中华书局四部备要 1968—1982 年排印士礼居黄氏重刊本。
② [晋]杜预注,[唐]孔颖达等正义:《春秋左传正义》,第 1821 页。
③ [宋]鲍彪注,[元]吴师道补注:《战国策校注》,上海书店四部丛刊初编 1985 年影印元至正十五年(1355)刻本。
④ [晋]杜预注,[唐]孔颖达等正义:《春秋左传正义》,第 1821 页。
⑤ [唐]陆德明:《经典释文》,上海古籍出版社 1985 年影印宋刻本,第 1566 页。
⑥ [汉]班固撰,[唐]颜师古注,傅东华等点校:《汉书》,第 2524、2826 页。
⑦ [南朝宋]范晔撰,[唐]李贤等注,宋云彬等点校:《后汉书》,第 1718 页。
⑧ [宋]郑樵撰,王树民点校:《通志二十略》,第 1169 页。
⑨ [清]梁玉绳:《瞥记》,上海古籍出版社续修四库全书 2002 年影印清嘉庆间(1796—1820)梁氏自编清白士集本,第 17 页。
⑩ [汉]赵岐注,[宋]孙奭疏:《孟子注疏》,第 2692 页。
⑪ [南朝宋]范晔撰,[唐]李贤等注,宋云彬等点校:《后汉书》,第 1822 页。
⑫ [宋]苏辙:《古史》,上海古籍出版社 1987 年影印文渊阁四库全书本,第 452 页。

名,主管皇后事务,故颜《注》说不确。又,《庄子·盗跖篇》以盗跖为柳下惠之弟,此乃寓言,故笔者此皆不取。则展获,即僖二十六年、文二年《左传》《国语·鲁语上》《列子·力命篇》《荀子·成相篇》《孔子家语·颜回篇》之"展禽",亦即《论语·微子篇》《卫灵公篇》《孟子·公孙丑上》《告子下》《万章下》《尽心上》《尽心下》《战国策·燕策三》《韩诗外传》卷一、卷三、《春秋繁露》卷九、《史记·孔子世家》《仲尼弟子列传》《说苑·奉使篇》《列女传·贤明传》《汉书·董仲舒传》《东方朔传》《后汉书·黄琼传》《王龚传》之"柳下惠",亦即《国语·鲁语上》《庄子·盗跖篇》《吕氏春秋·审己篇》《战国策·齐策四》《新序·杂事篇》之"柳下季",亦即《列子·杨朱篇》《中论·贵验篇》《后汉书·崔骃传》之"展季",姓姬,本氏展,其别氏为柳氏、柳下氏,名获,字禽,又字季,私谥惠,号柳下,夷伯之孙,展无骇(司空无骇)长子,展喜(乙喜)之兄,展庄叔、展瑕、展玉父之先,仕为鲁士师,生卒年未详(前634—前625在世)①。其尊崇"处大教小,处小事大,所以御乱也"(《国语·鲁语上》)②古训,提出"犯顺不祥,以逆训民亦不祥,易神之班亦不祥,不明而跻之亦不祥"之说,认为"道"有"鬼道"与"人道"(《鲁语上》)③之别,重人事而轻鬼神,具有早期无神论观念;认为"夫祀,国之大节也;而节,政之所成也",故主张"慎制祀以为国典",倡导"圣王五祀",反对"非仁""非智"(《鲁语上》)④之淫祀,具有进步的民本思想;进贤以道,穷而不悯,降志辱身,操守高洁,性情耿直,贤德圣和,好学佳智,谙习典籍,传世有《御乱之策论》《鬼道与人道论》《圣王五祀论》(俱见《国语·鲁语上》)诸文⑤。

(四)展喜

《国语·鲁语上》韦《注》:"乙喜,鲁大夫展喜也。"⑥宋黄震《古今纪要》卷一:

---

① 《急就篇》卷一颜《注》:"(柳氏)鲁公子展之后也。有展禽者,食采于柳下之地,因为柳氏。"[汉]史游撰,[唐]颜师古注:《急就篇》,第55页。《元和姓纂·四十四有》:"柳,周公孙鲁孝公子展,展孙无骇,以王父字为展氏,生禽,食采柳下,遂姓柳氏。鲁灭,仕楚。秦并天下,柳氏遂迁于河东。"[唐]林宝撰,[清]孙星衍校辑,郁贤皓、陶敏整理点校:《元和姓纂》,第1095页。《姓氏急就篇》卷下:"柳下氏,柳下惠,鲁大夫展获,字禽,食邑下柳,谥惠。"[宋]王应麟:《姓氏急就篇》,第41页。则鲁柳氏、柳下氏为展氏之别,出于夷伯之孙、展无骇之子展获(展禽、柳下惠、柳下季)。
② [三国吴]韦昭注,上海师范大学古籍整理研究所校点:《国语》,第160页。
③ [三国吴]韦昭注,上海师范大学古籍整理研究所校点:《国语》,第160页。
④ [三国吴]韦昭注,上海师范大学古籍整理研究所校点:《国语》,第160页。
⑤ 《圣王五祀论》《文章正宗·议论三》《文编·论一》《文章辨体汇选·论谏九》皆题作《论祀爰居》。
⑥ [三国吴]韦昭注,上海师范大学古籍整理研究所校点:《国语》,第160页。

"展喜,柳下惠弟。"①《通志·展喜列传》:"展喜,公子展之后,仕鲁为大夫。"②则展喜,即《国语·鲁语上》之"乙喜",姓姬,本氏展,别氏乙,名喜,夷伯之孙,展无骇次子,展获(展禽)之弟,展庄叔、展瑕、展玉父之先,鲁大夫,生卒年未详(前634在世)③。其反对霸主"弃先王之命"以"镇抚诸侯"(《国语·鲁语上》)④,熟知典籍,传世有《恃先王之命论》(见《国语·鲁语上》)一文。

四、后氏与后同、后脊

(一)后(郈、厚)氏之族属

《元和姓纂·四十五厚》《名贤氏族言行类稿》卷四十并引《风俗通义》:"(郈氏)鲁大夫郈昭伯食采于郈,因氏焉。"⑤《古今姓氏书辩证·四十五厚》:"厚,出自姬姓。鲁孝公八世孙瘠,食采于厚,谓之厚成叔,因氏焉。厚与郈通……郈,郈于春秋为鲁叔孙氏邑,陪臣食焉者为氏,郈成叔瘠、郈魴假是也。"⑥《通志·氏族略三》:"郈氏,亦作后。鲁孝公八世孙成叔为郈大夫,因以为氏。郈邑,今郓州须城东三十六里郈乡亭,是孔子弟子去(后)处郈邑。汉有少府后苍,《古今人表》作'厚'。"⑦《姓氏急就篇》卷上:"厚氏,鲁有厚成叔,后改为郈。"《姓氏急就篇》卷下:"郈氏,鲁有郈昭伯,《吕氏春秋》郈成子。"⑧《万姓统谱·二十六有》:"郈,鲁孝公八世孙成叔为郈大夫,因以为氏。"⑨

谨案:《史记·鲁世家》裴骃《集解》引晋徐广《史记音义》:"(郈)一本作'厚'。《世本》亦然。"⑩《礼记·檀弓上》孔《疏》:"《世本》云'厚'。此云'后'。其

---

① [宋]黄震:《古今纪要》,《黄氏日钞》,国家图书馆出版社中华再造善本丛书2005年影印元刻本。
② [宋]郑樵撰,王树民点校:《通志二十略》,第1169页。
③ 《姓氏急就篇》卷上:"乙氏,鲁展喜,亦曰乙喜。"[宋]王应麟:《姓氏急就篇》,第29页。则鲁乙氏为展氏之别,出于夷伯之孙,展无骇次子展喜(乙喜)。又,据《元和姓纂·五质》《通志·氏族略三》《路史·后纪十》,商汤(天乙)支孙以王父字为乙氏,此子姓乙氏,与姬姓乙氏族属异。
④ [三国吴]韦昭注,上海师范大学古籍整理研究所校点:《国语》,第160页。
⑤ [唐]林宝撰,[清]孙星衍校辑,郁贤皓、陶敏整理点校:《元和姓纂》,第1126页。案:今本《风俗通义》佚此文。"郈昭伯",即"郈孙",亦即"郈氏"。事见:昭二十五年《左传》。
⑥ [宋]邓名世撰,王力平点校:《古今姓氏书辩证》,第420、421页。案:"厚成叔",名瘠,与右宰榖同时。事见:襄十四年《左传》。"郈魴假",郈邑大夫。事见:昭二十五年《左传》。
⑦ [宋]郑樵撰,王树民点校:《通志二十略》,第82页。
⑧ [宋]王应麟:《姓氏急就篇》,第27、37页。
⑨ [明]凌迪知:《万姓统谱》,上海古籍出版社1987年影印文渊阁四库全书本,第298页。
⑩ [汉]司马迁撰,[晋]裴骃集解,[唐]司马贞索隐,[唐]张守节正义,郭逸、郭曼标点:《史记》,第1239页。

字异耳。"①《经典释文·左氏春秋音义三》:"厚成叔,本或作'郈',音同。"②清王引之《经义述闻》卷十九:"昭二十五年《传》言'季郈'者一,言'郈氏'者二,言'郈昭伯'者二,言'郈孙'者四,'郈'字皆当作'后'……《吕氏春秋·察微篇》:'鲁季氏与后氏鬬鸡',今本'后'作'郈',后人依俗本《左传》改之也。据《注》'以字为氏',则作'后'明矣……《元和姓纂》引《风俗通》曰:'鲁大夫郈昭伯食采于郈,因氏焉。'已误以'后孙'之'后'为郈邑之'郈'。食采于郈者叔孙氏,非后氏也。"③考之文献,"厚"亦作"郈",襄十四年《左传》之"厚成叔""厚孙""厚脊",《吕氏春秋·观表篇》《孔丛子·陈士义篇》作"郈成子",《春秋释例·世族谱上》作"郈成叔";《汉书·古今人表》之"厚昭伯",《吕氏春秋·察微篇》《淮南子·人间训》《汉书·古今人表》颜《注》皆作"郈昭伯"。"厚"亦作"后",如鲁公族厚氏,《礼记·檀弓上》《风俗通义·过誉篇》皆作"后氏"。则"后""郈""厚"三字因音同而误,"后"为"郈"之本字,"厚"为"后"之借字,"厚""郈"本皆当为"后"。故《国语·鲁语上》《吕氏春秋·察微篇》《观表篇》《风俗通义》之"郈氏",襄十四年《左传》及《礼记·檀弓上》孔《疏》《史记·鲁世家》司马贞《索隐》并引《世本》之"厚氏",皆即《礼记·檀弓上》《风俗通义·过誉篇》之"后氏"。而《潜夫论·志氏姓》汪《注》谓"后""郈"通者说,《风俗通义·过誉篇》王利器《校注》谓"后""厚"为"郈"之变文说,皆失考④,故笔者此不取。又,据昭二十九年《左传》《古今姓氏书辩证·四十五厚》《姓氏急就篇》卷上、《氏族大全·四十四有》,共工氏之子句龙为后土,其后亦为后氏,与鲁孝公后裔之后氏所出异。则鲁后(郈、厚)氏为季历(公季)之孙、文王昌(西伯)庶子周公旦后裔,出于武公敖之孙、孝公称庶子公子革(惠伯)。

(二)鲁后(郈、厚)氏之世系

《礼记·檀弓上》孔《疏》引《世本》:"孝公生惠伯革,其后为厚氏。"⑤《史记·鲁世家》司马贞《索隐》引《世本》:"(郈)昭伯名恶,鲁孝公之后,称厚氏也。"⑥《礼记·檀弓上》郑《注》:"后木,鲁孝公子惠伯巩(革)之后。"⑦《吕氏春秋·察微篇》

---

① [汉]郑玄注,[唐]孔颖达等正义:《礼记正义》,第1291页
② [唐]陆德明:《经典释文》,1020页。
③ [清]王引之:《经义述闻》,凤凰出版社2005年影印阮元刻皇清经解本,第9236页。
④ 说参:[清]惠栋《春秋左传补注》卷三。
⑤ [汉]郑玄注,[唐]孔颖达等正义:《礼记正义》,第1291页。
⑥ [汉]司马迁撰,[晋]裴骃集解,[唐]司马贞索隐,[唐]张守节正义,郭逸、郭曼标点:《史记》,第1239页。
⑦ [汉]郑玄注,[唐]孔颖达等正义:《礼记正义》,第1291页。

高《注》:"郈氏,鲁孝公子惠伯华(革)之后也。以字为氏,因曰郈氏。"《观表篇》高《注》:"郈成子,鲁大夫也,郈敬子国(同)之子,郈青孙也。"①襄十四年《左传》杜《注》:"瘠,厚成叔名。"②《春秋释例·世族谱上》:"郈氏,郈成叔,厚孙也,孝公八世孙;郈昭伯,郈孙。"③《春秋分记·世谱一》:"郈氏,成叔(原孙也,孝公八世孙);昭伯(郈孙)。"④

谨案:《礼记·檀弓上》孔《疏》引《世本》之"惠伯革",《礼记·檀弓上》郑《注》作"惠伯巩",《吕氏春秋·察微篇》高《注》作"惠伯华"。盖本作"革",以"巩""鞏"与"革"字形相近而误。又,孝公八世孙厚成叔为郈大夫,因以邑为氏,而非以字为氏。故《吕氏春秋·察微篇》高《注》说不确。则春秋时期鲁后(郈、厚)氏世系为:孝公称→公子革(惠伯)……后青(郈青)→后同(郈敬子)→后瘠(厚成叔、后成叔、郈成子)……后恶(郈昭伯)。

(三)后同

《国语·鲁语上》韦《注》:"郈敬子,鲁大夫,郈惠伯之后玄孙敬伯同也。"⑤则后同,即《国语·鲁语上》之"郈敬子",姓姬,氏后(一作"郈",又作"厚"),名同(一作"国"),谥敬,尊称子,后青(郈青)之子,后瘠(厚成叔、郈成子)之父,鲁大夫,生卒年未详(前628在世)。其主张"请从司徒以班徙次"(《国语·鲁语上》)⑥,恪守礼仪,熟知典籍,传世有《徙次之制论》(见《国语·鲁语上》)一文。

(四)后瘠

《孔丛子·陈士义篇》载孔子曰:"智可与征谋,仁可禽滑学于墨子与托孤,廉可以寄财者,其郈成子之谓乎!"⑦襄十四年《左传》杜《注》:"瘠,厚成叔名。"⑧五代冯继先《春秋名号归一图》卷上:"厚成叔……后改为郈氏,名瘠。厚孙……

---

① 旧题[周]吕不韦撰,[汉]高诱注,许维遹集释:《吕氏春秋集释》,第422页。案:"国"为"同"字之误。说参:[清]惠栋《春秋左传补注》卷三。
② [晋]杜预注,[唐]孔颖达等正义:《春秋左传正义》,第1957页。
③ [晋]杜预:《春秋释例》,第345页。
④ [宋]程公说:《春秋分记》,第93页。
⑤ [三国吴]韦昭注,上海师范大学古籍整理研究所校点:《国语》,第173页。
⑥ [三国吴]韦昭注,上海师范大学古籍整理研究所校点:《国语》,第173页。
⑦ 旧题[周]孔鲋撰:《孔丛子》,上海古籍出版社2002年续修四库全书影印宋刻本,第730页。
⑧ [晋]杜预注,[唐]孔颖达等正义:《春秋左传正义》,第1957页。

称其族也。"① 则后脊,即襄十四年《左传》之"厚成叔""厚孙""瘠",亦即《文选》卷二十三载嵇康《幽愤诗》李《注》引《左传》《风俗通义·过誉篇》之"后成叔",亦即《吕氏春秋·观表篇》《孔丛子·陈士义篇》之"郈成子",姓姬,氏后,名脊(一作"瘠"),谥成,尊称子,后青之孙,后同(敬子)之子,鲁大夫,生卒年未详(前559—前546在世)。其主张诸侯国君中兴复国应采取"或抚其内,或营其外"(襄十四年《左传》)的政治策略,传世有《抚内营外论》(见襄十四年《左传》)、《观志论》(见《孔丛子·陈士义篇》)诸文。

五、东门氏与公子遂

(一)东门氏之族属

僖二十六年《左传》杜《注》:"襄仲居东门,故以为氏。"②《古今姓氏书辩证·一东》:"东门,出自姬姓。鲁庄公之子遂为卿,居鲁东门,因氏焉,谓之东门襄仲。其子归父,以国讨,奔齐。《列子》有东门吴。"③《通志·氏族略三》:"东门氏,姬姓,鲁庄公子公子遂,字襄仲,居东门,号东门襄仲,因氏焉。"④ 则鲁东门氏为季历(公季)之孙、文王昌(西伯)庶子周公旦后裔,出于桓公允之孙、庄公同季子公子遂(东门襄仲、仲遂、东门遂)⑤。

(二)东门氏之世系

《礼记·檀弓下》孔《疏》引《世本》:"仲遂,鲁庄公之子东门襄仲者。"⑥《史记·鲁世家》司马贞《索隐》引《世本》:"遂产子家归父及昭子子婴也。"⑦《史记·鲁世家》:"(隐公十一)挥使人杀隐公于蒍氏,而立子允为君,是为桓公……(桓公十八)立太子同,是为庄公……(庄公三十二)庆父竟立庄公子开,是为湣公……(湣公二)于是季友奉子申入,立之,是为釐公。"晋裴骃《集解》引汉服虔

---

① [五代蜀]冯继先:《春秋名号归一图》,上海古籍出版社1979年影印清人别集丛刊通志堂集本,第470页。
② [晋]杜预注,[唐]孔颖达等正义:《春秋左传正义》,第1821页。
③ [宋]邓名世撰,王力平点校:《古今姓氏书辩证》,第13页。
④ [宋]郑樵撰,王树民点校:《通志二十略》,第100页。
⑤ 今本《元和姓纂》"东门氏"阙。
⑥ [汉]郑玄注,[唐]孔颖达等正义:《礼记正义》,第1310页。
⑦ [汉]司马迁撰,[晋]裴骃集解,[唐]司马贞索隐,[唐]张守节正义,郭逸、郭曼标点:《史记》,第1241页。案:"子婴",即仲婴齐。《春秋释例·世族谱上》以此为东门氏。

《春秋左氏传解》："归父，襄仲之子。"①《国语·周语中》韦《注》："东门子家，庄公之孙、东门襄仲之子公孙归父也。"②宣十年《春秋》杜《注》："（公孙）归父，襄仲之子。"宣十八年《左传》杜《注》同。宣十四年《左传》杜《注》："子家，（公孙）归父字。"宣十八年《左传》杜《注》同。成十五年《春秋》杜《注》："（仲婴齐）襄仲子，公孙归父弟。"③《春秋释例·世族谱上》："东门氏，公子遂，东门襄仲、仲遂、东门遂，庄公子；公孙归父，子家；仲婴齐，昭子。"④《春秋分记·世谱六》："桓公生四子：曰庄公，曰庆父（后为仲氏），曰叔牙（后为叔氏），曰季友（后为季氏），为四世；庄公生四子：曰子般（无后），曰僖公，曰闵公（无后），曰公子遂（后为东门氏），为五世……东门氏，别祖公子遂，《公子谱》之五世也；生二子：曰归父，曰仲婴齐（婴齐无后）；归父生析；析生羁。"⑤清王梓材撰本《世本集览通论》："鲁又有二公孙婴齐：一为叔肸子；一为仲遂子，故别为仲婴齐。"⑥则春秋时期鲁东门氏世系为：桓公允→庄公同→公子遂→公孙归父、公孙婴齐（无后）→东门析→子家羁。

（三）公子遂

《史记·鲁世家》裴骃《集解》引汉服虔《春秋左氏传解》："襄仲，公子遂……东门遂，襄仲也。居东门，故称东门遂。"⑦僖二十六年《春秋》杜《注》："公子遂，鲁卿也。"⑧《汉书·五行志中》颜《注》："公子遂，庄公之子，即东门襄仲也，时为卿，专执国政也。"⑨则公子遂（前？—前601），即僖二十六年、三十年、宣元年《左传》之"东门襄仲"，亦即僖三十一年、三十三年、文二年、六年、七年、八年、十一年、十二年、十四年、十五年、十六年、十七年、十八年《左传》《史记·十二诸侯年表》《鲁世家》、马王堆汉墓帛书《春秋事语》之"襄仲"，亦即文七年、十八年《左传》之"仲"，亦即宣八年《春秋》之"仲遂"，亦即襄二十三年《左传》《史记·鲁世家》之"东门遂""东门氏"，姓姬，氏东门，其后别为襄氏，名遂，字仲，谥襄，桓公

---

① ［汉］司马迁撰，［晋］裴骃集解，［唐］司马贞索隐，［唐］张守节正义，郭逸、郭曼标点：《史记》，第1232—1234、1236页。
② ［三国吴］韦昭注，上海师范大学古籍整理研究所校点：《国语》，第76页。
③ ［晋］杜预注，［唐］孔颖达等正义：《春秋左传正义》，第1874、1886、1913页。
④ ［晋］杜预：《春秋释例》，第341—342页。
⑤ ［宋］程公说：《春秋分记》，第129、131页。
⑥ ［清］王梓材撰《世本集览通论》，［汉］宋衷注，［清］秦嘉谟等辑《世本八种》，第64页。
⑦ ［汉］司马迁撰，［晋］裴骃集解，［唐］司马贞索隐，［唐］张守节正义，郭逸、郭曼标点：《史记》，第1236、1241页。
⑧ ［晋］杜预注，［唐］孔颖达等正义：《春秋左传正义》，第1821页。
⑨ ［汉］班固撰，［唐］颜师古注，傅东华等点校：《汉书》，第1410页。

允之孙,庄公同季子,太子般、僖公申、闵公开之弟,文公兴从父,公孙归父(子家)、仲婴齐(昭子)之父,僖公二十六年(前634)立为卿,文公十八年(前609)杀文公太子恶及其母弟视而立宣公俀,历仕僖、文、宣三君凡三十四年(前634—前601)①。其推崇"民主偷必死"(文十七年《左传》)②古训,传世有《民主偷必死论》(见文十七年《左传》)一文。

六、子家氏与子家羁

(一)子家氏之族属

《资治通鉴》卷二百六十胡三省《音注》引南朝宋何承天《姓苑》:"家姓,周大夫家父之后。又鲁公族有子家氏。"③《元和姓纂·六止》:"子家,鲁公族子家氏。鲁大夫子家霸(羁)懿伯。"④《古今姓氏书辩证·六止》:"子家,出自姬姓。鲁庄公曾孙归父,字子家,其孙以王父字为氏。"⑤《通志·氏族略三》:"子家氏,姬姓,鲁庄公之孙公孙归父,字子家,其后为子家氏。"⑥《姓氏急就篇》卷下:"子家氏,《左传》鲁子家羁,庄公玄孙。"⑦

谨案:据宣十八年《春秋》《左传》,鲁宣公十八年(前591)秋,公孙归父如晋;冬十月壬戌(二十六),宣公薨于路寝,三桓遂逐东门氏;归父还自晋,至笙(鲁邑,今地阙),遂奔齐。盖东门氏宗子公孙归父出奔齐,庶子公孙婴齐(仲婴齐)无后,故至归父之孙羁以王父字别为子家氏。又,邓氏《古今姓氏书辩证》以公

---

① 《资治通鉴·秦纪二》胡三省《音注》引《姓谱》:"襄,鲁庄公子襄仲之后。"[宋]司马光撰,[宋]胡三省音注,标点《资治通鉴》小组校点《资治通鉴》,第257页。《礼记·大传》孔《疏》:"虽公子之身,若有大功德,则以公子之字赐以为族,若仲遂是也。"[汉]郑玄注,[唐]孔颖达等正义《礼记正义》,第1507页。《名贤氏族言行类稿》卷二十七引《元和姓纂》:"鲁庄公子遂号襄仲,子孙以谥为氏。"[宋]章定:《名贤氏族言行类稿》,台湾商务印书馆1986年影印文渊阁四库全书本,第418页。《广韵·十阳》"襄"字注:"又姓,鲁庄公子襄仲之后,子孙以谥为氏。"[宋]陈彭年等重修:《钜宋广韵》,第113页。《通志·氏族略四》:"襄氏,鲁庄公子公子遂,谥襄,故曰襄仲。子孙以谥为氏。"[宋]郑樵撰,王树民点校:《通志二十略》,第163页。《姓氏急就篇》卷上:"襄氏,鲁公子遂襄仲,子孙以谥为氏。又,《左传》齐有襄罢师、襄伊。《韩非子》魏有邺令襄疵,楚有襄疆。"[宋]王应麟:《姓氏急就篇》,第7页。案:公子遂之后乃以谥别为襄氏,而非《礼记·大传》孔《疏》所谓以字别为襄氏。
② [晋]杜预注,[唐]孔颖达等正义:《春秋左传正义》,第1860页。
③ [宋]司马光撰,[宋]胡三省音注,标点《资治通鉴》小组校点:《资治通鉴》,第8482页。
④ [唐]林宝撰,[清]孙星衍校辑,郁贤皓、陶敏整理点校:《元和姓纂》,第835页。
⑤ [宋]邓名世撰,王力平点校:《古今姓氏书辩证》,第332页。
⑥ [宋]郑樵撰,王树民点校:《通志二十略》,第109页。
⑦ [宋]王应麟:《姓氏急就篇》,第46页。

孙归父为庄公曾孙，郑氏《通志》以公孙归父为庄公之孙。考之于《史记·鲁世家》司马贞《索隐》引《世本》《国语·周语中》韦《注》、宣十年《左传》杜《注》，郑氏说是。则鲁子家氏为东门氏之别，出于庄公同之孙、公子遂（东门襄仲、仲遂、东门遂）之子公孙归父（东门子家、子家、东门氏）。

(二)子家氏之世系

《春秋释例·世族谱上》："子家氏，子家文伯，归父子，庄公曾孙析；子家懿伯，庄公元孙子家子、子家羁。"①

谨案：据昭二十五年、二十八年、三十二年、定元年《春秋》《左传》，鲁昭公二十五年（前517），昭公孙（逊）于齐，次于齐邑阳州（在今山东省泰安市东平县北境），子家羁从；二十八年（前514），昭公出居晋邑乾侯（在今河北省邯郸市成安县东南十三里），子家羁从；三十二（前510）十有二月己未（十四日），昭公薨于乾侯；定公元年（前509）夏，子家羁自乾侯出奔。故子家羁在鲁无后。则春秋时期鲁子家氏世系为：公孙归父→东门析→子家羁。

(三)子家羁

昭五年《左传》杜《注》："（子家）羁，庄公玄孙懿伯也。"昭二十五年《左传》杜《注》："（子家懿伯）子家羁，庄公之玄孙。"②《汉书·五行志中》颜《注》："子家驹，即子家懿伯，庄公之玄孙也，一名羁。"③

谨案：《荀子·大略篇》杨倞《注》："子家驹，鲁公子庆父孙公孙归父之后，名羁，驹其字也。"④杨氏谓羁为归父之后，则是桓公玄孙而非庄公玄孙。与杜《注》又异，笔者此不取。又，《史记·鲁世家》司马贞《索隐》："（子家驹）鲁大夫仲孙氏之族，名驹，谥懿伯也。"⑤仲孙氏出自桓公；且懿伯为子家谥而非字，此司马氏

---

① ［晋］杜预：《春秋释例》，第345页。
② ［晋］杜预注，［唐］孔颖达等正义：《春秋左传正义》，第2041、2109页。
③ ［汉］班固撰，［唐］颜师古注，傅东华等点校：《汉书》，第1389页。
④ ［周］荀况撰，［清］王先谦集解，沈啸寰、王星贤点校：《荀子集解》，中华书局1988年新编诸子集成点校清光绪辛卯木刻本，第500页。
⑤ ［汉］司马迁撰，［晋］裴骃集解，［唐］司马贞索隐，［唐］张守节正义，郭逸、郭曼标点：《史记》，第1240页。

失之①。则子家羁,即昭二十五年《左传》之"子家懿伯",亦即昭二十五年、二十七年、二十八年、二十九年、三十一年、三十二年、定元年《左传》之"子家子",亦即昭二十五年《公羊传》《荀子·大略篇》《淮南子·人间训》《史记·鲁世家》《汉书·五行志中之上》之"子家驹",姓姬,本氏东门,别氏子家,名羁,字驹,谥懿伯,尊称子,公孙归父(子家)之孙,子家析(文伯)之子,鲁大夫,历仕昭公凡二十八年(前537—前510),定公元年(前509)夏自晋出奔,生卒年未详(前537—前509在世)。其提出"众怒不可蓄"说,认为鲁公室之"天禄不再"(昭二十五年《左传》)②,自然会"天命不慆"而"天既祸之"(昭二十七年《左传》)③,尊崇天命,关注民生,传世有《众怒不可蓄论》《天禄不再论》《好亡而恶定论》(俱见昭二十五年《左传》)、《天祸难自福论》(见昭二十七年《左传》)、《答请子家子归鲁书》(见定元年《左传》)诸文。

七、子叔氏与公孙婴齐

(一)子叔氏(叔氏)之族属

襄十四年《春秋》孔《疏》:"叔老,声伯子,叔肸孙。故以叔为氏也。"④《古今姓氏书辩证·一屋》:"叔……《春秋》:叔氏出自姬姓。鲁文公少子曰叔肸,宣公篡立,叔肸不义其兄所为,终身不食其禄,别其族为叔氏。《春秋》书'公弟叔肸'者是也。肸生婴齐,婴齐生叔老,老生弓,弓生辄,辄生鞅,鞅生诒(诣),诒生还,还生青,(青生)世仕鲁为大夫。"⑤《古今姓氏书辩证·六止下》:"子叔……春秋时鲁大夫声伯,亦曰子叔婴齐,其后去'子'为叔氏。"⑥

谨案:据《元和姓纂·一屋》《古今姓氏书辩证·一屋》《通志·氏族略四》《姓氏急就篇》卷上,叔氏所出有四:一为八凯叔达之后,二为晋叔向之后,三为鲁叔牙之后,四为鲁叔肸之后。则鲁子叔氏(叔氏)为季历(公季)之孙、文王昌(西伯)庶子周公旦后裔,出于僖公申之孙、文公兴季子公子肸(叔肸、惠伯)。

---

① 参见:[清]惠栋《春秋左传补注》卷五。
② [晋]杜预注,[唐]孔颖达等正义:《春秋左传正义》,第2110页。
③ [晋]杜预注,[唐]孔颖达等正义:《春秋左传正义》,第2117页。
④ [晋]杜预注,[唐]孔颖达等正义:《春秋左传正义》,第1955页。
⑤ [宋]邓名世撰,王力平点校:《古今姓氏书辩证》,543页。案:"青生",残宋本无此二字,钱氏认为衍文。今姑存之。
⑥ [宋]邓名世撰,王力平点校:《古今姓氏书辩证》,第332页。

(二)子叔氏(叔氏)之世系

宣十七年《春秋》:"(宣)公弟叔肸卒。"《左传》:"公弟叔肸卒。公母弟也。"①《元和姓纂·六止》引《世本》:"鲁文公生惠伯叔肸,叔肸生声伯婴齐,婴齐生叔老子叔,子叔生(敬叔)叔弓,叔弓生仲南文楚及伯张(辄)、穆伯(鞅)、定伯(阅),为子叔氏。"②《礼记·檀弓下》孔《疏》引《世本》:"叔肸生声伯婴齐,齐生叔老,老生叔弓……敬叔是桓公七世孙。"③定十一年《春秋》孔《疏》引《世本》:"叔弓生定伯阅,阅生西巷敬叔,叔生成子还。"④《史记·鲁世家》:"(釐公)三十三年,釐公卒,子兴立,是为文公……(文公十八)襄仲杀子恶及视而立倭,是为宣公。"⑤襄十四年《春秋》杜《注》:"叔老,声伯子也。"襄十四年《左传》杜《注》:"齐子,叔老字也。"襄二十二年《春秋》杜《注》:"(叔老)子叔齐子。"襄三十年《春秋》杜《注》:"叔弓,叔老之子。"昭三年《左传》杜《注》:"敬子,叔弓也。"昭二十一年《春秋》杜《注》:"(叔辄)叔弓之子伯张。"昭二十二年《春秋》杜《注》:"叔鞅,叔弓子。"哀十九年《左传》杜《注》:"叔青,叔还子。"⑥《春秋释例·世族谱上》:"叔氏,叔肸,惠伯,文公子;公孙婴齐,肸之子子叔声伯,即子叔婴齐;叔老,齐子,婴齐之子;叔弓,老之子敬子也;叔辄,子叔伯张,弓之子;叔鞅,穆伯,叔弓之子;叔诣,鞅之子;叔还,成子,叔弓曾孙;叔青,僖仲;声伯之母,叔肸妻。"⑦《春秋分记·世谱六》:"文公生四子:曰恶(无后),曰视(无后),曰宣公,曰惠伯肸(后为子叔氏),为七世……子叔氏,别祖叔肸,《公子谱》之七世也。(叔肸)生子叔婴齐,婴齐生叔老,叔老生二子:曰荣驾鹅(无后),曰叔弓;叔弓生三子:曰辄,曰鞅(鞅无后),曰阅;辄生诣,诣生还,还生青;阅生敬叔。"⑧清《春秋名字解诂》卷下:"子叔文楚字仲南。《元和姓纂》引《世本》。案:

---

① [晋]杜预注,[唐]孔颖达等正义:《春秋左传正义》,第1889页。
② [唐]林宝撰,[清]孙星衍校辑,郁贤皓、陶敏整理点校:《元和姓纂》,第833页。案"敬叔叔弓",《元和姓纂》所引本无"敬叔"二字;"伯张辄""穆伯鞅""定伯阅",《元和姓纂》所引本无"辄""鞅""阅"三字,今皆据《礼记·檀弓下》孔《疏》所引补入。
③ [汉]郑玄注,[唐]孔颖达等正义:《礼记正义》,第1312页。
④ [晋]杜预注,[唐]孔颖达等正义:《春秋左传正义》,第2149页。
⑤ [汉]司马迁撰,[晋]裴骃集解,[唐]司马贞索隐,[唐]张守节正义,郭逸、郭曼标点:《史记》,第1235—1236页。
⑥ [晋]杜预注,[唐]孔颖达等正义:《春秋左传正义》,第1955、1956、1794、2011、2032、2097、2099、2180页。
⑦ [晋]杜预:《春秋释例》,第342—343页。案:定十一年《春秋》杜《注》:"(叔)还,叔诣(弓)曾孙。"[晋]杜预注,[唐]孔颖达等正义:《春秋左传正义》,第2149页。据《春秋释例·世族谱上》,"诣"当为"弓"之讹。说参:定十一年《春秋》孔《疏》、陆德明《经典释文·春秋左氏音义六》。
⑧ [宋]程公说:《春秋分记》,第129、131、132页。

'文'疑'之'字之误。春秋时,烛之武、佚之狐、文之无畏、耿之不比,皆以'之'为语词。"①张澍集补注《世本》卷五:"叔肸,文公子,宣公母弟。婴齐为公孙婴齐。叔老即子叔齐子,为叔肸孙,以叔为氏。叔弓即敬子。"②

谨案:据《元和姓纂·六止》引《世本》,仲南文(之)楚亦为叔弓之子,则叔弓生四子。又,《春秋集传纂例·鲁大夫谱》、元吴澄《春秋纂言总例》卷六亦谓叔诣为叔辄之子,据《春秋释例·世族谱上》,叔诣为叔鞅之子,则不可谓之无后。又,据定十一年《春秋》孔《疏》引《世本》,叔还(成子)为西巷敬叔之子,而非叔诣之子。陆氏《春秋集传纂例》、程氏《春秋分记》、吴氏《春秋纂言》未详检《世本》《春秋释例》,故失之。笔者此不取。则春秋时期鲁子叔氏(叔氏)世系为:文公兴→公子肸→公孙婴齐→叔老→叔弓、荣栾(别为荣氏)→叔楚(无后)、叔辄(无后)、叔鞅、叔阅,叔鞅→叔诣,叔阅→敬叔→叔还→叔青。

(三)公孙婴齐

成十六年《左传》载晋大夫范文子(士燮)谓栾武子(栾书)曰:"子叔婴齐奉君命无私,谋国家不贰,图其身不忘其君。若虚其请,是弃善人也。"③《国语·鲁语上》韦《注》:"子叔声伯,鲁大夫,宣公弟叔肸之子公孙婴齐也……郤犫之妻,声伯之外妹也。"④成六年《春秋》杜《注》:"(公孙)婴齐,叔肸子。"⑤则公孙婴齐(前?—前574),即成六年、十六年《左传》《国语·鲁语上》之"子叔声伯",亦即成八年、十一年、十七年《左传》之"声伯",亦即成十六年《左传》之"子叔婴齐",亦即昭七年《左传》之"先大夫婴齐",姓姬,氏子叔,名婴齐,谥声伯,文公兴之孙,公子肸(叔肸、惠伯)之子,叔老(子叔)之父,鲁大夫。其倡导"不厚其栋,不能任重。重莫如国,栋莫如德"(《国语·鲁语上》)⑥古训,奉君命无私,谋国家不贰,轻名利而好善,传世有《请释季孙书》(见成十六年《左传》)、《栋莫如德论》(见《国语·鲁语上》)、《济洹歌》(见成十七年《左传》)诸诗文⑦。

---

① [清]王引之:《春秋名字解诂》,凤凰出版社2005年影印阮元刻皇清经解本,第9291页。
② [清]张澍粹集补注《世本》,[汉]宋衷注,[清]秦嘉谟等辑《世本八种》,第103页。
③ [晋]杜预注,[唐]孔颖达等正义:《春秋左传正义》,第1920页。
④ [三国吴]韦昭注,上海师范大学古籍整理研究所校点:《国语》,第181页。
⑤ [晋]杜预注,[唐]孔颖达等正义:《春秋左传正义》,第1920页。
⑥ [三国吴]韦昭注,上海师范大学古籍整理研究所校点:《国语》,第181页。
⑦ 《请释季孙书》,《文章正宗·辞命二》题作《鲁使声伯请季孙于晋》;《栋莫如德论》,《文章正宗·议论五》《文章辨体汇选·论谏九》皆题作《论郤氏多怨》;《济洹歌》,《方舟集》卷二十四、《古诗纪》卷一、《古乐苑》卷首、《古谣谚》卷二及《先秦汉魏晋南北朝诗·先秦诗》卷一皆题作《梦歌》。

八、荣氏与荣栾

（一）荣氏之族属

《急就篇》卷一颜《注》："荣……鲁有荣驾鹅，楚有荣黄，其后亦称荣氏。孔子所见荣启期，泰山鄐人也。"①《古今姓氏书辩证·十二庚》："荣……鲁宣公弟叔肸之子曰声伯婴齐，生荣，字驾鹅，亦以荣为氏，谓之荣成伯；孔子弟子有荣旂，字子旗。"②宋沈作宾等《嘉泰会稽志》卷三："荣氏，《左传》有荣驾鹅，孔子弟子荣旂，《列子》有荣启……望出乐安。"③

谨案：《急就篇》卷一颜《注》："周大夫有食采于荣者，因而氏焉。《周书》曰：'王俾荣伯，作《贿肃慎之命》。'《春秋》称：'天王使荣叔来含。'《国语》云：'厉王悦荣夷公。'皆荣氏也。"④《元和姓纂·十二庚》："荣，周大夫荣夷公、荣叔，其先食邑于荣，因氏焉。"⑤《古今姓氏书辩证·十二庚》："荣，鲁庄公时有荣叔来锡命，文公时有荣叔来归含，皆周大夫。"⑥《通志·氏族略三》："荣氏，周大夫荣夷公，其先食邑于荣。杜预云：巩县西有荣锜涧，周畿内地也。"⑦可见，周之荣氏乃以邑为氏者，鲁之荣氏乃以地为氏者。故此二荣氏虽皆为姬姓，然其所出则异。则鲁荣氏为子叔氏（叔氏）之别，出于公孙婴齐（声伯婴齐、子叔声伯、子叔婴齐）之孙、叔老（子叔齐子）之子荣栾（荣成伯、荣驾鹅、荣成子）。

（二）荣氏之世系

《国语·鲁语上》韦《注》："子叔声伯，鲁大夫，宣公弟叔肸之子公孙婴齐也。"⑧成六年《春秋》杜《注》："（公孙）婴齐，叔肸子。"襄十四年《春秋》杜《注》："叔老，声伯子也。"襄十四年《左传》杜《注》："齐子，叔老字也。"襄二十二年《春秋》杜《注》："（叔老）子叔齐子。"⑨《春秋释例·世族谱上》："荣氏，荣成伯，荣驾

---

① ［汉］史游撰，［唐］颜师古注：《急就篇》，第48页。
② ［宋］邓名世撰，王力平点校：《古今姓氏书辩证》，第230页。
③ ［宋］沈作宾修，［宋］施宿等纂：《嘉泰会稽志》，中华书局宋元方志丛刊1989年影印清嘉庆十三年（1808）刻本，第6772—6773页。
④ ［汉］史游撰，［唐］颜师古注：《急就篇》，第47页。
⑤ ［唐］林宝撰，［清］孙星衍校辑，郁贤皓、陶敏整理点校：《元和姓纂》，第623页。
⑥ ［宋］邓名世撰，王力平点校：《古今姓氏书辩证》，第230页。
⑦ ［宋］郑樵撰，王树民点校：《通志二十略》，第80页。
⑧ ［三国吴］韦昭注，上海师范大学古籍整理研究所校点：《国语》，第181页。
⑨ ［晋］杜预注，［唐］孔颖达等正义：《春秋左传正义》，第1902、1955、1956、1974页。

鹅,叔肸曾孙。"①则春秋时期鲁荣氏世系为:公孙婴齐→叔老→荣栾。

(三)荣栾

《国语·鲁语下》韦《注》:"(荣)成伯,鲁大夫,声伯之子(孙)也,名栾。"②襄二十八年《左传》杜《注》:"(荣)成伯,荣驾鹅。"定元年《左传》杜《注》:"(荣)驾鹅,鲁大夫荣成伯也。"③昭二年《春秋》杜《注》同。

谨案:《国语·鲁语下》韦《注》此以成伯为声伯之子,据《春秋例释·世族谱》《春秋分记·世族谱六》,当为声伯之孙。又,《方言》卷八郭《注》:"鲁大夫有荣驾鹅以为名,即荣成伯也。"④《春秋列国诸臣传》卷二十一:"荣成伯,名驾鹅,一名栾,鲁大夫也。子叔声伯之子。荣,其邑也。"⑤此皆以"驾鹅"为名,与《国语·鲁语下》韦《注》异。故笔者不取。则荣栾,即襄公二十八年、二十九年《左传》《国语·鲁语下》之"荣成伯",亦即定元年《左传》《汉书·古今人表》之"荣驾鹅",亦即《国语·鲁语下》之"荣成子",姓姬,本氏叔(子叔),别氏荣,名栾,字驾鹅,谥成伯,尊称子,公孙婴齐(子叔声伯)之孙,叔老(子叔齐子)之子,叔弓(敬叔)之弟,鲁大夫,历仕襄、昭、定三君凡三十七年(前545—前509),生卒年未详(前545—前509在世)。其提出"君之于臣,其威大矣"说,认为"凤之事君也,不敢不悛"(《国语·鲁语下》)⑥;尊崇公室,恪守礼仪,熟知典籍,尤谙习《诗》,传世有《谏公以楚师伐鲁书》《答致公取卞书》(俱见《国语·鲁语下》)、《沟兆论》《议谥论》(俱见定元年《左传》)诸文。

综上所考,春秋时期鲁臧孙氏、众氏、展氏、后氏、东门氏、子家氏、子叔氏、荣氏八族皆为季历之孙、文王昌周公旦庶子之后裔,属公族;此八族中,有传世作品的公子彄、臧孙达、臧孙辰、臧孙许、臧孙纥、臧孙赐众仲、展获、展喜、后同、后脊、公子遂、子家羁、公孙婴齐、荣栾等十五子,皆可统称为鲁公族作家群体。

---

① [晋]杜预:《春秋释例》,第344页。
② [三国吴]韦昭注,上海师范大学古籍整理研究所校点:《国语》,第193页。案:据襄十四年《春秋》杜《注》,襄二十二年《春秋》杜《注》,"子",当为"孙"之讹。
③ [晋]杜预注,[唐]孔颖达等正义:《春秋左传正义》,第2001、2132页。
④ [汉]扬雄撰,[清]钱绎笺疏,李发舜、黄建中点校:《方言笺疏》,中华书局1991年点校清光绪庚寅(1890)红蝠山房本,第288页。
⑤ [宋]王当:《春秋列国诸臣传》,扬州广陵书社2007年影印清康熙十九年(1680)纳兰性德刻通志堂经解本,第524页。
⑥ [三国吴]韦昭注,上海师范大学古籍整理研究所校点:《国语》,第193页。

其中：

臧孙氏出于武公敖之孙、孝公称庶子公子彄（子臧、僖伯），众氏出于武公敖之孙、孝公称庶子公子益师，展氏出于武公敖之孙、孝公称庶子公子展，后氏出于武公敖之孙、孝公称庶子公子革，此四族皆属鲁公族中之"孝族"。臧孙氏世系为：孝公称→公子彄→臧孙达→臧孙瓶→臧孙辰→曾孙许→臧孙纥、臧贾、臧为、臧畴、臧为→臧孙赐，臧畴→臧会→臧宾如→臧石；众氏世系为：孝公称→公子益师→众仲；展氏世系为：孝公称→公子展→夷伯→展无骇→展获、展喜……展庄叔……展瑕……展玉父；后氏世系为：孝公称→公子革……后青→后同→后脊……后恶。此四族中，有传世作品者为公子彄、臧孙达、臧孙辰、臧孙许、臧孙纥、臧孙赐众仲、展获、展喜、后同、后脊十一子，可别称之为"孝族"作家群体。

东门氏出于桓公允之孙、庄公同季子公子遂；子家氏为东门氏之别，出于庄公同之孙、公子遂庶子公孙归父，此二族皆属鲁公族之"庄族"。东门氏世系为：桓公允→庄公同→公子遂→公孙归父、仲婴齐（无后）→东门析→子家羁；子家氏世系为：公孙归父→东门析→子家羁。此二族中，有传世作品者为公子遂、子家羁二子，可别称为"庄族"作家群体。

子叔氏出于僖公申之孙、文公兴季子公子肸；荣氏为子叔氏之别，出于公孙婴齐之孙、叔老之子荣栾，此二族皆属鲁公族之"文族"。子叔氏世系为：文公兴→公子肸→公孙婴齐→叔老→叔弓、荣栾（别为荣氏）→叔楚（无后）、叔辄（无后）、叔鞅、叔阅，叔鞅→叔诣，叔阅→敬叔→叔还→叔青；荣氏世系为：公孙婴齐→叔老→荣栾；属"文族"。此二族中，有传世作品者为公孙婴齐、荣栾二子，可别称之为"文族"作家群体。

第三节　公族（中）——桓族

春秋时期鲁仲孙氏、子服氏、南宫氏、公山氏、叔孙氏、叔仲氏、季孙氏、公冶氏八族，皆为季历之孙、文王昌周公旦庶子之后裔，属公族，有传世作品者皆可统称为鲁公族作家群体。而此八族，皆桓公允（前711—前694在位）庶子别族为氏者，属鲁公族之"桓族"，则仲孙谷、仲孙蔑、仲孙羯、仲孙何忌、仲孙貜、子服椒、子服回、子服何、南宫适、公山不狃、叔孙侨如、叔孙豹、叔孙婼、叔孙不敢、叔孙州仇、叔孙舒、叔彭生、叔仲带、季孙行父、季孙宿、季孙意如、季孙斯、季孙肥、季冶二十四子，又可别称之为"桓族"作家群体。

一、仲孙氏与仲孙穀、仲孙蔑、仲孙羯、仲孙何忌、仲孙貜

(一)仲孙氏之族属

文十五年《左传》:"齐人或为孟氏谋……书曰:'齐人归公孙敖之丧。'为孟氏,且国故也。葬视共仲。"①《急就篇》卷二颜《注》:"孟……鲁桓公子庆父之后,号孟孙氏,其后称孟氏。"②《元和姓纂·一送》:"仲……一云鲁桓公子庆父子孙号仲氏……仲孙,庆父子孙号仲孙氏。《左传》齐有仲孙湫,《韩子》有仲孙章。"《四十三映》:"孟,鲁桓公子庆父之后,号曰孟孙,因以为氏。"③《古今姓氏书辩证·一送》:"仲孙,出自姬姓。鲁桓公四子:长子庄公同,次曰庆父,次叔牙,次季友。庆父卒,谥共仲。生穆伯公孙敖,敖生文伯谷、惠叔难,谷生孟献子蔑,始以仲孙为氏。蔑生庄子仲孙速,速生孝伯仲孙羯,羯生僖子仲孙貜,貜生懿子仲孙何忌,何忌生武伯洩,一名彘。自敖至彘,皆为鲁卿,与叔孙氏、季孙氏分掌国政,谓之三家。"④《通志·氏族略四》:"孟氏,姬姓,鲁桓公子庆父之后也。庆父曰共仲,本仲氏,亦曰仲孙氏。为闵公之故,讳弑君之罪,更为孟氏,亦曰孟孙氏。"⑤《姓氏急就篇》卷上:"孟氏,鲁桓公子庆父之后。仲孙为三桓之孟,号孟孙氏,其后称孟氏。有孟公绰、孟子,即孟孙之后也。《吕氏春秋》'孔子学于孟苏。'"⑥

谨案:文十五年《左传》杜《注》:"庆父为长庶,故或称孟氏。"⑦考之于《春秋》《左传》,庆父之后,《春秋》皆称"仲孙",而《左传》则俱称"孟氏",则共仲为庶长子之故。自仲孙蔑(孟献子)以后,《左传》常以"孟氏"称之,则杜氏说是。又,齐仲孙氏为尧时方伯姜姓四岳(太岳)之裔,太公望吕尚(姜子牙、师尚父)之后,出于庄公购(赎),与鲁仲孙氏族属异。则鲁仲孙氏(仲氏、孟氏、孟孙氏)为季历(公季)之孙、文王昌(西伯)庶子周公旦后裔,出于惠公弗湟之孙、桓公允次子公子庆父(共仲)。

---

① [晋]杜预注,[唐]孔颖达等正义:《春秋左传正义》,第1855页。
② [汉]史游撰,[唐]颜师古注:《急就篇》,第103页。
③ [唐]林宝撰,[清]孙星衍校辑,郁贤皓、陶敏整理点校:《元和姓纂》,第1161—1162、1336页。
④ [宋]邓名世撰,王力平点校:《古今姓氏书辩证》,第432页。
⑤ [宋]郑樵撰,王树民点校:《通志二十略》,第141页。
⑥ [宋]王应麟:《姓氏急就篇》,第2页。
⑦ [晋]杜预注,[唐]孔颖达等正义:《春秋左传正义》,第1855页。

(二)仲孙氏之世系

昭十一年《左传》："泉丘人有女,梦以其帷幕孟氏之庙,遂奔僖子,其僚从之……(僖子)反自禚祥,宿于薳氏,生懿子及南宫敬叔于泉丘人。其僚无子,使字敬叔。"①《礼记·檀弓上》孔《疏》引《世本》："献子蔑生孝(懿)伯,孝(懿)伯生惠伯,惠伯生昭伯,昭伯生景伯。"②《檀弓上》孔《疏》《论语·公冶长篇》邢《疏》并引《世本》："仲孙玃生南宫绦。"③《檀弓下》孔《疏》引《世本》："庆父生穆伯敖,敖生文伯榖,榖生献子蔑。"④《史记·孔子世家》司马贞《索隐》引《世本》："敬叔与懿子,皆孟僖子之子。"⑤《元和姓纂·二十二覃》《名贤氏族类言行类稿》卷五十五并引《世本》："鲁孟献(僖)子生阅,号南宫敬叔,生路,路生会,会生虔,为南宫氏。"⑥《史记·鲁世家》："(隐公十一)挥使人杀隐公于蒍氏,而立子允为君,是为桓公……(桓公十八)立太子同,是为庄公……(庄公三十二)庆父竟立庄公子开,是为湣公……(湣公二)于是季友奉子申入,立之,是为釐公。"⑦《礼记·檀弓上》郑《注》："敬叔,鲁孟僖子之子仲孙阅。"⑧《国语·鲁语上》韦《注》："穆伯,文子之父公孙敖也,淫乎莒,出奔而死于齐……仲孙它,鲁孟献子之子子服它也。"《鲁语下》韦《注》："敬叔,鲁大夫,孟僖子之子、懿子之弟南宫说也。"《齐语》韦《注》："庆父,庄公之弟共仲也,通于哀姜,哀姜欲立之。庄公薨,庆父杀太子般,在庄三十二年;又弑闵公,在闵二年。"⑨庄二年《春秋》杜《注》："庆父,庄公庶兄。"庄三十二年《春秋》杜《注》："(公子)牙,庆父同母弟僖叔也。"庄三十二年

---

① [晋]杜预注,[唐]孔颖达等正义:《春秋左传正义》,第 2060 页。
② [汉]郑玄注,[唐]孔颖达等正义:《礼记正义》,第 1274 页。案:据《国语·鲁语上》韦《注》《鲁语上》韦《注》《春秋例释·世族谱上》,懿伯仲叔生惠伯椒(子服湫、孟椒),椒生昭伯回,回生景伯何,即子服氏。
③ [汉]郑玄注,[唐]孔颖达等正义:《礼记正义》,第 1278 页。案:诸家引文略异,此据《檀弓上》孔《疏》引。"仲孙",《公冶长篇》邢《疏》引作"中孙",盖"仲""中"古通。
④ [汉]郑玄注,[唐]孔颖达等正义:《礼记正义》,第 1312 页。
⑤ [汉]司马迁撰,[晋]裴骃集解,[唐]司马贞索隐,[唐]张守节正义,郭逸、郭曼标点:《史记》,第 1495 页。
⑥ [唐]林宝撰,[清]孙星衍校辑,郁贤皓、陶敏整理点校:《元和姓纂》,第 781 页。案:此据《元和姓纂》引文。《名贤氏族类言行类稿》引作:"鲁桓公后孟僖子生阅,号南宫敬叔,生路,生会,生虔,南宫氏。"[宋]章定《名贤氏族言行类稿》,上海古籍出版社 1987 年影印文渊阁四库全书本,第 781 页。则《元和姓纂》所谓"孟献子",当为"孟僖子"之讹。
⑦ [汉]司马迁撰,[晋]裴骃集解,[唐]司马贞索隐,[唐]张守节正义,郭逸、郭曼标点:《史记》,第 1232—1234 页。
⑧ [汉]郑玄注,[唐]孔颖达等正义:《礼记正义》,第 1290 页。
⑨ [三国吴]韦昭注,上海师范大学古籍整理研究所校点:《国语》,第 172—184、203、246 页。

《左传》杜《注》:"共仲,庆父。"僖十五年《春秋》杜《注》:"公孙敖,庆父之子。"文元年《左传》杜《注》:"公孙敖,鲁大夫,庆父之子……难,惠叔……穆伯,公孙敖。"文十五年《左传》杜《注》:"孟氏,公孙敖。庆父为长庶,或称孟氏……声己,惠叔母。"襄十六年《左传》杜《注》:"(孟孺子速)孟献子之子庄子速也。"襄二十三年《左传》杜《注》:"孟椒,孟献子之孙子服惠伯。"定八年《左传》杜《注》:"公期,孟氏支子。"哀三年《左传》杜《注》:"敬叔,孔子弟子南宫阅。"哀十一年《左传》杜《注》:"(孟)孺子,孟懿子之子武伯彘。"哀十四年《左传》杜《注》:"(孟孺子)洩,孟懿子之子孟武伯也。"①《春秋释例·世族谱上》:"仲孙氏,庆父,桓公子共仲也。公孙敖,穆伯,庆父之子也。难、惠叔,敖之子;縠、文伯,亦敖之子也。孟献子,縠之子仲孙蔑,即孟孙也。孟孺子速,献子之子庄子。孺子秩,庄子之子;仲孙羯,秩之弟孝伯。孟僖子,仲孙貜。南宫敬叔,说(阅),貜之子;懿子,说(阅)之弟何忌也。孺子洩,懿子之子武伯彘也。戴己、声己、己氏,已上皆公孙敖妻。泉邱人、僚䓗氏,已上皆孟僖子妻。"②《春秋分记·世谱六》:"惠公生三子:曰隐公(无后),曰桓公,曰施父(后为施氏),为三世;桓公生四子:曰庄公,曰庆父(后为仲氏),曰叔牙(后为叔氏),曰季友(后为季氏),为四世……孟氏别祖庆父,《公子谱》之四世也;生敖,敖生二子:曰縠,曰难(难无后);縠生蔑,蔑生二子:曰速,曰子服仲叔(仲叔后为子服氏);速生二子:曰秩(无后),曰羯;羯生貜;貜生二子:曰说,曰何忌;何忌生二子:曰彘支子,曰公期;彘生捷;捷生侧。仲叔生椒,椒生回;回生何。"③

谨案:文十四年《左传》:"穆伯生二子于莒而求复,文伯以为请。"文十五年《左传》:"他年,其二子来,孟献子爱之,闻于国。或谮之曰:'将杀子。'献子以告季文子。二子曰:'夫子以爱我闻,我以将杀子闻,不亦远于礼乎?远礼不如死。'一人门于句鼆,一人门于戾丘,皆死。"④则公孙敖除縠、难二子之外,尚有二子,惜名未详。则春秋时期鲁仲孙氏世系为:公子庆父→公孙敖→仲孙縠、仲孙难(无后)→仲孙蔑→仲孙速、仲孙佗(别为子服氏)→仲孙秩(无后)、仲孙羯→仲孙貜→仲孙阅(别为南宫氏)、仲孙何忌→仲孙彘、仲孙公期;仲孙彘→仲孙捷→仲孙侧。

---

① [晋]杜预注,[唐]孔颖达等正义:《春秋左传正义》,第 1762、1783、1784、1805、1836—1837、1855、1963、1978、2143、2157、2166、2174 页。
② [晋]杜预:《春秋释例》,第 332—334 页。
③ [宋]程公说:《春秋分记》,第 129—130 页。
④ [晋]杜预注,[唐]孔颖达等正义:《春秋左传正义》,第 1854、1855 页。

（三）仲孙谷

文七年《左传》："穆伯娶于莒，曰戴己，生文伯，其娣声己生惠叔。"①《国语·鲁语上》韦《注》："孟文子，鲁大夫，公孙敖之子（文）伯谷也。"②文元年《左传》杜《注》："谷，文伯。"文十四年《左传》杜《注》："（文伯）穆伯之子谷也。"③则仲孙谷（前？—前613），即文元年《左传》之"谷"，亦即文七年、十四年《左传》之"文子""文伯"，亦即《国语·鲁语上》之"孟文子"，姓姬，本氏仲孙，后改氏孟，名谷，谥文伯，尊称子，公子庆父（共仲）之孙，公孙敖（穆伯）长子，戴己所出，仲孙难（惠叔）之兄，仲孙蔑（孟献子）之父，文公八年（前619）继父为卿，十四年（前613）嘱立其弟难为卿。其认为"夫位，政之建也；署，位之表也；车服，表之章也；宅，章之次也；禄，次之食也"（《国语·鲁语上》）④，主张以"位""署""车服""宅""禄"五制建政，恪守礼仪，守不失官，传世有《以位、署、车服、宅、禄之制建政论》（见《国语·鲁语上》）一文。

（四）仲孙蔑

《国语·周语中》韦《注》："孟献子，仲庆父之曾孙、公孙敖之孙、孟文伯歜（谷）之子仲孙蔑。"⑤文十四年《左传》杜《注》："（谷）子，孟献子。"文十五年《左传》杜《注》："（孟）献子，谷之子仲孙蔑。"⑥

谨案：孟文伯名谷，公父文伯名歜，《国语·周语中》韦《注》此涉公父文伯而误。又，襄十五年《左传》载宋向戌谓孟献子曰："子有令闻而美其室，非所望也。"⑦《国语·周语中》《礼记·檀弓上》《韩非子·外储说左下》《新序·刺奢篇》皆载有孟献子节俭之事，说与襄十五年《左传》皆异。笔者此不取襄十五年《左传》说。又，《国语·晋语九》《新序·刺奢篇》皆载仲孙蔑养士之事。则仲孙蔑（前？—前554），即文十五年、宣十四年、成五年、六年、十三年、十六年、十八年、

---

① 杜《注》："穆伯，公孙敖也。文伯，谷也。惠叔，难也……襄仲，公孙敖从父昆弟。"［晋］杜预注，［唐］孔颖达等正义：《春秋左传正义》，第1846页。
② ［三国吴］韦昭注，上海师范大学古籍整理研究所校点：《国语》，第171页。案："伯谷"，公序本作"文伯谷"。
③ ［晋］杜预注，［唐］孔颖达等正义：《春秋左传正义》，第1836、1854页。
④ ［三国吴］韦昭注，上海师范大学古籍整理研究所校点：《国语》，第171页。
⑤ ［三国吴］韦昭注，上海师范大学古籍整理研究所校点：《国语》，第76页。
⑥ ［晋］杜预注，［唐］孔颖达等正义：《春秋左传正义》，第1854、1855页。
⑦ ［晋］杜预注，［唐］孔颖达等正义：《春秋左传正义》，第1959页。

襄二年、三年、四年、五年、七年、十年、十三年、十五年《左传》之"孟献子",亦即成二年《左传》之"孟孙",姓姬,本氏仲(仲孙),后改氏孟(孟孙),名蔑,谥献子,公孙敖(穆伯)之孙,仲孙榖(文伯)之子,仲孙速(孟孺子、庄子)、仲孙它(子服它、子服仲叔)之父,文公十五年(前612)入仕理政,宣公九年(前600)为卿,襄公五年(前568)继季文子(季孙行父)秉国政,历仕文、宣、成、襄四君凡六十年(前612—前554)。其提出"礼,身之干也;敬,身之基也"(成十三年《左传》)① 说,恪守礼仪,勤于国事,生活俭朴,熟知典籍,尤谙习《诗》,开战国养士风气之先,传世有《诸侯朝聘之礼论》(见宣十四年《左传》)、《邾氏将亡论》(见成十三年《左传》)、《属鄫助赋论》(见襄四年《左传》)、《卜郊不礼论》(见襄七年《左传》)、《师竟有灾论》(见襄十年《左传》)诸文。

(五)仲孙羯

襄二十三年《左传》杜《注》:"(仲孙)羯,孟庄子之庶子孺子秩之弟(孟)孝伯也。"②

谨案:《礼记·檀弓上》孔《疏》引《世本》作"蔑生孝伯",此"孝"字当为"懿"字之讹,而孔《疏》又误以敬叔为桓公七世孙。此竟谓献子生羯,大误,故笔者此不取。③ 又,《困学纪闻》卷七:"东坡解孟庄子之孝为献子;石林谓以献子为穆伯之子,以惠叔为惠伯。读左氏不精,二者皆误。"④可见,鲁仲孙氏孝伯有二:一名佗,别为子服氏;一名羯,乃公孙敖之孙、仲孙速(孟庄子)庶子。则仲孙羯(前?—前542),即襄二十四年、二十八年、二十九年、三十一年《左传》《汉书·五行志中》之"孟孝伯",亦即襄二十五年、三十一年《左传》之"孝伯",亦即襄二十七年、三十一年《左传》之"孟孙",姓姬,本氏仲孙,改氏孟(孙),名羯,谥孝伯,仲孙蔑(孟献子)之孙,仲孙速(孟庄子)庶子,仲孙貜(孟僖子)之父,襄公二十三年(前550)继父职为卿。其提出"人生几何,谁能无偷"(襄三十一年《左传》)⑤ 说,传世有《人生无常论》(见襄三十一年《左传》)一文。

---

① [晋]杜预注,[唐]孔颖达等正义:《春秋左传正义》,第1911页。
② [晋]杜预注,[唐]孔颖达等正义:《春秋左传正义》,第1977页。
③ 说参:清雷学淇校辑《世本》卷上,[汉]宋衷注,[清]秦嘉谟等辑《世本八种》,第31—32页。
④ [宋]王应麟撰,孙通海校点:《困学纪闻》,辽宁教育出版社1998年校点四部丛刊三编影印傅增湘藏元刊本,第164页。
⑤ [晋]杜预注,[唐]孔颖达等正义:《春秋左传正义》,第2014页。

(六)仲孙何忌

《论语·为政篇》魏何晏《集解》引汉孔安国《论语训解》:"(孟懿子)鲁大夫仲孙何忌。懿,谥也。"①《鲁世家》裴骃《集解》引汉贾逵《左氏传解诂》说大同。昭二十五年《左传》杜《注》:"(孟)懿子,仲孙何忌。"②

谨案:仲孙何忌,谥懿子;敬叔,即仲孙说(阅),亦曰南宫敬叔,皆仲孙貜(孟僖子)之子。《左传》亦然。而《史记》不以敬叔为僖子之子,盖误,故笔者此不取。③ 又,据昭十一年《左传》孟僖子(仲孙貜)于鲁昭公十一年(前531)五月宿于薳氏,时间不久,则不得举二子,故杜《注》及各家俱谓似双生子。或以去年《左传》言其二子生于去年,然去年五月与薳氏宿,当于次年三月生子;《左传》系于上年者,盖探后叙事之法。故将仲孙何忌(孟懿子)、仲孙阅(南宫敬叔)二子生年系于鲁昭公十二年(前530)。又,《史记·仲尼弟子列传》《孔子家语·弟子解》均未载二人,但昭七年《左传》载仲孙貜临终嘱托诸大夫曰:"我若获没,必属说与何忌于夫子(孔丘),使事之,而学礼焉,以定其位。"④足见二子师从孔子以学礼。则仲孙何忌(前530年—前481),即昭七年、定元年、哀十四年《左传》《论语·为政篇》《孔丛子·论书篇》《史记·鲁世家》《汉书·古今人表》《论衡·问孔篇》《孔子家语·冠颂篇》之"孟懿子",姓姬,氏仲孙,名何忌,谥懿,仲孙羯(孝伯)之孙,仲孙貜(孟僖子)之子,仲孙阅(南宫敬叔)之弟,仲孙彘(孟武伯、彘支子)、公期之父,鲁卿士,孔丘弟子,传世有《晋誓》(见定六年《左传》)一文。

(七)仲孙貜

昭七年《左传》杜《注》:"僖子,仲孙貜……说,南宫敬叔;何忌,孟懿子;皆僖子之子。"⑤昭二十四年《春秋》杜《注》同。

谨案:《春秋经筌》卷十三:"貜,蔑之子,速之弟也。速无适子,以弟貜为后。貜幼,速庶子羯摄之。襄三十一年,羯卒,貜乃嗣爵。"⑥《古今姓氏书辩证·一

---

① [三国魏]何晏等注,[宋]邢昺疏:《论语注疏》,第16页。
② [晋]杜预注,[唐]孔颖达等正义:《春秋左传正义》,第2109页。
③ 参见:[清]张澍粹集补注《世本》卷五,[汉]宋衷注,[清]秦嘉谟等辑《世本八种》,第103页。
④ [晋]杜预注,[唐]孔颖达等正义:《春秋左传正义》,第2051页。
⑤ [晋]杜预注,[唐]孔颖达等正义:《春秋左传正义》,第2048、2051页。
⑥ [宋]赵鹏飞:《春秋经筌》,扬州广陵书社1996年影印清康熙十九年(1680)纳兰性德刻通志堂经解本,第134页。

送》《春秋分记·世谱一》《春秋比事》卷四并谓仲孙貜为仲孙羯(孝伯)之子,《春秋列国诸臣传》卷二十三又谓仲孙貜为仲孙蔑(孟献子)曾孙,《春秋本义》卷二十四又谓仲孙蔑(孟献子)为仲孙速(孟庄子)之子,说皆误。故笔者此不取。则仲孙貜(前？—前518),即昭七年《左传》之"孟僖子",亦即《史记·孔子世家》《汉书·古今人表》之"孟釐子",姓姬,氏仲孙,亦氏孟,名貜,谥僖,尊称子,仲孙速(孟庄子)之孙,仲孙羯(孟孝伯)之子,仲孙何忌(孟懿子)、仲孙阅(南宫敬叔)之父,襄公三十一年(前542)继立为卿。其提出"礼,人之干也。无礼,无以立"之说,尊崇"圣人有明德者,若不当世,其后必有达人"古训(昭七年《左传》)①,倡导学礼,勇于补过,尊崇孔丘,熟读典籍,传世有《遗诸大夫书》(见昭七年《左传》)一文。

二、子服氏与子服椒、子服回、子服何

(一)子服氏之族属

《古今姓氏书辩证·六止下》:"子服,出自姬姓,鲁公族,仲孙蔑之子佗,别为子服氏,谥懿伯,生子服惠伯椒,椒生子服景伯何。"②则鲁子服氏为仲孙氏(仲氏、孟氏、孟孙氏)之别,出于仲孙榖(文伯)之孙、仲孙蔑(孟献子)之子仲孙佗(懿伯、子服仲叔)。

(二)子服氏之世系

《礼记·檀弓上》孔《疏》引《世本》:"献子蔑生孝(懿)伯,孝(懿)伯生惠伯,惠伯生昭伯,昭伯生景伯。"③《国语·周语中》韦《注》:"孟献子,仲庆父之曾孙、公孙敖之孙、孟文伯歜(榖)之子仲孙蔑。"《鲁语上》韦《注》:"仲孙它,鲁孟献子之子子服它也。"④文十四年《左传》杜《注》:"(榖)子,孟献子。"文十五年《左传》杜《注》:"(孟)献子,榖之子仲孙蔑。"⑤《春秋释例·世族谱上》:"子服氏,懿伯,子服仲叔也,仲叔蔑之子;孟椒,子服惠伯,子服椒;子服昭伯,惠伯子子服回;子服景伯,子服何。"⑥《春秋分记·世谱六》:"孟氏别祖庆父,《公子谱》之四世也;

---

① [晋]杜预注,[唐]孔颖达等正义:《春秋左传正义》,第2051页。
② [宋]邓名世撰,王力平点校:《古今姓氏书辩证》,第332页。案:据《世本》,邓氏此缺"昭伯"一世。
③ [汉]郑玄注,[唐]孔颖达等正义:《礼记正义》,第1274页。
④ [三国吴]韦昭注,上海师范大学古籍整理研究所校点:《国语》,第76、184页。
⑤ [晋]杜预注,[唐]孔颖达等正义:《春秋左传正义》,第1854、1855页。
⑥ [晋]杜预:《春秋释例》,第334—335页。

生敖;敖生二子:曰縠,曰难(难无后);谷生蔑;蔑生二子:曰速,曰子服仲叔(仲叔后为子服氏)……仲叔生椒,椒生回;回生何。"①则春秋时期鲁子服氏世系为:仲孙縠→仲孙蔑→仲孙佗→子服椒→子服回→子服何。

(三)子服椒

《国语·鲁语下》韦《注》:"惠伯,鲁大夫,仲孙他之子子服椒也。"②襄二十三年《左传》杜《注》:"(孟椒),孟献子之孙子服惠伯。"昭三年《左传》杜《注》:"惠伯,子服椒也。"昭十三年《左传》杜《注》:"(子服)湫,子服惠伯。"③

谨案:鲁有两惠伯:一是叔仲惠伯,于惠叔为从祖昆弟;二是子服惠伯,名椒,孟献子之孙,于惠叔为从曾孙。则子服椒,即襄二十三年《左传》之"孟椒",亦即襄二十三年《左传》之"子服惠伯",亦即襄二十八年《左传》之"子服子",亦即昭三年《左传》之"惠伯",亦即昭十三年《左传》之"子服湫",亦即昭十六年《左传》之"子服氏",姓姬,本氏仲孙,别氏子服,名椒(一作"湫"),字孟椒,谥惠伯,尊称子,仲孙蔑(孟献子)之孙,叔仲它(懿伯、子服它、子服仲叔)之子,子服回(昭伯)之父,历仕襄、昭二君凡二十年(前548—前529),生卒年未详(前548—前529在世)。其提出"中不忠,不得其色;下不共,不得其饰;事不善,不得其极。外内倡和为忠,率事以信为共,供养三德为善"(昭十二年《左传》)④说,以"忠""信""极"为"三德";提出"夫盟,信之要也",主张"盟主,是主信也"(《国语·鲁语下》)⑤;倡导"臣一主二"古训,提出"亲亲、与大、赏共、罚否,所以为盟主"(昭十三年《左传》)⑥说,熟知典籍,尤谙习《易》,传世有《答叔向告于诸侯书》(见襄二十五年《左传》)、《忠、信、极三德论》(见昭十二年《左传》)、《贰心必失诸侯论》《盟主主信论》(俱见《国语·鲁语下》)、《亲亲、与大、赏共、罚否论》(见昭十三年《左传》)诸文⑦。

(四)子服回

昭十六年《左传》载鲁卿士季平子(季孙意如)曰:"子服回之言犹信。子服

---

① [宋]程公说:《春秋分记》,第130页。
② [三国吴]韦昭注,上海师范大学古籍整理研究所校点:《国语》,第192页。
③ [晋]杜预注,[唐]孔颖达等正义:《春秋左传正义》,第1978、2030、2073页。
④ [晋]杜预注,[唐]孔颖达等正义:《春秋左传正义》,第2063页。
⑤ [三国吴]韦昭注,上海师范大学古籍整理研究所校点:《国语》,第192页。
⑥ [晋]杜预注,[唐]孔颖达等正义:《春秋左传正义》,第2073页。
⑦ 《忠、信、极三德论》,《文章正宗》卷五题作《论黄裳元吉》。

氏有子哉!"昭十六年《左传》杜《注》:"(子服)昭伯,惠伯之子子服回也。"昭二十三年《左传》杜《注》:"子服回,鲁大夫,为叔孙之介副。"①《晏子春秋音义》卷下:"《左传》昭十六年有子服昭伯,杜预《注》:'惠伯之子子服回也。'疑即此人。"②则子服回,即昭十六年、二十三年《左传》之"子服昭伯",亦即《晏子春秋·内篇杂上》之"子叔昭伯",姓姬,本氏仲孙,别氏子服,名回,谥昭伯,仲叔(懿伯)之孙,子服椒(子服湫、孟椒、惠伯)之子,子服何(景伯)之父,鲁大夫,生卒年未详(前526年—前516在世)。其认为晋公室将卑的主要原因为"君幼弱,六卿强而奢傲,将因是以习,习实为常"(昭十六年《左传》)③,传世有《晋公室将卑论》(见昭十六年《左传》)一文。

(五) 子服何

《礼记·檀弓上》郑《注》:"子服伯子,盖仲孙蔑之玄孙子服景伯。"④《论语·宪问篇》何晏《集解》引汉马融《论语训说》:"(子服景伯)鲁大夫子服何忌也。"⑤《国语·鲁语下》韦《注》:"景伯,鲁大夫,子服惠伯之孙、昭伯之子子服何也。"⑥哀三年《左传》杜《注》:"景伯,子服何也。"⑦《礼记·檀弓上》孔《疏》:"景是谥,伯是字也。"⑧《论语·宪问篇》朱熹《集注》:"子服氏,景谥,伯字,鲁大夫子服何也。"⑨

谨案:马氏《论语训说》之"子服何忌"当为"子服何"之讹,"忌"乃衍文。⑩又,《史记·仲尼弟子列传》《孔子家语·弟子解》无子服何,但《论语·宪问篇》有子服景伯告孔子公伯寮愬子路于季孙之事,《子张篇》又有子服景伯告子贡叔孙武叔语大夫"子贡贤于仲尼"之事,则其与孔子及其门人关系密切。宋洪适《隶续》卷十七著录有东汉僖平二年(173)鲁峻石碑残画像七十二子有子景伯

---

① [晋]杜预注,[唐]孔颖达等正义:《春秋左传正义》,第2080、2080、2101页。
② [清]孙星衍:《晏子春秋音义》,中华书局丛书集成初编1985年影印经训堂丛书本,第65页。
③ [晋]杜预注,[唐]孔颖达等正义:《春秋左传正义》,第2080页。
④ [汉]郑玄注,[唐]孔颖达等正义:《礼记正义》,第1273页。
⑤ [三国魏]何晏集解,[南朝梁]皇侃义疏:《论语集解义疏》,第206页。案:今本《论语注疏》以此为孔安国《论语训解》语。
⑥ [三国吴]韦昭注,上海师范大学古籍整理研究所校点:《国语》,第216页。
⑦ [晋]杜预注,[唐]孔颖达等正义:《春秋左传正义》,第2157页。
⑧ [汉]郑玄注,[唐]孔颖达等正义:《礼记正义》,第1274页。案:[清]秦嘉谟粹集补《世本》卷十谓景伯为谥,亦可备一说。
⑨ [宋]朱熹:《四书章句集注》,中华书局1983年新编诸子集成本,第158页。
⑩ 说详:[明]陈士元《论语类考》卷八。

(子服何),故《隶续》卷十七引唐刘怀玉《孔圣真宗录》将其列为孔子弟子。则子服何,即《论语·宪问篇》《子张篇》《国语·鲁语下》、哀三年、七年、十二年、十三年、十五年《左传》《史记·十二诸侯年表》《鲁世家》《仲尼弟子列传》《说苑·正谏篇》《汉书·古今人表》《论衡·治期篇》《孔子家语·辨物篇》之"子服景伯",亦即哀十年《左传》之"景伯",亦即《礼记·檀弓上》《孔子家语·曲礼公西赤问篇》之"子服伯子",姓姬,本氏仲孙,更氏孟孙,别氏子服,名何,字伯,谥景,尊称伯子,子服椒(孟椒、惠伯、子服湫、子服子、子服氏)之孙,子服回(昭伯)之子,鲁大夫,师事仲尼,生卒年未详(前492—前480在世)。其恪守礼仪,主张霸主应"以礼命于诸侯"(哀七年《左传》)①;崇尚德政,提出"小所以事大,信也;大所以保小,仁也"所谓"二德"说,主张"民保于城,城保于德"(哀七年《左传》)②;倡导"王合诸侯,则伯帅侯牧以见于王;伯合诸侯,则侯帅子、男以见于伯"(哀十三年《左传》)③古制,反对霸主僭越礼制;传世有《弃礼则淫论》(见哀七年《左传》)、《城保于德论》(见哀七年《左传》)、《城下之盟论》(见哀八年《左传》)、《职贡之制论》《请归鲁供祭事书》(俱见哀十三年《左传》)、《舍嫡立庶为古之道论》(见《礼记·檀弓上》)诸文④。

三、南宫氏与南宫适

(一)南宫氏之族属

《古今姓氏书辩证·二十二覃》:"南宫,其先有食邑南宫者,以邑为氏。"⑤《通志·氏族略三》:"南宫氏,姬姓,孟僖子之后也……仲尼弟子南宫绦,字子容,鲁人。"⑥《姓氏急就篇》卷下:"南宫氏……孔子弟子鲁南宫适,敬叔,一名说,一名绦。"⑦则鲁南宫氏为仲孙氏之别,出于仲孙羯(孟孝伯)之孙、仲孙貜(孟僖子)之子仲孙阅(南宫敬叔)。

(二)南宫氏之世系

昭十一年《左传》:"泉丘人有女,梦以其帷幕孟氏之庙,遂奔僖子,其僚从

---

① [晋]杜预注,[唐]孔颖达等正义:《春秋左传正义》,第2162页。
② [晋]杜预注,[唐]孔颖达等正义:《春秋左传正义》,第2163页。
③ [晋]杜预注,[唐]孔颖达等正义:《春秋左传正义》,第2171页。
④ 《职贡之制论》《请归鲁供祭事书》,《文章正宗·辞命二》并题作《对吴使者》。
⑤ [宋]邓名世撰,王力平点校:《古今姓氏书辩证》,第292页。
⑥ [宋]郑樵撰,王树民点校:《通志二十略》,第101页。
⑦ [宋]王应麟:《姓氏急就篇》,第45页。

之……(僖子)反自裋祥,宿于薳氏,生懿子及南宫敬叔于泉丘人。其僚无子,使字敬叔。"①《史记·孔子世家》司马贞《索隐》引《世本》:"敬叔与懿子,皆孟僖子之子。"②《元和姓纂·二十二覃》《名贤氏族言行类稿》卷五十五并引《世本》:"鲁孟献(僖)子生阅,号南宫敬叔,叔生路,路生会,会生虔,为南宫氏。"③《礼记·檀弓上》郑《注》:"敬叔,鲁孟僖子之子仲孙阅。"④《国语·鲁语下》韦《注》:"敬叔,鲁大夫,孟僖子之子、懿子之弟南宫说也。"⑤昭七年《左传》杜《注》:"僖子,仲孙貜……说,南宫敬叔;何忌,孟懿子;皆僖子之子。"⑥《汉书·五行志上》颜《注》:"孟孝伯,鲁大夫。仲孙羯也。"⑦

谨案:据昭十一年《左传》孟僖子(仲孙貜)于鲁昭公十一年(前531)五月宿于薳氏,时间不久,则不得举二子,故杜《注》及各家俱谓似双生子。或以去年《左传》言其二子生于去年,然去年五月与薳氏宿,当于次年三月生;《左传》系于上年者,盖探后叙事之法。故将仲孙何忌(孟懿子)、仲孙阅(南宫敬叔)二子生年系于鲁昭公十二年(前530)。又,仲孙何忌,谥懿子;敬叔,即仲孙说(阅),亦曰南宫敬叔。皆仲孙貜(孟僖子)之子。《左传》亦然。而《史记》不以敬叔为僖子之子,盖误。⑧ 又,《世本》所谓"南宫虔",贤者,皋子之徒,见《吕氏春秋·求人篇》;《世本》所谓"南宫路""南宫会",未详所见。又,《春秋经筌》卷十三:"貜,蔑之子,速之弟也。速无适子,以弟貜为后。貜幼,速庶子羯摄之。襄三十一年,羯卒,貜乃嗣爵。"⑨《古今姓氏书辩证·一送》《春秋分记·世谱一》《春秋比事》卷四并谓仲孙貜为仲孙羯(孝伯)之子,《春秋列国诸臣传》卷二十三又谓仲孙貜为仲孙蔑(孟献子)曾孙,《春秋本义》卷二十四又谓仲孙蔑(孟献子)为仲孙速(孟庄子)之子。说皆误,故笔者此不取。则春秋时期鲁南宫氏世系为:仲孙

---

① [晋]杜预注,[唐]孔颖达等正义:《春秋左传正义》,第2060页。
② [汉]司马迁撰,[晋]裴骃集解,[唐]司马贞索隐,[唐]张守节正义,郭逸、郭曼标点:《史记》,第1495页。
③ [唐]林宝撰,[清]孙星衍校辑,郁贤皓、陶敏整理点校:《元和姓纂》,第759页。案:此据《元和姓纂》引文。《名贤氏族类言行稿》卷五十五引作:"鲁桓公后孟僖子生阅,号南宫敬叔,生路,生会,生虔,南宫氏。"则《元和姓纂》"孟献子"当为"孟僖子"之误。
④ [汉]郑玄注,[唐]孔颖达等正义:《礼记正义》,第1290页。
⑤ [三国吴]韦昭注,上海师范大学古籍整理研究所点:《国语》,第203页。
⑥ [晋]杜预注,[唐]孔颖达等正义:《春秋左传正义》,第2048—2051页。
⑦ [汉]班固撰,[唐]颜师古注,傅东华等点校:《汉书》,第1351页。
⑧ 参见:[清]张澍稡集补注《世本》卷五,[清]秦嘉谟等辑《世本八种》,上海商务印书馆排印本,1957年。
⑨ [宋]赵鹏飞:《春秋经筌》,第134页。

羯→仲孙貜→仲孙阅→南宫适、南宫路,南宫路→南宫会→南宫虔。

(三)南宫适

关于孔子弟子南宫适其名,先哲时贤主要有五说:一曰适,《论语·宪问篇》:"南宫适问于孔子曰:'羿善射,奡荡舟,俱不得其死然;禹稷躬稼,而有天下。'夫子不答,南宫适出。子曰:'君子哉若人!尚德哉若人!'"①二曰容,《论语·公冶长篇》:"子谓南容:'邦有道,不废;邦无道,免于刑戮。'"②《先进篇》同。三曰绦,《礼记·檀弓上》:"南宫绦之妻之姑之丧,夫子诲之。"③《大戴礼记·卫将军文子篇》载子贡(端木赐)对文子(公孙朩)曰:"独居思仁,公言言义,其闻之《诗》也,一日三复白圭之玷,是南宫绦之行也。夫子信其仁,以为异姓。"④四曰括,《史记·仲尼弟子列传》:"南宫括,字子容。"⑤五曰阅,《论语·宪问篇》何晏《集解》引汉孔安国《论语训解》:"(南宫)适,南宫敬叔,鲁大夫也。"⑥

今考:一人五名,断无此理,故自宋以降学者多辨之。其说主要有二:一为"南宫适""南宫容""南宫绦""南宫括"与"南宫敬叔"为一人说,《融堂四书管见》卷三:"南容,孔子弟子,居南宫,名绦,又名适,字子容,谥敬叔,孟懿子之兄。"《融堂四书管见》卷七:"南宫适,即南容也。"二为"南宫适""南容""南宫绦""南宫括"与"南宫敬叔""南宫绦"非一人说⑦,《四书賸言补》卷五:"'子谓南容',按:容与南宫绦似一人,《家语》以'三复白圭'为南宫绦之行;而《檀弓》以绦妻为孔子兄女,孔子因其姑之丧而为之诲髽。此与'三复白圭'妻孔氏女事相合,或是一人,未可知也。若南宫适不知何人,孔氏误认作容,而《史记索隐》并谓容即敬叔,此是妄注。敬叔本公族,与《家语》及王肃《论语注》称容为鲁人者大别,即曾受僖子命与其兄懿子学礼孔子,然并不在弟子之列,《史记》《家语》所载弟子祇容一人。向使容即敬叔,则未有载敬叔不载懿子者。至绦妻姑丧,孔子诲兄女

---

① [三国魏]何晏等注,[宋]邢昺疏:《论语注疏》,第2510页。
② [三国魏]何晏等注,[宋]邢昺疏:《论语注疏》,第2473页。
③ [汉]郑玄注,[唐]孔颖达等正义:《礼记正义》,第1278页。
④ 卢《注》:"南宫绦,鲁人也,字子容。异姓,谓以兄之子妻之。"[汉]戴德撰,[北周]卢辩注,[清]王聘珍解诂,王文锦点校:《大戴礼记解诂》,第111页。
⑤ [汉]司马迁撰,[晋]裴骃集解,[唐]司马贞索隐,[唐]张守节正义,郭逸、郭曼标点:《史记》,第1710页。
⑥ [三国魏]何晏集解,[南朝梁]皇侃义疏:《论语集解义疏》,第191页。案:据《元和姓纂·二十二覃》《名贤氏族言行类稿》卷五十五并引《世本》及《礼记·檀弓上》郑《注》《国语·鲁语下》韦《注》、昭七年《左传》杜《注》,南宫敬叔,即仲孙阅。则孔氏《论语训解》之"适"即"悦"或"阅"。
⑦ 详见:《礼记·檀弓上》《大戴礼记·卫将军文子篇》《孔子家语·七十二弟子解》《曲礼子贡问篇》及《礼记·檀弓上》孔《疏》《论语·公冶长篇》邢《疏》并引《世本》。

鬓法。若是敬叔,则此姑者孟僖子妻也。其丧在孟氏,或庙,或寝,夫子亦安得悔之?况世族丧服,自有仪法,不容悔也。至若《史记》《家语》各载敬叔从孔子适周,见金人缄口,孔子戒以谨言事,与容无涉。"①其《西河集·答柴陛升论子贡弟子书》说同,《四书释地续·居南宫》《四书逸笺·南宫适》《绎史·孔门诸子言行四》《经义考·承师一》《曝书亭集·孔子弟子考》皆大同②。笔者此从毛氏《四书賸言补》说。则南宫适,即《论语·公冶长篇》《先进篇》《汉书·古今人表》之"南容",亦即《礼记·檀弓上》《大戴礼记·卫将军文子篇》《孔子家语·七十二弟子解》《曲礼子贡问篇》之"南宫縚",亦即《史记·仲尼弟子列传》之"南宫括",姓姬,本氏仲孙(孟孙),别氏南宫,名适(一作"括"),字子容,仲孙貜(孟僖子)之孙,仲孙阅(南宫敬叔)之子,孟皮女婿,孔子侄婿,孔门前辈弟子,卒于鲁,生卒年未详③。其提出"禹、稷躬稼而有天下"(《论语·宪问篇》)④说,主张修身与出仕兼得,不尚兵刑而尚道德,言语谨慎,孔子美其为"君子",传世有《禹稷躬稼而有天下论》(见《宪问篇》)一文⑤。

四、公山氏与公山不狃

(一)公山氏之族属与世系

《元和姓纂·一东》:"公山,鲁公山不狃,一作'不扰'。"⑥《古今姓氏书辩证·一东下》:"公山,《左传》鲁人公山不狃以费畔季氏,而奔吴为大夫。不狃,字子洩。"⑦《通志·氏族略三》:"公山氏,鲁有公山不狃,为季氏宰。"⑧清秦嘉谟辑补《世本》卷七上:"王符叙鲁公族,以公山氏在子服氏下、南宫氏上,则公山氏则孟氏支子也。"⑨王梓材撰本《世本集览》卷六:"孟孙氏,亦称仲孙氏,孟氏别为

---

① [清]毛奇龄:《四书賸言补》,凤凰出版社 2005 年影印阮元刻皇清经解本,第 1338 页。
② 《论语·公冶长篇》《宪问篇》《先进篇》《里仁篇》《史记·仲尼弟子列传》《孔子家语·七十二弟子解》皆载南宫适言行,此不具引。
③ 《大清一统志·兖州府二》:"南宫适墓,在邹县西十里。"[清]高宗敕纂:《大清一统志》,上海古籍出版社四部丛刊续编 2008 年影印清史馆藏进呈写本。《山东通志·陵墓志》:"南容子子容墓,在(邹)县西十里。"[清]岳濬等编修:《山东通志》,上海古籍出版社 1987 年影印渊阁四库全书本,第 119 页。
④ [三国魏]何晏等注,[宋]邢昺疏:《论语注疏》,第 2510 页。
⑤ 南宫适于汉永平十五年(72)为受祀孔丘七十二弟子之一,唐开元二十七年(739)追封为"郯伯",宋大中祥符二年(1009)晋封为"龚丘侯"。
⑥ [唐]林宝撰,[清]孙星衍校辑,郁贤皓、陶敏整理点校:《元和姓纂》,第 31—32 页。
⑦ [宋]邓名世撰,王力平点校:《古今姓氏书辩证》,第 22 页。
⑧ [宋]郑樵撰,王树民点校:《通志二十略》,第 108 页。
⑨ [清]秦嘉谟辑补:《世本》,[汉]宋衷注,[清]秦嘉谟等辑《世本八种》,第 199 页。

子服氏、南宫氏、阳氏、公山氏。"①则鲁公山氏为仲孙氏（仲氏、孟氏、孟孙氏）之别，出于仲孙谷（文伯）之孙仲孙蔑（孟献子）之子仲孙佗（懿伯、子服仲叔），其世系未详。

（二）公山不狃

《论语·阳货篇》何晏《集解》《史记·孔子世家》裴骃《集解》并引汉孔安国《论语训解》："（公山）弗扰（不狃）为季氏宰。"②定五年《左传》杜《注》："（公山）不狃，季氏臣费宰子洩也。"③《春秋释例·世族谱上》说同。《史记·孔子世家》司马贞《索隐》："狃，音女久反。邹氏云一作'蹂'。《论语》作'弗扰'。"④《汉书·古今人表》"公山不狃"颜《注》："即公山不扰也。音人九反。"⑤《论语类考·人物考》卷八："元按：公山弗扰，《左传》作'公山不狃'，字子洩。盖阳虎之党也。"⑥《唐律释文》卷一："（费）音秘。鲁邑也。公山弗扰为其宰，遂以费叛鲁，而归属齐国也……公山氏，名弗扰，鲁国之士也。"⑦《春秋名字解诂》卷上："'扰'，假借字也，古音'狃'与'扰'同。"⑧《此木轩四书说》卷七："公山不狃，身在吴师，乃心宗国，尽其忠谋，可谓有君子之心矣。其据费邑召夫子，定与阳虎不同。"⑨

谨案：《论语·阳货篇》梁皇侃义疏本作"公山不扰"，定五年、八年、十二年、哀八年《左传》《史记·孔子世家》《汉书·古今人表》并作"公山不狃"。则公山不狃，即《论语·阳货篇》之"公山弗扰"，《汉书·古今人表》颜《注》之"公山不扰"，姓姬，氏公山，名不狃（一作"弗扰"），字子洩，季孙氏费邑宰，定八年（前502）因阳虎以费邑叛季孙氏，十三年（前497）帅费人袭鲁不克而奔齐适吴，生卒

---

① ［清］王梓材撰本：《世本集览》，［汉］宋衷注，［清］秦嘉谟等辑《世本八种》，第27页。
② ［汉］司马迁撰，［晋］裴骃集解，［唐］司马贞索隐，［唐］张守节正义，郭逸、郭曼标点：《史记》，第1499页。
③ ［晋］杜预注，［唐］孔颖达等正义：《春秋左传正义》，第2139页。
④ ［汉］司马迁撰，［晋］裴骃集解，［唐］司马贞索隐，［唐］张守节正义，郭逸、郭曼标点：《史记》，第1499页。
⑤ ［汉］班固撰，［唐］颜师古注，傅东华等点校：《汉书》，第936—937页。
⑥ ［明］陈士元：《论语类考》，上海古籍出版社1987年影印文渊阁四库全书本，第180页。
⑦ ［元］王元亮重编：《唐律释文》，［唐］长孙无忌：《唐律疏议》，中华书局1983年点校清嘉庆十三年（1808）孙星衍刊顾广圻校岱南阁丛书本，第619页。
⑧ ［清］王引之：《春秋名字解诂》，《经义述闻》，凤凰出版社2005年影印阮元刻皇清经解本，第9275页。
⑨ ［清］焦袁熹：《此木轩四书说》，上海古籍出版社1987年影印文渊阁四库全书本，第616页。

年未详(前505—前487在世)。其推崇"唇亡齿寒"古谚,倡导为宗国死节,提出"君子违,不适雠国"(哀八年《左传》)[1]说,传世有《为宗国死节论》《吴不可伐鲁论》(俱见哀八年《左传》)诸文。

五、叔孙氏与叔孙侨如、叔孙豹、叔孙婼、叔孙不敢、叔孙州仇、叔孙舒

(一)叔孙氏之族属

庄三十二年《春秋》:"秋七月癸巳,公子牙卒。"《左传》:"公疾,问后于叔牙。对曰:'庆父材。'问于季友,对曰:'臣以死奉般。'公曰:'乡者牙曰庆父材。'成季使以君命命僖叔,待于鍼巫氏,使鍼季酖之,曰:'饮此则有后于鲁国,不然,死且无后。'饮之,归及逵泉而卒,立叔孙氏。"[2]《元和姓纂·一屋》:"叔孙,鲁桓公子叔牙生兹,号叔孙,亦为氏。(兹)生得臣,得臣生豹,豹生婼,婼生不敢,不敢生舒。"[3]《古今姓氏书辩证·一屋》:"叔孙,出自姬姓。鲁桓公第三子叔牙,谥僖叔,立其后为叔孙氏。僖叔生戴伯兹,兹生庄叔得臣,得臣生宣伯侨如及穆叔豹,豹生昭子婼。世系具《春秋人谱》。"[4]《通志·氏族略五》:"叔孙氏,鲁公子牙之后。叔牙与庆父同母,庆父弑闵公,故牙有罪,饮鸩而死。遂立公子兹,为叔孙氏,亦曰叔仲氏,即叔氏也。"[5]则鲁叔孙氏(叔氏)为季历(公季)之孙、文王昌(西伯)庶子周公旦后裔,出于惠公弗湟(一作"弗皇",又作"弗生")之孙、桓公允第三子公子牙(叔牙、僖叔)。

(二)叔孙氏之世系考

《礼记·檀弓上》孔《疏》《论语·子张篇》邢《疏》并引《世本》:"桓公生僖叔牙,牙生戴伯兹,兹生庄叔得臣,臣生穆叔豹,豹生昭子婼,婼生成子不敢,敢生武叔州仇。"[6]僖四年《春秋》杜《注》:"公孙兹,叔牙子叔孙戴伯。"僖四年《左传》杜《注》:"(叔孙戴伯)戴,谥也。"文元年《春秋》杜《注》:"(叔孙)得臣,叔牙之

---

① [晋]杜预注,[唐]孔颖达等正义:《春秋左传正义》,第2164页。
② 杜《注》:"(公子)牙,庆父同母弟僖叔也。"[晋]杜预注,[唐]孔颖达等正义:《春秋左传正义》,第1783—1784页。
③ [唐]林宝撰,[清]孙星衍校辑,郁贤皓、陶敏整理点校:《元和姓纂》,第1451—1452。案:据《礼记·檀弓上》孔《疏》《论语·子张篇》邢《疏》并引《世本》,此缺"叔孙州仇"一世。
④ [宋]邓名世撰,王力平点校:《古今姓氏书辩证》,第553页。
⑤ [宋]郑樵撰,王树民点校:《通志二十略》,第168页。
⑥ [汉]郑玄注,[唐]孔颖达等正义:《礼记正义》,第1289页。案:此据《檀弓上》孔《疏》引文。《子张篇》邢《疏》引作:"州仇,公子叔牙六世孙,叔孙不敢子也。"[三国魏]何晏等注,[宋]邢昺疏:《论语注疏》,第2533页。

孙。"昭五年《左传》杜《注》:"庄叔,穆子父得臣也。"定十年《春秋》杜《注》:"郈,叔孙氏邑。"定十年《左传》杜《注》:"(公若)藐,叔孙氏之族。"①《春秋释例·世族谱上》:"叔孙氏,公子牙,庆父同母弟,即僖叔也;公孙兹,牙之子,戴伯也;叔孙得臣,牙之孙,庄叔也;叔孙侨如,得臣之子,叔孙宣伯;叔孙豹,侨如之弟,穆叔也,即穆子;叔孙昭子,叔孙豹之庶子,叔孙婼也;叔孙成子,昭子之子,叔孙不敢;叔孙武叔,成子之子,叔孙州仇;叔孙舒,武叔之子文子也。国姜,叔孙豹妻,生孟丙及仲壬。庚宗妇人,叔孙豹外妻,生竖牛。孟丙,叔孙豹子;仲壬,丙之弟;竖牛,叔孙豹子。"②《春秋分记·世谱六》:"惠公生三子:曰隐公(无后),曰桓公,曰施父(后为施氏),为三世;桓公生四子:曰庄公,曰庆父(后为仲氏),曰叔牙(后为叔氏),曰季友(后为季氏),为四世……叔氏别祖公子牙,《公子谱》之四世也;生兹;兹生二子:曰得臣,曰叔仲彭生(彭生之后为叔仲氏);得臣生二子:曰侨如(奔齐),曰豹;豹生四子:曰牛,曰丙,曰壬(三子无后),曰婼;婼生不敢;不敢生州仇;州仇生二子:曰舒,曰辄。"③

谨案:叔牙,庆父同母弟;兹,即公孙兹;得臣获长狄侨如,以名其子;豹,侨如弟。又,得臣之子虺,见文十一年《左传》;婼,豹庶子,豹之子有孟丙、仲壬、竖牛,见昭四年《左传》;叔孙辄,见定八年《左传》,杜《注》:"辄,叔孙氏之庶子。"④足见虺、婼、丙、壬、牛辄,皆非正嫡。又,据襄三十年《左传》,叔孙得臣生三子:曰侨如,曰虺,曰豹。又,昭五年《左传》:"竖牛惧,奔齐。孟、仲之子杀诸塞关之外,投其首于宁风之棘上。"⑤则不可谓孟、仲无子,唯其名失载而已。又,据《古今姓氏书辩证·六止》引《世本》《元和姓纂·六止》《通志·氏族略三》,叔孙不敢(成子)之子除叔孙州仇之外,尚有二子:叔孙申,字子我;叔孙齐季,字子士。则叔孙氏世系为:公子牙→公孙兹→叔孙得臣、叔仲彭生(别为叔仲氏)→叔孙侨如(无后)、叔孙虺(无后)、叔孙豹→叔孙竖牛(无后)、叔孙孟丙(无后)、叔孙仲壬(无后)、叔孙婼→叔孙不敢→叔孙州仇、叔孙申(别为子我氏)、叔孙齐季(别为子士氏)→叔孙舒、叔孙辄。

---

① [晋]杜预注,[唐]孔颖达等正义:《春秋左传正义》,第1792、1793、1836、2040、2147、2148页。
② [晋]杜预:《春秋释例》,第335—337页。
③ [宋]程公说:《春秋分记》,第129、130页。
④ [晋]杜预注,[唐]孔颖达等正义:《春秋左传正义》,第2143页。
⑤ [晋]杜预注,[唐]孔颖达等正义:《春秋左传正义》,第2040页。

(三)叔孙侨如

文十一年《左传》:"冬十月甲午,败狄于鹹,获长狄侨如。富父终甥摏(桩)其喉以戈,杀之,埋其首于子驹之门,以命宣伯。"襄三十年《左传》:"叔孙庄叔于是乎败狄于鹹,获长狄侨如及虺也豹也,而皆以名其子。"①《史记·鲁世家》裴骃《集解》引汉服虔《春秋左氏传解》:"宣伯,叔孙得臣子乔如也。得臣获乔如以名其子,使后世旌识其功。"②《国语·周语中》韦《注》:"叔孙宣子,叔牙之曾孙、庄叔得臣之子叔孙侨如也……宣伯,侨如也。"《周语下》韦《注》:"长翟之人,谓叔孙侨如也。侨如之父得臣败翟于咸,获长翟侨如,因名其子为侨如。"③成三年《左传》杜《注》:"(叔孙)侨如,叔孙得臣子。"襄二十五年《左传》杜《注》:"(叔孙)宣伯,鲁叔孙侨如。"④则叔孙侨如,即文十一年、成五年、八年、十一年、十三年、十四年、十六年、昭四年《左传》《国语·周语中》《史记·鲁世家》之"宣伯",亦即成六年、襄二十五年《左传》之"叔孙宣伯",亦即襄三十年《左传》之"侨如",亦即《国语·周语中》之"叔孙宣子",亦即《国语·周语下》之"长翟之人",姓姬,氏叔孙,名侨如,谥宣伯,尊称子,公孙兹(叔孙戴伯)之孙,叔孙得臣(庄叔)之子,叔孙虺、叔孙豹(穆叔、穆子)之兄,宣公五年(前604)继父为卿,成公十六年(前575)出奔齐,旋即奔卫,亦间于卿,生卒年未详(前615—前575在世),传世有《告郤犨书》(见成十六年《左传》)一文。

(四)叔孙豹

襄二十九年《左传》载吴公子札论叔孙穆子(叔孙豹)曰:"好善而不能择人。"昭元年《左传》载赵孟(赵武)美叔孙豹曰:"临患不忘国,忠也。思难不越官,信也;图国忘死,贞也;谋主三者,义也。"昭四年《左传》:"初,穆子去叔孙氏,及庚宗,遇妇人,使私为食而宿焉……适齐,娶于国氏,生孟丙、仲壬。"⑤《国语·周语上》韦《注》:"穆仲,仲山父之谥,犹鲁叔孙穆子谓之穆叔。"《鲁语下》韦

---

① 杜《注》:"庄叔,得臣……叔孙侨如、叔孙豹,皆取长狄名。"[晋]杜预注,[唐]孔颖达等正义:《春秋左传正义》,第1850、2011页。
② [汉]司马迁撰,[晋]裴骃集解,[唐]司马贞索隐,[唐]张守节正义,郭逸、郭曼标点:《史记》,第1235页。
③ [三国吴]韦昭注,上海师范大学古籍整理研究所校点:《国语》,第76—79、93页。
④ [晋]杜预注,[唐]孔颖达等正义:《春秋左传正义》,第1900、1983页。
⑤ 杜《注》:"国氏,齐正卿,姜姓。"[晋]杜预注,[唐]孔颖达等正义:《春秋左传正义》,第2006、2020、2036页。

《注》:"穆子,鲁卿,叔孙得臣之子豹也……穆子,鲁卿叔孙豹也。"①成十六年《左传》杜《注》:"(叔孙)豹,叔孙侨如弟也。"②则叔孙豹(前?—前538),即襄二年、四年、五年、六年、七年、十六年、十九年、二十二年、二十四年、二十八年、二十九年、三十年、三十一年、昭元年、三年《左传》之"穆叔",亦即襄七年、十一年、十四年、二十八年、二十九年《左传》之"叔孙穆子",姓姬,氏叔孙,名豹,谥穆子,公孙兹(叔孙戴伯)之孙,叔孙得臣(庄叔)季子,叔孙侨如(宣伯)、叔孙虺之弟,叔孙牛(竖牛)、叔孙丙(孟丙)、叔孙壬(仲壬)、叔孙婼(昭子)之父,成公十六年(前575)继其兄叔孙侨如为卿,历仕成、襄、昭三君凡三十八年(前575—前538)。其倡导"大上有立德,其次有立功,其次有立言"(襄二十四年《左传》)这一"三不朽"古训,推崇"怀和为每怀,咨才为诹,咨事为谋,咨义为度,咨亲为询,忠信为周"(《国语·鲁语下》)古说,提出"怀""诹""谋""度""询""周"为"六德"说,重民轻君,恪守礼仪,为人好善,精通音律,熟知典籍,尤谙《诗》《书》,传世有《别飨礼以重六德论》(见《国语·鲁语下》)、《臣不臣为亡之本论》(见襄七年《左传》)、《天子、元侯、诸侯之军制论》(见《国语·鲁语下》)、《死而不朽论》(见襄二十四年《左传》)、《车服之制论》(见襄二十七年《左传》)、《富论》《敬为民之主论》(俱见襄二十八年《左传》)、《被殡之礼论》(见襄二十九年《左传》)、《楚国之政论》《树善论》(俱见襄三十年《左传》)、《天从民欲论》《庶子嗣立之道论》(俱见襄三十一年《左传》)、《服卫之制论》《作而不衷论》(俱见《国语·鲁语下》)、《美恶一心论》(见《国语·晋语八》)、《为国养栋论》(见《国语·鲁语下》)、《敬逆群好论》(见昭三年《左传》)诸文③。

(五)叔孙婼

昭五年《左传》载仲尼曰:"叔孙昭子之不劳,不可能也。周任有言曰:'为政者不赏私劳,不罚私怨。'《诗》云:'有觉德行,四国顺之。'"④昭四年《左传》杜《注》:"国姜,孟、仲母……昭子,豹之庶子叔孙婼也。"⑤则叔孙婼(前?—前517),即昭五年、九年、十年、十二年、十六年、十九年、二十年、二十五年、二十六年《左传》之"叔孙昭子",姓姬,氏叔孙,名婼,谥昭,尊称子,叔孙得臣(庄叔)之

---

① [三国吴]韦昭注,上海师范大学古籍整理研究所校点:《国语》,第24、185页。
② [晋]杜预注,[唐]孔颖达等正义:《春秋左传正义》,第1920页。
③ 《死而不朽论》《文章正宗·议论四》《文章辨体汇选·论谏八》皆题作《论不朽》;《庶子嗣立之道论》《文章正宗·议论二》题作《论立子裯》,《文章辨体汇选·论谏三》题作《谏武子》。
④ [晋]杜预注,[唐]孔颖达等正义:《春秋左传正义》,第2040页。
⑤ [晋]杜预注,[唐]孔颖达等正义:《春秋左传正义》,第2036页。

孙,叔孙豹(穆叔)庶子,叔孙不敢(成子)之父,昭公四年(前538)继父司马职为介卿,二十一年(前521)以冢卿秉国政。其提出"忠为令德"(昭十年《左传》)[①]说,认为"宴语之不怀,宠光之不宣,令德之不知,同福之不受"者"必亡"(昭十二年《左传》)[②],主张以礼治国齐家,重民轻君,恪守周礼,熟知典籍,尤谙习《诗》,传世有《数竖牛之罪书》(见昭五年《左传》)、《劳民则无民论》(见昭九年《左传》)、《忠为令德论》(见昭十年《左传》)、《不怀语、宣光、知德、受福必亡论》(见昭十二年《左传》)、《诸侯无伯为小国之害论》(见昭十六年《左传》)、《日食祭社之礼论》(见昭十七年《左传》)、《无礼致乱论》(见昭二十年《左传》)、《蔡将亡论》(见昭二十一年《左传》)、《阳克必甚论》(见昭二十四年《左传》)、《列国卿制论》(见昭二十三年《左传》)、《无礼必亡论》(见昭二十五年《左传》)诸文。

(六)叔孙不敢

定元年《左传》杜《注》:"(叔孙)成子,叔孙婼之子……(叔孙)不敢,叔孙成子名。"[③]

谨案:《古今姓氏书辩证·六止》:"谨按:《左传》孟僖子妾曰子士之母,则子士乃孟僖子之后。"[④]今考:哀六年《左传》"僖子使子士之母养之"之"僖子",乃上文齐之"陈僖子(田乞)";而鲁之"孟僖子(仲孙貜)"已于鲁昭公二十四年(前517)卒,且其子为仲孙何忌、仲孙阅而非子士,则邓氏说非,故笔者此不取。则叔孙不敢(前?—前505),即定元年《左传》之"叔孙成子",姓姬,氏叔孙,其后别为子我氏、子士氏,名不敢,谥成子,叔孙豹(穆叔)之孙,叔孙婼(昭子)之子,叔孙州仇(武叔)、叔孙申(子我)、叔孙齐季(子士)之父,昭公二十五年(前517)继父为卿,历仕昭、定二公凡十三年(前517—前505)[⑤],传世有《请子家子归鲁书》(见定元年《左传》)一文。

---

① [晋]杜预注,[唐]孔颖达等正义:《春秋左传正义》,第2059页。
② [晋]杜预注,[唐]孔颖达等正义:《春秋左传正义》,第2061—2062页。
③ [晋]杜预注,[唐]孔颖达等正义:《春秋左传正义》,第2131页。
④ [宋]邓名世撰,王力平点校:《古今姓氏书辩证》,第334页。
⑤ 《古今姓氏书辩证·六止》引《世本》:"鲁叔孙成子生齐季,为子士氏。"[宋]邓名世撰,王力平点校:《古今姓氏书辩证》,第334页。《元和姓纂·六止》:"子我,曹(鲁)叔孙成子生申,为子我氏。"[唐]林宝撰,[清]孙星衍校辑,郁贤皓、陶敏整理点校:《元和姓纂》,第833页。《通志·氏族略三》:"子士氏,姬姓,鲁桓公之后叔孙氏之裔也。叔孙成子为子士氏,亦为叔孙氏。"[宋]郑樵撰,王树民点校:《通志二十略》,第109页。则鲁子我氏、子士氏皆为叔孙氏之别,子我氏出于叔孙婼(昭子)之孙、叔孙不敢(成子)之子叔孙申(子我),子士氏出于叔孙婼(昭子)之孙、叔孙不敢(成子)之子叔孙齐季(子士)。

(七)叔孙州仇

《论语·子张篇》何晏《集解》引汉马融《论语马氏训说》:"(叔孙武叔)鲁大夫叔孙州仇也。"①《礼记·檀弓上》郑《注》:"武叔,公子牙之六世孙,名州仇。"《杂记下》郑《注》:"叔孙武叔,鲁大夫叔孙州仇也。"②定八年《左传》杜《注》:"武叔,叔孙不敢之子州仇也。"哀十一年《左传》杜《注》:"叔孙,武叔州仇。"③则叔孙州仇,即定八年《左传》之"叔孙氏",亦即定八年、十年、哀十一年《左传》之"武叔",亦即定十年《左传》之"子叔孙",亦即哀十一年《左传》之"叔孙",亦即《论语·子张篇》《礼记·檀弓上》《杂记下》之"叔孙武叔",姓姬,氏叔孙,名州仇,谥武叔,叔孙婼(昭子)之孙,叔孙不敢(成子)之子,叔孙申(子我)、叔孙齐季(子士)之兄,叔孙舒(文子)之父,定公五年(前505)继父为卿,历仕定、哀二公凡二十二年(前505—前484),生卒年未详(前505—前484在世)。其提出"所以事君,封疆社稷是以"之说,传世有《事君以封疆社稷是为论》(见定十年《左传》)一文。

(八)叔孙舒

哀二十六年《左传》杜《注》:"(叔孙)舒,武叔之子文子也。"④则叔孙舒,即哀二十六年、二十七年《左传》之"文子",姓姬,氏叔孙,名舒,谥文子,叔孙不敢(成子)之孙,叔孙州仇(武叔)之子,时继父职为卿,生卒年未详(前469—前468在世)。其重贤士,刺季孙肥不能用端木赐(见哀二十七年《左传》)。

六、叔仲氏与叔彭生、叔仲带

(一)叔仲氏之族属

《元和姓纂·一屋》引班固等《东观汉记》:"(叔氏)将军叔寿、叔于之后。孙叔仲彭生,亥。亥生带,带生仲叔、仲职及寅,代为鲁大夫。"⑤《古今姓氏书辩证·一屋》:"叔仲,出自姬姓。鲁桓公子叔牙为叔孙氏,牙孙叔彭生别为叔仲氏,是为叔仲惠伯。惠伯生昭伯带,带生穆子小,小生志。又,孔子弟子会,字子

---

① [三国魏]何晏等注,[宋]邢昺疏:《论语注疏》,第273页。
② [汉]郑玄注,[唐]孔颖达等正义:《礼记正义》,第1289、1562页。
③ [晋]杜预注,[唐]孔颖达等正义:《春秋左传正义》,第2143、2167页。
④ [晋]杜预注,[唐]孔颖达等正义:《春秋左传正义》,第2182页。
⑤ [唐]林宝撰,[清]孙星衍校辑,郁贤皓、陶敏整理点校:《元和姓纂》,第1441页。

期。《礼记》有皮及衍,皮生子柳及子硕。"①《通志·氏族略四》:"叔仲氏,姬姓,鲁公子牙之后也。公孙兹生得臣、彭生,得臣为叔孙氏,彭生为叔仲氏。《史记》,叔仲会,鲁人,仲尼弟子。"②

谨案:仲叔、仲职及寅三人,不见于《左传》。"仲叔",或其行次,如《书·周书·吕刑》"伯父、伯兄、仲叔、季弟"孔《传》所谓"伯、仲、叔、季,顺少长也"③之类;或其字,如僖五年《左传》"虢仲、虢叔"杜《注》所谓"仲、叔,皆虢君字"④之类,惜皆未详。又,据《礼记·檀弓上》孔《疏》引《世本》,公子牙(僖叔)之子公孙兹(戴伯)生叔孙得臣(庄叔);又据《檀弓下》孔《疏》引《世本》,公子牙(僖叔)之子公孙休(武仲)生叔仲彭生(惠伯),则叔孙得臣与叔仲彭生为从父昆弟。故郑氏《通志》说失之。笔者此不取。则鲁叔仲氏为叔孙氏之别,出于公子牙(僖叔、叔牙)之孙、公孙休之子叔彭生(叔仲惠伯)。

(二)叔仲氏之世系

《礼记·檀弓下》孔《疏》引《世本》:"桓公生僖叔牙,叔牙生武仲休,休生惠伯彭,彭生皮(亥、衍),为叔仲氏。"⑤《史记·仲尼弟子列传》:"叔仲会,字子期。"⑥《孔子家语·七十二弟子解》:"叔仲会,鲁人,字子期,少孔子五十岁,与孔璇年相比,每孺子之执笔记事于夫子,二人迭侍左右。"⑦《春秋释例·世族谱上》:"叔仲氏,叔仲惠伯,叔牙孙叔仲彭生也。叔仲昭伯,惠伯之孙叔仲带、叔仲昭子,即叔仲虺。叔仲穆子,带之子,叔仲小也,即叔仲子。叔仲志,定伯,带之孙也。"⑧《咸淳临安志》卷十一载宋高宗《御制宣圣七十二贤赞并序》:"叔仲会,

---

① [宋]邓名世撰,王力平点校:《古今姓氏书辩证》,第554页。案:"子柳""子硕",叔仲皮二子。事见:《礼记·檀弓上》《檀弓下》。
② [宋]郑樵撰,王树民点校:《通志二十略》,第143页。
③ 孔《传》:"文王其所告慎众国众士于少正官,御治事吏,朝夕勅之,惟祭祀而用此酒,不常饮。"[汉]孔安国传,[唐]孔颖达等正义:《尚书正义》,第206页。
④ [晋]杜预注,[唐]孔颖达等正义:《春秋左传正义》,第1795页。
⑤ [汉]郑玄注,[唐]孔颖达等正义:《礼记正义》,第1316页。案:"彭",当作"彭生",文七年《左传》称"叔仲惠伯"。文十八年《左传》:"(襄仲杀惠伯)公冉务人奉其帑以奔蔡,既而复叔仲氏。"[晋]杜预注,[唐]孔颖达等正义:《春秋左传正义》,第1861页。"亥""衍",《礼记·檀弓下》孔《疏》引《世本》无;"叔仲衍",见《礼记·檀弓下》;"叔仲亥",见《元和姓纂·一屋》引[汉]班固等《东观汉记》。此皆据[清]秦嘉谟稡集补《世本》卷六辑补。
⑥ [汉]司马迁撰,[晋]裴骃集解,[唐]司马贞索隐,[唐]张守节正义,郭逸、郭曼标点:《史记》,第1719页。
⑦ [三国魏]王肃注,[清]陈士珂疏证:《孔子家语疏证》,第228页。
⑧ [晋]杜预:《春秋释例》,第337—338页。

字子期,鲁人,赠瑕丘伯。"①《春秋分记·世谱六》:"叔氏,别祖公子牙,《公子谱》之四世也;生兹;兹生二子:曰得臣,曰叔仲彭生(彭生之后为叔仲氏)……彭生之孙尩;尩生小;小生志;志生二子:曰皮,曰衍。"②秦嘉谟辑补《世本》卷六:"皮生子柳、子硕,亥生昭伯带,带生穆子小,小生定伯志。"③

谨案:据《春秋》《左传》及《春秋释例·世族谱上》,庄叔得臣生宣伯侨如及穆叔豹,豹生昭子婼及孟丙仲、壬竖牛,婼生成子不敢,不敢生武仲州仇,州仇生文子舒,是为叔孙氏;叔仲彭生皮,皮生昭伯带,带生穆子小,小生定伯志,是为叔仲氏。故秦氏辑补《世本》说与《世本》皆合。又,叔仲尩,《春秋》《左传》皆未见,未详杜氏何所据。或叔仲带,氏叔仲,名带,字尩(毒蛇),谥昭,尊称子。又,据《礼记·檀弓下》孔《疏》引《世本》及《礼记·檀弓下》《元和姓纂·一屋》引汉班固等《东观汉记》,叔仲皮、叔仲衍、叔仲亥皆叔彭生之子。程氏《春秋分记》以叔仲皮、叔仲衍皆叔仲志之子,相差四世,显然有讹误,故笔者此不取。则春秋时期叔仲氏世系为:公子牙→公孙休→叔彭生→叔仲皮、叔仲衍(无后)、叔仲亥,叔仲皮→子柳、子硕,叔仲亥→叔仲带→叔仲小、仲叔(后未详)、仲职(后未详)、叔仲寅(后未详)→叔仲志……叔仲会。

(三)叔彭生

《史记·鲁世家》裴骃《集解》引汉服虔《春秋左氏解》:"(叔仲)叔仲惠伯。"④文七年《左传》杜《注》:"(叔仲)惠伯,叔牙孙。"文十一年《春秋》杜《注》:"(叔仲)彭生,叔仲惠伯。"文十五年《左传》杜《注》:"惠伯,叔彭生。"⑤《春秋通论》卷八:"叔彭生,即叔仲彭生,疑遗'仲'字。"⑥

谨案:彭生本氏叔(叔孙),别氏叔仲,按照三代别氏之制,则其孙始为叔仲氏。则《春秋》《左传》称其为"叔仲"者,乃后人追记之。故鲁叔仲氏出于彭生,而非自彭生始即为叔仲氏。故姚氏《春秋通论》说不确。则叔彭生(前?—前

---

① [宋]潜说友:《咸淳临安志》,中华书局宋元方志丛刊 1989 年影印清道光十年(1830 年)钱塘汪远孙振绮堂刊本,第 3460 页。
② [宋]程公说:《春秋分记》,第 129 页。
③ [清]秦嘉谟辑补《世本》,[汉]宋衷注,[清]秦嘉谟等辑《世本八种》,第 156 页。
④ [汉]司马迁撰,[晋]裴骃集解,[唐]司马贞索隐,[唐]张守节正义,郭逸、郭曼标点:《史记》,第 1236 页。
⑤ [晋]杜预注,[唐]孔颖达等正义:《春秋左传正义》,第 1846、1850、1855 页。
⑥ [清]姚际恒:《春秋通论》,上海古籍出版社 2002 年续修四库全书影印清抄本,第 372 页。

609),即文七年、九年、十一年、襄三十年《左传》《汉书·古今人表》之"叔仲惠伯",亦即文十一年《春秋》之"叔仲彭生",亦即文十四年《春秋》之"叔彭生",亦即文十五年《左传》之"惠伯",亦即文十八年《左传》《史记·鲁世家》之"叔仲",姓姬,本氏叔孙,别氏叔仲,名彭生,谥惠伯,公子牙(僖叔、叔牙)之孙,公孙兹之子,鲁大夫,文公十八年(前609)为公子遂(东门襄仲)所杀。其倡导"兵作于内为乱,于外为寇,寇犹及人,乱自及也"古训,反对"臣作乱而君不禁,以启寇仇"(文七年《左传》)①;提出"傲其先君,神弗福"(文九年《左传》)②说,忠于公室,直言敢谏,勇于赴死,传世有《谏公将许仲请攻穆伯书》(见文七年《左传》)《傲其先君而神弗福论》(见文九年《左传》)诸文。

(四)叔仲带

《国语·鲁语下》韦《注》:"叔仲昭伯,鲁大夫,叔仲惠伯之孙叔仲带也。"③则叔仲带,即襄二十八年、昭五年、十二年《左传》之"叔仲子",亦即襄二十八年《左传》《国语·鲁语下》之"叔仲昭伯",亦即昭四年《左传》之"叔仲昭子",亦即《国语·鲁语下》之"叔仲",亦即《春秋释例·世族谱上》《春秋分记·世谱六》之"叔仲虺",姓姬,本氏叔孙,别氏叔仲,名带,字虺,谥昭伯,尊称子,叔仲彭生(惠伯)之孙,叔仲亥之子,叔仲小(穆子)之父,襄公七年(前566)时任隧正(即"遂人",中大夫,掌邦之野),生卒年未详(前566—前537在世)。其倡导"义人者,固庆其喜而吊其忧",提出"事其君而任其政"说,主张"君子计成而后行"(《国语·鲁语下》)④,忠心事君,敢于直谏,传世有《违君以避难论》(见《国语·鲁语下》)一文⑤。

七、季孙氏与季孙行父、季孙宿、季孙意如、季孙斯、季孙肥

(一)季孙氏之族属考

《元和姓纂·六至》:"季孙,鲁桓公子友之后,子孙号季孙氏。(公子友)生行父文子,文子生宿武子,武子生纥悼子、公若、公鸟,纥生平子意如,平子生斯

---

① [晋]杜预注,[唐]孔颖达等正义:《春秋左传正义》,第1846页。
② [晋]杜预注,[唐]孔颖达等正义:《春秋左传正义》,第1847页。
③ [三国吴]韦昭注,上海师范大学古籍整理研究所校点:《国语》,第191页。
④ [三国吴]韦昭注,上海师范大学古籍整理研究所校点:《国语》,第191页。
⑤ 《文章辨体汇选·论谏二》题作《谏襄公如楚欲还》。

桓子、季魴侯、季寤,斯生肥康子。"①《古今姓氏书辩证·六至》:"季孙,出自姬姓,鲁公子友之后为季孙氏,后去孙称季氏。"②则鲁季孙氏(季氏)为季历(公季)之孙、文王昌(西伯)庶子周公旦后裔,出于惠公弗湟之孙、桓公允季子公子友(季友、成季、季子、公子季友)。

(二)季孙氏之世系考

襄二十三年《左传》:"季武子无適(嫡)子,公弥长,而爱悼子,欲立之。访于申丰,曰:'弥与纥,吾皆爱之,欲择才焉而立之。'"③昭二十五年《左传》:"季公若之姊为小邾夫人,生宋元夫人,生子以妻季平子……初,季公鸟娶妻于齐鲍文子,生甲。公鸟死,季公亥与公思展与公鸟之臣申夜姑相其室。及季姒与饔人檀通,而惧,乃使其妾抶己,以示秦遄之妻,曰:'公若欲使余,余不可而抶余。'又诉于公甫,曰:'展与夜姑将要余。'秦姬以告公之,公之与公甫告平子。"④哀八年《左传》:"齐悼公之来也,季康子以其妹妻之,即位而逆之。季魴侯通焉,女言其情,弗敢与也……九月,臧宾如如齐莅盟,齐闾丘明来莅盟,且逆季姬以归,嬖。"⑤《礼记·檀弓上》孔《疏》、文六年《穀梁传》杨《疏》并引《世本》:"公子友生齐仲,齐仲生无逸,无逸生行父,行父生夙。"⑥《礼记·檀弓下》孔《疏》引《世本》:"悼子纪(纥)生平子意如,意如生桓子斯,斯生康子肥……昭子,康子之曾孙,名强。"⑦《礼记·檀弓下》孔《疏》《元和姓纂·一东》并引《世本》:"悼子纪(纥)生穆

---

① [唐]林宝撰,[清]孙星衍校辑,郁贤皓、陶敏整理点校:《元和姓纂》,第1186页。案:据文六年《穀梁传》杨《疏》引《世本》,此缺"齐仲无逸"一世。
② [宋]邓名世撰,王力平点校:《古今姓氏书辩证》,第438页。
③ 杜《注》:"公弥,公鉏;悼子,纥也。"[晋]杜预注,[唐]孔颖达等正义:《春秋左传正义》,第1977页。
④ 杜《注》:"(小邾夫人)平子庶姑,与公若同母,故曰公若姊。宋元夫人,平公之外姊……公鸟,季公亥之兄,平子庶叔父……公亥,即公若也。(公思)展,季氏族……季姒,公鸟妻,鲍文子女。饔人,食官……秦遄,鲁大夫。妻,公鸟妹秦姬也……公甫,平子弟……公之,亦平子弟。"[晋]杜预注,[唐]孔颖达等正义:《春秋左传正义》,第2107—2109页。
⑤ 杜《注》:"魴侯,康子叔父……季姬,魴侯所通者。"[晋]杜预注,[唐]孔颖达等正义:《春秋左传正义》,第2164页。
⑥ [汉]郑玄注,[唐]孔颖达等正义:《礼记正义》,第1274页。案:文六年《穀梁传》杨《疏》引《世本》作:"季友生仲无佚,佚生行父。"[晋]范宁注,[唐]杨士勋疏:《春秋穀梁传注疏》,第2406页。又,《诗·鲁颂·駉》孔《疏》:"行父,是季友之孙,故以季孙为氏。死,谥曰文子。《左传》《世本》皆有其事。"[汉]毛亨传,[汉]郑玄笺,[唐]孔颖达等正义:《毛诗正义》,第609页。《礼记·檀弓上》孔《疏》引本无"文子",今据《駉》孔《疏》补入。"宿"《国语·鲁语下》《礼记·檀弓上》孔《疏》引《世本》《礼记·檀弓》郑《注》俱作"夙",则夙即季孙宿。参见[清]张澍稡集补注《世本》卷五。
⑦ [汉]郑玄注,[唐]孔颖达等正义:《礼记正义》,第1304页。案:《世本》之"悼子纪",《左传》皆作"悼子纥",疑传写之误。参见[清]秦嘉谟稡集补《世本》卷六。

伯靖,穆伯生文伯歜,文伯歜生成伯,成伯生顷,顷为公文(父)氏。"①庄二十五年《春秋》杜《注》:"公子友,庄公之母弟。"定八年《左传》杜《注》:"(季寤)季桓子之弟……(公鉏极)公弥曾孙,桓子族子……子言,季寤。"哀二十三年《左传》杜《注》:"景曹,宋元公夫人,小邾女,季桓子外祖母。"②《春秋释例·世族谱上》:"季孙氏,公子友,季友、成季、季子、公子季友,桓公子;季孙行父,季文子,公子友之孙;季孙宿,行父之子武子也;悼子,绍(纥),宿之子;平子,意如,悼子之子;桓子,斯,平子之子;康子,肥,桓子之子;公甫,季孙纥之子;公之,季孙纥之子;季魴侯,意如子;季寤,子言,意如子;小邾夫人,生宋元夫人,季孙宿女……秦歖之妻,秦姬,季孙宿女;季公鸟,季孙宿子;季公亥,公若,季孙宿子;申,公亥子……季姬,季孙斯女。"③《汉书·邹阳列传》颜《注》:"季孙,鲁大夫季桓子也,名斯。"④《春秋分记·世谱六》:"季氏,别祖季友,《公子谱》之四世也;生无佚;无佚生行父;行父生宿;宿生四子:曰公弥(后为公鉏氏),曰公纥,曰公鸟,曰公亥(无后);公弥生倾伯,倾伯生隐侯伯,隐侯伯生公鉏极;公纥生三子:曰意如,曰公甫靖(后为公甫氏),曰公之(无后);意如生三子:曰斯,曰寤(无后),曰魴侯(无后);斯生二子:曰肥,曰南孺子所生男;靖生蜀欠;公鸟生申。"⑤

谨案:文六年《穀梁传》杨《疏》引《世本》之"仲无佚",即《国语·周语中》韦《注》之"齐仲无佚","齐"盖其谥;而《礼记·檀弓上》孔《疏》引《世本》"无佚"作"无逸",且误分"齐仲无逸"为二人二代,多出一代,不可据。又,武子之子公弥,见襄二十三年《左传》,杜《注》:"公弥公鉏。"⑥又有公鸟、公若,见昭二十五年《左传》,杜《注》:"公鸟,季公亥之兄,平子庶叔父。"⑦公亥即公若,则皆武子之子。又有公思展,亦见昭二十五年《左传》,杜《注》:"季氏族。"⑧又有公甫、公之,亦见昭二十五年《左传》,杜《注》:"公甫,平子弟……公之,亦平子弟。"⑨又,《元和姓

---

① [唐]林宝撰,[清]孙星衍校辑,郁贤皓、陶敏整理点校:《元和姓纂》,第35页。案:此据《元和姓纂》引文。《礼记·檀弓下》孔《疏》引作:"悼子纥生穆伯靖。"[汉]郑玄注,[唐]孔颖达等正义:《礼记正义》,第1304页。则《元和姓纂》无"靖"字。
② [晋]杜预注,[唐]孔颖达等正义:《春秋左传正义》,第1779、2143、2181页。
③ [晋]杜预:《春秋释例》,第338—341页。
④ [汉]班固撰,[唐]颜师古注,傅东华等点校:《汉书》,第2347页。
⑤ [宋]程公说:《春秋分记》,第130—131页。
⑥ [晋]杜预注,[唐]孔颖达等正义:《春秋左传正义》,第1977页。
⑦ [晋]杜预注,[唐]孔颖达等正义:《春秋左传正义》,第2109页。
⑧ [晋]杜预注,[唐]孔颖达等正义:《春秋左传正义》,第2109页。
⑨ [晋]杜预注,[唐]孔颖达等正义:《春秋左传正义》,第2109页。

纂・六止》《通志・氏族略三》并引《世本》:"季桓子生穆叔,其后为子扬氏。"①《元和姓纂・六止》:"子雅……鲁季桓子生武叔灶,亦为子雅氏。"②则季孙穆叔(子扬)、季孙灶(武叔、子雅)皆为季孙斯之子。则程氏《春秋分记》谓季孙斯二子者,乃失考。又,《元和姓纂・六止》:"子言,季平子生昭伯寤之后也。"③则季寤不可谓之"无后"。足见程氏《春秋分记》说不确,故笔者此皆不取。则春秋时期鲁季孙氏(季氏)世系为:桓公允→公子友→公孙无佚→季孙行父→季孙宿→季孙弥(别为公鉏氏)、季孙纥、季公鸟、季公亥(无后);季孙纥→季孙意如、公甫靖(别为公甫氏)、公之(无后)→季孙斯、季寤(别为子言氏)、季魴侯(无后)→季孙肥、季孙穆叔(别为子扬氏)、季孙灶(别为子雅氏)、南孺子所生男(无后);季公鸟→季甲。

(三)季孙行父

襄五年《左传》:"季文子卒,大夫入敛,公在位。宰庀家器为葬备,无衣帛之妾,无食粟之马,无藏金玉,无重器备,君子是以知季文子之忠于公室也:'相三君矣,而无私积,可不谓忠乎?'"④《论语・公冶长篇》:"季文子三思而后行。子闻之,曰:'再,斯可矣。'"⑤《国语・周语中》韦《注》:"季文子,季友之孙,齐仲无佚之子季孙行父。"《鲁语上》韦《注》:"文子,鲁正卿季孙行父也。"⑥

谨案:《尚书・洪范序》孔《疏》:"春秋之世有齐侯禄父、蔡侯考父、季孙行父,父亦是名,未必为字。"⑦今考:文十八年、成八年《左传》载季孙行父自称"行父",则"行父"必为其名。足见孔《疏》说不确,故笔者此不取。则季孙行父(前?—前568),即文六年、十三年、十五年、十六年、十八年,宣元年、十年、十八年,成三年、三年、六年、七年、八年、九年、十一年、十六年、十八年,襄二年、四年、五年《左传》《国语・周语中》《鲁语上》《论语・公冶长篇》之"季文子",亦即文十八年、成八年、十六年《左传》之"行父",姓姬,氏季孙(季),名行父,谥文,尊

---

① [唐]林宝撰,[清]孙星衍校辑,郁贤皓、陶敏整理点校:《元和姓纂》,第844页。
② [唐]林宝撰,[清]孙星衍校辑,郁贤皓、陶敏整理点校:《元和姓纂》,第834页。
③ [唐]林宝撰,[清]孙星衍校辑,郁贤皓、陶敏整理点校:《元和姓纂》,第841页。
④ [晋]杜预注,[唐]孔颖达等正义:《春秋左传正义》,第1937页。
⑤ [三国魏]何晏《集解》引[汉]郑玄《论语注》:"季文子,鲁大夫季孙行父。文,谥也。"[三国魏]何晏集解,[南朝梁]皇侃义疏:《论语集解义疏》,中华书局丛书集成初编1985年排印清乾隆四十一年(1776)鲍廷博刻不足斋丛书本,第2475页。
⑥ [三国吴]韦昭注,上海师范大学古籍整理研究所校点:《国语》,第76,177页。
⑦ [汉]孔安国传,[唐]孔颖达等正义:《尚书正义》,第187页。

称子,公子友(季友)之孙,无佚(齐仲)之子,季孙宿(武子)之父,历仕文、宣、成、襄四代为正卿凡五十四年(前621—前568)。其倡导"备豫不虞"(文六年《左传》)①古训,提出"礼以顺天,天之道也"(文十五年《左传》)②之说;推崇先贤"见有礼于其君者,事之,如孝子之养父母也;见无礼于其君者,诛之,如鹰鹯之逐鸟雀也"之教,认为"孝敬、忠信为吉德,盗贼、藏奸为凶德",主张以"八恺""八元"之"吉德"事君治国,反对以"四凶""四罪"之"凶德"媚君误国(文十八年《左传》)③;提出"信以行义,义以成命"说,主张以"信""义"为"德"(成八年《左传》)④;恪守周礼,家无私积,忠于公室,精通古籍,尤谙《诗》《书》,传世有《备豫不虞论》(见文六年《左传》)、《礼以顺天论》(见文十五年《左传》)、《呈公论事君之礼书》(见文十八年《左传》)、《敬论》《谏公欲亲楚以叛晋书》(俱见成四年《左传》)、《中国无吊论》(见成七年《左传》)、《信义为德论》(见成八年《左传》)、《华国之道论》(见《国语·鲁语上》)诸文⑤。

(四)季孙宿

襄六年《春秋》杜《注》:"(季孙宿)行父之子。"昭十二年《左传》杜《注》:"悼子,季武子之子,平子父也。"⑥则季孙宿(前?—前535),即襄六年、七年、八年、九年、十一年、十二年、十五年、十九年、二十年、二十一年、二十三年、二十七年、二十八年、二十九年、三十年、昭元年、二年、三年、七年《左传》《国语·鲁语下》《史记·十二诸侯年表》《鲁世家》《孔子世家》《汉书·哀帝纪》《五行志中》《外戚传下》之"季武子",姓姬,氏季孙,名宿,谥武,齐仲无逸之孙,季孙行父(文子)之子,季孙纥、季孙弥(公鉏)、季孙鸟、季孙若(公亥)之父,襄公五年(前568)继父为卿,十一年(前562)迫使正卿大司马叔孙豹(穆子)"三分公室"而"作三军",十二年(前561)继叔孙豹为正卿而执国政,昭公五年(前537)"四分公室"有其二。其认为"君冠,必以裸享之礼行之,以金石之乐节之,以先君之祧处之"(襄九年

---

① [晋]杜预注,[唐]孔颖达等正义:《春秋左传正义》,第1844页。
② [晋]杜预注,[唐]孔颖达等正义:《春秋左传正义》,第1856页。
③ [晋]杜预注,[唐]孔颖达等正义:《春秋左传正义》,第1861—1863页。
④ [晋]杜预注,[唐]孔颖达等正义:《春秋左传正义》,第1904页。
⑤ 《礼以顺天论》,《文章正宗·议论四》《文章辨体汇选·论谏八》皆题作《论齐侯无礼》;《呈公论事君之礼书》,《文章正宗·辞命四》《文编·论疏》《文章辨体汇选·论谏五》皆题作《论出莒仆》;《信义为德论》,《文章正宗·辞命二》题作《语晋韩穿》;《华国之道论》,《文章正宗·议论五》《文章辨体汇选·论谏九》皆题作《论妾与马》。
⑥ [晋]杜预注,[唐]孔颖达等正义:《春秋左传正义》,第1937、2062页。

《左传》①,主张"小国之事大国也,苟免于讨,不敢求贶"(昭六年《左传》)②,熟知典籍,尤谙习《诗》,传世有《国君冠具之制论》(见襄九年《左传》)、《盟臧氏书》(见襄二十三年《左传》)、《致公取卞玺书》(见襄二十九年《左传》)、《朝多君子论》(见襄三十年《左传》)、《告叔孙豹殡书》(见昭五年《左传》)、《加笾之礼论》(见昭六年《左传》)诸文③。

(五)季孙意如

《论语·先进篇》魏何晏《集解》引孔安国《论语训解》:"季子然,季氏之子弟也。"④《国语·鲁语下》韦《注》:"平子,季武子之孙、悼子之子意如也,时为上卿。"⑤昭二十五年《左传》杜《注》:"意如,季平子名。"⑥宋戴溪《石鼓论语答问》卷中:"季子然者,季孙意如之子。"⑦则季孙意如(前?—前505),即昭九年、十二年、十六年、十七年、二十五年、定元年、五年《左传》《鲁语下》《吕氏春秋·察微篇》《淮南子·人间训》《鲁世家》《晋世家》《孔子世家》《说苑·反质篇》《汉书·古今人表》《孔子家语·曲礼子贡问》之"季平子",姓姬,氏季,亦氏季孙,其后别为子寤氏、子成氏、子革氏、子言氏、意如氏,名意如,谥平,尊称子,季孙宿(武子)之孙、季孙纥(悼子)之子,季孙斯(桓子)、季子然之父,昭公七年(前535)继祖父职为卿,二十三年(前519)为上卿秉国政。其倡导"死且不朽"(昭三十一年《左传》),熟知典籍,尤谙习《诗》,传世有《死且不朽论》(见昭三十一年《左传》)一文。

(六)季孙斯

《论语·微子篇》魏何晏《集解》引汉孔安国《论语训解》:"桓子,季孙斯也。"⑧《国语·鲁语下》韦《注》:"桓子,鲁政卿,季平子之子斯也。"⑨定五年《左传》杜《注》:"桓子,意如子季孙斯。"定八年《左传》杜《注》:"(季寤)季桓子之

---

① [晋]杜预注,[唐]孔颖达等正义:《春秋左传正义》,第1943页。
② [晋]杜预注,[唐]孔颖达等正义:《春秋左传正义》,第2044页。
③ 《盟臧氏书》,《全上古三代文》卷三题作《盟臧氏》;《致公取卞玺书》,《皇霸文纪》卷五题作《与襄公玺书》,《全上古三代文》卷三题作《玺书告取卞》;《告叔孙豹殡书》,《全上古三代文》卷三题作《以书告叔孙豹殡》。
④ [三国魏]何晏集解,[南朝梁]皇侃义疏:《论语集解义疏》,第2500页。
⑤ [三国吴]韦昭注,上海师范大学古籍整理研究所校点:《国语》,第199页。
⑥ [晋]杜预注,[唐]孔颖达等正义:《春秋左传正义》,第2100页。
⑦ [宋]戴溪:《石鼓论语答问》,台湾新文丰出版公司丛书集成续编1989年排印本,第45页。
⑧ [三国魏]何晏等注,[宋]邢昺疏:《论语注疏》,第2529页。
⑨ [三国吴]韦昭注,上海师范大学古籍整理研究所校点:《国语》,第201页。

弟。"哀三年《左传》杜《注》："南孺子，季桓子之妻。"①《汉书·邹阳列传》颜《注》："季孙，鲁大夫季桓子也，名斯。"②则季孙斯(前？—前492)，即定五年、六年、七年、哀三年《左传》《国语·鲁语下》《史记·十二诸侯年表》《鲁世家》《孔子世家》《汉书·古今人表》之"季桓子"，亦即定五年、八年《左传》《史记·鲁世家》《孔子世家》之"桓子"，亦即哀三年《左传》之"季孙"，亦即《论语·先进篇》之"季子然"，姓姬，氏季孙，名斯，字子然，谥桓，尊称子，季孙纥(悼子)之孙，季孙意如(平子)之子，季孙寤(季寤)、季孙魴侯(季魴侯)之兄，南孺子(南氏)之夫，季孙肥(康子)、季孙穆叔(子扬)、季孙灶(武叔、子雅)、南孺子所生男、季姬之父，定公五年(前505)继父为鲁上卿(执政卿)，历仕定、哀二君凡十四年(前505—前492)。其尊崇孔丘，传世有《正常之命》(见哀三年《左传》)、《遗子书》(见《史记·孔子世家》)诸文。

(七)季孙肥

《论语·为政篇》何晏《集解》引汉孔安国《论语训解》："(季康子)鲁卿季孙肥，康，谥。"③哀二十三年《左传》杜《注》："肥，康子名。"④清李楷《尚史》卷三十三《鲁诸臣传中》："季孙肥，斯之子康子也。"⑤

谨案：《春秋列国诸臣传》卷三十、《论语类考》卷八并谓康子为桓子庶子，与哀三年《左传》嫡子说不合。故笔者此不取。则季孙肥(前？—前468)，即《国语·鲁语下》、哀七年、八年、十四年、二十三年、二十五年、二十七年《左传》《礼记·檀弓下》《玉藻》《曾子问》《论语·为政篇》《雍也篇》《先进篇》《颜渊篇》《史记·十二诸侯年表》《吴世家》《齐世家》《鲁世家》《孔子世家》《仲尼弟子列传》《孔丛子·杂训篇》《列女传·母仪传》《说苑·贵德篇》《政理篇》《汉书·古今人表》《孔子家语·辨物篇》《颜回篇》《五帝篇》《正论解》之"季康子"，亦即《论衡·问孔篇》之"康子"，姓姬，氏季孙，名肥，谥康，尊称子，季孙意如(平子)之孙，季孙斯(桓子)之子，时继父为鲁正卿，传世有《吊宋景曹文》(见哀二十三年《左传》)一文。

---

① [晋]杜预注，[唐]孔颖达等正义：《春秋左传正义》，第2139、2143、2158页。
② [汉]班固撰，[唐]颜师古注，傅东华等点校：《汉书》，第2347页。
③ [三国魏]何晏集解，[南朝梁]皇侃义疏：《论语集解义疏》，第2463页。
④ [晋]杜预注，[唐]孔颖达等正义：《春秋左传正义》，第2181页。
⑤ [清]李楷：《尚史》，江苏广陵古籍刻印社1992年影印清刻本。

八、公冶氏与季冶

(一)公冶氏之族属与世系

《潜夫论·志氏姓》:"(苦成、堂溪、漆雕开、公冶长,前人)或复分为古氏、成氏、堂氏、开氏、公氏、冶氏、漆氏、周氏。此数氏者,皆本同末异。"①《广韵·一东》"公"字注:"亦姓……《孔子家语》鲁有公冶长。"②《古今姓氏书辩证·一东》:"公冶,出自姬姓,季氏之族子曰季冶,字公冶,为季氏属大夫。鲁襄公二十九年自楚还,季武子使公冶问公,公赐之冕服,子孙荣之,以字为氏。故定、哀间有公冶长,字子长,为孔子弟子,孔子以其子妻之,即其孙也。"③

谨案:据《元和姓纂·一东》《通志·世族略四》,公氏为鲁昭公庶子公衍、公为之后;又据《古今姓氏书辩证·三十五马》《通志·氏族略四》,冶氏为周掌治兵器之官冶氏,鲁昭公时有大夫冶区夫,卫有冶廑。足见王氏《潜夫论·志氏姓》以"公氏""冶氏"为"公冶氏"之别,说不确。则鲁公冶氏为季氏(季孙氏)之别,出于季冶(公冶、子冶)。其世系为:桓公允→公子友→公孙无佚……季冶→(子名佚)→公冶长。

(二)季冶

《国语·鲁语下》韦《注》:"季冶,鲁大夫,季氏之族子冶也。"④襄二十九年《左传》杜《注》:"(公冶)季氏属大夫。"⑤清刘声木《苌楚斋四笔》卷七:"公冶为季武子属邑大夫,洁身自爱,因季武子有背叛襄公之一端,即毅然拒绝不入其门,此等胸臆,非智、仁、勇三者俱备,决不能为。虽属家臣,不失事君之礼,而待季氏亦仍如旧观。其言行真堪垂教后世,为不幸误入权门者取法。"⑥则季冶,即襄二十九年《左传》之"公冶",亦即《国语·鲁语下》之"子冶",姓姬,本氏季(季孙),其后别氏公冶,名冶,字公冶,一字子冶,季孙氏属大夫,生卒年未详(前544

---

① [汉]王符撰,[清]王继培笺,彭铎校正:《潜夫论笺校正》,第462页。案:"堂",旧作"常";"漆",旧作"梁",《广韵·五质》"漆"字注谓"漆",俗作"柒",则"柒""梁"乃形近之误。
② [宋]陈彭年等重修:《钜宋广韵》,第5页。案:《元和姓纂·一东》有"公氏","公冶氏"阙。
③ [宋]邓名世撰,王力平点校:《古今姓氏书辩证》,第18页。
④ [三国吴]韦昭注,上海师范大学古籍整理研究所点校:《国语》,第194页。
⑤ [晋]杜预注,[唐]孔颖达等正义:《春秋左传正义》,第2005页。
⑥ [清]刘声木,刘笃龄点校:《苌楚斋四笔》,中华书局清代史料笔记丛刊1998年点校民国十八年(1929)庐江刘氏直介堂丛刻初编排印本,第821页。

在世)。其提出"享其禄而立其朝"(《国语·鲁语下》)①说,尊崇公室,恪守礼仪,洁身自爱,传世有《致禄不仕论》(见《国语·鲁语下》)一文。

综上所考,春秋时期鲁仲孙氏、子服氏、南宫氏、公山氏、叔孙氏、叔仲氏、季孙氏、公冶氏八族,皆为季历之孙、文王昌周公旦庶子之后裔,属公族,有传世作品者皆可统称为鲁公族作家群体。然此八族皆出于桓公允,属鲁公族之"桓族",则仲孙榖、仲孙蔑、仲孙羯、仲孙何忌、仲孙貜、子服椒、子服回、子服何、南宫适、公山不狃、叔孙侨如、叔孙豹、叔孙婼、叔孙不敢、叔孙州仇、叔孙舒、叔彭生、叔仲带、季孙行父、季孙宿、季孙意如、季孙斯、季孙肥、季冶二十四子,又可别称之为"桓族"作家群体。其中:

仲孙氏出于惠公弗湟之孙、桓公允次子公子庆父,其世系为:公子庆父→公孙敖→仲孙榖、仲孙难(无后)→仲孙蔑→仲孙速、仲孙佗(别为子服氏)→仲孙秩(无后)、仲孙羯→仲孙貜→仲孙阅(别为南宫氏)、仲孙何忌→仲孙彘、仲孙公期;仲孙彘→仲孙捷→仲孙侧;有传世作品者为仲孙榖、仲孙蔑、仲孙羯、仲孙何忌、仲孙貜五子。

子服氏为仲孙氏之别,出于仲孙榖之孙、仲孙蔑之子仲孙佗,其世系为:仲孙榖→仲孙蔑→仲孙佗→子服椒→子服回→子服何;有传世作品者为子服椒、子服回、子服何三子。

南宫氏为仲孙氏之别,出于仲孙羯之孙、仲孙貜之子仲孙阅,其世系为:仲孙羯→仲孙貜→仲孙阅→南宫适、南宫路,南宫路→南宫会→南宫虔;有传世作品者为南宫适。

公山氏为仲孙氏之别,出于仲孙榖之孙、仲孙蔑之子仲孙佗,其世系未详;有传世作品者为公山不狃。

叔孙氏出于惠公弗湟之孙、桓公允第三子公子牙,其世系为:公子牙→公孙兹→叔孙得臣、叔仲彭生(别为叔仲氏)→叔孙侨如(无后)、叔孙虺(无后)、叔孙豹→叔孙竖牛(无后)、叔孙孟丙(无后)、叔孙仲壬(无后)、叔孙婼→叔孙不敢→叔孙州仇、叔孙申(别为子我氏)、叔孙齐季(别为子士氏)→叔孙舒、叔孙辄;有传世作品者为叔孙侨如、叔孙豹、叔孙婼、叔孙不敢、叔孙州仇、叔孙舒六子。

叔仲氏为叔孙氏之别,出于公子牙之孙、公孙休之子叔彭生,其世系为:公子牙→公孙休→叔彭生→叔仲皮、叔仲衍(无后)、叔仲亥,叔仲皮→子柳、子硕,叔仲亥→叔仲带→叔仲小、仲叔(后未详)、仲职(后未详)、叔仲寅(后未详)→叔仲志……叔仲会;有传世作品者为叔彭生、叔仲带二子。

---

① [三国吴]韦昭注,上海师范大学古籍整理研究所校点:《国语》,第194页。

季孙氏出于惠公弗湟之孙、桓公允季子公子友,其世系为:公子友→公孙无佚→季孙行父→季孙宿→季孙弥(别为公鉏氏)、季孙纥、季公鸟、季公亥(无后);季孙纥→季孙意如、公甫靖(别为公甫氏)、公之(无后)→季孙斯、季寤(别为子言氏)、季鲂侯(无后)→季孙肥、季孙穆叔(别为子扬氏)、季孙灶(别为子雅氏)、南孺子所生男(无后),季公鸟→季甲;有传世作品者为季孙行父、季孙宿、季孙意如、季孙斯、季孙肥五子。

公冶氏为季孙氏之别,出于季冶,其世系为:桓公允→公子友→公孙无佚……季冶;有传世作品者为季冶。

第四节 公族(下)——其他族群

春秋时期鲁御孙氏、夏父氏、颜氏、公西氏、公罔氏、公敛氏、颛氏七族,皆为季历之孙、文王昌周公旦庶子之后裔,属公族;有传世作品的子,可统称为鲁公族作家群体。

一、御孙氏与御孙庆

(一)御孙氏之族属与世系

《世本集览通论》:"东周列国公族,多以孙系氏。鲁有孟孙、叔孙、季孙氏,而御孙、臧孙、邱孙皆其类;陈有颛孙,秦有逢孙、扬孙,齐有曹孙、申孙、士孙、蒙孙、仲孙,亦其类。"①

谨案:《姓氏急就篇》卷上以"御氏"与"御孙氏"为同一氏。然"御氏"为子姓,"御孙氏"为姬姓,族属迥异,故笔者此不取。则鲁御孙氏为季历(公季)之孙、文王昌(西伯)庶子周公旦后裔,其世系未详。

(二)御孙庆

《国语·鲁语上》韦《注》:"匠师庆,掌匠大夫御孙之名也。"②庄二十四年《左传》杜《注》:"御孙,鲁大夫。"③《春秋释例·世族谱上》说同。则御孙庆,即《国

---

① [清]王梓材撰《世本集览通论》,[汉]宋衷注,[清]秦嘉谟等辑《世本八种》,第64页。
② [三国吴]韦昭注,上海师范大学古籍整理研究所校点:《国语》,第155页。
③ [晋]杜预注,[唐]孔颖达等正义:《春秋左传正义》,第1779页。

语·鲁语上》之"匠师庆",亦即庄二十四年《左传》《汉书·古今人表》之"御孙",姓姬,氏御孙,名庆,鲁掌匠大夫,生卒年未详(前670在世)。其推崇"令德",主张"后世昭前之令闻也,使长监于世"(《鲁语上》)①,尚俭恶侈,熟知周礼,直言敢谏,传世有《侈替令德论》(见《鲁语上》)一文。

二、夏父氏与夏父展、夏父弗忌

(一)夏父氏之族属与世系

《元和姓纂·三十五马》:"夏父,《左传》鲁大夫夏父弗忌,宋大夫夏父微(征)。"②《春秋分记·职官书一》:"文二年《传》:'跻僖公,逆祀也。于是夏父弗忌为宗伯,君子以为失礼。'弗忌,宗人,夏父展之后。"③

谨案:夏父弗忌,见文二年《左传》《国语·鲁语上》,《礼记·礼器》《孔子家语·曲礼子贡问》并作"夏父弗綦",《汉书·古今人表》作"夏父不忌"。"忌""綦"古音近,"弗""不"义同,皆可通假。又,夏父微,《通志·氏族略三》《万姓统谱·二十一马》并作"夏父征",所出未详。又,《古今姓氏书辩证·三十五马》:"夏父,出自曹姓,邾娄颜公之子曰夏父,与鲁孝公同时。以国授其弟眅,眅请分国而治。则六分之而受其一,国人称焉。其后以王父字为氏。鲁文(庄)公时有夏父展。宋有大夫夏父祉。"④《路史·后纪八》说大同。今考:《周礼·春官宗伯·叙官》:"惟王建国,辨方正位,体国经野,设官分职,以为民极。乃立春官宗伯,使帅其属而掌邦礼,以佐王和邦国。礼官之属:大宗伯,卿一人。小宗伯,中大夫二人。"《大宗伯》:"大宗伯之职,掌建邦之天神、人鬼、地示之礼,以佐王建保邦国……小宗伯之职,掌建国之神位,右社稷,左宗庙。"⑤可见,大宗伯居卿位,为王室及公室礼官之长,必由王室及公室同姓任之,而鲁宗伯之职必由公室同姓任之。按照春秋时期世族世卿制度,夏父展、夏父弗忌先后担任鲁之大宗伯一职,则鲁夏父氏必为姬姓而非曹姓可知。又,夏父展为鲁庄公二十四年(前670)时人,夏父弗忌为鲁文公二年(前625)时人,先后相距三十五年,夏父弗忌

---

① [三国吴]韦昭注,上海师范大学古籍整理研究所校点:《国语》,第155页。
② [唐]林宝撰,[清]孙星衍校辑,郁贤皓、陶敏整理点校:《元和姓纂》,第1060页。
③ [宋]程公说:《春秋分记》,第446页。
④ [宋]邓名世撰,王力平点校:《古今姓氏书辩证》,第403页。
⑤ [汉]郑玄注,[唐]贾公彦疏:《周礼注疏》,中华书局1980年影印阮刻十三经注疏本,第752、757—766页。

当为夏父展之子。则鲁夏父氏为季历(公季)之孙、文王昌(西伯)庶子周公旦后裔,出于夏父展,其世系为:夏父展→夏父弗忌。

(二)夏父展

《国语·鲁语上》韦《注》:"宗人,宗伯也。夏父,氏也。展,名也。宗伯主男女贽币之礼。"①文二年《左传》杜《注》:"宗伯,掌宗庙昭穆之礼。"②《春秋分记·职官书一》:"(夏父氏)当是世为礼官。至弗忌为宗伯,则古卿官也。考之《左传》,鲁'宗伯'仅一见;哀二十四年'宗人衅夏',亦宗伯之属。故《国语》'夏父弗忌为宗,烝,将跻僖公。宗有司曰:非昭穆也。'曰:'我为宗伯,何常之有!'是宗伯为卿,而宗人特有司之事。则鲁专命宗伯,非以司马兼之,僭矣。"③《内鲁一》说同。

谨案:文二年《左传》之"宗伯",即哀二十四年《左传》之"宗人",亦即《国语·鲁语上》之"宗""宗人"。则夏父展,即《汉书·古今人表》之"夏父",姓姬,氏夏父,名展,夏父弗忌之父,鲁宗人(大宗伯),生卒年未详(前 670 在世)。其提出"男女之别,国之大节"(《国语·鲁语上》)④说,恪守礼仪,传世有《贽见之礼论》(见《鲁语上》)一文。

(三)夏父弗忌

《国语·鲁语上》韦《注》:"弗忌,鲁大夫,夏父展之后也。宗,宗伯,掌国祭祀之礼也。"⑤则夏父弗忌,即《礼记·礼器》《孔子家语·曲礼子贡问》之"夏父弗綦",亦即《汉书·古今人表》之"夏父不忌",姓姬,氏夏父,名弗忌(一作"弗綦",又作'不忌'),夏父展之子,鲁宗伯,生卒年未详(前 625 在世)。其提出"明、顺,礼也"(文二年《左传》)⑥说,勇于变革古制,传世有《明顺为礼论》(见文二年《左传》)一文⑦。

---

① [三国吴]韦昭注,上海师范大学古籍整理研究所校点:《国语》,第 156 页。
② [晋]杜预注,[唐]孔颖达等正义:《春秋左传正义》,第 1839 页。
③ [宋]程公说:《春秋分记》,第 446—447 页。
④ [三国吴]韦昭注,上海师范大学古籍整理研究所校点:《国语》,第 156 页。
⑤ [三国吴]韦昭注,上海师范大学古籍整理研究所校点:《国语》,第 174 页。
⑥ [晋]杜预注,[唐]孔颖达等正义:《春秋左传正义》,第 1839 页。
⑦ 《文章辨体汇选·史论一》题作《论跻僖公》。

三、颜氏与颜回

（一）颜氏之族属

先哲主要有二说：

一为姬姓鲁伯禽后裔说，襄十九年《左传》："齐侯娶于鲁，曰颜懿姬，无子。其侄鬷声姬，生光，以为大子。"①《元和姓纂·二十七删》《古今姓氏书辩证·二十七删》《通志·氏族略三》并引南朝宋王俭《百家集谱》："（颜氏）出自鲁侯伯禽支庶，食采颜邑，因氏焉。"②《日知录》卷二十三："颜鲁公作《家庙碑》云'其先出于颛顼之孙祝融，融孙安，为曹姓，其裔邾武公，名夷甫，字颜，子友别封郳，为小邾子，遂以颜为氏，多仕鲁，为卿大夫'。按：《左传》襄十九年，齐侯娶于鲁，曰颜懿姬，其侄鬷声姬，《注》曰：'颜鬷皆姬母姓。'则颜之为姬姓，为鲁族，审矣。其出于邾之说，本自圈称、葛洪，盖徒见公羊于邾，有颜公之称，而不考之于左氏也。"③《洙泗考信余录》卷三："颜氏之著名于鲁者多矣。《春秋传》有颜高、颜羽、颜息，《吕览》亦有颜阖，则颜子为鲁人可信也。"④

二为曹姓邾武公后裔说，《元和姓纂·二十七删》《通志·氏族略三》并引汉圈称《陈留风俗传》："颜，颛顼之后。陆终第五子曰安，为曹姓。裔孙挟，周武王封邾。至武公字颜，《公羊》谓之颜公，子孙因以为氏。"⑤《颜氏家训·诫兵篇》："颜氏之先，本乎邹、鲁，或分入齐，世以儒雅为业，遍在书记。"⑥《急就篇》卷一颜《注》："颜氏，本出颛顼之后。颛顼生老童，老童生吴回，为高辛氏火正，是谓祝融。祝融生陆终，陆终生六子，其五曰安，是为曹姓，周武王封其苗裔于邾，为鲁附庸，在鲁国邹县。其后邾武公名夷父，字曰颜，故《春秋公羊传》谓之颜公，其后遂称颜氏，齐、鲁之间，皆为盛族。"⑦笔者此从"姬姓鲁伯禽后裔"说。则鲁颜氏为季历（公季）之孙、文王昌（西伯）庶子周公旦后裔，出于文王昌之孙、周公旦长子鲁侯伯禽。

---

① 杜《注》："兄子曰侄。颜、鬷，皆二姬母姓，因以为号。懿、声，皆谥。"[晋]杜预注，[唐]孔颖达等正义：《春秋左传正义》，第1968页。
② [唐]林宝撰，[清]孙星衍校辑，郁贤皓、陶敏整理点校：《元和姓纂》，第519页。
③ [清]顾炎武撰，[清]黄汝成集释，秦克诚点校：《日知录集释》，第805页。
④ [清]崔述，顾颉刚整理：《洙泗考信余录》，上海古籍出版社1983年影印清道光四年（1824）陈履和刻崔东壁遗书本，第404页。
⑤ [唐]林宝撰，[清]孙星衍校辑，郁贤皓、陶敏整理点校：《元和姓纂》，第518—519页。
⑥ [北齐]颜之推撰，王利器集解：《颜氏家训集解》（增补本），中华书局1993年新编诸子集成本，第348页。
⑦ [汉]史游撰，[唐]颜师古注：《急就篇》，第59页。

(二)颜氏之世系

昭二十六年《左传》:"林雍羞为颜鸣右,下。苑何忌取其耳,颜鸣去之……颜鸣三人齐师,呼曰:'林雍乘!'"①定八年《左传》:"公侵齐,门于阳州。士皆坐列,曰:'颜高之弓六钧'……颜息射人中眉。"②哀十一年《左传》:"孟孺子洩帅右师,颜羽御,邴洩为右。"③《史记·仲尼弟子列传》:"颜无繇字路。路者,颜回父,父子尝各异时事孔子。"④《论语·先进篇》何晏《集解》引孔安国《论语训解》:"颜路,颜渊之父也。"⑤《史记·仲尼弟子列传》司马贞《索隐》引《孔子家语》:"颜由字路,回之父也。"⑥《颜氏家训·诫兵篇》:"仲尼门徒,升堂者七十有二,颜氏居八人焉。"⑦《元和姓纂·二十七删》:"颜……仲尼弟子达者八人,路、回、仆、哙、何、祖、幸也,见《书》《传》。颜叔子、颜丁、颜鶶、颜高、颜息,《谱》,鲁人。"⑧《春秋分记·世谱六》:"颜氏,五人。"⑨《开卷偶得》卷六:"《仲尼弟子列传》颜氏居其八:颜路、颜回、颜幸、颜高、颜祖、颜之仆、颜哙、颜何,皆鲁人。颜之推云:仲尼母族。"⑩

谨案:鲁昭公二十六年(前516)时颜无繇三十岁,颜回六岁,则颜鸣年辈较颜无繇长,或年辈相当;定公八年(前502)时颜无繇四十四岁,颜回二十岁,则颜高、颜息年辈较颜无繇晚,与颜回相当;哀公十一年(前484)时颜回三十八岁,则颜羽年辈较颜回晚。又,据《史记·仲尼弟子列传》《孔子家语·七十二弟子解》,颜幸少颜回十七岁,颜克少颜回二十一岁,颜之仆、颜哙、颜何、颜祖年岁未

---

① 杜《注》:"(林雍、颜鸣)皆鲁人。"[晋]杜预注,[唐]孔颖达等正义:《春秋左传正义》,第2113页。
② 杜《注》:"颜高,鲁人……颜息,鲁人。"[晋]杜预注,[唐]孔颖达等正义:《春秋左传正义》,第2141—2142页。
③ 杜《注》:"(颜羽、邴洩)二子,孟氏臣。"[晋]杜预注,[唐]孔颖达等正义:《春秋左传正义》,第2166页。
④ [汉]司马迁撰,[晋]裴骃集解,[唐]司马贞索隐,[唐]张守节正义,郭逸、郭曼标点:《史记》,第1711页。
⑤ [三国魏]何晏集解,[南朝梁]皇侃义疏:《论语集解义疏》,第147页。
⑥ [汉]司马迁撰,[晋]裴骃集解,[唐]司马贞索隐,[唐]张守节正义,郭逸、郭曼标点:《史记》,第1711页。案:今本《孔子家语》轶此文。
⑦ [北齐]颜之推撰,王利器集解:《颜氏家训集解》(增补本),第348页。
⑧ [唐]林宝撰,[清]孙星衍校辑,郁贤皓、陶敏整理点校:《元和姓纂》,第519页。案:据《日知录》卷二十四、《经义考·承师二》,林氏所谓八人,实缺颜高(颜克)。
⑨ [宋]程公说:《春秋分记》,第132页。
⑩ [清]林春溥:《开卷偶得》,台北新文丰出版公司丛书集成三编1997年影印清道光二十九年(1849)林氏竹柏山房自刻本,第630页。

详。则春秋时期鲁颜氏世系为：颜鸣……颜无繇→颜回……颜高……颜息……颜羽……颜幸……颜克……颜之仆……颜哙……颜何……颜祖。

（三）颜回

《论语·先进篇》："德行：颜渊，闵子骞，冉伯牛，仲弓。"①《孟子·公孙丑上》："冉牛、闵子、颜渊善言德行。"②《韩非子·显学篇》："自孔子之死也，有子张之儒，有子思之儒，有颜氏之儒，有孟氏之儒，有漆雕氏之儒，有仲良氏之儒，有孙氏之儒，有乐正氏之儒。"③《大戴礼记·卫将军文子》载子贡（端木赐）对文子（公孙木）曰："夙兴夜寐，讽诵崇礼，行不贰过，称言不苟，是颜渊之行也。孔子说之以《诗》，《诗》云：'媚兹一人，应侯顺德。永言孝思，孝思惟则。'故国一逢有德之君，世受显命，不失厥名，以御于天子以申之。"④《史记·仲尼弟子列传》："颜回者，鲁人也，字子渊。少孔子三十岁。"⑤《论语·为政》魏何晏《集解》引汉孔安国《论语训解》："（颜）回，弟子也。姓颜，名回，字子渊，鲁人也。"⑥《说苑·敬慎篇》："颜回将西游。"⑦《论语·泰伯篇》何晏《集解》引汉马融《论语训说》："（吾）友，谓颜渊也。"⑧今本《孔子家语·贤君篇》："颜渊将西游于宋。"《七十二弟子解》："颜回，鲁人，字子渊，年二十九而发白，三十一早死。"⑨《咸淳临安志》卷十一载宋高宗《御制宣圣七十二贤赞并序》："颜回，字子渊，鲁人，赠兖国公。赞曰：'德行首科，显冠学徒。不迁不贰，乐道以居。食埃甚忠，在陋自如。宜称贤哉，岂止不愚。'"⑩

谨案：《至圣编年世纪》卷六："周敬王七年，鲁昭公二十九年……是年，弟子

---

① ［三国魏］何晏等注，［宋］邢昺疏：《论语注疏》，第2498页。
② ［汉］赵岐注，［宋］孙奭疏：《孟子注疏》，第2686页。
③ ［周］韩非撰，［清］王先慎集解，钟哲点校：《韩非子集解》，中华书局新编诸子集成1998年点校四部丛刊初编影宋乾道间（1165—1173）刻本，第456页。
④ ［汉］戴德撰，［北周］卢辩注，［清］王聘珍解诂，王文锦点校：《大戴礼记解诂》，第108页。
⑤ ［汉］司马迁撰，［晋］裴骃集解，［唐］司马贞索隐，［唐］张守节正义，郭逸、郭曼标点：《史记》，第1695页。
⑥ ［三国魏］何晏集解，［南朝梁］皇侃义疏：《论语集解义疏》，第18页。
⑦ ［汉］刘向撰，向宗鲁校证：《说苑校证》，第262页。
⑧ ［三国魏］何晏集解，［南朝梁］皇侃义疏：《论语集解义疏》，第105页。
⑨ ［三国魏］王肃注，［清］陈士珂疏证：《孔子家语疏证》，第83、221页。
⑩ ［宋］潜说友：《咸淳临安志》，第3458页。案：《论语·颜渊篇》《子罕篇》《为政篇》《公冶长篇》《雍也篇》《卫灵公篇》《易·系辞》《庄子·大宗师篇》《至乐篇》《让王篇》《吕氏春秋·劝学篇》《韩诗外传》卷七、《史记·伯夷列传》《仲尼弟子列传》《汉书·货殖列传》《孔子家语·弟子行》《说苑·敬慎篇》《指武篇》《论衡·讲瑞篇》等多载颜回言行，不具引。

颜回生。颜回,鲁人,字子渊,小邾之后,颜路之子。甫成童,从孔子游,年二十九发尽白。少孔子三十八岁。以是年冬十一月十一日生。"①此说颜回生年比《史记·仲尼弟子列传》晚八年,未详何据。钟肇鹏《孔子系年》力主此说,可参。则颜回(前521年—前480),即《论语·述而篇》《子罕篇》《先进篇》《颜渊篇》《孟子·公孙丑上》《滕文公上》、哀十四年《公羊传》《礼记·檀弓上》《檀弓下》《大戴礼记·卫将军文子篇》《韩诗外传》卷二、卷四、卷七、卷九、卷十、《春秋繁露·随本消息篇》《史记·伯夷列传》《仲尼弟子列传》《汉书·古今人表》《孔子家语·致思篇》《贤君篇》《曲礼子夏问篇》《七十二弟子解》之"颜渊",亦即《论语·泰伯篇》之"吾友",亦即《史记·仲尼弟子列传》《孔子家语·七十二弟子解》之"子渊",姓姬,氏颜,名回,字子渊,亦称颜渊,颜无繇(颜路)之子,仲尼母族,孔子前辈弟子,为孔子四友之一,亦为孔门四科十哲之一。其认为"夫子之道至大,故天下莫能容"(《史记·孔子世家》),具有君臣协调、天下安宁之政治志向,具有顺从自然、无为而治之思想因素,安贫乐道,终生未仕,天资聪慧,学习勤奋,德行出众,尊师重教,对孔子学说身体力行,多次受到孔子称赞,精通古籍,尤谙习《诗》,形成了颜氏学派,传世有《修道以待君子论》(见《史记·孔子世家》)②。

四、公西氏与公西赤

(一)公西氏之族属与世系

《通志·氏族略三》引南朝宋何承天《姓苑》:"公西氏,见《姓苑》,鲁有公西赤子华、公西蒧子上,并仲尼弟子。"③《广韵·一东》"公"字注:"亦姓……孔子弟子齐人公晳哀,陈人公良儒,公西赤,公祖句兹,公肩定。"④《古今姓氏书辩证·一东》:"公西,孔子弟子公西赤,字子华;公西舆如,字子上;公西蒧,字子晳;皆

---

① [清]李灼、[清]黄晟辑:《至圣编年世纪》,齐鲁书社四库存目丛书1997年影印清乾隆十六年(1795)亦政堂刻本(史部第81册),第254页。
② 颜回于东汉永平十五年(72)为受祀孔丘七十二弟子之一,三国魏正始元年(244)祭孔时始独以弟子身份配享从祀,唐贞观二年(628)封为"先师"配享孔子,总章元年(668)封为"太子少师"配享从祀孔子,太极元年(712)封为"太子太师"配享从祀孔子,开元八年(720)封为"亚圣"被列为儒家配享从祀孔子"四科十哲"之一,二十七年(739)追封为"亚圣兖国公",宋大中祥符二年(1009)改封为"兖国公",咸淳三年(1267)被列为"四配"之首,元至顺元年(1330)改封为"兖国复圣公",明嘉靖九年(1539)改封为"复圣"。
③ [宋]郑樵撰,王树民点校:《通志二十略》,第108页。案:《急就篇》颜《注》、林宝《元和姓纂》"公西氏"皆阙。
④ [宋]陈彭年等重修:《钜宋广韵》,第5页。

鲁人。邵氏《姓解》以赤与华为二人,误甚矣。"①《世本集览》卷六:"文昭,鲁十世十二君,公族……公巫氏、蟜氏、有山氏、公冉氏、公西氏……"②则鲁公西氏为季历(公季)之孙、文王昌(西伯)庶子周公旦后裔,其世系未详。

(二)公西赤

《大戴礼记·卫将军文子篇》载子贡(端木赐)对文子(公孙木)曰:"志通而好礼,摈相两君之事,笃雅其有礼节也,是公西赤之行也……孔子之语人也,曰:'当宾客之事则通矣。'谓门人曰:'二三子欲学宾客之事者,于赤也。'"③《史记·仲尼弟子列传》:"公西赤字子华。少孔子四十二岁。"④《论语·公冶长篇》魏何晏《集解》引汉马融《论语训说》:"赤,弟子公西华也。"《雍也篇》何晏《集解》引《论语训说》:"子华,弟子公西华(赤)之字。"⑤《仲尼弟子列传》裴骃《集解》引郑玄《论语注》:"鲁人。"⑥《礼记·檀弓上》郑《注》:"公西赤,孔子弟子,字子华。"⑦《孔子家语·七十二弟子解》:"公西赤,鲁人,字子华,少孔子四十二岁。"⑧《咸淳临安志》卷十一载宋高宗《御制宣圣七十二贤赞并序》:"公西赤,字子华,鲁人,赠郜伯。赞曰:'学者行道,敝缊亦称。使齐光华,偶为肥轻。周急之言,君子所令。答问允严,理皆先经。'"⑨则公西赤(前509—前?),即《论语·述而篇》《先进篇》《汉书·古今人表》之"公西华",亦即《论语·雍也篇》《史记·仲尼弟子列传》《孔子家语·七十二弟子解》之"子华",亦即《论语·公冶长篇》之"赤",姓姬,氏公西,名赤,字子华,孔子晚辈弟子。其长于祭祀之仪与宾客之礼,极力推行仁孝,孝敬父母,传世有《愿为小相论》(见《论语·先进篇》)一文⑩。

---

① [宋]邓名世撰,王力平点校:《古今姓氏书辩证》,第18页。
② [清]王梓材撰《世本集览》,[汉]宋衷注,[清]秦嘉谟等辑《世本八种》,第27页。
③ 卢《注》:"公西赤,鲁人也,字子华。"[汉]戴德撰,[北周]卢辩注,[清]王聘珍解诂,王文锦点校:《大戴礼记解诂》,第109页。
④ [汉]司马迁撰,[晋]裴骃集解,[唐]司马贞索隐,[唐]张守节正义,郭逸、郭曼标点:《史记》,第1715页。
⑤ [三国魏]何晏集解,[南朝梁]皇侃义疏:《论语集解义疏》,第57,70页。
⑥ [汉]司马迁撰,[晋]裴骃集解,[唐]司马贞索隐,[唐]张守节正义,郭逸、郭曼标点:《史记》,第1715页。
⑦ [汉]郑玄注,[唐]孔颖达等正义:《礼记正义》,第1284页。
⑧ [三国魏]王肃注,[清]陈士珂疏证:《孔子家语疏证》,第224页。
⑨ [宋]潜说友:《咸淳临安志》,第2458—2459页。案:《论语·述而篇》《雍也篇》《公冶长篇》《先进篇》《礼记·檀弓上》《大戴礼记·卫将军文子》《孔丛子·论书篇》《圣贤群辅录》与《广博物志》卷二十并引《尸子》《淮南子·齐俗训》《孔子家语·弟子行》《曲礼公西赤问》并载公西赤言行,不具引。
⑩ 公西赤于汉永平十五年(72)为所祠孔门七十二弟子之一,唐开元二十七年(739)追封为"邵伯",宋大中祥符二年(1009)加封为"巨野侯"。

五、公罔氏与公罔裘

(一)公罔氏之族属

《广韵·一东》"公"字注:"又汉复姓八十五氏……又有公罔之裘扬觯者。"①《古今姓氏书辩证·一东下》:"公罔,孔子弟子有公罔之裘,矍相之射,尝使扬觯。"②《通志·氏族略》:"公罔氏,仲尼时鲁有公罔氏。"③清秦嘉谟辑补《世本》卷七上:"公罔氏,鲁同姓,其后有公罔之裘。"④王梓材《世本集览》卷六:"文昭,鲁十世十二君。公族……公宣氏、公宾氏、公有氏、公甲氏、公敛氏、公慎氏、公索氏、公罔氏、公晳氏、公祖氏、公伯氏、公仲氏。"⑤则鲁公罔氏为季历(公季)之孙、文王昌(西伯)庶子周公旦(文公)后裔,其世系未详。

(二)公罔裘

《礼记·射义》孔《疏》:"公罔,人姓也。又作'冈'。之裘,裘,名也。之,语助。"⑥《经典释文·礼记音义四》说同。《頖宫礼乐疏》卷二:"序点、公罔之裘与子路比肩扬觯,或亦弟子之列。"⑦《名疑》卷二:"鲁人公罔之裘、颜之仆……皆以'之'字发声也。"⑧

谨案:《礼记集解·射义第四十六》卷六十:"公罔之裘,序点之所言,若在圣门,亦当为高第弟子,而乃以责之与射之众,岂圣人与人不求备之意?此《记》盖传闻、附会之言与?"⑨笔者以为,《史记·仲尼弟子列传》《孔子家语·七十二弟子解》虽均无此二人,但《孔子家语·观乡射》先谓"于是退而与门人习射于矍相之圃",后谓"射既阕,子路进曰:'由与二三子者之为司马,何如?'孔子曰:'能用命矣。'"⑩况且孔子行射礼时,公罔之裘、序点与子路一起在场听从孔子指教,公

---

① [宋]陈彭年等重修:《钜宋广韵》,第 5 页。
② [宋]邓名世撰,王力平点校:《古今姓氏书辩证》,第 23 页。
③ [宋]郑樵撰,王树民点校:《通志二十略》,第 108 页。
④ [清]秦嘉谟辑补:《世本》,[汉]宋衷注,[清]秦嘉谟等辑《世本八种》,第 208 页。
⑤ [清]王梓材:《世本集览》,[汉]宋衷注,[清]秦嘉谟等辑《世本八种》,第 27—28 页。
⑥ [汉]郑玄注,[唐]孔颖达等正义:《礼记正义》,第 1689 页。
⑦ [明]李之藻:《頖宫礼乐疏》,上海古籍出版社 1987 年影印文渊阁四库全书本,第 67 页。
⑧ [明]陈士元:《名疑》,上海古籍出版社 1987 年影印文渊阁四库全书本,第 624 页。
⑨ [清]孙希旦,沈啸寰、王星贤点校:《礼记集解》,中华书局 1989 年点校十三经清人注疏本,第 1444 页。
⑩ [三国魏]王肃注,[清]陈士珂疏证:《孔子家语疏证》,第 181 页。

罔之裘、序点二子自然与子路同为孔子弟子。又,哀公十一年(前484)孔子自卫归鲁时,其前辈弟子仲由五十九岁、漆彫开五十七岁、闵损五十三岁、孔鲤四十九岁、仲孙何忌四十七岁、仲孙阅四十七岁,则公罔裘、序点二子年岁与诸子大致相当。又,《礼记·射义》《大戴礼记·文王官人》《孔子家语·观乡射》之"公罔之裘",宋黄仲元《四如讲稿》卷四、黄震《黄氏日钞》卷二十九并作"公罔裘"。则公罔裘,即《礼记·射义》《大戴礼记·文王官人》《孔子家语·观乡射》之"公罔之裘",姓姬,氏公罔,名裘,鲁公族,孔门前辈弟子,生卒年未详(前481在世)。其提出"幼壮孝弟,耆耋好礼,不从流俗,脩身以俟死"(《礼记·射义》)[①]说,善射义,传世有《脩身以俟死论》(见《礼记·射义》)一文。

六、公敛氏与公敛阳

(一)公敛氏之族属与世系

《广韵·一东》"公"字注:"又汉复姓八十五氏……公敛阳。"[②]《古今姓氏书辩证·一东下》:"公敛,鲁大夫公敛阳,字处父,为孟氏成宰,能逐阳虎。"[③]《姓氏急就篇》卷上说大同。[④] 清王梓材《世本集览》卷六:"文昭,鲁十世十二君,公族……公敛氏、公慎氏、公索氏、公罔氏、公晳氏、公祖氏、公伯氏、公仲氏。"[⑤]则鲁公敛氏为季历(公季)之孙、文王昌(西伯)庶子周公旦后裔,出于公敛阳(公敛处父),其世系未详。

(二)公敛阳

《史记·孔子世家》裴骃《集解》引汉服虔《春秋左氏传解》:"(公敛处父)成宰也。"[⑥]定七年《左传》杜《注》:"(公敛)处父,孟氏家臣,成宰公敛阳。"[⑦]《春秋释例·世族谱上》大同。则公敛阳,即定七年、八年、十二年《左传》《史记·孔子世家》之"公敛处父",亦即定七年《左传》之"处父",姓姬,氏公敛,名阳,字处父,孟氏成宰,生卒年未详(前503—前498在世)。其忠心事主,长于谋断,传世有《谏

---

① [汉]郑玄注,[唐]孔颖达等正义:《礼记正义》,第1689页。
② [宋]陈彭年等重修:《钜宋广韵》,第5页。
③ [宋]邓名世撰,王力平点校:《古今姓氏书辩证》,第22页。
④ 《急就篇》颜《注》《元和姓纂》《通志·氏族略》"公敛氏"皆阙。
⑤ [清]王梓材:《世本集览》,[汉]宋衷注,[清]秦嘉谟等辑《世本八种》,第27—28页。
⑥ [汉]司马迁撰,[晋]裴骃集解,[唐]司马贞索隐,[唐]张守节正义,郭逸、郭曼标点:《史记》,第1501页。
⑦ [晋]杜预注,[唐]孔颖达等正义:《春秋左传正义》,第2141页。

堕成书》(见定十二年《左传》)一文。

七、爨氏与爨夏

(一)爨氏之族属与世系

《国语·鲁语下》韦《注》:"虞、唐云:'不过宗人,不与他姓议亲亲也。'昭谓:此宗人则上宗臣也。亦用同姓,若汉宗正用诸刘矣。凡时男女之飨,不及宗臣,至于谋宗室之事,则不过宗臣。"①《古今姓氏书辩证·二十一震》:"爨,欣,去声,亦作'甼'。出自鲁宗人爨夏之后。邵氏以为甼,误矣。"②《左通补释》卷三十二引《尚静斋经说》:"据《杂记》,爨庙、爨器皆宗人职之,故爨夏即以事为氏。"③则鲁爨氏为帝喾高辛氏元妃姜嫄子后稷弃之裔,出于季历(公季)之孙、文王昌(西伯)庶子周公旦,其世系未详。

(二)爨夏

哀二十四年《左传》杜《注》:"宗人,礼官也。"④《春秋分记·职官书一》:"考之《左传》,鲁宗伯仅一见。哀二十四年宗人爨夏,亦宗伯之属。"⑤《左传杜林合注》卷五十引林尧叟《注》:"宗人,礼官;爨夏,名。"⑥

谨案:清钱绮《左传札记》卷四谓"爨夏当为夏爨",则以其氏夏。然《周礼·春官宗伯·叙官》郑《注》引本《传》即作"爨夏"。可见,钱氏说不足信。故笔者此不取。则爨夏,姓姬,氏爨(一作"甼"),名夏,鲁宗司(宗人),生卒年未详(前471在世)。其恪守礼仪,直言敢谏,传世有《立夫人之礼论》(见哀二十四年《左传》)一文。

综上所考,春秋时期鲁御孙氏、夏父氏、颜氏、公西氏、公冈氏、公敛氏、爨氏七族,皆为季历之孙、文王昌周公旦庶子之后裔,属公族;有传世作品的御孙庆、

---

① [三国吴]韦昭注,上海师范大学古籍整理研究所校点:《国语》,第211页。
② [宋]邓名世撰,王力平点校:《古今姓氏书辩证》,第484页。案:《原本广韵·二十一震》《重修广韵·二十一震》并谓"甼"为"爨"之俗字。
③ [清]梁履绳:《左通补释》,凤凰出版社2005年影印王先谦刻皇清经解续编本,第1581页。
④ [晋]杜预注,[唐]孔颖达等正义:《春秋左传正义》,第2181页。
⑤ [宋]程公说:《春秋分记》,第446页。
⑥ [宋]林尧叟撰,[明]王道焜、[明]赵如源编:《左传杜林合注》,清光绪间仁和葛元煦刻啸园丛书本。

夏父展、夏父弗忌、颜回、公西赤、公罔裘、公敛阳、酆夏八子，皆可统称为鲁公族作家群体。其中：

御孙氏世系未详，有传世作品者为御孙庆。

夏父氏出于夏父展，其世系为：夏父展→夏父弗忌；有传世作品者为夏父展、夏父弗忌二子。

颜氏出于文王昌之孙、周公旦长子鲁侯伯禽，其世系为：颜鸣……颜无繇→颜回……颜高……颜息……颜羽……颜幸……颜克……颜之仆……颜哙……颜何……颜祖；有传世作品者为颜回。

公西氏世系未详，有传世作品者为公西赤。

公罔氏世系未详，有传世作品者为公罔裘。

公敛氏世系未详，有传世作品者为公敛阳。

酆氏世系未详，有传世作品者为酆夏。

第五节　同姓世族

鲁宰氏原属周王族，冉氏原属冉公族，阳氏原属阳公族，宓氏原属密公族，驷氏原属郑公族，禽氏原属管公族，孺氏为帝颛顼高阳氏后裔，皆姬姓。足见宰氏、冉氏、阳氏、宓氏、驷氏、禽氏、孺氏七族，皆为鲁公室同姓世族。则此七族中有传世作品的宰予、冉耕、冉求、冉雍、阳虎、宓不齐、驷赤、禽滑厘、孺悲九子，可称为鲁公室同姓世族作家群体。

一、宰氏与宰予

（一）宰氏之族属与世系

《急就篇》卷二颜《注》："宰氏，周大夫宰孔之后也。"①《元和姓纂·十五海》："宰，周大夫宰周公孔之后，以官为姓。仲尼弟子宰我，字子我，鲁人也。"②《通志·氏族略四》："宰氏，姬姓，周卿士宰周公之后。又有宰孔者，皆周太宰，以官为氏。仲尼弟子宰予。"③

---

① ［汉］史游撰，［唐］颜师古注：《急就篇》，第107页。
② ［唐］林宝撰，［清］孙星衍校辑，郁贤皓、陶敏整理点校：《元和姓纂》，第968页。
③ ［宋］郑樵撰，王树民点校：《通志二十略》，第152页。

谨案：据《国语·晋语二》韦《注》、僖九年《春秋》杜《注》、《春秋释例·世族谱上》，宰周公即宰孔。郑氏《通志》以宰周公与宰孔为二人，说不确。故笔者此不取。则鲁宰氏为季历（公季）之孙、文王昌（西伯）庶子周公旦（文公）后裔，周氏之别，出于周公孔（宰孔、宰周公），其世系为：周公孔……宰予。

（二）宰予

《论语·先进篇》："言语：宰我，子贡。"①《孟子·公孙丑上》："宰我、子贡善为说辞。"②《韩非子·显学篇》："宰予之辞，雅而文也，仲尼几而取之，与处而智不充其辩。"③《史记·仲尼弟子列传》："宰予字子我。利口辩辞……宰我为临菑大夫，与田常作乱，以夷其族，孔子耻之。"④《论语·公冶长篇》何晏《集解》引汉包咸《论语章句》："宰予，弟子宰我也。"⑤《孔子家语·七十二弟子解》："宰予，字子我，鲁人，有口才著名。"⑥《咸淳临安志》卷十一载宋高宗《御制宣圣七十二贤赞并序》："宰予，字子我，鲁人，赠齐侯。赞曰：'辩以饰诈，言以致文。苟弗执礼，宜莫释纷。朽木粪墙，置不足云。言语之科，烨然有闻。"⑦《大成通志·先贤列传上》卷十三："（宰我）少孔子二十九岁。"⑧

谨案：关于宰我（宰予）之卒，先哲主要有二说：一为卒于田常（陈成子）之乱说，见《吕氏春秋·慎势篇》，《史记·李斯列传》载李斯《上秦二世书》说同；二为田常所杀为阚止（字子我）而非宰予（字子我）说，见《史记·仲尼弟子列传》司马贞《索隐》。笔者此从《索隐》说。

又，关于孔子对宰予之评价，先哲主要有二说：一为孔子认为宰予虽言语文雅而品德才能低下，故其自责收宰予为弟子之失，见《韩非子·显学篇》，《孔子家语·子路初见篇》说大同；二为孔子肯定宰我品德与才能，故其自责曾以言取人几乎失去宰予这一高足，见《史记·仲尼弟子列传》，《论衡·问孔篇》说大同。笔者以为，从《论语·八佾篇》《雍也篇》《公冶长篇》所载孔子对宰予评价观之，

---

① [三国魏]何晏等注，[宋]邢昺疏：《论语注疏》，第2498页。
② [汉]赵岐注，[宋]孙奭疏：《孟子注疏》，第2686页。
③ [周]韩非撰，[清]王先慎集解，钟哲点校：《韩非子集解》，中华书局1988年新编诸子集成本。
④ [晋]裴骃《集解》引[汉]郑玄《论语注》："鲁人。"[汉]司马迁撰，[晋]裴骃集解，[唐]司马贞索隐，[唐]张守节正义，郭逸、郭曼标点：《史记》，第1700—1701页。
⑤ [三国魏]何晏集解，[南朝梁]皇侃义疏：《论语集解义疏》，第58页。
⑥ [三国魏]王肃注，[清]陈士珂疏证：《孔子家语疏证》，第221页。
⑦ [宋]潜说友：《咸淳临安志》，第3458页。
⑧ [清]杨庆：《大成通志》，齐鲁书社四库存目丛书1997年影印清康熙间（1661—1722）理斋刻本，第514页。案：《论语·阳货篇》《孔丛子·嘉言篇》《记义篇》并记宰予言行，不具引。

其确对宰我多有严厉斥责,但为爱护性批评,并非认为其为品德低下之人。况且,孔子在晚年将宰我列为"四科"之一、"言语"之首,此即孔子对宰我肯定性的总体评价,就连同时代的楚昭王亦感叹楚之官尹无一有宰我之才者(《史记·孔子世家》)。值得强调的是,在孔子遭遇陈蔡绝粮困境之际,并非以受到孔子批评而怨恨孔子、离开孔子,而是一直以敬佩之情跟随着孔子;在宰我遭受孔子的斥责之后,他依然称颂孔子"贤于尧、舜远矣!"(《孟子·公孙丑上》)①在《大戴礼记》《孔子家语》《孔丛子》诸文献中所载孔子与宰我师徒之间问答之事,亦见其师徒关系之融洽,故《韩非子》《孔子家语》之说不足信。则宰予(前522年—前?),即《论语·八佾篇》《雍也篇》《先进篇》《阳货篇》《孟子·公孙丑上》《列子·黄帝篇》《礼记·祭义》《大戴礼记·五帝德》《孔丛子·嘉言篇》《记义篇》《史记·仲尼弟子列传》《汉书·古今人表》《孔子家语·哀公问政篇》《子路初见篇》之"宰我",亦即《史记·仲尼弟子列传》《孔子家语·七十二弟子解》之"子我",姓姬,氏宰,名予,字子我,鲁人,孔丘前辈弟子,为孔门四科十哲之一。其具有改革旧礼制思想,提出"旧谷既没,新谷既升,钻燧改火,期可已矣"(《论语·阳货篇》)②说,以"言语"著称,善为说辞,言雅而文,传世有《三年之丧论》(见《论语·阳货篇》)一文③。

二、冉氏与冉耕、冉求、冉雍

(一)冉氏之族属

先哲主要有三说:一为高辛氏后裔说,《元和姓纂·五十琰》:"冉,高辛氏之后。一云,大夫叔山冉之后。鲁国,仲尼弟子冉耕,字伯牛;冉雍,字仲弓;冉求,字子有。又冉孺,并鲁人,未详所出。"④二为阙疑说,《广韵·五十琰》"冉"字注:"又姓,孔子弟子冉有。"⑤《姓氏急就篇》卷上:"冉氏,鲁有冉会、冉猛、冉竖,孔子

---

① [汉]赵岐注,[宋]孙奭疏:《孟子注疏》,第2686页。
② [三国魏]何晏等注,[宋]邢昺疏:《论语注疏》,第2526页。
③ 宰予于东汉永平十五年(72)为受祀孔丘七十二弟子之一,唐开元八年(710)被列为儒家"四科十哲"之一(后发展成为"四配""十二哲"之一),二十七年(739)追封为"齐侯",宋大中祥符二年(1009)加封为"临淄公",咸淳二年(1265)改封为"齐公"。
④ [唐]林宝撰,[清]孙星衍校辑,郁贤皓、陶敏整理点校:《元和姓纂》,第1148页。案:"大夫叔山冉",《古今姓氏书辩证·五十琰》称"鲁大夫",《通志·氏族略四》作"楚大夫叔山冉"。此"叔山冉",楚大夫,事共王(前590—前560年在位)。事见:成十六年《左传》。《春秋》《左传》及杜预《春秋例释·世族谱》鲁人无"叔山冉",则郑樵说是。
⑤ [宋]陈彭年等重修:《钜宋广韵》,第228页。

弟子冉耕、冉雍、冉求、冉季、冉孺。"①三为周文王子聃（冉季载）后裔，《古今姓氏书辩证·五十琰》："冉，《元和姓纂》：'大夫叔山冉之后。'按：此本无明据，而周文王子封于聃，太史公省聃为冉。则冉出于聃，最为有理。今宜曰鲁国冉氏，出于姬姓。周文王子聃季载，以国为氏，后人去耳为冉氏，春秋时，冉为鲁大夫。"②笔者此从邓氏《古今姓氏书辩证》"周文王子聃（冉季载）后裔"说。兹补证如下：

  关于聃国之地望，先哲主要有二说：一为"聃"即楚邑"那处"说，即今湖北省荆门市东南之那口故城③。此地正为晋栾枝所谓"汉阳诸姬，楚实尽之"（僖二十八年《左传》）④故地，则楚灭之以为邑，迁权国（初封于今湖北省当阳市东南之权城）于此。二为"聃"即郑"聃伯"之邑说，即今河南省开封市境⑤。此以郑聃伯之邑为聃国故地。此地正位于"天邑商"王畿之南，《史记·管蔡世家》所谓周公旦诛武庚禄父、杀管叔鲜、放蔡叔度后封微子启于宋、改封康叔封于卫、封冉季载于冉之地，正为"殷墟"，则郑灭之以为邑。二说皆有据，惜不能辨，存疑待考。

  关于聃亡之具体年代，《国语·周语中》以为在周襄王十七年（前636）之前，《史记·管蔡世家》司马贞《索隐》以为在周庄王七年（前690）之前，《春秋地理考实》卷一以为在周惠王十九年（前658）之前，大致相差五十四年。惜不能辨，存疑待考。

  关于聃国之始封君，僖二十四年《左传》载周富辰曰："管、蔡、郕、霍、鲁、卫、毛、聃、郜、雍、曹、滕、毕、原、酆、郇，文之昭也。"⑥定四年《左传》载卫祝佗（子鱼）曰："昔武王克商，成王定之，选建明德，以蕃（藩）屏周。故周公相王室，以尹天下，于周为睦……聃季授土，陶叔授民，命以《康诰》，而封于殷虚……武王之母弟八人，周公为大宰，康叔为司寇，聃季为司空，五叔无官，岂尚年哉！"⑦《国语·周语中》载周富辰曰："昔鄢之亡也由仲任，密须由伯姞，郐由叔妘，聃由郑姬，息由陈妫，邓由楚曼，罗由季姬，卢由荆妫，是皆外利离亲者也。"⑧《史记·管蔡世家》："武王同母兄弟十人。母曰太姒，文王正妃也。其长子曰伯邑考，次曰武王

---

  ① [宋]王应麟：《姓氏急就篇》，第12页。
  ② [宋]邓名世撰，王力平点校：《古今姓氏书辩证》，第424—425页。
  ③ 见：庄十八年《左传》《春秋释例·土地名二》《经典释文·春秋左氏音义一》《史记·管蔡世家》司马贞《索隐》。
  ④ [晋]杜预注，[唐]孔颖达等正义：《春秋左传正义》，第1825页。
  ⑤ 见僖二年《左传》[清]江永《春秋地理考实》卷二。
  ⑥ [晋]杜预注，[唐]孔颖达等正义：《春秋左传正义》，第1817页。
  ⑦ 杜《注》："聃季，周公弟，司空。"[晋]杜预注，[唐]孔颖达等正义：《春秋左传正义》，第2134、2135页。
  ⑧ 韦《注》："聃，姬姓，文王之子聃季之国。郑姬，郑女，为聃夫人。同姓相娶，犹鲁昭公娶于吴，亦其孳姓，所以亡也。"[三国吴]韦昭注，上海师范大学古籍整理研究所校点：《国语》，第48—50页。

发,次曰管叔鲜,次曰周公旦,次曰蔡叔度,次曰曹叔振铎,次曰成叔武,次曰霍叔处,次曰康叔封,次曰冉季载。冉季载最少……周公旦承成王命伐诛武庚,杀管叔,而放蔡叔,迁之,与车十乘,徒七十人从。而分殷余民为二:其一封微子启于宋,以续殷祀;其一封康叔为卫君,是为卫康叔。封季载于冉。冉季、康叔皆有驯行,于是周公举康叔为周司寇,冉季为周司空,以佐成王治,皆有令名于天下。"①《汉书·古今人表》"聃季载"颜《注》:"文王子。"②《通志·氏族略二》引《风俗通义》:"(聃氏)周文王第十子聃季载之后。"③《姓氏急就篇》卷上:"聃氏,周文王子聃季后,以国为氏。"④《水经注疏》卷二十一:"按:古聃字从冉,耽字从冘,聃、耽同字。"⑤则聃国始封君为季历(公季)之孙、文王昌(西伯)庶子冉季载(聃季载、聃叔季、聃季)。聃季之国始封于周成王初年周公旦诛武庚禄父、杀管叔鲜、放蔡叔度后,大约在周庄王七年至周襄王十七年(前690—前636)期间亡国,其后裔子孙以国为聃氏,后又省"耳"为"冉"。故聃氏与冉氏同种同族,则鲁冉氏为季历之孙、文王昌庶子冉季载(聃季载、聃叔季、聃季)后裔。

(二)冉氏之世系

见之于《左传》《论语》《孟子》《礼记》《韩诗外传》《史记》《孔子家语》等文献记载者有冉耕、冉竖、冉求、冉雍、冉猛、冉会六子。冉竖,鲁季氏家臣。事见:昭二十六年《左传》。时冉耕三十岁,冉求、冉雍皆七岁。则冉竖当为冉耕同族兄弟辈,为冉求、冉雍同族父辈。冉猛,冉会之弟。事见:定八年《左传》。时冉耕四十一岁,冉求、冉雍皆十九岁。则冉会、冉猛,当为冉耕同族子侄辈,为冉求、冉雍同族兄弟辈。其世系为:冉耕……冉竖……冉求……冉雍……冉猛……冉会。

(三)冉耕

《论语·雍也篇》:"伯牛有疾,子问之,自牖执其手,曰:'亡之,命矣夫!斯人也而有斯疾也!斯人也而有斯疾也!'"《先进篇》:"德行:颜渊,闵子骞,冉伯

---

① [唐]司马贞《索隐》:"冉,国也。载,名也。季,字也。冉或作'聃'……聃与邨,皆音奴甘反。"张守节《正义》:"冉,音奴甘反。或作'邨',音同。冉,国名也。季载,人名也……以载最少,故言季载。"[汉]司马迁:《史记》,上海古籍出版社影印文渊阁四库全书本,第三十五卷。案:《索隐》此段文字,据文渊阁库本引,宋黄善夫刊刻三家注本无。又,冉季载,《列女传·母仪传》作"聃季载",与《汉书·古今人表》同。
② [汉]班固撰,[唐]颜师古注,傅东华等点校:《汉书》,第894页。
③ [宋]郑樵撰,王树民点校:《通志二十略》,第48页。
④ [宋]王应麟:《姓氏急就篇》,第14页。
⑤ [北魏]郦道元撰,杨守敬、熊会贞疏,段熙仲点校,陈桥驿复校:《水经注疏》,第1784页。

牛,仲弓。"①《孟子·公孙丑上》:"宰我、子贡善为说辞,冉牛、闵子、颜渊善言德行。"②《史记·仲尼弟子列传》:"冉耕字伯牛。"③《白虎通义·寿命篇》:"冉伯牛危言正行而遭恶疾。"④《孔子家语·七十二弟子解》:"冉耕,鲁人,字伯牛。以德行著名,有恶疾,孔子曰:'命也夫。'"⑤《咸淳临安志》卷十一载宋高宗《御制宣圣七十二贤赞并序》:"冉耕,字伯牛,鲁人,赠郓侯。赞曰:'德以充性,行以澡身,二事在躬,日跻而新。并驰贤科,得颜为邻。不幸斯疾,命也莫伸。'"⑥《山东通志·阙里志二》引旧志:"孔子为司寇,以伯牛为中都宰。"⑦《圣门志》卷一:"伯牛少孔子七岁。"⑧

谨案:《孔子家语·七十二弟子解》谓冉耕与冉雍(仲弓)同宗,其出身贵族,后亦因家族衰落而地位卑贱。又,据《圣门志》卷一,则冉耕生于鲁襄公二十九年(前544),笔者此从之。又,《山东通志·阙里志六》引《东原志》:"伯牛子生于周景王二十三年十一月初七日。"⑨则为鲁昭公二十年(前522)。笔者此不取。又,据《论语·雍也篇》《史记·仲尼弟子列传》《孔子家语·七十二弟子解》,伯牛因恶疾先于孔子而卒。则其卒于鲁哀公十六年(前479)之前,年寿不足六十五岁,惜具体卒年未详。则冉耕(前545—前?),即《论语·先进篇》《史记·仲尼弟子列传》《淮南子·精神训》《汉书·古今人表》《白虎通义·寿命篇》之"冉伯牛",亦即《论语·雍也篇》之"伯牛",亦即《孟子·公孙丑上》之"冉牛",姓姬,氏冉,名耕,字伯牛,本聃人,徙居鲁人,曾为中都宰,因患恶疾而早亡,孔丘前辈弟子,为孔门四科十哲之一。⑩ 其以德行名世,勤于小物,为人正派⑪。

---

① [三国魏]何晏《集解》引[汉]马融《论语训说》:"伯牛,弟子冉耕也。"[三国魏]何晏等注,[宋]邢昺疏:《论语注疏》,第2478、2498页。
② [汉]赵岐注,[宋]孙奭疏:《孟子注疏》,第2686页。
③ [晋]裴骃《集解》引汉郑玄《论语注》:"鲁人。"[汉]司马迁撰,[晋]裴骃集解,[唐]司马贞索隐,[唐]张守节正义,郭逸、郭曼标点:《史记》,第1697页。
④ [汉]班固:《白虎通义》,上海书店四部丛刊初编1985年影印元大德间(1297—1307)覆宋监本。案"危言正行",一本作"危行正言"。
⑤ [三国魏]王肃注,[清]陈士珂疏证:《孔子家语疏证》,第221页。
⑥ [宋]潜说友:《咸淳临安志》,第2458页。
⑦ [清]岳浚等编修:《山东通志》,第488页。
⑧ [明]吕元善:《圣门志》,齐鲁书社四库存目丛书1997年影印明崇祯间(1627—1644)刻本,第488页。
⑨ [清]岳浚等编修:《山东通志》,第632页。
⑩ 《山东通志·阙里志六》:"冉伯牛故里在肥城县西五十里陶山阳野村,有冉子伯牛父母墓,相传即其故里也。"《陵墓志》说同。[清]岳浚等编修:《山东通志》,第649页。
⑪ 冉耕于东汉永平十五年(72)受祀孔丘七十二弟子之一,唐开元八年(710)被列为儒家"四科十哲"之一,二十七年(739)追封为"郓伯",宋大中祥符二年(1009)晋封为"东平公",咸淳二年(1265)改封为"郓公"。

（四）冉求

《论语·先进篇》："政事：冉有，季路。"①《大戴礼记·卫将军文子篇》载子贡（端木赐）对文子（公孙朩）曰："恭老恤孤，不忘宾旅，好学省物而不懃，是冉求之行也。孔子因而语之曰：'好学则智，恤孤则惠，恭老则近礼，克笃恭以天下，其称之也，宜为国老。'"②《史记·仲尼弟子列传》："冉求字子有，少孔子二十九岁。为季氏宰。"③《论语·先进篇》何晏《集解》引汉孔安国《论语训解》："冉求为季氏宰，为之急赋税也。"《子路篇》何晏《集解》引《论语训解》："孔子之卫，冉有御也。"④《季氏篇》何晏《集解》引《论语训解》说大同。《八佾篇》何晏《集解》："冉有，弟子冉求也。时仕季氏。"⑤《孔子家语·七十二弟子解》："冉求，字子有，仲弓之族，有才艺，以政事著名。"⑥《国语·鲁语下》韦《注》："冉有，孔子弟子冉求也，为季氏宰。"⑦哀十一年《左传》杜《注》："有子，冉求也。"⑧哀二十三年《左传》杜《注》："求，冉有名。"⑨《咸淳临安志》卷十一载宋高宗《御制宣圣七十二贤赞并序》："冉求，字子有，鲁人，赠徐侯。赞曰：'循良之要，在于有政。可使为宰，千室百乘。师门育才，治心扶性。退则进之，琢磨之柄。'"⑩《日知录》卷四："《春秋》自僖、文以后而执政之卿始称'子'，其后则匹夫而为学者所宗亦得称'子'，老子、孔子是也。（顾氏自《注》：孔子弟子惟有子、曾子二人称'子'，闵子、冉子仅一见。）又其后则门人亦得称之，乐正子、公都子之流是也。故《论语》之称'子'者，皆弟子之于师；《孟子》之称'子'者，皆师之于弟子。亦世变之所从来矣。"⑪

谨案：《孔子家语·七十二弟子解》："冉雍，字仲弓，伯牛之宗族。"⑫则求、雍、耕（伯牛）为同一宗族。又，尽管屡受孔子训诫，然在孔子周游列国时，冉求

---

① ［三国魏］何晏等注，［宋］邢昺疏：《论语注疏》，第2498页。
② ［汉］戴德撰，［北周］卢辩注，［清］王聘珍解诂，王文锦点校：《大戴礼记解诂》，第109页。
③ ［晋］裴骃《集解》引［汉］郑玄《论语注》："鲁人。"［汉］司马迁撰，［晋］裴骃集解，［唐］司马贞索隐，［唐］张守节正义，郭逸、郭曼标点：《史记》，第1697页。
④ ［三国魏］何晏集解，［南朝梁］皇侃义疏：《论语集解义疏》，第151、180页。
⑤ ［三国魏］何晏集解，［南朝梁］皇侃义疏：《论语集解义疏》，第30页。
⑥ ［三国魏］王肃注，［清］陈士珂疏证：《孔子家语疏证》，第222页。
⑦ ［三国吴］韦昭注，上海师范大学古籍整理研究所校点：《国语》，第218页。
⑧ ［晋］杜预注，［唐］孔颖达等正义：《春秋左传正义》，第2166页。
⑨ ［晋］杜预注，［唐］孔颖达等正义：《春秋左传正义》，第2181页。
⑩ ［宋］潜说友：《咸淳临安志》，第3548页。案：《国语·鲁语下》、哀十一年《左传》《论语·公冶长篇》《八佾篇》《雍也篇》《宪问篇》《季氏篇》《孔子家语·弟子行》并载求言行，不具引。
⑪ ［清］顾炎武撰，［清］黄汝成集释，秦克诚点校：《日知录集释》，第143—144页。
⑫ ［三国魏］王肃注，［清］陈士珂疏证：《孔子家语疏证》，第221页。

曾为孔子赶车(《论语·子路篇》);在孔子渴望回国时,冉求依然对季康子称颂孔子曰:"用之有名,播之百姓,质诸鬼神而无憾;求之至于此道,虽累千社,夫子不利也"(《史记·孔子世家》)①,并极力促成孔子归鲁(前484)。同样,孔子在晚年(前482)亦充分肯定冉求在"政事"方面的才干,足见他们师徒之间依然保持着密切关系。则冉求(前522年—约前462),即《论语·八佾篇》《述而篇》《先进篇》《子路篇》、哀十一年《左传》《国语·鲁语下》《韩诗外传》卷八、卷十、《礼记·檀弓上》《孔丛子·记问篇》《史记·仲尼弟子列传》《说苑·修文篇》《汉书·古今人表》《孔子家语·相鲁篇》《五刑解》《辩乐解》《正论解》之"冉有",亦即哀十一年《左传》之"有子",亦即《论语·雍也篇》《子路篇》《檀弓上》《荀子·宥坐篇》《春秋繁露·仁义法篇》《论衡·问孔篇》《风俗通义·十反篇》《孔子家语·曲礼子贡问》之"冉子",氏冉,名求,字子有,尊称有子、冉子,本聊人,徙居鲁,与鲁大夫冉竖、冉会、冉猛及孔门弟子冉耕(伯牛)、冉雍(仲弓)、冉孺(子鲁)、冉季(子产)同族,鲁哀公三年(前492)为鲁季氏宰,十一年(前484)帅季氏之甲败齐师,孔丘前辈弟子,为孔门四科十哲之一。其性格活泼,多才多艺,处事稳重,勇武善战,见危授命,善于理财,见利思义,以"政事"著称,然多有悖于孔子主张,尤不注重仁德修养与礼乐之学,传世有《御齐之策论》(见哀十一年《左传》)、《孔丘之才论》(见《史记·孔子世家》)诸文。②

(五)冉雍

《论语·公冶长篇》:"或曰:'雍也仁而不佞。'子曰:'焉用佞?御人以口给,屡憎于人。不知其仁,焉用佞?'"《雍也篇》:"子曰:'雍也可使南面'……子谓仲弓曰:'犁牛之子骍且角。虽欲勿用,山川其舍诸?'"《先进篇》:"德行:颜渊,闵子骞,冉伯牛,仲弓。"③《荀子·儒效篇》:"通则一天下,穷则独立贵名,天不能死,地不能埋,桀跖之世不能污,非大儒莫之能立,仲尼、子弓是也。"④《大戴礼记·卫将军文子篇》载子贡(端木赐)对文子(公孙朲)曰:"在贫如客,使其臣如藉,不迁怒,不探怨,不录旧罪,是冉雍之行也。孔子曰:'有土君子,有众使也,

---

① [汉]司马迁撰,[晋]裴骃集解,[唐]司马贞索隐,[唐]张守节正义,郭逸、郭曼标点:《史记》,第1513页。
② 冉求于东汉永平十五年(72)为受祀孔丘七十二弟子之一,唐开元八年(710)被列为儒家"四科十哲"之一,二十七年(739)追封为"徐侯",宋大中祥符二年(1009)晋封为"彭城公",咸淳二年(1265)改封为"徐公"。
③ [三国魏]何晏《集解》引[汉]马融《论语训说》:"雍,弟子仲弓名也,姓冉也。"[三国魏]何晏等注,[宋]邢昺疏:《论语注疏》,第2473、2477—2478、2498页。
④ [周]荀况撰,[清]王先谦集解,沈啸寰、王星贤点校:《荀子集解》,第138页。

有刑用也,然后怒;匹夫之怒,惟以亡其身。'《诗》云:'靡不有初,鲜克有终。'以告之。"①《史记·仲尼弟子列传》:"冉雍字仲弓……仲弓父,贱人。"②《说苑·修文篇》:"仲弓通于化术,孔子明于王道,而无以加仲弓之言。"③《孔子家语·七十二弟子解》:"冉雍,字仲弓,伯牛之宗族,生于不肖之父,以德行著名。"④《咸淳临安志》卷十一载宋高宗《御制宣圣七十二贤赞并序》:"冉雍,字仲弓,鲁人,赠薛侯。赞曰:'懿德贤行,有一则尊。子也履之,成性存存。骍角有用,犁牛莫伦。刑政之言,惠施元元。'"⑤

谨案:《论语·雍也篇》载孔子称雍为"犁牛之子"。所谓"犁牛"者,为仅配用于耕田之牛,而非为配"用牲于社"之牛,此故《史记·仲尼弟子列传》谓"仲弓父,贱人"。⑥ 又,《经义考·承师一》谓《荀子·非十二子篇》《儒效篇》之"子弓",即《论语·雍也篇》《先进篇》《颜渊篇》《子路篇》《刑论篇》《史记·仲尼弟子列传》《汉书·古今人表》《孔子家语·刑政篇》之"仲弓";而郭沫若《十批判书·儒家八派的批判》则认为"子弓"即《史记·仲尼弟子列传》之"馯臂子弘",亦即《汉书·儒林传》之"馯臂子弓",笔者此不取⑦。则冉雍(前522年—前?),即《论语·雍也篇》《先进篇》《颜渊篇》《子路篇》《孔丛子·刑论篇》《仲尼弟子列传》《汉书·古今人表》《孔子家语·刑政篇》之"仲弓",亦即《荀子·非十二子篇》《儒效篇》之"子弓",姓姬,氏冉,名雍,字仲弓,一字子弓,本聃人,徙居鲁,与鲁大夫冉竖、冉会、冉猛及孔门弟子冉耕(伯牛)、冉求(子有)、冉孺(子鲁)、冉季(子产)同族,鲁哀公十四年(前481)为季氏宰(《子路篇》),孔子前辈弟子,为孔门四科十哲之一⑧。其以"德行"著称,颇具政治才干,为政居简而行简,不好与人争辩,为人度量宽宏,传世有《居敬而行简论》(见《论语·雍也篇》)一文⑨。

---

① 卢《注》:"冉雍,鲁人也,字仲弓。"[汉]戴德撰,[北周]卢辩注,[清]王聘珍解诂,王文锦点校:《大戴礼记解诂》,第108页。
② [晋]裴骃《集解》引[汉]郑玄《论语注》:"鲁人。"[唐]司马贞《索隐》引《孔子家语》:"伯牛之宗族,少孔子二十九岁。"[汉]司马迁撰,[晋]裴骃集解,[唐]司马贞索隐,[唐]张守节正义,郭逸、郭曼标点:《史记》,第1697页。
③ [汉]刘向撰,向宗鲁校证:《说苑校证》,第499页。
④ [三国魏]王肃注,[清]陈士珂疏证:《孔子家语疏证》,第221页。
⑤ [宋]潜说友:《咸淳临安志》,第3458页。
⑥ 说详:[清]林春溥《孔门师弟年表》,清嘉庆二十一年(1816)侯官林春溥竹柏山房十五种刻本。
⑦ 参见:李启谦《孔门弟子研究》,齐鲁书社1988年,第34—36页。
⑧ 《论语·公冶长篇》《颜渊篇》《学而篇》《子路篇》《孔子家语·弟子行》等皆载其言行,不具引。
⑨ 仲弓于东汉永平十五年(72)为受祀孔丘七十二弟子之一,唐开元二十七年(739)追封为"薛侯",宋大中祥符二年(1009)加封为"下邳公",咸淳二年(1265)改封为"薛公"。

三、阳氏与阳虎

（一）阳氏之族属与世系

闵二年《春秋》："二年春王正月，齐人迁阳。"①《古今姓氏书辩证·十阳上》："阳，出自姬姓。晋大夫阳处父为太傅，其后有阳毕。楚令尹阳匄字子瑕，生宫厩尹阳令终，令终生完及佗。鲁陪臣有阳虎及其弟阳越。"②《通志·氏族略二》："阳氏，其国近齐，闵二年，齐人迁之，子孙以国为氏。或言周景王封少子于阳樊，而以为阳国，误矣。阳樊，周畿内之邑。晋有阳处父。鲁有阳氏。楚有阳氏，芈姓。"③《春秋大事表·春秋列国爵姓及存灭表》："阳，侯，姬，今山东沂州府沂水县南有阳都城。或曰阳国本在益都县东南，齐逼迁之于此。"④

谨案：《日知录》卷二十三驳《汉书·扬雄传》及《新唐书·宰相世系表一上》"杨氏"条曰："晋有阳处父，乃在叔向之前，而楚之阳匄，鲁之阳虎，非一阳也。宋之羊斟，邾之羊罗，非一羊也。安得谓阳为平阳，羊为羊舌，而并附之叔向乎？"⑤笔者以为顾氏说甚是。今考：《路史·后纪一》罗苹《注》引《世本》宋衷《注》："阳侯，伏羲之臣，盖大江之神者。"⑥《路史·国名纪己》："阳，阳侯，伏羲臣。许慎云：'陵阳国，侯也。'国近江，今宣之泾县有陵阳山。"⑦则楚芈姓阳氏或其后。可见，此阳侯之阳与晋、鲁阳氏皆无涉。又，阳樊，宣王臣仲山甫（樊仲）采邑，后为周邑，周襄王十八年（前635）赐予晋。事见僖二十五年《左传》《国语·晋语四》。则此樊仲之阳与晋、鲁阳氏亦无涉。又，昭十七年《左传》孔《疏》引《世本》："穆王生王子扬，扬生尹，尹生令尹匄。"⑧则楚之阳氏后出，亦与晋、鲁阳氏无涉。又，《元和姓纂·十阳》："阳，周景王封少子于阳樊，子孙因氏焉。晋

---

① ［晋］杜预注，［唐］孔颖达等正义：《春秋左传正义》，第1787页。案：阳，国名，在今山东省临沂市沂水县西南。
② ［宋］邓名世撰，王力平点校：《古今姓氏书辩证》，第183页。
③ ［宋］郑樵撰，王树民点校：《通志二十略》，第67页。
④ ［清］顾栋高，吴树平、李解民点校：《春秋大事表》，中华书局1993年点校万卷楼刻本，第581—582页。
⑤ ［清］顾炎武撰，［清］黄汝成集释，秦克诚点校：《日知录集释》，第803页。
⑥ ［宋］罗泌撰，［宋］罗苹注：《路史》，台湾中华书局1968—1972年四部备要据刊本排印本，第61页。
⑦ ［宋］罗泌撰，［宋］罗苹注：《路史》，第276页。
⑧ ［晋］杜预注，［唐］孔颖达等正义：《春秋左传正义》，第2084页。

有阳处父,鲁有阳货。"①据闵二年《春秋》,齐桓公二十六年(前660)齐人强迫阳人迁徙而占有其地。则阳处父、阳虎先祖当于此后陟居晋、鲁。林氏此以晋阳氏、鲁阳氏皆为周景王少子后裔。说不确,故笔者不取。又,关于此阳国公室之族属,《路史·国名纪四》谓其御姓,洪亮吉《春秋左传诂》卷二谓其偃姓。据清邹安《周金文存》卷二著录《阳伯旅鼎铭》:"叔姬作阳伯旅鼎,永用。"②若此叔姬为阳伯之女,则顾氏《春秋大事表》"姬姓"说是。则鲁阳氏为姬姓阳国后裔,其世系为:阳伯……阳处父……阳虎。

(二)阳虎

《孟子·滕文公上》:"是故贤君必恭俭礼下,取于民有制。阳虎曰:'为富不仁矣,为仁不富矣。'"③定八年《公羊传》:"盗者孰谓?谓阳虎也。阳虎者,曷为者也?季氏之宰也。季氏之宰,则微者也……阳越者,阳虎之从弟也。"④《论语·阳货篇》魏何晏《集解》引汉孔安国《论语训解》:"阳货,阳虎也,季氏家臣,而专鲁国之政。"邢《疏》:"阳货,阳虎也,盖名虎字货。"⑤《论语·阳货篇》朱熹《集注》:"阳货,季氏家臣,名虎。"⑥

谨案:《论语说义》卷九:"西汉人称阳虎为杨子,阳、杨古字通用,疑阳货即杨朱。"⑦笔者此不取。则阳虎,即《论语·阳货篇》《墨子·非儒下》《孟子·滕文公上》《滕文公下》《论衡·知实篇》《中论·智行篇》之"阳货",姓姬,氏阳,名虎,字货,本阳人,陟居鲁,阳越从兄,仕为季氏家臣,定公五年(前505)僭季氏执鲁政,九年(前501)奔齐,旋奔晋,为赵氏家臣,生卒年未详(前515—前486在世)。其提出"为富不仁矣,为仁不富矣"(《孟子·滕文公上》)⑧说,精通权谋,熟知典籍,尤谙《周易》,善于运用阴阳五行相生相克之学释卦象,传世有《释〈泰〉之〈需〉卦象》(见哀九年《左传》)一文⑨。

---

① [唐]林宝撰,[清]孙星衍校辑,郁贤皓、陶敏整理点校:《元和姓纂》,第590页。
② [清]邹安:《周金文存》,上海仓圣明智大学广仓学宭艺术丛编1916年玻璃版影印本。
③ 赵《注》:"阳虎,鲁季氏家臣也。富者好聚,仁者好施,不得聚,道相反也。阳虎非贤者也,言有可采,不以人废言也。"孙《疏》:"(阳货)姓阳,名虎,字货也。"[汉]赵岐注,[宋]孙奭疏:《孟子注疏》,第2702—2703页。案:《滕文公下》孙《疏》大同。
④ [汉]何休注,[唐]徐彦疏:《春秋公羊传注疏》,第2340页。
⑤ [三国魏]何晏等注,[宋]邢昺疏:《论语注疏》,第2524页。
⑥ [宋]朱熹:《四书章句集注》,第175页。
⑦ [清]宋翔凤:《论语说义》,凤凰出版社2005年影印王先谦刻皇清经解续编本,第2008页。
⑧ [汉]赵岐注,[宋]孙奭疏:《孟子注疏》,第2702页。
⑨ 宋李石《方舟集》卷二十四题作《筮词》。

四、宓氏与宓不齐

（一）宓氏之族属与世系

《元和姓纂·一屋》引《风俗通义》："宓氏，宓康公之后，以国为氏。《史记》仲尼弟子宓不齐，字子贱，鲁人。"①《国语·周语上》韦《注》："（密）康公，密国之君，姬姓也。"②

谨案：《风俗通义》所谓"宓康公"，《国语·周语上》《史记·周本纪》《列女传·仁智传》俱作"密康公"。《元和姓纂》引《风俗通义》以子贱为密康公之后，则密音美笔切；《广韵·一屋》作"虙子贱"，则虙音房六切。《颜氏家训·书证篇》："孔子弟子虙子贱为单父宰，即虙羲之后，俗字亦为'宓'，或复加'山'。今兖州永昌郡城，旧单父地也，东门有子贱碑，汉世所立，乃曰：'济南伏生，即子贱之后。'是知'虙'之与'伏'，古来通字，误以为'宓'，较可知矣。"③此谓子贱为虙（伏）羲之后，伏生为子贱之后，《元和姓纂·一屋》"伏"氏条亦谓伏生为伏羲之后，说皆与《风俗通义》《国语·周语上》韦《注》迥异。又，《元和姓纂·一屋》"服"氏条又谓子贱为服（伏）羲之后，则与其"宓"氏条相悖。《汉书·艺文志》"《宓子》十六篇"颜《注》："宓，读与伏同。"④则《颜氏家训·书证篇》或为音同而误；《后汉书·伏湛列传》谓湛九世祖胜（伏生）亦字子贱，或为字同而误。故笔者此从《风俗通义》说。又据《通志·氏族略二》《古今姓氏书辩证·五质》《路史·国名纪一》并引《世本》，密氏、密须氏为商时姞姓之国，文王灭密须后之，其后以国为姞姓密氏、密须氏。然据昭十五年、定四年《左传》及杜《注》，周文王灭密须后，以其故地别封姬姓密国，即《国语·周语上》《史记·周本纪》《列女传·仁智传》之"密康公"之国，后为周康王所灭。其后以国为姬姓密氏。则周宓氏有二：一为商时姞姓之国后裔，二为周时姬姓之国后裔。故笔者以鲁宓氏为姬姓。则鲁宓氏为帝喾高辛氏元妃姜嫄子后稷弃后裔，出于密康公，其世系为：密康公……宓不齐。

---

① ［唐］林宝撰，［清］孙星衍校辑，郁贤皓、陶敏整理点校：《元和姓纂》，第1439页。
② ［三国吴］韦昭注，上海师范大学古籍整理研究所校点：《国语》，第8页。
③ ［北齐］颜之推撰，王利器集解：《颜氏家训集解》（增补本），第447—448页。
④ ［汉］班固撰，［唐］颜师古注，傅东华等点校：《汉书》，第1701页。

(二)宓不齐

《论语·公冶长篇》:"子谓子贱:'君子哉若人!鲁无君子者,斯焉取斯?'"①《史记·仲尼弟子列传》:"宓不齐,字子贱。少孔子四十九岁……子贱为单父宰,反命于孔子。"②《吕氏春秋·具备篇》高《注》:"子贱,孔子弟子宓不齐。"③《察贤篇》高《注》说同。《汉书·艺文志》班氏自注:"(宓子)名不齐,字子贱,孔子弟子。"④《孔子家语·七十二弟子解》:"宓不齐,字子贱,鲁人,少孔子四十九岁。仕为单父宰……"⑤《咸淳临安志》卷十一载宋高宗《御制宣圣七十二贤赞并序》:"宓不齐,字子贱,鲁人,赠单伯。赞曰:'君子若人,单父之政。引肘寤君,放鱼禀令。傅郭勿获,遂能制命。百代理邑,用规观听。"⑥

谨案:关于宓不齐生年,先哲主要有二说:一为"少孔子四十九岁"说,见《史记·仲尼弟子列传》、今本《孔子家语·七十二弟子解》;二为"少孔子三十岁",见《史记·仲尼弟子列传》司马贞《索隐》所引古本《家语》。笔者此从古本《家语》"少孔子三十岁"说。又,《韩非子·难言篇》谓宓不齐不斗而死人之手,则其死于非命而早卒。则宓不齐(前521—前473),即《论语·公冶长篇》《韩诗外传》卷二、卷八、《史记·仲尼弟子列传》《孔子家语·七十二弟子解》之"子贱",亦即《韩非子·难言篇》《外储说左上》《吕氏春秋·察贤篇》《具备篇》《说苑·政理篇》《新序·杂事篇》《孔子家语·辩政》《子路初见篇》《屈节解》之"宓子贱",亦即《韩非子·外储说左上》《察贤篇》《具备篇》《新序·审微篇》《汉书·艺文志》之"宓子",姓姬,氏宓,名不齐,字子贱,尊称"子",鲁人,曾为单父宰,孔子前辈弟子⑦。其奉行无为而治之术,能尊贤取友以成其德,注重培育良好社会风

---

① [三国魏]何晏《集解》引[汉]孔安国《论语训解》:"子贱,鲁人,弟子宓不齐也。"[三国魏]何晏等注,[宋]邢昺疏:《论语注疏》,第2473页。案:《史记·仲尼弟子列传》裴骃《集解》仅引"鲁人"二字。
② [唐]司马贞《索隐》:"《家语》云'少孔子三十岁',此云'四十九',不同。"[汉]司马迁撰,[晋]裴骃集解,[唐]司马贞索隐,[唐]张守节正义,郭逸、郭曼标点:《史记》,第1709页。
③ 旧题[周]吕不韦撰,[汉]高诱注,许维遹集释:《吕氏春秋集释》,第506页。
④ [汉]班固撰,[唐]颜师古注,傅东华等点校:《汉书》,第1724页。
⑤ [三国魏]王肃注,[清]陈士珂疏证:《孔子家语疏证》,第224页。
⑥ [宋]潜说友:《咸淳临安志》,第3460页。案:《吕氏春秋·察贤篇》《韩诗外传》卷八、《说苑·政理篇》《新书·审微篇》皆载宓子言行,不具引。
⑦ 单父,《吕氏春秋·具备篇》作"亶父",鲁邑,地在今山东省菏泽市单县一带。据《魏书·地形志中》《文献通考·舆地考六》,其地有宓子贱祠、宓子贱琴台。

尚,《汉书·艺文志》著录有《宓子》十六篇①。

五、驷氏与驷赤

(一)驷氏(子驷氏)之族属与世系

襄二十六年《左传》载晋叔向(羊舌肸)曰:"郑七穆,罕氏其后亡者也,子展俭而壹。"②《元和姓纂·六至》:"驷,《左传》,郑穆公子騑字子驷之后,以王父字为姓(氏)。"③《古今姓氏书辩证·六止》:"子驷,郑穆公子騑字子驷之后。"《古今姓氏书辩证·六至》:"驷,出自姬姓。郑穆公子騑,子驷,生夏,字子西,夏生带及乞;带字子上,乞字子瑕,始以王父字为驷氏。带生偃,字子游,乞生歂,字子然,歂生宏(弘),字子般。又有黑,字子晳,及驷奉。"④则驷氏(子驷氏)为帝喾高辛氏元妃姜嫄子后稷弃之裔,夷王燮之孙、厉王胡庶子桓公友之后,出于文公捷之孙、穆公兰庶子公子騑(子驷、武子),则其世系为:穆公兰→公子騑→公孙夏、公孙黑……驷赤。

(二)驷赤

定十年《左传》杜《注》:"工师(驷赤),掌工匠之官。"⑤案:清姚鼐《左传补注》卷四:"孔子弟子有壤驷赤,字子徒。"⑥笔者以为,《史记·仲尼弟子列传》孔子弟子确有壤驷赤,然裴骃《集解》谓"郑玄曰秦人。"⑦足见秦之壤驷赤与鲁之驷赤非同一人。则驷赤,姓姬,氏驷,名赤,本郑人,陟居鲁,时为叔孙氏采邑郈之工师,生卒年未详(前500在世)。其熟知典籍,尤谙习《诗》,传世有《对叔孙州仇问》(见定十年《左传》)一文。

---

① 《宓子》十六篇自《汉书》以后不再著录,则其或亡佚于汉魏之际。又,宓不齐于东汉永平十五年(72)为受祀孔丘七十二弟子之一,唐开元二十七年(739)追封为"单伯",宋大中祥符二年(1009)加封为"单父侯"。
② [晋]杜预注,[唐]孔颖达等正义:《春秋左传正义》,第1990页。
③ [唐]林宝撰,[清]孙星衍校辑,郁贤皓、陶敏整理点校:《元和姓纂》,第1182页。
④ [宋]邓名世撰,王力平点校:《古今姓氏书辩证》,第333,437页。
⑤ [晋]杜预注,[唐]孔颖达等正义:《春秋左传正义》,第2148页。
⑥ [清]姚鼐:《左传补注》,上海书店丛书集成续编1994年影印清光绪十四年(1888)南菁书院丛书本。
⑦ [汉]司马迁撰,[晋]裴骃集解,[唐]司马贞索隐,[唐]张守节正义,郭逸、郭曼标点:《史记》,第1716页。

六、禽氏与禽滑厘

(一)禽氏之族属

《广韵·二十一侵》"禽"字注:"又姓,《高士传》有禽庆。"①《古今姓氏书辩证·二十一侵》:"禽,出自齐管夷吾之孙,仕鲁别为禽氏,所谓禽郑是也。其后有禽滑厘、《高士》禽庆、《孝子》禽贤。《韩诗外传》秦大夫禽息碎首荐百里奚。"②《通志·氏族略四》:"禽氏,鲁大夫禽郑者,管于奚之子也。墨翟弟子有禽滑厘,《高士传》有禽庆,《孝子传》有禽贤,望出鲁国。"③《姓氏急就篇》卷上、《资治通鉴·汉纪二十九》胡三省《音注》说大同。

谨案:《姓觿》卷四引《元和姓纂》:"禽,鲁展禽之后。"④此"展禽",即"柳下惠""柳下季",亦即"展季",姓姬,本氏展,别氏柳,名获,字禽,私谥惠,行次季,孝公称曾孙,公子展之孙,公孙无骇之子,展喜(乙喜)之兄。可见,鲁展禽之后虽亦姬姓禽氏,然与管氏别族之禽氏所出异。故笔者此不取林氏《元和姓纂》说。则鲁禽氏为管氏之别,出于管夷吾之孙、管于奚之子禽郑。

(二)禽氏之世系

成二年《左传》杜《注》:"禽郑,鲁大夫。"⑤《春秋释例·世族谱上》:"禽郑,管于奚之子。"⑥则春秋时期鲁禽氏世系为:管夷吾→管于奚→禽郑……禽滑厘。

(三)禽滑厘

《墨子·所染篇》:"非独国有染也,士亦有染。其友皆好仁义,淳谨畏令,则家日益、身日安、名日荣,处官得其理矣,则段干木、禽子、傅说之徒是也。"《公输篇》:"然臣之弟子禽滑厘等三百人,已持臣守圉之器,在宋城上而待楚寇矣。"《备梯篇》:"禽滑釐子事子墨子三年,手足胼胝,面目黧黑,役身给使,不敢问欲。子墨子

---

① [宋]陈彭年等重修:《钜宋广韵》,第146页。
② [宋]邓名世撰,王力平点校:《古今姓氏书辩证》,第285页。
③ [宋]郑樵撰,王树民点校:《通志二十略》,第139页。
④ [明]陈士元:《姓觿》,齐鲁书社四库存目丛书1997年影印明万历间(1572—1620)自刻归云别集本。案:今本《元和姓纂》轶此文。
⑤ [晋]杜预注,[唐]孔颖达等正义:《春秋左传正义》,第1896页。
⑥ [晋]杜预:《春秋释例》,第349页。

其哀之,乃管酒块(槐)脯,寄于大山,昧菜坐之,以樵禽子。"①《列子·汤问篇》:"弟子东门贾、禽滑釐闻偃师之巧以告二子,二子终身不敢语艺,而时执规矩。"②《庄子·天下篇》:"不侈于后世,不靡于万物,不晖于数度,以绳墨自矫,而备世之急,古之道术有在于是者。墨翟、禽滑釐闻其风而说之,为之大过,已之大循……墨翟、禽滑厘之意则是,其行则非也。"③《吕氏春秋·尊师篇》:"索卢参,东方之钜狡也,学于禽滑黎。"《当染篇》:"禽滑学于墨子,许犯学于禽滑,田系学于许犯。"④《史记·儒林列传》:"如田子方、段干木、吴起、禽滑厘之属,皆受业于子夏之伦,为王者师。"《孟子荀卿列传》司马贞《索隐》:"禽滑厘者,墨子弟子之姓字也。厘音里。"⑤《汉书·古今人表》"禽屈釐"颜《注》:"即禽滑釐者是也。屈,音其勿反,又音丘勿反。"⑥《经典释文·庄子音义下》:"禽滑,音骨,又户八反。釐,力之反,又音熙。"⑦

谨案:《吕氏春秋·当染篇》清毕沅《新校正》:"《梁仲子》云:疑当作禽滑厘。《列子·汤问篇》《庄子·天下篇》《说苑·反质篇》皆作'厘'字,此书《尊师篇》作'禽滑黎',《列子·杨朱篇》作'禽骨厘',《人表》作'禽屈厘',《列子·殷敬》《顺本》亦同。"⑧孙诒让《墨子间诂》卷十三:"滑、骨、屈、厘、牦、黎,并声近字通。《孟子·告子篇》'鲁有慎滑厘',或谓即禽子,非也。前《耕柱篇》有骆滑牦,《汉书》有丞相刘屈牦,疑皆同禽子名。《吕览》作'殷康'字书所无,当即'氂'之讹。《说文·牦部》云:'氂,强曲毛,可以箸起衣。'段玉裁谓:'刘屈牦,当本作屈氂,谓强曲毛。'若然,禽子名亦当作屈氂与?"⑨赵翼《陔余丛考》卷二十二:"况《史记·儒林传》有禽

---

① 旧题[周]墨翟撰,吴毓江校注,孙启治校点:《墨子校注》,中华书局1990年新编诸子集成本,第17、765、844页。案:"厘",《文选》卷四十一载[三国魏]陈琳《为曹洪与魏文书》李《注》引作"牦",《汉书·儒林传》亦作"牦"。

② 张《注》:"滑(釐),音骨狸,墨翟弟子也。"旧题[周]列御寇撰,[晋]张湛注,杨伯峻集释:《列子集释》,中华书局1990年新编诸子集成本,第181页。

③ 《释文》:"禽滑釐,墨翟弟子也。不顺五帝、三王之乐,嫌其奢。"[周]庄周撰,[清]郭庆藩集释,王孝鱼点校:《庄子集释》,第1072—1073、1080页。

④ 高《注》:"禽滑黎,墨子弟子。一作'钥滑'。"旧题[周]吕不韦撰,高诱[汉]注,许维遹集释:《吕氏春秋集释》,第93—94页。

⑤ [汉]司马迁撰,[晋]裴骃集解,[唐]司马贞索隐,[唐]张守节正义,郭逸、郭曼标点:《史记》,第2352、1806页。

⑥ [汉]班固撰,[唐]颜师古注,傅东华等点校:《汉书》,第938页。

⑦ [唐]陆德明:《经典释文》,第1580页。

⑧ [清]毕沅:《吕氏春秋新校正》,国家图书馆藏杭州局二十二子重刻乾隆四十八年(1783)毕沅刻经训堂丛书本。

⑨ [清]孙诒让撰,孙以楷点校:《墨子间诂》,中华书局新编诸子集成1986年点校清宣统二年(1910)重定本,第488页。

滑牦,即《孟子》所载滑厘,可见厘、牦二字原属相通,古无四声之别,厘、牦一也。"①毕氏、孙氏、赵氏诸说甚辨,皆可从。则禽滑厘(前470—前400),即《墨子·鲁问篇》《列子·杨朱篇》之"禽骨厘",亦即《墨子·备城门篇》《备梯篇》《列子·汤问篇》之"禽滑厘",亦即《墨子·耕柱篇》之"子禽子",亦即《墨子·所染篇》《备高临篇》《备梯篇》《备穴篇》《备蛾篇》《杂守篇》《列子·杨朱篇》之"禽子",亦即《庄子·天下篇》《列子·杨朱篇》《说苑·反质篇》之"禽骨厘",亦即《列子·殷敬篇》《顺本篇》《汉书·古今人表》之"禽屈釐",亦即《吕氏春秋·尊师篇》之"禽滑黎",亦即《吕氏春秋·当染篇》之"禽滑",亦即《汉书·儒林传》之"禽滑牦",姓姬,本氏管,别氏禽,名滑厘(又作"骨厘""滑厘""骨厘""屈釐""滑黎""滑""滑牦"),尊称子,本管公族,国灭入于齐,后陟居鲁,墨翟弟子,索卢参、许犯之师②。其"不顺五帝三王之乐,嫌其奢"(《经典释文·庄子音义下》)③,为春秋战国之际鲁国墨家后学代表人物与著名贵族文士。

综上所考,鲁宰氏为季历之孙、文王昌庶子周公旦后裔,为周氏之别,出于周公孔,其世系为:周公孔……宰予;冉氏为季历之孙、文王昌庶子冉季载后裔,其世系为:冉耕……冉竖……冉求……冉雍……冉猛……冉会;阳氏为姬姓阳国后裔,其世系为:阳伯……阳处父……阳虎;宓氏为帝喾高辛氏元妃姜嫄子后稷弃后裔,出于密康公,其世系为:密康公……宓不齐;驷氏为夷王燮之孙、厉王胡庶子桓公友后裔,出于文公捷之孙、穆公兰庶子公子騑,其世系为:穆公兰→公子騑→公孙夏、公孙黑……驷赤;孺氏为帝颛顼高阳氏后裔,世系未详;禽氏为管氏之别,出于管夷吾之孙、管于奚之子禽郑,姬姓,其世系为:管夷吾→管于奚→禽郑……禽滑厘。

七、孺氏与孺悲

(一)孺氏之族属与世系

《通志·氏族略四》:"孺氏,鲁有孺悲,欲见孔子。"④《姓氏急就篇》卷上:"孺氏,《论语》鲁人孺悲。"⑤《路史·后纪八》:"帝颛顼高阳氏,姬姓……帝之后又有

---

① [清]赵翼:《陔余丛考》,中华书局1963年据清乾隆五十五年(1790)湛贻堂刊本断句,第448页。
② 关于禽滑厘之生卒年,参见,钱穆《先秦诸子系年》,商务印书馆2005年版,第209页。
③ [唐]陆德明:《经典释文》,第1580页。
④ [宋]郑樵撰,王树民点校:《通志二十略》,第143页。
⑤ [宋]王应麟:《姓氏急就篇》,第14页。

蒙氏、容氏、孺氏……"①

谨案:《古今姓氏书辩证·七之》《二十三魂》《六止》《通志·氏族略四》谓高阳氏后裔诸氏族中,熙氏、昆吾氏皆为己姓,李氏、赵氏皆为嬴姓;而《通志·年谱一》则谓高阳氏后裔之族中,有姬氏、酉氏、祁氏、己氏、滕氏、箴氏、任氏、荀氏、僖氏、姞氏、儇氏、依氏诸姓氏。故此从《路史·后纪八》孺氏为姬姓说。则鲁孺氏为帝颛顼高阳氏后裔,其世系未详。

(二)孺悲

《礼记·杂记下》:"恤由之丧,哀公使孺悲之孔子,学《士丧礼》。《士丧礼》于是乎书。"②《论语·阳货篇》魏何晏《集解》:"孺悲,鲁人也。"③《论语·阳货篇》宋朱熹《集注》:"(孺悲)尝学《士丧礼》于孔子。"④《论语类考·人物考》:"是孺悲盖孔子弟子也。而《史记》《家语》皆不入弟子之列,故朱子止称鲁人而不称弟子。岂因孔子辞以疾而绝之耶?然歌瑟使闻,则固未尝深绝之。其视鸣鼓攻求者何如?而孺悲独不以弟子称何也?"⑤《经义考·承师一》:"鲁孺子悲……盖孔门自子夏兼通六艺而外,若子木之受《易》,子开之习《书》,子舆之述《孝经》,子贡之问《乐》,有若、仲弓、闵子骞、言游之撰《论语》;而传《士丧礼》者,实孺悲之功也。惟因《论语》纪悲欲见而孔子以疾辞,疑孔子拒之门墙之外,不屑教诲。当知始虽辞疾,终授以《礼》。以亲授《礼》于孔子之儒,反不得与配食之列,斯则祀典之阙矣。"⑥《曝书亭集·孺悲当从祀议》《孔子弟子考》同。

谨案:《礼记·礼器》:"经礼三百,曲礼三千。"《中庸》:"礼仪三百,威仪三千。"⑦此所谓"经礼""礼仪"者,即《周礼》;"曲礼""威仪"者,即《仪礼》。《仪礼》篇目不止三千,故《礼器》郑《注》曰:"《礼》篇多亡,本数未闻。其中事仪三千。"⑧然《汉书·艺文志》言《礼》自孔子时已不具,《礼记·杂记》言哀公使孺悲之孔子

---

① [宋]罗泌撰,[宋]罗苹注:《路史》,第101页。
② 郑《注》:"时人转而僭上,士之丧礼已废矣。孔子以教孺悲,国人乃复书而从之。"[汉]郑玄注,[唐]孔颖达等正义:《礼记正义》,第1567页。
③ [三国魏]何晏集解,[南朝梁]皇侃义疏:《论语集解义疏》,第250页。
④ [宋]朱熹:《四书章句集注》,第180页。
⑤ [明]陈士元:《论语类考》,上海古籍出版社1987年影印文渊阁四库全书本,第153页。
⑥ [清]朱彝尊:《经义考》,中华书局影印四部备要1998年排印扬州马氏刊本,第1438页。
⑦ [汉]郑玄注,[唐]孔颖达等正义:《礼记正义》,第1435、1633页。
⑧ [汉]郑玄注,[唐]孔颖达等正义:《礼记正义》,第1435页。

学《士丧礼》。可见,在孔子时,《仪礼》早有亡佚。故所谓"三百""三千"者,约举其大数而已①。又,《史记·仲尼弟子列传》《孔子家语·七十二弟子解》均无孺悲其人,但不论孔子以何故辞之又在何时辞之,孺悲曾受鲁哀公委派从孔子学《士丧礼》,各家均无异议。孺悲为孔子所恶,或以为非孔子弟子。然孔子于其弟子有一时之恶,乃常事,不足以为非弟子之徵。正如《春秋左传·序》所谓"左丘明受《经》于仲尼"一样,同为孔子弟子。故汉刘向《说苑·指武篇》曰:"孔子贤颜渊,无以赏之;贱孺悲,无以罚之;故天下不从。"②可见,颜渊、孺悲同为孔子弟子,惟有"贤""贱"之别而已。又,据《史记·孔子世家》《仲尼弟子列传》《孔子家语·七十二弟子解》,孔子去卫归鲁之年(前497),颛孙师二十岁,冉孺十八岁,曹恤十八岁,伯虔十八岁,颜克十八岁,公孙龙十五岁,叔仲会十四岁,孺悲年岁当与诸子大致相当。则孺悲,姓姬,氏孺,名悲,鲁人,当为孔门晚辈弟子,学《士丧礼》,生卒年未详。

可见,宰氏、冉氏、阳氏、宓氏、驷氏、禽氏、孺氏七族,皆为鲁公室同姓贵族;在此七族中,有传世作品者为宰予、冉耕、冉求、冉雍、阳虎、宓不齐、驷赤、禽滑厘、孺悲九子,可称之为鲁公室同姓世族作家群体。

第六节 异姓世族

鲁楚氏、序氏皆原属楚公族(芈姓),申氏原属南申公族(姜姓),商氏、樊氏皆原属商王族(子姓),仲氏、孔氏、正氏皆原属宋公族(子姓),杜氏原属杜公族(祁姓),颛孙氏原属陈公族(妫姓),曾氏原属夏王族(姒姓),谢氏为禹阳后裔(任姓)。此十二族中,有传世作品的楚丘之父、楚丘、序点、申繻、申丰、申须、商瞿、樊须、仲由、孔丘、孔鲤、孔忠、孔伋、正常、杜泄、颛孙师、曾皋、曾参、曾申、谢息二十子,可称之为鲁公室异姓世族作家群体。

一、楚氏与楚丘之父、楚丘

(一)楚氏之族属与世系

《元和姓纂·八语》引《风俗通义》:"楚,芈(羋)姓,鬻熊封楚,以国为姓。

---

① 说参:章炳麟《国学讲演录·经学略说》,华东师大出版社1995年版,第52页。
② [汉]刘向撰,向宗鲁校证:《说苑校证》,第380页。

《左传》鲁有楚尹、楚邱,赵襄子家臣楚隆。"①《古今姓氏书辩证·八语》:"楚,出自晋赵孟家臣楚隆之后。盖其先以地若字为氏。"②《通志·氏族略二》:"楚氏,芈(半)姓,始居于丹阳,今江陵枝江是也。后迁于郢,今江陵县北有旧郢城。本国号荆,迁郢始改楚……其后以国为氏。鲁有楚邱,又有林楚。是楚邱者,必林楚之后,以名为氏者。又,赵襄子之家臣有楚隆者,未知楚隆以何为氏焉。又,古有贤者楚老。"③《氏族略六》:"楚氏有二:鬻熊之后,以国为氏;鲁林楚之后,以名为氏。"④《姓氏急就篇》卷上:"楚氏,以国为氏。晋赵襄子家臣楚隆。"⑤

谨案:《汉书·地理志上》:"江陵,故楚郢都,楚文王自丹阳徙此。后九世平王城之。后十世秦拔我郢,徙东(陈)。莽曰江陆。"⑥所谓"丹阳"者,即丹水之阳(北岸),丹水为今之丹江,属汉水支流,位于今河南省南阳市淅川县境。此乃祝融八姓支族季连后裔芈熊之楚初居地。枝江位于今湖北省枝江市,江陵即今江陵市,郢城即今江陵市北十里之故纪南城。此乃楚自丹阳南迁后之都邑,亦即故郢,故郑氏《通志·氏族略二》说不确。⑦ 又,楚隆,晋赵襄子(赵孟、赵无恤)家臣,晋定公三十七年(前475)时在世,事见哀二十年《左传》《国语·吴语》《越语下》《史记·赵世家》;楚丘之父,鲁公室掌卜大夫,历仕桓、庄、闵、僖四公(前711—前627在位),事见闵二年《左传》;楚丘,继父职为鲁公室掌卜大夫,历仕文、宣二公(前626—前591在位),事见文十八年、昭五年《左传》。可见,晋楚隆比鲁楚丘之父晚出二百年左右。故邓氏《古今姓氏书辩证·八语》谓楚氏出于楚隆,显然失考。又,林楚,季桓子(季孙斯)御,鲁定公八年(前502)时人,事见定八年《左传》。可见,鲁林楚比楚丘之父晚出百余年,鲁楚氏何以林楚之名得氏?郑氏《通志·氏族略二》《氏族略六》亦失考。故笔者以为应氏《风俗通义》楚氏出于鬻熊说是。则鲁楚氏为祝融八姓(陆终六子)氏族部落支族芈姓季连后裔,出于鬻熊,原属楚公族;其世系为:楚丘之父→楚丘。

---

① [唐]林宝撰,[清]孙星衍校辑,郁贤皓、陶敏整理点校:《元和姓纂》,第880页。案:今本《风俗通义》佚此文。又,"楚尹",《左传》无此人,未详所出。
② [宋]邓名世撰,王力平点校:《古今姓氏书辩证》,第347页。
③ [宋]郑樵撰,王树民点校:《通志二十略》,第52—53页。案:"未知楚隆以何为氏焉"一句原阙,此据元本补。又,"楚老",《晋书·谢安传》载安弟万尝并称渔父、屈原、季主、贾谊、楚老、龚胜、孙登、嵇康四隐、四显为"八贤",《初学记》卷十七引有其《八贤·楚老颂》。
④ [宋]郑樵撰,王树民点校:《通志二十略》,第210页。
⑤ [宋]王应麟:《姓氏急就篇》,第7页。
⑥ [汉]班固撰,[唐]颜师古注,傅东华等点校:《汉书》,第1566页。
⑦ 参见:赵逵夫《屈原与他的时代》,人民文学出版社2002年版,第20—26页。

(二)楚丘之父

闵二年《左传》杜《注》:"卜楚丘,鲁掌卜大夫。"①则卜楚丘之父,姓芈,本氏熊,别氏楚,本楚公族,徙居鲁,仕为掌卜大夫,楚丘之父,历仕桓、庄、闵、僖四公(前711—前627在位),名字、生卒年皆未详。其提出"同复于父,敬如君所"(闵二年《左传》)②说,谙习《周易》,精通卜筮,传世有《释卜筮〈大有〉之〈乾〉卦辞》(见闵二年《左传》)一文③。

(三)楚丘

昭五年《左传》杜《注》:"楚丘,卜人姓名。"④则楚丘,即文十八年《左传》之"卜楚丘",姓芈,本氏熊,别氏楚,名丘,继父职仕为掌卜大夫,历仕文、宣二公(前626—前591在位),生卒年未详(前609年—前604在世)。其提出"令龟有咎"(文十八年《左传》)⑤说,熟知典籍,尤谙习《易》,精通卜筮之学,传世有《释卜龟辞》(见文十八年《左传》)、《释〈明夷〉之〈谦〉卦辞》(见昭五年《左传》)诸文。

二、序氏与序点

(一)序氏之族属与世系

《通志·氏族略五》:"序氏,《礼》有序点,侍孔子,点扬觯。"⑥《路史·后纪八》:"伯禹定荆州,季芈实居其地;生附叙,始封于熊,故其子为穴熊……后有荆氏、楚氏、熊氏……序氏、沮氏。"⑦

谨案:《世本集览》卷八:"(鲁)序氏亦作徐。"⑧然据《元和姓纂·九鱼》,徐即颛顼之后伯益后裔所封徐偃王之国,嬴姓,以国为徐氏;而序氏乃芈姓,其本为季芈后裔。则"序""徐"二氏所出迥异,未详王氏何据,故笔者此不取。则鲁序

---

① [晋]杜预注,[唐]孔颖达等正义:《春秋左传正义》,第1787页。
② [晋]杜预注,[唐]孔颖达等正义:《春秋左传正义》,第1787页。
③ 《皇霸文纪》卷五题作《卜生成季兆》,《全上古三代文》卷十五题作《卜颂》。
④ [晋]杜预注,[唐]孔颖达等正义:《春秋左传正义》,第2040页。
⑤ [晋]杜预注,[唐]孔颖达等正义:《春秋左传正义》,第1861页。
⑥ [宋]郑樵撰,王树民点校:《通志二十略》,第193页。
⑦ [宋]罗泌撰,[宋]罗苹注:《路史》,第103—104页。
⑧ [清]王梓材《世本集览》,[汉]宋衷注,[清]秦嘉谟等辑《世本八种》,第53页。

氏为熊氏之别,出于鬻熊,其世系未详①。

(二)序点

《礼记·射义》孔《疏》:"序,氏也;点,名也。"②《经典释文·礼记音义四》说同。则序点,姓芈,本氏熊,别氏序,名点,本楚公族,徙居鲁,孔门前辈弟子,生卒年未详(前481在世)。其主张"好学不倦,好礼不变"(《礼记·射义》)③,传世有《观射论》(见《礼记·射义》)一文。

三、申氏与申繻、申丰、申须

(一)申氏之族属

《元和姓纂·十七真》:"申,姜姓,炎帝四岳之后,封于申,号申伯,周宣王元舅也。晋有申书,鲁有申丰,郑有申侯,楚有申叔时、申公巫臣。"④《古今姓氏书辩证·十七真》:"申,伯夷为尧太岳之官,封其后于申。楚文王灭申以为县,其后以国为氏,楚大夫申侯是也。其族仕诸侯者,齐有申蒯,又有申鲜虞,生传挚;鲁有申丰、申繻、申须、申夜姑,又申党,字周,为孔子弟子。"⑤《通志·氏族略二》:"申氏,伯爵,姜姓。炎帝四岳之后,封于申,号申伯,周宣王元舅也。今信阳军乃唐申州,即其国也。子孙以国为氏。后为楚之邑,申公居之,又为申氏,是以邑为氏也。鲁有申丰,郑有申侯,齐有申蒯。"《氏族略六》:"申氏有二:姜姓之后,以国为氏;又,楚之申邑,申公居之,以邑为氏。"⑥《春秋分记·世谱七》:"《考异》曰:按:楚之申氏有三:申公巫臣之后,屈氏别族也;申舟之后及申宇,即申氏也;申叔时而下,申叔氏也。《世族谱》乃以申叔时、申叔跪合于申氏之后,《世系》从之,以叔时系之申亥,误矣。今别而书之。"⑦《容斋随笔》卷六:"姓氏所出,后世茫不可考,不过证以史传,然要为难晓。自姚、虞、唐、杜、姜、田、范、刘之外,余盖纷然杂出。且以《左传》言之:申氏出于四岳,周有申伯,然郑又有申

---

① 关于祝融八姓与陆终六子之族属,说详:邵炳军、杨秀礼《祝融、蚩尤、三苗种族概念关系发微》,《西南民族大学学报》2008年第9期,第36—48页。
② [汉]郑玄注,[唐]孔颖达等正义:《礼记正义》,第1688页。
③ [汉]郑玄注,[唐]孔颖达等正义:《礼记正义》,第1688页。
④ [唐]林宝撰,[清]孙星衍校辑,郁贤皓、陶敏整理点校:《元和姓纂》,第367页。案:"晋有申书"以下,据《名贤氏族言行类稿》卷十一、《古今合璧事类备要续集》卷二十五引文补。
⑤ [宋]邓名世撰,王力平点校:《古今姓氏书辩证》,第90页。
⑥ [宋]郑樵撰,王树民点校:《通志二十略》,第63、211页。
⑦ [宋]程公说:《春秋分记》,第151页。

侯,楚有申舟,又有申公巫臣,鲁有申繻、申枨,晋有申书,齐有申鲜虞……千载之下,遥遥世祚,将安所质究乎?"①

谨案:郑申侯,姓姜,氏申,本申人,入仕楚,后出仕郑,事见僖七年《左传》。晋申书,晋大夫栾盈之党,平公六年(前552)被杀,事见襄二十一年《左传》。齐申蒯,齐庄公侍渔者,庄公六年(前549)死于崔杼之乱,事见襄公二十五年《左传》。此晋、齐二申氏,族属皆未详。楚申公鬬班,鬬伯比之孙,鬬穀於菟之子,鬬克之父,姓芈,本氏熊,别氏鬬,出于熊咢(季紃)之孙、熊仪(若敖)之子鬬伯比,事见庄三十年《左传》。申公子仪,即鬬克,亦即箴尹克黄,鬬穀於菟之孙,鬬蔓之父,姓芈,本氏熊,别氏鬬,事见僖二十五年《左传》。此父子二人并仕为申公,即申县之尹,故以"申公"称之,而非氏申。

又,申公巫臣,即屈巫,姓芈,本氏熊,别氏屈,其后以官别为申公氏(申氏),名巫臣,字子灵,仕为申公,出于熊杨之孙、熊渠长子熊伯庸(句亶王),共王二年(前589)出奔晋,其后遂绝祀于楚,事见:宣十二年、成二年、七年、八年、昭二十八年《左传》。申公子牟,即王子牟,姓芈,氏熊,出于祝融八姓氏族部落支族芈姓季连之裔鬻熊,后获罪出奔,遂绝祀于楚,事见襄二十六年《左传》。申公叔侯,即申叔,亦即申叔侯,姓芈,本氏熊,食邑于申,其后以邑别氏申叔,事见僖二十六年《左传》。申叔时,申公叔侯之后,事见宣十一年《左传》。可见,楚申叔氏为熊氏之别,出于申公叔侯。申无宇,即芋尹无宇,亦即范无宇,姓芈,本氏熊,别氏文,又别氏申,又别氏范,其后以官别为芋尹氏,名无宇,出于霄敖熊坎之孙、武王熊通之子文王熊赀,申亥之父,事见襄三十年《左传》。申舟,即文之无畏,亦即子舟",亦即之文无申周,亦即文无畏,亦即申舟无畏,姓芈,本氏熊,别氏文,其后以邑别为申氏,名无畏,字舟,出于霄敖熊坎之孙、武王熊通之子文王熊赀,文犀(申犀)之父,事见文十年、宣十四年《左传》《吕氏春秋·行论篇》《淮南子·主术训》。申勃苏,即申包胥,亦即王孙包胥,姓芈,本氏熊,别氏申,其后以名别为包氏,名勃苏,字胥,出于季紃之孙、若敖之子蚡冒熊率,楚大夫,历仕平、昭、惠三王凡四十八年(前522—前475),事见定四年、五年《左传》《国语·吴语》。可见,楚之申氏有四:一为申公巫臣之后,屈氏别族;一为申舟之后,文氏别族;一为申叔时之后,即申叔氏;一为蚡冒(梦冒)之后,即申勃苏(申包胥)。则此四申氏所出虽异,然皆为楚芈熊氏公族。《潜夫论·志氏姓》所载鲁公族无

---

① [宋]洪迈,上海师大古籍整理组点校:《容斋随笔》,上海古籍出版社1996年整理清光绪元年(1875)重校同治间(1861—1875)洪氏刻本,第75—76页。

申氏,则鲁申氏当非姬姓而为姜姓。则鲁申氏为炎帝四岳后裔,出于南申伯①,原属南申公族。

(二)申氏之世系

昭二十五年《左传》:"初,季公鸟娶妻于齐鲍文子,生甲。公鸟死,季公亥与公思展与公鸟之臣申夜姑相其室。"定十二年《左传》:"季氏将堕费,公山不狃、叔孙辄帅费人以袭鲁。公与三子入于季氏之宫,登武子之台。费人攻之,弗克。入及公侧。仲尼命申句须、乐颀下,伐之,费人北。"②《春秋释例·世族谱上》:"申繻……申丰……申须……申夜姑……申句须。"③《春秋分记·世谱六》:"鲁诸氏……颜氏五人,申氏五人,并不详其世。"④则春秋时期鲁申氏世系为:申繻……申丰……申须……申夜姑……申句须。

(三)申繻

《史记·鲁世家》裴骃《集解》引汉贾逵《左氏传解诂》:"申繻,鲁大夫。"⑤

谨案:申繻,《列女传·孽嬖传》亦作"申繻",而《管子·大匡篇》作"申俞"。俞、繻古音同在侯部,可通假。又,春秋时鲁有二申繻:一在桓、庄二公(前711—前662在位)时,即此申繻;一在昭公(前541—前510在位)时,又作"申须"。则申繻,即《管子·大匡篇》之"申俞",姓姜,氏申,名繻(一作"俞"),本南申公族,陟居鲁,仕为大夫,生卒年未详(前706—前680在世)。其提倡"名有五:有信,有义,有象,有假,有类",而"不以国,不以官,不以山川,不以隐疾,不以畜牲,不以器币"(桓六年《左传》)⑥等五种忌讳命名;恪守礼仪,提出"女有家,男有室,无相渎也"(桓十八年《左传》)⑦说;注重人事,认为"妖由人兴"(庄十四年《左传》)⑧,传世有《五名之论》(见桓六年《左传》)、《谏公将与夫人如齐书》(见桓十

---

① 关于南申伯之族属,参见:邵炳军《两周之际诸申地望及其称谓辨析》,《社会科学战线》2002年第3期,第138—143页。
② [晋]杜预注,[唐]孔颖达等正义:《春秋左传正义》,第2109,2149页。
③ [晋]杜预:《春秋释例》,第347,350,352,354页。
④ [宋]程公说:《春秋分记》,第132页。
⑤ [汉]司马迁撰,[晋]裴骃集解,[唐]司马贞索隐,[唐]张守节正义,郭逸、郭曼标点:《史记》,第1232页。
⑥ [晋]杜预注,[唐]孔颖达等正义:《春秋左传正义》,第1751页。
⑦ [晋]杜预注,[唐]孔颖达等正义:《春秋左传正义》,第1759页。
⑧ [晋]杜预注,[唐]孔颖达等正义:《春秋左传正义》,第1771页。

八年《左传》)、《妖由人兴论》(见庄十四年《左传》)诸文。

(四)申丰

《史记·鲁世家》裴骃《集解》引汉贾逵《左氏传解诂》:"申丰、汝贾,鲁大夫。"①

谨案:襄二十三年、昭六年《左传》杜《注》皆以申丰为季氏家臣,笔者此不取。则申丰,姓姜,氏申,名丰,本南申人,徙居鲁,仕为大夫,历仕襄、昭二君凡三十五年(前550—前516),生卒年未详(前550—前516在世)。其主张恪守"藏冰之道",提出"圣人在上,无雹;虽有,不为灾"(昭四年《左传》)②说,注重人事,通晓天文地理,熟知典籍,尤谙习《诗》,传世有《藏冰御雹之道论》(见昭四年《左传》)一文。

(五)申须

昭十七年《左传》杜《注》:"申须,鲁大夫。"③则申须,氏申,名须,本南申公族,徙居鲁,仕为大夫,生卒年未详(前525在世)。其认为"天事恒象",提出"彗所以除旧布新"(昭十七年《左传》)④说;天道人道并重,精通天文历相之学,传世有《彗所以除旧布新论》(见昭十七年《左传》)一文。

四、商氏与商瞿

(一)商氏之族属与世系

《史记·殷本纪》:"契为子姓,其后分封,以国为姓,有殷(商)氏、来氏、宋氏、空桐氏、稚氏、北殷氏、目夷氏。"⑤《广韵·十虞》、王应麟《玉海》卷五十、《资治通鉴·周纪五》胡三省《音注》并引《风俗通义》:"凡氏之兴九事,氏于号者,

---

① [汉]司马迁撰,[晋]裴骃集解,[唐]司马贞索隐,[唐]张守节正义,郭逸、郭曼标点:《史记》,第1232页。
② [晋]杜预注,[唐]孔颖达等正义:《春秋左传正义》,第2033页。
③ [晋]杜预注,[唐]孔颖达等正义:《春秋左传正义》,第2084页。
④ [晋]杜预注,[唐]孔颖达等正义:《春秋左传正义》,第2084页。
⑤ [唐]司马贞《索隐》:"按:《系本》:子姓无〈稚氏〉。〈北殷氏〉《系本》作'髦氏',又有时氏、萧氏、黎氏。然北殷氏盖秦宁无所伐亳王,汤之后也。"[汉]司马迁撰,[晋]裴骃集解,[唐]司马贞索隐,[唐]张守节正义,郭逸、郭曼标点:《史记》,第74页。案:《史记·殷本纪》之"稚氏"即"黎氏"之误,此文又误"黎"为"扐",误"殷"为"殴"。同,桐古字通。髦氏,隐元年《左传》孔《疏》引《世本》作"比髦",盖"北髦"之讹,乃一氏,宋《路史·后纪四》亦误分之。又,[宋]王钦若等《册府元龟》卷二百六十二引"殷氏"作"商氏"。

唐、虞、夏、殷是也；氏于国者，齐、鲁、宋、卫是也。"①《潜夫论·五德志》："子姓分氏，殷、时、来、宋、扐、萧、空同、北段，皆汤后也。"②《急就篇》卷二颜《注》："微子本殷之族，虽封于宋，支庶或称殷氏。"③《元和姓纂·十阳》："商，卫鞅封商君，子孙氏焉。殷或号曰商，以国为氏。鲁有商瞿，仲尼弟子。秦有商鞅，本卫公子也；受封于商，子孙氏焉。"④《姓氏急就篇》卷上："商氏，商容之后……孔子弟子商瞿、商泽。"⑤则鲁商氏为帝喾次妃简狄子殷契后裔，出于商容，其世系未详。

（二）商瞿

《史记·仲尼弟子列传》："商瞿，鲁人，字子木。少孔子二十九岁。孔子传《易》于瞿，瞿传楚人馯臂子弘，弘传江东人矫子庸疵，疵传燕人周子家竖，竖传淳于人光子乘羽，羽传齐人田子庄何，何传东武人王子中同，同传菑川人杨何。"⑥《儒林列传》说大同。《孔子家语·七十二弟子解》："商瞿，鲁人，字子木，少孔子二十九岁。特好《易》，孔子传之志焉。"⑦《史记·儒林列传》司马贞《索隐》："商，姓；瞿，名；字子木。"⑧《咸淳临安志》卷十一载宋高宗《御制宣圣七十二贤赞并序》："商瞿，字子木，鲁人，赠蒙伯。赞曰：'《易》之为《书》，弥纶天地。五十乃学，师则有是。子能受授，洙泗传世。知几其神，宜被厥祀。"⑨则商瞿（前522—前？），即《史记·仲尼弟子列传》《孔子家语·七十二弟子解》之"子木"，亦即《汉书·儒林传》之"商瞿子木"，姓子，氏商（一作"殷"），名瞿，字子木，帝喾次妃简狄子殷契之裔，商容之后，本商王族，国灭入鲁，孔子前辈弟子⑩。其受《易》于孔子，传《易》于后世。

---

① ［宋］司马光撰，［宋］胡三省音注，标点《资治通鉴》小组校点：《资治通鉴》，第168页。案：诸家所引文略异，此据《资治通鉴·周纪五》胡三省《音注》引文。
② ［汉］王符撰，［清］王继培笺，彭铎校正：《潜夫论笺校正》，第400页。
③ ［汉］史游撰，［唐］颜师古注：《急就篇》，第96—97页。
④ ［唐］林宝撰，［清］孙星衍校辑，郁贤皓、陶敏整理点校：《元和姓纂》，第590页。
⑤ ［宋］王应麟：《姓氏急就篇》，第3页。案："商容"，殷纣王时遗民。事见：《书·周书·武成》《韩诗外传》卷二、卷三。
⑥ ［汉］司马迁撰，［晋］裴骃集解，［唐］司马贞索隐，［唐］张守节正义，郭逸、郭曼标点：《史记》，第1712页。
⑦ ［三国魏］王肃注，［清］陈士珂疏证：《孔子家语疏证》，第226页。
⑧ ［汉］司马迁撰，［晋］裴骃集解，［唐］司马贞索隐，［唐］张守节正义，郭逸、郭曼标点：《史记》，第2359页。
⑨ ［宋］潜说友：《咸淳临安志》，第3460页。
⑩ 商瞿于东汉永平十五年（72）为受祀孔丘七十二弟子之一，唐开元二十七年（739）追封为"蒙伯"，宋大中祥符二年（1009）加封为"须昌侯"，明嘉靖九年（1530）改称为"先贤商子"。

五、樊氏与樊须

(一)樊氏之族属与世系

定四年《左传》:"(分康叔以)殷民七族,陶氏、施氏、繁氏、锜氏、樊氏、饥氏、终葵氏。"①《国语·周语上》:"鲁武公以括与戏见王,王立戏,樊仲山父谏曰……宣王欲得国子之能导训诸侯者,樊穆仲曰:'鲁侯孝。'"②《晋语四》:"阳人有夏、商之嗣典,有周室之师旅,樊仲之官守焉。"③《太平御览》卷三十七、七百六十九、《通志·四夷传》《册府元龟》卷九百五十六并引《世本》:"禀君,名务相,姓巴,即与樊氏、瞫氏、相氏、郑氏凡五姓俱出皆争神,以土为船……独禀君船浮,因立为君。"④《潜夫论·志氏姓》:"庆姓樊、尹、骆……昔仲山甫亦姓樊,谥穆仲,封于南阳。南阳者,在今河内。后有樊倾子……及徐氏、萧氏、索氏、长勺氏、陶氏、繁氏、骑氏、饥氏、樊氏、茶氏,皆殷氏旧姓也。"⑤《后汉书·南蛮西南夷传》"巴郡南郡蛮,本有五姓:巴氏、樊氏、瞫氏、相氏、郑氏。皆出于武落钟离山。"⑥《隶释》卷一载汉永康元年(167)济阴太守孟郁修《尧庙碑》:"唯疗仲氏祖统所出,本继于妊周之遗苗。天生仲山甫,翼佐中兴宣平功,遂受封于齐。"⑦《急就篇》卷一颜《注》:"周大夫仲山甫,宣王时为樊侯,遂称樊氏。樊皮,即其后也。"⑧《元和姓纂·二十二元》:"樊,周太王子虞仲支孙为周卿士,食采于樊,因命氏,今河内阳樊是也。周有樊穆仲,子山甫。樊仲皮、樊齐,并其后。又,殷人七族有樊氏,仲尼弟子迟,鲁人,盖其后。"⑨《论语类考·人物考一》:"樊迟……郑玄氏云齐人,

---

① [晋]杜预注,[唐]孔颖达等正义:《春秋左传正义》,第2135页。案:"殷民",《汉书·高惠高后文功臣表序》引杜业语作"殷氏",《后汉书·五行志》李《注》载杜林《疏》亦作"殷氏"。
② 韦《注》:"仲山父,王卿士,食采于樊……穆仲,仲山父之谥,犹鲁叔孙穆子谓之穆叔。"[三国吴]韦昭注,上海师范大学古籍整理研究所校点:《国语》,第22—24页。
③ 韦《注》:"樊仲,宣王臣仲山甫,食采于樊。"[三国吴]韦昭注,上海师范大学古籍整理研究所校点:《国语》,第375—376页。
④ [宋]李昉等:《太平御览》,第176页。案:诸家所引文字略异,此据《太平御览》卷七百六十九引文。
⑤ [汉]王符撰,[清]王继培笺,彭铎校正:《潜夫论笺校正》,第456—460页。案:"倾",昭二十二年《左传》作"顷";"骑",定四年《左传》作"锜";"茶",定四年《左传》作"终葵"。又,"茶氏",《春秋左传诂》卷十九、《春秋左传异文释》卷八并以为即定四年《左传》之"施氏"。
⑥ [南朝宋]范晔撰,[唐]李贤等注,宋云彬等点校:《后汉书》,第2840页。
⑦ [宋]洪适:《隶释》,第12页。
⑧ [汉]史游撰,[唐]颜师古注:《急就篇》,第70—71页。
⑨ [唐]林宝撰,[清]孙星衍校辑,郁贤皓、陶敏整理点校:《元和姓纂》,第444—445页。案:"因命氏",《古今合璧事类备要续集》卷二十、《名贤氏族言行类稿》卷十三并引作"因邑命氏";"仲尼弟子迟",《古今合璧事类备要续集》卷二十、《名贤氏族言行类稿》卷十三并引作"仲尼弟子樊迟"。

《家语》云鲁人,盖樊皮之后。"①

谨案:从上引文献可知,樊氏族属有四:一为子姓樊氏,见定四年《左传》《潜夫论·志氏姓》《元和姓纂·二十二元》;二为姬姓樊氏,见《国语·周语上》《晋语四》《急就篇》卷一颜《注》《元和姓纂·二十二元》。三为巴人樊氏,见《世本》《后汉书·南蛮西南夷传》;四为庆姓樊氏,见《潜夫论·志氏姓》。又,《元和姓纂·二十二元》以樊迟为殷人七族樊氏之后,亦即子姓樊氏;《论语类考·人物考》以樊迟为周大夫樊皮之后,即姬姓樊氏。笔者此从林氏樊须乃子姓樊氏说。则鲁樊氏为帝喾次妃简狄子殷契后裔,出于殷民七族樊氏,其世系未详。

(二)樊须

《史记·仲尼弟子列传》:"樊须,字子迟。少孔子三十六岁。"②《论语·为政篇》魏何晏《集解》引汉郑玄《论语注》:"樊迟,弟子樊须也。"③《孔子家语·七十二弟子解》:"樊须,鲁人,字子迟,少孔子三十六岁,弱仕于季氏。"④哀十一年《左传》杜《注》:"樊迟,鲁人,孔子弟子樊须。"⑤《咸淳临安志》卷十一载宋高宗《御制宣圣七十二贤赞并序》:"樊须,字子迟,齐人,赠燕伯。赞曰:'养才以道,圣人兼济。始谓不仁,问学良喜。寓志农圃,似睽仁义。学稼之辞,岂姑舍是。'"⑥

谨案:关于樊须之生年,《史记·仲尼弟子列传》谓"少孔子三十六岁",则在昭二十七年(前515);而《孔子家语·七十二弟子解》又谓"少孔子四十六岁",则在定五年(前505)。今考:哀十一年《左传》:"孟孺子洩帅右师,颜羽御,邴洩为右。冉求帅左师,管周父御,樊迟为右。季孙曰:'须也弱。'有子曰:'就用命焉。'"⑦《礼记·曲礼上》:"人生十年曰幼,学;二十曰弱,冠;三十曰壮,有室。"《明堂位》:"武王崩,成王幼弱,周公践天子之位,以治天下。"⑧《史记·周本纪》:

---

① [明]陈士元:《论语类考》,上海古籍出版社1987年影印文渊阁四库全书本,第150—151页。
② [晋]裴骃《集解》引[汉]郑玄《论语注》:"齐人。"[汉]司马迁撰,[晋]裴骃集解,[唐]司马贞索隐,[唐]张守节正义,郭逸、郭曼标点:《史记》,第1713页。
③ [三国魏]何晏集解,[南朝梁]皇侃义疏:《论语集解义疏》,第16页。
④ [三国魏]王肃注,[清]陈士珂疏证:《孔子家语疏证》,第224页。
⑤ [晋]杜预注,[唐]孔颖达等正义:《春秋左传正义》,第2166页。
⑥ [宋]潜说友:《咸淳临安志》,第3459页。案:哀十一年《左传》《论语·为政篇》《雍也篇》《颜渊篇》《子路篇》《孔子家语·正论解》《论衡·问孔篇》《变动篇》并载樊须言行,不具引。
⑦ [晋]杜预注,[唐]孔颖达等正义:《春秋左传正义》,第2166页。
⑧ [汉]郑玄注,[唐]孔颖达等正义:《礼记正义》,第1232、1488页。

"成王少,周初定天下,周公恐诸侯畔周,公乃摄行政当国。"《鲁世家》:"其后武王既崩,成王少,在强葆(襁褓)之中。周公恐天下闻武王崩而畔,周公乃践阼代成王摄行政当国。"①《齐世家》《卫世家》《管蔡世家》《宋世家》说大同。可见,"幼""弱""强葆"皆谓年少者。若樊须少孔子三十六岁,则鲁哀公十一年(前484)时为三十三岁,则当曰"壮"而不可曰"弱"。故《尚史》卷八十五《孔子弟子列传》辨之曰:"哀公十一年清之战,冉求帅左师,管周父御,樊迟为右,季孙曰:'须也弱!'有子曰:'就用命焉!'盖少孔子四十六岁,至此才二十三岁,故云'弱'。"②笔者以为李氏《尚史》说是。故此从《家语》说。又,关于樊须之郡望,先哲主要有二说:一为"齐人"说,见《史记·仲尼弟子列传》裴骃《集解》引郑玄《论语注》;一为"鲁人"说,见《孔子家语·七十二弟子解》。笔者以为,其本卫人,徙居鲁。故此从《孔子家语·七十二弟子解》"鲁人"说。又,樊须在孔子周游列国时年仅八岁,鲁哀公十一年(前484)孔子返鲁时二十二岁(哀十一年《左传》),其从孔子为师自然当在此后。鲁哀公十一年(前484)时樊须为孔子弟子左师冉求车右(哀十一年《左传》),其拜孔子为师当在孔子返鲁之年。则樊须(前505年—前?),即《论语·为政篇》《雍也篇》《颜渊篇》《子路篇》《史记·仲尼弟子列传》《汉书·古今人表》《孔子家语·正论解》《论衡·问孔篇》《变动篇》之"樊迟",亦即《史记·仲尼弟子列传》《孔子家语·七十二弟子解》"子迟",姓子,氏樊,名须,字子迟,本商王族,国灭属卫,后陟居鲁,鲁哀公十一年(前484)为冉求车右,孔子晚辈弟子。其具有勇武精神,关注"崇德、脩慝、辨惑"(《论语·颜渊篇》)③及"孝""仁""知"(《为政篇》《雍也篇》《颜渊篇》)诸命题,喜学稼圃,兴趣广泛,求知心切,然做事急于求成④。

六、仲氏与仲由

(一)仲氏之族属

先哲时贤主要有五说:一为鲁人说,《史记·仲尼弟子列传》裴骃《集解》引晋徐广《史记音义》:"《尸子》曰:子路,卞之野人。"司马贞《索隐》引《孔子家语》:

---

① [汉]司马迁撰,[晋]裴骃集解,[唐]司马贞索隐,[唐]张守节正义,郭逸、郭曼标点:《史记》,第90,1224页。
② [清]李锴:《尚史》,江苏广陵古籍刻印社1992年影印清刻本。
③ [魏]何晏等注,[宋]邢昺疏:《论语注疏》,第2504页。
④ 樊须于东汉明帝永平十五年(72)为所祠仲尼七十二弟子之一,唐开元二十七年(739)尊为"樊伯",宋大中祥符二年(1009)又追封为"益都侯"。

"一字季路,亦云是下人也。"①今本《孔子家语·七十二弟子解》说大同。二为出于行次说,《广韵·一送》"仲"字注、《姓氏急就篇》卷上、《姓解》卷一并引《风俗通义》:"氏于字。汤左相仲虺,周仲桓。又,鲁仲遂、仲婴齐,宋仲江、仲几,孔子弟子仲由。"②《论衡·诘术篇》:"孟氏、仲氏,王父字之氏姓也。"③三为仲山甫后裔说,《隶释》卷一载汉孟郁《修尧庙碑》:"惟疗仲氏祖统所出,本继于姬周之苗裔,天生仲山甫,翼佐中兴,宣平功,遂受封于齐。周道衰微,失爵亡邦。后嗣乖散,各相土译,居帝尧萌地。"④《隶释》卷二十五载《廷尉仲定碑》说大同。四为帝喾高辛氏后裔说,《元和姓纂·一送》:"仲,高辛氏才子八元仲堪、仲熊之后,以王父字为氏。一云鲁桓公子庆父,子孙号仲氏。又虺为汤左相,子孙氏焉。仲尼弟子有仲由,字子路。"⑤五为宋庄公后裔说,《古今姓氏书辩证·一送》:"仲,出自子姓,宋庄公子城(成),字仲子,生公孙师,师生江,为宋司马,以王父字为仲氏,所谓司马仲江者。江生几,字子然,为元公左师;生佗,字子服。其族居卫者,曰由,字子路,为孔子弟子。裔孙居乐安及中山。"⑥

谨案:《日知录》卷二十三:"汉时仲氏,自谓仲山甫之后,托基于帝尧之陵,而今则以为孔子弟子子路之后,援颜、曾、孟之例,而求为五经博士矣。然春秋之以仲氏者不一,而仲山甫未尝封齐,则汉人之祖山甫未必是,而今人之祖子路,亦未必非也。"⑦笔者以为,《潜夫论·志氏姓》所列鲁、卫公族皆无仲氏,仲由非姬姓可知,则其以异姓仕于鲁、卫为大夫者。故可将"鲁人"说与"宋庄公后裔"说合而观之。则鲁仲氏为帝乙后裔,出于穆公和之孙、庄公冯庶子公子成(右师成)。

(二)仲氏之世系

宋李昉《太平御览》卷四百八十二引南朝宋师觉授《孝子传》:"仲子崔者,仲

---

① [汉]司马迁撰,[晋]裴骃集解,[唐]司马贞索隐,[唐]张守节正义,郭逸、郭曼标点:《史记》,第1689页。
② [宋]王应麟:《姓氏急就篇》,第27页。案:此据《姓氏急就篇》引文。《广韵》引作:"凡氏于字,伯、仲、叔、季是也。汤左相有仲虺。"[宋]陈彭年等重修:《钜宋广韵》,第235页。《姓解》引文略异,不具引。
③ [汉]王充撰,黄晖校释:《论衡校释》,中华书局1990年新编诸子集成本,第1036页。
④ [宋]洪适:《隶释》,中华书局1986年影印清同治十年(1872)江宁洪氏晦木斋附正误刻本,第12页。
⑤ [唐]林宝撰,[清]孙星衍校辑,郁贤皓、陶敏整理点校:《元和姓纂》,第1161页。案:"仲尼弟子有仲由,字子路"数语,传本《元和姓纂》无,此据《名贤氏族言行类稿》《古今合璧事类备要续集》引补。
⑥ [宋]邓名世撰,王力平点校:《古今姓氏书辩证》,第431页。
⑦ [清]顾炎武撰,[清]黄汝成集释,秦克诚点校:《日知录集释》,第806页。

由之子也。"①则春秋时期鲁仲氏之世系为：穆公和→庄公冯→公子成……仲由→仲子崔。

(三) 仲由

定十二年《左传》："仲由为季氏宰。"哀十五年《左传》："栾宁将饮酒，炙未熟，闻乱，使告季子……有死者出，(季子)乃入……大子闻之，惧，下石乞、盂黡敌子路，以戈击之，断缨。子路曰：'君子死，冠不免。'结缨而死。孔子闻卫乱，曰：'柴也其来，由也死矣。'"②《论语·先进篇》："政事：冉有，季路……今由与求也，可谓具臣矣。"③《孟子·万章上》："弥子之妻与子路之妻，兄弟也。"④《大戴礼记·卫将军文子篇》载子贡(端木赐)对文子(公孙木)曰："不畏强御，不侮矜寡，其言曰性，都其富哉，任其戎，是仲由之行也。夫子未知以文也。《诗》云：'受小共大共，为下国恂蒙。何天之宠，傅奏其勇。'夫强乎武哉，文不胜其质。"⑤《史记·仲尼弟子列传》："仲由字子路，卞人也。少孔子九岁。子路性鄙，好勇力，志伉直，冠雄鸡，佩豭豚，陵暴孔子。孔子设礼稍诱子路，子路后儒服委质，因门人请为弟子……子路为蒲大夫。"《儒林列传》："自孔子卒后，七十子之徒散游诸侯，大者为师傅卿相，小者友教士大夫，或隐而不见。故子路居卫，子张居陈，澹台子羽居楚，子夏居西河，子贡终于齐。"⑥《孔子家语·辨政篇》："子路治蒲三年，孔子过之……孔子曰：'吾见其政矣。入其境，田畴尽易，草莱尽辟，沟洫深治，此其恭敬以信，故其民尽力也；入其邑，墙屋完固，树木甚茂，此其忠信以宽，故其民不偷也；至其庭，庭甚清闲，诸下用命，此其明察以断，故其政不扰也。以此观之，虽三称其善，庸尽其美乎！'"⑦《咸淳临安志》卷十一载宋高宗《御制宣圣七十二贤赞并序》："仲由，字子路，卞人，赠卫侯。赞曰：'升堂惟先，千乘为权。

---

① [宋]李昉等：《太平御览》，第2206页。
② [晋]杜预注，[唐]孔颖达等正义：《春秋左传正义》，第2149、2175页。
③ [三国魏]何晏等注，[宋]邢昺疏：《论语注疏》，第2498页。
④ [汉]赵岐注，[宋]孙奭疏：《孟子注疏》，第2739页。
⑤ [汉]戴德撰，[北周]卢辩注，[清]王聘珍解诂，王文锦点校：《大戴礼记解诂》，第108—109页。
⑥ [晋]裴骃《集解》："《仲尼弟子列传》子路死于卫，时孔子尚存也。"[汉]司马迁撰，[晋]裴骃集解，[唐]司马贞索隐，[唐]张守节正义，郭逸、郭曼标点：《史记》，第1698—1699、2352页。案：《樗里子甘茂列传》张守节《正义》："蒲故城在滑州匡城县北十五里，即子路作宰地。"[汉]司马迁撰，[晋]裴骃集解，[唐]司马贞索隐，[唐]张守节正义，郭逸、郭曼标点：《史记》，第1778页。《水经注疏》卷八："守敬按：蒲为卫邑，邱为鲁邑，此无可混者。今本《韩非子》作为邱宰，郦氏所见本，必作蒲，若同今本，当辨邱、蒲之异，不当云鲁、卫之异。《家语》各本皆作蒲，《说苑》引此事亦作蒲。戴氏改《韩非子》之蒲为邱，犹可言也，无端改《家语》之蒲为邱，全违郦氏卫邑之说。"[北魏]郦道元撰，杨守敬、熊会贞疏，段熙仲点校，陈桥驿复校：《水经注疏》，第713页。
⑦ [三国魏]王肃注，[清]陈士珂疏证：《孔子家语疏证》，第94页。

陵暴知非，委质可贤。折狱言简，结缨礼全。恶言不耳，仲尼赖焉。"①《世本集览通论》："名由者多字路，鲁仲由字子路，颜路之名为无繇，'繇'即'由'之本字也。"②

谨案：宋胡仔《孔子编年》卷一将仲由生年系于鲁襄公三十年（前543），不合古人虚岁计年之制。故笔者此不取。关于子路为季氏宰之年代，自宋以降先哲时贤向有二说：一为鲁定公十二年（前498），见定十二年《左传》。二为鲁定公十年（前500）说，见宋黄震《黄氏日钞》卷二。笔者此从《左传》说。则仲由（前542—前480），即哀十四年《左传》《论语·季氏篇》《先进篇》《公冶长篇》《墨子·非儒篇》《荀子·大略篇》《韩诗外传》卷十、《淮南子·精神训》《仲尼弟子列传》《汉书·古今人表》《风俗通义·十反篇》之"季路"，亦即哀十四年《左传》《公羊传》《论语·卫灵公篇》《微子篇》《阳货篇》《先进篇》《颜渊篇》《宪问篇》《子路篇》《公冶长篇》《雍也篇》《述而篇》《乡党篇》《子罕篇》《孟子·万章上》《滕文公下》《公孙丑上》《礼记·礼器》《射义》《檀弓上》《檀弓下》《中庸》《韩诗外传》卷二、三、六、七、八之"子路"，姓子，氏仲，名由，字子路，又字季路，仲子崔之父，本宋人，徙居鲁之卞邑，鲁定公十二年（前498）时为季氏宰，后陟居卫为孔氏蒲大夫，卫出公十三年（前480）伯姬之乱被杀，孔子前辈弟子，为孔子四友与孔门四科十哲之一。其提出"天或者以陈氏为斧斤，既斫丧公室，而他人有"说，恪守"利其禄，必救其患"（哀十五年《左传》）③之道，忠心事主，侍亲至孝，磊落豁达，喜好闻过，为人勇武，行事果敢，以政事名世，深为孔子赞许，传世有《辞约为义论》（见哀十四《左传》）、《观射论》（见《礼记·射义》）、《天时以陈氏斫丧公室论》（见哀十五年《左传》）诸文④。

七、孔氏与孔丘、孔鲤、孔忠、孔伋

（一）孔氏之族属

昭七年《左传》载鲁仲孙貜（孟僖子）曰："吾闻将有达者曰孔丘，圣人之后

---

① ［宋］潜说友：《咸淳临安志》，第3458页。案：《论语·公冶长篇》《雍也篇》《子罕篇》《微子篇》《荀子·大略篇》《韩非子·外储说右上》《吕氏春秋·察微》《韩诗外传》卷二、卷六、《淮南子·缪称训》《齐俗训》《人间训》《说苑·建本篇》《臣术篇》并载仲由言行，不具引。
② ［清］王梓材：《世本集览通论》，［汉］宋衷注，［清］秦嘉谟等辑《世本八种》，第68页。
③ ［晋］杜预注，［唐］孔颖达等正义：《春秋左传正义》，第2175页。
④ 仲由于汉永平十五年（72）为受祀孔丘七十二弟子之一，唐开元八年（710）被列为儒家"四科十哲"之一，二十七年（739）追封为"卫侯"，宋大中祥符二年（1009）改封为"河内侯"，咸淳二年（1265）晋封为"卫公"。

也,而灭于宋。其祖弗父何,以有宋而授厉公。及正考父,佐戴、武、宣,三命兹益共。"①《潜夫论·志氏姓》:"闵公子弗父何生宋父(周),宋父(周)生世子(胜),世子(胜)生正考父,正考父生孔父嘉,孔父嘉生子木金父;木金父降为士,故曰灭于宋。金父生祁父,祁父生防叔;防叔为华氏所偪,出奔鲁,为防大夫,故曰防叔。防叔生伯夏,伯夏生叔梁纥,为鄹大夫,故曰鄹叔纥,生孔子。"②《史记·孔子世家》司马贞《索隐》引《孔子家语》:"孔子,宋微子之后。宋襄公生弗父何,以让弟厉公。弗父何生宋父周,周生世子胜,胜生正考父,考父生孔父嘉,五世亲尽,别为公族,姓孔氏。孔父生子木金父,金父生睪夷。睪夷生防叔,畏华氏之逼而奔鲁,故孔氏为鲁人。"③今本《孔子家语·本姓篇》说大同。《急就篇》卷一颜《注》:"孔……孔氏之先与宋同祖。闵公生弗父何,何曾孙曰正考父,父生孔父嘉,仲尼即其后也。"④《元和姓纂·一董》:"孔,孔姓,殷王帝乙长子微子启受封于宋,弟微仲衍曾孙愍公生弗父何,何生宋父周,周生世父胜,胜生正考父,正考父生孔父嘉,子孙以王父字为氏。孔父生子木金父,木金父生睪夷父,睪夷父生防叔,仕鲁为大夫。生相夏,夏生邹叔梁纥,纥生邱仲尼。仲尼三岁父卒,十九岁娶宋亓官氏,一岁,生鲤,字伯鱼。孔子为鲁司寇,摄相事,居邹昌平乡阙里,鲁哀公十六年卒,年七十二。伯鱼年五十,先仲尼卒。伯鱼生伋,字子思,子思为鲁穆公师,作《中庸》及《子思子》四十七篇,以祖业授弟子孟轲等。伋生子上白,白生子家求。"⑤《新唐书·宰相世系表五下》:"孔氏,出自子姓。商帝乙长子微子启封于宋,弟微仲衍曾孙湣公捷生弗父何,何生宋父周,周生世父胜,胜生正考父,父生嘉,字孔父。孔父生木金父,金父生睪夷父,以王父字为氏。生防叔,避华督之难,奔鲁,为大夫。生伯夏,夏生邹大夫叔梁纥。纥二子:孟皮、仲尼。仲尼为鲁司寇,摄相事。生鲤,字伯鱼。伯鱼生伋,字子思,为鲁穆公师。"⑥

---

① [晋]杜预注,[唐]孔颖达等正义:《春秋左传正义》,第2051页。
② [汉]王符撰,[清]王继培笺,彭铎校正:《潜夫论笺校正》,第434—435页。案:"弗父何",旧作"弗父河";据《史记·孔子世家》司马贞《索隐》引《孔子家语》《元和姓纂·一董》《新唐书·宰相世系表五下》《春秋分记·世谱二》,"宋父"下脱"周"字,"世子"下脱"胜"字;"伯夏生叔梁纥","生"旧脱;"闵公"以下本《世本》,《诗·商颂·那》孔《疏》引《世本》"闵"作"湣";"祁父",桓元年《左传》孔《疏》引《孔子家语·本姓篇》作"皋夷",今本《孔子家语·本姓解》作"睪夷",亦用《世本》文。
③ [汉]司马迁撰,[晋]裴骃集解,[唐]司马贞索隐,[唐]张守节正义,郭逸、郭曼标点:《史记》,第1493—1494页。
④ [汉]史游撰,[唐]颜师古注:《急就篇》,第50页。
⑤ [唐]林宝撰,[清]孙星衍校辑,郁贤皓、陶敏整理点校:《元和姓纂》,第802—804页。
⑥ [宋]欧阳修、[宋]宋祁编修,石淑仪等点校:《新唐书》,第3431页。

谨案：昭七年《左传》杜《注》："孔子六代祖孔父嘉为宋督所杀，其子奔鲁……弗父何，孔父嘉之高祖，宋闵公之子，厉公之兄。何適（嫡）嗣当立，以让厉公……（正考父）弗父何之曾孙。"①清臧庸《拜经日记》卷六："王符所举世数，与此（指昭七年《左传》杜《注》）合，惟以干木降士为灭于宋，与杜异。"②据《诗·商颂·那》孔《疏》、桓元年《左传》孔《疏》、桓二年《穀梁传》杨《疏》《困学纪闻》卷三并引《世本》，奔鲁者为孔父嘉曾孙防叔，而非其子木金父③。则鲁孔氏为帝乙后裔，出于木金父之孙、祁父（睪夷父）之子防叔。

（二）孔氏之世系

《诗·商颂·那》孔《疏》、桓元年《左传》孔《疏》、桓二年《穀梁传》杨《疏》《困学纪闻》卷三并引《世本》："宋潜公生弗甫何，弗甫何生宋父（周），宋父（周）生正考甫；正考甫生孔父嘉，为宋司马，华督杀之而绝其世；其子木金父降为士，木金父生祁父；祁父生防叔，为华氏所逼，奔鲁为防大夫，故曰防叔；防叔生伯夏，伯夏生叔梁纥，叔梁纥生仲尼。"④《郑志》卷下、《礼记·檀弓上》孔《疏》并引《世本》："孔子后数世皆一子。"⑤《史记·宋世家》："（庄公）十九年，庄公卒，子潜公捷立……（潜公十一）萧及宋之诸公子共击杀南宫牛，弑宋新君游而立潜公弟禦（御）说，是为桓公。"⑥《孔子世家》："孔子生鲁昌平乡陬邑。其先宋人也，曰孔防叔。防叔生伯夏，伯夏生叔梁纥。纥与颜氏女野合而生孔子，祷于尼丘得孔子。鲁襄公二十二年而孔子生。生而首上圩顶，故因名曰丘云。字仲尼，姓孔氏……孔子生鲤，字伯鱼。伯鱼年五十，先孔子死。伯鱼生伋，字子思，年六十二。尝困于宋，子思作《中庸》。子思生白，字子上，年四十七。子上生求，字子家，年四十五。子家生箕，字子京，年四十六。子京生穿，字子高，年五十一。子

---

① ［晋］杜预注，［唐］孔颖达等正义：《春秋左传正义》，第 2051 页。
② ［清］臧庸：《拜经日记》，凤凰出版社 2005 年影印阮元编刻皇清经解本，第 8911 页。
③ 说详：［明］陆粲《左传附注》卷三。
④ ［汉］毛亨传，［汉］郑玄笺，［唐］孔颖达等正义：《毛诗正义》，第 620 页。案：此据《诗·商颂·那》孔《疏》引。桓元年《左传》孔《疏》、桓二年《穀梁传》杨《疏》引作："孔父嘉生木金父，木金父生祁父，其子奔鲁为防叔；防叔生伯夏，伯夏生叔梁纥，叔梁纥生仲尼。"［晋］杜预注，［唐］孔颖达等正义：《春秋左传正义》，第 1740 页；［晋］范宁注，［唐］杨士勋疏：《春秋穀梁传注疏》，第 2402 页。《困学纪闻》卷三引作："正考甫生孔父嘉，为宋司马，华督杀之而绝其世。"［宋］王应麟撰，孙通海校点：《困学纪闻》，第 70 页。盖所引皆有省文。
⑤ ［汉］郑玄注，［唐］孔颖达等正义：《礼记正义》，第 1291 页。
⑥ ［汉］司马迁撰，［晋］裴骃集解，［唐］司马贞索隐，［唐］张守节正义，郭逸、郭曼标点：《史记》，第 1295—1296 页。

高生子慎,年五十七,尝为魏相。"①《汉书·孔光列传》说大同。《礼记·檀弓上》郑《注》:"子上,孔子曾孙,子思伋之子,名白,其母出。"②《孔子家语·本姓篇》:"(伯)夏生叔梁纥,虽有九女,而无子。其妾生孟皮,孟皮一字伯尼,有足病,于是乃求婚于颜氏。颜氏有三女,其小曰徵在……徵在既往庙见,以夫之年大,惧不时有男,而私祷尼丘之山以祈焉。生孔子,故名丘,字仲尼。孔子三岁而叔梁纥卒,葬于防。至十九,娶于宋之上亓官氏,一岁而生伯鱼。鱼之生也,鲁昭公以鲤鱼赐孔子。荣君之贶,故因以名曰鲤,而字伯鱼,鱼年五十,先孔子卒。"③《史记·仲尼弟子列传》司马贞《索隐》引《孔子家语》:"(叔仲会)鲁人,少孔子五十四岁,与孔璇年相比。二孺子俱执笔迭侍于夫子,孟武伯见而放之。"④桓元年《左传》杜《注》:"(孔父)孔父嘉,孔子六世祖。"襄十年《左传》杜《注》:"纥,郰邑大夫,仲尼父叔梁纥也。郰邑,鲁县东南莝城是也。"襄十七年《左传》杜《注》:"郰叔纥,叔梁纥。"⑤《春秋释例·世族谱上》:"孔氏,郰人纥,叔梁纥,孔父嘉玄孙;孔丘,仲尼,孔子,尼父。"⑥《春秋分记·世谱六》:"孔氏,防叔奔鲁,生伯夏;伯夏生纥;纥生丘;丘生鲤。"⑦《世谱七》:"闵公生四子:曰公子游(无后),曰弗父何(后为孔氏),曰公孙固(无后),曰公孙郑(无后)……孔氏别祖何,《公子谱》之六世也;生周;周生胜;胜生考父;考父生嘉;嘉生大金;大金生睪夷;睪夷生防叔;防叔生伯夏;伯夏生纥;纥生丘。"⑧《经义考·承师一》:"孔子璇……(《家语》)惟因二子合传,故不复别标璇名。今会既得祀,璇不应独遗矣。此则祀典之阙也。"⑨《曝书亭集·孔子弟子考》说同。

---

① [晋]裴骃《集解》引徐广《史记音义》:"陬,音驺。孔安国曰'陬,孔子父叔梁纥所治邑'。"[唐]司马贞《索隐》引《孔子家语》:"梁纥娶鲁之施氏,生九女。其妾生孟皮,孟皮病足,乃求婚于颜氏,徵在从父命为婚。"张守节《正义》引《孔子家语》:"梁纥娶鲁施氏女,生九女,乃求婚为颜氏,颜氏有三女,小女徵在。"[汉]司马迁撰,[晋]裴骃集解,[唐]司马贞索隐,[唐]张守节正义,郭逸、郭曼标点:《史记》,第1493—1494、1521—1522页。《史记·孔子世家》[汉]司马迁撰,[晋]裴骃集解,[唐]司马贞索隐,[唐]张守节正义,郭逸、郭曼标点:《史记》,第1493页。案:"郰",《论语·八佾篇》《孟子·离娄篇上》《潜夫论·志氏姓》《水经·泗水注》均作"鄹"。
② [汉]郑玄注,[唐]孔颖达等正义:《礼记正义》,第1274页。
③ [三国魏]王肃注,[清]陈士珂疏证:《孔子家语疏证》,第235页。
④ [汉]司马迁撰,[晋]裴骃集解,[唐]司马贞索隐,[唐]张守节正义,郭逸、郭曼标点:《史记》,第1719页。案:今本《孔子家语·七十二弟子解》大同。
⑤ [晋]杜预注,[唐]孔颖达等正义:《春秋左传正义》,第1740、1947、1964页。
⑥ [晋]杜预:《春秋释例》,第346页。
⑦ [宋]程公说:《春秋分记》,第132页。
⑧ [宋]程公说:《春秋分记》,第140、143页。
⑨ [清]朱彝尊:《经义考》,第1439页。

谨案:孔子为鲁司寇,未列于卿,而其先则宋之卿族。故《世本》谓"绝其世"者,则绝卿之世而为士大夫者①。又,《论语集注》卷二:"孔子父叔梁纥,尝为其邑大夫。"②则郰人,即郰宰,亦即郰邑大夫。又,《水经·泗水注》:"漷水又迳鲁国邹山东南而西南流,《春秋左传》所谓峄山也。邾文公之所迁,今城在邹山之阳,依岩阻以墉固,故邾娄之国,曹姓也,叔梁纥之邑也。孔子生于此,后乃县之,因邹山之名以氏县也,王莽之邹亭矣。"③《史记·孔子世家》张守节《正义》引李泰《括地志》:"故邹城在兖州泗水县东南六十里。昌平山在泗水县南六十里。孔子生昌平乡,盖乡取山为名。故阙里在泗水县南五十里。《舆地志》云邹城西界阙里有尼丘山。"④则郰邑,即邹城,地在今山东省曲阜市东南约四十里。则春秋时期鲁孔氏世系为:宋湣公捷→弗甫何→宋父(周)→正考甫→孔父嘉→木金父→木金父→祁父→防叔→伯夏→叔梁纥→孟皮、孔丘……孔璇,孟皮→孔忠,孔丘→孔鲤→孔伋→孔白。

(三)孔丘

《史记·孔子世家》司马贞《索隐》、桓六年《左传》孔《疏》并引《孔子家语》:"孔子年十九,娶于宋之上官氏之女,一岁而生伯鱼。"⑤

谨案:关于孔丘之生年,传世文献主要有二说:一为鲁襄公二十一年(前552)说,襄二十一年《公羊传》:"(十有一月)庚子,孔子生。"⑥襄二十一年《穀梁传》说同。一为鲁襄公二十二年(前551)说,《史记·十二诸侯年表》:"(鲁襄公)二十二年,孔子生。"⑦《鲁世家》《孔子世家》说同。《孔子世家》司马贞《索隐》:"《公羊传》:'襄公二十一年十有一月庚子,孔子生。'今以为二十二年,盖以周正十一月属明年,故误也。后序孔子卒,云七十二岁,每少一岁也。"⑧《月令粹编》

---

① 参见:[清]秦嘉谟粹集补《世本》卷六、茆泮林辑《卿大夫世本》、张澍集补注《世本》卷五。
② [宋]朱熹:《四书章句集注》,第65页。
③ [北魏]郦道元撰,杨守敬、熊会贞疏,段熙仲点校,陈桥驿复校:《水经注疏》,第2114—2116页。
④ [汉]司马迁撰,[晋]裴骃集解,[唐]司马贞索隐,[唐]张守节正义,郭逸、郭曼标点:《史记》,第1493页。
⑤ [汉]司马迁撰,[晋]裴骃集解,[唐]司马贞索隐,[唐]张守节正义,郭逸、郭曼标点:《史记》,第1521页。案:今本《孔子家语·本姓篇》说大同。
⑥ [汉]何休注,[唐]徐彦疏:《春秋公羊传注疏》,第2309页。
⑦ [汉]司马迁撰,[晋]裴骃集解,[唐]司马贞索隐,[唐]张守节正义,郭逸、郭曼标点:《史记》,第482页。
⑧ [汉]司马迁撰,[晋]裴骃集解,[唐]司马贞索隐,[唐]张守节正义,郭逸、郭曼标点:《史记》,第1494页。

卷十三:"孔子生。《穀梁传》:襄公二十有一年冬十月庚子,孔子生。《孔庭纂要》:周灵王二十一年庚戌,即鲁襄公二十二年,是年冬十月庚子日,先圣生。十月庚子,即今之八月二十七日。"① 足见《公羊传》《穀梁传》与《史记》异者,盖两者所用历法不同:前者使用"夏正",后者使用"周正"。故笔者此从《史记》"鲁襄公二十二年"说。则孔丘(前551—前479),姓子,氏孔,名丘,字仲尼,尊称子,伯夏之孙,叔梁纥(郰叔纥、郰人纥)次子,孟皮(伯尼)异母弟,母颜徵在,孔鲤(伯鱼)之父,本宋公族,曾祖父孔防叔避难迁居鲁昌平乡陬邑阙里,昭公十年(前532)为委吏,十一年(前531)为乘田,定公九年(前501)为中都宰,十年(前500)为司寇,十三年(前497)弃官去鲁,率弟子周游宋、卫、陈、蔡、齐、楚诸国十四年,然终不见用;哀公十一年(前484)自卫返鲁,潜心整理文献,编《诗》《书》,定《礼》《乐》,作《易》传,著《春秋》,创办私学,以"六艺"教授门徒,乐此不疲,终其一生②。孔丘继承并发展了殷周以来的唯心主义天道观与认识论,总结了西周以来儒家学派零星的思想观念,构建出自己的一套以"仁"为最高道德原则和标准的完整儒学思想体系,以恢复"郁郁乎文哉"(《论语·八佾篇》)③为特征的西周制度为最高政治理想,为春秋晚期著名的思想家、政治家、教育家、文学家和儒家学说之集大成者。其言论主要收录于《论语》之中,另传世有《仁论》(见昭十二年《左传》)、《古之遗直论》(见昭十四年《左传》)、《官学在四夷论》(见昭十七年《左传》)、《君子六忌论》(见昭二十年《左传》)、《守官论》(见昭二十年《左传》)、《王霸之道论》(见《史记·孔子世家》)、《宽猛相济为和政论》(见昭二十年《左传》)、《君子补过论》(见昭七年《左传》)、《丧姑服制论》《苛政猛于虎论》(俱见《礼记·檀弓下》)、《举义命忠论》(见昭二十八年《左传》)、《贵贱不愆为度论》(见昭二十九年《左传》)、《持满之道论》(见《荀子·宥坐篇》)、《坟羊之辨论》(见《国语·鲁语下》)、《赵氏其世有乱论》(见定九年《左传》)、《君忌不祥、慼义、失礼论》(见定十年《左传》)、《享所以昭德论》(见定十年《左传》)、《小人五恶必诛论》(见《荀子·宥坐篇》)、《谏堕三都书》(见定十二年《公羊传》)、《仲由知礼论》(见《礼记·礼器》)、《恭正以静论》(见《史记·仲尼弟子列传》)、《去鲁歌》(见《史记·孔子世家》)、《善政论》(见《韩诗外传》卷六)、《端木赐多言论》(见定十

---

① [清]秦嘉谟:《月令粹编》,上海古籍出版社续修四库全书 2002 年影印清嘉庆十七年(1812)秦氏琳琅仙馆刻本,第 836 页。
② 孔丘之父为孔氏始祖孔防叔之孙、伯夏之子叔梁纥,其母颜徵在为叔梁纥老年所娶之妾。说参:孙开太《关于孔子生身问题辨析》,《历史教学》1985 年第 6 期,第 54—56 页;周国荣《孔母"颜徵在"考辨》,《苏州大学学报》1997 年第 2 期,第 92—95 页。
③ [三国魏]何晏等注,[宋]邢昺疏:《论语注疏》,第 2467 页。

五年《左传》)、《神皆属于王者论》《分封之别论》(俱见《国语·鲁语下》)、《思归论》(见《孟子·尽心下》)、《伐蒲论》(见《史记·孔子世家》)、《〈文王之操〉论》(见《韩诗外传》卷五)、《君子讳伤其类论》(见《史记·孔子世家》)、《陬操》(见《孔丛子·记问篇》)、《鲁灾论》(见哀三年《左传》)、《季孙肥召冉求任季氏宰论》(见《史记·孔子世家》)、《从礼以昭德论》《敬姜之智论》《敬姜知礼论》(俱见《国语·鲁语下》)、《知大道则不失国论》(见哀六年《左传》)、《仁智之道难行论》《不坠修道求容之志论》(俱见《史记·孔子世家》)、《务学修身端行而须其时论》(见《韩诗外传》卷七)、《国殇论》(见《礼记·檀弓下》)、《胡簋甲兵论》(见哀十一年《左传》)、《籍法论》(见《国语·鲁语下》)、《习性论》(见《孔子家语·七十二弟子解》)、《冬蒸论》(见哀十二年《左传》)、《〈武〉乐论》(见《礼记·乐记》)、《冠制论》(见哀十三年《穀梁传》)、《行己之道论》(见《孔子家语·子路初见篇》)、《三年之丧论》(见《礼记·檀弓上》)、《乡射礼论》(见《孔子家语·观乡射》)、《侵爱论》(见《韩非子·外储说右上》)、《忠、信、礼论》《五慎论》(俱见《说苑·杂言篇》)、《仲由之卒论》(见哀十五年《左传》)、《泰山歌》《三代殡礼之别论》(俱见《礼记·檀弓上》)诸诗文①。

(四)孔鲤

《太平御览》卷九百三十五、吴淑《事类赋注》卷二十九并引《风俗通义》:"伯鱼之生,适有馈孔子鱼者,嘉以为瑞,故名鲤,字伯鱼。"②《论语·先进篇》何晏《集解》引汉孔安国《论语训解》:"鲤,孔子之子伯鱼也。"③《史记·孔子世家》司马贞《索隐》、桓六年《左传》孔《疏》并引《孔子家语》:"伯鱼之生,鲁昭公使人遗之鲤鱼。夫子荣君之赐,因以名其子为鲤也。"④清岳浚《山东通志·阙里志一》:

---

① 《官学在四夷论》,《文章辨体汇选·论谏八》皆题作《与昭子论官》,《御选古文渊鉴》卷四皆题作《论官名》;《贵贱不愆为度论》,《文章正宗·议论四》《御选古文渊鉴》卷四皆题作《论晋铸刑鼎》,《文章辨体汇选·论谏八》题作《论铸刑鼎》,《去鲁歌》,据《文章正宗·诗歌》《文选补遗》卷三十五、《古诗纪》卷一、《石仓十二代诗选》卷十三、《古乐苑·卷首》《古诗源》卷一、《古谣谚》卷四、《乐府诗集》卷八十三题作《师乙歌》,《古乐苑·卷首》谓一题作《师己歌》;《陬操》,据《孔丛子·记问篇》《孔子家语·困誓篇》题作《槃操》;《泰山歌》,《文章正宗·诗歌》《风雅翼》卷九、《古诗纪》卷一、《古乐苑》卷首皆题作《曳杖歌》,《文则》卷下题作《孔子歌》,《古乐府》卷一题作《梦奠歌》。

② [宋]李昉等:《太平御览》,中华书局 1960 年影印宋刻本,第 4156 页。案:今本《风俗通义》佚此文。

③ [三国魏]何晏集解,[南朝梁]皇侃义疏:《论语集解义疏》,第 147 页。

④ [汉]司马迁撰,[晋]裴骃集解,[唐]司马贞索隐,[唐]张守节正义,郭逸、郭曼标点:《史记》,第 1521 页。

"景王十三年(昭公十),己巳,孔子年二十岁……子鲤生。"①案:关于孔鲤之生年,《史记·孔子世家》仅谓"孔子生鲤,字伯鱼。伯鱼年五十,先孔子死。"②然未明具体年世;《史记·孔子世家》司马贞《索隐》、桓六年《左传》孔《疏》并引《孔子家语·本姓篇》:"孔子年十九,娶于宋之上官氏之女,一岁而生伯鱼。"③清乾隆《钦定礼记义疏》卷九引《孔子家语·本姓篇》:"孔子年十九,娶于宋亓官氏,明年(二十岁),生子鲤。"④宋胡仔《孔子编年》卷一将伯鱼生年系于鲁昭公十年(前532)。笔者此从《孔子家语》《历聘纪年》说系于鲁昭公十年(前532)。则孔鲤(前532年—前483),姓子,氏孔,名鲤,字伯鱼,叔梁纥(郰叔纥、郰人纥)之孙,孔丘(仲尼)之子,孔伋(子思)之父。其恪守礼仪,熟知典籍,尤谙《诗》《礼》⑤。

(五)孔忠

《史记·仲尼弟子列传》:"孔忠。"⑥《咸淳临安志》卷十一载宋高宗《御制宣圣七十二贤赞并序》:"孔忠,字子蔑,鲁人,赠汶阳伯。赞曰:'惟子挺生,道德之门。佩听至论,鲤门弟昆。三得三亡,所问深温。君子归宓,义不掩恩。'"⑦则孔忠,即《说苑·政理篇》之"孔蔑",亦即《孔子家语·七十二弟子解》之"孔弗",亦即《孔子家语·子路初见篇》之"孔篾",姓子,氏孔,名忠(一作"弗"),字子蔑(一作"篾"),叔梁纥之孙,孟皮(伯尼)之子,当为孔门前辈弟子,生卒年未详(前482在世)⑧。其认为"王事若袭,学焉得习,以是学不得明也";"奉禄少鹭,鹭不足及亲戚,亲戚益疏矣";"公事多急,不得吊死视病,是以朋友益疏矣"

---

① [清]岳浚等编修:《山东通志》,第 472 页。
② [汉]司马迁撰,[晋]裴骃集解,[唐]司马贞索隐,[唐]张守节正义,郭逸、郭曼标点:《史记》,第 1521 页。
③ [汉]司马迁撰,[晋]裴骃集解,[唐]司马贞索隐,[唐]张守节正义,郭逸、郭曼标点:《史记》,第 1521 页。案:今本《孔子家语》轶此文。又,"上官氏",孔《疏》引作"亓官氏",余皆同。
④ [清]乾隆:《钦定礼记义疏》,上海古籍出版社 1987 年影印文渊阁四库全书本,第 288 页。
⑤ 孔鲤于宋崇宁元年(1102)追封为泗水侯。
⑥ [晋]裴骃《集解》引《孔子家语》:"忠字子蔑,孔子兄之子。"[汉]司马迁撰,[晋]裴骃集解,[唐]司马贞索隐,[唐]张守节正义,郭逸、郭曼标点:《史记》,第 1719 页。案:今本《孔子家语·七十二弟子解》:"孔弗,字子蔑。"王肃《注》:"(孔弗)孔子兄弟(子)。"裴氏所引文与今刻本《家语》异。文渊阁库本《家语》:"孔忠,字子蔑。"《通志》《绎史》并引《家语》与文渊阁库本同。则此皆又与今刻本《家语》异。文渊阁库本《家语》王肃《注》:"孔子兄之子。"
⑦ [宋]潜说友:《咸淳临安志》,第 2461 页。
⑧ 孔忠于汉永平十五年(72)为受祀孔丘七十二弟子之一,唐开元二十七年(739)追封为"汶阳伯",宋大中祥符二年(1009)晋封为"郓城侯",明嘉靖九年(1530)改称为"先贤孔子",清乾隆二十一年(1765)改称为"先贤蔑子"。

(《说苑·政理篇》)①为仕者之"三亡",传世有《仕有三亡论》(见《说苑·政理篇》)一文。

(六)孔伋

《孟子·离娄下》:"子思居于卫,有齐寇……孟子曰:'曾子、子思同道。曾子,师也,父兄也;子思,臣也,微也。曾子、子思易地则皆然。'"《万章下》:"费惠公曰:'吾于子思,则师之矣……'"《告子下》:"鲁缪公之时,公仪子为政,子柳、子思为臣,鲁之削也滋甚。"②《韩非子·显学篇》:"自孔子之死也,有子张之儒,有子思之儒,有颜氏之儒,有孟氏之儒,有漆雕氏之儒,有仲良氏之儒,有孙氏之儒,有乐正氏之儒。"③《史记·孟子列传》:"孟轲,邹人也。受业子思之门人。"④《风俗通义·穷通篇》:"孟轲受业于子思,既通,游于诸侯。"⑤《列女传·母仪传》:"孟子惧旦夕,勤学不息,师事子思,遂成天下之名儒。"⑥《汉书·艺文志》:"(孟)名轲,邹人,子思弟子。"⑦桓宽《盐铁论·贫富篇》:"原宪、孔伋,当世被饥寒之患,颜回屡空于穷巷;当此之时,迫于窟穴,拘于缊袍,虽欲假财信奸佞,亦不能也。"⑧《孟子注疏》卷首附汉赵岐《孟子题辞解》:"孟子生有淑质,夙丧其父,幼披慈母三迁之教,长师孔子之孙子思。"⑨

谨案:《隋书·经籍志三》《新唐书·艺文志四十九》《郡斋读书志》卷三上、《宋史·艺文志四》《文献通考·经籍考三十五》并著录孔伋撰《子思子》七卷,《旧唐书·经籍志下》著录孔伋撰《子思子》八卷,《旧唐书·经籍志下》《郡斋读书志附志》皆著录有孔鲋撰《孔丛子》七卷,此二书更载思、孟问答之辞。于是自

---

① [汉]刘向撰,向宗鲁校证:《说苑校证》,第161页。
② 赵[注]:"伋,子思名也。"[汉]赵岐注,[宋]孙奭疏:《孟子注疏》,第2731、2742、2757页。案:"公仪子",名休,为鲁相;"子柳",即泄柳,鲁人。
③ [周]韩非撰,[清]王先慎集解,钟哲点校:《韩非子集解》,第456页。
④ [汉]司马迁撰,[晋]裴骃集解,[唐]司马贞索隐,[唐]张守节正义,郭逸、郭曼标点:《史记》,第1801页。
⑤ [汉]应劭撰,王利器校注:《风俗通义校注》,中华书局1981年版,第318页。
⑥ [汉]刘向:《古列女传》,上海书店四部丛刊初编1985年影印明万历黄嘉育刊本。
⑦ [汉]班固撰,[唐]颜师古注,傅东华等点校:《汉书》,第1725页。
⑧ [汉]桓宽撰,王利器校注:《盐铁论校注》,中华书局1992年新编诸子集成本,第221页。
⑨ [汉]赵岐注,[宋]孙奭疏:《孟子注疏》,第2661页。案:《史记·仲尼弟子列传》、《艺文类聚》卷十二、卷十九、二十、二十六、二十七、三十、三十五、六十九、七十二、八十五、九十二、《初学记》卷九、《太平御览》卷五百八十五、卷七百三十九、卷七百八十五、卷七百九十四、卷八百五十四、卷八百十六、卷九百二、卷九百五十三、《册府元龟》卷五百六十六、卷七百四十七、《永乐大典》卷二千九百七十三、卷一万三百九、《史纲评要》卷三,皆汇记子思之事,不具录。

《史记索隐》卷十九、《送王埙秀才序》(宋魏仲举《五百家注昌黎文集》卷二十)、《复性书上》(《李文公集》卷二)以下,至《四书賸言》卷三,皆以为孟子学于子思,与应氏《风俗通义》之言合。而《史记》本传以为受业子思之门人,今所传《孟子外书四篇·性善辨第一》则谓"子思之子曰子上,轲尝学焉"①。笔者以为,自孔丘卒至齐宣王元年(前319),凡一百五十年;鲁哀公十六年(前479)孔丘卒时,其孙子思(孔伋)为丧主,时年五岁;孟轲游齐,在去梁之后,见梁惠王时,即呼之为叟,则其时孟轲已老,中间历一百五十年,纵使子思、孟轲俱长寿,恐亦未得亲相授受,孟子自言"私淑诸人"(《孟子·离娄下》),则亦五代裴皞《示门生马侍郎胤孙》所谓"门生门下见门生"(宋欧阳修《新五代史·裴皞传》)之比而已。故应氏《风俗通义》、刘氏《列女传》、班氏《汉书》等所谓"孟子受业于子思"说,盖亦未之深思而已②。

又,《资治通鉴外纪》卷十《周纪八》:"《家语》篇后叙孔子子孙,及《史记·孔子世家》皆云:伋,字子思,年六十二。《孔丛子》有子思与孔子相问答,则孔子时子思已长矣。孔子以周敬王四十一年壬戌卒,至鲁穆公三年甲戌,当威烈王之十九年,距孔子卒七十三年,子思盖九十余矣。《汉艺文志》云:子思,鲁穆公师。《礼记·檀弓》云:鲁穆公问子思旧君友服。孟轲,子思弟子,亦言与鲁穆公同时,必不妄。则《家语》《世家》不当云子思六十二岁。而《孔丛子》云:子思居卫,鲁穆公卒。去此又三十一年。子思盖百二十余岁矣。寿考若是,当时莫之称道,固可疑也。"③今考:哀十六年《春秋》:"夏四月己丑,孔丘卒。"④《左传》同。《史记·孔子世家》:"孔子年七十三,以鲁哀公十六年四月己丑卒。"⑤则刘氏此谓孔子"壬戌卒"者,日失考。余皆可从。又,《宋文宪公全集·杂著·诸子辩》:"《子思子》七卷亦后人缀辑而成,非子思之所自著也。"⑥据《隋书·音乐志上》《郡斋读书志》卷二,《子思子》当于元以后亡佚,今存《子思子》乃宋汪晫割裂辏合而成,非原书。而传世《礼记·中庸》《表记》《防记》《缁衣》诸篇皆取之于《子

---

① [宋]刘敞注:《孟子外书四篇》,上海古籍出版社续修四库全书影印清乾隆间吴氏拜经楼刻本,2002年,第376页。
② 参见:王利器《风俗通义校注》卷七。
③ [宋]刘恕:《资治通鉴外纪》,上海书店四部丛刊初编1985影宋本。
④ [晋]杜预注,[唐]孔颖达等正义:《春秋左传正义》,第2177页。
⑤ [汉]司马迁撰,[晋]裴骃集解,[唐]司马贞索隐,[唐]张守节正义,郭逸、郭曼标点:《史记》,第1520页。
⑥ [明]宋濂:《宋文宪公全集》,台湾中华书局1968-1982年四部备要景排印明嘉庆十五年(1810)严荣刻本。

思子》,则传世《中庸》《表记》《防记》《缁衣》诸篇本为孔伋所作①。则孔伋(前483—前402),即《孟子·公孙丑下》《离娄下》《万章下》《告子下》《礼记·檀弓上》《檀弓下》《史记·孔子世家》《孟子列传》《汉书·古今人表》之"子思",亦即《汉书·艺文志》之"子思子",姓子,氏孔,名伋,字子思,孔丘(仲尼)嫡孙,孔鲤(伯鱼)之子,孔白(子上)之父,曾参(子舆)弟子,鲁穆公、费惠公之师,祖籍宋,生于鲁,迁居卫、宋,晚年返鲁。②其哲学思想核心为"中庸"观,提倡以自我为中心的"慎独"修养方法,提出"天命之谓性,率性之谓道,修道之谓教"之说,主张推行"博学之、审问之、慎思之、明辨之、笃行之"(《礼记·中庸》)之法,创立了思孟学派,《史记·孔子世家》著录有《中庸》,《汉书·艺文志》著录有《子思子》二十三篇③。

八、正氏与正常

(一)正氏之族属与世系

《古今姓氏书辩证·四十五劲》引南朝宋何承天《姓苑》:"(正氏)出自正考父之后,以字为氏。"④《广韵·四十五劲》"正"字注:"亦姓,《左传》宋上卿正考父之后。"⑤《通志·氏族略三》:"正氏,亦作'政',子姓,宋正考父之后。"⑥《姓氏急就篇》卷上:"正氏,宋正考父之后。《左传》鲁有正常。"⑦则鲁正氏为帝乙元子微子启弟微仲衍后裔,出于宋父周之孙、世父胜之子正考父,其世系为:宋父周→世父胜→正考父……正常。

(二)正常

哀三年《左传》杜《注》:"正常,桓子之宠臣,欲付以后事,故敕令勿从己死。"⑧则正常,姓子,氏正,名常,本宋公族,徙居鲁,仕为季孙斯家臣,生卒年未

---

① 说详:[清]张之洞《书目答问》卷三。又,郭店战国楚简、上博战国楚简,经学者初步研究认为内有思孟学派著作,可参。
② 据《礼记·檀弓下》郑《注》,鲁穆公为哀公曾孙。
③ 孔伋于宋崇宁初年(1102)封为沂水侯,元至顺元年(1330)被加封为"沂国述圣公",明嘉靖九年(1531)改封为"述圣"。
④ [宋]邓名世撰,王力平点校:《古今姓氏书辩证》,第521页。
⑤ [宋]陈彭年等重修:《钜宋广韵》,第343页。
⑥ [宋]郑樵撰,王树民点校:《通志二十略》,第114页。
⑦ [宋]王应麟:《姓氏急就篇》,第2页。
⑧ [晋]杜预注,[唐]孔颖达等正义:《春秋左传正义》,第2158页。

详(前 492 在世),传世有《告夫子遗言书》(见哀三年《左传》)一文。

九、杜氏与杜泄

(一)杜氏之族属与世系

《国语·晋语八》载晋士匄(范宣子)曰:"昔匄之祖,自虞以上为陶唐氏,在夏为御龙氏,在商为豕韦氏,在周为唐、杜氏。"①襄二十四年《左传》大同。《潜夫论·志氏姓》:"帝尧之后,有陶唐氏、刘氏、御龙氏、唐杜氏、隰氏、士氏、季氏、司空氏、随氏、范氏、郇氏、栎氏、巟氏、冀氏、縠氏、蔷氏、扰氏、狸氏、傅氏。"②《元和姓纂·十姥》:"杜,祁姓,帝尧裔孙刘累之后,在周为唐杜氏。成王灭唐,迁封于杜,杜伯为宣王所灭,杜氏分散,鲁有杜泄是也。古有杜康,六国时有杜赫。"③《广韵·十姥》"杜"字注:"亦姓,本自帝尧刘累之后,出京兆、濮阳、襄阳望。"④《新唐书·宰相世系表二上》:"杜氏出自祁姓,帝尧裔孙刘累之后。在周为唐杜氏,成王灭唐,以封弟叔虞,改封唐氏子孙于杜城,京兆杜陵县是也。杜伯入为宣王大夫,无罪被杀,子孙分适诸侯之国,居杜城者为杜氏。在鲁有杜泄,避季平子之难,奔于楚,生大夫绰。"⑤则鲁杜氏为帝尧氏族部落集团支族刘累后裔,出于杜伯,其世系为:杜泄→杜绰。

(二)杜泄

昭四年《左传》杜《注》:"杜泄,叔孙氏宰也。"⑥《春秋释例·世族谱上》大同。则杜泄,姓祁,氏杜,名泄,杜绰之父,叔孙氏家宰,本杜人,国灭徙居鲁,昭公五年(前537)出奔楚,生卒年未详(前538—前537在世)。其恪守周礼,忠心事主,反对"逆王命""弃君命"而"废三官"(昭四年《左传》)⑦,传世有《命服葬制论》(见昭四年《左传》)、《卿丧之礼论》(见昭五年《左传》)诸文⑧。

---

① [三国吴]韦昭注,上海师范大学古籍整理研究所校点:《国语》,第453—454页。
② [汉]王符撰,[清]王继培笺,彭铎校正:《潜夫论笺校正》,第423页。
③ [唐]林宝撰,[清]孙星衍校辑,郁贤皓、陶敏整理点校:《元和姓纂》,第910页。案:《吕氏春秋·谕大篇》高《注》:"杜赫,周人,杜伯之后。"旧题[周]吕不韦撰,[汉]高诱注,许维遹集释:《吕氏春秋集释》,第305页。《文选》卷二十七载曹操《短歌行》李《注》:"《博物志》曰:'杜康作酒。'《王著与杜康绝交书》曰:'康字仲宁。'或云皇帝时宰人,号酒泉太守。"[南朝梁]萧统编,[唐]李善注:《文选》,第390页。
④ [宋]陈彭年等重修:《钜宋广韵》,第178页。案:文渊阁库本"望"字前,有"三"字。
⑤ [宋]欧阳修、[宋]宋祁编修,石淑仪等点校:《新唐书》,第2418页。
⑥ [晋]杜预注,[唐]孔颖达等正义:《春秋左传正义》,第2036页。
⑦ [晋]杜预注,[唐]孔颖达等正义:《春秋左传正义》,第2036页。
⑧ 《卿丧之礼论》,《全上古三代文》卷三题作《以书告叔孙豹殡》。

十、颛孙氏与颛孙师

(一)颛孙氏之族属

庄二十二年《左传》:"二十二年春,陈人杀其大子御寇,陈公子完与颛孙奔齐。颛孙自齐来奔。"①《古今姓氏书辩证·二仙》引《风俗通义》:"(颛孙氏)陈公子颛孙仕鲁,因氏焉。"②《古今姓氏书辩证·二仙》:"颛孙……其(陈公子颛孙)孙颛孙师,字子张,为孔子弟子;生申祥,娶子游之女。"③《通志·氏族略三》《姓氏急就篇》卷下说大同。④《尚友录》卷二十二:"陈公子颛孙仕晋,子孙氏焉。"⑤

谨案:据庄二十二年《左传》,颛孙自齐奔鲁在陈宣公二十一年(前672),至怀公三年(前503)为一百七十年,大致七八代,则师非为颛孙之孙,而为其裔孙。又,"鲁""晋"字形相近,则"仕鲁""仕晋"二说,当为族谱传抄笔误所致。且春秋时期陈都于今河南省周口市淮阳县,鲁都于今山东省曲阜市,晋都于今山西省侯马市。足见,陈、鲁相距不过数百里,而陈、晋之间相距千里,颛孙出奔他国断无舍近求远之理,亦与庄二十二年《左传》所载不合。故笔者以为《风俗通义》"颛孙仕鲁"说是。则鲁颛孙氏为胡公满后裔,出于桓公鲍之孙、庄公林之子公子颛孙。

(二)颛孙氏之世系

《礼记·檀弓上》郑《注》:"申祥,子张子……子游之子,申祥妻之昆弟。"⑥《檀弓下》郑《注》同。则其世系为:桓公鲍→庄公林→公子颛孙……颛孙师→颛孙申祥。

(三)颛孙师

《孟子·公孙丑上》载公孙丑曰:"子夏、子游、子张皆有圣人之一体,冉牛、闵子、颜渊则具体而微。"⑦《吕氏春秋·尊师篇》:"子张,鲁之鄙家也……学于孔

---

① [晋]杜预注,[唐]孔颖达等正义:《春秋左传正义》,第1774页。
② [宋]邓名世撰,王力平点校:《古今姓氏书辩证》,第139页。案:今本《风俗通义》轶此义。
③ [宋]邓名世撰,王力平点校:《古今姓氏书辩证》,第139页。
④ 《急就篇》颜《注》《元和姓纂》"颛孙氏"皆阙。
⑤ [明]廖用贤:《尚友录》,齐鲁书社四库存目丛书1997年影印明天启间(1620—1627)刻本,第846页。
⑥ [汉]郑玄注,[唐]孔颖达等正义:《礼记正义》,第1281—1282页。
⑦ [汉]赵岐注,[宋]孙奭疏:《孟子注疏》,第2686页。

子。"①《荀子·非十二子篇》:"弟陀其冠,神禫其辞,禹行而舜趋:是子张氏之贱儒也。"②《韩非子·显学篇》:"自孔子之死也,有子张之儒,有子思之儒,有颜氏之儒,有孟氏之儒,有漆雕氏之儒,有仲良氏之儒,有孙氏之儒,有乐正氏之儒。"③《大戴礼记·卫将军文子》载子贡(端木赐)对文子(公孙木)曰:"业功不伐,贵位不善,不侮可侮,不佚可佚,不敖无告,是颛孙之行也。孔子言之曰:'其不伐则犹可能也,其不弊百姓者则仁也。《诗》云:'恺悌君子,民之父母。'夫子以其仁为大也。"④《史记·仲尼弟子列传》:"颛孙师,陈人,字子张。少孔子四十八岁。"《儒林列传》:"自孔子卒后,七十子之徒散游诸侯,大者为师傅卿相,小者友教士大夫,或隐而不见。故子路居卫,子张居陈,澹台子羽居楚,子夏居西河,子贡终于齐。"⑤《论语·为政篇》魏何晏《集解》引郑玄《论语注》:"子张,弟子也,姓颛孙,名师,字子张也。"⑥《礼记·檀弓上》郑《注》同。《三国志·吴书·诸葛恪传》载恪《与陆逊书》:"愚以为君子不求备于一人,自孔氏门徒大数三千,其见异者七十二人,至于子张、子路、子贡等七十之徒,亚圣之德,然犹各有所短,师僻由喭,赐不受命,岂况下此而无所阙?且仲尼不以数子之不备而引以为友,不以人所短弃其所长也。"⑦《孔子家语·七十二弟子解》:"颛孙师,陈人,字子张,少孔子四十八岁。为人有容貌,资质宽冲,博接从容自务居,不务立于仁义之行,门人友之而弗敬。"⑧《论语·先进篇》梁皇侃《义疏》:"师,子张。"⑨《咸淳临安志》卷十一载宋高宗《御制宣圣七十二贤赞并序》:"颛孙师,字子张,陈人,赠陈伯。赞曰:'念昔颛孙,商德与邻。学如干禄,问必书绅。参前倚衡,忠信是遵。色取行违,行戒后人。"⑩

---

① 旧题[周]吕不韦撰,[汉]高诱注,许维遹集释:《吕氏春秋集释》,第93页。
② [周]荀况撰,[清]王先谦集解,沈啸寰等点校:《荀子集解》,第104—105页。
③ [周]韩非撰,[清]王先慎集解,钟哲点校:《韩非子集解》,第456页。
④ 卢《注》:"颛孙师,陈人也;子张,字也。"[汉]戴德撰,[北周]卢辩注,[清]王聘珍解诂,王文锦点校:《大戴礼记解诂》,第110—111页。
⑤ [唐]司马贞《索隐》引[汉]郑玄《论语孔子弟子目录》:"阳城人。"[汉]司马迁撰,[晋]裴骃集解,[唐]司马贞索隐,[唐]张守节正义,郭逸、郭曼标点:《史记》,第1707、2352页。
⑥ [三国魏]何晏集解,[南朝梁]皇侃义疏:《论语集解义疏》,第21页。
⑦ [晋]陈寿撰,[南朝宋]裴松之注,陈乃乾校点:《三国志》,中华书局1959年校点百衲本、清武英殿刻本、金陵活字本、江南书院刻本,第1432页。
⑧ [三国魏]王肃注,[清]陈士珂疏证:《孔子家语疏证》,第223页。
⑨ [三国魏]何晏等注,[宋]邢昺疏:《论语注疏》,第151页。
⑩ [宋]潜说友:《咸淳临安志》,第359页。案:《论语·为政篇》《公冶长篇》《先进篇》《颜渊篇》《卫灵公篇》《宪问篇》《阳货篇》《里仁篇》《学而篇》《尧曰篇》《孟子·公孙丑上》《滕文公上》《礼记·檀弓上》《仲尼燕居》《韩诗外传》卷九、《大戴礼记·子张问入官》《说苑·反质篇》《杂言篇》《后汉书·朱穆传》并载颛孙师言行,不具引。

谨案：关于颛孙师之生年，宋胡仔《孔子编年》卷二系于鲁定公六年（前504）。笔者此不取。又，《礼记·檀弓下》："子张死，曾子有母之丧，齐衰而往哭之。"①则子张先曾子卒，殆非高寿。颛孙氏族谱《掘坊志》谓子张卒年五十七，则鲁悼公二十一年（前450）。

又，关于颛孙师之郡望，前人向有二说：一为鲁人说，见《吕氏春秋·尊师篇》。一为陈人说，见《史记·仲尼弟子列传》。笔者以为，据庄二十二年《左传》，《史记》述其先祖，《吕氏春秋》记其籍贯，二说各有所重，并不矛盾。则颛孙师（前503—约前450），即《论语·为政篇》《公冶长篇》《先进篇》《颜渊篇》《卫灵公篇》《宪问篇》《阳货篇》《子张篇》《尧曰篇》《孟子·公孙丑上》《滕文公上》《礼记·檀弓上》《檀弓下》《仲尼燕居》《韩诗外传》卷九、《大戴礼记·子张问入官》之"子张"，亦即《论语·先进篇》《礼记·仲尼燕居》之"师"，姓妫，氏颛孙，名师，字子张，虞帝舜之裔，胡公满之后，出于公子颛孙，颛孙申祥之父，本陈公族，陟居鲁之阳城（当即今山东省聊城市茌平县南二十里之故阳城），孔丘晚辈弟子，为孔子四友之一②。其主张"士见危致命，见得思义，祭思敬，丧思哀"，提出"执德不弘，信道不笃"说，倡导"君子尊贤而容众，嘉善而矜不能"（《论语·子张篇》）③古训，十分重视孔子"忠""信"道德观念，特别关注"干禄""善人之道""明""崇德辨惑""政""闻""达""行""师言之道""仁""从政""五美""四恶"诸命题，学识渊博，尤精于《周礼》《书》《易》，孔子卒后自鲁归于陈，逐渐形成了"子张氏"儒家学派，对战国时期南方文化乃至中原文化产生了巨大影响，传世有《士立身四节论》《执德信道论》（俱见《论语·子张篇》）、《君子小人议论之异论》（见《韩诗外传》卷九）诸文。④

十一、曾氏与曾皋、曾参、曾申

（一）曾氏之族属

襄四年《左传》载晋魏绛曰："靡自有鬲氏，收二国之烬，以灭浞而立少康。

---

① ［汉］郑玄注，［唐］孔颖达等正义：《礼记正义》，第1300页。
② 据［明］李贤等《明一统志·徐州》、［清］高宗敕撰《大清一统志·徐州府》，子张墓在今安徽省宿州市萧县南三十里掘坊村西。据《掘坊志》，颛孙氏宗祠位于今萧县北关。
③ ［三国魏］何晏等注，［宋］邢昺疏：《论语注疏》，第2531页。
④ 颛孙师于东汉明帝永平十五年（72）为所祠仲尼七十二弟子之一，唐开元二十七年（739）追封为"陈伯"，宋大中祥符二年（1009）加封为"宛邱侯"，后又尊为"陈公"。

少康灭浇于过,后杼灭豷于戈。"①哀元年《左传》载吴伍员曰:"昔有过浇杀斟灌以伐斟鄩,灭夏后相。后缗方娠,逃出自窦,归于有仍,生少康焉,为仍牧正。"②《元和姓纂·十七登》《通志·氏族略二》并引《世本》:"(曾氏)夏少康封少子曲烈于鄫,春秋时为莒所灭。鄫太子巫仕鲁,去'邑'为曾氏。"③《古今姓氏书辩证·十六烝》:"缯,出自姒姓。鄫子之后,以国为氏,亦作缯氏……鄫,出自姒姓。鄫子之后,仕鲁者以国为氏。"④《通志·氏族略二》:"曾氏,亦作鄫,亦作缯,姒姓,子爵,今沂州承县东八十里故鄫城是也。"⑤

谨案:《国语·鲁语上》韦《注》:"杼,禹后七世、少康之子季杼也,能兴夏道。"⑥则襄四年《左传》之"后杼",即《国语·鲁语上》、哀元年《左传》之"季杼",亦即《史记·夏本纪》司马贞《索隐》引《世本》之"季伫",亦即《史记·夏本纪》之"帝予"。又,据襄六年《春秋》《左传》,鄫太子巫仕鲁当在鲁襄公六年(前567)莒灭鄫(一作"缯",位于今山东省枣庄市峄城区东七十余里,即临沂市兰陵县向城镇境内之故鄫城)之后。则鲁曾氏为帝颛顼高阳氏部落支族夏禹后裔,出于后相之孙、少康庶子曲烈。

(二)曾氏之世系

襄五年《春秋》:"叔孙豹、鄫世子巫如晋。"《左传》:"穆叔觌鄫大子于晋,以成属鄫。"⑦《史记·仲尼弟子列传》:"曾蒧,字皙。"⑧《论语·子罕篇》何晏《集解》《史记·仲尼弟子列传》裴骃《集解》并引汉孔安国《论语训解》:"曾皙,曾参父也,名点也。"⑨《礼记·檀弓下》郑《注》:"点,字皙,曾参父。"⑩《元和姓纂·十七

---

① 杜《注》:"少康,夏后相之子……后杼,少康子。"[晋]杜预注,[唐]孔颖达等正义:《春秋左传正义》,第1933页。
② 杜《注》:"夏后相,启孙也。"[晋]杜预注,[唐]孔颖达等正义:《春秋左传正义》,第2154页。
③ [唐]林宝撰,[清]孙星衍校辑,郁贤皓、陶敏整理点校:《元和姓纂》,第638页。案:诸家引文略异,此据《元和姓纂》引文。"春秋时为莒所灭",《通志·氏族略二》引作"襄六年莒所灭"。
④ [宋]邓名世撰,王力平点校:《古今姓氏书辩证》,第246页。
⑤ [宋]郑樵撰,王树民点校:《通志二十略》,第61页。
⑥ [三国吴]韦昭注,上海师范大学古籍整理研究所点:《国语》,第169页。
⑦ [晋]杜预注,[唐]孔颖达等正义:《春秋左传正义》,第1936页。
⑧ [汉]司马迁撰,[晋]裴骃集解,[唐]司马贞索隐,[唐]张守节正义,郭逸、郭曼标点:《史记》,第1711页。
⑨ [三国魏]何晏等注,[宋]邢昺疏:《论语注疏》,第1711页。案:《史记·仲尼弟子列传》裴骃《集解》引作:"皙,曾参父。"
⑩ [汉]郑玄注,[唐]孔颖达等正义:《礼记正义》,第1299页。

登》:"曾……巫生阜,阜生参,字子舆,父子并为仲尼弟子,生元、申。"①《古今姓氏书辩证·十七登》:"曾,出自姒姓,夏少康封其少子曲烈于鄫,鲁襄公六年,莒灭鄫,鄫太子巫仕鲁,去'邑'为曾氏,居南武城。巫生夭,为季氏宰;夭生阜,为叔孙氏家臣;阜生点,字皙;点一作'蒧',生参,字子舆;参生元、申;元生西;西生钦;钦生㝵;㝵生羡;羡生遐;遐生盈;盈生乐,汉山阴县都乡侯……"②《龟山集·曾文昭公行述》《江西通志·艺文志》并载明傅占衡《录危集曾子白文书后》记陶源《曾氏家谱》大同。《通志·氏族略二》:"曾氏……巫生阜,阜生皙,皙生参,字子舆。父子并仲尼弟子。参生元、申,裔孙伟,后汉尚书令。望出鲁国。"③

  谨案:据《论语·先进篇》《史记·仲尼弟子列传》,曾皙,名点,字皙,曾参(子舆)之父,则《元和姓纂·十七登》缺曾皙一世,而《通志·氏族略二》说是。又,曾夭,季孙宿之御;曾阜,叔孙豹家臣,事并见昭元年《左传》《国语·鲁语下》。从昭元年《左传》所载曾夭谓曾阜之言观之,夭、阜似兄弟关系而非父子关系。可见,邓氏《古今姓氏书辩证》多曾夭一世,傅氏《录危集曾子白文书后》详辨其误,可参。则春秋时期鲁曾氏世系为:世子巫→曾夭(后未详)、曾阜→曾点→曾参→曾元、曾申。

(三)曾阜

  《国语·鲁语下》韦《注》:"其人,穆子家臣曾阜也。"④昭元年《左传》杜《注》:"曾阜,叔孙家臣。"⑤则曾阜,姓姒,氏曾,名阜,鄫太子巫之子,曾夭兄弟,曾点之父,本鄫公族,国灭徙居鲁南武城(地近吴,在今山东省临沂市费县西南九十里),仕为叔孙氏家臣,生卒年未详(前541在世)。其提出"贾而欲赢而恶嚣"(昭元年《左传》)⑥说,传世有《贾赢恶嚣论》(见昭元年《左传》)一文。

(四)曾参

  《大戴礼记·卫将军文子篇》载子贡(端木赐)对文子(公孙木)曰:"满而不满,实如虚,通之如不及,先生难之,不学其貌,竟其德,敦其言,于人也无所不

---

① [唐]林宝撰,[清]孙星衍校辑,郁贤皓、陶敏整理点校:《元和姓纂》,第638-639页。
② [宋]邓名世撰,王力平点校:《古今姓氏书辩证》,第247页。
③ [宋]郑樵撰,王树民点校:《通志二十略》,第61页。
④ [三国吴]韦昭注,上海师范大学古籍整理研究所校点:《国语》,第196页。
⑤ [晋]杜预注,[唐]孔颖达等正义:《春秋左传正义》,第2022页。
⑥ [晋]杜预注,[唐]孔颖达等正义:《春秋左传正义》,第2022页。

信,其桥大人也常以皓皓,是以眉寿,是曾参之行也。孔子曰:'孝,德之始也;弟,德之序也;信,德之厚也;忠,德之正也,参也中夫四德者矣哉。'以此称之也。"①《史记·仲尼弟子列传》:"曾参,南武城人,字子舆。少孔子四十六岁。孔子以为能通孝道,故授之业,作《孝经》。死于鲁。"②《论语·学而篇》何晏《集解》引汉马融《论语训说》:"(曾子)弟子曾参也。"③《孔子家语·七十二弟子解》:"曾参,南武城人,字子舆,少孔子四十六岁。志存孝道,故孔子因之以作《孝经》。"④《论语·学而篇》朱熹《集注》:"曾子,孔子弟子,名参,字子舆。"⑤《咸淳临安志》卷十一载宋高宗《御制宣圣七十二贤赞并序》:"曾参,字子舆,武城人,赠郕伯。赞曰:'夫孝要道,用训群生。以纲百行,以通神明。因子侍师,答问成经。事亲之实,代为仪刑。'"⑥

谨案:今本《大戴礼记》中保存有《曾子》十篇,当即选自七十子后学所记的《曾子》,亦即采自《汉书·艺文志》所著录的《曾子》。《孝经》与《大戴礼记·曾子本孝篇》《曾子立孝篇》《曾子大孝篇》和《曾子事父母篇》,内容大多相通⑦。则曾参(前505年—前436),即《论语·学而篇》《里仁篇》《泰伯篇》《颜渊篇》《子张篇》《宪问篇》《孟子·梁惠王下》《公孙丑上》《公孙丑下》《滕文公上》《滕文公下》《离娄下》《尽心下》之"曾子",亦即《史记·仲尼弟子列传》《孔子家语·七十二弟子解》之"子舆",姓姒,氏曾,名参,字子舆,尊称子,曾阜之孙,曾点(子皙)之子,曾元、曾申(子西)之父,本鄫公族,国灭徙居鲁南武城,父子并为孔子弟子⑧。其总结出"吾日三省吾身"之修养德性方法,提出"慎终追远,民德归厚"(《论

---

① [汉]戴德撰,[北周]卢辩注,[清]王聘珍解诂,王文锦点校:《大戴礼记解诂》,第110页。
② [汉]司马迁撰,[晋]裴骃集解,[唐]司马贞索隐,[唐]张守节正义,郭逸、郭曼标点:《史记》,第1708页。
③ [三国魏]何晏集解,[南朝梁]皇侃义疏:《论语集解义疏》,第4页。
④ [三国魏]王肃注,[清]陈士珂疏证:《孔子家语疏证》,第223页。
⑤ [宋]朱熹:《四书章句集注》,第48页。
⑥ [宋]潜说友:《咸淳临安志》,第3458页。案:《论语·先进篇》《泰伯篇》《宪问篇》《里仁篇》《颜渊篇》《子张篇》《孟子·滕文公上》《滕文公下》《公孙丑上》《离娄上》《离娄下》《荀子·法行篇》《大略篇》《韩非子·外储说左上》《吕氏春秋·孝行篇》《当染篇》《战国策·秦策二》《燕策一》《韩诗外传》卷二、卷七、卷八、卷九、《大学》第六章、《大戴礼记·曾子制言上》《春秋繁露·竹林篇》《史记·仲尼弟子列传》《说苑·立节篇》《谈丛篇》《杂言篇》《修文篇》《建本篇》《敬慎篇》《新语·慎微篇》《辅政篇》《辨惑篇》《盐铁论·晁错篇》《论衡·祸虚篇》《问孔篇》《孔子家语·六本篇》皆载曾子言行,不具引。
⑦ 说参:杨宽《战国史》,上海人民出版社1998年第3版,第488—489页。
⑧ 《礼记·檀弓上》详记曾子之卒,不具录。

语·学而篇》）①说；认为"夫子之道，忠恕而已矣"（《里仁篇》）②，倡导"君子所贵乎道者三：动容貌，斯远暴慢矣；正颜色，斯近信矣；出辞气，斯远鄙倍矣"，主张"士不可以不弘毅，任重而道远"（《泰伯篇》）③；重视弘扬孔子仁学理论，提出"君子以文会友，以友辅仁"（《颜渊篇》）④说，主张"君子思不出其位"（《宪问篇》）⑤；具有"孝""悌""信""忠"之"四德"，孔子卒后自己设坛收徒讲学而弟子达七十人，孔伋（子思）、乐正子春皆其弟子，作《孝经》，《汉书·艺文志》儒家类著录《曾子》十八篇，传世有《夫子之道论》（见《论语·里仁篇》）一文⑥。

（五）曾申

《礼记·檀弓上》郑《注》："曾子，曾参之子，名申……元、申，曾参之子。"⑦《孟子·公孙丑上》赵《注》："曾西，曾子之孙。"⑧《春秋左传序》孔《疏》引刘向《别录》："左丘明授曾申，申授吴起……"⑨吴陆玑《毛诗草木鸟兽虫鱼疏》卷下："孔子删诗授卜商，商为之序，以授鲁人，鲁人授魏人李克……"⑩《经典释文·序录》："曾申，字子西，鲁人，曾参之子。"⑪

谨案：《经典释文·序录》《毛诗注疏·传述人》并引吴徐整《毛诗谱》："子夏授高行子，高行子授薛仓子……"⑫则三国时人所以参差者，二家之言互有详略。⑬故笔者此取陆氏《诗疏》说。则曾申（前475年—前405），即《礼记·檀弓下》之"曾子"，姓姒，氏曾，名申，字子西，尊称子，曾点（子晳）之孙，曾参（子舆）

---

① ［三国魏］何晏等注，［宋］邢昺疏：《论语注疏》，第2458页。
② ［三国魏］何晏等注，［宋］邢昺疏：《论语注疏》，第2471页。
③ ［三国魏］何晏等注，［宋］邢昺疏：《论语注疏》，第2486—2487页。
④ ［三国魏］何晏等注，［宋］邢昺疏：《论语注疏》，第2505页。
⑤ ［三国魏］何晏等注，［宋］邢昺疏：《论语注疏》，第2512页。
⑥ 曾参于东汉明帝永平十五年（72）为所祠仲尼七十二弟子之一，唐高宗元年（668）封为"太子少保"，开元二十七年（739）尊为"郕伯"，宋大中祥符二年（1009）改封为"郕侯"，政和元年（1111）又改为"武城侯"，咸淳三年（1265）晋封为"郕国公"，元至顺元年（1330）尊封为"郕国宗圣公"，为孔门弟子中谥曰"圣"者二人之一（颜回为"复圣"）。
⑦ ［汉］郑玄注，［唐］孔颖达等正义：《礼记正义》，第1275、1277页。
⑧ ［汉］赵岐注，［宋］孙奭疏：《孟子注疏》，第2684页。
⑨ ［晋］杜预注，［唐］孔颖达等正义：《春秋左传正义》，第1736页。
⑩ ［三国吴］陆玑：《毛诗草木鸟兽虫鱼疏》，中华书局丛书集成初编1985年据古经解汇函排印本，第141页。
⑪ ［唐］陆德明：《经典释文》，第38页。
⑫ ［唐］陆德明：《经典释文》，第37页。案：《毛诗注疏·传述人》引同。
⑬ 说详：章炳麟《国学讲演录·经学略说》，华东师大出版社1995年版，第89—90页。

之子,曾元之弟,曾西之父,鲁人,卜商(子夏)弟子,李克、吴起之师,传《诗》《春秋》《左传》于世①。

十二、谢氏与谢息

(一)谢氏之族属与世系

隐十一年《左传》孔《疏》引《世本·氏姓篇》:"任姓,谢、章、薛、舒、吕、祝、终、泉、毕、过。"②《姓氏急就篇》卷上引《世本》:"谢,任姓,黄帝之后。鲁有谢息。"③《急就篇》卷一颜《注》:"谢,南方国名也。周宣王后父申伯于此作邑,其后以为氏。鲁有谢息。"④《元和姓纂·四十祃》:"谢,姜姓,炎帝之允。申伯以周宣王舅受封于谢,今汝南谢城是也,后失爵,以国为氏焉。鲁有谢息。"⑤《新唐书·宰相世系表三上》:"任姓,出自黄帝少子禹阳,受封于任,因以为姓。十二世孙奚仲,为夏车正,更封于薛。又十二世孙仲虺,为汤左相。太戊时有臣扈,武丁时有祖己,皆徙国于邳。祖己七世孙成侯,又迁于挚,亦谓之挚国。"⑥《古今姓氏书辩证·四十祃》:"谢,出自黄帝之后,任姓之别为十族,谢其一也。其国在南阳宛县。三代之际,微不见。至《诗·崧高》始言周宣王使召公营谢邑,以赐申伯。盖谢已失国,子孙散亡,以国为氏。鲁有成大夫谢息。"⑦《路史·国名纪一》:"任,禹阳国。"⑧

谨案:谢氏所出有二:一为黄帝后裔,任姓,谢息即其后;一为炎帝后裔,姜姓,南申伯之后。则鲁谢氏为黄帝轩辕氏部落支族任姓禹阳(禺阳)后裔,其世

---

① 关于曾申之生卒年,说参:钱穆《先秦诸子系年》,商务印书馆2005年版,第209页。
② [晋]杜预注,[唐]孔颖达等正义:《春秋左传正义》,第1736页。案:《国语·周语中》韦《注》:"挚、畴二国任姓,奚仲仲虺之后、大任之家也。大任,王季之妃、文王之母也。《诗》云:'挚仲氏任。'"[三国吴]韦昭注,上海师范大学古籍整理研究所校点:《国语》,第49页。《郑语》韦《注》:"薛,任姓。"[三国吴]韦昭注,上海师范大学古籍整理研究所校点:《国语》,第508页。
③ [宋]王应麟:《姓氏急就篇》,第31页。
④ [汉]史游撰,[唐]颜师古注:《急就篇》,第81页。案:南申都邑遗址分布的区域看,有四"谢":一在今河南省南阳市唐河县以南,二在南阳市卧龙区北,三即今信阳市平桥区平昌关镇北古城,四在信阳市罗山县西北三十里。这四处遗址正分布在今河南省南部的南阳市至信阳市这一狭长地带,大体上曾经是两周之际南阳申伯之国最强盛时的疆域。参见:邵炳军《两周之际诸申地望及其称谓辨析》,《社会科学战线》2002年第3期,第138—143页。
⑤ [唐]林宝撰,[清]孙星衍校辑,郁贤皓、陶敏整理点校:《元和姓纂》,第1324页。
⑥ [宋]欧阳修、[宋]宋祁编修,石淑仪等点校:《新唐书》,第2883页。
⑦ [宋]邓名世撰,王力平点校:《古今姓氏书辩证》,第508页。
⑧ [宋]罗泌撰,[宋]罗苹注:《路史》,第323页。案:"禹阳",《路史·后纪五》作"禺阳"。

系未详。

(二) 谢息

昭七年《左传》杜《注》:"谢息,僖子家臣。"①《后汉书·冯衍传》载衍《遗田邑书》:"谢息守郕,胁以晋、鲁,不丧其邑。"②则谢息,姓任,氏谢,名息,孟孙氏家臣,时为成守(宰),生卒年未详(前535在世)。其恪守礼仪,倡导"守不假器",反对"守臣丧邑"(昭七年《左传》)③,传世有《守不假器为礼论》(见昭七年《左传》)一文。

综上所考,鲁楚氏为祝融八姓氏族部落支族芈姓季连后裔,出于鬻熊,芈姓,其世系为:楚丘之父→楚丘;序氏为祝融八姓氏族部落支族芈姓季连后裔,出于鬻熊,芈姓,其世系未详;申氏为炎帝四岳后裔,出于南申伯,姜姓,其世系为:申繻……申丰……申须……申夜姑……申句须;商氏为帝喾次妃简狄子殷契后裔,出于商容,子姓,其世系未详;樊氏为帝喾次妃简狄子殷契后裔,属于殷民七族樊氏,子姓,其世系未详;仲氏为帝乙后裔,出于穆公和之孙、庄公冯庶子公子成④,子姓,其世系为:穆公和→庄公冯→公子成……仲由→仲子崔;孔氏为帝乙后裔,出于木金父之孙、祁父之子防叔,子姓,其世系为:宋闵公捷→弗甫何→宋父(周)→正考甫→孔父嘉→木金父→木金父→祁父→防叔→伯夏→叔梁纥→孟皮、孔丘……孔璇,孟皮→孔忠,孔丘→孔鲤→孔伋→孔白;正氏为帝乙元子微子启弟微仲衍后裔,出于宋父周之孙、世父胜之子正考父⑤,子姓,其世系为:宋父周→世父胜→正考父……正常;杜氏为帝尧氏族部落集团支族刘累后裔,出于杜伯,祁姓,其世系为:杜泄→杜绰;颛孙氏为胡公满后裔,出于桓公鲍之孙、庄公林之子公子颛孙,妫姓,其世系为:桓公鲍→庄公林→公子颛孙……颛孙师→颛孙申祥;曾氏为帝颛顼高阳氏部落支族夏禹后裔,出于后相之孙、少康庶子曲烈,姒姓,其世系为:世子巫→曾夭(后未详)、曾阜→曾点→曾参→曾元、曾申;谢氏为黄帝轩辕氏部落支族禹阳后裔,任姓,其世系未详。

可见,鲁楚氏、序氏、申氏、商氏、樊氏、仲氏、孔氏、正氏、杜氏、颛孙氏、曾氏、谢氏十二族,皆鲁公室异姓世族。则在此十二族中,有传世作品者为楚丘之

---

① [晋]杜预注,[唐]孔颖达等正义:《春秋左传正义》,第2049页。
② [南朝宋]范晔撰,[唐]李贤等注,宋云彬等点校:《后汉书》,第971页。
③ [晋]杜预注,[唐]孔颖达等正义:《春秋左传正义》,第2049页。
④ 鲁仲氏出于宋庄公冯(前709—前692在位),按《左传》义例,可称之为"庄族"。
⑤ 鲁孔氏、正氏皆出于宋闵公捷(前691—前682在位),按《左传》义例,可称之为"闵族"。

父、楚丘、序点、申繻、申丰、申须、商瞿、樊须、仲由、孔丘、孔鲤、孔忠、孔伋、正常、杜泄、颛孙师、曾阜、曾参、曾申、谢息二十子,可称之为鲁公室异姓世族作家群体。

第三章

齐

齐公室除了桓公小白、惠公元、顷公无野、庄公光、景公杵臼、悼公阳生6君有传世作品之外，公族作家群体有崔氏、仲孙氏、晏氏、闾丘氏、东郭氏、卢蒲氏、国氏、栾氏、高氏9族，有传世作品者11人；异姓世族作家群体有鲍氏、管氏、逢氏、苑氏、莱氏、陈氏6族，有传世作品者13人；其他世族作家群体有梁丘氏之族，有传世作品者1人。

第一节 齐公室

一、族属考

《国语·周语中》载周富辰曰："齐、许、申、吕由大姜。"《周语下》载周灵王太子晋曰："(尧)祚四岳国，命以侯伯，赐姓曰'姜'，氏曰'有吕'，谓其能为禹股肱心膂，以养物丰民人也……(今)申、吕虽衰，齐、许犹在。"《晋语四》载晋司空季子(胥臣)曰："昔少典娶于有蟜氏，生黄帝、炎帝。黄帝以姬水成，炎帝以姜水成。"[1]襄十四年《左传》载姜戎子驹支曰："惠公蠲其大德，谓我诸戎，是四岳之裔

---

[1] 韦《注》："四国皆姜姓也，四岳之后，大姜之家也。大姜，太王之妃，王季之母也……四岳，官名，主四岳之祭，为诸侯伯……言共工从孙为四岳之官，掌帅诸侯，助禹治水也……尧以四岳佐禹有功，封之于吕，命为侯伯，使长诸侯也。姜，四岳之先，炎帝之姓也。炎帝世衰，其后变易，至四岳有德，帝复赐之祖姓，使绍炎帝之后。(有吕)以国为氏也……申、吕，四岳之后，商、周之世或封于申、齐、许亦其族也。"[三国吴]韦昭注，上海师范大学古籍整理研究所校点：《国语》，第48—49、104—108、356页。案：姬水，今地阙。岐水东迳姜氏城南为姜水，位于今陕西省岐山县东。说参：《水经·渭水注》。

胄也,毋是翦弃。"①《史记·齐世家》:"太公望吕尚者,东海上人。其先祖尝为四岳,佐禹平水土,甚有功。虞夏之际封于吕,或封于申,姓姜氏。夏商之时,申、吕或封枝庶子孙,或为庶人,尚其后苗裔也。本姓姜氏,从其封姓,故曰吕尚……于是武王已平商而王天下,封师尚父于齐营丘。"②《潜夫论·志氏姓》:"炎帝苗胄,四岳伯夷,为尧典礼,折民惟刑,以封申、吕。裔生尚,为文王师,克殷而封之齐,或封许、向,或封于纪,或封于申……齐之国氏、高氏、襄氏、隰氏、士、强氏、东郭氏、雍门氏、子雅氏、子尾氏、子襄氏、子渊氏、子乾氏、公旗氏、翰公氏、贺氏、卢氏,皆姜姓也。"③《元和姓纂·十二齐》:"齐,炎帝姜姓之后,太公望子牙封营邱,为齐国,因氏焉。"《八语》:"吕,炎帝姜姓之后,虞夏之际封吕,今南阳宛县西吕亭是也。至周失国,子孙氏焉。太公号吕望。周有吕侯。秦吕不韦。单父人吕公。"④《新唐书·宰相世系表三下》:"姜姓本炎帝,生于姜水,因以为姓。其后子孙变易他姓。尧遭洪水,共工之从孙佐禹治水,为四岳之官,以其主四岳之祭,尊之,故称曰'大岳',命为侯伯,复赐以祖姓曰姜,以绍炎帝之后。裔孙太公望封齐,为田和所灭,子孙分散。"《宰相世系表五上》:"吕氏,出自姜姓。炎帝裔孙为诸侯,号共工氏,有地在弘农之间,从孙伯夷,佐尧掌礼,使遍掌四岳,为诸侯伯,号太岳。又佐禹治水,有功,赐氏曰吕,封为吕侯。吕者,膂也,谓能为股肱心膂也。其地蔡州新蔡是也。历夏、商,世有国土,至周穆王,吕侯入为司寇,宣王世改'吕'为'甫',春秋时为强国所并,其地后为蔡平侯所居,吕侯枝庶子孙,当商、周之际,或为庶人。吕尚字子牙,号太公望,封于齐。十九世孙康公贷为田和所篡,迁于海滨……康公未失国时,吕氏子孙先已散居韩、魏、齐、鲁之间,其后又徙东平寿张。"⑤《古今姓氏书辩证·十阳》:"姜,出自炎帝,生于姜水,因以为姓。裔孙佐禹治水,为尧四岳之官,以其主山岳之祭,尊之,谓之

---

① 杜《注》:"四岳,尧时方伯,姜姓也。"[晋]杜预注,[唐]孔颖达等正义:《春秋左传正义》,第1956页。案:昭四年《左传》所谓"四岳、三涂、阳城、大室、荆山、中南,九州之险也"之"四岳"为山名,即东岳岱、西岳华、南岳衡、北岳恒,与尧时方伯姜姓"四岳"名同实异。
② [晋]裴骃《集解》引徐广《史记音义》:"吕在南阳宛县西。"[汉]司马迁撰,[晋]裴骃集解,[唐]司马贞索隐,[唐]张守节正义,郭逸、郭曼标点:《史记》,第1196—1198页。案:《吕后本纪》张守节《正义》引李泰《括地志》:"故吕城在邓州南阳县西三十里,吕尚先祖封。"[汉]司马迁撰,[晋]裴骃集解,[唐]司马贞索隐,[唐]张守节正义,郭逸、郭曼标点:《史记》,第277页。《齐太公世家》张守节《正义》引李泰《括地志》:"营丘在青州临淄北百步外城中。"司马贞《索隐》:"《地理志》申在南阳宛县,申伯之国。吕亦在宛县之西也。"[汉]司马迁撰,[晋]裴骃集解,[唐]司马贞索隐,[唐]张守节正义,郭逸、郭曼标点:《史记》,第1196—1199页。
③ [汉]司马迁撰,[晋]裴骃集解,[唐]司马贞索隐,[唐]张守节正义,郭逸、郭曼标点:《史记》,第405—406页。案:"国氏","氏"字旧空;"高氏"旧空;"襄氏","襄"字旧空。皆据明程荣本补。
④ [唐]林宝撰,[清]孙星衍校辑,郁贤皓、陶敏整理点校:《元和姓纂》,第313,869页。
⑤ [宋]欧阳修、[宋]宋祁编修,石淑仪等点校:《新唐书》,第2963,3370—3371页。

太岳,命为侯伯,复赐祖姓,以绍炎帝之后。夏、商以来,分为齐、许、申、甫四国,世有显诸侯。居戎狄者为姜戎氏。田和灭齐,子孙分散。"《八语》:"吕,出自姜姓,炎帝裔孙为诸侯,号共工氏,伏羲神农之间,能霸九州,有地在弘农。从孙伯夷,佐尧掌礼,为秩宗,遍掌四岳,为诸侯伯,号太岳。又佐禹治水有功,赐姓曰姜,氏曰有吕,封为吕侯……吕侯国在蔡州新蔡,历夏、商世祀不绝。周穆王时吕侯入为司寇,训夏赎刑,作《吕刑》之书。宣王时,改吕为甫,后为强国所并。当商季,世有吕尚,字牙,号太公望,盖吕侯枝孙,起渔钓,佐周文王,为武王太师,定天下有大功,封为齐侯。"①《通志·氏族略二》:"齐氏,姜姓,四岳之苗裔也。与申、吕、许皆姜姓。四岳佐禹有功,或封于申,或封于吕,故太公望谓之吕望。文王得于渭滨,以为太师,股肱周室,相武王克商,封于营邱,即今临淄县是也。或云营邱故城在潍州昌乐,其地本颛帝之墟……简公四年,获麟之岁也。凡二十九世。为彊臣田氏所篡,子孙以国为氏。"②

谨案:郑氏《通志·氏族略三》认为,田和所灭齐,子孙分散,或以国为氏,或以姓为氏。姜为姓而非国名,则齐姜后裔乃以姓为姜氏者。王氏《姓氏急就篇》卷上则认为姜氏为周太王妃太姜之后,不合周人女辨姓、男别氏之制,故其说不确。又,郑氏《通志·氏族略二》认为"吕""甫"声相近,未必为周宣王时所改,说是。则齐公室为尧时方伯姜姓四岳伯夷(太岳)后裔,始封君为吕尚(姜子牙、师尚父),姓姜,氏吕,其后别为齐氏、姜氏、国氏、高氏、襄氏、隰氏、士氏、强氏、东郭氏、雍门氏、子雅氏、子尾氏、子襄氏、子渊氏、子乾氏、公旗氏、公翰氏、贺氏、卢氏。

二、世系考

隐三年《左传》:"卫庄公娶于齐东宫得臣之妹,曰庄姜,美而无子,卫人所为赋《硕人》也。"隐七年《春秋》:"齐侯使其弟年来聘。"《左传》:"齐侯使夷仲年来聘,结艾之盟也。"庄八年《春秋》:"冬十有一月癸未,齐无知弒其君诸儿。"《左传》:"僖公之母弟曰夷仲年,生公孙无知,有宠于僖公,衣服礼秩如適(嫡)……初,襄公立,无常。鲍叔牙曰:'君使民慢,乱将作矣。'奉公子小白出奔莒。乱作,管夷吾、召忽奉公子纠来奔。"闵二年《左传》:"齐侯使公子无亏帅车三百乘、

---

① [宋]邓名世撰,王力平点校:《古今姓氏书辩证》,第191、343页。
② [宋]郑樵撰,王树民点校:《通志二十略》,第52页。

甲士三千人以戍曹。"①《史记·齐世家》:"成公九年卒,子庄公购立……(庄公)六十四年,庄公卒,子釐公禄甫立……(釐公)三十三年,釐公卒,太子诸儿立,是为襄公……(襄公十二年无知)遂弑之(襄公),而无知自立为齐君……(桓公元年春)雍林人袭杀无知……高傒立之(小白),是为桓公……(桓公四十三)冬十月乙亥,齐桓公卒……十二月乙亥,无诡立……无诡立三月死,无谥……(孝公元)五月,宋败齐四公子师而立太子昭,是为齐孝公……(孝公)十年,孝公卒,孝公弟潘因卫公子开方杀孝公子而立潘,是为昭公……(昭公)十九年五月,昭公卒,子舍立为齐君……十月即墓上弑齐君舍,而商人自立,是为懿公……(懿公四年春丙戎、庸职)二人弑懿公车上……齐人废其子而迎公子元于卫,立之,是为惠公……(惠公)十年,惠公卒,子顷公无野立……(顷公)十七年,顷公卒,子灵公环立……(灵公二十八)五月壬辰,灵公卒,庄公即位……(庄公六年五月乙亥崔杼)遂弑之(庄公)……丁丑,崔杼立庄公异母弟杵臼,是为景公……(景公五十八年夏)景公卒,太子荼立,是为晏孺子……(晏孺子元年十月戊子)立阳生,是为悼公……(悼公四)鲍子弑悼公……齐人共立悼公子壬,是为简公……(简公四年五月)甲午,田常弑简公于徐州。田常乃立简公弟骜,是为平公……(平公)二十五年卒,子宣公积立。"②《春秋分记·世谱六》:"庄公为一世;生三子:曰得臣(无后),曰僖公,曰年,为二世;僖公生三子:曰襄公、曰纠、曰桓公,年生无知(自无知下无后),为三世;桓公生六子:曰无亏(无后),曰惠公,曰孝公(无后),曰昭公(无后),曰懿公(无后),曰雍(无后),为四世;惠公生三子:曰顷公、曰栾(后为栾氏)、曰高(后为高氏),昭公生舍,为五世;顷公生五子:曰灵公,曰固(无后),曰铸(无后),曰角(无后),曰胜,为六世;灵公生三子:曰庄公(无后)、曰景公、曰牙(无后),胜生青,为七世(又有晳、捷、洐、山、商、周共六子,皆云顷公孙,不详其祢,并附于七世);景公生六子:曰孺子(无后),曰悼公,曰嘉,曰驹,曰黔,曰钼,为八世(自嘉而下无后);悼公生二子:曰简公,曰平公,为九世。"③

谨案:程氏《春秋分记》前谓"昭公无后",后又谓"昭公生舍",自相乖戾。据

---

① 杜《注》:"得臣,齐大子也。太子不敢居上位,故常处东宫……鲍叔牙,小白傅。小白,僖公庶子……管夷吾、召忽,皆子纠傅也。子纠,小白庶兄……无亏,齐桓公子武孟也。"[晋]杜预注,[唐]孔颖达等正义:《春秋左传正义》,第1724、1732、1765、1788页。

② [汉]司马迁撰,[晋]裴骃集解,[唐]司马贞索隐,[唐]张守节正义,郭逸、郭曼标点:《史记》,第1200—1220页。案:"购",司马贞《索隐》引《世本》作"赎";"杵臼",裴骃《集解》引徐广《史记音义》作"箸白";"简公壬",裴骃《集解》引《史记音义》作"景公之子";"骜",司马贞《索隐》引《世本》作"敬"。

③ [宋]程公说:《春秋分记》,第136—137页。

文十四年《左传》，齐昭公妃子叔姬生舍，昭公卒而舍即位，则昭公不为"无后"。又，《世本》谓子工氏乃公子铸之后，则公子铸亦不可谓"无后"。则春秋时期齐诸公世系为：庄公购(一作"赎")→太子得臣(无后)、僖公禄父、公子年，僖公禄父→襄公诸儿(无后)、公子纠(无后)、桓公小白，公子年→公孙无知(无后)，桓公小白→公子无亏(无后)、惠公元、孝公昭(无后)、昭公潘、懿公商人(无后)、公子雍(无后)，惠公元→顷公无野、公子栾(别为栾氏)、公子高(别为高氏)，昭公潘→公子舍，顷公无野→灵公环、公子固(无后)、公子铸(无后)、公子角(无后)、公子胜，灵公环→庄公光(无后)、景公杵臼、公子牙(无后)，公子胜→公孙青，景公杵臼→孺子(无后)、悼公阳生、公子嘉(无后)、公子驹(无后)、公子黔(无后)、公子鉏(无后)→简公壬(无后)、平公骜→宣公积。

三、桓公小白

僖十七年《左传》："冬十月乙亥，齐桓公卒。易牙入，与寺人貂因内宠以杀群吏，而立公子无亏。孝公奔宋。十二月乙亥赴。辛巳夜殡。"[1]《史记·齐世家》："初，襄公之醉杀鲁桓公，通其夫人，杀诛数不当，淫于妇人，数欺大臣，群弟恐祸及，故次弟纠奔鲁。其母鲁女也。管仲、召忽傅之。次弟小白奔莒，鲍叔傅之。小白母，卫女也，有宠于釐公……初，齐桓公之夫人三，曰：王姬、徐姬、蔡姬，皆无子。桓公好内，多内宠，如夫人者六人：长卫姬，生无诡；少卫姬，生惠公元；郑姬，生孝公昭；葛嬴，生昭公潘；密姬，生懿公商人；宋华子，生公子雍……桓公十有余子，要其后立者五人；无诡立三月死，无谥；次孝公；次昭公；次懿公；次惠公。"[2]《吕氏春秋·当染篇》高《注》："(齐)桓公，齐僖公之子，名小白。"[3]班固《汉书·古今人表》："齐桓公小白，襄公弟。"[4]《国语·齐语》韦《注》："桓公，齐太公之后、僖公之子、襄公之弟桓公小白也。"[5]庄九年《左传》杜《注》："桓公，小白。"庄十一年《左传》杜《注》："(齐侯)齐桓公也。"僖九年《左传》杜《注》："小白，齐侯名。"庄十五年《春秋》杜《注》："夫人文姜，齐桓公姊妹。"[6]则公子小白(前？—前643)，即庄九年《春秋》之"齐小白"，亦即庄十一年《左传》之"齐侯"，亦即闵二年、僖十七年《左传》《吕氏春秋·当染篇》之"齐桓公"，亦即僖十七年

---

[1] [晋]杜预注，[唐]孔颖达等正义：《春秋左传正义》，第1809页。
[2] [汉]司马迁撰，[晋]裴骃集解，[唐]司马贞索隐，[唐]张守节正义，郭逸、郭曼标点：《史记》，第1202—1209页。
[3] 旧题[周]吕不韦撰，[汉]高诱注，许维遹集释：《吕氏春秋集释》，第49页。
[4] [汉]班固撰，[唐]颜师古注，傅东华等点校：《汉书》，第907页。
[5] [三国吴]韦昭注，上海师范大学古籍整理研究所点：《国语》，第221页。
[6] [晋]杜预注，[唐]孔颖达等正义：《春秋左传正义》，第1766、1770、1800、1771页。

《春秋》之"齐侯小白",亦即《国语·齐语》之"桓公",亦即《汉书·古今人表》之"齐桓公小白",姓姜,氏吕,其后别为桓氏、东郭氏、大陆氏,名小白,谥桓,爵侯,僭称公,庄公购(一作"赎")之孙,僖公禄父庶子,卫女所出,襄公诸儿、公子纠异母弟,鲁夫人文姜兄弟,王姬、徐姬、蔡姬、长卫姬、少卫姬、郑姬、葛嬴、密姬、宋华子之夫,公子无亏(武孟)、惠公元、孝公昭、昭公潘、懿公商人、公子雍之父,襄公继立(前697)后出奔莒,十二年(前686)襄公卒后继立为君,在位凡四十二年(前685—前643)①。齐桓公在位期间,修齐国政,连五家之兵,设轻重鱼盐之利,赡贫穷,禄贤能,富国强兵,率先称霸②;其重视婚姻,令"丈夫二十而室,妇人十五而嫁"(《韩非子·外储说右下》)③;维护嫡长子继承制,倡导诸侯"毋贮粟,毋曲堤,无擅废适子,无置妾以为妻"(《管子·霸形篇》)④;传世有《遗鲁书》(见庄九年《左传》)、《群臣令》(见《韩非子·外储说左下》)、《嫁娶令》(见《韩非子·外储说右下》)、《禁厚葬令》(《韩非子·内储说上》)、《遇上令》(见《管子·霸形篇》)、《答楚王书》(见僖四年《左传》)诸文⑤。

四、惠公元

僖十七年《左传》:"齐侯之夫人三:王姬,徐嬴,蔡姬,皆无子。齐侯好内,多内宠,内嬖如夫人者六人:长卫姬,生武孟;少卫姬,生惠公;郑姬,生孝公;葛嬴,生昭公;密姬,生懿公,宋华子,生公子雍。公与管仲属孝公于宋襄公,以为大子。雍巫有宠于卫共姬,因寺人貂以荐羞于公,亦有宠,公许之立武孟。管仲卒,五公子皆求立。"⑥

---

① 襄二十五年《左传》载齐东郭偃谓崔武子(崔杼)曰:"男女辨姓,今君出自丁,臣出自桓,不可。"[晋]杜预注,[唐]孔颖达等正义:《春秋左传正义》,第1983页。[唐]林宝《元和姓纂·二十六桓》:"桓,姜姓,齐桓公之后,以谥为姓。"[唐]林宝撰,[清]孙星衍校辑,郁贤皓、陶敏整理点校:《元和姓纂》,第509页。[宋]邓名世《古今姓氏书辩证·十四泰》:"大陆,齐太公后食邑陆乡,因为大陆氏。谨案:《左传》齐大夫东郭贾,字子方,食邑大陆,号大陆子方,因氏焉。"[宋]邓名世撰,王力平点校:《古今姓氏书辩证》,第472页。则齐桓氏、东郭氏、大陆氏为吕氏之别,出于庄公购(赎)之孙、僖公禄父庶子桓公小白。
② 据《荀子·王霸篇》《风俗通义·皇霸篇》《白虎通义·号篇》《汉书·诸侯王表》颜《注》,齐桓公为"春秋五霸"之首。
③ [周]韩非撰,[清]王先慎集解,钟哲点校:《韩非子集解》,第344—345页。
④ 旧题[周]管夷吾撰,[清]黎翔凤集注校正,梁运华整理:《管子校注》,中华书局2004年新编诸子集成本,第460页。
⑤ 《群臣令》,《全上古三代文》卷七题作《令群臣》;《嫁娶令》《禁厚葬令》《遇上令》,俱据《全上古三代文》卷七题
⑥ 杜《注》:"武孟,公子无亏……(惠公)公子元……(孝公)公子昭……(昭公)公子潘……(懿公)公子商人。"[晋]杜预注,[唐]孔颖达等正义:《春秋左传正义》,第1809页。

谨案:《汉书·古今人表》谓惠公元为懿公商人之弟,然按僖十七年《左传》所叙行次及文十四年《左传》所记商人"让元"之事可知,惠公为懿公异母兄而非其弟。故笔者此不取班氏说。则公子元,即僖十七年《左传》之"惠公",亦即文十四年、十八年《左传》之"齐惠公",宣十年《春秋》之"齐侯元",姓姜,氏吕,名元,僖公禄父之孙,桓公小白庶子,少卫姬所出,武孟(公子无亏)异母弟,孝公昭、昭公潘、懿公商人、公子雍异母兄,顷公无野、公子栾、公子高之父,懿公四年(609)继异母弟懿公商人为君,在位凡十年(前608—前599),传世有《辞让君位书》一文。

五、顷公无野

成十六年《左传》:"齐声孟子通侨如,使立于高国之闲。"成十七年《左传》:"国子相灵公以会,高、鲍处守。及还,将至,闭门而索客。(声)孟子诉之曰:'高、鲍将不纳君,而立公子角。国子知之。'"昭八年《左传》:"八月庚戌,逐子成、子工、子车,皆来奔,而立子良氏之宰。"①《元和姓纂·六止》《古今姓氏书辩证·六止下》《通志·氏族略三》并引《世本》:"(子工氏)齐顷公子子工之后。"②《古今姓氏书辩证·六止下》引《世本》:"(子乾氏)齐顷公子子乾之后,以王父字为氏……(子公氏)齐顷公子子公之后。"《三用》引《世本》:"(雍门氏)齐顷公生子夏胜,以所居为雍门氏。"③《史记·齐世家》:"十一年……齐顷公朝晋,欲尊王晋景公,晋景公不敢受,乃归。归而顷公弛苑囿,薄赋敛,振孤问疾,虚积聚以救民,民亦大悦。厚礼诸侯。竟顷公卒,百姓附,诸侯不犯。"④《说苑·敬慎篇》:"夫福生于隐约,而祸生于得意,齐顷公是也……(鞍之败后)吊死问疾,七年不

---

① 杜《注》:"声孟子,齐灵公母,宋女……(公子)角,顷公子……(子成、子工、子车)三子,齐大夫,子尾之属。子成,顷公子固也。子工,成之弟铸也。子车,顷公之孙捷也。"[晋]杜预注,[唐]孔颖达等正义:《春秋左传正义》,第1920、1921、2052页。
② [唐]林宝撰,[清]孙星衍校辑,郁贤皓、陶敏整理点校:《元和姓纂》,第843页。案:此据《元和姓纂·六止》引文。《古今姓氏书辩证·六止下》引作:"(子公氏)齐顷公子子公之后。"[宋]邓名世撰,王力平点校:《古今姓氏书辩证》,第337页。《通志·氏族略三》引作:"齐顷公之子公子子工之后也。"[宋]郑樵撰,王树民点校:《通志二十略》,第115页。
③ [宋]邓名世撰,王力平点校:《古今姓氏书辩证》,第336—337、434页。案:"子乾",或为顷公之子公子角之字,不敢妄断。又,《古今姓氏书辩证·六止下》引《世本》:"(子泉氏)齐顷公生子泉湫,因氏焉。"第334页。《通志·氏族略三》引《世本》:"齐顷公之子公子湫字子泉之后也。"[宋]郑樵撰,王树民点校:《通志二十略》,第115页。此"公子湫",不见《春秋》《左传》;"子泉",即昭八年《左传》之"子车捷",亦即昭十年《左传》之"公孙捷",亦即昭二十六年《左传》之"子渊捷",为顷公之孙而非其子。唐人讳"渊"为"泉",《世本》原文当为"子渊湫"。故《潜夫论·志氏姓》齐后有子渊氏而无子泉氏。说参:[清]雷学淇校辑《世本》卷下。
④ [汉]司马迁撰,[晋]裴骃集解,[唐]司马贞索隐,[唐]张守节正义,郭逸、郭曼标点:《史记》,第1212页。

饮酒,不食肉,外金石丝竹之声,远妇女之色,出会与盟,卑下诸侯,国家内得行义,声问震乎诸侯,所亡之地弗求而自为来,尊宠不武而得之,可谓能诎免变化以致之,故福生于隐约,而祸生于得意,此得失之效也。"①《汉书·古今人表》"齐顷公"颜《注》:"惠公子。"则齐顷公(前?—前582),即成九年《春秋》之"齐侯无野",姓姜,氏吕,其后别为子工氏、子乾氏、雍门氏,名无野,谥顷,爵侯,僭称公,桓公小白之孙,惠公元之子,声孟子之夫,灵公环、公子固(子成)、公子铸(子工)、公子角、公子胜(子夏)之父,惠公十年(前599)继立,在位凡十七年(前598—前582)②。其于鞌(同"鞍",即"历下",在今山东省济南市西)之战失败后,弛苑囿,薄赋敛,振孤疾,虚积聚,礼诸侯,百姓附,传世有《请战书》《致晋求和书》(俱见成二年《左传》)诸文。

六、庄公光

襄十九年《左传》:"齐侯娶于鲁,曰颜懿姬,无子。其姪鬷声姬,生光,以为大子。诸子仲子、戎子,戎子嬖。仲子生牙,属诸戎子。"③则太子光(前?—前548),即襄三年、五年、九年、十年、十一年《春秋》之"世子光",亦即襄二十一年《左传》《史记·齐世家》《晋世家》《田敬仲完世家》之"齐庄公",姓姜,氏吕,名光,谥庄,爵公,顷公无野之孙,灵公环太子,鬷声姬所生,景公杵臼、公子牙异母兄,灵公二十八年(前554)继父为君,庄公六年(前548)为崔杼所弑,在位凡六年(前553—前548)。其认为敌无固志可击,提出"师速而疾,略也"说,主张"社稷之主不可以轻,轻则失众"(襄十八年《左传》)④,传世有《轻则失众论》(见襄十八年《左传》)一文。

七、景公杵臼

襄二十五年《左传》:"叔孙宣伯之在齐也,叔孙还纳其女于灵公,嬖,生景公。"⑤哀五年《左传》:"齐燕姬生子,不成而死,诸子鬻姒之子荼嬖……公疾,使国惠子、高昭子立荼,置群公子于莱。秋,齐景公卒。冬十月,公子嘉、公子驹、

---

① [汉]刘向撰,向宗鲁校证:《说苑校证》,第249—250页。
② 《史记·齐世家》裴骃《集解》引[梁]缪卜等《皇览》:"顷公冢近吕尚冢。"[汉]司马迁撰,[晋]裴骃集解,[唐]司马贞索隐,[唐]张守节正义,郭逸、郭曼标点:《史记》,第1212页。又,据《元和姓纂·六止》《古今姓氏书辩证·六止下》《三用》《通志·氏族略三》并引《世本》及《潜夫论·志氏姓》,子工氏、子乾氏、雍门氏皆吕氏之别,出于桓公小白之孙、惠公元之子顷公无野。
③ [晋]杜预注,[唐]孔颖达等正义:《春秋左传正义》,第1968页。
④ [晋]杜预注,[唐]孔颖达等正义:《春秋左传正义》,第4266页。
⑤ [晋]杜预注,[唐]孔颖达等正义:《春秋左传正义》,第1965页。

公子黔奔卫,公子鉏、公子阳生来奔。"①《韩非子·外储说右上》:"公子尾、公子夏者,景公之二弟也。"②《史记·齐世家》:"景公母,鲁叔孙宣伯女也……五十八年夏,景公夫人燕姬適子死。景公宠妾芮姬生子荼,荼少,其母贱,无行,诸大夫恐其为嗣,乃言愿择诸子长贤者为太子。"③昭十年《左传》杜《注》:"穆孟姬,景公母。"哀六年《左传》杜《注》:"胡姬,景公妾也。"④则齐景公(前?—前490),即哀五年《春秋》之"齐侯杵臼",姓姜,氏吕,名杵臼,爵公,顷公无野之孙,灵公环之子,穆孟姬所出,庄公光异母弟,太子牙之兄,燕姬、鬻姒、胡姬之夫,安孺子荼(君荼、晏孺子)、公子阳生(齐阳生、悼公)、公子嘉、公子驹、公子黔、公子鉏(南郭且于)之父,庄公六年(前548)继立为君,在位凡五十八年(前547—前490)。其在位期间虽厚赋重刑,广治宫室,内好声色,外好狗马,生活奢侈,然其主张"惠民"以"争民"(《韩非子·外储说右上》)⑤,终日问礼,尊重贤才,传世有《请继室于晋书》(见昭三年《左传》)、《鬻德惠民论》(见《韩非子·外储说右上》)、《投壶歌》(见昭十二年《左传》)、《啍鲁公书》(见昭二十五年《左传》)、《赐昭公书》(事见昭二十九年《左传》,文佚)、《妻阖庐论》(见《说苑·权谋篇》)、《令左右》(见《说苑·正谏篇》)、《吊晏婴文》(见《晏子春秋·外篇八》)诸诗文⑥。

八、悼公阳生

哀八年《左传》:"齐悼公之来也,季康子以其妹妻之,即位而逆之。"⑦则齐悼公(前?—前485),即哀五年、六年《左传》《史记·齐世家》之"公子阳生",亦即哀六年《春秋》之"齐阳生",亦即哀十年《春秋》之"齐侯阳生",亦即《汉书·古今人表》之"齐悼公阳生",姓姜,氏吕,名阳生,谥悼,爵公,灵公环之孙,景公杵臼庶子,季姬之夫,安孺子荼异母兄,公子嘉(公子寿)、公子驹、公子黔、公子鉏(公子驵)之

---

① 杜《注》:"皆景公子,在莱。"[晋]杜预注,[唐]孔颖达等正义:《春秋左传正义》,第2159页。
② [周]韩非撰,[清]王先慎集解,钟哲点校:《韩非子集解》,第311页。案:襄二十八年《左传》杜《注》:"(子雅、子尾)二子,皆惠公孙。"[晋]杜预注,[唐]孔颖达等正义:《春秋左传正义》,第2000页。则公子尾、公子夏乃齐景公从兄。
③ [唐]司马贞《索隐》:"《左传》云:'鬻姒之子荼嬖',则荼母姓姒。此'芮姬',不同也。谯周依《左氏》作'鬻姒',邹诞生本作'芮姁'。"[汉]司马迁撰,[晋]裴骃集解,[唐]司马贞索隐,[唐]张守节正义,郭逸、郭曼标点:《史记》,第1214—1216页。
④ [晋]杜预注,[唐]孔颖达等正义:《春秋左传正义》,第2059、2162页。
⑤ [周]韩非撰,[清]王先慎集解,钟哲点校:《韩非子集解》,第311页。
⑥ 《请继室于晋书》,《文章正宗·议论四》、《文编·论一》、《文章辨体汇选·论谏八》、《御选古文渊鉴》卷三皆题作《晏婴叔向论齐晋》,《投壶歌》,《方舟集》卷二十四题作《投壶》,《古诗纪》卷七及《先秦汉魏晋南北朝诗·先秦诗》卷四皆题作《投壶辞》,《古谣谚》卷二题作《投壶词》。
⑦ [晋]杜预注,[唐]孔颖达等正义:《春秋左传正义》,第2164页。

弟,简公壬、平公骜之父,安孺子荼元年(前489)继弟为君,悼公四年(前485)为鲍子(鲍牧)所弑,在位凡四年(前488—前485)。其倡导"奉义而行",主张"废兴无以乱",认为"君异于器,不可以二"(哀六年《左传》)[①],传世有《废兴无以乱论》《君不可以二论》(俱见哀六年《左传》)、《居潞之命》(见哀八年《左传》)诸文。

综上所考,齐公室为尧时方伯姜姓四岳伯夷后裔,始封君为吕尚,其世系为:庄公购(一作"赎")→太子得臣(无后)、僖公禄父、公子年,僖公禄父→襄公诸儿(无后)、公子纠(无后)、桓公小白,公子年→公孙无知(无后),桓公小白→公子无亏(无后)、惠公元、孝公昭(无后)、昭公潘、懿公商人(无后)、公子雍(无后),惠公元→顷公无野、公子栾(别为栾氏)、公子高(别为高氏),昭公潘→公子舍,顷公无野→灵公环、公子固(无后)、公子铸(无后)、公子角(无后)、公子胜,灵公环→庄公光(无后)、景公杵臼、公子牙(无后),公子胜→公孙青,景公杵臼→孺子(无后)、悼公阳生、公子嘉(无后)、公子驹(无后)、公子黔(无后)、公子鉏(无后)→简公壬(无后)、平公骜→宣公积。其中,有传世作品者为桓公小白、惠公元、顷公无野、庄公光、景公杵臼、悼公阳生六君,可称之为齐诸公作家群体。

第二节　公族

齐崔氏、仲孙氏、晏氏、闾丘氏、东郭氏、卢蒲氏、国氏、栾氏、高氏九族,皆为尧时方伯姜姓四岳伯夷裔孙吕尚之后,吕氏之别,属齐公族。其中,崔氏出于丁公伋(前?—前975),属"丁族";仲孙氏、晏氏、闾丘氏三族皆出于庄公购(一作"赎",前794—前731在位),属"庄族";东郭氏、卢蒲氏二族皆出于桓公小白(前685—前643在位),属"桓族";国氏、栾氏、高氏三族皆出于惠公元(前608—前599在位),属"惠族"。在此九族中有传世作品者,崔杼可称为"丁族"作家,仲孙湫、晏弱、晏婴、闾丘息四子可称为"庄族"作家群体,东郭偃、卢蒲癸二子可称为"桓族"作家群体,国佐、国弱、栾施、高强四子可称为"惠族"作家群体;此十一子,可统称之为齐公族作家群体。

一、崔氏与崔杼

(一)崔氏之族属

襄二十五年《左传》载齐东郭偃谓崔武子(崔杼)曰:"男女辨姓,今君出自

---

① ［晋］杜预注,［唐］孔颖达等正义:《春秋左传正义》,第2162页。

丁,臣出自桓,不可。"昭三年《左传》载齐景公使晏婴请继室于晋曰:"君若不忘先君之好,惠顾齐国,辱收寡人,徼福于大公、丁公,照临敝邑,镇抚其社稷,则犹有先君之嫡(适)及遗姑姊妹若而人。"昭十二年《左传》载楚灵王谓右尹子革(郑丹)曰:"昔我先王熊绎,与吕伋(级)、王孙牟、燮父、禽父并事康王,四国皆有分,我独无有。"①《急就篇》卷一颜《注》:"崔,齐邑名也。丁公之子于此受封,其后有崔夭,夭之支庶苗裔盛焉。"②《元和姓纂·十五灰》:"崔,姜姓。齐太公生丁公伋,生叔乙,让国居崔邑,因氏焉。自穆伯至沃、杼、成、良,代为卿大夫。"③《广韵·十五灰》"崔"字注:"姓也。齐丁公之子食采于崔,因以为氏。出清河、博陵二望。"④《资治通鉴·汉纪二十七》胡三省《音注》引《姓谱》说同。《新唐书·宰相世系表二下》:"崔氏,出自姜姓。齐丁公伋嫡子季子让国叔乙,食采于崔,遂为崔氏。济南东朝阳县西北有崔氏城是也。季子生穆伯,穆伯生沃,沃生野;八世孙夭生杼,为齐正卿;生子成、子明、子彊,皆为庆封所杀;子明奔鲁,生良,十五世孙意如,为秦大夫,封东莱侯。"⑤《古今姓氏书辩证·十五灰》《通志·氏族略三》说皆大同。

  谨案:关于崔氏别祖,《急就篇》卷一颜《注》《广韵·十五灰》《资治通鉴·汉纪二十七》胡三省《音注》引《姓谱》皆泛言"丁公之子",《元和姓纂·十五灰》谓"叔乙",《新唐书·宰相世系表二下》《古今姓氏书辩证·十五灰》《通志·氏族略三》则皆谓"嫡子季子"。笔者以为,按照先秦命名之制,所谓"伯""仲""叔""季"者,以别行次。如闵元年《春秋》《左传》称桓公允第四子公子友为"季子",宣十年《春秋》称顷王壬臣第四子刘康公为"王季子",襄三十一年、昭二十七年、哀十年《左传》皆称寿梦乘第四子公子札为"延州来季子",则"嫡子"不当称"季子"。足见崔氏别祖为"嫡子季子"说失考。又,据襄二十七年《左传》,子明(崔明)奔鲁;而《新唐书·宰相世系表二》前谓"(杼)生子成、子明、子彊,皆为庆封所杀",后又谓"子明奔鲁,生良",则其说自相乖戾,或前"子成、子明、子彊"句中

---

① 杜《注》:"齐丁公,崔杼之祖……(吕伋)齐太公之子丁公。"[晋]杜预注,[唐]孔颖达等正义:《春秋左传正义》,第1983、2030、2064页。
② [汉]史游撰,[唐]颜师古注:《急就篇》,第71页。
③ [唐]林宝撰,[清]孙星衍校辑,郁贤皓、陶敏整理点校:《元和姓纂》,第331页。案:传世《元和姓纂》无此文。此据《名贤氏族言行类稿》卷十、《古今合璧事类备要续集》卷二十一、《翰苑新书后集下》卷二补。
④ [宋]陈彭年等重修:《钜宋广韵》,第56页。
⑤ [宋]欧阳修、[宋]宋祁编修,石淑仪等点校:《新唐书》,第2729页。案:"崔氏城",即襄二十七年《左传》"成请老于崔"之"崔",乃崔氏宗邑,当在今山东省济南市章丘区西北。

"子明"为衍文。则齐崔氏为吕氏之别,出于吕尚(太公望、师尚父、姜子牙)之孙吕伋(丁公伋)之子叔乙,属"丁族"。

(二)崔氏之世系

僖二十八年《左传》"夏四月戊辰,晋侯、宋公、齐国归父、崔夭、秦小子慭次于城濮。"襄二十七年《左传》:"齐崔杼生成及强而寡。娶东郭姜,生明……崔成有病,而废之,而立明……(庆封)使国人助之,遂灭崔氏,杀成与强,而尽俘其家……(崔杼)乃缢。崔明夜辟诸大墓。辛巳,崔明来奔。"①《春秋分记·世谱六》:"崔氏,友生杼;杼生三子:曰成,曰彊,曰明;彊生如。"②

谨案:据僖二十八年《左传》《急就篇》卷一颜《注》《新唐书·宰相世系表二》,《春秋分记·世谱六》"友生杼"之"友"乃"夭"之讹。又,崔如,齐庄公戎右。事见襄二十三年《左传》,杜氏无注。则春秋时期齐崔氏世系为:崔夭→崔杼→崔成、崔强、崔明,崔强→崔如,崔明→崔良。

(三)崔杼

宣十年《春秋》:"齐崔氏出奔卫。"《左传》:"崔杼有宠于惠公,高、国畏其逼也,公卒而逐之,奔卫。"成十七年《左传》:"齐侯使崔杼为大夫,使庆克佐之,帅师围卢。"襄二十五年《左传》:"齐棠公之妻,东郭偃之姊也。东郭偃臣崔武子。棠公死,偃御武子以吊焉。见棠姜而美之,使偃取之。"襄二十三年《左传》杜《注》:"(崔)武子,崔杼也。"③《池北偶谈》卷十四:"春秋谥……有作乱被诛而仍得谥者,崔武子、栾怀子是也。"④则崔杼(前?—前546),即宣十年《春秋》之"齐崔氏",襄二年、二十三年、二十五年《左传》之"崔武子",亦即襄二年、二十三年、二十五年、二十八年《左传》之"崔子",亦即襄二十五年《左传》《韩非子·奸劫弑臣篇》之"武子",亦即襄二十八年《左传》之"夫子",姓姜,本氏吕,别氏崔,名杼,谥武,尊称"子",崔夭之子,东郭姜之夫,崔成、崔强、崔明之父,惠公十年(前599)出奔卫,灵公八年(前574)为大夫,二十八年(前554)逆立庄公光,庄公六

---

① 杜《注》:"国归父,崔夭,齐大夫也。"[晋]杜预注,[唐]孔颖达等正义:《春秋左传正义》,第1825、1997—1998页。
② [宋]程公说:《春秋分记》,第138页。
③ [晋]杜预注,[唐]孔颖达等正义:《春秋左传正义》,第1874—1875、1922、1983、1977页。
④ [清]王士祯撰,靳斯仁点校:《池北偶谈》,中华书局1982年点校清代史料笔记丛刊本,第334页。

年(前548)弑其君庄公光而立庄公异母弟景公杵臼,景公元年(前547)为右相,景公三年(前545)自缢,历仕惠、灵、庄、景四君凡五十五年(前599—前546)。其倡导"小国间大国之败而毁焉,必受其咎"(襄二十三年《左传》)①古训,传世有《谏伐晋书》(见襄二十三年《左传》)一文。

二、仲孙氏与仲孙湫

(一)仲孙氏之族属

《元和姓纂·一送》:"仲孙,庆父子孙号仲孙氏。《左传》齐有仲孙湫。《韩子》有仲孙章。"②《古今姓氏书辩证·八语》:"吕,出自姜姓,炎帝裔孙为诸侯,号共工氏,伏羲、神农之间,能霸九州,有地在弘农。从孙伯夷,佐尧掌礼,为秩宗;遍掌四岳,为诸侯伯,号太岳;又佐禹治水有功,赐姓曰姜,氏曰有吕,封为吕侯……吕侯国在蔡州新蔡,历夏、商世祀不绝。周穆王时,吕侯入为司寇,训夏赎刑,作《吕刑》之书。宣王时,改吕为甫,后为强国所并。当商季世,有吕尚,字牙,号太公望,盖吕侯枝孙;起渔钓,佐周文王,为武王太师,定天下有大功,封为齐侯……春秋时齐诸公子以名见者有东宫得臣、公子彭生、仲孙湫……"③则齐仲孙氏为吕氏之别,出于文公赤之孙、成公脱之子庄公购(一作"赎"),属"庄族"。

(二)仲孙氏之世系

庄八年《左传》:"僖公之母弟曰夷仲年,生公孙无知,有宠于僖公,衣服礼秩如适。"④《史记·齐世家》:"(釐公)三十二年,釐公同母弟夷仲年死。其子曰公孙无知,釐公爱之,令其秩服奉养比太子。"⑤昭四年《左传》杜《注》:"仲孙,公孙无知。"⑥《汉书·五行志中》颜《注》:"无知,僖公弟,夷仲年之子也,于襄公从父昆弟。"⑦《春秋分记·世谱六》:"庄公为一世;生三子:曰得臣(无后),曰僖公,曰

---

① [晋]杜预注,[唐]孔颖达等正义:《春秋左传正义》,第1977页。
② [唐]林宝撰,[清]孙星衍校辑,郁贤皓、陶敏整理点校:《元和姓纂》,第1162页。
③ [宋]邓名世撰,王力平点校:《古今姓氏书辩证》,第343—344页。
④ [晋]杜预注,[唐]孔颖达等正义:《春秋左传正义》,第1765页。
⑤ [汉]司马迁撰,[晋]裴骃集解,[唐]司马贞索隐,[唐]张守节正义,郭逸、郭曼标点:《史记》,第1200页。
⑥ [晋]杜预注,[唐]孔颖达等正义:《春秋左传正义》,第2033页。
⑦ [汉]班固撰,[唐]颜师古注,傅东华等点校:《汉书》,第1436页。

年,为二世;僖公生三子:曰襄公、曰纠、曰桓公,年生无知(自无知下无后),为三世。"①

谨案:清陈厚耀《春秋世族谱》卷下:"仲孙湫,仲孙,闵元见,无知之后。"②仲孙湫为公孙无知之子,不可谓"无后"。足见程氏《春秋分记》失考,故笔者此不取。则春秋时期齐仲孙氏世系为:庄公赎→公子年→公孙无知→仲孙湫。

(三)仲孙湫

闵元年《春秋》:"冬,齐仲孙来。"《左传》:"冬,齐仲孙湫来省难。书曰'仲孙',亦嘉之也。"③则仲孙湫,即闵元年《春秋》《史记·十二诸侯年表》《齐世家》之"仲孙",姜姓,本氏吕,别氏仲孙,名湫,公子年(夷仲)之孙,公孙无知(仲孙)之子,齐大夫,仕桓公,生卒年未详(前661—前647在世)。其赞美鲁"犹秉周礼",认为"周礼,所以本也",提出"亲有礼,因重固,间携贰,覆昏乱,霸王之器"(闵元年《左传》)④说,传世有《礼为霸王之器论》(见闵元年《左传》)一文。

三、晏氏与晏弱、晏婴

(一)晏氏之族属

《晏子春秋·外篇八》载晏子(晏婴)曰:"婴则齐之世民也,不维其行,不识其过,不能自立也。"⑤《急就篇》卷二颜《注》:"(晏氏)齐有晏弱,本齐之公族也,号晏桓子。桓子生婴,曰晏平仲,其后遂为晏氏。又有晏圉、晏父戎、晏骜,皆其族也。"⑥封演《封氏闻见记》卷四:"开元十九年,置先师太公庙……京兆曹卢若虚录太公之后,姜氏、吕氏、尚氏、齐氏、高氏、卢氏、柴氏、庆氏、国氏、纪氏、绍氏、檀氏、贺氏、指氏、掌氏、厉氏、牵氏、晏氏……等四十八姓,刻石为记。"⑦《元和姓纂·三十谏》:"晏,《左传》,晏桓子名弱,齐公族;生婴,字平仲。晏父戎、晏

---

① [宋]程公说:《春秋分记》,第136页。
② [清]陈厚耀:《春秋世族谱》,上海书店丛书集成续编1994年影印清邵武徐氏丛书本,第378页。
③ 杜《注》:"仲孙,齐大夫……湫,仲孙名。"[晋]杜预注,[唐]孔颖达等正义:《春秋左传正义》,第1786页。
④ [晋]杜预注,[唐]孔颖达等正义:《春秋左传正义》,第1786页。
⑤ 旧题[周]晏婴撰,吴则虞集释:《晏子春秋集释》,中华书局1962年新编诸子集成本,第501页。
⑥ [汉]史游撰,[唐]颜师古注:《急就篇》,第106页。
⑦ [唐]封演:《封氏闻见记》,中华书局丛书集成初编1985年排印雅雨堂丛书本,第48—49页。

父釐，并其族也。"①《古今姓氏书辩证·三十谏》："晏，'名世曰'，出自姜姓。齐公族晏弱为卿，谥桓子。弱生平仲婴，婴生圉；及其族晏氂、晏父戎，为齐大夫。"②《春秋分记·世谱六》："晏氏、闾丘氏，出庄子之孙。"③则齐晏氏为吕氏之别，出于庄公购（一作"赎"）之孙，属"庄族"。

（二）晏氏之世系

襄二十三年《左传》："秋，齐侯伐卫……曹开御戎，晏父戎为右。"④《管子·大匡篇》："桓公使鲍叔识君臣之有善者，晏子识不仕与耕者之有善者，高子识工贾之有善者，国子为李，隰朋为东国，宾胥无为西土，弗郑为宅……"⑤《国语·鲁语下》韦《注》："晏莱，齐大夫也。"⑥襄二十三年《左传》杜《注》："晏氂，齐大夫。"哀六年《左传》杜《注》："晏圉，婴之子。"⑦《春秋分记·世谱六》："晏氏，弱生婴；婴生二子：曰氂，曰圉。又，父戎一人，不详其世。"⑧《读左日钞》卷七："今按：邯郸胜，即赵胜；晏莱，即晏氂也。"⑨

谨案：据《国语·鲁语下》韦《注》、襄二十三年《左传》杜《注》、林氏《元和姓纂·三十谏》、邓氏《古今姓氏书辩证·三十谏》、朱氏《读左日钞》卷七，晏父釐，即襄二十三年《左传》之"晏氂"，亦即《国语·鲁语下》之"晏莱"，为晏婴之族而非其子。足见程氏《春秋分记》说失考，故笔者此不取。则春秋时期晏氏世系为：庄公赎……晏子……晏弱→晏婴→晏圉……晏戎……晏氂。

（三）晏弱

《孔子家语·屈节解》："孔子在卫，闻齐国田常将欲为乱，惮鲍、晏。"王

---

① ［唐］林宝撰，［清］孙星衍校辑，郁贤皓、陶敏整理点校：《元和姓纂》，第1298页。"生婴"以下文据［宋］谢枋得《秘笈新书》增补，［宋］章定《名贤氏族言行类稿》卷四十五引同。
② ［宋］邓名世撰，王力平点校：《古今姓氏书辩证》，第495页。
③ ［宋］程公说：《春秋分记》，第138页。
④ ［晋］杜预注，［唐］孔颖达等正义：《春秋左传正义》，第1976页。
⑤ 房《注》："晏子，平仲之先。"旧题［周］管夷吾撰，［清］黎翔凤集汇校正，梁运华整理，《管子校注》，中华书局2004年新编诸子集成本，第368—369页。
⑥ ［三国吴］韦昭注，上海师范大学古籍整理研究所校点：《国语》，第200页。
⑦ ［晋］杜预注，［唐］孔颖达等正义：《春秋左传正义》，第1977、2161页。
⑧ ［宋］程公说：《春秋分记》，第138页。
⑨ ［清］朱鹤龄：《读左日钞》，上海古籍出版社1987年影印文渊阁四库全书本，第126页。

《注》:"鲍氏、晏氏,齐之卿大夫也。"①宣十四年《左传》杜《注》:"桓子,晏婴父。"襄十七年《左传》杜《注》同。宣十七年《左传》杜《注》:"晏弱,桓子。"②则晏弱(前?—前556),即宣十四年、十七年、襄十二年、十七年《左传》《晏子春秋·内篇·杂上》《汉书·古今人表》《孔子家语·曲礼子夏问》之"晏桓子",亦即宣十四年、襄十二年《左传》之"桓子",亦即宣十七年《左传》之"晏子",姓姜,氏晏,名弱,谥桓,尊称"子",晏婴(平仲)之父,齐莱之夷维人,卿大夫,历仕顷、灵二公凡四十年(前595—前556)③。其提出"怀必贪,贪必谋人;谋人,人亦谋己"(宣十四年《左传》)④说,反对怀宠以谋人,熟知礼仪,传世有《怀宠谋人将亡论》(见宣十四年《左传》)、《先王求婚礼辞论》(襄十二年《左传》)诸文。

(四)晏婴

昭三年《左传》载鲁君子曰:"仁人之言,其利博哉! 晏子一言,而齐侯省刑。《诗》曰:'君子如祉,乱庶遄已。'其是之谓乎!"⑤《论语·公冶长》载孔子曰:"晏平仲善与人交,久而敬之。"⑥《大戴礼记·卫将军文子篇》载孔子谓子贡(端木赐)曰:"其言曰:'君虽不量于臣,臣不可以不量于君。是故君择臣而使之,臣择君而事之,有道顺君,无道横命。'晏平仲之行也。"⑦《淮南子·精神训》:"晏子与崔杼盟,临死地而不易其义……故晏子可迫以仁,而不可劫以兵。"⑧《史记·管晏列传》:"晏平仲婴者,莱之夷维人也。事齐灵公、庄公、景公,以节俭力行重于齐。既相齐,食不重肉,妾不衣帛。其在朝,君语及之,即危言;语不及之,即危

---

① [魏]王肃注,[清]陈士珂疏证:《孔子家语疏证》,上海书店影印中华书局丛书集成初编1987年排印湖北丛书本,第213页。
② [晋]杜预注,[唐]孔颖达等正义:《春秋左传正义》,第1886、1887页。
③ 《史记·管晏列传》裴骃《集解》引[汉]刘向《别录》:"莱者,今东莱地也。"张守节《正义》:"晏氏《齐记》云:齐城三百里有夷安,即晏平仲之邑。汉为夷安县,属高密国。应劭云:故莱夷维邑。"[汉]司马迁撰,[晋]裴骃集解,[唐]司马贞索隐,[唐]张守节正义,郭逸、郭曼标点:《史记》,第1663页。则夷维,本故密国地,齐灵公十五年(前567)齐灭莱子国之前为莱国邑,此后为齐邑而封之于晏弱为采邑,地在今山东省高密市西南四十里之夷安故城。
④ [晋]杜预注,[唐]孔颖达等正义:《春秋左传正义》,第1886页。
⑤ [晋]杜预注,[唐]孔颖达等正义:《春秋左传正义》,第2031页。
⑥ [魏]何晏等注,[宋]邢昺疏:《论语注疏》,第2474页。
⑦ [汉]戴德撰,[北周]卢辩注,[清]王聘珍解诂,王文锦点校:《大戴礼记解诂》,第115页。晏子言行为时哲郑公孙侨(子产)、晋羊舌肸(叔向)、吴公子札(季札)及后世孔丘、墨子、孟子、荀子、韩非子诸贤所赞许。《墨子·非命上》《孟子·公孙丑上》《荀子·大略篇》《韩非子·外储说右上》《吕氏春秋·知分篇》《孔子家语·辨政篇》曲礼子夏问》《礼记·礼器》《檀弓》《孔丛子·对魏王篇》《执节篇》《诘墨篇》《淮南子·要略》《精神训》《史记·仲尼弟子列传》《平津侯主父列传》《盐铁论·救匮篇》《文选》《论衡·书解篇》《命义篇》《潜夫论·边议篇》《刘子·荐贤篇》《正赏篇》多有评论,不具引。)
⑧ [汉]刘安撰,[汉]高诱注,刘文典集解,冯逸、乔华点校:《淮南鸿烈集解》,第235页。

行。国有道,即顺命;无道,即衡命。以此三世显名于诸侯……(太史公曰)方晏子伏庄公尸哭之,成礼然后去,岂所谓'见义不为无勇'者邪? 至其谏说,犯君之颜,此所谓'进思尽忠,退思补过'者哉! 假令晏子而在,余虽为之执鞭,所忻慕焉。"①《论语·公冶长篇》何晏《集解》引三国魏周生烈《论语义说》:"(晏平仲)齐大夫也。晏姓,平谥,名婴也。"②《汉书·王莽列传上》颜《注》"晏平仲,齐大夫晏婴也,以道佐齐景公。景公欲封之,让而不受。"③《后汉书·冯衍列传》李《注》说同。

谨案:清秦嘉谟辑补《世本》卷十谓"齐晏婴谥平仲",说与《史记·管晏列传》司马贞《索隐》异,笔者此不取。又,关于《晏子春秋》之书名,《史记·管晏列传》作《晏子春秋》,《管晏列传》张守节《正义》引汉刘歆《七略·诸子略》《汉书·艺文志》作《晏子》,《汉书·郊祀上志》颜《注》引晋臣瓒《汉书音义》作《晏子书》,则自汉以降《晏子春秋》《晏子》《晏子书》三名并行。又,关于《晏子春秋》之卷数,《七略》《汉书·艺文志》著录《晏子》八篇,《隋书·经籍志三》著录《晏子春秋》七卷,《郡斋读书志·墨家类》著录《晏子春秋》十二卷。今考:《西汉文纪》卷十七、《汉魏六朝百三家集》卷七并著录汉刘向《晏子叙录》:"护左都水使者光禄大夫臣向言:所校中书《晏子》十一篇,臣向谨与长社尉参校雠太史书五篇,臣向所书一篇,参书十三篇,凡中外书三十篇,为八百三十八章。除复重二十二篇,六百三十八章,定著八篇二百一十五章。外书无有三十六章,中书无有七十一章,中外皆有以相定。"④则《晏子》一书,中秘书有十一篇,太史书五篇,刘向一篇,参书十三篇,总共三十篇八百三十八章,除去重复的二十二篇六百三十八章,最后定为八篇二百一十五章。今传《晏子春秋》凡八篇(卷)二百一十五章,与《晏子叙录》说合。关于今传《晏子春秋》一书作者,旧题晏婴撰。至唐柳宗元《辩晏子春秋》(收《柳河东集》卷三)始谓《晏子春秋》出于墨家;但观《晏子春秋》多载孔门事,知出于墨家说实非。宋王尧臣《崇文总目》卷五、欧阳修《崇文总目叙释》(收《文忠集》卷一百二十四)、陈振孙《直斋书录解题》卷九则直指《晏子春秋》为六朝人伪作。然 1972 年 4 月在山东省临沂市银雀山一号汉墓中发掘出

---

① [唐]司马贞《索隐》:"名婴,平谥,仲字。父桓子名弱也。"[汉]司马迁撰,[晋]裴骃集解,[唐]司马贞索隐,[唐]张守节正义,郭逸、郭曼标点:《史记》,第 1663—1665 页。案:太史公之言,乃司马迁对晏婴的高度赞美之辞,亦为盖棺论定之语。
② [魏]何晏集解,[梁]皇侃义疏:《论语集解义疏》,第 62 页。
③ [汉]班固撰,[唐]颜师古注,傅东华等点校:《汉书》,第 4057 页。
④ [明]梅鼎祚:《西汉文纪》,上海古籍出版社 1987 年影印文渊阁四库全书本,第 537 页。

《晏子》残简数百枚①,与流传的今本基本一致,知《晏子春秋》为六朝人伪作说亦非。我们认为,《晏子春秋》自然非晏婴所亲撰,但其作者实非一人。最初可能是齐景公身边记录君臣问对的史官所记,后来晏子后学中熟悉官廷档案和历史文献者加以补充增缀而成。其成书年代,旧题为晏婴生前即齐景公四十八年(前500)以前所撰。《管晏列传》太史公曰:"吾读管氏《牧民》《山高》《乘马》《轻重》《九府》,及《晏子春秋》,详哉其言之也。既见其著书,欲观其行事,故次其传。至其书,世多有之,是以不论,论其轶事。"②则《晏子春秋》一书最晚在西汉前就已成书。《文史通义·外篇一·和州志前志列传序例上》:"其于衰周战国所为《春秋》家言,如晏婴、虞卿、吕不韦之徒。"③那么,《晏子春秋》一书在战国时期就已出现多种写本,汉武帝太初元年(前104)司马迁撰《史记》时名之为《晏子春秋》(《史记·管晏列传》),成帝河平二年(前27)刘向校书时在各种写本基础上编校定名为《晏子》(《汉书·艺文志》《刘向传》)④。则晏婴(前?—前500),即襄二十二年、二十三年、二十六年、二十八年、二十九年、昭十年《左传》《论语·公冶长篇》《列子·杨朱篇》《礼记·礼器》《杂记下》《大戴礼记·卫将军文子》《风俗通义·愆礼篇》《汉书·古今人表》《王莽列传上》《潜夫论·巫列篇》《孔子家语·弟子行》《曲礼子贡问》之"晏平仲",亦即襄十七年《左传》之"晏子婴",亦即襄二十二年《左传》"晏子",姓姜,氏晏,名婴,字仲,谥平,尊称"子",晏弱(桓子)之子,晏圉之父,齐莱之夷维人,灵公二十六年(前556)继父职为卿大夫,历仕灵、庄、景三世凡五十七年(前556—前500)。其倡导无神论生死观,肯定自然现象不干人事,反对祈福禳灾,主张改革政治,省刑轻赋,博采众谏,以"礼"治国,谦恭下士,关心民事,节俭力行,勤于国事,政绩卓著,熟知典籍,尤谙习《诗》,《汉书·艺文志》著录《晏子》八篇,传世有《失信不立论》《忠、信、笃、敬为天道论》(俱见襄二十二年《左传》)、《臣惟社稷是养论》(见襄二十五年《左传》)、《正德以幅利论》(见襄二十八年《左传》)、《君子有信论》(见昭二年《左

---

① 详见:银雀山汉墓竹简整理小组《银雀山汉墓竹简》(壹),文物出版社1975年版,第53—61页;骈宇骞《晏子春秋校释·序言》,书目文献出版社1984年版,第2页。

② [汉]司马迁撰,[晋]裴骃集解,[唐]司马贞索隐,[唐]张守节正义,郭逸、郭曼标点:《史记》,第1665页。

③ 章氏自《注》:"《晏子春秋》《虞氏春秋》《吕氏春秋》,皆有比事属辞之体。即当时《春秋》家言,各有派别,不尽春王正月一体也。"[清]章学诚撰,叶瑛校注《文史通义校注》,第679页。

④ 参见:高亨《〈晏子春秋〉的写作时代》,《文学遗产》编辑部编《文学遗产增刊八辑》,中华书局1961年版,第48—61页;薛安勤《晏子和〈晏子春秋〉》,《社会科学辑刊》1988年第4期,第110—119页;杨天堂《〈晏子春秋〉的性质思想和艺术》,《暨南大学学报》1982年第1期,第69—76页;孙绿怡《〈晏子春秋〉的文学价值》,《东北师大学报》1982年第5期,第65—69页。

传》)、《齐政卒归田氏论》《违卜不祥论》《姜族弱而妫将始昌论》(俱见昭三年《左传》)、《作大事以信论》(见昭六年《左传》)、《让、德、义、利论》(见昭十年《左传》)、《神人无怨为德论》《鬼神用飨而国受其福论》《宽政以修德论》《和同之异论》《亡国之乐论》(俱见昭二十年《左传》)、《谏禳彗星书》《厚施民归论》《尊礼以强公室论》《礼之善物论》(见昭二十六年《左传》)、《谏公欲封孔丘书》(见《史记·孔子世家》)、《政教论》(见《晏子春秋·外篇下》)、《遗子书》(见《晏子春秋·内篇杂下》)诸文①。

四、闾丘氏与闾丘息

（一）闾丘氏之族属

《元和姓纂·九鱼》："闾，齐大夫闾邱婴之后，或单姓闾氏……闾邱……《左传》，婴、明及闾邱息并（齐宣王时）。"②《广韵·十八尤》"丘"字注："闾丘婴……并因邑为氏。"③《通志·氏族略三》："闾邱氏，志藉不言所出，然邾国有闾邱……闾邱氏食邑于此，故以命氏。《释例》《公子谱》皆略，惟《世本》详焉。盖春秋闾邱婴之后也。"④《春秋分记·世谱六》："晏氏、闾丘氏，出庄子之孙。"⑤《姓氏急就篇》卷下："闾丘氏，齐有婴、明、息。"⑥

谨案：明为婴子，息为明子；婴仕庄公光（前553—前548年在位），明仕悼公阳生（前488—前485年在位），息仕平公骜（前480—前456），与齐宣王（前

---

① 《臣惟社稷是养论》，《文章辨体汇选·论谏八》题作《论死君难》；《正德以幅利论》，《文章辨体汇选·论谏八》题作《与子尾论富》；《齐政卒归田氏论》，《文章正宗·议论四》《文编·论一》《文章辨体汇选·论谏八》《御选古文渊鉴》卷三皆题作《晏婴叔向论齐晋》；《和同之异论》，《文章正宗·议论二》《文编·论疏》《文章辨体汇选·论谏七》《御选古文渊鉴》卷四皆题作《论梁丘据》；《亡国之乐论》，《御选古文渊鉴》卷四与上条并题作《论梁丘据》；《谏禳彗星书》，《文章正宗·议论二》《文章辨体汇选·论谏二》《御选古文渊鉴》卷四皆题作《论禳彗》；《厚施民归论》《尊礼以强公室论》《礼之善物论》，《文章正宗·议论二》《文章辨体汇选·论谏七》皆题作《论礼可为国》；《御选古文渊鉴》卷四题作《论禳彗》；《遗子书》，《皇霸文纪》卷五题作《内楹示子书》，《全上古三代文》卷七题作《楹书》。
② ［唐］林宝撰，［清］孙星衍校辑，郁贤皓、陶敏整理点校：《元和姓纂》，第211页。案："齐宣王时"四字，据文渊阁四库本补。
③ 襄二十一年《春秋》："邾庶其以漆、闾丘来奔。"［晋］杜预注，［唐］孔颖达等正义：《春秋左传正义》，第1970页。襄二十一年《左传》同。《后汉书·郡国志三》："南平阳侯国，有漆亭，有闾丘亭。"［南朝宋］范晔撰，［唐］李贤等注，宋云彬等点校：《后汉书》，第3455页。
④ ［宋］郑樵撰，王树民点校：《通志二十略》，第88页。
⑤ ［宋］程公说：《春秋分记》，第137页。
⑥ ［宋］王应麟：《姓氏急就篇》，第44页。

319—前301年在位)相去一百三十余年。故疑林氏《元和姓纂·九鱼》"闾邱"条有夺误①。又,程氏《春秋分记·世谱六》"出庄公之孙"之"庄公",非庄公光而为庄公赎(前794—前731年在位),下去闾邱婴之父闾邱产百余年。故谓闾邱产为庄公赎之孙,则世代太远。故笔者以为此"孙"乃"裔孙"之义,包括曾孙、玄孙等。则齐闾丘氏为吕氏之别,出于庄公购(一作"赎")裔孙闾邱产,属"庄族"。

(二)闾丘氏之世系

《元和姓纂·九鱼》引《世本》:"齐闾邱产生婴,婴生欧,欧生茎,茎生施。"②《国语·鲁语下》韦《注》:"闾丘,齐大夫闾丘明也。"③襄二十五年《左传》杜《注》:"(闾丘婴、申鲜虞)二子,庄公近臣。"哀八年《左传》杜《注》:"(闾丘)明,闾丘婴之子也。"④《春秋分记·世谱六》:"闾丘氏,婴生明,明生息。"⑤则春秋时期齐闾丘氏世系为:庄公购→(子名佚)→闾邱产→闾邱婴→闾邱明→闾邱息→闾邱施。

(三)闾丘息

哀二十一年《左传》杜《注》:"(闾丘)息,闾丘明之后。"⑥则闾丘息,姓姜,氏闾丘,名息,闾丘婴之孙,闾丘明之子,闾邱施之父,齐大夫,生卒年未详(前474在世),传世有《请除馆于舟道书》(见哀二十一年《左传》)一文。

五、东郭氏与东郭偃

(一)东郭氏之族属

襄二十五年《左传》载东郭偃曰:"男女辨姓,今君出自丁,臣出自桓,不可。"⑦《史记·平准书》司马贞《索隐》引《风俗通义》:"(东郭氏)东郭牙,齐大夫;(东郭)咸阳,其后也。"⑧《元和姓纂·一东》:"东郭,齐公族,桓公之后也。齐大夫偃、东郭

---

① 说详:[唐]林宝撰,[清]孙星衍校辑,郁贤皓、陶敏整理点校:《元和姓纂》,第221页。
② [唐]林宝撰,[清]孙星衍校辑,郁贤皓、陶敏整理点校:《元和姓纂》,第221页。案:"欧",当作"明";"茎",当作"息"。
③ [三国吴]韦昭注,上海师范大学古籍整理研究所校点:《国语》,第216页。
④ [晋]杜预注,[唐]孔颖达等正义:《春秋左传正义》,第1984、2164页。
⑤ [宋]程公说:《春秋分记》,第138页。
⑥ [晋]杜预注,[唐]孔颖达等正义:《春秋左传正义》,第2181页。
⑦ 杜《注》:"齐桓公小白,东郭偃之祖。"[晋]杜预注,[唐]孔颖达等正义:《春秋左传正义》,第1983页。
⑧ [汉]司马迁撰,[晋]裴骃集解,[唐]司马贞索隐,[唐]张守节正义,郭逸、郭曼标点:《史记》,第1163页。今本《风俗通义》轶此文。

书,见《左传》。又,大陆子方号东郭贾,齐人。《庄子》有东郭子。魏文侯时东郭子惠,见《说苑》。"①《古今姓氏书辩证·一东》:"东郭,出自姜姓,齐公族大夫居东郭、南郭、北郭者,皆以地为氏。春秋时,齐有东郭书。又,东郭贾,字子方,食邑大陆,谓之大陆子方。"②《通志·氏族略三》说大同。《姓氏急就篇》卷下:"东郭氏,出于齐桓公,有偃、书、贾。又,《吕氏春秋》齐有东郭牙、东郭蹇。"③

谨案:《名疑》卷二以为东郭牙,即《吕氏春秋·不苟篇》之"东郭蹇",亦即《晏子春秋·内篇杂上》之"北郭骚"。然《管子·匡君小匡篇》《桓公问篇》《晏子春秋·内篇问上》《吕氏春秋·勿躬篇》《重言篇》《韩非子·外储说左下》《韩诗外传》卷四、《说苑·君道篇》《新序·杂事篇》之"东郭牙",即《管子·小问篇》之"东郭邮",亦即《说苑·权谋篇》之"东郭垂",亦即《金楼子·志怪篇》之"东郭□",齐桓公即位(前685)初期经管仲推荐入仕为臣;《吕氏春秋·不苟篇》之"东郭蹇",亦齐桓公臣。则东郭牙、东郭蹇乃齐桓公之世(前685—前643)人,而《晏子春秋·内篇杂上》之"北郭骚"乃齐景公之世(前547—前490)人,前后相距百年,陈氏说显然不足信。又,《吕氏春秋·不苟篇》之"齐使东郭蹇"为秦穆公之世(前659—前621)人。故笔者以为,按照三代别氏之制,东郭牙当为齐桓公之孙,即齐东郭氏始祖。东郭蹇为东郭牙子孙。可见,早在东郭偃一百多年前齐即有东郭氏。又,《吕氏春秋·当务篇》:"齐之好勇者,其一人居东郭,其一人居西郭。"④则齐桓公之孙东郭牙或以地为氏者。则齐东郭氏为吕氏之别,出于桓公小白之孙东郭牙,属"桓族"。

(二)东郭氏之世系

《史记·平淮书》司马贞《索隐》汉应劭《风俗通义》:"东郭牙,齐大夫,(东郭)咸阳其后也。"《齐世家》裴骃《集解》引汉服虔《春秋左氏传解》:"(大陆)子方,子我之党,大夫东郭贾也。"⑤《春秋分记·世谱六》:"东郭氏出桓公之孙,与

---

① [唐]林宝撰,[清]孙星衍校辑,郁贤皓、陶敏整理点校:《元和姓纂》,第29页。案:"东郭子",问道于庄子者。事见:《庄子·知北游》。
② [宋]邓名世撰,王力平点校:《古今姓氏书辩证》,第13页。
③ [宋]王应麟:《姓氏急就篇》,第45页。
④ 旧题[周]吕不韦撰,高诱[汉]注,许维遹集释:《吕氏春秋集释》,中华书局1988年新编诸子集成本,第446页。
⑤ [汉]司马迁撰,[晋]裴骃集解,[唐]司马贞索隐,[唐]张守节正义,郭逸、郭曼标点:《史记》,第1163、1220页。案:今本《风俗通义》轶此文。

北郭、南郭氏皆为姜姓……东郭氏，偃、书、贾三人……并不详其世。"①

谨案：东郭书，齐大夫，悼公三年（前486）卒于齐、吴艾陵之战，事见：定九年、哀十一年《左传》。东郭贾，即大陆子方，齐大夫，子我（阚止）之党，简公四年（前481）出奔卫，事见：哀十四年《左传》。杜氏皆无《注》。东郭子惠，子惠当其字，未详其名，问孔子之门于子贡，事见：《说苑·指武篇》。其与端木赐年世相当，故《资治通鉴外纪·周纪六》将其系于周敬王三十六年（前484）。则春秋时期齐东郭世系为：桓公小白……东郭牙……东郭偃……东郭书……东郭子惠……东郭贾。

（三）东郭偃

襄二十五年《左传》："齐棠公之妻，东郭偃之姊也。东郭偃臣崔武子。"襄二十七年《左传》："齐崔杼生成及强而寡。娶东郭姜，生明。"②汉刘向《列女传·孽嬖传》："齐东郭姜者，棠公之妻，齐崔杼御东郭偃之娣也。"③则东郭偃（前？—前546），姓姜，本氏吕，别氏东郭，名偃，东郭姜（棠姜）之弟，崔杼（武子）家臣。其主张恪守同姓不婚古制，率先提出"男女辨姓"（襄二十五年《左传》）④说，传世有《男女辨姓之制论》（见襄二十五年《左传》）一文。

六、卢蒲氏与卢蒲癸

（一）卢蒲氏之族属

襄二十八年《左传》："（卢蒲）癸臣子之，有宠，妻之。庆舍之士谓卢蒲癸曰：'男女辨姓。子不辟宗，何也？'"⑤《元和姓纂·十一模》："卢蒲，《左传》，齐有卢

---

① ［宋］程公说：《春秋分记》，第137、138页。
② 杜《注》："棠公，齐棠邑大夫……东郭偃，（东郭）姜之弟。"［晋］杜预注，［唐］孔颖达等正义：《春秋左传正义》，第1983、1997页。
③ ［汉］刘向：《古列女传》，上海书店四部丛刊初编1985年影印明叶氏观古堂藏明万历间（1573—1620）黄嘉育刊本。
④ ［晋］杜预注，［唐］孔颖达等正义：《春秋左传正义》，第1983页。
⑤ 杜《注》："子之，庆舍……庆氏，卢蒲氏，皆姜姓。"［晋］杜预注，［唐］孔颖达等正义：《春秋左传正义》，第2000页。案：《元和姓纂·四十三映》引［南朝宋］何承天：《姓苑》："庆之后庆克、庆封，庆封奔吴，子孙徙下邳。"［唐］林宝撰，［清］孙星衍校辑，郁贤皓、陶敏整理点校：《元和姓纂》，第1345页。《古今姓氏书辩证·四十三映》："庆，出自姜姓。齐公族大夫庆克，以王父字为氏。"［宋］邓名世撰，王力平点校：《古今姓氏书辩证》，第519页。《通志·氏族略三》："庆氏，姜姓，齐桓公之子公子无亏之后也。无亏生庆克，亦谓之庆父，名字通用，是亦以字为氏者。"［宋］郑樵撰，王树民点校：《通志二十略》，第115页。

蒲就(魁)，又有卢蒲癸、卢蒲嫳。"①《广韵·十一模》"卢"字《注》："又汉复姓八氏……亦姜姓，《左传》齐大夫卢蒲嫳。"②《通志·氏族略五》："卢蒲氏，姜姓。齐桓公之后。《左传》，齐有卢蒲就魁、卢蒲癸、卢蒲嫳。"③

谨案：《元和姓纂·十一模》："卢，姜姓，齐太公之后。至文公子高，高孙傒，食采于卢，因姓卢氏。"④《广韵·十一模》"卢"字注："亦姓，姜姓之后，封于卢国，以为氏，出范阳。"⑤则卢氏当以邑为氏而非以国为氏者。又，明凌迪知《万姓统谱·氏族博考》卷七："卢氏有六：齐太公之后，食采于卢，以邑为氏；又有卢葛氏，出自桓公，亦为卢氏；又《河南官氏志》有莫卢氏，改为卢；又有范阳雷氏，声近改为卢；又有三原闾氏，改为卢氏；又章仇大翼，隋炀帝赐姓卢氏。"⑥则卢氏、卢蒲氏虽皆为太公姜姓后裔，然其所出则异：卢氏出于文公赤，卢蒲氏出于桓公小白。故齐卢蒲氏为吕氏之别，出于庄公购之孙、僖公禄父庶子桓公小白，属"桓族"。

(二)卢蒲氏之世系

成二年《左传》："春，齐侯伐我北鄙，围龙。顷公之嬖人卢蒲就魁门焉。龙人囚之。齐侯曰：'勿杀，吾与而盟，无入而封。'弗听，杀而膊诸城上。"襄二十七年《左传》杜《注》："(卢蒲)嫳，庆封属大夫。"⑦则春秋时期齐卢蒲氏世系为：桓公小白……卢蒲就魁……卢蒲癸……卢蒲嫳。

(三)卢蒲癸

襄二十五年《左传》杜《注》："二子(卢蒲癸、王何)，庄公党。"襄二十八年《左传》杜《注》："(卢蒲)姜，癸妻。"⑧则卢蒲癸，姓姜，本氏吕，别氏卢蒲，名癸，庆舍之婿，卢蒲姜之夫，庄公四年(前550)为庄公车右，六年(前548)出奔晋，景公三年(前545)返齐为庆舍(子之)家臣，生卒年未详(前550—前545在世)。其率

---

① [唐]林宝撰，[清]孙星衍校辑，郁贤皓、陶敏整理点校：《元和姓纂》，第308页。
② [宋]陈彭年等重修：《钜宋广韵》，第46页。
③ [宋]郑樵撰，王树民点校：《通志二十略》，第203页。
④ [唐]林宝撰，[清]孙星衍校辑，郁贤皓、陶敏整理点校：《元和姓纂》，第275页。
⑤ [宋]陈彭年等重修：《钜宋广韵》，第46页。
⑥ [明]凌迪知：《万姓统谱》，上海古籍出版社1987年影印文渊阁四库全书本，第902页。案：此"卢蒲氏"阙。《古今姓氏书辩证》"卢氏""卢蒲氏"皆阙。
⑦ [晋]杜预注，[唐]孔颖达等正义：《春秋左传正义》，第1893、1997页。
⑧ [晋]杜预注，[唐]孔颖达等正义：《春秋左传正义》，第1983、2000页。

先提出"赋诗断章,余取所求"(襄二十八年《左传》)①说,传世有《赋诗断章论》(见襄二十八年《左传》)一文。

七、国氏与国佐、国弱

(一)国氏之族属

昭四年《左传》杜《注》:"国氏,齐正卿,姜姓。"②昭十三年、定九年《左传》杜《注》说大同。《元和姓纂·二十五德》:"国,《左传》,齐卿族国氏,代为上卿。国共伯元孙归父生绰,绰生夏,夏生聿及书,并其族。"③《广韵·二十五德》"国"字注:"又姓,太公之后。《左传》齐有国氏。"④《古今姓氏书辩证·二十五德》:"国,春秋时有国庄子归父,生武子佐,佐生景子弱及胜,弱生惠子夏及中军将书,书生观,世为齐上卿。"⑤《通志·氏族略六》:"国氏有二:郑子国之后以字为氏,姬姓也;齐有国氏,姜姓也。"⑥

谨案:国共伯,唯见于林氏《元和姓纂》,未详林氏所据。又,据僖二十八年、成二年、十七年、十八年、定四年、七年、哀十七年《左传》杜《注》,林氏《元和姓纂》缺国胜、国弱(景子)一世。则齐国氏为吕氏之别,出于桓公小白之孙、惠公元季子公子高(国共伯),属"惠族"。

(二)国氏之世系

僖十二年《左传》:"臣,贱有司也,有天子之二守国、高在。"⑦《礼记·檀弓上》孔《疏》引《世本》:"懿伯生贞孟,贞孟生成伯高父。"《礼记·檀弓上》郑《注》"成子高,齐大夫国成伯高父也。"⑧僖二十八年《左传》杜《注》:"国归父、崔夭,齐大夫也。"成十七年《左传》杜《注》:"(国)胜,国佐子。"成十八年《左传》杜《注》同。成十八年《左传》杜《注》:"(国)弱,胜之弟。"襄二十六年《左传》杜《注》:

---

① [晋]杜预注,[唐]孔颖达等正义:《春秋左传正义》,第2000页。
② [晋]杜预注,[唐]孔颖达等正义:《春秋左传正义》,第2036页。
③ [唐]林宝撰,[清]孙星衍校辑,郁贤皓、陶敏整理点校:《元和姓纂》,第1614页。
④ [宋]陈彭年等重修:《钜宋广韵》,第429页。
⑤ [宋]邓名世撰,王力平点校:《古今姓氏书辩证》,第628—629页。
⑥ [宋]郑樵撰,王树民点校:《通志二十略》,第213页。
⑦ 杜《注》:"国子、高子,天子所命为齐守臣,皆上卿也……僖二十八年国归父乃见《传》,归父之父曰懿仲。"[晋]杜预注,[唐]孔颖达等正义:《春秋左传正义》,第1802页。
⑧ [汉]郑玄注,[唐]孔颖达等正义:《礼记正义》,第1292页。

"(国)景子,国弱。"昭元年《左传》杜《注》:"国子,国弱也。"定七年《春秋》杜《注》:"(国)夏,国佐孙。"哀五年《左传》杜《注》:"(国)惠子,国夏。"哀十一年《左传》杜《注》:"国子,国书。"哀十七年《左传》杜《注》:"国观,国书之子。"①《春秋分记·世谱六》:"桓公生六子:曰无亏(无后),曰惠公,曰孝公(无后),曰昭公(无后),曰懿公(无后),曰雍(无后),为四世;惠公生三子:曰顷公、曰栾(后为栾氏)、曰高(后为高氏),昭公生舍,为五世……国氏,归父生佐,佐生二子:曰胜(无后),曰弱;弱生夏,夏生书,书生瓘,瓘生高父。"②

谨案:国氏见于《左传》者有国懿仲、国庄子归父、国宾媚人武子佐、国胜、国景子弱、惠子夏、国书、国观,皆父子相传。以《世本》证之,国归父即国庄子,懿伯即国书,贞孟即国观,成伯高父即《礼记·檀弓》所谓成子高③。又,程氏《春秋分记》谓"书生瓘,瓘生高父",然据哀十六年《左传》及杜《注》,"瓘"当作"观"。盖因音同形近而讹。故笔者此不取。则春秋时期国氏世系为:桓公小白→惠公元→公子高→国懿仲→国归父→国佐→国胜(无后)、国弱→国夏→国书→国观→国高父。

(三)国佐

《国语·周语下》韦《注》:"国佐,齐卿,国归父之子国武子也。"④成二年《左传》杜《注》:"媚人,国佐也。"成十八年《春秋》杜《注》:"(国佐)国武子也。"⑤《春秋释例·世族谱下》:"国氏,国佐,宾媚人,武子,三事互见于《经》《传》。不知宾媚人是何等名号也。"⑥则国佐(前?—前573),即宣十年、成十七年《左传》之"国武子",亦即成二年《左传》之"宾媚人",亦即成十年《左传》之"国子",姓姜,本氏吕,别氏国,名佐,一名绰,谥武,尊称"子",国懿仲之孙,国归父(庄子)之子,国胜、国弱(景子)之父,齐上卿,历仕惠、顷、灵三君凡二十七年(前599—前573),灵公九年(前573)被杀。其倡导"孝子不匮,永锡尔类"古训,主张以孝"树德",提出"树德而济同欲"(成二年《左传》)⑦说;好善恶褒贬,恪守礼仪,熟知典

---

① [晋]杜预注,[唐]孔颖达等正义:《春秋左传正义》,第1824、1922—1923、1990、2020、2141、2159、2166、2179页。
② [宋]程公说:《春秋分记》,第136、137页。
③ 参见:[清]雷学淇校辑《世本》卷上。
④ [三国吴]韦昭注,上海师范大学古籍整理研究所校点:《国语》,第90页。
⑤ [晋]杜预注,[唐]孔颖达等正义:《春秋左传正义》,第1895、1922页。
⑥ [晋]杜预:《春秋释例》,第435页。
⑦ [晋]杜预注,[唐]孔颖达等正义:《春秋左传正义》,第1895页。

籍，尤谙习《诗》，传世有《以孝树德论》(见成二年《左传》)一文①。

(四)国弱

成十八年《左传》杜《注》："(国)弱，胜之弟。"襄二十六年《左传》杜《注》："(国)景子，国弱。"昭元年《左传》杜《注》："国子，国弱也。"②则国弱，即襄二十六年《左传》《汉书·五行志中》之"国景子"，亦即襄二十六年、昭元年《左传》之"国子"，姓姜，氏国，名弱，谥景，尊称"子"，国归父(庄子)之孙，国佐(武子、宾媚人)次子，国胜之弟，国夏(惠子)之父，灵公九年(前573)继父职为卿，历仕灵、庄、景三君凡三十七年(前573—前537)，生卒年未详(前573—前537在世)。其恪守礼仪，熟知典籍，尤谙习《诗》。

八、栾氏与栾施

(一)栾氏之族属

襄二十八年《左传》："栾、高、陈、鲍之徒介庆氏之甲。"昭三年《左传》："齐公孙灶卒。司马灶见晏子，曰：'又丧子雅矣。'晏子曰：'惜也！子旗不免，殆哉！姜族弱矣，而妫将始昌。二惠竞爽犹可，又弱一个焉，姜其危哉！'"昭十年《左传》："齐惠栾、高氏皆耆酒，信内，多怨，彊于陈、鲍氏而恶之。"③《古今姓氏书辩证·二十六桓》："栾……又春秋时，齐惠公(孙)子雅，生施，字子旗，亦为栾氏。"④《通志·氏族略三》："栾氏……又齐有栾氏，姜姓，齐惠公之后。惠公子坚，字子栾，是以字为氏者……子旗氏，姜姓，齐惠公曾孙栾施，字子旗之后也。本栾氏。"⑤《尚史》卷一百六《齐诸氏》："栾氏、高氏，公孙灶、公孙虿并惠，公孙灶为栾氏，生栾施；虿为高氏，生高强。"⑥则齐栾氏为吕氏之别，出于桓公小白之孙、惠公元庶子公子坚(子栾)，属"惠族"。

---

① 《文章正宗·辞命二》《文编·论疏》《御选古文渊鉴》卷二，皆题作《对晋人》。
② [晋]杜预注，[唐]孔颖达等正义：《春秋左传正义》，第1923、1990、2020页。
③ 杜《注》："栾，子雅；高，子尾；陈，陈须无；鲍，鲍国……(公孙)灶，子雅……子雅、子尾皆齐惠公之孙也……栾、高二族，皆出惠公。"孔《疏》："齐惠公生公子栾、公子高。高生子尾，尾生子良；栾生子雅，雅生子旗。子雅是栾孙，子良是高孙，孙以王父字为氏，皆出惠公。故曰惠栾、高氏也。"[晋]杜预注，[唐]孔颖达等正义：《春秋左传正义》，第2000、2032、2058页。
④ [宋]邓名世撰，王力平点校：《古今姓氏书辩证》，第123页。
⑤ [宋]郑樵撰，王树民点校：《通志二十略》，第83页。
⑥ [清]李锴：《尚史》，江苏广陵古籍刻印社1992年影印清刻本。

（二）栾氏之世系

《史记·齐世家》："（桓公四十三）冬十月乙亥，齐桓公卒……（懿公四年春丙戌、庸职）二人弑懿公车上……齐人废其子而迎公子元于卫，立之，是为惠公。"①《吕氏春秋·慎行篇》高《注》："公孙灶，惠公之孙，公子栾坚之子子射（雅）也。"②襄二十八年《左传》杜《注》："（子雅、子尾）二子，皆惠公孙。"襄二十九年《左传》杜《注》："（公孙）灶，子雅。"③《春秋分记·世谱六》："桓公生六子：曰无亏（无后），曰惠公，曰孝公（无后），曰昭公（无后），曰懿公（无后），曰雍（无后），为四世；惠公生三子：曰顷公、曰栾（后为栾氏）、曰高（后为高氏），昭公生舍，为五世……栾氏，别祖栾，《公子谱》之五世也；生灶；灶生施。"④《吕氏春秋新校正》卷二十二："坚，子栾名；祈，子高名。旧本'子雅'作'子尾'，讹。今改正。"⑤则春秋时期齐栾氏世系为：桓公小白→惠公元→公子坚→公孙灶→栾施。

（三）栾施

昭二年《左传》杜《注》："子旗，子雅之子。"昭八年《左传》杜《注》："子旗，栾施也。"⑥则栾施，即昭二年、八年《左传》之"子旗"，姓姜，本氏吕，别氏栾，其后别氏子旗（一作"旗氏"），名施，字子旗，公子坚（子栾）之孙、公孙灶（子雅）之子，齐执政卿，景公十六年（前532）出奔鲁，生卒年未详（前540—前532）。⑦ 其倡导"惠不惠，茂不茂"古训，提出"服弘大"（昭八年《左传》）⑧说，熟知典籍，尤谙习

---

① ［汉］司马迁撰，［晋］裴骃集解，［唐］司马贞索隐，［唐］张守节正义，郭逸、郭曼标点：《史记》，第1208—1210页。
② 旧题［周］吕不韦撰，［汉］高诱注，许维遹集释：《吕氏春秋集释》，第603页。
③ ［晋］杜预注，［唐］孔颖达等正义：《春秋左传正义》，第2000、2009页。
④ ［宋］程公说：《春秋分记》，第136、137页。
⑤ ［清］毕沅：《吕氏春秋新校正》，国家图书馆出版社《子藏·杂家部·吕氏春秋卷》2017年影印经训堂丛书本。
⑥ ［晋］杜预注，［唐］孔颖达等正义：《春秋左传正义》，第2009、2052页。
⑦ 《通志·氏族略三》《名贤氏族言行类稿》卷四并引［汉］应劭《风俗通义》："（旗氏）齐卿公孙灶，惠公孙也，生栾施，字子旗，子孙以王父字为氏。"［宋］章定：《名贤氏族言行类稿》，第69页。案：此据《名贤氏族言行类稿》引文。《通志·氏族略三》引作："齐卿公孙灶之孙栾施，字子旗，子孙以王父字为氏。"［宋］郑樵撰，王树民点校：《通志二十略》，第115页。笔者以为，郑氏以栾施为公孙灶之孙，文与诸家所引异，亦与《吕氏春秋·慎行篇》高《注》、昭二年《左传》杜《注》说不合。故此不取。又，《元和姓纂·六止》："子旗，齐惠公（曾）孙栾施字子旗，子孙以王父字为氏。"［唐］林宝撰，［清］孙星衍校辑，郁贤皓、陶敏整理点校：《元和姓纂》，第841页。《古今姓氏书辩证·七之》："旗，出自姜姓，齐惠公孙灶字子雅，生栾施字子旗，后为子旗氏。或'子'为旗氏。"［宋］邓名世撰，王力平点校：《古今姓氏书辩证》，第54页。则子旗氏为栾氏之别，出于公子栾（公子栾坚）之孙、公孙灶（子雅）之子栾施（子旗）。
⑧ ［晋］杜预注，［唐］孔颖达等正义：《春秋左传正义》，第2052页。

《书》,传世有《惠勉服弘论》(见昭八年《左传》)一文。

九、高氏与高强

(一)高氏之族属

《急就篇》卷一颜《注》:"(高氏)齐大夫高傒者,号高敬仲,本齐之公族也。其后遂称高氏。"①《元和姓纂·六豪》:"高,齐太公六代孙文公,子高,孙傒,以王父字(名)为氏。"②《新唐书·宰相世系表一下》:"高氏,出自姜姓。齐太公六世孙文公赤,生公子高,孙傒,为齐上卿,与管仲合诸侯有功,桓公命傒以王父字(名)为氏,食采于卢,谥曰敬仲,世为上卿。敬仲生庄子虎,虎生倾子,倾子生宣子固,固生厚,厚生子丽,子丽生止,奔燕。十世孙量,为宋司城,后入楚。"③《古今姓氏书辩证·六豪》:"高,高氏出自姜姓。齐太公六世孙文公赤,生公子高,其孙傒为齐上卿,与管仲合诸侯有功,威(桓)公命傒以王父字(名)为氏,食采于卢,谥曰敬仲,世为上卿。敬仲生庄子虎,虎生倾子,倾子生宣子固,固生厚,厚生子丽,丽生止,奔燕。十世孙量,为宋司城,后入楚……至孔子弟子有高柴,字子羔,亦出定、哀间。"④《姓氏急就篇》卷上说同。

谨案:《元和姓纂·六豪》《新唐书·宰相世系表一》《古今姓氏书辩证·六豪》并谓高氏乃齐文公赤之子公子高之后,然《吕氏春秋·慎行篇》高《注》曰:"(公孙)蛊,惠公之孙、公子高祈之子子尾也。"⑤《春秋分记·世谱二》《世谱六》皆谓公子高为齐惠公元季子。清雷学淇校辑《世本》卷上辨之曰:"《唐书》高氏乃齐文公赤之子,公子高之后,其孙敬仲傒食采于卢,遂以王父字为氏。庄子虎及倾子,不见于《左传》。《传》谓宣子固生无咎及厚,无咎生弱,厚生止,止生竖,竖以卢叛,请立高氏后而致邑,齐乃立傒之曾孙酀。此鲁襄公二十九年事也。至昭公十二(三)年,《传》有高偃帅师纳燕伯之事,杜《注》以偃为傒之玄孙。然则武子偃即酀之子,而酀乃倾子之子矣。此与《世本》本合。而《世族谱》乃合偃、酀为一人,孔氏于昭公十二年《疏》内因误引《世本》为倾子之孙酀,此杜《谱》误之也。《世本》元文止应作'偃',无'酀'之文。《新唐书》又谓高厚生子丽,子

---

① [汉]史游撰,[唐]颜师古注:《急就篇》,第40页。
② [唐]林宝撰,[清]孙星衍校辑,郁贤皓、陶敏整理点校:《元和姓纂》,第563页。
③ [宋]欧阳修、[宋]宋祁编修,石淑仪等点校:《新唐书》,第2387页。
④ [宋]邓名世撰,王力平点校:《古今姓氏书辩证》,第158—160页。
⑤ 旧题[周]吕不韦撰,[汉]高诱注,许维遹集释:《吕氏春秋集释》,第603页。

丽生止。与此亦不合。"①故笔者此从程氏《春秋分记》说。则齐高氏为吕氏之别,出于桓公小白之孙、惠公元季子公子祈(子高),属"惠族"。

(二)高氏之世系

《论语·先进篇》:"子路使子羔为费宰。"②襄公二十九年《左传》孔《疏》引《世本》:"敬仲(傒)生庄子(虎),庄子生倾子,倾子生宣子(固),宣子生厚,厚生止……敬仲生庄子,庄子生倾子,倾子之孙武子偃。"昭十二年《春秋》孔《疏》引《世本》:"敬仲生庄子,庄子生倾子,倾子之孙酀(偃)。"③《史记·仲尼弟子列传》:"高柴,字子羔,少孔子三十岁。"④庄九年《左传》杜《注》:"高傒,齐卿高敬仲也。"庄二十二年《春秋》杜《注》、襄二十九年《左传》杜《注》大同。闵二年《春秋》杜《注》:"(高子)盖高傒也。"僖十二年《左传》杜《注》:"高傒之子曰庄子。"宣十四年《左传》杜《注》:"(高)宣子,高固。"成十六年《左传》杜《注》:"(高)无咎,高固子。"成十七年《左传》杜《注》:"(高)弱,无咎子。"襄六年《左传》杜《注》:"高厚,高固子。"襄十年《左传》杜《注》同。襄二十九年《春秋》杜《注》:"(高)止,高厚之子。"襄二十九年《左传》:"(高)子容,高止也。"襄二十九年《春秋》杜《注》:"(公孙)虿,子尾。"昭十二年《春秋》杜《注》:"高偃,高傒玄孙,齐大夫。"昭二十九年《左传》杜《注》:"高张,高偃子。"哀五年《左传》杜《注》:"(高)昭子,高张。"哀十五年《左传》杜《注》:"子羔,卫大夫,高柴,孔子弟子。"哀十七年《左传》杜《注》:"季羔,高柴也。"⑤《春秋释例·世族谱上》同。《春秋分记·世谱六》:"惠公生三子:曰顷公、曰栾(后为栾氏)、曰高(后为高氏),昭公生舍,为五世……高氏,别祖高,《公子谱》之五世也;生虿,虿生强……高氏,傒生庄子;庄子生顷子;顷子生固;固生二子:曰无咎,曰厚;无咎生弱,弱生齿奇;厚生止,止生竖。又,敬仲曾孙酀及顷子孙偃,偃生二子:曰张,曰发;张生无平。"⑥《咸淳临安志》卷十一载宋高宗《御制宣圣七十二贤赞并序》:"高柴,字子羔,卫人,赠共伯。"⑦

---

① [汉]宋衷注,[清]秦嘉谟等辑:《世本八种》,第 34 页。
② [魏]何晏等注,[宋]邢昺疏:《论语注疏》,第 2500 页。案:"费",即《史记·仲尼弟子列传》之"费郕",张守节《正义》引李泰《括地志》:"郓州宿县二十三里郕亭。"[汉]司马迁撰,[晋]裴骃集解,[唐]司马贞索隐,[唐]张守节正义,郭逸、郭曼标点:《史记》,第 1712 页。
③ [晋]杜预注,[唐]孔颖达等正义:《春秋左传正义》,第 2009、2061 页。
④ [汉]司马迁撰,[晋]裴骃集解,[唐]司马贞索隐,[唐]张守节正义,郭逸、郭曼标点:《史记》,第 1712 页。
⑤ [晋]杜预注,[唐]孔颖达等正义:《春秋左传正义》,第 1766、1787、1802、1886、1919、1921、1937、2004、2005、2009、2061、2122、2159、2175、2180 页。
⑥ [宋]程公说:《春秋分记》,第 137、138 页。
⑦ [宋]潜说友:《咸淳临安志》,第 3459 页。

谨案：襄二十九年《左传》："为高氏之难故，高竖以卢叛。十月庚寅，闾丘婴帅师围卢。高竖曰：'苟请高氏有后，请致邑。'齐人立敬仲之曾孙酀，良敬仲也。十一月乙卯，高竖致卢而出奔晋，晋人城绵而寘旃。"昭十二年《春秋》"春，齐高偃帅师纳北燕伯于阳。"①可见，武子偃乃酀之子，而酀乃倾子之子。此与《世本》本合。而《春秋释例·世族谱下》则曰："高氏，高武子，高酀，高偃。"②此乃合偃、酀为一人，与襄公二十九年《左传》及襄公二十九年《左传》孔《疏》引《世本》、昭十三年《春秋》孔《疏》引《世本》皆不合，故笔者此不取。则春秋时期齐高氏世系为：桓公小白→惠公元→公子祈→公孙虿→高傒→高虎→高倾子（名佚）→高固、高酀……高柴，高固→高无咎、高厚，高酀→高偃→高张、高发，高无咎→高弱→高齿奇，高厚→高止→高竖，高张→高无丕。

（三）高强

《墨子·所染篇》："范吉射染于长柳朔、王胜，中行寅染于籍秦、高强。"③《吕氏春秋·当染篇》大同。高《注》："寅，晋大夫中行穆子之子，荀字也。（黄）藉秦、高强，其家臣。高强，齐子尾之子，奔晋，为中行氏之臣。"④昭八年《左传》杜《注》："子良，子尾之子高强也。"⑤昭十年《左传》杜《注》、定十三年《左传》杜《注》大同。则高强（前？—前496），即昭八年、十年、定十三年《左传》之"子良"，亦即昭八年《左传》之"子良氏"，姓姜，本氏吕，别氏高，名强，字子良，公子祈（子高）之孙，公孙虿（子尾）之子，景公十六年（前532）出奔鲁，后适晋仕于中行氏，五十二年（前496）卒于潞之役⑥。其倡导"三折肱知为良医"古训，认为"唯伐君为不可，民弗与也"（定十三年《左传》）⑦，长于谋断，直言敢谏，熟知典籍，传世有《谏二子将伐公书》（见定十三年《左传》）一文。

综上所考，齐崔氏、仲孙氏、晏氏、闾丘氏、东郭氏、卢蒲氏、国氏、栾氏、高氏九族，皆为尧时方伯姜姓四岳伯夷裔孙吕尚之后，吕氏之别，属齐公族。其中，崔氏出于吕尚之孙丁公吕伋之子叔乙，属"丁族"，其世系为：崔夭→崔杼→崔

---

① 杜《注》："（高）竖，高止子……敬仲，高傒……高偃，高傒玄孙，齐大夫。"[晋]杜预注，[唐]孔颖达等正义：《春秋左传正义》，第2009、2061页。
② [晋]杜预：《春秋释例》，第434—435页。
③ 旧题[周]墨翟撰，吴毓江校注，孙启治校点：《墨子校注》，第17页。
④ 旧题[周]吕不韦撰，[汉]高诱注，许维遹集释：《吕氏春秋集释》，第50页。
⑤ [晋]杜预注，[唐]孔颖达等正义：《春秋左传正义》，第2052页。
⑥ 春秋时期潞邑有二：一为晋邑，本赤狄潞氏地，周定王十三年（前594）晋灭之以外邑，在今山西省潞城县东北四十里，见文十一年、宣十五年、定十四年《左传》。一为齐邑，位于齐都邑临淄郊外，见哀八年《左传》。说参：[清]高士奇《春秋地名考略》卷三。
⑦ [晋]杜预注，[唐]孔颖达等正义：《春秋左传正义》，第2150页。

成、崔强、崔明，崔强→崔如，崔明→崔良；仲孙氏出于文公赤之孙、成公脱之子庄公购（一作"赎"），属"庄族"，其世系为：庄公赎→公子年→公孙无知→仲孙湫；晏氏出自庄公购（一作"赎"）之孙，属"庄族"，其世系为：庄公赎……晏子……晏弱→晏婴→晏圉……晏戎……晏鳌；闾丘氏出于庄公购（一作"赎"）裔孙闾邱产，属"庄族"，其世系为：庄公购（一作"赎"）→（子名佚）→闾邱产→闾邱婴→闾邱明→闾邱息→闾邱施；东郭氏出于桓公小白之孙东郭牙，属"桓族"，其世系为：桓公小白……东郭牙……东郭偃……东郭书……东郭子惠……东郭贾；卢蒲氏出于庄公购之孙、僖公禄父庶子桓公小白，属"桓族"，其世系为：桓公小白……卢蒲就魁……卢蒲癸……卢蒲嫳；国氏出于桓公小白之孙、惠公元季子公子高（国共伯），属"惠族"，其世系为：桓公小白→惠公元→公子高→国懿仲→国归父→国佐→国胜（无后）、国弱→国夏→国书→国观→国高父；栾氏出于桓公小白之孙、惠公元庶子公子坚，属"惠族"，其世系为：桓公小白→惠公元→公子坚→公孙灶→栾施；高氏出于桓公小白之孙、惠公元季子公子祈，属"惠族"，其世系为：桓公小白→惠公元→公子祈→公孙虿→高傒→高虎→高倾子（名佚）→高固、高酀……高柴，高固→高无咎，高厚，高酀→高偃→高张、高发，高无咎→高弱→高齿奇，高厚→高止→高竖，高张→高无丕。

在上述九族中，有传世作品者为崔杼、仲孙湫、晏弱、晏婴、闾丘息、东郭偃、卢蒲癸、国佐、国弱、栾施、高强十一子，可统称之为齐公族作家群体。其中，崔杼可别称之为"丁族"作家，仲孙湫、晏弱、晏婴、闾丘息四子可别称之为"庄族"作家群体，东郭偃、卢蒲癸二子可别称之为"桓族"作家群体，国佐、国弱、栾施、高强四子可别称之为"惠族"作家群体。

第三节　异姓世族

齐鲍氏（姒姓）、管氏（姬姓）、逄氏（姜姓）、苑氏（子姓）、莱氏（子姓）、陈氏（妫姓）六族为齐公室异姓世族。其中，有传世作品者为鲍牙、鲍国、鲍焦、管夷吾、逄丑父、苑何忌、莱章、公子完、陈须无、陈无宇、陈乞、陈亢、田无择十三子，可称之为齐公室异姓世族作家群体。

一、鲍氏与鲍牙、鲍国、鲍焦

（一）鲍氏之族属

《史记·夏本纪》："夏禹，名曰文命……颛顼之父曰昌意，昌意之父曰黄帝。

禹者,黄帝之玄孙而帝颛顼之孙也……禹为姒姓,其后分封,用国为姓,故有夏后氏、有扈氏、有男氏、斟寻氏、彤城氏、褒氏、费氏、杞氏、缯氏、辛氏、冥氏、斟(氏)戈氏。"①《潜夫论·志氏姓》:"齐有鲍叔,世为卿大夫。晋有鲍癸。"②《元和姓纂·三十一巧》:"鲍,姒姓,夏禹之后有鲍叔,仕齐,食采于鲍,因氏焉。敬叔生叔牙,曾孙国,代为齐卿。"③《古今姓氏书辩证·三十一巧》:"鲍,出自姒姓,夏诸侯国,子孙氏焉。裔孙叔牙相齐桓公,名显诸侯,谥曰共;曾孙牵,曰鲍庄子,国曰鲍文子;国孙鲍牧,皆齐卿。牧之家臣曰差车,鲍点其族,仕晋者曰鲍癸。"④《通志·氏族略三》:"鲍氏,姒姓,不知所出。或云,夏禹之后有鲍叔,仕齐,食采于鲍,因以为氏。鲍叔字叔牙,进管仲于齐桓公,遂霸诸侯。其后有鲍牵曰鲍庄子,为夫人声孟子所谮,灵公刖其足……齐人招鲍国而立之……世为齐卿。"⑤章炳麟《春秋左传读·庄公篇》:"齐鲍氏始于鲍叔,则得氏盖自牙始,鲍敬叔乃谱家追称耳。"⑥

谨案:昭二十五年《左传》载季公鸟之妻为齐鲍文子(鲍国)之女,曰"季姒"。此"季"为夫家之氏,"姒"为母家之姓。可见,齐鲍氏确为姒姓。又,《水经·沔水注》:"褒水又南迳褒县故城东,褒中县也,本褒国矣。"⑦《史记·周本纪》张守节《正义》引李泰《括地志》:"褒国故城在梁州褒城县东二百步,古褒国也。"⑧《资治通鉴·汉纪一》胡三省《音注》引李文子《蜀鉴》:"南郑乃古褒国,秦未得蜀以前,先取之。"⑨《齐乘》卷四:"鲍城,济南东三十里鲍山下。"⑩可见,夏姒支族诸侯褒国,其地即今陕西省汉中市南郑区故城,国灭后其支族东迁于齐之鲍城。则齐鲍氏为褒氏之别,姒姓,出于鲍敬叔之子鲍牙(鲍叔牙)。

---

① [汉]司马迁撰,[晋]裴骃集解,[唐]司马贞索隐,[唐]张守节正义,郭逸、郭曼标点:《史记》,第33、59页。
② [汉]王符撰,[清]王继培笺,彭铎校正:《潜夫论笺校正》,第458页。"鲍癸",晋大夫,见宣十二年《左传》;诸家无注,所出未详。
③ [唐]林宝撰,[清]孙星衍校辑,郁贤皓、陶敏整理点校:《元和姓纂》,第1025页。
④ [宋]邓名世撰,王力平点校:《古今姓氏书辩证》,第390页。
⑤ [宋]郑樵撰,王树民点校:《通志二十略》,第89页。
⑥ 章炳麟撰,姜义华点校:《春秋左传读》,《章太炎全集》(第2册),上海人民出版社1982年点校钱玄同签署本,第186页。
⑦ [北魏]郦道元撰,杨守敬、熊会贞疏,段熙仲点校,陈桥驿复校:《水经注疏》,第2309页。
⑧ [汉]司马迁撰,[晋]裴骃集解,[唐]司马贞索隐,[唐]张守节正义,郭逸、郭曼标点:《史记》,第100页。
⑨ [宋]司马光撰,[宋]胡三省音注,标点《资治通鉴》小组校点:《资治通鉴》,第305页。
⑩ [元]于钦撰,[元]于潜释音,[清]周嘉猷考证:《齐乘》,第582页。

（二）鲍氏之世系

哀六年《左传》杜《注》："（鲍）牧，鲍圉（国）孙……（鲍）点，鲍牧臣也。"①《春秋释例·世族谱上》："鲍氏季姒，公鸟之妻，齐鲍文子之女。"②《春秋分记·世谱六》："鲍氏，敬生叔牙，亡二世；至曾孙二人：牵及国；国又亡二世，至曾孙牧。"③

谨案：《左传》等先秦文献皆无"鲍圉"之名，故哀五年《左传》杜《注》之"圉"当为"国"之讹。又，哀五年《左传》杜《注》谓鲍牧为鲍国之孙，《春秋分记·世谱六》以鲍牧为鲍国曾孙，未详何据。故笔者此不取。则春秋时期齐鲍氏世系为：鲍敬→鲍牙……鲍牵、鲍国……鲍焦，鲍国……鲍牧。

（三）鲍牙

《国语·齐语》："唯能用管夷吾、宁戚、隰朋、宾胥无、鲍叔牙之属而伯功立。"④汉晏婴《韩诗外传》卷七："子贡问大臣，子曰：'齐有鲍叔，郑有子皮。'子贡曰：'否！齐有管仲，郑有东里子产。'孔子曰：'产荐也。'子贡曰：'然则荐贤贤于贤？'曰：'知贤，知也；推贤，仁也；引贤，义也。有此三者，又何加焉！'"⑤《史记·齐世家》："桓公既得管仲，与鲍叔、隰朋、高傒修齐国政，连五家之兵，设轻重鱼盐之利，以赡贫穷，禄贤能，齐人皆说。"⑥《说苑·复恩篇》："鲍叔死，管仲举上衽而哭之，泣下如雨。"⑦《吕氏春秋·当染篇》高《注》："管、鲍，其（桓公）二卿也。"⑧《国语·齐语》韦《注》："鲍叔，齐大夫，姒姓之后，鲍敬叔之子叔牙也。宰，太宰也。"⑨庄八年《左传》杜《注》："鲍叔牙，小白傅。"⑩

谨案：《列子·杨朱篇》："管夷吾顾谓鲍叔黄子曰：'生死之道，吾二人进之

---

① ［晋］杜预注，［唐］孔颖达等正义：《春秋左传正义》，第2161—2162页。
② ［晋］杜预：《春秋释例》，第340页。
③ ［宋］程公说：《春秋分记》，第138页。
④ ［三国吴］韦昭注，上海师范大学古籍整理研究所校点：《国语》，第247页。
⑤ ［汉］韩婴撰，屈守元笺疏：《韩诗外传笺疏》，第654页。
⑥ ［汉］司马迁撰，［晋］裴骃集解，［唐］司马贞索隐，［唐］张守节正义，郭逸、郭曼标点：《史记》，第1203页。
⑦ ［汉］刘向撰，向宗鲁校证：《说苑校证》，第131页。
⑧ 旧题［周］吕不韦撰，［汉］高诱注，许维遹集释：《吕氏春秋集释》，第49页。
⑨ ［三国吴］韦昭注，上海师范大学古籍整理研究所校点：《国语》，第222页。
⑩ ［晋］杜预注，［唐］孔颖达等正义：《春秋左传正义》，第1765页。

矣。'"①未详此"鲍叔黄子"是否即鲍牙,诸家无注,存疑待考。又,据《国语·齐语》《史记·齐世家》,鲍叔牙在齐桓公被周惠王命为侯伯时(前667)依然健在。又据《说苑·复恩篇》,鲍牙卒于管夷吾卒(前645)之前。又,《汉书·艺文志》著录有《鲍子兵法》十篇、图一卷,著者未详。则鲍牙,即庄八年、昭十三年《左传》《国语·齐语》《墨子·修身篇》《管子·匡君小匡篇》《小称篇》《韩非子·十过篇》《史记·齐世家》《楚世家》《汉书·古今人表》《越绝书·吴内传》之"鲍叔牙",亦即庄九年《左传》《国语·齐语》《管子·匡君大匡篇》《匡君中匡篇》《匡君小匡篇》《戒篇》《小问篇》《轻重篇》《列子·力命篇》《韩非子·难一篇》《难二篇》《说林上篇》《说林下篇》《外储说右下》《吕氏春秋·贵公篇》《吕氏春秋·不广篇》《察传篇》《当染篇》《贵信篇》《贵卒篇》《赞能篇》《直谏篇》《淮南子·道应训》《泰族训》《史记·齐世家》《管晏列传》《说苑·臣术篇》《复恩篇》《尊贤篇》《正谏篇》《风俗通义·正失篇》《穷通篇》《汉书·东方朔传》之"鲍叔",亦即《国语·齐语》《史记·管晏列传》之"鲍子",姓姒,本氏褒,别氏鲍,名牙,谥共,行次叔,尊称"子",本褒(即今陕西省汉中市南郑区故城)人,国灭徙居齐(即今山东省淄博市临淄区),早年尝与管仲贾,后为公子小白(桓公)之傅,桓公元年(前685)命为太宰(执政卿士),生卒年未详(前687—前667在世)②。其提出"宽惠柔民""治国家不失其柄""忠信可结于百姓""制礼义可法于四方""执枹鼓立于军门,使百姓皆加勇"为"五贤"(《国语·齐语》)③说,知人善任,举贤荐能,传世有《举管夷吾书》(见《国语·齐语》)一文。

(四)鲍国

成十七年《左传》:"初,鲍国去鲍氏而来为施孝叔臣。施氏卜宰,匡句须吉。施氏之宰有百室之邑。与匡句须邑,使为宰,以让鲍国而致邑焉。施孝叔曰:'子实吉。'对曰:'能与忠良,吉孰大焉。'鲍国相施氏忠,故齐人取以为鲍氏后。"④《国语·鲁语上》韦《注》:"鲍国,鲍叔牙之玄孙鲍文子也,去齐适鲁,为施孝叔臣也。"⑤昭十年《左传》杜《注》:"(鲍)文子,鲍国。"⑥定九年《左传》杜

---

① 旧题[周]列御寇撰,[晋]张湛注,杨伯峻集释:《列子集释》,第224页。
② [元]于钦《齐乘》卷六:"鲍叔,墓在滕州北十五里。"[元]于钦撰,[元]于潜释音,[清]周嘉猷考证:《齐乘》,第614页。
③ [三国吴]韦昭注,上海师范大学古籍整理研究所校点:《国语》,第222页。
④ 杜《注》:"鲍牵,鲍叔牙曾孙……(鲍)国,牵之弟。"[晋]杜预注,[唐]孔颖达等正义:《春秋左传正义》,第1921页。
⑤ [三国吴]韦昭注,上海师范大学古籍整理研究所校点:《国语》,第181页。
⑥ [晋]杜预注,[唐]孔颖达等正义:《春秋左传正义》,第1058页。

《注》同。

　　谨案:《国语·鲁语上》韦《注》《春秋分记·世谱六》都以鲍国为鲍叔牙之玄孙,成十七年《左传》杜《注》以国为叔牙曾孙。此二说世系相异,存疑待考。则鲍国,即昭十四年、定九年《左传》之"鲍文子",姓姒,本氏褒,别氏鲍,名国,谥文,尊称"子",鲍牵(庄子)之弟,公鸟妻之父,曾去齐为鲁施孝叔家臣,灵公八年(前574)归齐继立鲍氏宗子,仕为大夫,生卒年未详(前575—前501在世)。其主张"上下犹和,众庶犹睦",反对"亲富不亲仁"(定九年《左传》)①,忠心事主,直言敢谏,传世有《谏执阳虎书》(见定九年《左传》)一文。

（五）鲍焦

　　《战国策·赵策三》《史记·鲁仲连列传》载鲁仲连曰:"世以鲍焦为无从颂而死者,皆非也。"②《韩非子·八说篇》:"鲍焦、华角,天下之所贤也。鲍焦木枯,华角赴河,虽贤,不可以为耕战之士。"③《韩诗外传》卷一:"传曰:山锐则不高,水径则不深。仁磏则其德不厚,志与天地拟者其人不祥。是伯夷、叔齐、卞随、介子推、原宪、鲍焦、袁旌目、申徒狄之行也……君子闻之,曰:'廉夫!刚哉!夫山锐则不高,水径则不深,行磏者德不厚,志与天地拟者,其为人不祥。'鲍焦可谓不祥矣!其节度浅深,适至如是矣!"卷七:"则鲍叔何为而不用,叶公子高终身不仕,鲍焦抱木而泣,子推登山而燔。"④《汉纪·孝成皇帝纪》卷二十五载荀悦曰:"是以屈原怨而自沈,鲍焦愤而矫死,悲之甚也。"⑤《汉书·邹阳传》颜《注》引魏孟康《汉书音义》:"(鲍焦)周之介士也。"⑥《抱朴子外篇·逸民》:"昔夷、齐不食周粟,鲍焦死于桥上,彼之硁硁,何足师表哉!"⑦《经典释文·庄子音义下》引晋司马彪《庄子注》:"鲍子名焦,周末人,汗时君,不仕,采蔬而食。"⑧《山堂肆考》

---

① ［晋］杜预注,［唐］孔颖达等正义:《春秋左传正义》,第2144页。
② ［汉］刘向集录,范祥雍笺证,范邦瑾协校:《战国策笺证》,上海古籍出版社2006年版,第1886页。
③ ［周］韩非撰,［清］王先慎集解,钟哲点校:《韩非子集解》,第424页。
④ ［汉］韩婴撰,屈守元笺疏:《韩诗外传笺疏》,第85—94、600页。
⑤ ［汉］荀悦,张烈点校:《前汉纪》,中华书局2002年点校四部丛刊初编影印明覆宋合刻本,第439页。
⑥ ［汉］班固撰,［唐］颜师古注,傅东华等点校:《汉书》,第2352页。
⑦ ［晋］葛洪:《抱朴子》,上海书店1986年影印诸子集成本,第428页。
⑧ ［唐］陆德明:《经典释文》,第1569页。

卷一百九十六:"周末鲍焦,隐居不仕。或有荐之者,趋而避之,终日采蔬而食。"①

谨案:《韩诗外传》卷一将伯夷、叔齐、卞随、介子推、原宪、鲍焦、袁旌目、申徒狄并举,惟不列为儒;《韩诗外传》卷七将鲍焦与鲍叔牙、叶公子高、介子推并提,以其为"博学深谋"而"不遇时"之"君子"。可见,鲍焦当为周季隐士,故后世少称述。又,《战国策·赵策三》《史记·鲁仲连列传》载鲁仲连语,《汉纪·孝成皇帝纪》卷二十五载荀悦语及《抱朴子外篇·逸民》虽传闻异辞,然皆谓其死于非命而早卒。可见,鲍焦遇子贡于道,则鲍焦正与原宪(前 515—前?)、公皙哀(前 479 在世)同时;鲍焦立槁于洛水之上,则其制行亦与原宪、公皙哀相类。则鲍焦,姓姒,氏鲍,名焦,尊称"子",齐隐士,生卒年未详(前 489 在世)。其倡导"德教",反对"行爽毁廉"(《韩诗外传》卷一)②,汙刺时君,隐居不仕,采蔬而食,素有贤名,熟知典籍,传世有《行爽廉毁论》(见《韩诗外传》卷一)一文。

二、管氏与管夷吾

(一)管氏之族属

僖二十四年《左传》载富辰曰:"管、蔡、郕、霍、鲁、卫、毛、聃、郜、雍、曹、滕、毕、原、酆、郇,文之昭也。"③《国语·齐语》述管仲之言曰:"昔吾先王昭王、穆王,世法文、武远绩以成名。"④《史记·管蔡世家》:"管叔鲜、蔡叔度者,周文王子而武王弟也。武王同母兄弟十人。母曰太姒,文王正妃也。其长子曰伯邑考,次曰武王发,次曰管叔鲜,次曰周公旦,次曰蔡叔度,次曰曹叔振铎,次曰成叔武,次曰霍叔处,次曰康叔封,次曰冉季载。"⑤《急就篇》卷一颜《注》:"管氏之先,出自周文王,以国命氏也。齐有管至父、管夷吾、管于奚、管修,因为著姓。"⑥《元和

---

① [明]彭大翼:《山堂肆考》,上海古籍出版社 1987 年影印文渊阁四库全书本第 978 册,第 52 页。案:《庄子·盗跖篇》《韩非子·八说篇》《战国策·赵策三》《燕策一》《史记·鲁仲连列传》《邹阳列传》《说苑·谈丛篇》《杂言篇》《新序·杂事篇》《节士篇》《风俗通义·愆礼篇》《新论·妄瑕篇》《汉书·邹阳列传》《论衡·遭虎篇》《潜夫论·赞学篇》《史记·邹阳列传》司马贞《索隐》引《列士传》等俱载鲍焦事,不具录。

② [汉]韩婴撰,屈守元笺疏:《韩诗外传笺疏》,第 85—94 页。

③ 杜《注》:"十六国,皆文王子也。管国,在荥阳京县东北。"[晋]杜预注,[唐]孔颖达等正义:《春秋左传正义》,第 1817 页。

④ [三国吴]韦昭注,上海师范大学古籍整理研究所校点:《国语》,第 223 页。

⑤ [汉]司马迁撰,[晋]裴骃集解,[唐]司马贞索隐,[唐]张守节正义,郭逸、郭曼标点:《史记》,第 1225 页。

⑥ [汉]史游撰,[唐]颜师古注:《急就篇》,第 60 页。

姓纂·二十四缓》："管,文王子叔鲜封于管,因氏焉。管夷吾,字敬仲,仕齐。又管至父。燕有管少卿。"①《广韵·二十四缓》"管"字注："又姓,出平原,周文王子管叔后。"②《路史·后记九下》："周公使管叔监鄘,与蔡甚鄘,间王室。周公蔡蔡而辟管,爱代以中旄父。管故不嗣。后有禽氏、管氏。管仲相齐公伯,卒于齐。其耳孙修适楚,为阴大夫。"③

谨案：僖十二年《左传》孔《疏》引《春秋释例·世族谱》："管氏出自周穆王。"④《路史·后记九下》罗苹《注》引《春秋释例·世族谱》："管叔为周公后,管仲为穆王后。"⑤《通志·氏族略二》："管氏,周文王第三子管叔鲜之国,其地今郑州管城是也,子孙以国为氏焉。又,齐有管夷吾,出自周穆王,至夷吾始显于齐。夷吾裔孙修,仕楚。齐又有管至父。汉有燕令管少卿,未知其自齐往与？此皆以邑为氏者。"⑥郑氏认为管氏为姬周后裔,然其所出有二：一为出于管叔鲜；二出于周穆王,管夷吾即其后。此与诸家说异,乃因《春秋释例·世族谱》之讹,故笔者此不取。则齐管氏为帝喾高辛氏元妃姜嫄子后稷弃之裔,出于季历（公季）之孙、文王昌（西伯）庶子管叔鲜。

（二）管氏之世系

庄八年《左传》："齐侯使连称、管至父戍葵丘,瓜时而往,曰：'及瓜而代。'期戍,公问不至。请代,弗许。故谋作乱。"成十一年《左传》："声伯之母不聘,穆姜曰：'吾不以妾为姒。'生声伯而出之,嫁于齐管于奚。生二子而寡,以归声伯。声伯以其外弟为大夫,而嫁其外妹于施孝叔。"哀十六年《左传》："秋七月,杀子西、子期于朝,而劫惠王……子高曰：'吾闻之,以险侥幸者,其求无餍,偏重必离。'闻其杀齐管脩也,而后入。"⑦《史记·管晏列传》司马贞《索隐》《元和姓纂·二十四缓》并引《世本》："庄仲山产敬仲夷吾,夷吾产武子鸣,鸣产桓子启方,启方产成子孺,孺产庄子卢,卢产悼子其夷,其夷产襄子武,武产景子耐涉,耐涉产

---

① [唐]林宝撰,[清]孙星衍校辑,郁贤皓、陶敏整理点校：《元和姓纂》,第988页。案："管少卿",汉初燕令,非周之燕。事见：[元]郝经《续后汉书·高士列传》。
② [宋]陈彭年等重修：《钜宋广韵》,第193页。
③ [宋]罗泌撰,[宋]罗苹注：《路史》,第111页。
④ [晋]杜预注,[唐]孔颖达等正义：《春秋左传正义》,第1802页。
⑤ [宋]罗泌撰,[宋]罗苹注：《路史》,第111页。
⑥ [宋]郑樵撰,王树民点校：《通志二十略》,第48页。
⑦ 杜《注》："连称、管至父,皆齐大夫……外弟,管于奚之子,为鲁大夫……管脩,楚贤大夫,故齐管仲之后。"[晋]杜预注,[唐]孔颖达等正义：《春秋左传正义》,第1765、1909、2178页。

微,凡十代。"①《国语·齐语》韦《注》:"管夷吾,齐卿,姬姓之后,管严仲之子敬仲也。"②《古今姓氏书辩证·二十一侵》:"禽,出自齐管夷吾之孙,仕鲁别为禽氏,所谓禽郑是也。"③《通志·氏族略四》:"禽氏,鲁大夫禽郑者,管于奚之子也。"④

谨案:僖十二年《左传》孔《疏》:"成十一年《传》有管于奚,《谱》以为杂人。则非管仲之子孙也。"⑤则春秋时期齐管氏世系为:管山→管夷吾→管鸣、管于奚(别为禽氏)→管启方→管孺→管卢→管其夷→管武→管耐涉→管微……管至父……管倄。

(三)管夷吾

庄八年《左传》:"乱作,管夷吾、召忽奉公子纠来奔。"⑥《韩非子·说疑篇》:"若夫后稷、皋陶、伊尹、周公旦、太公望、管仲、隰朋、百里奚、蹇叔、舅犯、赵衰、范蠡、大夫种、逢同、华登,此十五人者为其臣也,皆夙兴夜寐,卑身贱体,竦心白意,明刑辟、治官职以事其君,进善言、通道法而不敢矜其善,有成功立事而不敢伐其劳,不难破家以便国,杀身以安主,以其主为高天泰山之尊,而以其身为壑谷鬴(釜)洧之卑,主有明名广誉于国,而身不难受壑谷鬴(釜)洧之卑。如此臣者,虽当昏乱之主尚可致功,况于显明之主乎?此谓霸王之佐也。"⑦《战国策·东周策》:"齐桓公宫中七市,女闾七百,国人非之。"⑧《史记·管晏列传》:"管仲夷吾者,颍上人也。少时常与鲍叔牙游,鲍叔知其贤。管仲贫困,常欺鲍叔,鲍叔终善遇之,不以为言。"⑨闵元年《左传》杜《注》:"(管)敬仲,管夷吾。"⑩明谢肇

---

① [汉]司马迁撰,[晋]裴骃集解,[唐]司马贞索隐,[唐]张守节正义,郭逸、郭曼标点:《史记》,第1662页。案:此据《史记·管晏列传》司马贞《索隐》引文,《元和姓纂·二十四缓》引文字略异。
② [三国吴]韦昭注,上海师范大学古籍整理研究所校点:《国语》,第222页。案:"管严仲",即管庄仲,汉人避明帝讳改。
③ [宋]邓名世撰,王力平点校:《古今姓氏书辩证》,第285页。案:"禽郑",管于奚之子,鲁大夫。见:成二年《左传》。
④ [宋]郑樵撰,王树民点校:《通志二十略》,第139页。
⑤ [晋]杜预注,[唐]孔颖达等正义:《春秋左传正义》,第1802页。
⑥ 杜《注》:"管夷吾、召忽,皆子纠傅也。"[晋]杜预注,[唐]孔颖达等正义:《春秋左传正义》,第1765页。
⑦ [周]韩非撰,[清]王先慎集解,钟哲点校:《韩非子集解》,第403—404页。
⑧ [汉]刘向集录,范祥雍笺证,范邦瑾协校:《战国策笺证》,第33页。
⑨ [汉]司马迁撰,[晋]裴骃集解,[唐]司马贞索隐,[唐]张守节正义,郭逸、郭曼标点:《史记》,第1661页。
⑩ [晋]杜预注,[唐]孔颖达等正义:《春秋左传正义》,第1786页。

浙《五杂俎》卷八:"管子之治齐,为女闾七百,征其夜合之资,以佐军国。"①清纪昀《阅微草堂笔记》卷四:"倡(娼)族祀管仲,以女闾三百也。"②

谨案:管夷吾公开在都邑临淄设置妓院,从另一方面反映了春秋前期齐国的社会风尚。正因其为历史记载最早、公开、大规模的设娼者,故被后世妓女奉为祖师与神明。又,据《史记·管晏列传》记载管仲著书有《牧民》《山高》《形势》《乘马》《轻重》《九府》诸篇,《汉书·艺文志》著录《管子》八十六篇,今存《管子》七十六篇多为后人伪托。则管夷吾(前?—前645),即庄九年、三十二年、僖四年、七年、十二年、十七年《左传》之"管仲",亦即闵元年《左传》之"管敬仲",姓姬,氏管,其后别氏禽,名夷吾,字仲,谥敬,尊称仲父,管山(庄仲)之子,管鸣(武子)之父,本管(即今河南省郑州市管城区故管城)人,国灭东徙颍上(即今安徽省阜阳市颍上县),少时家贫,早年尝与鲍叔牙贾,后北徙齐(即今山东省淄博市临淄区),仕为公子纠傅,桓公元年(前685)为卿士。管仲坚持自然天道观,强调"人本"思想,排斥龟筮、巫医之见,提出具有无神论思想萌芽的精气说与形神观;推行"通货积财,富国强兵,与俗同好恶"等治国定民改革举措,成就了齐桓公"九合诸侯,一匡天下"(《史记·管晏列传》)③的政治目标;其倡导"法文、武远绩以成名""圣王之治天下",主张"士、农、工、商"四民者,勿使杂处"(《国语·齐语》);提出"同恶相恤"(闵元年《左传》)④说,倡导"招携以礼,怀远以德。德、礼不易,无人不怀"古训,主张霸主应该"修礼于诸侯""以礼与信属诸侯""合诸侯,以崇德",认为"诸侯之会,其德、刑、礼、义,无国不记"(僖七年《左传》)⑤。这些哲学、政治、经济、军事、伦理等方面的独特思想逐渐形成了管仲学派,传世有《牧民》《山高》《形势》《乘马》《轻重》《九府》诸篇及《先王为民纪统论》《圣王之治天下论》《成民之事论》《定民之居论》《安国之策论》(俱见《国语·齐语》)、《荐五子书》(见《管子·小匡篇》)、《知人之贤论》(见《史记·管晏列传》)、《同恶相恤论》(见闵元年《左传》)、《修德礼以怀诸侯之策论》《以礼与信属诸侯之策论》《崇德以合诸侯之策论》(俱见僖七年《左传》)、《天子陪臣朝聘之

---

① [明]谢肇浙:《五杂俎》,中华书局1959年版,第158页。
② [清]纪昀:《阅微草堂笔记》,上海古籍出版社续修四库全书2002年影印清嘉庆五年(1800)北平盛氏望益书屋刻本,第58页。
③ [汉]司马迁撰,[晋]裴骃集解,[唐]司马贞索隐,[唐]张守节正义,郭逸、郭曼标点:《史记》,第1661页。
④ [晋]杜预注,[唐]孔颖达等正义:《春秋左传正义》,第1786页。
⑤ [晋]杜预注,[唐]孔颖达等正义:《春秋左传正义》,第1799页。

礼论》(见僖十二年《左传》)诸文①。

三、逢氏与逢丑父

(一)逢氏之族属与世系

《国语·周语下》载周伶州鸠对景王问曰:"我姬氏出自天鼋,及析木者,有建星及牵牛焉,则我皇妣大姜之姪伯陵之后,逢公之所凭神也。"②昭十年《左传》载郑裨灶言于子产曰:"今兹岁在颛顼之虚,姜氏、任氏实守其地。居其维首,而有妖星焉,告邑姜也。邑姜,晋之妣也。天以七纪。戊子,逢公以登,星斯于是乎出。"昭二十年《左传》载齐晏子对景公问曰:"昔爽鸠氏始居此地,季萴因之,有逢伯陵因之,蒲姑氏因之,而后大公因之。"③赵超《汉魏南北朝墓志汇编》著录北齐《君讳哲墓志》(《逢君铭》):"君讳哲,字景智,北海下密人也……殷齐侯逢伯陵之后。"④《史记·项羽本纪》张守节《正义》引李泰《括地志》:"(临菑)青州临菑县也,即古临菑地也。一名齐城,古营丘之地,所封齐之都也。少昊时有爽鸠氏,虞、夏时有季萴,殷时有逢伯陵,殷末有薄姑氏,为诸侯,国此地。后太公封,方五百里。"⑤《元和姓纂·四江》:"逢,夏、殷诸侯有逢公伯陵,封齐土,其后子孙氏焉。《左传》,齐大夫有逢丑父。"⑥《广韵·四江》"逢"字注:"姓也,出北海。《左传》齐有逢丑父。"⑦《古今姓氏书辩证·四江》:"逢,出自夏、商之世,诸侯有逢伯及逢公者,国于齐土,因以国为氏。陈有逢滑,晋有逢大夫,皆知名。"⑧《通志·氏族略二》:"逢氏,音庞。商诸侯,封于齐土。至商、周之间,有蒲姑氏代之。至武王伐商,而后封太公焉。其地在今临淄。古有逢蒙善射。齐大夫有逢丑父。"⑨《路史·国名纪一》:"逢,伯爵,伯陵之国,黄帝所封。夏有逢蒙,《穆天子传》逢公其后也。地今开封蓬池,一

---

① 《修德礼以怀诸侯之策论》《以礼与信属诸侯之策论》《崇德以合诸侯之策论》,《文章正宗·辞命四》《文编·论疏》《文章辨体汇选·论谏五》《御选古文渊鉴》卷一皆题作《论受郑子华》。
② 韦《注》:"姬氏,周姓。天鼋,即玄枵,齐之分野。周之皇妣王季母太姜者,逢伯陵之后,齐女也,故言出于天鼋。"[三国吴]韦昭注,上海师范大学古籍整理研究所校点:《国语》,第136—139页。
③ 杜《注》:"逢伯陵,殷诸侯,姜姓。"[晋]杜预注、[唐]孔颖达等正义:《春秋左传正义》,第2058、2094页。
④ 赵超:《汉魏南北朝墓志汇编》,天津古籍出版社1992年版,第453页。
⑤ [汉]司马迁撰,[晋]裴骃集解、[唐]司马贞索隐、[唐]张守节正义,郭逸、郭曼标点:《史记》,第219页。
⑥ [唐]林宝撰,[清]孙星衍校辑,郁贤皓、陶敏整理点校:《元和姓纂》,第73页。案:"逢固",周穆王大夫。事见:《穆天子传》卷二、卷四。"逢同",越大夫。事见:《史记·越世家》。
⑦ [宋]陈彭年等重修:《钜宋广韵》,第14页。
⑧ [宋]邓名世撰,王力平点校:《古今姓氏书辩证》,第38页。案:"逢滑",陈大夫。事见:哀元年《左传》。"逢大夫",晋人。事见:宣十二年《左传》。
⑨ [宋]郑樵撰,王树民点校:《通志二十略》,第72页。

曰逢泽……齐，侯爵，伯陵氏之故国，以天齐渊名。吕尚复封，都营丘，今青之临淄也。"①《齐乘》卷一："逢山，临朐西十里。按：《路史》，逢伯陵，姜姓炎帝后，太姜所出。始封于逢，在开封逢泽，后改封于齐，犹称逢公。山因名焉，有逢公祠。《汉志》云，祠逢山，石社、石鼓于临朐山。旧有石鼓，或击而有声。则齐乱，今不存矣。其山四面斗绝，惟一径可登，且有泉，金末避兵于此者多获免。"卷四："逢陵城，般阳府东北四十里。逢伯陵，商之诸侯，封于齐，薄姑氏代之，后太公又代之。逢蒙、逢丑父皆其后。或曰，此即丑父之邑也。"②

谨案：佚名《原本广韵·三钟》《古今姓氏书辩证·四江》《通志·氏族略二》"逢"皆作"逢"，古今书"逢""逢"多不分。又，《古今姓氏书辩证·三钟》有"逢公氏"，即此"逢氏"，然以为复姓，说似误。故笔者此不取。则齐逢氏为逢伯陵后裔，其世系未详。

（二）逢丑父

成二年《公羊传》："逢丑父者，顷公之车右也。面目与顷公相似，衣服与顷公相似，代顷公当左。"③《史记·齐世家》裴骃《集解》引汉贾逵《左氏传解诂》："齐大夫。"④则逢丑父，姓姜，氏逢，名丑父，逢伯陵后裔，生卒年未详（前589在世）⑤。其提出"代其君任患"（成二年《左传》）说，传世有《代君任患论》（见成二年《左传》）一文。

四、苑氏与苑何忌

（一）苑氏之族属与世系

《资治通鉴·后汉纪三》胡三省《音注》引南朝宋何承天《姓苑》："（苑氏）商武丁子文受封于苑，因以为氏。《左传》，齐有大夫苑何忌。"⑥《元和姓纂·二十阮》："苑，《状》云：'商武丁子先受封苑，因氏焉。'或有音怨，非也。《左传》，齐

---

① [宋]罗泌撰，[宋]罗苹注：《路史》，第318—319页。
② [元]于钦撰，[元]于潜释音，[清]周嘉猷考证：《齐乘》，第515、580页。
③ [汉]何休注，[唐]徐彦疏：《春秋公羊传注疏》，第2290页。
④ [汉]司马迁撰，[晋]裴骃集解，[唐]司马贞索隐，[唐]张守节正义，郭逸、郭曼标点：《史记》，第1211页。
⑤ 《太平寰宇记·河南道十八》："都昌古城，齐顷公封逢丑父食采之邑……逢丑父坟在（昌邑）县南五里。"[宋]乐史撰，王文楚等点校：《太平寰宇记》，第365页。
⑥ [宋]司马光撰，[宋]胡三省音注，标点《资治通鉴》小组校点：《资治通鉴》，第9413页。

有苑何忌。"①《资治通鉴·汉纪四十五》《汉纪四十八》胡三省《音注》并引《姓谱》说大同。《通志·氏族略二》:"苑氏,亦作宛,《状》云:'商武丁子,先受封于苑,因以为氏。'或音怨,非也。《左传》,齐有苑何忌,卫有苑春,郑有苑射犬。"②则齐苑氏为帝喾高辛氏次妃简狄子殷契后裔,出于小乙之孙、武丁(约前1271—前1213在位)之子子文,属"武族",子姓,其世系未详。

(二)苑何忌

昭二十年《左传》杜《注》:"(苑)何忌,齐大夫。"③昭二十一年、二十六年《左传》杜《注》同。则苑何忌,即昭二十六年《左传》之"苑子",姓子,氏苑,名何忌,尊称"子",本商人,国灭入齐,仕为大夫,生卒年未详(前522年—前519在世)。其倡导"父子兄弟,罪不相及"古训,主张不"贪君赐以干先王"(昭二十年《左传》)④,恪守礼仪,熟知典籍,尤谙习《书》,传世有《受赐犯义论》(见昭二十年《左传》)一文。

五、莱氏与莱章

(一)莱氏之族属与世系

《急就篇》卷一颜《注》:"来氏,殷之别族,本子姓。"⑤《元和姓纂·十六咍》:"来,子姓,殷后。支孙食邑于郲,因以命氏。后避事,去'邑'为'来'。齐有来章。"⑥佚名《原本广韵·十六咍》"来"字注:"又姓,俗作来。"⑦《古今姓氏书辩证·十六咍》:"莱,出自古诸侯莱国之后为氏。《左传》莱子国,为齐所灭,因氏焉。误矣。"⑧《通志·氏族略二》:"莱氏,子爵,其俗夷,故亦谓之莱夷。今登州黄县东南二十五里有故黄城是莱子国。襄六年,齐灭之,子孙以国为氏。晋有大夫莱驹,汉(齐)有莱章。"⑨《路史·后纪九》:"商国莱侯与太公争营丘,及齐复

---

① [唐]林宝撰,[清]孙星衍校辑,郁贤皓、陶敏整理点校:《元和姓纂》,第976页。
② [宋]郑樵撰,王树民点校:《通志二十略》,第72页。
③ [晋]杜预注,[唐]孔颖达等正义:《春秋左传正义》,第2092页。
④ [晋]杜预注,[唐]孔颖达等正义:《春秋左传正义》,第2092页。
⑤ [汉]史游撰,[唐]颜师古注:《急就篇》,第76页。
⑥ [唐]林宝撰,[清]孙星衍校辑,郁贤皓、陶敏整理点校:《元和姓纂》,第336页。
⑦ 佚名:《原本广韵》,上海古籍出版社1987年影印文渊阁四库全书本,第34页。
⑧ [宋]邓名世撰,王力平点校:《古今姓氏书辩证》,第87页。
⑨ [宋]郑樵撰,王树民点校:《通志二十略》,第66页。

入,莱共公浮柔奔棠,晏弱迁之郳,有莱氏、郲氏、浮莱氏、浮氏。"①《名贤氏族言行类稿》卷十:"莱,《左传》莱子国,为齐所灭,以国为氏。今莱州是其故地。晋有大夫莱驹,汉(齐)有莱章。北海今青州有莱氏。"②

今考:《晏子春秋·内篇问上》:"景公伐藜,胜之。"③《晏子春秋音义》卷三:"藜,即莱也。服虔注《左传》:'齐东鄙邑。'杜预《注》:'莱国,今东莱黄县。'"④然据襄六年《左传》"齐侯灭莱,迁莱于郳"⑤之文,齐灭莱在齐灵公十五年(前567),则景公即位时(前547)莱为齐所灭已二十年,故景公不当再伐莱。又,《元和姓纂·十六咍》《原本广韵·十六咍》之"来",即宣七年《左传》"公会齐侯伐莱"⑥之"莱",亦即《史记·齐世家》"莱侯来伐,与之(太公望)争营丘"⑦之"莱"。则《元和姓纂·十六咍》之"来章",即哀二十四年《左传》之"莱章"。据唐封演《封氏闻见记》卷四,开元十九年(731),置先师太公庙,京兆功曹卢若虚录太公之后姜氏、吕氏、尚氏、莱氏等四十八姓刻石为记,则姜姓有莱氏,未详卢氏何据。或据襄二年《左传》"齐侯使诸姜宗妇来送葬,召莱子,莱子不会"之文,以为莱亦姓姜;然襄二年《左传》孔《疏》曰:"《世族谱》不知莱国之姓。齐侯召莱子者,不为其姓姜也。以其比邻小国,意陵蔑之,故召之,欲使从送诸姜宗妇来向鲁耳。莱子以其轻侮,故不肯会。"⑧则莱子未必姓姜。《急就篇》卷一颜《注》《元和姓纂·十六咍》皆以"莱"即"来",殷之别族,本子姓。笔者以为:莱为商诸侯国,且在周武王灭商初期与太公望"争营丘",或其同姓,肯定非齐姜之族。故此从颜氏《急就篇注》、林氏《元和姓纂》子姓说。则齐莱氏为帝喾高辛氏次妃简狄子殷契后裔,出于武乙之孙、文丁之子帝乙(约前1108—前1100在位),属"乙族",子姓,其世系未详。

(二)莱章

哀二十四年《左传》杜《注》:"莱章,齐大夫。"⑨则莱章,即《元和姓纂·十六咍》之"来章",姓子,氏莱(一作"来",又作"郲"),名章,帝喾次妃简狄子殷契之

---

① [宋]罗泌撰,[宋]罗苹注:《路史》,第115页。
② [宋]章定:《名贤氏族言行类稿》,第151页。
③ 旧题[周]晏婴撰,吴则虞集释:《晏子春秋集释》,第179页。
④ [清]孙星衍:《晏子春秋音义》,中华书局丛书集成初编1985年影印经训堂丛书本,第36页。
⑤ [晋]杜预注,[唐]孔颖达等正义:《春秋左传正义》,第1937页。
⑥ [晋]杜预注,[唐]孔颖达等正义:《春秋左传正义》,第1873页。
⑦ [汉]司马迁撰,[晋]裴骃集解,[唐]司马贞索隐,[唐]张守节正义,郭逸、郭曼标点:《史记》,第1198页。
⑧ [晋]杜预注,[唐]孔颖达等正义:《春秋左传正义》,第1929页。
⑨ [晋]杜预注,[唐]孔颖达等正义:《春秋左传正义》,第2181页。

裔,帝乙之后,本莱(即今山东省龙口市老黄县故城东南二十里之莱子城)人,国灭入齐,仕为大夫,生卒年未详(前471在世)。其认为晋国"君卑,政暴",晋师"又焉能进"(哀二十四年《左传》)①,长于谋断,传世有《君卑政暴论》(见哀二十四年《左传》)一文。

六、陈氏与公子完、陈须无、陈无宇、陈乞、陈亢、田无择

(一)陈氏之族属

昭三年《左传》:"箕伯、直柄、虞遂、伯戏,其相胡公、大姬,已在齐矣。"昭八年《左传》:"及胡公不淫,故周赐之姓,使祀虞帝。臣闻盛德必百世祀,虞之世数未也。继守将在齐,其兆既存矣。"②《史记·陈杞世家》:"陈胡公满者,虞帝舜之后也。昔舜为庶人时,尧妻之二女,居于妫汭,其后因为氏姓,姓妫氏。舜已崩,传禹天下,而舜子商均为封国。夏后之时,或失或续。至于周武王克殷纣,乃复求舜后,得妫满,封之于陈,以奉帝舜祀,是为胡公。"《田敬仲完世家》:"敬仲之如齐,以陈字为田氏。"③《潜夫论·志氏姓》:"厉公孺子完奔齐,桓公说之,以为工正。其子孙大得民心,遂夺君而自立,是谓威王,五世而亡。齐人谓陈田矣……敬仲之支,有皮氏、占氏、沮氏、与氏、献氏、子氏、鞅氏、梧氏、坊氏、高氏、芒氏、禽氏。"④《春秋释例·世族谱下》:"陈国,妫姓,虞舜之后也。当周之兴,有虞遏父者,为周陶正,武王赖其利器用,与其先圣之后也。以元女太姬妃遏父之子满,封于陈,赐姓曰妫,号胡公。"⑤《急就篇》卷一颜《注》:"(陈氏)舜后妫满,周武王封之于陈。其后为楚所灭,子孙因姓陈焉……(田氏)陈厉公之子完奔齐,代为卿佐,遂篡齐国,后自称王,又称东帝,其族亦为田氏。盖以'陈''田'声相近云。"⑥《元和姓纂·十七真》:"陈,妫姓……周武王封舜后胡公满于陈,后为楚所灭,以国为氏……(胡公满)九世孙厉公他生公子完,字敬叔,奔齐为工正,以国为氏。五世孙陈桓子,字无宇;孙成子陈常,又以所食邑为田氏。"《一先》:"田,妫姓,舜后。陈厉公子完,字敬叔,仕齐,或号田氏。至田和篡齐为诸侯,九

---

① [晋]杜预注,[唐]孔颖达等正义:《春秋左传正义》,第2181页。
② [晋]杜预注,[唐]孔颖达等正义:《春秋左传正义》,第2031、2053页。
③ [汉]司马迁撰,[晋]裴骃集解,[唐]司马贞索隐,[唐]张守节正义,郭逸、郭曼标点:《史记》,第1264、1475页。
④ [汉]王符撰,[清]王继培笺,彭铎校正:《潜夫论笺校正》,第428页。案:"占氏",《通志·氏族略三》《路史·后纪十二》《万姓统谱·四纸》并作"子占氏"。此句有脱误。
⑤ [晋]杜预:《春秋释例》,第436页。
⑥ [汉]史游撰,[唐]颜师古注:《急就篇》,第65、81页。

代至王建,为秦所灭。"①《新唐书·宰相世系表一下》:"陈氏,出自妫姓,虞帝舜之后。夏禹封舜子商均于虞城,三十二世孙遏父为周陶正,武王妻以元女大姬,生满,封之于陈,赐姓妫,以奉舜祀,是为胡公。九世孙厉公他生敬仲完,奔齐,以国为姓。既而食邑于田,又为田氏。十五世孙齐王建为秦所灭。"《宰相世系表五下》:"田氏,出自妫姓。陈厉公子完,字敬仲,仕齐,初有采地,因号田氏。又云,'陈''田'声相近也。至田和篡齐为诸侯,九世至王建,为秦所灭。"②

谨案:《史记·田敬仲完世家》裴骃《集解》《后汉书·第五伦传》李《注》《资治通鉴·周纪一》胡三省《音注》并引汉应劭《汉书集解音义》:"(陈公子完)始食采地,由是改姓田氏。"③《集古录》卷三、《隶释》卷二十一并载汉延熹二年(159)《田君碑》说大同。《田敬仲完世家》司马贞《索隐》:"据史,此文敬仲奔齐,以陈、田二字声相近,遂为田氏。"张守节《正义》:"按:敬仲既奔齐,不欲称本故国号,故改陈字为田氏。"④《日知录》卷二十六:"《田敬仲完世家》:'敬仲之如齐,以陈氏为田氏。'此亦太史公之误。《春秋传》未有称田者,至战国时始为田耳。"⑤笔者以为顾氏说更确。则齐陈氏为陈胡公满后裔,出于陈桓公鲍之孙、厉公跃之子公子完(敬仲),其后别为皮氏、占氏(子占氏)、沮氏(子沮氏)、与氏(子与氏)、献氏(子献氏)、子氏(子宋氏)、鞅氏(子鞅氏)、梧氏(子寤氏)、坊氏(子枋氏)、高氏(子尚氏)、芒氏(子芒氏)、禽氏(子禽氏),皆属"厉族",妫姓。

(二)陈氏之世系

《史记·齐世家》司马贞《索隐》引《世本》:"陈桓子无宇产子亹,亹产子献,献产鞅也。"⑥《古今姓氏书辩证·六止下》引《世本》:"(子占氏)陈威(桓子生)子占书,书生子良坚,坚子以王父字为氏。"⑦《田敬仲完世家》:"仲生稚孟夷……田稚孟夷生湣孟庄,田湣孟庄生文子须无……文子卒,生桓子无宇……无宇卒,生武子开与釐子乞……四年,田乞卒,子常代立,是为田成子(常)……田常卒,子

---

① [唐]林宝撰,[清]孙星衍校辑,郁贤皓、陶敏整理点校:《元和姓纂》,第337—338、545页。
② [宋]欧阳修、[宋]宋祁编修,石淑仪等点校:《新唐书》,第2333、2456页。
③ [宋]司马光撰,[宋]胡三省音注,标点《资治通鉴》小组校点:《资治通鉴》,第17页。
④ [汉]司马迁撰,[晋]裴骃集解,[唐]司马贞索隐,[唐]张守节正义,郭逸、郭曼标点:《史记》,第1475页。
⑤ [清]顾炎武撰,[清]黄汝成集释,秦克诚点校:《日知录集释》,第893页。
⑥ [汉]司马迁撰,[晋]裴骃集解,[唐]司马贞索隐,[唐]张守节正义,郭逸、郭曼标点:《史记》,第1218页。
⑦ [宋]邓名世撰,王力平点校:《古今姓氏书辩证》,第333页。

襄子盘代立。"①庄二十二年《左传》杜《注》:"成子,陈常也,敬仲八世孙。"昭二十六年《左传》杜《注》:"子彊,武子字。"哀四年《左传》杜《注》:"陈乞,僖子。"哀十一年《左传》杜《注》:"(陈)子行,陈逆也。"哀十四年《左传》杜《注》:"(陈)成子,陈常……陈逆,子行,陈氏宗也……(陈)豹,亦陈氏族。"哀十五年《左传》杜《注》:"(陈)瓘,陈恒之兄子玉也。"②《春秋释例·世族谱下》同。《春秋分记·世谱六》:"陈氏,完生稺,稺生湣,湣生须无,须无生无宇,无宇生三子:曰开(无后)、曰乞、曰书(无后),乞生九子:曰庄、曰瓘、曰恒、曰齿、曰夷、曰安、曰意兹、曰盈、曰得,恒生盘,又须无有孙曰豹。"③

谨案:《左传》载无宇三子:开、乞、书。开,字子强,即昭二十六年《左传》之"陈武子",当即《晏子春秋·内篇谏下》所谓"田开疆"者;乞,字子疆,即哀六年、十一年《左传》之"陈僖子";书,字子占,即昭十九年《左传》之"孙书",亦即哀十一年《左传》之"其弟书"。三子皆事景公、悼公④。又,据《古今姓氏书辩证·六止下》引《世本》,陈书之子陈坚(子良)别为子占氏;又据《新唐书·宰相世系三下》,孙武为孙书(子占)之孙,孙凭(起宗)之子,则陈书不为无后。故程氏《春秋分记》说不确。则春秋时期陈氏世系为:桓公鲍→厉公跃→公子完→公孙稚→陈湣→陈须无→陈无宇→陈开(无后)、陈乞、陈书……陈逆……陈豹,陈乞→陈庄、陈瓘、陈恒、陈齿、陈夷、陈安、陈意兹、陈盈、陈得,陈书→陈坚(别为子占氏)、孙凭(别为孙氏)→孙武,陈恒→陈盘→陈伯缪、陈亢。

(三)公子完

庄二十二年《左传》:"陈人杀其太子御寇,公子完与颛孙奔齐。"⑤《史记·齐世家》:"(齐桓公)十四年,陈厉公子完,号敬仲,来奔齐……田成子常之祖也。"《陈世家》:"厉公二年,生子敬仲完……二十一年,宣公后有嬖姬生子款,欲立之,乃杀其太子御寇。御寇素爱厉公子完,完惧祸及已,乃奔齐。"《田敬仲完世

---

① [汉]司马迁撰,[晋]裴骃集解,[唐]司马贞索隐,[唐]张守节正义,郭逸、郭曼标点:《史记》,第1475—1478页。案:据司马贞《索隐》,"稺孟夷",《世本》作"夷孟思";"湣孟庄",《世本》作"闵孟克";"子盘",《世本》作"子班"。
② [晋]杜预注,[唐]孔颖达等正义:《春秋左传正义》,第1776、2113、2158、2166、2173、2174页。
③ [宋]程公说:《春秋分记》,第138页。
④ 参见:[清]张澍稡集补注《世本》卷五。
⑤ 杜《注》:"公子完、颛孙,皆御寇之党……敬仲,陈公子完。"[晋]杜预注,[唐]孔颖达等正义:《春秋左传正义》,第1774页。

家》:"陈完者,陈厉公佗之子也……完卒,谥为敬仲。"①《汉书·古今人表》"陈公子完"颜《注》:"佗子。"②则公子完(前705—前?),即庄二十二年、襄二十九年《左传》《史记·齐世家》《陈世家》《田敬仲完世家》《汉书·元后传》之"敬仲",亦即《史记·十二诸侯年表》《陈世家》《田敬仲完世家》之"陈完",亦即《史记·司马穰苴列传》《汉书·张敞传》之"田完",亦即《史记·田敬仲完世家》之"田敬仲完",姓妫,氏陈,其后别氏敬,名完,谥敬仲,桓公鲍之孙,厉公跃之子,公孙稚(稚孟夷、夷孟思)之父,本陈公族,宣公二十一年(前672)奔齐,仕为工正(掌百工之官),战国田齐始祖③。其尊崇"翘翘车乘,招我以弓。岂不欲往?畏我友朋"古训,绝不"辱高位以速官谤"(庄二十二年《左传》)④,熟知典籍,尤谙习《诗》,传世有《请辞卿书》(见庄二十二年《左传》)、《防有鹊巢》(见《诗·陈风》)诸诗文。

(四)陈须无

《论语·公冶长篇》:"子张问曰……'崔子弑齐君,陈文子有马十乘,弃而违之。至于他邦,则曰:"犹吾大夫崔子也。"违之。之一邦,则又曰:"犹吾大夫崔子也。"违之。何如?'子曰:'清矣。'"⑤襄二十三年《左传》杜《注》:"文子,陈完之孙须无。"襄二十七年《左传》杜《注》:"须无,陈文子。"⑥

谨案:《论语·公冶长篇》谓崔杼杀齐庄公,陈文子舍弃家园,离开齐国,而《左传》未载。据襄二十八年《左传》,则齐景公三年(前545)时当早已归齐。又,襄二十三年《左传》杜《注》《春秋列国诸臣传》卷二十二皆以须无为公子完(田敬仲)之孙,说不确,故笔者此不取。则陈须无,即襄二十二年、二十三年、二十四年、二十六年、二十七年、二十八年《左传》《汉书·古今人表》之"陈文子",亦即《史记·齐世家》《田敬仲完世家》之"田文子",姓妫,氏陈,名须无,谥文,尊称

---

① [汉]司马迁撰,[晋]裴骃集解,[唐]司马贞索隐,[唐]张守节正义,郭逸、郭曼标点:《史记》,第1204、1265—1266、1475页。
② [汉]班固撰,[唐]颜师古注,傅东华等点校:《汉书》,第909页。
③ 《元和姓纂·四十三映》:"敬,陈厉公子敬仲之后,以谥为氏。"[唐]林宝撰,[清]孙星衍校辑,郁贤皓、陶敏整理点校:《元和姓纂》,第1340页。《新唐书·宰相世系表五上》:"敬氏,出自妫姓。陈厉公子完适齐,谥曰敬仲,子孙以谥为氏。"[宋]欧阳修、[宋]宋祁编修,石淑仪等点校:《新唐书》,第3249页。则敬氏为陈氏之别,出于桓公鲍之孙、厉公跃之子公子完。
④ [晋]杜预注,[唐]孔颖达等正义:《春秋左传正义》,第1774页。
⑤ [魏]何晏等注,[宋]邢昺疏:《论语注疏》,第2474页。
⑥ [晋]杜预注,[唐]孔颖达等正义:《春秋左传正义》,第1977、1995页。

"子",公孙稚(夷孟思、稚孟夷)之孙,闽孟克(湣孟庄)之子,陈无宇(桓子)之父,齐大夫,庄公六年(前548)避崔氏之乱去齐,后又归齐,生卒年未详(前551—前545在世)。其倡导"兵不戢,必取其族"(襄二十四年《左传》)[1]古训,主张诸侯事盟主应恪守"先事后贿""从之如志"(襄二十八年《左传》)[2]之礼,避恶求道,洁身去乱,素有清名,熟知典籍,尤谙习《易》,传世有《齐将有寇论》(见襄二十四年《左传》)、《谏许弭兵书》(见襄二十七年《左传》)、《诸侯事盟主之礼论》(见襄二十八年《左传》)诸文。

(五)陈无宇

庄二十二年《左传》杜《注》:"(陈)桓子,敬仲五世孙陈无宇。"襄六年《左传》杜《注》:"无宇,桓子,陈完玄孙。"襄二十八年《左传》杜《注》:"(陈)桓子,文子之子无宇。"[3]则陈无宇,即庄二十二年、襄二十九年、昭三年、五年、八年、十年《左传》《史记·吴世家》《汉书·古今人表》之"陈桓子",亦即襄二十八年、昭八年、十年《左传》之"桓子",亦即《史记·十二诸侯年表》之"田无宇",亦即《史记·田敬仲完世家》之"田桓子无宇",姓妫,氏陈,名无宇,谥桓,尊称"子",湣孟庄(闽孟克)之孙,陈须无(文子)之子,陈开(田开疆、武子)、陈乞(僖子)、陈书(孙书、子占)之父,齐大夫,历仕灵、庄、景三公凡三十六年(前567年—前532),生卒年未详(前567年—前532在世)。其推崇"陈锡载周"古训,提倡"能施"(昭十年《左传》)[4],恪守礼仪,熟知典籍,尤谙习《诗》,传世有《能施论》(见昭十年《左传》)一文。

(六)陈乞

哀十一年《左传》:"陈僖子谓其弟书:'尔死,我必得志。'"[5]哀四年《左传》杜《注》:"陈乞,僖子。"[6]则陈乞(前?—前484),即哀六年、十一年《左传》之"陈僖子",亦即哀四年《左传》之"陈子",亦即《史记·齐世家》司马贞《索隐》引《世本》之"子亹",亦即《史记·秦本纪》《齐世家》《鲁世家》《卫世家》《田敬仲完世家》《司马穰苴列传》之"田乞",亦即《史记·田敬仲完世家》之"釐子乞",姓妫,氏

---

[1] [晋]杜预注,[唐]孔颖达等正义:《春秋左传正义》,第1980页。
[2] [晋]杜预注,[唐]孔颖达等正义:《春秋左传正义》,第1999页。
[3] [晋]杜预注,[唐]孔颖达等正义:《春秋左传正义》,第1776、1937、2000页。
[4] [晋]杜预注,[唐]孔颖达等正义:《春秋左传正义》,第2059页。
[5] 杜《注》:"书,子占也。"[晋]杜预注,[唐]孔颖达等正义:《春秋左传正义》,第2166页。
[6] [晋]杜预注,[唐]孔颖达等正义:《春秋左传正义》,第2158页。

陈,名乞,字子疆,谥僖,尊称"子",陈须无(文子)之孙,陈无宇(桓子)次子,陈庄、陈瓘、陈恒、陈齿、陈夷、陈安、陈意兹、陈盈、陈得之父,齐大夫,晏孺子(安孺子)元年(前489)弑其君荼而立公子阳生(齐悼公),为执政卿。其弑其君,专齐政,反对"君举不信群臣"(哀六年《左传》)①,传世有《君举不信群臣论》(见哀六年《左传》)一文。

(七)陈亢

《论语·学而篇》魏何晏《集解》引汉郑玄《论语注》:"子禽,弟子陈亢也,字子禽也。"②《礼记·檀弓上》郑《注》:"陈庄子,齐大夫,陈恒之孙,名伯。"《檀弓下》郑《注》:"(陈)子车,齐大夫……(陈)子亢,子车弟,孔子弟子。"③《孔子家语·七十二弟子解》:"陈亢,陈人,字子亢,一字子禽,少孔子四十岁。"④《论语·季氏篇》梁皇侃《义疏》:"陈亢,即子禽也。"⑤《咸淳临安志》卷十一载宋高宗《御制宣圣七十二贤赞并序》:"陈亢,字子禽,陈人,赠颍伯。赞曰:'惟禽之问,从容其鲤。求以异闻,《诗》《礼》云尔。请一得三,诚退而喜。且知将圣,不私其子。'"⑥《礼记集说》卷二:"子车,齐大夫;子亢,其兄弟,即孔子弟子子禽也。"⑦《齐乘》卷六:"陈亢,《家语》作'陈人'。愚按:《檀弓》亢乃齐大夫陈子车之弟,疑是齐人。"⑧

谨案:陈亢(子禽)是否为孔子弟子,《史记·仲尼弟子列传》阙,《孔子家语·七十二弟子解》有,东汉以降主要有二说:一为孔子弟子说,见郑氏《论语注》《礼记·檀弓下》郑《注》。二为端木赐(子贡)弟子说,《论语集注》卷一引或曰:"亢,子贡弟子。"⑨今考:《论语·子张篇》:"陈子禽谓子贡曰:'子为恭也,仲尼岂贤于子乎?'"⑩《论语集解义疏》卷十:"此子禽必非陈亢,当是同姓名之子禽

---

① [晋]杜预注,[唐]孔颖达等正义:《春秋左传正义》,第2162页。
② [魏]何晏集解,[梁]皇侃义疏:《论语集解义疏》,第9页。
③ [汉]郑玄注,[唐]孔颖达等正义:《礼记正义》,第1290、1310页。
④ [魏]王肃注,[清]陈士珂疏证:《孔子家语疏证》,第228页。
⑤ [魏]何晏集解,[梁]皇侃义疏:《论语集解义疏》,第237页。
⑥ [宋]潜说友:《咸淳临安志》,第2459页。
⑦ [元]陈澔:《礼记集说》,北京图书馆出版社中华再造善本2005年影印元天历元年(1328)建安郑明德宅刻本。
⑧ [元]于钦撰,[元]于潜释音,[清]周嘉猷考证:《齐乘》,第615页。
⑨ [宋]朱熹:《四书章句集注》,第51页。
⑩ [魏]何晏等注,[宋]邢昺疏:《论语注疏》,第2533页。

也。"①则此《子张篇》之"陈子禽"乃非《学而篇》之"子禽"者,亦非《季氏篇》之"陈亢"。然宋车若水《脚气集》以《论语·子张篇》《仲尼弟子列传》《汉书·古今人表》《论衡·知实篇》之"陈子禽"为"孔子门人",亦即《孔子家语·七十二弟子解》之孔子弟子陈亢(子禽),未详所据。故笔者以为,《史记·仲尼弟子列传》确无陈亢其人,然陈氏以《子张篇》"陈子禽"之言为据以陈亢为子贡弟子,不足为凭。故笔者此从郑氏《论语注》《礼记·檀弓下》郑《注》及《孔子家语·七十二弟子解》陈亢为孔子弟子说。又,宋胡仔《孔子编年》卷一将陈亢生系于鲁昭公三十年(前512),不合生年增岁之制,故笔者此不取。则陈亢(前511—前?),即《论语·学而篇》《孔子家语·七十二弟子解》之"子禽",亦即《礼记·檀弓下》《汉书·古今人表》之"陈子亢",亦即《说文解字·人部》之"陈伉",即《孔子家语·七十二弟子解》之"子亢",姓妫,氏陈,名亢(一作"伉"),字子亢(一作"元"),一字子禽,陈恒(陈常、成子、陈子)之孙,陈盘之子,伯缪(子车、庄子)之弟,本陈人,先祖陟居齐,孔子后辈弟子②。其认为"问一得三:闻诗,闻礼,又闻君子之远其子也"(《论语·季氏篇》)③;关心政事,反对人殉,熟知典籍,尤谙《诗》《礼》,传世有《问一得三论》(见《论语·季氏篇》)一文④。

(八)田无择

《吕氏春秋·当染篇》:"田子方学于子贡。"⑤《韩诗外传》卷三:"魏成子食禄日千钟,什一在内,以聘约天下之士,是以得卜子夏、田子方、段干木,此三人,君皆师友之。"⑥《史记·儒林列传》:"自孔子卒后,七十子之徒散游诸侯,大者为师傅卿相,小者友教士大夫,或隐而不见。故子路居卫,子张居陈,澹台子羽居楚,子夏居西河,子贡终于齐。如田子方、段干木、吴起、禽滑厘之属,皆受业于子夏之伦,为王者师。"⑦《汉书·杨敞传》颜《注》引汉应劭《汉书集解音义》:"段干木、田子方,魏贤人也。"⑧《庄子·外篇·田子方》郭《注》:"田子方,李云:魏文侯师

---

① [魏]何晏集解,[梁]皇侃义疏:《论语集解义疏》,第275页。
② [清]高宗敕撰《大清一统志·陈州府》:"陈亢墓,在太康县西北十里。"[清]高宗敕撰:《大清一统志》,上海古籍出版社四部丛刊续编2008年影印清史馆藏进呈写本,第21页。
③ [魏]何晏等注,[宋]邢昺疏:《论语注疏》,第2522页。
④ 陈亢于唐开元二十七年(739)追封为"颍伯",宋大中祥符二年(1009)加封为"南顿侯",明嘉靖九年(1530)改称为"先贤陈子"。
⑤ 旧题[周]吕不韦撰,[汉]高诱注,许维遹集释:《吕氏春秋集释》,第53页。
⑥ [汉]韩婴撰,屈守元笺疏:《韩诗外传笺疏》,第244页。
⑦ [汉]司马迁撰,[晋]裴骃集解,[唐]司马贞索隐,[唐]张守节正义,郭逸、郭曼标点:《史记》,第2352页。案:《吕氏春秋·重言》《淮南子·泰族训》并载田无择言行,不具引。
⑧ [汉]班固撰,[唐]颜师古注,傅东华等点校:《汉书》,第2897页。

也,名无择。"①《汉书·儒林传》颜《注》:"子方以下皆魏人也。"②《遵生八笺·尘外遐举笺》》:"段干木者,晋人也,少贫且贱,心志不遂,乃治清节,游西河,师事卜子夏与田子方。"③则田无择(前475—前400),即《战国策·齐策三》《魏策一》《吕氏春秋·当染篇》《韩诗外传》卷三、《史记·魏世家》《儒林列传》之"田子方",亦即《战国策·齐策三》《后汉书·班超列传》载班昭《上书》之"子方",姓妫,本氏陈,战国时改氏田,名无择(斁),字子方,本陈人,先祖徙居齐,后徙居晋,战国初期仕于魏,端木赐(子贡)、卜商(子夏)弟子,魏文侯、段干木之师④。其轻爵禄而重其身,不以欲伤生,不以利累形;听于无声,视于无形。

综上所考,齐鲍氏为褒氏之别,出于鲍敬叔之子鲍牙,姒姓,其世系为:鲍敬叔→鲍牙……鲍牵、鲍国……鲍焦,鲍国……鲍牧;管氏为帝喾高辛氏元妃姜嫄子后稷弃之裔,出于季历之孙、文王昌庶子管叔鲜,姬姓,其世系为:管山→管夷吾→管鸣,管于奚(别为禽氏)→管启方→管孺→管卢→管其夷→管武→管耐涉→管微……管至父……管修;逢氏为逢伯陵后裔,姜姓,其世系未详;苑氏为帝喾高辛氏次妃简狄子殷契后裔,出于小乙之孙、武丁之子子文,属"武族",子姓,其世系未详;莱氏为帝喾高辛氏次妃简狄子殷契后裔,出于武乙之孙、文丁之子帝乙,属"乙族",子姓,其世系未详;陈氏为陈胡公满裔后,出于桓公鲍之孙、厉公跃之子公子完,属"厉族",妫姓,春秋时期其世系为:桓公鲍→厉公跃→公子完→公孙稚→陈滑→陈须无→陈无宇→陈开(无后)、陈乞、陈书……陈逆……陈豹、陈乞→陈庄、陈瑾、陈恒、陈齿、陈夷、陈安、陈意兹、陈盈、陈得,陈书→陈坚(别为子占氏)、孙凭(别为孙氏)→孙武,陈恒→陈盘→陈伯缪、陈亢……田无择。可见,齐鲍氏、管氏、逢氏、苑氏、莱氏、陈氏六族,皆属齐公室异姓世族。其中,有传世作品者为鲍牙、鲍国、鲍焦、管夷吾、逢丑父、苑何忌、莱章、公子完、陈须无、陈无宇、陈乞、陈亢、田无择十三子,可称之为齐公室异姓世族作家群体。

---

① [清]郭庆藩《庄子集释》卷七下:"庆藩案:《释文》引李云:'田子方,名无择。''无择'当作'无斁'。'斁''择'皆从睪声,古通用字。《诗·大雅·思齐》:'古之人无斁。'郑《笺》作'无择'。《说文》:'斁,厌也,一曰终也。'无厌则有常,故字曰子方。"[周]庄周撰,[清]郭庆藩集释,王孝鱼点校:《庄子集释》,第701页。录此备参。
② [汉]班固撰,[唐]颜师古注,傅东华等点校:《汉书》,第3591页。
③ [明]高濂撰,赵立勋等校注:《遵生八笺校注》,人民卫生出版社1994年版,第771页。
④ 关于田无择之生卒年,参见:钱穆《先秦诸子系年》,商务印书馆2002年版,第694页。

参考资料

一、古籍

1. [汉]戴德撰,[清]王聘珍解诂,王文锦点校:《大戴礼记解诂》,中华书局1983年点校十三经清人注疏本。
2. [汉]孔安国传,[唐]孔颖达等正义:《尚书正义》,中华书局1980年影印阮刻十三经注疏本。
3. [汉]刘向:《古列女传》,上海书店1985年四部丛刊初编影印明万历黄嘉育刊本。
4. [汉]刘向:《续列女传》,《古列女传》,上海书店1985年四部丛刊初编影印明万历黄嘉育刊本。
5. [汉]毛亨传,[汉]郑玄笺,[唐]孔颖达等正义:《毛诗正义》,中华书局1980年影印阮刻十三经注疏本。
6. [汉]史游撰,[唐]颜师古注:《急就篇》,中华书局1985年丛书集成初编排印清光绪间福山王懿荣刻天壤阁丛书本。
7. [汉]司马迁,郭逸、郭曼点校:《史记》,上海古籍出版社1997年点校宋黄善夫刊刻三家注本。
8. [汉]宋衷注,[清]秦嘉谟等辑:《世本八种》,上海商务印书馆1957年排印本。
9. [汉]王符撰,彭铎校:《潜夫论笺校正》,中华书局1985年新编诸子集成本。
10. [魏]何晏等注,[宋]邢昺:《论语注疏》,中华书局1980年影印阮刻十三经注疏本。
11. [三国蜀]谯周:《古史考》,清嘉庆间孙星衍刻平津馆辑本。
12. [魏]王肃注,[清]陈士珂疏证:《孔子家语疏证》,上海书店1987年影印中华书局丛书集成初编排印湖北丛书本。
13. [三国吴]韦昭注,上海师范大学古籍整理研究所校点:《国语》,上海古籍出版社 1998 年校点清嘉庆二十三年(1818)黄丕烈刻士礼居仿宋刻明道本。

14. [晋]杜预:《春秋释例》,清嘉庆十二年(1807)孙星衍刊刻岱南阁丛书校本。

15. [晋]杜预注,[唐]孔颖达等正义:《春秋左传正义》,中华书局 1980 年影印阮刻十三经注疏本。

16. [唐]林宝撰,[清]孙星衍校辑,郁贤皓、陶敏整理点校:《元和姓纂》,中华书局 1994 年整理点校江宁局本。

17. [五代蜀]冯继先:《春秋名号归一图》,上海古籍出版社 1979 年影印清人别集丛刊通志堂集本。

18. [宋]程公说:《春秋分记》,上海图书馆藏清抄本。

19. [宋]邓名世,王力平点校:《古今姓氏书辩证》,江西人民出版社 2006 年点校四库全书本。

20. [宋]胡仔:《孔子编年》,国家图书馆藏清嘉庆二十三年(1818)绩溪胡氏家刻本。

21. [宋]金履祥:《资治通鉴前编》,光绪十三年(1887)镇海谢骏德刻金仁山遗书本。

22. [宋]刘恕:《资治通鉴外纪》,上海书店四部丛刊初编影宋本,1985 年。

23. [宋]罗泌撰,[宋]罗苹注:《路史》,中国台湾中华书局 1968—1972 年四部备要据刊本排印本。

24. [宋]吕大临:《考古图》,江苏广陵古籍刻印社 1991 年影印清乾隆十八年(1753)天都黄晟亦政堂刻本。

25. [宋]欧阳修、[宋]宋祁,石淑仪等点校:《新唐书》,中华书局 1975 年点校百衲本(影印宋嘉祐十四行本)。

26. [宋]欧阳修:《集古录》,中国台北艺文印书馆 1976 年石刻史料丛刊影印光绪丁亥(1887)校刊行素草堂藏版原刻本。

27. [宋]邵思:《姓解》,上海古籍出版社 2002 年续修四库全书影印黎庶昌编古逸丛书影北宋本。

28. [宋]苏辙:《古史》,南京图书馆藏宋刻元明递修本。

29. [宋]王当:《春秋列国诸臣传》,扬州广陵书社 2007 年影印清康熙十九年(1680)纳兰性德刻通志堂经解本。

30. [宋]王俅:《啸堂集古录》,中华书局 1985 年影印宋淳熙三年刻本。

31. [宋]王应麟:《姓氏急就篇》,江苏古籍出版社 1987 年影印清光绪九年(1883)浙江书局刊本。

32. [宋]薛尚功:《历代钟鼎彝器款式法帖》,中华书局 2005 年宋人著录金文丛刊初编影印明崇祯六年(1633)朱谋垔刻本。

33. [宋]章定:《名贤氏族言行类稿》,中国台湾商务印书馆 1986 年影印文渊阁四库全书本。

34. [宋]赵明诚撰,金文明校证:《金石录校证》,广西师范大学出版社 2005 年校证清乾隆二十七年(1762)雅雨堂刻本。

35. [宋]真德秀:《文章正宗》,南京图书馆藏明正德十五年(1520)马卿刻本。

36. [宋]郑樵,王树民点校:《通志二十略》,中华书局 1995 年点校乾隆间汪启淑重刻正德间陈宗夔刻本。

37. [元]佚名:《京本排韵增广事类氏族大全》,线装书局 2001 年影印日本宫内厅书陵部藏宋元版。

38. [明]陈士元:《名疑》,清武昌局刻湖北丛书本。

39. [明]陈士元:《姓觿》,齐鲁书社 1997 年四库存目丛书影印明万历间自刻归云别集本。

40. [明]冯惟讷:《古诗纪》,清金陵书局本。

41. [明]贺复徵:《文章辨体汇选》,民国间庐江刘氏远碧楼刊本。

42. [明]凌迪知:《氏族博考》,国家图书馆藏明刻本。

43. [明]凌迪知:《万姓统谱》,四川师大图书馆藏明万历七年(1579)吴京刻本。

44. [明]陆时雍:《古诗镜》,上海图书馆藏明刻本。

45. [明]吕元善:《圣门志》,齐鲁书社 1997 年四库存目丛书影印明崇祯间刻本。

46. [明]梅鼎祚:《古乐苑》,国家图书馆藏明万历十九年(1591)刻本。

47. [明]梅鼎祚:《皇霸文纪》,国家图书馆藏明崇祯间刻本。

48. [明]唐顺之:《文编》,镇江市图书馆明嘉靖胡帛刻本。

49. [明]余寅:《同姓名录》,国家图书馆藏明万历间刻本。

50. [清]陈厚耀:《春秋世族谱》,上海书店 1994 年丛书集成续编影印清邵武徐氏丛书本。

51. [清]程廷祚:《春秋识小录》,清吴省兰编刻艺海珠尘本。

52. [清]崔述,顾颉刚整理:《洙泗考信余录》,上海古籍出版社 1983 影印道光四年(1824)陈履和刻崔东壁遗书本年。

53. [清]杜文澜,周绍良校点:《古谣谚》,中华书局 1958 年校点清光绪十八年(1892)上海席氏扫叶山房曼陀罗华阁丛书本。

54.［清］端方：《陶斋吉金录》，上海古籍出版社2002年续修四库全书影印清光绪三十四年(1908)石印本。

55.［清］高士奇，杨伯峻点校：《左传纪事本末》，中华书局1979年点校清康熙二十九年(1690)长洲韩菼序高氏家刻本。

56.［清］高士奇：《春秋左传姓名同异考》，齐鲁书社1997年四库全书存目丛书影印清康熙间高氏家刻本。

57.［清］顾栋高，吴树平、李解民点校：《春秋大事表》，中华书局1993年点校万卷楼刻本。

58.［清］洪亮吉，李解民点校：《春秋左传诂》，中华书局1987年点校十三经清人注疏本。

59.［清］江永：《春秋地理考实》，凤凰出版社2005年影印阮元刻皇清经解本。

60.［清］李超孙：《诗氏族考》，上海古籍出版社2002年续修四库全书影印清道光海昌蒋氏刻别下斋丛书本。

61.［清］李锴：《尚史》，江苏广陵古籍刻印社1992年影印清刻本。

62.［清］李灼，［清］黄晟辑：《至圣编年世纪》，齐鲁书社1997年四库存目丛书影印清乾隆十六年(1795)亦政堂刻本(史部第81册)。

63.［清］梁玉绳，吴树平等点校：《汉书古今人表考》，《史记汉书诸表订补十种》，中华书局1982年二十四史研究资料丛刊点校清白士集本。

64.［清］林春溥：《孔门师弟年表》，清嘉庆二十一年(1816)侯官林春溥竹柏山房十五种刻本。

65.［清］马骕，王利器整理：《绎史》，中华书局2002年校补整理清康熙九年(1670)刻本。

66.［清］齐召南撰，［清］阮福续：《历代帝王年表》，中国台湾中华书局1968－1982年四部备要景排印阮亨编刻文选楼丛书本。

67.［清］沈德潜：《古诗源》，中华书局1963年中国古典文学基本丛书重印四部备要本。

68.［清］吴大澂：《愙斋集古录》，上海古籍出版社2002年续修四库全书影印民国六年上海涵芬楼影印原拓本。

69.［清］严可均：《全上古三代秦汉三国六朝文》，中华书局1958年影印清光绪年间王毓藻刻本。

70.［清］翟云升，吴树平、王佚之、汪玉可点校：《校正古今人表》，《史记汉书诸表订补十种》,中华书局1982年点校清白士集本。

71.[清]张澍,赵振兴校点:《姓氏寻源》,岳麓书社1992年校点清道光十八年(1838)张氏自刻本。

72.[清]朱善旂:《敬吾心室彝器款式》,清光绪三十四年(1908)石印本。

73.[清]朱右曾辑:《汲冢纪年存真》,修绠堂铅印本。

74.[清]邹安:《周金文存》,上海仓圣明智大学1916年广仓学窘艺术丛编玻璃版影印本。

二、今人著作

1.陈梦家:《美帝国主义劫略我国殷周青铜器集录》,科学出版社1963年版。

2.董立章:《国语译注辨析》,暨南大学出版社1993年版。

3.范文澜:《中国通史(一)》,人民出版社1979年版。

4.郭沫若:《两周金文辞大系图录考释》(增订本),科学出版社1958年版。

5.郭沫若:《中国古代社会研究》,河北教育出版社2000年版。

6.郭沫若:《中国史稿(一)》,人民出版社1976年版。

7.韩席筹:《左传分国集注》,江苏人民出版社1963年版。

8.侯外庐主编:《中国思想通史》,人民出版社1962年版。

9.胡适:《中国古代哲学史》,安徽教育出版社2006年版。

10.黄怀信、张懋镕、田旭东:《逸周书汇校集注》,上海古籍出版社1995年版。

11.李启谦:《孔门弟子研究》,齐鲁书社1988年版。

12.刘起釪:《古史续辨》,中国社会科学出版社1991年版。

13.泷川资言[日]考证、水泽利忠[日]校补:《史记会注考证校补》,上海古籍出版社1986年版。

14.陆侃如、冯沅君:《中国诗史》,山东大学出版社1996年版。

15.逯钦立:《先秦汉魏晋南北朝诗》,中华书局1983年版。

16.罗振玉:《三代吉金文存》,中华书局1983年版。

17.马承源:《上海博物馆藏战国楚竹书(一)》,上海古籍出版社2001年版。

18.钱穆:《先秦诸子系年》,商务印书馆2002年版。

19.陕西省博物馆等:《青铜器图释》,文物出版社1960年版。

20.邵炳军:《春秋文学系年辑证》,高等教育出版社2013年版。

21.孙作云:《诗经与周代社会研究》,中华书局1966年版。

22.田昌五、臧知非:《周秦社会结构研究》,西北大学出版社1996年版。

23. 王国维:《古本竹书纪年辑校》,《王国维遗书(七)》,上海古籍出版社1983年版。

24. 王国维:《今本竹书纪年疏证》,《王国维遗书(八)》,上海古籍出版社1983年版。

25. 徐元诰:《国语集解》(修订本),中华书局中国史学基本典籍丛刊点校民国十九年(1930)中华书局2002年版。

26. 徐中舒主编:《殷周金文集录》,四川人民出版社1984年版。

27. 杨伯峻:《春秋左传注》(修订本),中华书局1990年版。

28. 杨树达:《积微居金文说》,中华书局重排科学出版社增订本1996年版。

29. 杨树达:《积微居金文余说》,中华书局重排科学出版社增订积微居金文说本1996年版。

30. 杨树达:《积微居小学金石论丛》(增订本),科学出版社1955年版。

31. 于省吾:《泽螺居诗经新证》,中华书局1982年版。

32. 张西孔、田珏主编:《中国历史大事编年(一)》,北京出版社1986年版。

33. 中国青铜器全集编辑委员会编:《中国青铜器全集》,文物出版社1996—1998年版。

34. 中国社会科学院考古研究所编:《殷周金文集成》,中华书局1984—1994年版。

35. 竹添光鸿[日]:《左传会笺》,明治三十六年(1903)日本明治讲学会雕版印行本,巴蜀书社2008年版。

三、今人论文

1. 常昭:《颜回、颜氏之儒与琅邪颜氏家族探析》,《齐鲁学刊》2010年第4期。

2. 晁福林:《论平王东迁》,《历史研究》1990年第2期。

3. 晁福林:《试论东迁以后的周王朝》,《宝鸡文理学院学报》1990年第1期。

4. 陈梦家:《西周铜器断代(二)》,《考古学报》1955年第10期。

5. 陈梦家:《西周铜器断代(三)》,《考古学报》1956年第11期。

6. 郭沫若:《古代铭刻汇考》,载《郭沫若全集·考古编》,科学出版社1987年版。

7. 郭沫若:《古代铭刻汇考续编》,载《郭沫若全集·考古编》,科学出版社1987年版。

8. 李朝军:《家族文学史建构与文学世家研究》,《学术研究》2008年第1期。

9. 梁启超:《先秦学术年表》,载罗根泽编著《古史辨(4)》,上海古籍出版社

1982年版。

10. 罗姝:《从春秋贵族诗人群体构成形态看诗歌创作方式的转变》,《中州学刊》2017年第4期。

11. 罗姝:《公室宗子在诗礼文化生成与传播过程中的主体性——以春秋时期齐公室诸君的文学创作为中心》,《郑州大学学报》2018年第6期。

12. 罗姝:《季孙氏族属、世系暨作家群体事略考》,《现代语文》2017第4期。

13. 罗姝:《齐国贵族女性作家群体事略汇考》,《安徽文学》2012年第10期。

14. 罗姝:《师类礼官作家群体事略汇考》,《安徽文学》2017年第6期。

15. 罗姝:《史类礼官作家群体事略汇考》,《桂林航天工业高等专科学校学报》2012年第3期。

16. 罗姝:《王族宗子:文学创作的行为主体与诗礼传家的责任主体——以春秋时期周王室作家群体为中心》,《广东社会科学》2018年第2期。

17. 马银琴:《子夏的思想特征及其家学渊源》,《文学评论》2016年第1期。

18. 梅新林:《文学世家的历史还原》,《中国社会科学》2011年第1期。

19. 屈会涛:《春秋时期的金文家训与世族的生存之道》,《社科纵横》2019年第2期。

20. 任重:《论曾参的儒学思想及其成就》,《河南大学学报》2001年第2期。

21. 邵炳军、赵逵夫:《卫武公〈抑〉创作时世考论》,《河北师大学报》2000年第1期。

22. 邵炳军:《〈板〉〈召旻〉〈瞻卬〉三诗作者为同一凡伯考论》,《文学遗产》2004年第5期。

23. 邵炳军:《〈青蝇〉〈宾之初筵〉〈抑〉作者卫武公生平事迹考论》,《文史》2000年第2期。

24. 邵炳军:《〈诗·鲁颂·閟宫〉之作者、诗旨、作时补证》,载《第六届诗经国际学术研讨会论文集》,学苑出版社2005年版。

25. 邵炳军:《春秋散文体类概说——以事务文类为例》,载《中国古代散文国际学术研讨会论文集》,凤凰出版社2011年版。

26. 邵炳军:《两周之际三次"二王并立"史实索隐》,《社会科学战线》2001年第2期。

27. 邵炳军:《两周之际诸申地望及其称谓辨析》,《社会科学战线》2002年第3期。

28. 邵炳军:《卫武公〈宾之初筵〉创作年代考》,《甘肃高师学报》2001年第6期。

29. 邵炳军:《卫武公〈青蝇〉创作时世考论》,《西北师大学报》2000 年第 3 期。

30. 邵炳军:《周大夫凡伯〈瞻卬〉创作时世考论》,《西北师大学报》2002 年第 1 期。

31. 邵炳军:《周大夫家父〈节南山〉创作时世考论》,《文献》1999 年第 2 期。

32. 邵炳军:《周平王奔西申与拥立周平王之申侯》,《贵州文史丛刊》2001 年第 1 期。

33. 孙开太:《关于孔子出身问题辨析》,《历史教学》1985 年第 6 期。

34. 谭风雷:《"不以所恶废乡"——公山不狃的故土情》,《管子学刊》1997 年第 4 期。

35. 王红霞:《子夏生平考述》,《北方论丛》2006 年第 4 期。

36. 王雷生:《平王东迁年代新探:周平王东迁公元前 747 年说》,《人文杂志》1997 年第 3 期。

37. 王兴中:《家族精神的文学指向》,《云南师范大学学报》1989 年第 2 期。

38. 吴承学:《先秦盟誓及其文化意蕴》,《文学评论》2001 年第 1 期。

39. 徐敏:《孔子先世考辨》,《中国社会科学院研究生院学报》1997 年第 4 期。

40. 杨晓斌:《我国古代文学家族的渊源及形成轨迹》,《新疆大学学报》2005 年第 1 期。

41. 周国荣:《孔母"颜征在"考辨》,《苏州大学学报》1997 年第 2 期。

后　记

　　从 2014 年国家社科基金项目"春秋世族作家群体与文学创作考论"立项、结项到成果的出版,历时近 10 年。这一近似探险般的经历使我深深地感受到了科研的压力和挑战,其间的困难不仅仅是学术上的,更多的来自心理和精神上,菩萨的低眉与金刚的怒目此起彼伏,贯穿于整个写作过程。虽备受煎熬,亦得滋养:先人灿若繁星的智慧,经时光流转,却历久弥新,熠熠生辉,倘徉于华夏文明的印记中,遇豁然开朗、柳暗花明之惊喜亦是其他快乐所无法比拟的。花费了巨大的精力和耐心,本项目对春秋时期各类世族作家群体之族属、世系暨作家个体事略、文学创作活动进行了穷尽性的考证,对众多家族性文学经验逐一总结归纳,在反映文学创作基层写作的具体过程与基本状况的同时亦力求反映春秋文学的基本状况。然今细细读来,仍然惴惴,觉仍有诸多细节需深入辨析,相关发展规律尚需深入挖掘,这也为今后的努力指明了方向。在这本专著的写作过程中参考了大量的文献,考虑到引用材料的真实性和准确性,所引文献原文均保留原貌,其中的繁体字均不简化,行文中其所涉及的人名、地名亦不简化,保留原字。限于客观条件,这部专著仅包括了春秋时期周、鲁、齐的 98 个世族,其他世族将在今后择机出版。

　　感谢项目组成员的共同努力,几经寒暑,多番校对,使本专著的质量得到极大的提升。

　　感谢匿名专家的厚爱与奖掖,使本项目以"优秀"等级结项。

　　感谢所有有幸相识的学者、师友给予的无私指导和鼓励,让我能够克服困难,不断完善研究方向。

　　感谢可爱、懂事的女儿,项目结项时女儿尚在襁褓之中,如今已能在我情绪低落时坚定地鼓励我:"妈妈,别灰心,我们一定能行!"在我疲惫的时候耳边常常响起她自己改编的 RAP:"我要笑嘻嘻,我要乐呵呵,我要带着妈妈去远行。"无邪清脆的童音是我所有烦恼的解药,给充满压力的生活注入无限的生机和力量。也感谢家人的督促和支持,使我能在科研的道路上坚持下去并完成了这本专著。

特别感谢上海财经大学出版社的刘光本编辑对书稿的信任,他的认真严谨和辛勤劳动让这部专著得以迅速付梓。

感谢上海财经大学为专著出版提供资助。

囿于本人学识有限,文中定有不足之处,敬请方家指正。

罗 姝
2024 年 3 月